国家社科基金
GUOJIA SHEKE JIJIN HOUQI ZIZHU XIANGMU
后期资助项目

元代组诗研究

A Study of Group Poems in Yuan Dynasty

李正春 著

上海古籍出版社

2019年度国家社会科学基金后期资助项目

（项目编号：19FZWB084）

国家社科基金后期资助项目
出版说明

后期资助项目是国家社科基金设立的一类重要项目,旨在鼓励广大社科研究者潜心治学,支持基础研究多出优秀成果。它是经过严格评审,从接近完成的科研成果中遴选立项的。为扩大后期资助项目的影响,更好地推动学术发展,促进成果转化,全国哲学社会科学工作办公室按照"统一设计、统一标识、统一版式、形成系列"的总体要求,组织出版国家社科基金后期资助项目成果。

全国哲学社会科学工作办公室

目　　录

绪　　论

　　有关元代诗歌的文学地位，学界一直有不同的看法。清人顾嗣立说：
"论者谓元诗不如宋，其实不然，宋诗多沉僿，近少陵；元诗多轻扬，近太白。
以晚唐论，则宋人学韩、白为多，元人学温、李为多，要亦娣姒耳。间浏览是
编，遗山、静修导其先，虞、杨、范、揭诸君鸣其盛，铁崖、云林持其乱，沨沨乎
亦各一代之音，讵可阙哉！"①徐子方先生认为，元代诗文已让位于元曲，居
于"非主流"位置②。杨镰先生认为"元诗史与唐宋诗史并无不同之处，研究
本身也并无高下之分"③。台湾学者包根弟先生也认为"元代建国虽未满百
年，而其诗学在蒙人之汉化政策、北方汉军将领之重视文教、道教之庇护士
子及学术思想之自由等有利的政治环境中，亦盛极一时，毫不逊色"④。这
种争议延续到现在。相对于元曲，元诗研究显得有些落寞、冷清。

　　元诗研究在20世纪80年代后有了可喜的变化。以邓绍基、李修生、杨
镰、查洪德、黄仁生诸先生为代表，对元诗研究作出了卓越的贡献。综合性
成果方面，邓绍基的《元代文学史》，杨镰的《元代文学编年史》《元诗史》，李
修生主编的《全元文》，李修生、查洪德的《辽金元文学研究》等力作，为元代
诗文研究奠定了坚实基础。专题性成果方面，杨镰的《元西域诗人群体研
究》从历史文化角度，对少数民族诗人群体的社会活动、诗歌创作等方面进
行了考察，是元代西域诗人群体研究的拓荒之作。云峰的《元代蒙汉文学关
系研究》、扎拉嘎的《中国各民族文学关系研究》等，从蒙汉民族融合对文学

---

① （清）顾嗣立：《元诗选·序》，初集上，中华书局1987年版，第5页。
② 徐子方《元代文化转型与古典文学》一文认为："翻开一部中国文学史，即不难感受到，一直
　　处于正宗主流地位的诗歌散文，到了元代即一下子失掉了无可争议的优势，其黄金时代是
　　一去不复返了。……而且不仅在元代，即使这以后的明、清两朝，尽管还有不少作家作品
　　产生，但诗歌、散文的衰落已是无可挽回，作为文学发展中的主流地位它是永远地丧失了，
　　取代它的古代戏曲一下子由过去被鄙视、一直处于非正统世俗地位而跃居传统诗文之上，
　　成为时代文学之主流。"（《文艺研究》2007年第2期，第74页）
③ 杨镰：《元诗史》，人民文学出版社2003年版，第28页。
④ 包根弟：《元诗研究·自序》，台北幼狮文化事业公司1978年版，第3页。

影响角度立言,拓宽了元诗文化学研究视野。查洪德的《理学背景下的元代文论与诗文》对理学背景下的元代文论发展与诗文创作作了全面梳理,并对绍宋启明的承传作用给予了深刻诠释。其《元代诗学通论》一书,更是高屋建瓴地将诗学观念史、诗歌发展史融为一体,通过对元诗现象的考察,揭示了元代诗学发展历程,具有重要的学术价值。张晶的《辽金元诗歌史论》是一部视角独特的诗歌断代史,将辽金元合论,"向我们昭示着民族文化的融合,乃是诗歌发展生机的源头所在"①的学术理念。幺书仪的《元代文人心态》、徐子方的《挑战与抉择——元代文人心态史》二书,是元代文人心态史研究的扛鼎之作,前者"以人物的心灵史和个案分析入手,注重对人物心理倾向的开掘和精神世界的探寻"②。后者分析了在草原文明与农耕文明冲突背景下,元代文人所面临的"挑战与抉择",通过诗文分析来窥见文人心态演变历程及阶段特征。二者为元代文人心态研究提供了新的路径与范本。方勇的《南宋遗民诗人群体研究》、李瑄的《明遗民群体文学思想研究》,以宋末元初、元末明初的遗民群体为对象,揭示了遗民心态对文学创作的影响。潘清的《元代江南民族重组与文化交融》从文学地理学角度,分析了侨寓江南的少数民族的重组过程与文化融合,视角独特,颇有新意。黄仁生的《杨维祯与元末明初文学思潮》从社会意识变迁角度,探讨了其诗歌独特个性形成的原因。杨光辉的《萨都剌生平及著作实证研究》从实证角度,对萨氏研究中存在的问题进行全面考辨。王毅主编的《元人传记资料索引》、查洪德的《元代文学文献学》、王树林的《金元诗文与文献研究》、陆俊岭的《元人文集篇目分类索引》、陈高华辑校的《辽金元宫词》、傅乐淑的《元代宫词百章笺注》等,或辑校,或笺注,或索引,或考证,强化了元诗研究文献根基。包根弟的《元诗研究》、萧启庆的《九州岛四海风雅同:元代多族士人圈的形成与发展》《元代史新探》《内北国而外中国——蒙元史研究》等力作,对元代"多族士人文化圈"及文化互动情况作了深入探讨,在方法论和研究领域上有了新的突破,极大地推动了元诗研究的深入。

　　近十年来,新方法、新理论、新材料、新视角广泛应用,拓展了元诗研究空间,并诞生了一批优秀的成果。杨镰先生主编的《全元诗》出版是元诗整理中一件具有里程碑意义的大事,为我们提供了认识元代历史文化的崭新视角。其《双语诗人答禄与权新证》一文,从"双语"文学史、西域人"华化"等视角,对乃蛮诗人答禄与权作了专题研究。云峰先生的《民族文化交融与

---

① 张晶:《辽金元诗歌史论·绪论》,吉林文史出版社 1995 年版,第 3 页。
② 葛琦:《三十年来元代文人心态研究综述》,《语文学刊》2012 年第 3 期,第 2 页。

元代诗歌研究》一书，分析了蒙古族及北方草原游牧民族与中原汉族在文化方面的差异，记录了多民族文人的雅集聚会、诗歌酬唱的盛况。这些论著或从民族融合层面，或从"华化"进程角度，梳理了元诗发展的文化环境，彰显出学界对重建元代文学史叙述的意识的期待。刘嘉伟的《元代多族士人圈的文学活动与元诗风貌》一书，受萧启庆先生"多族士人圈"之观念启发，"对元代多族文化圈纵横两剖面作了鸟瞰式的概览，进而观照由其互动中产生出来的元代诗歌新风貌"①，为近年来元诗跨文化研究不可多得的佳作。赵延花的《蒙汉文学交融视域下的元诗研究》一文，运用"诗史互证"理论，揭示了诗歌在蒙汉文化交融中所发挥的作用，也极具启示性。张静的《元好问诗歌接受史》一书"从读者接受的角度、以自觉的学术史意识对丰富的元好问诗歌接受资料进行归纳总结"②，为元诗传播研究树立了榜样。扎拉嘎的《游牧文化影响下中国文学在元代的历史变迁——兼论接受群体之结构变化与文学发展的关系》一文，"从接受群体之结构变化与文学发展关系的角度，探讨了游牧文化对元代文学发生的多重影响"③，具有方法论的引领作用。徐永明、唐云芝的《〈全元诗〉作者地理分布的可视化分析》一文，从人文地理角度探讨元诗的地域因素，对元代诗人的地理分布进行了"可视化呈现"，颇具新意。

邱江宁《奎章阁文人群体与元代中期文学研究》、欧阳光《宋元诗社研究丛稿》、何宗美《文人结社与明代文学的演进》、邹艳《月泉吟社研究》、曾莹《文人雅集与诗歌风尚研究初探——从玉山雅集看元末诗风的衍变》、杨亮《宋末元初四明文士与诗文研究》、王韶华《元代题画诗研究》、牛贵琥《玉山雅集与文士独立品格之形成——金元文士雅集的典型解析》等成果，或从族群身份、文学社团、地域群体、文会雅集等角度，或从地域特色、民族特色、诗画交融等维度，进一步推动了元诗研究的多元化进程，并从文学机制层面揭示了元诗兴盛的内在动因。

元诗文献研究也取得了长足的进步，诞生了一批厚重的学术成果。李修生先生的《张养浩著作述考》一文，详细订正了有关著录中的错误，厘清了张养浩著作的版本、流传、遗失等情况，有正本清源之功。黄仁生的《钱惟善生平事迹若干问题献疑》一文，对生卒年、乡会试等情况进行了翔实考证，为

---

① 刘嘉伟：《元代多族士人圈的文学活动与元诗风貌·序一》，人民文学出版社2016年版，第1—2页。

② 张静：《元好问诗歌接受史·绪论》，中国社会科学出版社2010年版，第1页。

③ 扎拉嘎：《游牧文化影响下中国文学在元代的历史变迁——兼论接受群体之结构变化与文学发展的关系》，《文学遗产》2002年第5期，第57页。

钱惟善研究奠定了坚实基础。孙小力的《杨维桢墨迹〈张氏通波阡表〉考论——兼谈元人别集整理中的版本问题》一文，指出整理元人别集要广罗众本，互校互证，不能过分迷信"善本""祖本"，持论公允。此外，邱江宁《元代馆阁文人活动系年》、罗鹭《〈元诗选〉与元诗文献研究》、韩格平《元代诗刻考述》、韩震军《〈全元诗〉误收唐宋人诗辨正》、赵昱《〈全元诗〉辑补——以新发现〈永乐大典〉（卷 2272—2274）中的元人佚诗为中心》、于飞《傅习、孙存吾编〈皇元风雅〉考论》等成果，从文献考辨角度，爬梳剔抉，进一步夯实了元诗研究的文献学根基。这些成果将宏观研究与微观研究相结合，在文本细读、文献考辨与理论阐释诸方面成效显著，为元诗的深入研究奠定了坚实的基础。

元诗研究需要更宏阔的视野，需要借助元代历史文化研究的最新成果来充实，不断地完善。史卫民的《元代社会生活史》、陈高华的《元代大都与上都研究》《元代画家史料汇编》、李治安的《元代政治制度研究》、罗贤佑的《元代民族史》、徐远和的《理学与元代社会》、李致忠的《元代刻书述略》、徐梓的《元代书院研究》、申万里的《元代教育研究》、桂栖鹏的《元代进士研究》、龚斌的《宫廷文化》、孙克宽的《元代汉文化之活动》、王明荪的《元代的士人与政治》、陈西进的《蒙古王朝征战录》、左洪涛的《金元时期道教文学研究》等成果，从社会学、政治学、历史学、文化学、民俗学、民族学、宗教学等视角，拓宽了元诗研究的视野，意义不言而喻。

查洪德先生在分析元代诗文研究现状时指出："但就目前所处的研究阶段看，文献整理方面，基本文献整理取得了相当大的成就，而深度整理与作品的精细解读，还远不够。史与论的探讨方面，基本问题逐步提出，深入的探讨有待推进。"①从诗体言，目前元诗研究都聚焦于单体诗歌，系统研究元代组诗的成果尚付阙如。元代组诗规模空前，体量巨大，约占《全元诗》总数三分之一，这是一个值得关注的文学现象，应该引起研究者的重视。

组诗作为一种富有民族特色的诗歌形态，有着独特的表达功能和审美价值。罗时进师在《迭合延展中的抒情与叙事——论唐代组诗的表达功能》一文中指出，组诗以"复加迭合的结构形式"，使情感力度得到加强、叙事容量得到扩大，成为中国诗歌史上"能够留下深度记忆的部分之一"，具有"艺术的典范价值"②。罗先生站在诗歌史的高度，高屋建瓴地揭示了组诗形态

---

① 查洪德：《元代文学的价值需要重新认识》，《中华读书报》2020 年 7 月 15 日，第 9 版、10 版。

② 罗时进：《迭合延展中的抒情与叙事——论唐代组诗的表达功能》，《文学评论》2012 年第 3 期，第 40 页。

的价值与意义,极富前瞻性,为元诗研究指出了一条新路径。

元代组诗兴盛既是此前艺术经验积累的结果,也与元代多元文化格局密切相关。元代宗教多元并重,彼此融合,推动了释道组诗的繁荣。理学复兴,导致了大量忠孝节烈题材组诗的出现。重史传统与复古思潮,极大地推动了咏史组诗的发展。元初遗民群体对故国刻骨铭心的记忆,引发了纪实组诗的创作热潮。两都巡幸制度,深刻地影响着扈从文臣的心态及上京题材组诗的创作。园林景观与地方文化的结合,促使"八景"组诗遍地开花。文会雅集活动催生了数量庞大的"对话"组诗,也促进了诗画艺术的同频共振。民族融合促进了"双语"组诗的兴起,导致了"本土化"与"原乡"思潮杂糅并处的格局。东南沿海文化个性化、世俗化特征在竹枝词中得到集中体现,并与上都宫词共构了元代诗歌的"雅俗"两极。海宇混一的盛世格局,使得奉使组诗随着使臣的足迹遍及全境。

组诗形成与传统思维关系密切。一阴一阳谓之道,两两相对,为造化所赋。表达上的对立耦合,是组诗形态生成的逻辑起点和内在动力。两首或数首的对举并置,同样体现出"耦合"思维的精髓,其本质与传统阴阳二元思想一致。从生成方式上看,"对话"与"独白"是元代组诗生成的两种方式。"对话"是群体性书写方式,互动性特征明显。"独白"是个体性书写方式,是诗人的自我书写,具有排他性。

组诗结构遵循着逻辑自洽的原则,是诗人心灵活动的"聚合"。"聚合"的线索,或以空间转化为经纬,或以事件进程来贯穿,或以情感发展为脉络,或按人物类别来架构,凡此等等。既相互独立,又彼此关联,构成自足表意的系统。"从结构上说,组诗的次第展开,多元显现,以及反复吟唱,都构成一种音乐的旋律美,引起欣赏者情感的回旋激荡和想象的驰骋飞越。……每一首诗的'子题'都从属于组诗的'母题',每个'子题'又在诠释着'母题'。组诗以其独特体制,演绎着诗人丰富复杂的内心世界。"①

组诗突破了单体诗歌凝固于特定时空的局限,具有了大气磅礴的格局。其体式特征归纳起来有七个方面:形态的串行化、包容性;风格的宏放恣肆、奥博典雅;结构明晰、章法多元;"总题分述"的标题形态;创作时空的相对集中统一;体裁基本趋同,多数为"同体组合",少数为"异体组合";创作方式分"独白"与"对话"两种。这些都是单体诗歌所不具备的,非学识富赡、才能杰出者不能为,非有刻骨铭心体验或经历者所难为。

文人钟情于组诗,与其独特的表达功能和审美效应有关。周建忠先生

————————

① 李正春:《论组诗文体特征与表达功能》,《学术交流》2007 年第 10 期,第 153 页。

说:"组诗形态的系统性、完整性、多元性,迎合了文会雅集场景下文人炫博和雅谑的心态;其引经据典、连类无穷的表达方式,往往导向典雅和奥博,二者都与文人生活方式与审美趣味相关,是文人逞才使气、制造'惊奇'审美效果的合适载体。"①元代组诗在抒情、叙事、对话等不同语境中,形成了不同的语体风格。

元代组诗广泛使用序、注、引、跋等"诗序体",与元人频繁的集会背景有关,为后人读懂和欣赏,对创作背景、体式、对象等作一交代,也与文体间相互影响、互相渗透有关。由于诗歌本身形制短小、含蓄凝练,利用序、引、注、跋等散文性文字描述背景,易于阐明主题,方便阅读。加之韵文与散文兼行,叙事与抒情互补,也会达到相映成趣、相得益彰的效果。大量使用序、注、引、跋等诗序体,提升了元代组诗的叙事性和纪实性。

元人传播手段的多元化,促进了组诗传播与接受。元代大量的诗社及由师生、同门、姻亲、同僚等社会关系结成的"多族士人圈",为文人频繁雅集奠定了基础。元代书坊刻书较宋代更为发达,官刻、家刻繁盛,印刷传播成为主流,极大地提高了传播效率。组诗结构形态,对元代联章词、元曲重头小令和"曲套"、元杂剧"剧套"及明清组剧等影响明显,呈现出"以高行卑"②体位的定势。从接受角度言,无论是"和陶""拟古诗十九首""石湖田园杂兴体",还是"天宝宫词""潇湘八景",其背后既有现实政治的考虑,也关乎元人的生活方式与审美趣味,更有社会思潮的影响。

近年来,元代组诗研究有了一定的进展,但系统性研究成果尚未出现。这影响了人们对元代组诗的整体认知,也影响了元诗研究的深入。本课题以历史与逻辑、理论与实证相统一的方法为指导,参互考验,以求会通。从元代组诗的兴盛之因、题材范型诸方面着手,勾勒出元代组诗的发展历程及演变规律,阐释元代组诗的文化内涵及美感意蕴。在文体学视阈下,对组诗形态、结构艺术、生成方式、语体风格等作深入研究,揭示组诗的文体特征与表达功能。从传播与接受角度,系统梳理影响元代组诗传播的诸因素,分析元人对前代组诗接受的格局及原因。从影响研究角度,探讨组诗形态对元代联章组词、元代组曲、元杂剧剧套、明清组剧等文类的影响,以期弥补相关研究的不足。

---

① 周建忠:《从历史文化视角研究元诗》,《中国社会科学报》2020 年 6 月 12 日,第 7 版。
② 蒋寅:《中国古代文体互参中"以高行卑"的体位定势》,《中国社会科学》2008 年第 5 期,第 149 页。

第一章　组诗发展与元代组诗

组诗作为一种富有民族特色的诗歌形态,萌芽于先秦,经过六朝的发展,到唐代趋于定型,在宋元明清达到顶峰。历代文人钟情于组诗,留下大量作品,是一个值得关注的文学现象。它覆盖古体与近体,少则二首一组,多则几十首一组,甚至上百首一组,内容涉及咏怀、赠答、咏史、悼亡、伤时、宴饮、游仙、祭祀、隐逸、纪行等领域,具有大气豪迈、恣肆磅礴的审美效应,在诗歌史上占据着重要的位置。

第一节　元前组诗的发展历程

组诗源于民歌中的联章形式,《毛诗序》云:"诗者,志之所之也,在心为志,发言为诗。情动于中而形于言,言之不足,故嗟叹之,嗟叹之不足,故永歌之,永歌之不足,不知手之舞之,足之蹈之也。"对此,唐人孔颖达进一步解释说:"言身为心使,不自觉知举手而舞身,动足而蹈地,如是而后,得舒心腹之愤,故为诗必长歌也。"①古人借"长歌"以尽情,组诗同样如此。为了充分地表情达意,人们喜用组诗来次第言说,描述多个生活场景,展露复杂的心理活动,勾勒事件的过程,突破了单体诗的局限性——这是组诗产生的内在需要。

先秦两汉是组诗的萌芽和孕育期。《吕氏春秋·古乐篇》载:"昔葛天氏之乐,三人操牛尾,投足以歌八阕:一曰《载民》,二曰《玄鸟》,三曰《遂草木》,四曰《奋五谷》,五曰《敬天常》,六曰《建帝功》,七曰《依地德》,八曰《总禽兽之极》。"②这是现存最古老的一套祭祀乐曲,乐歌内容已无从稽考。

---

① （唐）孔颖达:《毛诗正义》卷一,（清）阮元校刻:《十三经注疏》,上册,中华书局影印本1980年版,第269—270页。
② （汉）高诱注,（清）毕沅校,徐小蛮标点:《吕氏春秋》卷五,上海古籍出版社2014年版,第101页。

这里的一、二阕《载民》《玄鸟》应是人类起源歌；三、四阕《遂草木》《奋五谷》应是农事歌；后面四阕是祭天神、地神及万物神的乐歌，包含着各类神祇的起源故事。又，《尚书正义》卷五《益稷》载："夔曰：'戛击鸣球，搏拊、琴瑟以咏。'祖考来格，虞宾在位，群后德让。下管鼗鼓，合止柷敔。笙镛以间，鸟兽跄跄。《箫韶》九成，凤凰来仪。夔曰：'於！予击石拊石，百兽率舞，庶尹允谐。'"①诗中《箫韶》之乐即是《韶乐》，所谓"九成"就是"九章"的意思，即《韶乐》也是一套包含九个乐章的乐曲。这两组套曲不仅保存了上古时期诗、乐、舞三位一体的艺术形态，也孕育着文人组诗的最初模样。

西周时期，礼乐文化逐渐取代巫术文化成为主流，以"人"为中心的礼乐精神逐渐确立下来。《诗经·大雅》中的《生民》《公刘》《绵》《皇矣》《大明》五诗，按时序记录了周民族的发祥历史，成为我国现存最早的"史诗"。《生民》叙述了周民族发祥史和周人农业起源史。《公刘》是周人迁徙史歌，也是英雄史歌。《绵》叙述古公亶父为避免狄人侵略而率领周人迁徙的事迹。《皇矣》叙述周人伐密、伐崇之事，《大明》叙述武王伐商之事，歌颂周王季历、周文王、周武王建立西周的历史功绩。组诗系统地叙说了从后稷发明农业开始，经过公刘、古公亶父的开拓创业，文王征伐的武功，直到武王灭商的全部过程，有着鲜明的"系列化"叙事的痕迹，是一组反映周民族发展历史的诗歌。在表达对祖先的敬仰之情的同时，也奠定了后世"郊庙歌辞"的创作范式。

《周颂》中还保存了另一组以祭祀祖先事功为内容的乐歌。聂石樵先生据《乐记》考证，这组乐歌由《昊天有成命》《武》《赉》《般》《酌》《桓》等构成。《昊天有成命》是组诗之纲，咏周文王、武王之德，奉天命伐纣。《武》总写武王伐纣的业绩，《赉》写武王征伐南国之事，《般》写武王征服并经营南国的喜悦，《酌》写武王伐纣，周、召二公分陕而治，《桓》写武王诛灭殷纣平定南国班师回朝，来突出颂天威、歌祖德的主题。组诗记录并歌颂周人祖先开疆拓边的事功，写得非常真实。②

《诗经》在章法结构上最显著的特点就是联章，即篇内各章仅易数字，反复咏唱，造成一唱三叹的艺术效果，对后代联章组诗影响极大。其联章结构，与其乐歌属性相关。在现实生活中，人们或此唱彼和，或一唱众和，或男女对唱，即便一人歌唱，为了尽兴，也会反复咏唱。联章复沓、反复咏唱的形

① （唐）孔颖达：《尚书正义》卷五，（清）阮元校刻：《十三经注疏》，上册，中华书局影印本1980年版，第144页。
② 参见聂石樵《先秦两汉文学史》，上册，中华书局2007年版，第83页。

式,不仅可以充分抒情达意,且便于记忆和传播。明人郎瑛《七修类稿》卷二四云:"古之乐府诗章,皆被之于乐。今乐府数句后则曰一解,又数句曰二解。如此言者,盖即古人之一段义终则于瑟上解一柱马也,又一段则又解一柱马耳。诗之曰一章、几章者,盖《说文》'音十成章''十者数之终',诗毕亦乐之一终也,故曰一章。"①《诗经》中乐歌联章是后代联章组诗的最早源头,文人创作的组诗,实际上只是将民歌这种复沓章节,转换成若干首诗歌,独立表情的结果。

从《九歌》始,文人将一首诗内部的联章扩展为组诗之间的联属,组诗因此获得了独立的文体形态。郑振铎先生说:"当民间发生了一种新的文体时,学士大夫们其初是完全忽视的,是鄙夷不屑一读的。但渐渐的,有勇气的文人学士们采取这种新鲜的新文体作为自己的创作型式了,渐渐的这种新的文体得了大多数的文人学士们的支持了。"②组诗为文人所喜爱,也逃不出这个规律。

屈原是文人创作组诗的最早典范。《九歌》原是夏初传下来的古乐章,是一组带有原始气息的享神歌舞曲,后被楚地民间所沿袭、吸收,成为祭礼曲而流行。共有九个乐章,分祀"东皇太一""山鬼"等九神。从演奏方式上看,或由迎神巫者领唱,如《东皇太一》《云中君》《河伯》;或由迎神巫者与饰神巫者相互唱答,如《大司命》《少司命》《东君》;或由迎神巫者独唱,如《湘君》《湘夫人》《山鬼》,回旋往复、变化多端。屈原《九歌》描写对象是巫者扮演的诸神,既录其事,兼录唱词,是一组叙事抒情诗。王逸称其"上陈事神之敬,下见己之冤结,托之以讽谏"③,不无道理。其对民歌联章形式的接受,直接启发了后代文人组诗创作。另一组抒情诗《九章》,一说是屈原创作,一说是后人辑录而成。朱熹认为"屈原既放,思君念国,随事感触,辄形于声。后人辑之,得其九章,合为一卷,非必出于一时之言也"④。学界倾向于西汉刘向的"辑录",将屈原所作单体诗歌集合在一起,并据实数冠以《九章》名,对后代"辑诗成组"有直接的影响。

因仰慕屈原为人,汉初出现了一批骚体组诗。如东方朔《七谏》、王褒《九怀》、刘向《九叹》、王逸《九思》等,都是模仿屈原《九章》而成。这些追怀屈原的组诗,虽未褪去音乐联章的痕迹,但对提升文人组诗创作水平不无益处。吴晟先生说:"为协乐而形成《诗经》《九歌》歌词联章的艺术形式,是

---

① （明）郎瑛:《七修类稿》卷二四《一解一章》,上海书店出版社 2009 年版,第 252 页。
② 郑振铎:《中国俗文学史》,商务印书馆 2017 年版,第 2 页。
③ 郭绍虞主编:《中国历代文论选》,第 1 册,上海古籍出版社 1979 年版,第 155 页。
④ （宋）朱熹:《楚辞集注》卷四,中华书局 1979 年版,第 73 页。

我国古代联章体组诗和组诗的滥觞。"①正是文人对民间乐章的研习与仿作,促使组诗逐渐脱离音乐而走向独立发展之路。

汉代《安世房中歌十七章》《郊祀歌十九章》的出现,有着深刻的文化意义,它既表明了人们对"孝道"伦理的反思,也传达出对生命意识的关怀,奠定了后世"郊庙歌辞"的书写范式。《安世房中歌》第一章《大孝备矣》、第二章《七始华始》是迎神之曲;第三章《我定历数》至第八章《丰草葽》相当于待祭;第九章《雷震震》至第十一章《冯冯翼翼》相当于初祭;第十二章《硠硠即即》相当于中祭;第十三章《嘉荐芳矣》至十七章《承帝明德》相当于终祭。从祭祀仪式看,《安世房中歌》确是一组祭祀之歌,其编次顺序、祭仪内容,与叔孙通制订的行祭礼次相当。《郊祀歌十九章》是司马相如等人奉命创作的一组祭祀乐歌,如《练时日》是迎神之曲,《帝临》是祀中央黄帝之曲,《青阳》是祀东方青帝之曲,《朱明》是祀南方赤帝之曲,《西颢》是祀西方白帝之曲,《玄冥》是祀北方玄帝之曲,《惟泰元》是祀太一神,《天地》是祀天地之神,《日出入》是祀礼太阳神,《后皇》是祭祀后土神,《华烨烨》是祀后土毕济黄河之曲,《五神》是云阳始郊见太一所作之曲,《赤蛟》是送神之曲。其他如《天马》颂得天马,《景星》颂得宝鼎,《齐房》颂得灵芝,《朝陇首》颂获白麟,《象载瑜》颂获赤雁,《天门》为武帝祷颂天神祈得长生作,虽没有直接写到祭祀,但颂赞祥瑞,也与祭祀有关。② 此类祭祀神灵的组诗,积累了创作经验,成为历代郊祀类乐歌的源头。

蔡琰《胡笳十八拍》是一组联章体叙事诗,作者以亲身经历为线索,记录了汉末乱世的遭遇与感受。第一章至第三章写诗人遭受乱离、身陷匈奴的情景;第四至第六章,写诗人思乡盼归、夜不成寐的思绪;第七章至第九章写其在异域流徙不定的生活及心中的怨愤;第十章至第十二章写其终于盼来和平,胡汉交好,喜得生还。第十三章至第十六章写其因归汉而带来离别亲子的悲痛。结尾两章写其回归路上的所见所感。组诗系统地呈现了广阔的历史画面、坎坷的人生经历和复杂的乱世心态,是一组纪传体叙事诗,纪实色彩鲜明。

汉末乱世,政治污浊,文人感时伤世,留下了不少抒情言志组诗。如孔融《六言诗三首》描写了乱世中知识分子回天无力的无奈与苍凉。张衡《四愁诗》以"我所思"为线索,以"泰山""桂林""汉阳郡""雁门"的空间变化,传达"往见美人"之难,暗寓君臣遇合不易。秦嘉《赠答诗三首》再现了乱世

---

① 吴晟:《联章:中国古典诗歌的一种言说体式》,《文学前沿》2005 年第 1 期,第 212 页。

② 张永鑫:《汉乐府研究》,江苏古籍出版 2000 年版,第 165 页。

之中的家庭变故,表达远行之人对妻子的思念和悲愁之情。唐菆《歌诗三章》为归汉而作,主旨是"颂汉德"而明"归顺"之志,开辟了后世奉使组诗先河。

东汉末期,组诗开始脱离音乐而独立,这是组诗发展史上至为关键的一步。民歌"一曲多首"的形式,给了文人以极大的启发,从而创作出"一题多首"的组诗。这一阶段,组诗数量虽然不多,但具有标志性意义。赵壹《刺世疾邪赋》中"秦客"与"鲁生"的对话,就是通过两首意义关联的组诗来实现的。

魏晋南北朝是组诗快速发展期,起着承前启后的作用。文人创作组诗积极性空前高涨,组诗数量空前壮大,并在标题形态、结构艺术、序注使用等方面进行广泛探索,积累了丰富的创作经验。

六朝文学集团层出不穷,文人活动十分活跃。据胡大雷《中古文学集团》一书统计,著名文学集团有邺下文人集团、竹林七贤、贾谧"二十四友"、兰亭文人集团、桓温文学集团、"竟陵八友"、昭明太子文学集团、萧纲文学集团、裴子野文学集团、陈后主狎客文人集团等,包括了家族集团、文友集团、政治集团和诸王集团等多种形式。① 这些文学集团自有其领袖人物,其地位、声望对集团成员文学活动的开展意义重大。集团成员的唱和赠答,开创了后代集会场合"对话"的先河。

文人"拟作"成风,是组诗发展的重要动力。如鲍照《中兴歌十首》《拟行路难十八首》、王融《齐明王歌辞七首》、张率《白纻歌九首》、萧纲《陇西行三首》《乌栖曲四首》、萧衍《子夜四时歌四首》、沈约《襄阳蹋铜蹄歌三首》《江南弄四首》、傅玄《晋鼓吹曲二十二首》、张华《晋四厢乐歌十六首》等,或拟汉代乐府,或拟南朝乐府,以抒情言志。陆机《演连珠五十首》、张翰《拟四愁诗四首》、傅玄《拟四愁诗四首》、鲍照《学刘公幹五首》《拟古八首》、束皙《补亡诗六首》、谢灵运《拟魏太子邺中集诗八首》、江淹《效阮公诗十五首》《拟古三十首》、庾信《拟连珠四十四首》《拟咏怀二十七首》等,则是模仿前人作品,或同声相应,或一较短长。王瑶先生说:"他们为什么喜欢拟作别人的作品呢? 因为这本来是一种主要的学习属文的方法,正如我们现在的临帖学书一样。前人的诗文是标准的范本,要用心地从里面揣摩、模仿,以求得其神似。所以一篇有名的文字,以后寻常有好些人底类似的作品出现,这都是模仿的结果。"②这些"模仿",提升了作者组诗创作的经验与水平。

---

① 胡大雷:《中古文学集团》,广西师范大学出版社1998年版,第217页。
② 王瑶:《中古文学史论》,北京大学出版社1986年版,第200页。

六朝组诗创作反映了玄学思潮影响下的"人的自觉"——生命意识的觉醒。社会动荡，战争与瘟疫流行，生命十分脆弱，人们对死亡感受异常深刻。《颜氏家训集解》称"陆平原多为死人自叹之言"①，其《百年歌十首》以"一十时""二十时""三十时""四十时""五十时""六十时""七十时""八十时""九十时""百岁时"为线索，将人生不同阶段状态表达得具体而完整，反映了诗人对人生短暂、时光易逝的深沉喟叹。陶渊明《拟挽歌辞三首》从已逝之人的视角将人生终结时种种状态次第展开，传达出对死亡的"看淡"。《形影神三首》以"形"代求长生的愿望，"影"代求立善名的愿望，"神"代人的理智，通过"形影神"的辩论，告诫世人要以超越生死、委运自然，俨然有道家之风。

丧悼主题是生死主题的延伸，乱世之中生命逝去成为常态，悼念亡妻、亡友、亡子（女）题材的组诗层出不穷。潘岳《悼亡诗三首》真切地表达了对亡妻的怀悼之情，成为后世"悼亡之祖"。江淹《悼室人诗十首》同样是悼念亡妻，思念之情令人动容。庾信《伤往诗二首》则将乡关之思与追怀亡妻结合起来，抒发了作者幽明永隔的刻骨相思。沈约《怀旧诗九首》悼念了九位亡友，虽然悼亡对象有所不同，但哀婉缠绵之情是一致的。

游仙与隐逸是文人生命体验重要领域，这在乱世当中的表现尤为浓烈。在中国诗歌史上，六朝是游仙与隐逸题材创作最为兴盛的时期，如陆机《招隐诗二首》、左思《招隐诗二首》、张华《游仙诗四首》、郭璞《游仙诗十九首》、庾阐《游仙诗十首》、陶渊明《归园田居五首》等，堪称典型。其间虽有对神仙境界和对田园风光的展示，伴有得道升天或遗世隐居的渴望，但绝大部分游仙组诗都是将"仙"比"俗"，间接地抒发了文人的忧生之嗟。

六朝政治黑暗，时局动荡，文人生存环境险恶，感时伤怀成为此间文人普遍的情绪。如王粲《七哀诗三首》以自身遭遇为中心，展示了汉末乱离之状、身在荆蛮之地的故国之思及怀才不遇之感。曹植《杂诗六首》抒发了怀才不遇、理想难酬的苦闷。张协《杂诗十首》直言忧愁苦闷，传达了对世俗生活的不满。阮籍《咏怀诗八十二首》以独白方式，展示了诗人痛苦而复杂的心灵历程，开辟了后世"以组诗方式抒情"的先河。左思《咏史八首》记录了诗人政治热情的消长的过程，借咏史以咏怀，表达了对门阀制度的强烈愤慨。陶渊明《杂诗十二首》慨叹时光消逝和壮志难酬，《饮酒二十首》半为借酒咏怀、半为直抒胸臆，表达了对世俗浮华的鄙视和对仕宦生涯的痛苦回

---

① （北齐）颜之推撰，王利器集解：《颜氏家训集解》卷四《文章第九》，上海古籍出版社 1980 年版，第 264 页。

忆。鲍照《拟行路难十八首》再现了人生艰难、孤独无依、怀才不遇和韶华易逝的悲痛。庾信《拟咏怀二十七首》抒写了处于丧乱之际诗人的尴尬处境和苍凉的心绪。动荡的时局、多难的人生、觉醒的人性,极大地提升了六朝抒情组诗抒情化进程,也对唐诗"主情"格局产生了直接影响。

六朝组诗涉及送别、赠答、酬唱、游仙、咏怀、咏史、爱情、悼亡、讽谏、拟古、挽歌等领域,极大地拓展了题材范围。从形态看,组诗也取得了新的突破。首先,是五更体、四时体、十二月歌体等"时序体"组诗出现,影响了后代。最早创作"五更调"的,是南朝伏知道的《从军五更转》。组诗分别以一更、二更、三更、四更、五更为线索,贯穿组诗,再现了边塞生活场景和征人思乡之情。据任半塘先生考证,《五更转》原是劳动者通夜勤作之劳歌,伏知道用以写军歌五章,与刘禹锡以《竹枝》写民歌九章,同为文人之拟作也。以"五更"为序,叙事抒情,章数不容增减,是一种"定格联章"①,对后代民间文学和文人文学均产生了极大影响。《子夜四时歌》《月节折杨柳歌十三首》等,或按季节或按月份叙事抒情的"时序体",也成为后世仿效的典范。其次,是"总分标题"呈现出"由虚趋实"的倾向。组诗诞生之初,"总分标题"有名无实。到了汉代末,出现了总题和"虚化"的分题。到了六朝时,"分题"所指呈现出"脱虚向实"的势头。如颜延之《五君咏五首》,总题"五君"与分题所咏阮籍、嵇康、刘伶、阮咸、向秀五人名实相副,总分标题间逻辑关系清晰。庾肩吾《八关斋夜赋四城门更作四首》第一赋韵东城门病、南城门老、西城门死、北城门沙门;第二赋韵东城门病、南城门老、西城门死、北城门沙门;第三赋韵东城门病、南城门老、西城门死、北城门沙门;第四赋韵东城门病、南城门老、西城门死、北城门沙门,共十六首,对应总题"四门",反复吟咏,表达作者对"病""老""死""空"的不同生命体验。这种总题分述形态的出现意义重大,为唐代组诗标题形态定型奠定了基础。再次,"八景"组诗崭露头角。如沈约《八咏诗八首》分咏登台望秋月、会圃临春风、岁暮悯衰草、霜来悲落桐、夕行闻夜鸡、晨征听晓鸿、解佩去朝市、被褐守山东八事,确立了宋代"八景""十景"组诗的体制。最后,组诗表达功能得到空前的彰显。阮籍《咏怀诗十三首》《咏怀八十二首》、嵇康《赠兄秀才入军诗十九首》、陆机《古诗十四首》、左思《咏史八首》、陶渊明《杂诗二十首》《饮酒二十首》、谢灵运《拟邺中集八首》、鲍照《拟行路难十八首》、江淹《效阮公诗十五首》《拟古三十首》、庾信《拟咏怀二十七首》等,组诗规模渐大,由数首到十数首,再到数十首,将诗人坎坷的经历、复杂的情感体验,以系统化、集成

---

①　任二北:《敦煌曲初探》,上海文艺联合出版社 1954 年版,第 53 页。

化的方式呈现出来,形成了强大的艺术表现力。《晋书》本传称阮籍"作五言《咏怀》八十余首,为世所重"①,道出了文人钟情于组诗的奥秘。

唐代文人学习民歌,留下了大量乐府组诗。如柳宗元《铙歌十二首》、刘商《胡笳十八拍》、杜甫《前出塞九首》《后出塞五首》、李白《长门怨二首》、孟郊《杂怨三首》、郭元振《子夜四时歌六首》、韦渠牟《步虚词十九首》、李白《子夜四时歌四首》、李贺《十二月歌辞》、张祜《读曲歌五首》、刘禹锡《三阁词四首》、刘长卿《从军行六首》、赵嘏《凉州歌四首》、刘禹锡《竹枝九首》《杨柳枝九首》《浪淘沙九首》、白居易《竹枝四首》、孙光宪《杨柳枝四首》、温庭筠《杨柳枝八首》、僧齐己《杨柳枝四首》、李商隐《杨柳枝二首》、孙鲂《杨柳枝五首》、薛能《杨柳枝十首》《杨柳枝九首》、牛峤《杨柳枝五首》等,或拟两汉,或拟六朝,或拟当代民歌,以抒情言志。正如胡适先生所言:"第一步是诗人仿作乐府。第二步是诗人沿用乐府古题而自作新辞。但不拘原意,也不拘原声调。第三步是诗人用乐府民歌的精神来创作'新乐府'。"②此系唐代乐府演变的三步曲,也是唐人从"拟作"乐府到"创作"乐府的三个阶段。

唐人乐府体制、兴寄精神、题材创新等方面已较前代有明显改变。元白新乐府诗派秉持"寓意古题,刺美见事"③的创作理念,贴近现实,发挥着"救济人病,裨补时阙"的作用。白居易《新乐府五十首》《秦中吟十首》、元稹《和李校书新题乐府十二首》等,无不"即事名篇",有鲜明的纪实性。这使得文人乐府走出了晋代以来的"拟古"沼泽,面貌焕然一新。

李唐王朝注重以史为鉴,大规模地编修前代史书,促进了史学勃兴。而科举制度实施,也进一步推动了史学知识的普及和士子史才的培养。进士科所考策问、帖经,都包括史传内容。至于"三史"科所考,更是纯粹的史书。在这些因素的综合作用下,唐代咏史组诗迅速兴起。罗虬《比红儿诗百首》是一组七绝咏史诗,作者借杨玉环、绿珠等94位美貌女子的史实,传达出对红儿深切的思念和追悔莫及的心情。吴筠《高士咏五十首》是一组五律联章咏史诗,咏赞道家或道教历史上50位高士,"以咏讽其德音焉"④。

晚唐周昙、胡曾、孙元晏、汪遵素有"咏史四大家"之誉,创作了一系列大型咏史组诗。胡曾《咏史诗》三卷"杂咏史事,各以地名为题。自共工之《不

---

① (唐)房玄龄:《晋书》卷四九《阮籍传》,中华书局1974年版,第1361页。
② 胡适:《白话文学史》,东方出版社1996年版,第187页。
③ (唐)元稹:《元稹集》,中华书局1982年版,第254页。
④ (清)彭定求等:《全唐诗》卷八五三,第24册,中华书局1980年版,第9651页。

周山》,迄于隋之《汴水》,凡一百五十首"①。除《吟叙》《闲吟》二诗交代写作目的外,余皆按朝代先后组织,秩序井然。周昙《咏史诗》八卷,计 195 首,亦按朝代先后安排,以人名为题,自《唐尧》始至《贺若弼》止,涉及历史人物数百人,上至帝王将相、英雄豪杰,下至侠客隐士、宫妃美女,规模与气势,无与伦比。孙元晏《六朝咏史诗》存 75 首,按吴、晋、宋、齐、梁、陈分成 6 组。除了以人名、地名命题外,还有以物名、历史事件为题的。汪遵《咏史诗》一卷计 60 首,始于《彭泽》,终于《长城》,前后漫无次序,疑后人辑录而成,未加诠次,绝大多数以地名为题。虽说晚唐咏史组诗艺术成就不高,且背离了咏史诗"美其事而咏叹之,矙括本传,不加藻饰"②的传统,呈现出"以才学为诗"及议论化倾向,被指"开宋恶道"③。然其"搅碎古今巨细,入其兴会"④的气魄,使咏史组诗呈现出奥博风貌,将组诗文体功能发挥到了极致,影响了南宋大型咏史组诗的出现。

　　唐代宫体组诗一改传统的抒情基调,具有了"纪实"的色彩。王建《宫词百首》、花蕊夫人《宫词九十八首》、和凝《宫词百首》堪称典型。王建《宫词百首》不仅写了帝王朝会、召见、宣赦、谒陵、祭祀等重大典礼,也展示了宫中歌舞、节庆、内宴、游艺等活动,具有鲜明的纪实特征。欧阳修《六一诗话》称其"多言唐宫禁中事,皆史传小说所不载者,往往见于其诗"⑤,具有史料价值。魏庆之《诗人玉屑》卷十六称:"宫词凡百绝,天下传播,效此体者虽有数家,而建为之祖耳。"⑥花蕊夫人《宫词九十八首》以白描的手法,将蜀宫中的琐事载于诗中,或描绘前蜀宫廷的建筑艺术,或展现打球、打猎、骑马、射鸭、钓鱼、捉迷藏、博戏等宫廷游艺习俗,或再现蜀王生日、寒食、清明、三元节、立春、等节日习俗,或描述蜀地宫廷中的日常生活,多为所历所感,可补正史之阙。和凝《宫词百首》展示了后唐洛阳宫廷朝政、建筑、庆典、习俗、乐舞、游艺、服饰等内容,为正史所不载。

　　唐人崇尚交往,群居切磋,互动性的诗歌活动屡见不鲜。从御用性应制赓和、朝臣之间唱和,到文人日常宴饮联唱,"对话"方式日趋多元,留下了大量唱和诗集。一是应制类唱和集,如《珠英学士集》《翰林学士集》《偃松集》《龙池

① （清）永瑢等:《四库全书总目》卷一五一,下册,中华书局 1965 年版,第 1301 页。
② （清）何焯:《义门读书记》卷四六,中华书局 1987 年版,第 893 页。
③ （清）毛先舒:《诗辩坻》卷三,郭绍虞编选,富寿荪校点:《清诗话续编》,上册,上海古籍出版社 1983 年版,第 57 页。
④ （清）王夫之著,周柳燕点校:《明诗评选》卷二,上海古籍出版社 2011 年版,第 60 页。
⑤ （宋）欧阳修:《六一诗话》,（清）何文焕辑:《历代诗话》,上册,中华书局 1981 年版,第 268 页。
⑥ （宋）魏庆之:《诗人玉屑》卷一六《宫词》,下册,上海古籍出版社 1959 年版,第 352 页。

集》等;二是朝廷、地方群僚集会唱和集,如《高氏三宴诗集》《集贤院诸厅壁记诗》《洛下游赏集》《名公唱和集》等;三是幕府成员唱和集,如《大历年浙东联唱集》《寿阳唱和集》《岘山唱和集》《盛山十二诗》《汉上题襟集》等;四是赠答送别唱和集,如《朝英集》《送贺监归乡诗集》《送邢桂州诗》《相送集》。

唐代士子由于同年、同座主、同乡里,或同在台省,或同在政治集团中,或志趣相投等,常常结成文人集团,集团唱和因人数多、范围广,带动了组诗的兴盛。以白居易、韩愈为中心的两大集团影响最大,留下的组诗也最多。此外,唐代文人科举后入仕前,一般都有入幕方镇的经历。方镇因此成为文人荟萃之地,如李固言在成都,有李珏、郭圆、袁不约、来择诸诗人从游,为一时莲幕之盛。裴度开淮西幕,韩愈、李正封等人有郾城联句佳话。徐商镇襄阳,段成式、温庭筠、温庭皓、韦蟾、周繇、余知古、王传等从游,唱和酬答,有《汉上题襟诗集》。

私人唱和以亲友间寄赠酬答为主,多以通信方式进行。此类唱和诗集有《辋川集》《荆潭唱和集》《荆燮唱和集》《元和三舍人集》《断金集》《元白往还诗集》《三州唱和集》《杭越寄和集》《元白唱和集》《刘白唱和集》《吴越唱和集》《彭阳唱和集》《松陵集》《唱和集》等。大部分出现在大历以后,既有登临游宴的同题唱和,也有即景抒情的赠答唱和;既有较量诗艺的咏物小品,也有以难相挑的联句游戏。

从创作方式看,辑诗组诗和联句组诗是唐代组诗史上的新生事物。中唐以后,文人编选诗文集的热情高涨,除去时尚清望的因素外,还有更好地传播作品的考虑。这些作于不同时间、地点的单体诗歌被编者组合到一起,冠以总题,便构成了"辑诗组诗"。分两种情况:一是自辑。诗人将某一阶段(或某一地域)所写,在主题、题材上相关的诗歌,汇集在一起,冠以一个总题目,形成组诗。如杜甫《咏怀古迹五首》便是典型。所咏古迹,上自夔州的先主庙,途经归州的宋玉宅和昭君村,下直至江陵的庾信宅,跨度很大,编排次第是作者事后所为。浦起龙认为,咏怀、古迹"本两题也,或同时所作,讹合为一耳。并读殊不成语,必非原文,但沿袭既久,不敢擅分"①。浦氏的怀疑恰恰证明此组诗的"编辑"属性。此诗应是陆续写就,事后冠以总题。韩偓《无题三首》是诗人靠回忆"依次编之"而成,亦非原貌。二是他辑。作者生前或死后,由家人或朋友代辑而成。元稹《使东川二十二首》序云:"元和四年三月七日,予以监察御史使东川,往来鞍马间,赋诗凡三十二章。秘书省校书郎白行简,为予手写为《东川卷》。今所录者,但七言绝句、长句耳,起

---

① (清)浦起龙:《读杜心解》卷四之二,第 3 册,中华书局 1981 年版,第 657 页。

《骆口驿》,尽《望驿台》,二十二首云。"①从序可知,作者共创作 32 首,但白行简所辑《使东川》却只有 22 首。赵昹作《编年诗》二卷计 111 首,现存《读史编年诗》仅 36 首,数量相差很大。现存汪遵《咏史》漫无次序,当是《咏史》诗卷亡佚后,后人辑得而成,未加诠次的结果。这些组诗实际上都是后人"编辑"而成,并非原来面貌。

联句组诗是唐代组诗新形态,源于联句诗。明人徐师曾说:"联句诗起自《柏梁》人各一句,集以成篇。其后宋孝武《华林曲水》、梁武帝《清暑殿》、唐中宗《内殿》诸诗,皆与汉同。唯魏《悬瓠方丈竹堂宴飨》,则人各二句,稍变前体。"②这段话清晰地交代了联句诗起源及创作方式。早期联句诗一人一句,或一人一联(二句),蝉联而下,每人所作均不能自足表意。当一人二联(四句)时,已经具备了自足表意的功能,此时的"联句"实质上已变成"联诗",联句诗就变成了"联句组诗"了。清人王士禛《带经堂诗话》卷一云:"联句有人各赋四句,分之自成绝句,合之仍为一篇。谢朓、范云、何逊、江革辈多有此体。"③所谓"分之自成绝句",道出了所联之"绝句"的文体属性的变化,"联句组诗"在文人不经意"增加句数"中产生了。

唐代联句组诗因文人唱和活动的兴盛而层出不穷,如《喜遇刘二十八偶书两韵联句》由裴度、刘禹锡、白居易、李绅各作五绝 1 次组成;《度自到洛中与乐天为文酒之会时时构咏乐不可支则慨然共忆梦得而梦得亦分司至止欢惬可知因为联句》由裴度、白居易、刘禹锡各作五绝 5 次组成;《刘二十八自汝赴左冯途经洛中相见联句》由裴度、白居易、李绅、刘禹锡各作五绝 2 次组成;《宴兴化池亭送白二十二东归联句》由裴度、刘禹锡、白居易、张籍各作五绝 2 次组成;《秋霖即事联句三十韵》由白居易、王起、刘禹锡各作五绝 5 次组成;《会昌春连宴即事》由白居易、刘禹锡、王起各作五绝 5 次而成;《晚秋郾城夜会联句》由韩愈、李正封各作五绝 25 次组成。联句组诗的创作"必其人意气相投,笔力相称,然后能为之"④。对文人而言,每一次集会都是联句的盛会,成为诗人切磋诗艺、炫耀才学的重要场合。

唐代组诗规模较前期有了重大突破,中大型组诗不绝如缕。如李峤《杂咏诗一百二十首》、钱珝《江行无题一百首》、王建《宫词百首》、花蕊夫人《宫

①　(清)彭定求等:《全唐诗》卷四一二,第 12 册,中华书局 1980 年版,第 4567 页。
②　(明)吴讷、徐师曾著,于北山、罗根泽校点:《文章辨体序说　文体明辨序说》,人民文学出版社 1962 年版,第 110—111 页。
③　(清)王士禛著,张宗柟纂集,戴鸿森校点:《带经堂诗话》卷一,上册,人民文学出版社 1982 年版,第 31 页。
④　(明)吴讷、徐师曾著,于北山、罗根泽校点:《文章辨体序说　文体明辨序说》,人民文学出版社 1962 年版,第 111 页。

词九十八首》、和凝《宫词百首》、胡曾《咏史诗一百五十首》、周昙《咏史诗九十五首》、孙元晏《六朝咏史诗七十五首》等，动辄百首或百余首，将组诗所具有的系统、博大的功能推向一个新高度，给人以气势恢宏之感，启发了宋代"百咏诗"的产生。

从组诗发展史看，唐代组诗艺术在前代经验基础上渐趋定型。一是"总题分述"的标题形态，成为主流。总题交代吟咏对象、范围、历程，分题具体展开，逐一说明。无论是写景、状物，还是叙事、纪行、咏史等，无不如此。如王维《辋川二十首》，总题交代所咏对象为辋川别业，分题围绕孟城坳、华子冈等二十个景点，逐一展开。刘长卿《湘中纪行十首》，总题交代"湘中纪行"，分题按照行程先后，依次为湘妃庙、斑竹岩、洞阳山、云母溪、赤沙湖、秋云岭、花石潭、石菌山、浮石濑、横龙渡，移步换景，渐次展开。元稹《秦中吟十首》，总题标明秦中，分题咏议婚、重赋、伤宅、伤友、不致仕、立碑、轻肥、五弦、歌舞、买花等事，全面反映秦中民众的生活。陈子昂《蓟丘览古赠卢居士藏用七首》之咏轩辕台、燕昭王、乐生、燕太子、田光先生、邹衍、郭隗，均为蓟丘的名人与名胜，总分标题之间隶属关系清晰可见。"总题分述"使组诗总题、分题间建立了严密的逻辑关系，彰显出独特的文体特征。

二是序（引）、注、诗三位一体，"诗序体"成为组诗不可或缺的部分。唐代组诗于标题外，往往标有"序""引""注"等文字，或阐释诗题，或标明创作方式，或揭示创作背景，或说明诗体，提升了组诗的表现力。序又分"大序"（总题序）与"小序"（分题序）。如李世民《帝京篇十首序》、李白《对酒忆贺监二首并序》、杜甫《八哀诗并序》等，均有"大序"无"小序"；卢鸿一《嵩山十志十首》、韩愈《琴操十首》、顾况《上古之什补亡训传十三章》，均有"小序"无"大序"；元结《二风诗十首》《补乐歌十首》、元稹《虫豸诗七篇并序》《使东川二十二首并序》、皮日休《三羞诗三首并序》等，既有"大序"也有"小序"。这些不同类型的"序"的存在，增强了诗歌的叙事性，对宋代组诗长题、长序出现，有直接影响。

唐代组诗有标"序"为"引"的，如刘禹锡《金陵五题》引云：

　　余少为江南客，而未游秣陵，尝有遗恨。后为历阳守，跂而望之。适有客以《金陵五题》相示，迺尔生思，欻然有得。他日友人白乐天掉头苦吟，叹赏良久，且曰："《石头》诗云'潮打空城寂寞回'，吾知后之诗人不复措词矣！"余四咏虽不及此，亦不孤乐天之言耳。①

----

① （清）彭定求等：《全唐诗》卷三六五，第 11 册，中华书局 1980 年版，第 4117 页。

引中交代了创作背景和感时伤世的情感基调。《文体明辨序说》云："按唐以前,文章未有名引者;汉班固虽作《典引》,然实为符命之文,如杂著命题,各用己意耳,非以引为文之一体也。唐以后始有此体,大略如序而稍为短简,盖序之滥觞也。"①刘禹锡的父亲名叫刘绪,"绪"与"序"同音,为避父讳,刘禹锡所作的序都写作"引",如刘禹锡《海阳十咏并引》《淮阴行五首并引》《竹枝词九首并引》《伤愚溪三首并引》等。

"注"是标题下的简短的文字,用以交代写作时间、地点,说明对象、数量、诗体、句数等。如李白《游泰山六首》题注云"天宝元年四月,从故御道上泰山"②,元稹《生春二十首》题注云"丁酉岁,凡二十章"③,王维《济上四贤咏》题注云"三首,济州官舍作"④,等等。这些"注"或交代时间,或表明地点,或提示数量。杜甫《梦李白二首》题注云:"李白卧庐山,永王璘反,迫致之。璘败,坐系寻阳狱,长流夜郎。久之,得释。"⑤白居易《思子台有感二首》题注云:"凡题思子台者,皆罪江充,予观祸胎,不独在此,偶以二绝句辩之。"⑥高正臣《晦日置酒林亭》题注云:"是宴凡二十一人,皆以华字为韵,陈子昂为之序。"⑦其注主要交代原由、诗体、创作方式等。特别是集会类组诗,由于人物关系错综复杂,对未与会者而言,若无相关背景的补充、解释、说明,势必会造成误解,故用"注"的比例较高。宋诗"自注"风行一时,与此不无关系。

三是结构形态多样,组合艺术日渐丰富。以"时间流程"来结构,源自民歌的联章。除四时体、五更体、十二月歌等"时序体"外,一些组诗在内容上隐含着时序关系,如元结《石宫四咏》、李商隐《燕台四首》,均以春夏秋冬来结构。赵嘏《编年诗一百一十首》,从一岁到一百岁,以"序齿"方式表达人生不同阶段的心理体验。孙元晏《咏史诗七十五首》则按吴、晋、宋、齐、梁、陈六个朝代为序,演绎沧桑之感。"空间并置"的结构方式,主要用于写景、纪行等题材,如陆希声《阳羡杂咏十九首》、陆龟蒙《四明山诗九首》、皮日休《奉和鲁望四明山九题》、李德裕《春暮思平泉杂咏二十首》、韦处厚《盛山十二诗》等,皆以空间转换为线索,将不同的空间"组合"在一起,集中表达特

① (明)吴讷、徐师曾著,于北山、罗根泽校点:《文章辨体序说 文体明辨序说》,人民文学出版社1962年版,第136页。
② (清)彭定求等:《全唐诗》卷一七九,第5册,中华书局1980年版,第1823页。
③ (清)彭定求等:《全唐诗》卷四〇〇,第12册,中华书局1980年版,第4555页。
④ (清)彭定求等:《全唐诗》卷一二五,第4册,中华书局1980年版,第1252页。
⑤ (清)彭定求等:《全唐诗》卷二一八,第7册,中华书局1980年版,第2289页。
⑥ (清)彭定求等:《全唐诗》卷四四八,第13册,中华书局1980年版,第5037页。
⑦ (清)彭定求等:《全唐诗》卷七二,第3册,中华书局1980年版,第784页。

定的主题。以"事件进程"来组合,适合于叙事,如杜甫《前出塞九首》将十余年从军生活、感受作了完整的描述。《后出塞五首》将作者出塞、返塞的前后过程及见闻感慨系乎其间,叙事线索十分清晰。仇兆鳌《杜少陵集详注》卷十中说:"凡杜诗连叙数首,必有层次安顿。"①以"情感流程"来组合,如杜甫《乾元中寓居同谷县作歌七首》,分咏"呜呼一歌兮歌已哀""呜呼二歌兮歌始放""呜呼三歌兮歌三发""呜呼四歌兮歌四奏""呜呼五歌兮歌正长""呜呼六歌兮歌思迟""呜呼七歌兮悄曲终"七歌,以情感发展为脉络,将诗人心态全方位地展示出来。

宋代是组诗史上一大转关,以诗纪事、"以才学为诗",成为宋诗突出特征。吴晟先生说:"宋代'以才学为诗',这一风气也反映在组诗的创作上。"②无论是宫词、咏史,还是纪行、百咏、八景等,都呈现出鲜明的叙事性和纪实性。长序、长题、自注,成为宋代组诗叙事性增强的显著标志。集句组诗、次韵组诗的出现,反映出宋人渊博的学识与巨大的创造力。

叙事性增强,以咏史组诗最为突出,即便是史论组诗,也都建立在史事叙述的基础上展开。"纪事"观念的强化,是宋代咏史组诗繁荣的根源。小型咏史组诗,如范仲淹《读史五首》、苏辙《读史六首》、葛胜仲《读史八首》、刘敞《咏古诗十二首》、韦骧《咏唐诗二十九首》、李纲《谒寇忠愍祠堂六首》《五哀诗》《金陵怀古四首》、华镇《咏古十六首》等,或缅怀先贤,或感慨史事,或借古抒怀,或评古论今,或以传体咏史,既有纪事的用意,又有资治的功能。中型咏史组诗,如华镇《会稽览古一百三首》,吟咏会稽山川古迹,有"诗体史志"的美誉,兼具纪实、载史功能。

南宋咏史组诗繁盛,除了受晚唐"咏史四大家"影响外,还与南宋特殊的政治环境相关。靖康之难使得士人群情激愤,面对统治者的昏聩,人们借古讽今以宣泄不满。私家著史风气的兴起,讲史话本的流行,助推了南宋咏史组诗的勃兴③。王十朋是南宋创作大型咏史组诗的第一人,其《咏史诗》共106题计110首④。所咏历史人物以古代帝王为中心,作者借助咏史,在对圣君贤相的礼赞和对荒淫误国之君的深恶痛绝中,传递着垂戒、资治的现实意义。

刘克庄《杂咏一百首》是分类歌咏历史人物的专集,一诗一咏,共评论

---

① (清)仇兆鳌:《杜诗详注》卷十,北京图书馆出版社1999年版,第365页。
② 吴晟:《联章:中国古典诗歌的一种言说体式》,《文学前沿》2005年第1期,第213页。
③ 参见张小丽:《宋代咏史诗研究》,光明日报出版社2009年版,第325页。
④ (宋)王十朋著,梅溪集重刊委员会编,王十朋纪念馆修订:《王十朋全集》卷十《咏史诗》(修订本),上海古籍出版社2012年版,第141—156页。

200 位历史人物,其"在咏史诗中表现出来的见识和对历史危亡的忧患"①,
透露出对南宋王朝偏安的强烈不满。另一组《读本朝史有感十首》专论本朝
历史,所述事件皆以北宋朝《实录》为本,展示了贯穿北宋近两百年党争历
史。《陔余丛考》称"刘后村诗多用本朝事"②,后代学者戏称为"一部简明
的北宋'党争诗史'"③,其现实意义不言而喻。

陈普《咏史》共两卷,"上卷"吟咏春秋战国秦汉时期的历史人物,共 188
首;"下卷"吟咏三国魏晋唐宋时期的历史人物,共 179 首。所咏史实与人物
都呈现出维护正统与秩序、以儒家义理为标准的思想立场。林同《孝诗》一
卷,赞颂宋前六大类纯孝人、物,计 300 首。四库馆臣评云:"皆撮古今孝事,
每一事为五言绝句一首,亦间有两事合咏一首者。"④此诗为历代统治者所
赏识,后被收入《四库全书》,代代相传。

宋代纪实类组诗,大多都围绕着社会政治、百姓疾苦、民间生活等展开。
周剑之指出:"社会政治题材的诗歌在宋代益发繁荣,其中一个重要原因,在
于宋人'以天下为己任'的社会责任感的增强。"⑤如吕本中《兵乱后自嬉杂
诗二十九首》以靖康事变为中心,反映了百姓、大臣、战士以及诗人的遭遇,表
达了对北宋灭亡的深哀巨痛。刘子翚《汴京纪事二十首》以纪事方式,载录了
靖康事变的相关史实,"皆有关一代事迹,非仅嘲评花月之作也"⑥,对亡国之
因进行反思。左纬《避贼书事十三首》、陈与义《邓州西轩书事十首》同样以靖
康事变为背景,叙述逃难中见闻。蔡襄《四贤一不肖五首》通过颂扬范仲淹、
余靖、尹洙、欧阳修,抨击高若讷,表达了作者对朋党政治的批评。范雍《纪事
夏事三首》聚集边防问题,对宋朝边防松弛导致与西夏战争失败表达了不满。
这些组诗所记所感,都有鲜明的纪实特征,反映出知识分子的责任与担当。

宋代纪行组诗集中于"使金""使辽"上,如范成大《北征集》作于使金途
中。作者以"祈请国使"身份奉命出使金国,用日记体形式,依次记述其间见
闻与感受,反映了金国统治下百姓的生活状态和作者的家国情怀。始于《渡
淮》,终于《会同馆》,共 72 首。每一诗题下,以"自注"方式补充地理信息,
记录沿途山川古迹、风物民俗及金国建筑与典章文化,内容可与《揽辔录》相

---

① 王述尧:《刘克庄与南宋后期文学研究》,东方出版中心 2008 年版,第 52 页。

② (清)赵翼:《陔余丛考》卷二四"刘后村诗多用本朝事"条,商务印书馆 1957 年版,第
493—496 页。

③ 曾祥波:《〈读本朝史有感十首〉考释》,《古籍整理研究学刊》2013 年第 1 期,第 30 页。

④ (清)永瑢等撰:《四库全书总目》卷一六五,下册,中华书局 1965 年版,第 1406 页。

⑤ 周剑之:《宋诗叙事性研究》,博士学位论文,北京大学 2011 年,第 132 页。

⑥ (清)翁方纲:《石洲诗话》卷五,郭绍虞编选,富寿荪校点:《清诗话续编》,上册,上海古籍
出版社 1983 年版,第 1434 页。

呼应。周麟之《中原民谣十二首》也是使金途中的见闻录,一题一事,各以"小序"详述史实及感受。苏辙《奉使契丹二十八首》系奉命出使辽国,庆贺辽主生辰期间所作。以行程为线索,记录使辽见闻外,还隐含着作者卑事小国屈辱的心态。文天祥《指南录》共35题95首,侧重对历史事件的叙述,详细记录逃难历程和感受,可"以诗正史"。

宋代宫词十分兴盛,留下了近7 000首七绝体宫词组诗,体量巨大。如宋白《宫词百首》、宋徽宗《宫词三百首》、杨皇后《宫词五十首》、王珪《宫词百首》、周彦质《宫词百首》、王仲修《宫词百首》、张公庠《宫词百首》、曹勋《宫词三十三首》等。这些宫词因记录了国家大事、政令举措等内容,而具有了纪事"补史"功能。

宋代宫词体组诗大体可分两类:一类是纪实类宫词,主要集中记录帝王、宫女的生活,以宋徽宗《宫词三百首》、张公庠《宫词一百首》为代表。"要而言之,文献价值、认识价值与审美价值三者的叠加,即构成了以反映帝王生活为主体类宫词的最突出的特点,而宋徽宗《宫词三百首》,既为这一类宫词的开创者,又为其中之代表作。"①反映后宫女性生活主题的,以宁宗杨皇后《宫词五十首》为典型,侧重展示贵妃、内人等宫中女性日常生活。描写"宫人"等宫中底层女性的不幸遭遇,以王珪《宫词一百首》、周彦质《宫词百首》、王仲修《宫词百首》为代表,此类宫词与传统的"宫体"存在着渊源关系,元代的宫词组诗,都延续此路径而来。另一类是咏史类宫词,强调宫词的"颂美"与"讽谏"功能,在宫词发展史上有着独特的地位。岳珂《宫词百首》序称:"窃谓苟匪止乎礼义,有以寓讽谏、美形容,均为无益。……辄用其体,成一百首,以示黍离宗周之未忘。"②作者借"述古"达到"讽今"的目的。宋白《宫词百首》序亦称:"宫中词,名家诗集有之,皆所以夸帝室之辉煌,叙王游之壮观……鼓舞升平之化,揄扬嘉瑞之征,于以示箴规,于以续《骚》《雅》……援笔一唱,因成百篇。言今则思继颂声,述古则庶几风讽也。"③主张宫词应"鼓舞升平""揄扬嘉瑞",起到"箴规""风讽"之用,将宫词纳入儒家诗教传统,突出其美颂功能。

宋代史学、地学、民俗学的发展,导致了风土"百咏诗"的大量出现。这些百咏诗以纪实方式,通过"片断式"场景的叙写,构成完整的叙述语境,集中展示作者的情感。如杨备《姑苏百题》《金陵览古百题》、杨蟠《钱塘西湖

---

① 王辉斌:《宋徽宗与宋代宫词创作》,《南都学坛》2010年第2期,第67页。

② 傅璇琮等主编:《全宋诗》卷二九七二,第56册,北京大学出版社1991年版,第35402页。

③ 傅璇琮等主编:《全宋诗》卷二〇,第1册,北京大学出版社1991年版,第280页。

百题》《后永嘉百咏》、郭祥正《和杨公济钱塘西湖百题》、阮阅《郴江百咏》、李质《艮岳百咏》、许尚《华亭百咏》、曾极《金陵百咏》、方信孺《南海百咏》、张尧同《嘉禾百咏》、陈谔《襄鄂百咏》、朱继芳《和颜长官百咏》、董嗣杲《西湖百咏》等，展示山川地貌、风土人情、名胜古迹，规模宏大，气势磅礴。四库馆臣称"宋世文人学士，歌咏其土风之胜者，往往以夸多斗靡为工"①，信然。

咏梅是宋代"百咏诗"最突出的题材，梅花被赋予了象征贞洁操守与忠君爱国的品格，深受文人士大夫赏识。《全宋诗》中现存宋伯仁《梅花喜神谱》、方蒙仲《和刘后村梅花百咏》、刘克庄《梅花十绝，答石塘二林》、李龙高《梅百咏》、秦观《梅花百咏》、董嗣杲《靖传翁百花诗》等 8 组梅花百咏诗。梅花百咏诗在宋代连跗接萼，正是此种文化心理的写照。人们通过对梅花形色、姿态、处境的描绘，赋予梅花以人格魅力，推动了全社会对梅花品格的认同和咏梅热潮的形成。

八景组诗因其独特的形制和乡土文化内涵，深受宋人喜爱。宋沈括《梦溪笔谈》卷一七"书画"载："度支员外郎宋迪工画，尤善为平远山水。其得意者有平沙雁落、远浦帆归、山市晴岚、江天暮雪、洞庭秋月、潇湘夜雨、烟寺晚钟、渔村落照，谓之'八景'，好事者多传之。"②这是文学史上最早的有关"八景"的记录。这组八景画，成为史上最早的"潇湘八景"原型意象，后经书画家米芾题诗，遂使八景之名远扬天下，致使大量的"潇湘八景"或"××八景（咏）"组诗涌现诗坛。如庞籍《延州城南八咏》、司马光《奉和经略庞龙图延州南城八咏》、宋祁《和延州经略庞龙图八咏》、苏轼《虔州八境图》《凤翔八观》、释德洪《潇湘八景》、赵抃《杭州八咏》、李纲《梁溪八咏》、陆蒙老《嘉禾八咏》、周邠《和嘉禾八咏》、宋宁宗《潇湘八景》、刘克庄《咏潇湘八景各一首》、徐经孙《觉溪八景》、马麟《湘中八景图》、叶茵《潇湘八景图》、何子举《清渭八景》、家铉翁《鲸川八景》、杨公远《潇湘八景》、周密《潇湘八景》、方凤《八景胜概》等等，为后代"八景"组诗提供了创作经验与书写范式。

宋代士大夫在"与帝王共天下"政策的感召下，各自雕励，奋发有为。君臣之间，唱和不绝。太宗皇帝喜舞文弄墨，每于庆赏、宴会，宣示御制诗篇，令大臣唱和。苏易简《续翰林志》卷上称："皇上留心儒墨，旌赏文翰，时纶阁之士，始召赴曲宴，或令和御诗，舍人从游宴，自此始也。"③文坛盟主徐

---

①　（清）永瑢等撰：《四库全书总目》卷一六五，下册，中华书局 1965 年版，第 1410 页。

②　（宋）沈括撰，胡道静校证：《梦溪笔谈校证》卷一七《书画》，上册，上海古籍出版社 1987 年版，第 549 页。

③　（宋）洪遵：《翰苑群书》卷八，傅璇琮、施纯德编：《翰学三书》，辽宁教育出版社 2003 年版，第 61 页。

铉、李昉等，成为唱和活动中常客。吴处厚《青箱杂记》卷三载："真宗听政之暇，唯务观书，每观毕一书，即有篇咏，使近臣赓和。"①国史编修夏竦以"奉和御制"方式，创作了一组四十二首"读史"咏史诗，与皇上"互动"，抒写读史之感想，堪称典型。《应制赏花集》《明良集》等唱和诗集，即因此结集成册。

文人因学识和道义的相互钦佩，多有酬唱。动辄十数人，乃至数十人，声势浩大。巩本栋先生认为，宋代文人唱和更多的是士大夫之间的平等唱和，"有宋一代，诗词唱和已成为士人文学艺术交往的重要方式之一，也有力地推动了文学创作的进步。"②留下了《二李唱和诗集》《西昆酬唱集》《同文馆唱和诗》《禁林宴会集》《翰林酬唱集》《礼部唱和诗集》《瑞花诗赋》《商于唱和集》《颍川集》《汝阴唱和集》《睢阳五老会诗》《山游唱和诗集》《南岳酬唱集》《坡门酬唱集》等唱和组诗专集，记录了不同圈子文人的酬唱状况。

以欧阳修为中心的"西京唱和"，影响深远。《渑水燕谈录》卷四载："天圣末，欧阳文忠公文章三冠多士，国学补试国学解，礼部奏登甲科。为西京留守推官，府尹钱思公、通判谢希深皆当世伟人，待公优异。公与尹师鲁、梅圣俞、杨子聪、张太素、张尧夫、王幾道为七友，其文章道义相切劘。率尝赋诗饮酒，间以谈戏，相得尤乐。凡洛中山水园庭、塔庙佳处，莫不游览。"③其间唱和之作，集为《礼部唱和诗集》三卷（又称《嘉祐礼闱唱和集》）传世，轰动诗坛。

苏门文人的"京师唱和"，更是文坛盛事。《坡门酬唱集》专录苏轼、苏辙兄弟及黄庭坚、秦观、晁补之、张耒、陈师道、李鹰等平日酬唱和答之作。四库馆臣评云："其诗大抵同题共韵之作，比而观之，可以知其才力之强弱，与意旨之异同。"④苏轼兄弟及门人间的赠答，多为同题唱和组诗，校艺意味明显。这些唱和"把'诗可以群'的功能推向极致，扩大了诗歌在社会生活中应起积极作用"⑤，以诗娱情与应酬交际功能的融合，既展示了士大夫的精神面貌与审美趣味，也带来了诗学观念的改变。

宋代非集会现场的"同题共咏"，以朱熹《武夷棹歌十首》最为典型。虽说这组诗歌是朱熹在武夷精舍时的戏作，但无论是模山范水的经验，还是学

---

① （宋）吴处厚撰，李裕民点校：《青箱杂记》卷三，中华书局1985年版，第27页。
② 巩本栋：《宋代唱和诗词总集叙录》，《古典文献研究》第16辑，2013年，第232页。
③ （宋）王辟之撰，吕友仁点校：《渑水燕谈录》卷四《才识》，中华书局1981年版，第40页。
④ （清）永瑢等：《四库全书总目》卷一八七，下册，中华书局1965年版，第1695页。
⑤ 周裕锴：《诗可以群：略谈元体诗歌的交际性》，《社会科学研究》2001年第5期，第134页。

理求道的内涵,都堪称经典。因朱熹的巨大社会感召力,引起了同代人甚至后世诗人的广泛唱和、追和。《全宋诗》中收录了与朱熹唱和《武夷棹歌》的有七家,形式都是一组十首,包括韩元吉《次棹歌韵十首》、方岳《棹歌和韵》《又和晦翁棹歌》、留元刚《武夷九曲棹歌》、欧阳光祖《和朱元晦九曲棹歌》、白玉蟾《棹歌十首》《九曲杂咏》、辛弃疾《游武夷作棹歌十首呈晦翁十首》等。其中留元刚、欧阳光祖依朱熹体制,从一曲至九曲展开咏唱;韩元吉、方岳为次韵唱和。方岳、辛弃疾虽未标明“曲数”,但秩序并无二致。《武夷棹歌》的传唱主要以朱子门人及友人为主,但其山水品评与讲学悟道结合的范式,对后世创作产生了极大的影响。

“和陶”是宋代文坛最为亮眼的风景,更是异代唱和的典范。正如苏辙《子瞻和陶渊明诗集引》所云:“古之诗人,有拟古之作矣,未有追和古人者也。追和古人,则始于东坡。吾于诗人,无所甚好,独好渊明之诗。”①苏轼晚年被贬惠州、儋州后,视陶诗为精神支柱,留下“和陶”组诗百余首。其兄弟、门生均有数量不等“和陶”之作。有学者指出:“唱和双方的思想倾向、文学主张、审美爱好、性格情感等,如果相同或相近,那不管是同处还是异居,是古人还是今人,都易于触发唱和。”②南宋时期,李纲、吴芾、陈造、滕岑、赵蕃等,都是“和陶”主力军,使得“和陶”蔚然成风,影响深远。

集句组诗是宋代的“新面孔”。作为一种集成化诗歌生产方式,集句早在晋代已经出现,俗称“百衲衣体”。徐师曾说“集句诗者,杂集古句以成诗也。自晋以来有之,至宋王安石尤长于此。盖必博学强识,融会贯通,如出一手,然后为工。欲牵合傅会,意不相贯,则不足以语此矣”③。强调集句需具备博学、融通的本领,好的集句诗应该如盐入水、宛若己出。

王安石是北宋创作集句组诗最多的诗人,有《送吴显道五首》《怀元度四首》《沈坦之将归溧阳值雨留吾庐久之三首》《示蔡天启三首》《胡笳十八拍十八首》《即事五首》等。叶梦得称其“尽假唐人诗集,博观而约取,晚年始尽深婉不迫之趣”,“如出诸己”“浑然一体”④的特色。严羽也称“集句惟王荆公最长,《胡笳十八拍》浑然天成,绝无痕迹,如蔡文姬肺肝间流出”⑤。

---

① (宋)苏轼著,(清)王文诰辑注,孔凡礼点校:《苏轼诗集》,中华书局1982年版,第1882页。
② 巩本栋:《唱和诗词研究》,中华书局2013年版,第80页。
③ (明)吴讷、徐师曾著,于北山、罗根泽点:《文章辨体序说 文体明辨序说》,人民文学出版社1962年版,第111页。
④ (宋)叶梦得:《石林诗话》卷中,(清)何文焕:《历代诗话》,上册,中华书局1981年版,第419页。
⑤ (宋)严羽著,郭绍虞校释:《沧浪诗话校释·诗评》三八,人民文学出版社1983年版,第189页。

李纲、文天祥等都曾仿作《胡笳十八拍》，足见影响之大。孔平仲《寄孙元忠三十一首》标明"俱集杜句"字样，且于《杜诗详注》中有出处，有开拓之功。"从集句诗发展的角度看，孔平仲对集句诗最大的贡献是开创了集杜诗这样一个重要的门类"①，后世大量集杜诗集和诗卷的出现，正得益于此。

北宋后期，集句诗集开始出现。葛次仲《集句诗》三卷、林震《集句诗》七卷（现已亡佚）等，对南宋集句专集的出现具有引领作用。南宋大型集句组诗共有30余种。胡伟《宫词集句》是我国现存最早的一部集句诗集。李龏《梅花衲》一卷、《剪绡集》二卷，前者是咏梅集句专集，赞美梅花形态和品格；后者开辟了集句乐府歌新领域。释绍嵩《江浙纪行集句诗》七卷，是宋代第一部僧人创作的集句组诗，记录了江浙沿途的自然景观、人文景观和旅途感慨。史铸《百菊集谱》《百菊集谱补遗》二集，赞美菊花"傲睨风霜"的品格和延年益寿的功用。文天祥《集杜诗二百首》、张庆之《咏文丞相诗》使得"集杜诗"创作达到了新高度——将此前集句诗调侃戏谑之作，变成了"以诗纪史"的严肃创作。文天祥《集杜诗》四卷，专集杜诗而成，目的是"以诗存史"，"每篇之首，悉有标目次第，而题下叙次时事，于国家沦丧之由，生平阅历之境，及忠臣义士之周旋患难者，一一详志其实，颠末粲然，不愧诗史之目。"②受此影响，后世集杜诗者此起彼伏，络绎不绝。如方凤《三吴漫游集唐十首》，吴伯能评云："宋瑞《指南》一稿，多集杜句，若出己吻。而先生遥为声应，唱予和汝，更觉凄然。"③张庆之《咏文丞相》一卷，清人陆心源评价道："初，文天祥知平江，庆之齿诸生之列，洎国亡，集杜诗备述天祥平生大节。"④其诗与文天祥相类，有"诗史之目"。

集句组诗深受宋人青睐，与时人"以文为戏"的诗学观分不开。孙应时《跋胡元迈集句》云："集句近世斯人游戏法耳，要之可以为工，不可以为高；足以贻世，不足以名世。"⑤将集句诗定位为"近世斯人游戏法"，可见宋人"游艺"心态。其次与宋人"以才学为诗"指导思想相关。通过玩赏、剪裁前人诗句，让诗句在"重组"中获得"新生"，可以达到逞才使气的目的。最后与集句文体特征相关。"集句的文体风格具有二重性，就其信手拈来、涉笔成趣而言，则往往为调侃和雅谑；就其旁征博引、引经据典而言，则往往可以

---

① 张明华、李黎著：《集句诗嬗变研究》，中国社会科学出版社 2011 年版，第 35 页。
② （清）永瑢等撰：《四库全书总目》卷一六四，下册，中华书局 1965 年版，第 1408 页。
③ （宋）方凤著，方勇辑校：《方凤集》，浙江古籍出版社 1993 年版，第 60 页。
④ （清）陆心源撰，吴伯雄点校：《宋史翼》卷三五《遗献二·张庆之》，浙江古籍出版社 2016 年版，第 908 页。
⑤ （宋）孙应时：《烛湖集》卷十《跋胡元迈集句》，《文渊阁四库全书》，第 1664 册，上海古籍出版社 1987 年版，第 644 页。

为典雅和奥博。"①集句所具有的"雅谑"与"奥博"特征深孚文人的审美趣味——这也是集句组诗深受诗人赏识的又一原因。

宋代组诗中"长题""自注"现象尤为突出,这是宋诗叙事性增强的显著标志。时间、地点、人物、背景等叙事性因素的介入,使得长题、自注在叙述事件、讲述过程时更加完整、详细,具有纪实性。李昉、李至、陈尧佐、文彦博、司马光、苏颂、苏轼等,都喜欢使用百字以上的长题,或称为"以序为题"。这些长题通常都以某一事件为中心,通过交代特定生活场景和人物关系,以增强诗题叙事的完整性。从这个意义上说,组诗"长题"不仅是补充事件细节、交代事件背景而已,它更是组诗有机组成部分,增强了诗歌意蕴和趣味。

长题成为普遍现象,与宋人"以文为诗"的观念相关。程杰先生说:

> "以文为诗"不只是一个形式上甚至于风格上的创新。透过形式和风格的变化,应该看到诗歌美学主题由主观情感世界向世俗日常生活细节的深刻变迁。②

宋人不但重视对诗歌本事的记录,且把时间、地点、人物等放在诗题中,促进了诗题叙事的情境性。针对宋人喜用长题,后人也多有批评。清人方南堂《辍锻录》云:"立题最是要紧事,总当以简为主,所以留诗地也。使作诗意义必先见于题,则一题足矣,何必作诗? 然今人之题,动必数行,盖古人以诗咏题,今人以题合诗也。"③诗题过长,不仅不够简练,且势必挤占诗歌遐想的空间,有喧宾夺主之嫌。

"自注"是作者对诗中地点、人名、时间、物品等所作解释性文字。清人章学诚称"史家自注之例,或谓始于班氏诸志,其实史迁诸表已有子注矣"④。南北朝时"自注"实现了由史学向文学的迁移,联句诗中诗句下注人名,是为诗中"自注"的源头。中唐后诗歌自注明显增多,至宋代更为普遍,几乎人人皆用。从题材上看,宋诗中咏史类、纪行类组诗,因关乎史实、地名,几乎每诗必注。如夏竦的"奉和御制"咏史组诗共 17 组,每首诗均有"自注"。陈普的七绝组诗《咏史》两卷,有"自注"者占 80%。文天祥《集杜

---

①　吴承学:《集句论》,《文学遗产》1993 年第 4 期,第 18 页。

②　程杰:《论范成大以笔记为诗——兼及宋诗的一个艺术倾向》,《南京师大学报(社会科学版)》1989 年第 4 期,第 55 页。

③　(清)方南堂:《辍锻录》,郭绍虞编选,富寿荪校点:《清诗话续编》,上册,上海古籍出版社1983 年版,第 1942 页。

④　(清)章学诚著,仓修良编注:《文史通义新编新注》外编一《史篇别录例议》,浙江古籍出版社 2005 年版,第 426 页。

诗二百首》几乎每题之下都有"自注",补充宋代史事,素有"诗史"之称。范成大《北征集》每一诗标题下,都"自注"提示行程,补充地理信息,成为诗歌不可分割的部分。

"自注"形式较为灵活,有题注、有夹注和尾注。"题注",顾名思义,是在诗题之下,或释名以彰义,或解释时间、地点、人名,或标明诗体用韵,或申明创作背景。如文同《寄题杭州通判胡学士官居诗四首》以"注"交代诗题来历;刘敞《蔡州路中作五首寄都下》用"注"交代写诗背景。"夹注",在诗句之间,用于对诗歌字句注解,或补充相关信息。如夏竦《奉和御制读史记诗三首并注》《奉和御制读前汉书三首并注》《奉和御制读后汉书诗三首并注》等"读后感"式咏史组诗,全部用"夹注"形式,以交代史实或人物。"尾注",在诗歌的结尾,或注解末句诗歌,或对全诗概括点评。如周麟之《破虏凯歌二十四首》、蔡襄《梦游洛中十首》、韩维《洛城杂诗五首》等,末尾均作"注",交代作诗的缘由。"自注"篇幅,可长可短。近体咏史组诗中,"短诗长注"的情况非常普遍,"自注"的长篇化、精细化成为趋势,增强了组诗的叙事性。如司马光《其日雨中闻姚黄开戏成诗二章呈子骏尧夫》堪为典型。作为一组七绝,几乎每句都有注释,其篇幅远远超过了诗歌正文。这些自注,或补充史实,或突出题旨,或作议论,在完善诗歌的内容上都发挥了重要的作用。宋诗普遍加"注",与喜用"长题"一样,都是"以才学为诗"影响的产物。

宋诗"于物无所不收,于法无所不有,于情无所不畅,于境无所不取,滔滔莽莽,有若江河"①,呈现出博赡宏富的特征。宋人在前人基础上,积极开拓新题材、新体式的探索,不断丰富组诗创作经验,为元代组诗全面兴盛奠定了坚实的基础。

第二节 元代组诗的现状分析

元朝是中国历史上由少数民族建立起的政权,多民族、多文明的融合,在文化上呈现出开放包容、多元一体的格局,为此前一统时代所不曾见。这为元代组诗的发展呈现独特的风貌奠定了基础。元代组诗处于唐宋定型期终点和明清繁盛期的起点,具有承前启后的作用。

《全宋诗》收录 27 万首,《全元诗》收录约 14 万首,虽说后者在数量上

① (明)袁宏道:《雪涛阁集序》,(明)江盈科纂,黄仁生辑校:《江盈科集》,岳麓书社 2008 年版,第 4 页。

仍有不小的差距,然较之两宋的三百余年,元朝国祚不足百年,元诗能取得如此辉煌的成就,实属不易。具体来说有如下几方面:

一是人数众多,体量巨大。据笔者统计,《全元诗》中共收录821位诗人的41 488首组诗,约占《全元诗》总数近三分之一,比重超过此前任何一朝。组诗数10首(含10首)以下455人;11首至20首之间68人;21首至30首之间34人;31首至40首之间19人;41首至50首之间25人;51首至60首之间23人;61首至70首之间23人;71首至80首之间14人;81首至90首之间12人;91首至100首之间11人;101首至200首之间59人;201首以上55人。特别是人均50首以上的作者数,远超唐宋。

二是名家跗萼联芳,影响力陡增。徐钧以1 530首独占鳌头,依次为王恽1 365首、袁桷845首、元好问623首、刘崧673首、蒋民瞻600首、方回598首、胡奎589首、胡祗遹501首、虞集496首、马祖常376首、孙蕡368首、王冕365首、许有壬374首、王逢369首、释来复358首、叶颙354首、胡布351首、耶律楚材339首、刘敏中337首、马臻329首、杨维桢316首、傅若金307首、郝经304首、张昱291首、杨公远287首、张之翰287首、刘诜287首、谢应芳287首、凌云翰285首、宋褧281首、释善住277首、胡助271首、唐元269首、陶安261首、周巽260首、吴当257首、刘秉忠250首、释明本250首、方夔249首、戴良236首、顾瑛233首、刘因230首、吴会227首、张养浩224首、舒岳祥223首、董嗣杲216首、戴表元213首、汪元量211首、谢宗可211首、仇远210首、刘将孙210首、袁华210首、张雨207首、王沂207首、丘处机202首。文坛盟主、馆阁重臣、宗教领袖的参与,极大地提升了组诗的影响力。

三是题材广泛,规模空前。叙事、写景、抒情、议论,无所不包,扈从、唱和、咏史、宫词、纪行、题画、八景、宗教、乐府等,尤为突出。特别是"上京纪行"组诗,更是前代所未有。乐府、题画、八景组诗也达到了前所未有的高度。从规模看,几十首、数百首甚至上千首一组的大型、特大型组诗层出不穷,将组诗特有的"大容量"功能发挥极致。如袁桷的"开平四集",共收组诗227首,记录了5次扈从上京的生活经历。杨允孚《滦京杂咏一百首》是纪行组诗,全面记录了上都的风光与民情风俗。张昱《辇下曲百首》全面反映了元代宫廷生活各个层面。孙蕡《闺怨一百二十四首》将传统"闺怨"题材发挥极致。冯子振《梅花百咏》、释明本《梅花百咏》《咏梅百首》将元人咏梅风气推向新的高潮。王祯在《农器图谱》中留下了近200首农具组诗,开创了历代农事组诗的新纪元。郑思肖《所南翁一百二十图诗集》系一组题画咏史组诗,共120首。宋无《啽呓集》百咏"直补全史所未备",传达出对南宋王朝的无限眷恋。蒋民瞻《通鉴拟古》600 余首、徐钧《史咏集》1 530 首，分咏历史事件和人物，规模之大，更是空前绝后①。这些"百咏"甚至"千咏"组诗，在元代诗坛上并起迭作，呈现出驾轶前朝、雄视后代的气势，与"大元气象"交相辉映。

四是体裁多样，七言为主。胡应麟《诗薮》外编卷六载："元五言古作者甚希，七言古诸家多善。五言律傅与砺为冠，杨仲弘、张仲举次之。七言律虞伯生为冠，揭曼硕、陈刚中次之。五言绝杨廉夫为冠，七言绝名篇颇众。乐府体无出于杨，第总之不离元调耳。"②对元诗各体的评价，符合实际。从附录一表中可见，元代组诗共 35 125 首，其杂言歌行体共 1 101 首，占总数的 3.13%；五言体共 11 113 首（五绝 2 559 首、五律 5 394 首、五古 3 160 首），占总数的 31.64%；七言体共 22 911 首（七绝 15 937 首、七律 6 723 首、七古 251 首），占总数的 65.23%。虽说这并非是元代组诗的全部，但组诗诗体运用的格局却是清晰可见。

元代七言组诗数量是五言组诗一倍有余，反映了元代组诗的新格局。从古、近体分布看，在五言组诗中五古占 28.44%，五律、五绝占 71.56%；在七言组诗中七古占 1.1%，七律、七绝占 98.9%，近体数量远超古体。近体诗中，以七绝数量最多，七律次之，五律又次，五绝殿后。这与元人"宗唐复古"的观念相关，也与《瀛奎律髓》选本导向相关。"该书所选录的唐、宋诗整3 000 首，全为五律与七律，且在当时流行甚广。"③元诗在尊唐、学宋间徘徊，五律多以唐人为榜样，力矫宋弊。七律则多取法苏、黄，然从数量和质量看，七律显然要高于五律。胡应麟也认为"元则五言罕睹鸿篇，七言盛有佳什"。个中原因，除"致力与不致力耳"外，还有才力因素，因"七言律倍难五言""字句繁靡"，故非"纵才具宏者，推敲难合"④之故。

元代组诗发展呈现出"U"字形格局，元初、元末无论是参与人数，还是

① 有关徐钧《史咏集》组诗数量，取其理论数字当为 1 530 首。今存《史咏集》二卷，至唐而止，五代部分已佚失。北京大学出版社的《全宋诗》第 68 册卷 42827—42863 录徐钧诗，以《宛委别藏·史咏集》为底本，校以《续金华丛书》本，共计 297 首；《全元诗》也只收 297 首，数量仅为原集的五分之一，这不能不说是一大憾事。《四库未收书目提要》载："《史咏集》二卷，宋徐钧撰。钧字秉国，兰溪人，与金履祥友善。履祥尝延与以教授诸子。是编卷首载许谦序，末有张枢、黄潜及其子津后序。谦、潜并称钧取《通鉴》所载君相事实，人为一诗，总一千五百三十首。此本所存仅三之一，止于唐而不及五季。……然意存劝戒，隐发奸谀之旨，溢于言表。虽残阙之余，犹为艺林所重也。"（清）阮元：《四库未收书目提要》卷四《集部史·咏集提要》，商务印书馆 1955 年版，第 79 页。

② （明）胡应麟：《诗薮》外编卷六《元》，中华书局 1958 年版，第 233 页。

③ 王辉斌：《宋金元诗通论》，黄山书社 2011 年版，第 255 页。

④ （明）胡应麟：《诗薮》外编卷六《元》，中华书局 1958 年版，第 224—226 页。

组诗数量,都要超过"承平之际"的中期。这说明组诗特别适合重大事件、复杂经历与体验的"叙述"。

一、元代初期组诗的题材特征

目前,学术界对元诗的分期尚存争论①。查洪德先生认为:"元诗发展有一个明确的走向:前、中期多源归一,后期多元竞胜。具体而言,前期诗坛多元汇流:有早期蒙古政权下的诗人、北方旧金诗人和南方由宋入元诗人,多源汇聚为元代诗坛。到元中期,南北诗风融合,形成了以'元诗四大家'为代表的主导性诗风。到后期,这一主导性诗风消失,代之而起的是一个多元竞胜的局面,形成了多元风格和多地域中心的多元诗坛。"②包根弟先生在《元诗研究》也持"三段论",认为元代前期(1234—1297),南北诗风虽然不同,但诗人们大都属宋金遗民,目睹战祸之惨烈,身负国亡之沉痛,其感情怀抱完全一致;元代中期(1297—1340),国家一统格局形成,加以仁宗元祐元年开科取士,文宗建奎章阁、置学士,一时文风蔚郁,诗学极盛,呈现出盛世气象;元代后期(1340—1368),诗人再次面临世乱国亡的巨变,故诗风又为之一变。③ 本书采用大多数学者认可的"三段法",来勾勒元代组诗发展历程及阶段特征。对一些横跨两段的诗人,为便于论述,或前移或后置。

元代初期留下 50 首以上组诗的诗人共 65 人,共 13 475 首诗。主要有元好问、郝经、刘因、方回、方夔、耶律楚材、王恽等。元初诗歌尚未兴盛,但参与组诗创作的人数还是较多的,"乡关之思"、咏史、"和陶"等成为此时较为集中的题材。这与宋元、金元之际的政权更迭有密切的关系。

元初诗坛,"借才异代",大多数诗人都是由宋入元或由金入元的,遗民群体左右了诗坛的走向。他们中的大多数人都经历了朝代更替的血雨腥风,对亡国破家之感、离乱之苦有着刻骨铭心的体验,发而为诗,苍凉沉郁,令人动容。元好问、李俊民等是由金入元的遗民诗人典型,方回、戴表元、方夔等则是由宋入元的代表,其诗常常流露出乱离之感和故国之思。张晶在《辽金元诗歌史论》中说:"元遗山、李俊民,都是由金入元的遗民诗人,他们以金朝遗老自任,不赴元蒙统治者的征召,隐逸于野,采取一种不事新朝的

---

① 徐子方《元代诗歌的分期及其评价问题》一文认为:"纵观元诗的发展,可以以元仁宗延祐二年(1315)重开科举为标志分为前后两个时期。"(原文载《淮阴师范学院学报》1999 年第 8 期。)

② 查洪德:《元诗发展述论》,《江淮论坛》2018 年第 1 期,第 123—124 页。

③ 参见包根弟《元诗研究》,台北幼狮文化事业公司 1978 年版,第 62—71 页。

消极态度。而戴表元、方夔等诗人则怀着宋朝遗民的心态。方回虽是宋臣，却迎降元兵，大节有亏，心中不无愧怍。刘因虽非宋人，却由于对汉文化的深爱，而以故宋为怀，常常流露出遗民情绪。"①这段论述准确地揭示了元初诗坛的总体格局，遗民情绪深深地烙在诗歌创作之中。

　　元好问生在金末，目睹国家残破，生灵涂炭，情感极度悲怆。悲壮淋漓与雄浑苍莽的融合，铸成了其丧乱诗的特质。《癸巳五月三日北渡三首》记录元军掠夺金国北渡黄河的凄惨景象，真切而感人。《续小娘歌十首》是另一组反映丧乱生活的力作，写于天兴二年（1233）五月北行途中。时蒙军已攻陷汴京，百姓在蒙军铁蹄的蹂躏下，经历着非人的生活。组诗着力描绘百姓遭受的离乱之苦，抒写了亡国破家的悲痛心情。诗云：

　　　　吴儿沿路唱歌行，十十五五和歌声。唱得小娘相见曲，不解离乡去国情。（其一）

　　　　北来游骑日纷纷，断岸长堤是阵云。万落千村藉不得，城池留着护官军。（其二）

　　　　山无洞穴水无船，单骑驱人动数千。直使今年留得在，更教何处过明年？（其三）

　　　　青山高处望南州，漫漫江水绕城流。愿得一身随水去，直到海底不回头！（其四）

　　　　风沙昨日又今朝，踏碎鸦头路更遥。不似南桥骑马日，生红七尺系郎腰。（其五）

　　　　雁雁相送过河来，人歌人哭雁声哀。雁到秋来却南去，南人北渡几时回？（其六）

　　　　竹溪梅坞静无尘，二月江南烟雨春。伤心此日河平路，千里荆榛不见人。（其七）

　　　　太平婚嫁不离乡，楚楚儿郎小小娘。三百年来涵养出，却将沙漠换牛羊！（其八）

　　　　饥乌坐守草间人，青布犹存旧领巾。六月南风一万里，若为白骨便成尘。（其九）

　　　　黄河千里扼兵冲，虞虢分明在眼中。为向淮西诸将道，不须夸说蔡州功。（其十）②

---

①　张晶：《辽金元诗歌史论》，吉林教育出版社1995年版，第261页。
②　杨镰：《全元诗》，第2册，中华书局2013年版，第88页。

题中"续"即"续写"之意,实质是作者听见吴儿唱《小娘歌》后的"拟作"。从"吴儿"唱"小娘相见曲"可知,这组民歌应是吴地的,诗中所写应是蒙古兵掳掠江南人口北上的事。其一写吴地儿女的家乡生活,其二写被蒙古骑兵俘虏一事,其三写被驱北去苦难历程,其四写回望故乡的不舍,其五写异域他乡的不适,其六借胡雁哀鸣言思乡之情,其七写被驱北上的伤心和异域的荒凉,其八写少男少女被卖为奴,其九写北行所见惨状,其十抨击南宋朝廷的失策。作者以纪实的笔法,再现了南方百姓被虏为奴,赶往北方当作货物交易的全过程,揭示了元军掠夺给百姓带来的深重灾难。清人赵翼《瓯北诗话》称:"值金源亡国,以宗社丘墟之感,发为慷慨悲歌,有不求而自工者:此固地为之也,时为之也。"①正是国家的不幸,才使得元遗山诗中充满着悲愤与沧桑。《岐阳三首》《俳体雪香亭杂咏十五首》《壬辰十二月车驾东狩后即事五首》《送李同年德之归洛西二首》等丧乱组诗,突显战争所带来的悲惨境况,主题同样如此。

李俊民《乱后寄兄二首》表达了丧乱之时切身体验。金天兴三年(1234),金哀宗被围自杀,诗人正隐居嵩山,听到此消息,不胜悲痛。其诗云:

> 长剑何人倚太行?毡裘入市似驱羊。怒降白起不仁赵,死守裴侯无负唐。可奈昆炎焚玉石,更堪蜀险化豺狼。紫荆犹是阶前树,风雨何时复对床?(其一)
> 万井中原半犬羊,纵横大剑与长枪。昼烽夜火岂虚日,左触右蛮皆战场。丁鹤未归辽已冢,杜鹃犹在蜀堪王。此生不识连昌乐,目送孤鸿空断肠。(其二)②

其一借用历史人物事件,来写当时社会战乱。阶前紫荆树仍在,但昔日与亲人"对床"夜话的场景已不复存在,揭示战争给百姓带来的苦难,表达了对故乡亲人的无穷思念。其二以"万井中原半犬羊"点出自身的遗民身份,以纪实手法全面再现了蒙军攻城略地、烽火连天的残酷现实,形象地刻画了金亡后社会战乱不已的现实。作者连用"丁鹤""杜鹃"两个典故,抒发满目疮痍之感、神州陆沉之痛,风格沉郁幽冷。

贞祐南迁成为大金王朝走向衰败的转折点,李俊民南迁逃难,背井离乡,先是投奔福昌,辗转至河南。继而流落宋境,栖身襄阳,时隔不久即又北

---

① (清)赵翼撰,霍松林等校点:《瓯北诗话》卷八,人民文学出版社1963年版,第117—118页。
② 薛瑞兆、郭志明编:《全金诗》卷九〇,第3册,南开大学出版社1995年版,第207页。

归。长期的逃难流浪使其失去了家国的归属感,陷入一种尴尬的境地。对南宋赵氏汉族朝廷没有感情,又不得不为女真王朝的覆亡哀号恸哭。《用赵之美留别韵五首》因此而作,真实地反映了作者内心的矛盾。诗人从"不早归"到"不归",从"催归"到"放归",以至于最后"无以我公归",写出了背井离乡、漂泊无依的复杂心情。对家国归属感的缺失,致使诗中充满着忧伤与无奈。四库馆臣评道:"俊民抗志遁荒,于出处之际能洁其身。集中于入元后只书甲子,隐然自比陶潜。故所作诗类多幽忧激烈之音,系念宗邦,寄怀深远,不徒以清新奇崛为工。"①指出李俊民诗"系念宗邦,寄怀深远",可谓一针见血。

耶律楚材长期扈从成吉思汗东征西讨,在文化心理上并不拒绝元廷。《和张敏之诗七十韵三首》鲜明地表达了归顺蒙古国的衷怀,同时寓含劝张敏之归顺之意。《洞山五位颂·兼中至》中"泾渭同流无间断,华夷一统太平秋。而今水陆舟车混,何碍冰人跨火牛"②等诗句,更展示了诗人"华夷一统,共享太平"的博大胸襟。这一点,使其在遗民群体中很是突出。

蒙古政权的器重激起了耶律楚材的政治热望,他不停地为新政权摇旗呐喊,如《壬午西域河中春游十首》其二"何日要荒同入贡,普天钟鼓乐清平"③,《过天德和王辅之四首》其二"唾手要荒归一统,汉唐鸿业未能过"④,都可见诗人渴望建功立业,实现"泽民致主"的人生理想。《感事四首》其二"致主泽民元素志,陈书自荐我无由"⑤和《用前韵感事四首》其二"泽民致主本予志,素愿未酬予恐惶"⑥等诗,集中展示了诗人要用儒家的礼乐教化,王道政治,使新朝成为"天下归心"所在的良好愿望。

作为政治家的耶律楚材,对历史兴衰极其敏感,时不时流露出感伤的情愫。在西征途中,路过青冢,写下《过青冢次贾抟霄韵二首》凭吊昭君,诗云:

> 当年遗恨叹昭君,玉貌冰肤染塞尘。边塞未安嫔侮虏,朝廷何事拜功臣。朝云雁唳天山外,残日猿悲黑水滨。十里东风青冢道,落花犹似汉宫春。(其一)
>
> 延寿丹青本诳君,和亲犹未敛胡尘。穹庐自恨嫔戎主,泉壤相逢愧

① (清)永瑢等撰:《四库全书总目》卷一六六,下册,中华书局1956年版,第1421页。
② 薛瑞兆、郭志明编:《全金诗》卷九〇,第3册,南开大学出版社1995年版,第271页。
③ 杨镰:《全元诗》,第1册,中华书局2013年版,第237页。
④ 同上,第205页。
⑤ 同上,第240页。
⑥ 同上,第203页。

汉臣。玉骨已消青冢底,香魂犹绕黑河滨。愁云暗锁天山路,野草闲花也怨春。(其二)①

作者虽为契丹人的后裔,但对昭君出塞这段历史却有着自己看法。他摒弃了少数民族的狭隘和偏见,痛批毛延寿的瞒上欺下,指责汉元帝的软弱隐忍,为昭君的不幸遭遇鸣不平。诗人用“恨”“愁”“怨”等情感浓郁的词语代昭君宣泄内心的不满,以“落花”“香魂”“愁云”等意象来抒发吊古伤感之情,让人感受到诗人“华夷一家”的博大胸襟。

耶律楚材一生视陶渊明为知音,《次韵黄华和同年九日诗十首》序中“黄华和同年《九日》诗,以‘采菊东篱下,悠然见南山’为韵,予爱而继之。前叙思归之心,后叙参玄之志”②,正是这种情结的鲜明表达。正是出于对陶渊明的尊敬与亲近,《湛然居士文集》中“和陶”之作占有相当的比重,影响了元人“和陶”风气的形成。

郝经作为宋末元初的大儒,其思想与耶律楚材相同,反对“华夷之辨”,主张“混一天下”,讴歌新兴政权,《寓兴二十九首》正是这方面的典型:

　　汉鼎既已坠,海内必有归。诚能正德业,亦足为王基。何必由禅让,以为篡弑资。鬼操勿谓鬼,百战得偷儿。征西题墓隧,永时将谁欺。(其十五)
　　伊尹五就汤,严陵不臣汉。所履元不殊,心迹孰与辨。济时与全节,亦各适所愿。纷纷夸毗子,利欲迷生死。黄尘事走趋,青山为仕途。(其二十一)③

其十五,表达了“华夷一家”的价值观,对蒙元政权的合法性作了注释:一是“汉鼎既已坠,海内必有归”,二是“诚能正德业,亦足为王基”。言外之意,如果能建立“德业”,夷族亦可为王。对少数民族入主中原,从情感与法理上给予了认可。其二十一,通过历史人物伊尹就汤,严子陵不臣汉的史实,表达了自己独特的见解。“济时与全节,亦各适所愿”,认为仕与不仕,都是各人所愿,“济时”与“全节”并无高下之分。其思想深深地影响了时人的政治态度,为汉族士人接受“华夷一家”奠定了心理基础。

---

① 杨镰:《全元诗》,第1册,中华书局2013年版,第219页。
② 同上,第280—282页。
③ 杨镰:《全元诗》,第4册,中华书局2013年版,第167—168页。

郝经一生尊崇理学，以此作为立身行事的准则。《武昌词三首》是一组咏节妇题材组诗。其序云："王师围鄂，游骑于金牛镇得一妇人。欲侵之，厉声曰：'我夫婿翁姑皆死，目前未即死，又可受辱邪？速与我死！'遂置之。自称梅溪主人张素英，作歌诗数篇以见其志，寻以疾卒。于湖中得一路分妻，一日，以无夫选赐有功军人，即以掌批其颊，对今上大呼曰：'妾夫将千五百人扼敌沅州，妾命妇也，岂可辱于是！乞速赐死。'上矜其志，赐之衣粮，使有司存恤之，以俟其夫，亦寻以疾卒。又有汉阳教授之妻，为一兵所掠，义不受辱，投于沙湖。三人者，仆亲见之，皆可附希孟之义。各为赋词，以寓意云。"① 从序中可知，作者有感于乱世中三位节妇的"义不受辱"行为，赋诗以赞。诗云：

> 巴陵女子韩希孟，梅溪主人张素英。解作歌诗还死节，不论倾国与倾城。（其一）
> 乌鬼山头闹鼓鼙，武昌恭人携孺儿。黄须回鹘便批颊，义感万乘真英奇。（其二）
> 汉阳宣教是妾夫，妾身未死缘事姑。骑士朝来强拥去，抱石半夜投沙湖。（其三）

所谓"希孟之义"，指巴陵女子韩希孟曾作《巴陵女赴江诗》。作者对"节妇巴陵女子韩希孟誓不辱于兵，书诗衣帛以见意，赴江流以死"的行为深感敬佩，"余既高希孟之节，且悲其志，作《巴陵女子行》，以申其志云"②。诗中所咏"梅溪主人张素英""武昌恭人""汉阳教授之妻"三位节妇，虽身处危难之中，却能"义不受辱"，以牺牲生命的方式捍卫贞节与尊严。作者借咏三位节妇，赞美其坚不可摧的凛然正气，表达了对元朝的忠贞不渝。

《金源十节士歌十首》是一组对蒙元灭金之际"死事死国"烈士的赞歌。"金源氏播迁以来，至于国亡，得节义之士王刚忠公等十人，皆死事死国，有古烈士之风，可以兴起末俗，振作贪懦。……作歌以歌之，庶几揄扬激烈，由其音节，见其风采云。天兴诸臣，国亡无史，不能具官。故皆只以当世所称者，如郭虾蟆、仲德行院等书之。俟国史之出，当为厘正云。"③ 序中交代了组诗的写作背景及"以诗补史"的创作动机。作者对他们"朝服南向再拜

---

① 杨镰：《全元诗》，第4册，中华书局2013年版，第264页。
② 同上，第263页。
③ 同上，第272页。

毕,意色不动握节死"的凛然正气和对朝廷的忠诚给予了高度评价。王子明、移剌都、郭虾蟆、合答平章、陈和尚马、乌古孙道原、仲德行院、绛山奉御、李丰亭、李伯渊十位"节士",事迹虽有所不同,但精神气骨一致。《元诗纪事》卷三称:"《陵川集》诗叙金亡事最详,又有《金源十节士歌》,序:'金源氏播迁以来,至于国亡,得节义之士王刚忠公等十人,皆死事死国……天兴诸臣,国亡无史,不能具官,故皆只以当世所称者,如郭虾蟆、仲德行院等书之,俟国史之出,当为厘正云。'"①顾嗣立《元诗选》对《金源十节士歌》亦有类似的评价,认为"可补正史之阙"。

郝经或以诗阐释儒家经典,或以诗赞颂儒家圣人,彰显出浓烈的"崇儒"情怀。《幽思六十首》三十八云:"当时一瓢中,总是天人学。无悔不违仁,造道乃独觉。义理泰山重,富贵秋云薄。"②赞赏颜回甘于贫困,只求明理求学的精神。《曲阜怀古六首》通过凭吊孔林、杏坛、颜巷、周庙、子思墓、奎文阁等古迹,以赞颂周公、孔子、子思、颜回等人的功绩,表达对儒门圣贤的仰慕之情。如《孔林》:"本根万丈深,枝叶四海布。斯民赖余荫,颠沛来比附。"《周庙》:"礼崇七年制,乐备六代舞。更比夏商文,不替羲轩古。"③或对孔子开创儒学的丰功伟绩给予了高度评价,或对周公在制礼作乐中的不朽功勋表达崇敬之情,"崇儒"思想一以贯之。

《和陶诗》二卷写于被拘于真州期间,在漫长的囚禁生活中,他无日不祈盼着能重获自由,早日回家。然"输平内交"的使命使他不能归国,只能将这种渴望深藏于诗,借着"和陶",以排解对故国的思念。其在《和陶诗序》中说:"余自庚申年使宋,馆留仪真,至辛未十二年矣,每读陶诗以自释。是岁,因复和之,得百余首……陶渊明当晋宋革命之际,退归田里,浮沉杯酒,而天资高迈,思致清逸,任真委命,与物无竞,故其诗跌宕于性情之表,直与造物者游,超然属韵。"④从序中可知,郝经"和陶"最重要的主题就是对重获自由、回归家园的渴望,与耶律楚材歌颂陶公热爱自然、崇尚归隐思想不同。

刘因是北方著名的理学家,因慕诸葛孔明"静以修身"语,以"静修"为号,并名所居。其《书事五首》是一组丧乱题材诗,约作于至元十三年(1276)元兵攻陷临安,南宋投降后不久。作者感叹宋亡史实,既是诗人声泪俱下的悲歌,也是诗人痛定思痛的求索。其一、其二云:

---

① (清)陈衍辑撰,李梦生校点:《元诗纪事》卷三,上册,上海古籍出版社1987年版,第35页。
② 杨镰:《全元诗》,第4册,中华书局2013年版,第203页。
③ 同上,第176—178页。
④ (元)郝经撰,秦雪清点校:《郝文忠公陵川文集》卷六,山西人民出版社2006年版,第66页。

当年一线魏瓠穿,直到横流破国年。草满金陵谁种下? 天津桥畔听啼鹃。(其一)

卧榻而今又属谁,江南回首见旌旗。路人遥指降王道,好似周家七岁儿。(其二)①

"书事",即书写时事之意。其一用庄子《逍遥游》中的"魏瓠"典故,来比喻外强中干的宋王朝,虽大而虚弱,批评了王安石变法导致国家混乱,言语中满含黍离之悲。其二从根本上探求宋亡的根源。"卧榻而今又属谁",通过辛辣的反问,指责赵匡胤的不肖子孙,正是他们对辽金一味妥协退让,终于酿成覆灭之灾,字里行间充斥着讽刺意味和沉重的历史感。

斥责执政者无能和奸臣当道,是元代丧乱诗的共同主题,折射出文人们对清明政治的希冀及对腐败政局的不满,《宋理宗南楼风月横披二首》是这方面的典型。诗末注云:"理宗自题绝句其上,有'并作南楼一夜凉'之句。'才到中天万国明',宋太祖《月诗》也。"②宋理宗赵昀,沉湎于荒淫生活,致使朝政旁落,国势急衰。开庆元年(1259),贾似道割让长江以北土地向蒙古称臣。组诗以宋理宗南楼题诗为切入点,触景生情,表现出对历史与人生的深入思考,流露出浓郁的沧桑感。"对宋的灭亡,以冷眼观之,把它看作是历史上无数次亡国剧的又一次重演。他对南宋灭亡的哀悼,其实是对文化的哀悼,在他的心目中,南宋代表着文化,金也代表着文化,而这文化,在蒙古的攻伐和占领中,遭遇了劫难。"③作者从文化悼亡角度,总结兴衰成败的经验教训,以警世人,不可谓不用心良苦。

刘因同样有着浓重的"慕陶"情结,《和归园田居五首》《和移居二首》《和饮酒二十首》《和拟古九首》《和杂诗十一首》《和咏贫士七首》《和读山海经十三首》等,皆因此而作。名为"和陶",实则借陶公酒杯,浇自己块垒,表达出对人生和社会的理性思考。"颇爱陶渊明,寓情常在兹""开襟受好风,试学陶夫子""每读渊明诗,最爱桃源长""神交冥漠中,乐境尚森著"④,他以对隐逸生活的向往来抗拒外部世界的异化,保持人格的独立。其"和陶"诗在对古代圣贤景仰和对时事感慨的同时,也透露出元初士人对出处行藏选择的艰难。

受陶渊明影响,刘因也写下系列饮酒组诗。如《九日九饮九首》"以一

---

① 杨镰:《全元诗》,第 15 册,中华书局 2013 年版,第 162 页。

② 同上,第 158 页。

③ 查洪德:《北方文化背景下的刘因》,《文学遗产》2002 年第 3 期,第 80 页。

④ (元)刘因:《静修先生文集》卷一二,中华书局 1985 年版,第 223—225 页。

日一饮"方式,集中展现了诗人连日豪饮的场景和对酒酣歌的豪情。题下注云:"拟横渠元日十咏体。"①北宋理学家"横渠先生"张载,有《元日十咏》,以时间为序。"一饮君听第一歌""二饮重赓第二歌""三饮山人笑且歌""四饮须歌第四歌""五饮初喧四座歌""六饮相将醉景过""七饮人惊饮量多""八饮人惊饮量过""九饮苍岩藉翠蓑",写出了"一饮"至"九饮"不同感受。整组诗歌着力描写酣饮之乐,大有李白"兴酣落笔摇五岳"之气势。作者借酒浇愁,吐露着内心的郁闷与痛苦,其用心与陶公《饮酒二十首》如出一辙。

正如陶渊明忠于东晋,愤激于刘宋王朝一样,作为由金入元的遗民,刘因同样有着忠贞的气节和清高傲岸的品格。他屡辞元廷的征召,委身草泽之中,被元世祖称为"不召之臣"。其诗中频现"幽人""幽士"形象,正是诗人那种孑然独立、远离世俗的精神世界的外化。其对政治的回避也鲜明地呈现出隐士的文化人格,这在元初遗民中有着典范价值。

赵孟頫身处宋元易代之际,以故宋皇族子孙面貌仕元,内心有着许多不为人知的隐衷。如《古风十首》其七:"山深多悲风,日莫愁我心。玄云降寒雨,松柏自哀吟。"②诗人将眼前景、心中事,结合一处,于字里行间流露出无法排解的惆怅和难以言说的苦痛。"披衣步中庭,仰视河汉白。寓形天地内,聊复度朝夕。"③(《和子俊感秋五首》其三)诗境之缠绵悱恻,哀婉动人,一如阮籍的《咏怀》。南宋灭亡后,赵氏一直处于矛盾的纠结之中,无论是仕元前的"出"与"处"矛盾,还是仕元后的"仕"与"隐"矛盾,均因其特殊身份,变得格外复杂。

其《咏逸民十一首》是一组以古代"逸民"为对象的咏史组诗。"自古逸民多矣,意之所至,率然成咏,聊与同好时而歌之耳。"④从"题注"可知,诗歌借赞美古代十一位逸民,无非是想在宋元易代之际表明自己的精神归宿。有研究者指出:"出处问题,在赵孟頫的诗文作品里,一直是一个具有延续性的主题,从其早期的《咏逸民》到其晚期的《自警》,这一主题一直或隐或显地存在于其作品之中。"⑤其七律组诗《和姚子敬秋怀五首》,因秋感兴、抒写黍离之悲。诗中凄苦的境遇、悲凉的情绪、凄凉伤感的意境、沉郁的风格,一如杜甫的《秋兴八首》,表达了对故宋的深深眷恋之情。

吴澄是元初著名理学家,与许衡并称为"南吴北许"。在宋元交替之际,

---

① 杨镰:《全元诗》,第15册,中华书局2013年版,第147—148页。
② 杨镰:《全元诗》,第17册,中华书局2013年版,第186页。
③ 同上,第187页。
④ 同上,第188—189页。
⑤ 刘竞飞:《赵孟頫与元代中期诗坛》,博士学位论文,复旦大学2010年,第27页。

吴澄作《伯夷传》,赞赏"夷齐让国而逃",借以表明恪守亡国臣子本分,拒绝与新朝合作的政治态度。虽说一生"频繁出仕",但大部分时间还是隐居乡里。有研究者指出:"纵观吴澄一生,其出仕和隐居都只是表象,他真正的人生选择其实是以承传道统为己任,在著述和讲学上投入了莫大的精力,这是他的志趣所在,也是那个时代知识分子所能找到的独善其身与兼济天下相结合的最佳方式。"①

至元二十四年(1287),吴澄在南还途中写下了《感兴诗二十五首》。题注云:"至元丁亥自京师回,舟中寄子昂及在朝诸公。"②作者以母亲年迈辞归南下,写诗以赠同僚好友。诗以"感兴"为题,却非即兴之作,各诗间呈现出清晰的逻辑关系。与《别赵子昂序》一样,组诗按照始于"终极"目标,终以个人在学(文)统中定位的逻辑关系来组织:先谈"圆气""方形"混合,导致乾坤开合,与人类并为"三极";接着是天地运行,日月逾迈,山川河海形成;然后是人秉"五行",而有气、血、骨、毛发与肉体;再接着是"河图""洛书"的出现,人类文明初现;紧随其后的是儒、道、墨、释等诸子学说精彩纷呈,各种经典大量出现。再接着,写人世间沧海桑田之变,儒家传统受到极大的破坏;末尾以继往圣传统为目标,砥砺自我。这是吴澄习惯性思维,更是典型的理学家思维方式。

方回由宋入元,其心态和政治态度产生了极大的变化。"历经了由拒绝到认同,再到主动合作的变化过程。他们对元政权有着复杂而又微妙的心理,一方面元朝强大,使他们认为可以与汉唐相媲美;另一方面,南方文士生存处境的恶化,使他们失去了往日士大夫阶层的荣耀感、优越感。"③这种矛盾,是那个时代士人出处问题的缩影。其《重阳吟五首》《晚春客愁二绝》《次韵志归十首》《秀亭秋怀四首》《忆我二首各三十韵》《春晚杂兴四首》《残春感事二首》《涌金门城望三首》《雪中忆昔四首》《有感二首》《偶题五言绝句二首》等组诗,或抒遗民之恨,或展乡关之思,或表田园之志,无不呈现出在现实与理想之间徘徊的惆怅。

方回以"纪实"的方式把百姓的贫困生活记录在诗中,如《听航船歌十首》是一组描述船夫苦难生活的组诗,表达了作者对下层民众的深切同情。至元二十七年(1290),元朝社会动乱,徽州绩溪饥民聚集在西坑寨发生暴动。面对百姓的悲惨生活,勾起了他对故国的思念。如《有感三首》其一

---

① 李宜蓬:《进退有道:吴澄的人生选择》,《河南社会科学》2005 年第 3 期,第 113 页。

② 杨镰:《全元诗》第 14 册,中华书局 2013 年版,第 219—220 页。

③ 杨亮:《宋元易代之际南方文士心态蠡测——以舒岳祥、戴表元为例》,《元史及民族与边疆研究集刊》第 25 辑,2013 年第 1 卷,第 45 页。

"渐惊老旧遗民尽,欲问承平往事难",其二"欲淬笔锋刳鬼胆,生冤死恨海漫漫"①,正是此种情绪的流露。四库馆臣在评《古今考》时称:"(方)回则以在宋之日献媚贾似道,似道势败又先劾之,既反复阴狡,为世所讥。及宋亡之时,又身为太守,举城而迎降于元,益为清议所不齿。"②方回迎降军不假,但从上述诗歌中不难看出其心系百姓,并非无情之人。

　　方回仕元之后,感慨身经两朝,却壮志难酬、仕途多舛,意志消沉。《雪中忆昔五首》以"雪"为背景,以"忆昔……"领起,触景兴怀,呈现出作者复杂的情感。诗云:

　　　　忆昔浮蛆醉玉醅,天寒一日饮千杯。危楼拥妓临晴雪,联马呼僧认野梅。岂料暮年纫败絮,尚容永夜画残灰。间关幸脱干戈死,落魄佯狂自可哀。(其一)
　　　　忆昔繁华侣俊游,宁知后死挂闲愁。无人复唱鱼儿曲,何处重寻燕子楼。张敞空思前汉尹,邵平谁识故秦侯。定应冥漠犹遗恨,蔗节瓜犀启夜丘。(其二)
　　　　忆昔华年气似云,雪湖终日醉醺醺。室家未有儿和女,宾主相忘我与君。岂信乱离生白发,犹思歌笑调红裙。扁舟一问桃源路,治乱当时自此分。(其三)
　　　　忆昔凌晨泛雪湖,明天净地一尘无。略闻倩盼歌金缕,尽耸清扬倒玉壶。屡造庙朝终摈逐,偶登名第自囚拘。即今忍索梅花笑,死徙流离足叹吁。(其四)
　　　　忆昔湖天雪最奇,画船朝出暮归迟。忍寒赏竹怜高节,踏湿寻梅致好枝。熟醉何尝知病酒,狂吟所至动成诗。襟裾冻雀今相似,心欲高飞翅已垂。(其五)③

题注云:"丙辰,雪天游湖,歌晁无咎'摸鱼儿'。今三十二年。乃后亦往来不一,所以兴怀。"交代了写诗背景。其一,写年轻时意气风发,老来却落魄潦倒,感慨人生兴衰无常;其二,借"鱼儿曲""燕子楼"等典故,传达出黍离之悲和遗民之恨;其三,极言仕途不顺、贫穷潦倒,向往陶公隐士生活;其四,写凌晨游湖闻歌,想起屡遭"摈逐"的遭遇,充满疏离之感;其五,写冬日寻梅

①　杨镰:《全元诗》第6册,中华书局2013年版,第313页。
②　(清)永瑢等撰:《四库全书总目》卷一一八《杂家类二》,上册,中华书局1965年版,第1023页。
③　杨镰:《全元诗》,第6册,中华书局2013年版,第252页。

问友,寻找志同道合之人,抒发自己欲展翅高飞的志向。作者通过"忆昔"组合多元主题,揭示了其仕途不顺、穷困潦倒的生活和又志向远大、不甘沉沦的尴尬处境。

方回是元代"和陶"中坚力量,有《和陶渊明饮酒二十首》《读陶集爱其致意于菊者八因作八首》《和陶咏二疏为郝梦卿画图卢处道题跋作》等诗。其"和陶"着眼于对田园生活的憧憬,缺少陶公超然世外的宁静,也缺少"晚节黄花"之寓意,字里行间隐藏着深深的负罪之感。

戴表元在面对异族入主中原的现实时,也经历了痛苦的心路历程。一方面,他深受程朱理学的影响,有忠于故宋的气节;另一方面,他目睹了元军的野蛮杀戮场景,因而从内心深处对元廷充满抵触。其《书叹七首》《和邓善之秋兴二首》《湖州二首》等,或因秋起兴,或杂感人生,或借景抒怀,从不同角度反映了其遗民心态。

大德四年(1300)清明节,戴表元与方回、林敬与、盛元仁、邵玄同等到赵君实西湖别墅雅集,席间赋诗唱和。戴表元步方回诗韵,写下了《庚子清明日陪方使君盛元仁林敬与同载过赵同年君实西湖别墅小集使君有诗五章次韵》,表达了对历史变迁的深沉感慨。"炎凉陈迹君休问,老子当年已怆然"(其一),"江山形胜人千古,尊酒风流此一时"(其二),"惆怅自多谁管得,年年三月柳花飞"(其三),"故老渐稀图牒尽,烦翁史笔补河渠"(其四),"从此拟攀元白例,屏风只把近诗糊"(其五)①,从这些诗句中,可以清晰地感受到作者内心的不甘与无奈。诗中黍离之悲、故国之思表现得或野逸闲淡,或闪烁其词,其中有着不得已的苦衷。

戴表元的"咏陶"组诗较之他人更为洒脱,如《自居剡源少遇乐岁辛巳之秋山田可拟上熟吾贫庶几得少安乎乃和渊明贫士七首与邻人歌而乐之》,表达出对陶渊明"安贫乐道"的崇敬之情。"贫贱如故旧,少壮即相依。中心不敢厌,但觉少光辉"(其一),"我居在穷巷,往来无华轩。辛勤衣食物,出此二亩园"(其二)②,其笔下的"贫士"安贫乐道,远离尘俗,享受着内心清静的形象,很有陶渊明的遗风。

二、元代中期组诗风貌的转变

元代中期,大批南方文士北上大都,南、北方诗风得到交流,诗坛风气在融合中呈现新的变化。多安乐优游之声,而少哀怨激切之词,"雅正"已成为

① 杨镰:《全元诗》,第 12 册,中华书局 2013 年版,第 202 页。
② 同上,第 84 页。

元代中期诗坛的主导风格。欧阳玄说:"我元延祐以来,弥文日盛,京师诸名公,咸宗魏、晋、唐,一去金、宋季世之弊,而趋于雅正,诗丕变而近古……诗雅且正,治世之音也,太平之符也。"①所谓"雅正"是指一种典雅纯正、雍容平易、恬淡冲和的艺术风格,它既是对诗歌语言的要求,也是对诗歌情感的规范,都出于粉饰太平的现实需要。

"雅正"成为元代中期诗坛的总体风貌,与此间理学思想的影响密切相关,也与诗坛盟主的表率作用密不可分。袁桷、虞集等南方文士倡导的"雅正"之风,通过雅集唱和、奖掖后进等方式引领着诗坛的风气。戴良在《皇元风雅》序中说:"我朝舆地之广,旷古所未有。学士大夫,乘其雄浑之气以为诗者,固未易一二数。然自姚、卢、刘、赵诸先达以来,若范公德机、虞公伯生、揭公曼硕、杨公仲弘,以及马公伯庸、萨公天锡、余公廷心,皆其卓卓然者也。"②延祐以后,元诗追求"慕雅复古",以京师为策源地的元中期诗坛变得活跃起来。"一时作者,涵醇茹和,以鸣太平之盛"③,咏叹升平成为时代的主旋律。

元世祖后期,战争早已结束,士人的离心倾向也渐致淡化,汉族文人也逐渐接受了"华夷一家"的观念。到了元成宗、武宗、仁宗统治时期,社会安定,经济繁盛,出现了"延祐盛世"。元代诗坛著名诗人刘诜、袁桷、马祖常、虞集、杨载、范梈、揭傒斯、黄溍、柳贯、欧阳玄等都集中在此,引领了诗坛风气。

刘诜是"庐陵三刘"之一,虽然生于宋末,但并未追随其他遗民忠于故朝,而是在延祐开科后,数次参加科举考试。四库馆臣称其"既十年不第,乃刻意于诗古文,江南行御史台屡以教官馆职、遗逸荐,皆不报"④。原因是"教官馆职、遗逸"是虚职,无法施展其才华与理想,并不中刘诜之意,故而终身未仕。《山居即事四首》《春寒闲居五首》《山中杂赋六首》《山中五咏》等,记载了闲居生活和宁静心境。如《春寒闲居五首》诗云:

> 贫居托幽巷,久雨客来绝。春寒霭时集,淅沥在高叶。鸟鸣日已晏,寂寂茶鼎歇。惭无晁氏智,懒事主父谒。闭门自读书,庶以励高节。
> (其一)

---

① (元)欧阳玄:《罗舜美诗序》,李修生主编:《全元文》卷一〇九二,第34册,江苏古籍出版社1999年版,第445页。

② 陶秋英编选,虞行校订:《宋金元文论选》,人民文学出版社1999年版,第590页。

③ (清)顾嗣立:《元诗选》,初集下,中华书局1987年版,第1878页。

④ (清)永瑢等撰:《四库全书总目》卷一六六,下册,中华书局1965年版,第1425页。

潇潇山城雨,搣搣书馆风。喔喔邻屋鸡,迢迢远方钟。退思在古人,展转魂梦通。抱拙俗所弃,岁晚将谁同。赋成不轻卖,金尽当忍穷。（其二）

久寒卉木绝,初旭阴翳谢。春浅有令姿,澹澹在平野。山明孤烟发,天迥一鸟下。积忧鲜旷怀,怡咏聊此暇。赋诗勿镂刻,养生师叔夜。（其三）

昔时如花人,今见兀若株。华滋散安在,嗜好岂不殊。河水不灌瀁,春风不归枯。闻道须少日,立功无暮途。（其四）

西里夜围烛,东邻朝玩山。相视无羡心,丰约自不关。芳草满幽庭,日晏人未还。久阴忽微暄,孤禽语花间。（其五）①

这组名为"春寒闲居"的五言诗,刻画了作者追求闲逸的生活态度。其一,言简陋的生活和矢志不渝的操守。在春寒料峭、阴雨绵绵的季节,诗人闭门读书,沉浸在宁静致远的境界里,回避外界的喧嚣。其二,通过风雨、鸡鸣、钟声,渲染出田居的清幽与寂静。诗人抱朴守素,不屈身于世俗,其坚守令人敬佩。其三,写早春料峭的气候和诗人吟咏不辍的兴致。其四,在今昔对比中,表达出对"立功"与"悟道"的理解,只要勉力而为,就不存在早晚。其五,写作者与东邻西里的游乐生活,以"久阴忽微暄"呼应"春寒"主题。整组诗歌反映了诗人赋闲的生活、宁静心境及不同流俗的格调,折射出对新朝的"游离感"。

刘诜长期生活在农村,对百姓生活的艰辛有着刻骨铭心的体验。其对现实生活反映的深度,在元代文坛罕有其匹。《山中五咏》《故乡夜坐有感二首》《山中杂赋六首》等组诗,都是这方面的代表作。特别是《前采薇歌》《后采薇歌》,以《诗经·采薇》意象为原型,以庚午大饥为背景,前后衔接,构成整体,尖锐地反映了民众的苦难生活。作者将荒年中百姓西山采薇充腹的凄惨与伯夷叔齐"宁死不餐周粟"的高洁作对比,极具讽刺意味。"他对民生的艰难,对民众的痛苦,对社会的弊端,有着一般文人无法达到的认识深度和深切体验,表现在诗作中,也就有了中国诗史上少有的真实与深刻。"②

刘诜生性耿介,已无限接近元人的"大气",其《吴宁极惠和闲居五诗复

---

① 杨镰:《全元诗》,第 22 册,中华书局 2013 年版,第 216—217 页。
② 查洪德:《元初诗文名家庐陵刘诜》,《江西师范大学学报(哲学社会科学版)》2007 年第 3 期,第 44 页。

用韵为谢五首》其三云"文章在天地，万古相递谢"①，表达出崇尚大气、追尚雅正、不拘成法的诗学思想。《中秋和萧孚有二首》其二云"文章政要追周雅，底用欹歋学越吟"②，所谓"追周雅"，就是要求文学必须以儒家义理贯穿，并以儒家情怀来从容为文，而这正是元代"尚大之风"的内涵和体现，是元"盛大春容"文风形成的哲学基础。有研究者指出："这一派由遗民的不平情绪和个性张扬，文学形式上标新立异；发展为以情而胜，文风浩瀚；最后而走向文学样式渐趋精致，和文学情感的渐趋和平，而靠近元代中后期馆阁文风。"③从这个意义上讲，馆阁文臣虞集等在推行"平易正大"的盛世文风过程中，对以庐陵作家为主的江西"奇崛"文风的批判、纠正是一个很有意思的现象，它标志着雍容平易的盛世文风即将到来。

张养浩是元代中期一位著名的文臣，与曹元用、元明善，被当时人称为"三俊"④。一生信奉儒家思想，关注现实，其诗有着鲜明的济世情怀和"深厚的历史感与使命感"⑤。《古意十首》正是这种意识的杰出代表，兹录数首：

驱车上崔嵬，进寸还退尺。极知太行险，政尔未遑息。我仆既已痡，我马亦伤策。魂断猩鼯声，心掉虎狼迹。欲回惜前功，将往孰引汲。林端风雨交，谷口云雾塞。惟应徐徐行，庶免胥颠踬。由正莫务捷，其到或可必。前路方巉岩，仰视天井窄。忧端从中来，比山却平易。（其二）

有客远征戍，乃在朔漠阴。怙恃既云失，友于亦俱沉。独存寡弱妻，冰蘗持寸心。极知形影孤，不忍忘遗簪。夜织侵昊月，晨曩扫坠林。有时睇层穹，悠悠恨弥襟。人生果奚恃，道义扶古今。穷微岂为累，他日知良金。（其三）

任公坐松顶，垂钓横海鳌。芥视三神山，咫尺万里涛。鳌鱼至难必，但见云天高。岂无鳣与鲔，吾饵不汝挑。宁期毫发功，要使斯世膏。此志果终定，迟速终相遭。（其七）

我欲适邹鲁，岁晏道阻修。奎文遥相望，五彩烂不收。孔林无曲

①　杨镰：《全元诗》，第 22 册，中华书局 2013 年版，第 217 页。
②　同上，第 342 页。
③　何跞：《个性特出和文章气骨——从〈四库全书总目〉看元代庐陵文派》，《贵州文史丛刊》2016 年第 1 期，第 85 页。
④　（明）宋濂：《元史》卷一七二《曹元用传》，中华书局 1976 版，第 4026 页。
⑤　杨镰：《元诗史》，人民文学出版社 2003 年版，第 298 页。

柯,洙泗恒安流。春风吹舞雩,童辈方咏游。彼乐乃如许,我志独未酬。徘徊暮云边,心往形迹留。何当生羽翰,因之阅济州。(其八)

美人余所珍,眷焉靡从致。之人为美何,玉体性兰慧。熙熙如阳春,着物惟自遂。动静语默间,恨有无限意。我欲相征逐,咫尺霄壤异。何时观清扬,涤此尘鄙气。(其九)①

所谓"古意",即借古讽今,传达对现实的思考。其二,以山险林密、环境险恶为喻,形容政治黑暗、奸佞当道。作者虽深谙官场之道,却始终正直清廉,决不结党营私,为世人所褒扬。其三,以征夫思女为主题,控诉统治者年年征兵,导致大量人口死亡,给很多家庭带来不幸。其七,诗人借庄子故事,告诫众人,要胸怀大志,持之以恒,才会成就伟业。其八,陈述儒家大道不行,自己理想无法实现的悲哀。诗人以欲去邹鲁而道阻难行为喻,表达了欲推崇孔孟之道,因受人牵制未能如愿的无奈。其九,继承了屈原开创的"香草美人"传统,将理想比喻为美人,表达了自己对理想的一往情深。作者对当时儒术不行、奸佞当道的现状极为不满,想通过弘扬儒家思想以整肃朝廷纪纲,以实现风清气正的政治格局。

对隐居的向往,对田居生活闲适的描写,对人生功名爵禄、出处等问题的思考,成为张养浩关注的对象。《有鸟归止三章》用寓言形式,分别以"有鸟归止,于彼穹林""有鸟栖止,于彼灌木""有鸟戾止,于彼丰丘"起兴,将鸟儿的自由与为官的拘局对比,表达了对自由生活的向往。《寄省参议王继学诸友自和十首》是寄给身在朝廷的王继学诸友的,"曩昔尘奔为悦亲,而今云卧复天真"(其一),"身与功名果孰亲,万钟何似一瓢真"(其二),"笔砚琴书素所亲,利名常恐泪吾真"(其三)等句②,将隐逸生活的舒适恬淡展现得淋漓尽致,透露出诗人对隐居生活怡然自得。作者似有奇异之笔,既清新秀美,又冲淡平和,是将田居的环境美与作者的人格美完美地统一起来。

元代中期,社会政治呈现出承平气象,诗人们大都以平和心态创作歌功颂德、粉饰太平之作。君臣唱和、臣僚唱和,历来是粉饰太平、彰显国运鸿昌的重要手段。顾嗣立《元诗选》在虞集《代祀西岳答袁伯长王继学马伯庸三学士二首》诗末注道:"此题袁伯长首唱而诸君和之,足以见一时馆阁诸臣风采。袁、虞、王、马,方驾并驱,此正有元极盛之时矣。集中所载诸公唱和之

---

① 杨镰:《全元诗》,第25册,中华书局2013年版,第2—3页。
② 同上,第53—54页。

什,虽不必尽工,而各存之,以备参考。如此题及上京杂咏等类是也。"①作者将此与"上京杂咏"并论,可见是时风所染,人心所向,概莫能外。

袁桷是元代中期馆阁诗人的典型,也是此间创作组诗数最多的人。大德初年(1297),袁桷成为翰林国史院检阅官,前后达30年。作为"盛大春容"文风的首倡者之一,其与马祖常的唱和堪称表率。苏天爵《元故资德大夫御史中丞赠摅忠宣宪协正功臣魏郡马文贞公墓志铭》称马祖常"日与会稽袁公桷、东平王公士熙以文章相淬砺"②。如《马伯庸拟李商隐无题次韵四首》,所反映的翰苑生活就显得雍容典雅、气度不凡,迥异于晚唐风貌。难怪杨镰先生说"《马伯庸拟李商隐无题次韵四首》是馆阁诗的范本,不但和者颇多,并且影响了后代诗论家对元诗的认知"③。

类似风格在其他组诗中也屡见,如《次韵马伯庸供奉书馆书事二首》其一云:"瑶台丽层云,秋声起琪树。织翠藻井波,凝碧琐窗雾。雍容列仙集,晴雪炯振鹭。念昔经启初,栉沐合生聚。"④《伯庸以诗见属次韵二首》其一云:"学古陈言少,官清雅咏多。珠玑明玉海,宝鉴艳金波。《易》赖韦编定,《书》疑汗简讹。斯文今有托,为我补嘉禾。"⑤二诗无论遣词之清丽,对仗之工整,立意之高雅,雍容合度,无不呈现出承平气象,是典型的馆阁体风格。四库馆臣称:"盖桷本旧家文献之遗,又当大德、延祐间为元治极盛之际,故其著作宏富,气象光昌,蔚为承平雅颂之声。"⑥袁桷一生,躬逢盛世,仕途平顺,诗中没有磊落不平之气,更多的是一种自然清雅之作,这在元祐时期很有代表性。

延祐三年(1316)底至四年夏之间,由于战乱,西北边地民生凋敝,野无遗禾。元仁宗为安抚流民,宣天子圣德,派任监察御史马祖常出使河西,袁桷作《送马伯庸御史奉使河西八首》送行,诗云:

　　青琐倦迁散,执辔逾关河。黄流何奔倾,积石何嵯峨。承诏抚疲甿,惊乌在林柯。沙场有冻骨,野亩无遗禾。日夕寒云聚,宿磷明岩阿。访俗感素心,因之聆咏歌。(其一)

　　咏歌者谁子,被发号天明。妇死不复悲,失儿谁与耕!承平五十

____

① (清)顾嗣立:《元诗选》,初集中,中华书局1987年版,第930页。

② (元)苏天爵撰,陈高华、孟繁清点校:《滋溪文稿》卷九,中华书局1997年版,第138页。

③ 杨镰:《元诗史》,人民文学出版社2003年版,第396页。

④ 杨镰:《全元诗》,第21册,中华书局2013年版,第103页。

⑤ 同上,第194页。

⑥ (清)永瑢等撰:《四库全书总目》卷一六七,下册,中华书局1965年版,第1436页。

载,不识战与争。残雪流银液,我泪同其倾。古云百二险,夸诞生甲兵。孰能转夷途,历劫永清宁。(其二)

清宁阐文运,览彼古帝都。秦声激豪宕,洛咏夸敷腴。邙山何累累,下有白玉趺。感彼秉笔人,百金尽其诔。死者已寂历,兹文亦模糊。伟哉龙门生,悲愤有遗书。(其三)

遗书纪河源,荒忽不可识。君行河之西,春雪深五尺。茫茫贺兰山,抽矢石为镝。坐阅三姓王,圣代始敛色。沙羊护毡房,名驼候土驿。观风惨无俦,云端羡飞翼。(其四)

飞翼西北来,遗我书赫蹄。中有陈情词,复怜双雏啼。野旷川无梁,积荒气候凄。鸡鸣葡萄根,虎啸苜蓿畦。清霜集素裘,斗戴天益低。顿辔不得上,雪山在其西。(其五)

其西何寥寥,云有古先生。岩居时一食,委形澹无营。朝日炫丹碧,匪以斤斧成。如何骄荣子,腾骞列层城。驱力超北海,逐影徙南溟。谁能佐玄化,泯默有遗情。(其六)

遗情在相思,举酒不得起。永念编简功,笃志刊绮靡。倾盖已云旧,知我实知己。送君河之湄,冻柳光蘱蘱。修途马飞翻,少立尽瞻俟。植德绥令名,眠食慎道里。(其七)

道里吾何能,托身承明庐。峨冠养深拙,清尘避修途。驱马李陵台,望乡问长须。长须不能对,吾行益次且。羡君万里道,晴霞起褕褕。天山谅非远,椎牛植枌榆。(其八)①

这是一组为送别好友马祖常而作的连章组诗。既有对友人征途漫漫、充满艰辛的慰藉,也有对时局动荡、民生多艰的忧虑,更有对友人回归故土的钦羡与祝福。其一,交代了马祖常奉命出使河西的背景,再现了行途的艰辛和百姓生活的惨状。其二,以边民口吻表达了对战乱的不满,反映边民希望早日结束战乱、转危为安,过上太平日子的美好愿景。其三,赞美河西诸郡的文脉深厚,然随着时间流逝,这些古文明日渐变得"模糊",作者深感惋惜。其四,对隐居龙门段氏兄弟的赞美,刻画出河西地区的环境特征及民俗风情,传递了对友人的慰藉之情。其五,写马祖常从河西来信,带来了对友人与家中亲人的问候与牵挂。其六,赞美了河西"古先生"的简陋的生活和怡然自得的心境。既是对荣子弘扬儒家之道、宣传圣德教化的讴歌,也是对马祖常历尽艰辛、奉旨出生使"宣天子圣德"的赞美。其七,回忆二人供奉翰林

---

① 杨镰:《全元诗》,第 21 册,中华书局 2013 年版,第 103—104 页。

时的美好生活,表达了对友人的惺惺相惜。诗末叮嘱友人既要弘扬令德,更要保重身体。其八,写自己"峨冠养深拙"的生活,隐含着期待闲散的心理和思归之情。整组诗歌既赞美了马祖常奉命西巡的壮举,也表达了作者深切的思念之情,更再现了河西民生凋敝、战乱频仍现实及独特的环境与民俗,主题多元。组诗以连章的形式,通过"咏歌""清宁""遗书""飞翼""其西""遗情""道里"等意象,顶针续麻,首尾相连,一气呵成。

　　袁桷与虞集交往始于大德七年(1303),其《同知乐平州事许世茂墓志铭》载:"大德七年,桷备史属选,与虞忠肃公孙集交。"①此后二人一同在京为官长达20多年,私交甚深。虞集将其居命名为邵庵,袁桷为其作《邵庵记》。袁桷夫人郑氏下世,虞集为作《郑夫人墓志铭》。袁桷与虞集家世相似,性格相投,学术追求相同,其诗文唱和,对元中期文坛影响很大。袁桷的《送虞伯生降香还蜀省墓二首》因送虞集出京代祀而作,叙述了送虞伯生降香还蜀省亲之事,表达了惜别之情。诗云:

　　　　玉雪祠官貂帽低,笑乘飞雁上天梯。宝幡绣重团金粟,钿合香严印紫泥。官馔每供千岁鹿,驿程深听五更鸡。流沙可是河源地,摇首扬鞭更欲西。(其一)
　　　　丞相坟前双阙摧,泉声隐隐柏崔嵬。金牛已向秦中去,铜马空传渭上来。丛竹雨留银烛泪,落花风扬楮钱灰。百年华表尘千劫,闻道曾孙始一回。(其二)②

元代礼乐制度规定,朝廷每年都要祭祀境内的山川河岳,目的是为国家祈福。《元史》卷七六《祭祀五》载:"岳镇海渎代祀,自中统二年始。"③翰林国史院很多官员都有代祀经历,且以道士随行。虞集于延祐三年(1316)奉旨去四川祭祀江渎,顺便探视故居,随行者为道士危公远。由于虞集是"元四家"之首,影响力非凡,临行时很多文士都有送行之作,本诗即为其中一组。其一,写虞集奉旨赴四川降香趁早上路,扬鞭策马远赴蜀地。其二,写虞集目睹五世祖虞允文坟前颓败、凄凉的景象。作为南宋丞相,虞允文的功勋是在抗金斗争中建立的,如今赵宋王朝已经不存在,坟前象征身份地位的高阙已经坍塌,其后人虞集在元朝做官,沧海桑田,物是人非,令人唏嘘。组诗化

---

①　李修生:《全元文》,第23册,江苏古籍出版社1999年版,第640页。
②　杨镰:《全元诗》,第21册,中华书局2013年版,第212页。
③　(明)宋濂等:《元史》卷七六《祭祀五》,中华书局1976年版,第1900页。

用杜甫《蜀相》诗,借用金牛、铜马典故来发故国之思。袁桷与虞集都为故宋衣冠子弟,感同身受。

袁桷长期在京为官,对官场之事感触良多,其纪事杂感类组诗主要作于此间。这些冠以"杂诗"或"饮酒"名头的组诗,隐去真事,显得较为隐晦。现实的无情,家庭生活的不幸,加重了诗人的漂泊感与孤独感,迫使袁桷流连于诗酒之中以摆脱生活的痛苦。如《饮酒杂诗十二首》其三、其四、其十一云:

> 京师二十载,酒中有深欢。大雨即闭户,朔风尝解鞍。客至辄笑之,是岂宜居官。振容篝神蓍,鸿飞渐于盘。百岁苦世短,万钟非我干。所以东方生,吏隐神益完。(其三)
>
> 阳鸟乘南云,飘飘振奇翮。迫此粱稻谋,居移遂成客。愧我食京尘,誓墓志未获。双峰十丈松,下有千载魄。当年侍蓬瀛,香芸森宝册。高斋集遗编,朱墨犹手泽。战兢愧匪承,永念在行役。(其四)
>
> 江梅生空林,岁晏美无度。挈身逾朔易,块独此室处。毡房望朝阳,耿耿不得语。雕笼粲珍禽,怅望秦乡树。爰居东门止,盛馔非素茹。临风嗅其英,雅志怀故土。(其十一)①

对于袁桷而言,上京原本就是客游之地。他曾经5次扈从上都,乡愁随着一次又一次"重复"旅行,而逐渐郁结加深。延祐元年(1314),第一次上京之行时袁桷49岁,那是他来到大都的第12年。多年后,开始写作"开平第四集"时,他57岁,已经在大都生活了20年。其三,写京师生活不甚如意,借酒浇愁。京师本是施展才华的绝佳场所,虽也曾有"鸿飞"之思,却只能在"酒中"深欢,足见情非得已。其四,深入解剖漂泊京城的动机——"稻粱谋"。马祖常《上都翰林分院记》载:"惟词臣独无它,为从容载笔,给轺传,道路续食,持书数囊。吏空牍,旬日不一署文书。夙夜虽求细劳微勤以自效,而亦无有。"②翰林文士虽跻身清贵,然终日无为,只以嘲风弄月为事。一句"战兢愧匪承,永念在行役",道出了扈从文臣的政治处境的尴尬。其十一,以"雕笼粲珍禽,怅望秦乡树"句,形容身在翰林的清望地位和难以抑制的思乡冲动。"临风嗅其英,雅志怀故土"句,则触景生情,流露出强烈的南

---

① 杨镰:《全元诗》,第21册,中华书局2013年版,第112—114页。
② (元)马祖常:《石田集》卷八,《景印文渊阁四库全书》,第1206册,台北商务印书局1986年版,第580页。

归之思。

其《舟中杂咏十首》《舟中杂书五首》《梁山泺三首》《天师留公返真空洞步虚词十章以导游》《淮口阻雨二首》《次韵仲章游南城二首》等纪行组诗，主要纪录仕宦途中的见闻感受，有较强的纪实意味。如《舟中杂书五首》诗云：

> 野色连云白，春声引树清。游鱼新浪急，归鸟片帆轻。晓梦三千里，风餐第几程。萍蓬元未稳，徙倚问天明。（其一）
>
> 挂席疏星外，停舟独柳边。团团风始阵，怗怗月初弦。陇曲沙成雪，吴歌水拍天。行藏有如此，把卷独悠然。（其二）
>
> 春睡元无着，乡心比酒浓。飞花空有意，小雨不成容。独树疑新堠，群鸦似乱蜂。艰难怜浩荡，散发遂初慵。（其三）
>
> 河落浑无底，飘零总客尘。春洲芦雁少，晓户柘蚕匀。京洛饶丰稔，江湖乐贱贫。低徊吾不恨，应有故山筠。（其四）
>
> 桑柘斜阳道，天然锦绣机。云容催溽暑，花片忆春霏。水落新鱼瘦，风清宿麦肥。归程时屈指，重午试生衣。（其五）①

从组诗标题可知，这是作者乘船江行时有感而作。既曰"杂书"，可能是随着行程的延伸而陆续写就。其一，写在一片春色怡荡中乘船而去，不仅点出了路途的艰辛和思乡之情，还对时局"未稳"表现出担忧。其二，言天色已晚，诗人独坐舟中，享受着拂面而来的江风和一轮高悬的明月。远处隐约传来的"陇曲""吴歌"，恍入苏子瞻《赤壁赋》中胜境，令人心旷神怡。其三，作者由现实的景象转而思绪万千，开启浓浓的思乡情。其四，从船上到岸上，从现实生活到怀念过去，传递出思乡心切的意味。一句"河落浑无底，飘零总客尘"，道出了漂泊他乡的无奈。其五，写春去暑至时节，诗人终于踏上了返乡的归程。整组诗歌以时空转换来结构，由船中到岸上，这是一条明线；另一条暗线，那就是无处不在的思乡之情。由"归鸟""客尘""乡心""吴歌""归程"等意象构成的情感线，从现在追溯到过去，由现实展望到将来。组诗看似随意而作，其实被作者赋予了巧妙的构思。

《舟中杂咏十首》是另一组舟行黄河的纪事诗，以"慎勿事炎凉，来往任行役"（其二）为情感基调。虽同为"舟中"，但表达主题与前者不同，这组诗歌更多的是对现实政局及自身遭遇感叹。在表达方式上，以舟行河上所遇

---

① 杨镰：《全元诗》，第21册，中华书局2013年版，第188—189页。

之物为对象,展开吟咏,将现实中的舟行水中,迎接着风浪与人在仕途历经着政治"风浪"对照来写,借彼喻此,构思独特。

好花避车尘,飞入黄河洗。河流政茫茫,一去不得底。纳污有至道,胡为爱清泚。念兹物理深,玄钥从此启。(其一)

飞雁翔南云,辟就端有得。旧年春风归,雪花大如席。阴阳眇难窥,造物司其职。慎勿事炎凉,来往任行役。(其二)

道逢射生船,有鹤驯且瞿。青丝闭其目,病翼寒萧疏。皋禽九天来,此岂真吾徒。独怜羽毛似,盘桓为长吁。(其三)

家奴拾枯草,走兔来相亲。生来不识兔,却立惊其神。行人笑彼拙,归来始嚬呻。乃知特幸脱,未信吾奴仁。(其四)

白苇生寒沙,残花摇散帚。燕都百万家,借尔作薪槱。物微生最下,功用乃堪取。大胜桃李花,矜矜斗妍丑。(其五)

清夜视北斗,正色摇我前。乃知中州殊,譊譊浪谈天。召公化南国,美教来自燕。乾坤傥一致,地气何由偏。(其六)

纸鸢帖晴空,飞轮走盘线。东风忩昂藏,得意随手转。攀云政相喜,堕地忽复怨。儿童岂知此,得失终恋恋。(其七)

恶马少驾车,驽马多驾船。驾船勿戚戚,驾车何翩翩。渠命有通塞,谁能别媸妍。君看盐车下,泪陨如奔泉。(其八)

春菘种北土,三年变蔓菁。一为居养移,自觉颜无情。南山植松苗,深根定生苓。千年化璧魄,岂比春菘荣。(其九)

鸬鹚漾晴空,意态极楚楚。翻风苍雪回,转日烂银舞。盘旋傲飞鸿,清远敌凡羽。须臾下鱼陂,愧我觉疾去。(其十)①

其一咏清洁高雅之花,借喻宦海生活的身不由己。末两句启人深思,耐人寻味。其二咏雁,借大雁南飞越冬,春归北迁的习俗,表明宦海沉浮要懂得"避就",切勿为世态"炎凉"所左右。其三咏鹤,交代了遇鹤的背景和鹤的特质。借喻士人明珠暗投、怀才不遇的处境。其四咏家奴,赞美其仁爱精神是一种可贵的品德。其五咏白苇,赞美白苇虽然出身卑贱,但造福"燕都百万家"百姓,居功自伟。全然不似争奇斗艳的桃李花,华而不实,徒有其表。其六咏北斗七星,借喻道教崇奉的七位星神,即"全真七子"。运用"召公"之典,来表达对现实的不满,暗讽元代国家机器尾大不掉的弊端。其七咏纸

---

① 杨镰:《全元诗》,第21册,中华书局2013年版,第78—79页。

鸢,诗以风筝飞行为例,告诫仕途之中人们,命运并非掌握在自己的手中,有一只"无形的手"决定着你的高低得失。其八咏马,借恶马与驽马的不同处境,告诫人们"命有通塞",勿要攀比。其九咏春蒜,写春蒜种植在北方,三年后便变成了家居生活必需品。种松苗于南山,千年后孕育出"璺魄",价值连城。物竞天择,适者生存。但在作者看来,后者未必高贵,前者也不必自贱。其十咏鸬鹚,赞美鸬鹚迎风起舞的雄姿和入水捕鱼的矫捷,展示了其"清远""孤傲"的品质。十首诗歌分咏花、雁、鹤、家奴、鸬鹚、北斗七星、纸鸢、马、春蒜、白苇,除家奴与北斗七星外,其余均为物品,随着舟行轨迹的推进,依次展开。从外形及内质两方面对所咏对象作了描绘,传神写照,寄托了作者对宦海人生的感慨。

　　袁桷在延祐、至治间曾 5 次扈从上都,创作了"开平一集""开平二集""开平三集"和"开平四集",计 200 余首上京纪行诗。李军先生说:这些"上京纪行诗因其内容可裨补史实而具有重要的文献价值,而且艺术风格鲜明,气象雄浑,是元诗中具有北方民族特色和异域草原特质的诗歌珍品"①。组诗展示了漠南草原的旖旎风光和奇特的民俗风情,给读者以奇异的审美享受。翁方纲称其"叙次风土极工,不减唐人"②,为后人留下了上都宫廷生活弥足珍贵的历史资料。杨镰先生指出,袁桷"是'元诗四大家'虞集、杨载、范梈、揭傒斯之前的'领位员',他在诗坛的活动是元代馆阁诗全盛的序幕"③,其对元代中期诗坛的贡献,在于确立了馆阁诗人群体的地位,引领了一代风气。

　　柳贯作为"儒林四杰"之一,以文著称,然其在诗歌史上也是不可忽视的。其《上京纪行诗》诗集,主要记载了延祐七年(1320)以国子助教分教上都的经历、沿途及上都见闻。序云:"延祐七年,贯以国子助教分教北都生。始出居庸,逾长城,临滦水之阳而次止焉。自夏涉秋,更二时乃复。计其关途览历之雄,宫籥物仪之盛,凡接之于前者,皆足以使人心动神竦,而吾情之所触,或亦肆口成咏,第而录之,总三十二首。……贯越西之鄙人,少长累遭家难,学殖荒落,志念迂疏。顾父师之箴言在耳,常恶焉弗胜,乃兹幸以章句训故,间厕西廱之武,以窃陪从臣之末。龙光炳焕,照耀后先,山川闳奇,振发左右,则夫记载而铺张之,有不得以其言语之芜拙而并废也。"④歌功颂

①　李军:《论元代的上京纪行诗》,《民族文学研究》2005 年第 2 期,第 97 页。
②　(清)翁方纲:《石洲诗话》卷五,郭绍虞选编,富寿荪点校:《清诗话续编》,上册,上海古籍出版社 1983 年版,第 1450 页。
③　杨镰:《元诗史》,人民文学出版社 2003 年版,第 395—396 页。
④　(元)柳贯:《柳贯诗文集》卷一六,浙江古籍出版社 2004 年版,第 344 页。

圣,是其上京纪行诗的核心所在。柳贯以微贱之躬,蒙遇圣恩,自然感恩戴德,歌颂大元的"治世之音",也是发自内心。《滦水秋风词四首》《后滦水秋风词四首》最富代表性。如《滦水秋风词四首》云:

> 西麻林鞍如割铁,东凉亭酒似流酥。福威玉食有操柄,世祖建邦天造图。(其一)
> 朔方窦宪留屯处,上郡蒙恬统治年。今日随龙看云气,八方同宇正熙然。(其二)
> 朵楼清晓常祠罢,吾殿新秋曲宴回。御帛功由寒女出,分颁恩自九天来。(其三)
> 西风初吹白海水,落日正见黑山云。斿庐小泊成部署,沙马野驼连数群。(其四)①

组诗详细地记载了上都奇异景色和独特的生活民俗。诗中选取了上京周边的林鞍、凉亭、美酒、玉食、朵楼、殿阁、西风、落日、斿庐、沙马、野驼、界墙、积雪、醴酪、羔帽、山邮、土屋、蘑菇、牛童等物象,集中呈现了上京周边地区的气候、物产等自然景观,以及城郭建造、历史沿革、风土人情等人文景观,流注其间的是以"气和""意舒"为特征的"大雅之风"。

柳贯的《上京纪行诗》是元代唯一一部以"上京纪行诗"命名并流传下来的单行本的元人诗集,在元诗史上有着独特的地位。其《奉同伯庸应奉韵送伯生博士行祠西岳因入蜀望祭河源二首》《同杨仲礼和袁集贤上都诗十首》《次韵伯长待制韵送王继学修撰马伯庸应奉扈从上京二首》《次韵伯庸无题四首》等,同为上京纪行诗,集中呈现了上京的馆阁生活。这些和鸣群公,共倡治世之音的组诗,虽以歌功颂圣为主,却以写景叙事道出,表现得却更加含蓄隽永。

在"盛世放歌"中,时不时也羼入一丝衰世之"杂音"。据宋濂《故翰林待制承务郎兼国史院编修官柳先生行状》②载,柳贯曾遍从金履祥、谢翱、戴表元、方凤、方回、龚开、牟应龙等"故宋遗老"游,除深得各家学问真传外,诸老的"遗民情结"对其影响亦甚是明显,其诗中"隐逸"主题即是明证。《朔游卷中有句云成吾看山福岂不在老大此拙者早退之符也然青山献秀白日延

---

① 杨镰:《全元诗》,第 25 册,中华书局 2013 年版,第 207 页。
② (明)宋濂:《潜溪前集》卷十,《宋濂全集》,第 1 册,浙江古籍出版社 2014 年版,第 239—243 页。

景羹糗足饱宠辱兼忘山中之乐殆不过是而福则吾不知之也岁晏苦寒孤坐无
憀用其句为韵赋十短章以自信先示戴生间或贻诸同志》是一组与友人唱和
的组诗，诗中表达了"漫郎岂不仕，而多山水情。中怀不远复，束身返农耕"
（其一）的林泉之志①。《北山招隐词四首题李卿月小隐图》同样以希企隐逸
为旨归，其一云："烟云奇彩棱棱见，水木高斋面面开。画里青山虽甚似，梦
中玄鹤几曾来。"②作者借对画中意境的欣赏同样表达了回归自然的渴望，
名为"招隐"，实为"反招隐"。

　　正是基于对自然的热爱，柳贯创作了不少以刻画山水美景、再现山居生
活为内容的八景组诗，集中展示了对隐逸生活的向往。《草堂琳藏主得往年
黄晋卿吴正传张子长北山纪游八诗装演成卷要予继作因追叙旧游为次其韵
增诸卷轴》以"纪游"为主，将北山游览所见的灵源、草堂、三洞、鹿田、宝峰、
潜岳、山桥、宝石等八处景观依次展现于眼前。《赋黄氏新安岭南山居十咏》
以反映山居生活为中心，分清江钓月、空谷耕云、苍峰卓笔、碧巘开屏、松林
巢鹤、雪涧浮龟、峻岭扶车、圆冈揭斗、双溪合璧、古寺垂虹十题，刻画了友人
山居的环境之美，也表达了对隐逸生活的钦羡。《浦阳十咏》以浦阳境内景
观为名，分仙华岩雪、白石漱云、龙峰孤塔、宝掌冷泉、月泉春诵、潮溪夜渔、
南江夕照、东岭秋阴、深袠江源、昭灵仙迹十题展开，彰显了家乡独特的地方
景观文化。总之，"南坡之变"以后，元朝形势急转直下，柳贯感知危机渐至，
一改早年的歌功颂圣，流露退隐的情绪。

　　胡助是元代中后期重要的诗文家，更是一位饱读诗书的硕儒。自幼受
婺州理学思想影响，曾与翰苑名公王士熙、袁桷、虞集等交游唱和。至顺元
年（1330），从虞集分院上都，秩满调任教官，后任翰林国史院编修，参修辽、
宋、金三史。《京华杂兴诗二十首》引云："余待选吏部，贫不能归，尘衣垢
面，憧憧往来，盖亦莫自知也。于是以日所闻所见，感触于中者，辄形为诗。
五言五韵凡二十章，题之曰《京华杂兴诗》。率然而作，曾无吕律之次，譬如
候虫之鸣，不能自已。姑亦偶寓其一二微意焉。他日南归，将以夸示田夫野
老，俾略知京华之风云尔。"③这组诗歌是作者早年游京师时所作，兹录二首
如下：

　　　　两院最文馆，优游玉堂仙。扶杖会朝仪，秉笔光史筵。辟雍训胄

①　杨镰：《全元诗》，第25册，中华书局2013年版，第120页。
②　同上，第211页。
③　杨镰：《全元诗》，第29册，中华书局2013年版，第2—3页。

子,济济登才贤。人时正历象,星舍仪混天。东观图书府,圭璧何烂然。
(其三)

　　嗟彼西方教,崇盛何炜煌。至尊犹弟子,奴隶视侯王。禅衣烂云锦,走马趋明光。民赋耗太牢,永言奉祈禳。寂寂东家老,弦歌守其常。
(其六)

延祐元年(1314),元廷废止多年的科举考试正式恢复,这对沉沦下僚的汉族知识分子而言,是一个值得庆贺的消息。胡助虽为教官,也想一试。次年,各省乡试中举的考生到京城参加吏部举行的春试,胡助也一并来到京城,结交了馆阁之臣王士熙、袁桷、元明善、马祖常、虞集、欧阳玄、贡奎等人。组诗即展示了上京生活的不同侧面,反映了诗人初入京华的新奇感受,具有鲜明的纪实特征。

胡助曾扈从上都,其间留下了大量的上京题材的组诗。如《送王治书分台上都二首》《和袁伯长韵送继学伯庸赴上都四首》《上京纪行七首》《滦阳杂咏十首》等。顾嗣立引虞翰林题胡助《上京纪行集》云:“集仕于朝三十年,以职事至上京者凡十数,驱驰之次,亦时有吟讽,不能如吾古愚往复次舍,所遇辄赋,若是其周悉者也。集老且病,将乞身归田。竹簟风轻,茅檐日暖,得此卷诵之,能无天上之思耶!”①从二人评价可见,其对胡助上京纪行诗是颇为推崇的。

除了上京纪行题材外,胡助还创作了大量的八景组诗。如《和桂坡李宅仁甫山园八咏》引云:“仆归自京师,僵卧空山,人事殆绝。李宅仁甫,寄示《山园八咏》,句清景胜,乐意超然,高蹈之风,益可仰也。辄次严韵以谢,殊愧不工,胡助再拜。”②这是一组唱和诗,以李仁甫庄园中的草台春意、竹径秋声、冰壶避暑、雪峤寻春、石坛夜月、花嶂夕阳、翠屏薇露、土锉茶烟八处景观为对象,表达了渴望林泉的志向。《和黄晋卿北山纪游八首》《越上宝林寺八景》《隐趣园八咏》《东湖十咏》,或纪北山之游乐,或写隐趣园之幽静,或展宝林寺之雄姿,或绘东湖之美景,使胡助成为元代创作八景组诗最多的诗人。

大德至延祐(1297—1320)间,“元四家”虞集、揭傒斯、杨载和范梈,先后来到京都,雅集唱和频繁,共倡“雅正”之风,引领了元诗的发展方向。宋濂在《元故秘书少监揭君墓碑》中说:“有元盛时,荆、楚之士以文章名天下

---

① (清)顾嗣立:《元诗选》,三集,中华书局1987年版,第370页。
② 杨镰:《全元诗》,第29册,中华书局2013年版,第7页。

者,曰虞文靖公集、欧阳文公玄、范文白公椁、揭文安公傒斯,海内咸以姓称之,而不敢名。"①范椁在京师,曾任翰林国史院编修官,结识了很多名卿士大夫,除"元四家"外,还与赵孟頫、邓文原、郭贯、元明善、张养浩、柳贯、李洞等人经常酬唱,促进了元代中后期诗歌的繁荣。

范椁对宋人以文为诗、注重理趣甚是不满,其诗更多是情感的宣泄和表达,给元诗注入了一股别样的清新之气。其《秋日集咏奉和潘李二使君浦编修诸公十韵》②是一组唱和诗。其一,诗人因秋感兴,却意兴阑珊。"以病酬闲翻自恶,将愁抵醉只难醒"中,流露出失意归隐的情绪。其二、其三以"庶几未老投簪去""明朝种橘学诸苏""相过倘遂携尊酒,检按墙东野菊花"等意象,反复呈现,表明欲逃离尘世。归隐之意,与前一首相连。其四、其五通过管仲的有志难酬和司马相如的怀才不遇,暗写自己的失意情怀及"此身泛寄空江上""至今心死及蒢蓍"无奈结局,点明归隐之意。再次强调归隐。其六,承上抒情,言自己不堪大用。"偶随青琐须高步,欲缀丹书甚寡才"句,感叹才能平庸,有负明时,暗寓只能归隐。其七,赞美潘公"门巷只今埋粪壤,轮蹄自昔走雷霆",虽未得偿所愿,但只要时机一到便可大展宏图。其八,赞美"李侯高朗若空睛,论议诗书满腹撑",期待其在南郡守之位大有作为。其九,赞美浦君"诗探饭颗尤难测,赋拟兰陵定不虚",才华横溢,前程远大。此三首通过赞美友人才华与仕途经济,紧扣"集咏奉和"之意,也强化了友人"出"的及时,自己"处"的惬意。其十,因秋感兴,照应开头,绾合全诗。"秋入江山锦绣开,白云红叶尽诗才",友人赋诗不辍,再次点明"集咏"之意。组诗首尾相连,起承转合的章法之妙堪称经典。诗人因秋感兴、怀古感今,情绪较为平和,且无奇峭生硬的表达,总体呈现出一种"雅正"的格调。杨镰先生说:"当'四家'活跃在元代诗坛,元诗就与唐宋诗区别开来了。"③斯言信然。

元中期的"和平雅正"之声,与此间儒学复古思潮密切相关。"我元延祐以来,弥文日盛,京师诸名公……一去宋金季世之弊,而趋于雅正。于是西江之士,亦各弃其旧习焉,盖以德机与曼硕为之倡也。"④从欧阳玄的评论中,可见范椁诗歌在扭转江西诗派余风中的丰功伟绩。《元诗纪事》卷一三载:"大德中,清江德机先生独能以清拔之才、卓异之识,始专师李杜,以上溯三百篇。其在京师也,与伯生虞公、子昂赵公、仲弘杨公、曼硕揭公诸先生倡

① (明)宋濂:《芝园续集》卷五,《宋濂全集》,第5册,浙江古籍出版社2014年版,第1705页。
② 杨镰:《全元诗》,第26册,中华书局2013年版,第441—442页。
③ 杨镰:《元诗史》,人民文学出版社2003年版,第468页。
④ (清)顾嗣立:《元诗选》,初集中,中华书局1987年版,第980页。

明雅道,以追古人,由是而诗学丕变。范先生之功为多。"①以范梈为代表的"元四家",非常重视文学与"治道""教化"的关系,其创作呈现出个性收缩和伦理回归的倾向。在元诗倡导风雅,宗唐复古的进程中,作用明显,影响了一代诗风。

虞集是宋丞相虞允文的五世孙,元代中期最有影响的文臣之一。自幼受家学沾溉,曾随名儒吴澄游学。后任国子博士,迁集贤殿修撰,除授翰林待制,官拜奎章阁侍书学士。作为元文宗时期地位最高的南人,虞集不仅结识了那个时代各个方面的精英人物,也见证了那个时代文化的全部菁华。

元代文艺潮流都以复古为基础,虞集等奎章阁文人,高举复古大旗,致力于开创以雍雅熙和之貌矫正南宋忿厉怨尤之气,形成雍容博雅且不失性情的元诗新气象。虞集有组诗 496 首,为"元四家"之最,集中展现了"复古"意识和仕宦生涯的复杂心态。

出于对盛世文明的认同,其诗流露了颂圣忠君的思想,"书阁暮年偏感遇,但歌天保播皇仁"②(《玉堂读卷》)。元文宗天天历三年(1330),虞集以奎章阁侍书学士身份任科举廷试读卷官,这是一件非常荣耀的事,其《玉堂读卷杂赋次韵三首》表达了勠力同心,辅助朝廷选贤举能的感恩心态。《次韵马伯庸宝鉴学士见贻诗并简曹子贞学士燕信臣待制彭允蹈待制二首》其二"徒积寸诚无补报,每还冰署欲鸡栖"③,同样表达了以报效天朝为旨归的主题。

当理想与现实存在差距时,其诗又流露出孤独、无奈甚至愤懑的情绪。如《次韵杜德常典签秋日西山有感四首》其四"甘泉罢幸扬雄老,满鬓秋风不受吹"④,《进讲后侍宴大明殿和马伯庸赞善韵二首》其二"校书寂寞扬雄老,亦赋凌云丽九霄"⑤等,似乎在刻意强调自己的老迈无能。《贫士五首》则集中表达了诗人抑郁忧伤、贫病交加的痛苦。第一首塑造了一个身患目疾,倔强刚硬的贫士形象。"昏"言眼疾之重,"枯"字指消瘦之躯,渲染了贫士的穷困潦倒。后四首则进一步揭示了贫士抑郁忧伤、贫病交加的痛苦。诗中"老骨""心悸""局蹐""视茫茫"的形象,正是诗人仕途失意的形象再现。诗中充斥着对前程未卜的恐惧,对自己命运无法把握的悲哀,甚至传达出"小子未闻道,何以卒岁年"的无奈,但这并不改变其颂美盛世、竭忠朝廷

① (清)陈衍辑撰,李梦生校点:《元诗纪事》卷一三,上册,上海古籍出版社 1987 年版,第289 页。
② 杨镰:《全元诗》,第 26 册,中华书局 2013 年版,第 93 页。
③ 同上,第 87 页。
④ 同上,第 180 页。
⑤ 同上,第 88 页。

的忠心。这一主导思想使他对家国之思、仕隐问题有更为清醒的认知。有研究者指出:"虞集入主奎章阁,以其显赫仕宦与卓著才情大力倡导的雅正平和诗风逐渐成为文坛的主导风尚……离开奎章阁后,虞集诗歌发生了显著的变化,叹老嗟卑、隐逸恬淡成为其主导风格。"①这种变化不仅是个人境遇改变所致,也是时代格局变化的结果。

在"元四家"中,杨载诗歌无论在数量上,还是在反映现实的深度及广度上,都不及前三家。年少丧父,年近四十还未出仕,不免有"身名犹碌碌,正坐日疏慵"(《偶作》)的感慨。《东阳十题》分咏焦桐、蠹简、破砚、残画、旧剑、尘镜、废橐、败裘、断碑、卧钟十物,展示了怀才不遇的苦闷。"这十个名词是经过诗人精心'修饰'后的产物,或者说是借用旧词而赋予了全新的涵义,它们无疑都成了诗中最重要的十个意象。通过这十个意象,我们便可以窥见诗人那颗完全破碎的心灵。"②组诗由形及神,借物喻人,充分诠释了其"诗有内外意,内意欲尽其理,外意欲尽其象,内外意含蓄"③的诗学观点。

皇庆元年(1312)壬子,杨载得以与范梈、丁复等被荐为翰林院编修官,参与修撰《武宗实录》。此次京师之行,成就了杨载的诗名。"初,吴兴赵孟頫在翰林,得杨载所为文,极推重之。由是载之文名,隐然动京师,凡所撰述,人多传诵之。"④在玉堂,作者与当时著名的文人虞集、范梈、揭傒斯、黄溍、袁桷等多有唱和,共襄盛事。《送伯长扈驾二首》即作于是间,诗云:

> 罕毕前驱盛国容,黄麾仙杖卫重重。星流旷野飞苍鹘,日丽层霄驭赤龙。耀武边陲须北狩,合祛天地待东封。论才孰可铭休烈,扈圣还宜祀岱宗。(其一)
> 追从群彦客金门,独用才高被国恩。石室紬书裁帝纪,玉堂草诏代王言。宦途赫赫名方振,余子纷纷气可吞。会合适逢千载运,奋飞宁羡北溟鲲。(其二)⑤

此诗约作于延祐元年(1314)或延祐六年(1319)。袁桷入朝后不久,于延祐元年被提升为翰林待制,同时也参与了《武宗实录》的编撰。同年五月,袁桷

① 唐朝晖:《虞集出入奎章阁的诗史意义》,《华南师范大学学报(社会科学版)》2010年第2期,第87页。
② 方勇:《南宋遗民诗人群体研究》,人民出版社2000年版,第262页。
③ (元)杨载:《诗法家数·总论》,(清)何文焕辑:《历代诗话》,下册,中华书局1981年版,第736页。
④ (明)宋濂等:《元史》卷一九〇《儒学二》,中华书局1976年版,第4341页。
⑤ 杨镰:《全元诗》,第25册,中华书局2013年版,第272页。

第一次随圣驾到开平避暑。延祐六年,袁桷又一次随帝赴上都,他与友人一道,写诗相送。其一写扈圣大军阵容盛大,戒备森严,气象不凡。赞美友人才能卓著,随驾扈从,荣幸之至。其二表达了对友人因"才高被国恩",扈从上都,在玉堂草诏,拥有"宦途赫赫名方振"的声望的赞美。末句表达了对友人得时无怠,高举奋飞,实现梦想的期待。整组诗中没有丝毫的离愁别绪,更多的是赞美和祝福,展示了一位初至京师者对未来的美好憧憬。

揭傒斯论诗主张以"雅正"为标准,认为诗歌创作必须遵循温柔敦厚的诗教传统,以含蓄蕴藉的方式实现潜移默化的作用。其《雨述三篇》描写江南和岭南、闽越一带气候反常,瘴气大作,海潮上涨,百姓流离失所,在死亡线上挣扎的惨景。其诗云:

　　江南腊月天未雪,居者单衣行苦热。连山郡邑瘴尽行,岂独岭南与闽越。逋民攘攘度闽山,十人不见一人还。明知地恶去未已,可怜生死相追攀。(其一)

　　近闻闽中瘴大作,不间村原与城郭。全家十口一朝空,忍饥种稻无人获。共言海上列城好,地冷风清若蓬岛。不见前年东海头,一夜潮来迹如扫。(其二)

　　冬来一晴四十日,三日南风当有雪。不知闽岭今何如,念我故人书断绝。剑南判官心所亲,瓯宁大夫政有神。腐儒多事浪忧喜,安得遗书两故人?(其三)①

组诗主要描写了江南瘴气和海潮给人民带来的苦难。作者身居京城,心系民众,字里行间,表达了对人民苦难的深切同情。虽然诗歌内容关乎国计民生,有很强的现实性,但情绪的表达甚是平和,绝无江西诗派的那种怨愤、乖戾的情愫。纵有批判,也未超越儒家温柔敦厚的"诗教"的大防。

元代中期诗坛,留下50首以上组诗的诗人共30人,共4 963首,数量与人数都少于初期和晚期。无论是题材,还是艺术风格,都有鲜明的时代色彩,体现着较为一致的审美倾向。胡应麟在《诗薮》卷六评价道:"皆雄浑流丽,步骤中程,然格调音响,人人如一,大概多模往局,少创新规,视宋人藻绘有余,古澹不足。"②以"治世之音"为主要特色,风格雍容平正,无乖戾之气,其实质正是理学精神的显现。

---

① 杨镰:《全元诗》,第27册,中华书局2013年版,第185页。
② (明)胡应麟:《诗薮》外编卷六《元》,中华书局1958年版,第222页。

三、元代晚期组诗的繁盛格局

元代中期的盛世诗风持续时间不长,到元文宗时就渐趋消歇。元代后期,各种矛盾不断激化,"盛世气象"不复存在。杨维桢在《王希赐文集》再序中说:"我朝文章肇变为刘、杨,再变为姚、元,三变为虞、欧、揭、宋,而后文为全盛。以气运言,则全盛之时也。盛极则亦衰之始。自天历来,文章渐趋委靡,不失于搜猎破碎,则沦于剽盗灭裂,能卓然自信,不流于俗者,几希矣。"①元末乱世给文人带来了沉重打击,人们变得意兴阑珊,失去了自觉高唱治世之音的雅兴。"雅正"一统天下的格局被打破,标奇竞秀、各自名家,多样化的风格出现于文坛。

元代后期,文人尤其是汉族文人政治地位进一步边缘化,使得诗坛风气出现了新的变化:一是内容的狭隘,多为风花雪月题材,无关乎社会民生;二是诗境的狭窄,感情苍白,贫乏无力。整个诗坛上被雅正化、险怪化倾向所笼罩。"这两种貌似迥异的诗风追求背后却隐藏着共同的心理动因——私人化创作心态,且表现出同样的审美情趣——'逸'趣。"②以杨维桢为代表的诗人群体更加注重展示与众不同的个性和奔放纵恣的诗风,显示出文人与政治的疏离感。

元代诗歌重心由元中期的大都开始南移,"元末吴中以一些诗人雅客为中心,形成了很多关系较为松散、来去比较自由的文人群体,如姚文奂的野航亭诗酒唱和、顾瑛的玉山雅集、徐达左的耕渔轩雅集、倪瓒的清閟阁雅集、曹知白的书画雅集等等。文人相互之间往来频繁,诗酒酬唱,雅集成为元末东南一带文人生命历程中的一个不可或缺的组成部分。"③其诗不再强调格调"雅正",而是重视"性情之真"。

元代后期留下 50 首以上组诗的诗人共 108 人,共 16 687 首诗,无论是诗人数还是组诗数几乎是前期、中期的总和,组诗创作呈现出异常兴盛的格局。其中五言组诗 5 800 首、七言组诗 10 068 首、杂言组诗 819 首。七言组诗是五言组诗的 1.74 倍,依然是诗坛盟主。

如果元代中期诗坛还在"雅正平和"中寻找突破,那么元代后期诗坛则是"奇材益出"。元朝面临末世,社会危机严重,诗歌创作聚焦于社会现实,

---

① (元)杨维桢:《王希赐文集序》,李修生主编:《全元文》卷一二九九,第 41 册,江苏古籍出版社 1999 年版,第 228 页。

② 苗民:《元代中后期诗坛的私人化创作心态与"逸"趣的追求》,《北京科技大学学报(社会科学版)》2010 年第 4 期,第 135 页。

③ 刘季:《玉山雅集与元末诗坛》,博士学位论文,南开大学 2012 年,第 21 页。

讽喻时政,关注民瘼,掀起一股写实之风。以萨都剌、廼贤、张翥、贡师泰、王逢等为代表的色目、蒙古诗人,少了传统儒家诗学观念的制约,率性而为,各逞其才,为此间诗坛的异彩纷呈作出了积极的贡献。顾嗣立在《元诗选》说:"有元之兴,西北子弟,尽为横经,涵养既深,异才并出。云石海涯、马伯庸以绮丽清新之派振起于前,而天锡继之,轻而不佻,丽而不缛,真能于袁、赵、虞、杨之外别开生面者也。于是雅正卿、达兼善、廼易之、余廷心诸人,各逞才华,标奇竞秀。亦可谓极一时之盛者欤!"①这段话揭示了少数民族诗人群体在元诗发展史上的重要地位。他们在接受汉文化熏陶的同时,"将外来进取精神和内地儒家传统有机地结合起来,在文明成熟而又较少束缚的心态作用下,为内地传统文化注入了新活力"②。此外,还有许有壬、杨允孚、吴师道、杨维祯、傅若金、李孝光、王冕、张翥、倪瓒等汉族诗人。

许有壬作为汉族儒士,是蒙元中后期政坛为数极少的位至显贵者之一。存有各类诗歌近千首,大多数为交游唱和诗。著名的《圭塘欸乃集》便是其与弟许有孚、子许桢、友马熙在其私家园林圭塘中的唱和集,共收诗歌 326首。元代文人仕途不顺,往往于私家园林雅集聚会,传达惺惺相惜之情。中原的"圭塘雅集"、江南的"玉山雅集",堪称这方面的典范。

许有壬曾供职奎章阁学士院,多次扈从上京,对蒙古地区的自然风光与生活习俗非常熟悉。至元三年(1337)夏,他再次分省上都,闲暇之余,细数上都的土产风物,精心挑出十种特产,赋诗吟咏。加上此前的《马酒》合在一起,命名为《上京十咏》,其诗云:

> 味似融甘露,香疑酿醴泉。新醅撞重白,绝品挹清玄。骥子饥无乳,将军醉卧毡。桐官闻汉史,鲸吸有今年。(《马酒》)

> 塞上秋风起,庖人急尚供。戎盐春玉碎,肥羜压花重。肉净燕支透,膏凝琥珀浓。年年神御殿,颁馂每沾侬。(《秋羊》)

> 草美秋先腯,沙平夜不藏。解绦文豹健,斋炙宰夫忙。有肉须供世,无魂亦似獐。少年非好杀,假尔试穿杨。(《黄羊》)

> 北产推珍味,南来怯陋容。瓠肥宜不武,人拱若为恭。发掘怜禽狝,招徕或水攻。君毋急盘馔,幸自不穿塘。(《黄鼠》)

> 坡远花全白,霜轻实便黄。杵头麸退黑,硙齿雪流香。玉叶翻盘薄,银丝出漏长。元宵贮膏火,蒸黑笑南香。(《粔面》)

---

① (清)顾嗣立:《元诗选》,初集中,中华书局 1987 年版,第 1185—1186 页。
② 徐子方:《挑战与抉择——元代文人心态史》,河北教育出版社 2001 年版,第 238 页。

性质宜沙地,栽培属夏畦。熟登甘似芋,生荐脆如梨。老病消凝滞,奇功直品题。故园长尺许,青叶更堪葅。(《芦菔》)

土羔新且嫩,筐筥荐纷披。可作青菁饭,仍携玉版师。清风牙颊响,真味士夫知。南土称秋末,投簪要及时。(《白菜》)

牛羊膏润足,物产借英华。帐脚骈遮地,钉头怒戴沙。斋厨供玉食,毳索出毡车。莫作垂涎想,家园有莫邪。(《沙菌》)

冻雨催花紫,轻风散野香。刺沙尖叶细,敷地乱条长。楚客收成里,吴童撷满筐。行厨供草具,调鼎尔非良。(《地椒》)

西风吹野韭,花发满沙陀。气校荤蔬媚,功于肉食多。浓香跨姜桂,余味及瓜茄。我欲收其实,归山种涧阿。(《韭花》)①

这组诗歌咏赞了上京地区的十种特产:马奶子酒、秋羊、黄羊、黄鼠、粆面(掺面)、芦菔(萝卜)、白菜、沙菌、地椒、韭花,让人感受到了浓郁的塞北风情。《马酒》咏马奶子酒,它是蒙古族人最为重要的饮料。"味似融甘露,香疑酿醴泉。新醅撞重白,绝品挹清玄",形象再现了马酒的香味和色泽。《秋羊》在描写肥羊时聚焦于"肉净燕支透,膏凝琥珀浓"的细节,逼真地展现了"秋日肥羊"的鲜美肉质和庖人烹饪技艺的高超。《黄羊》则将狩猎与饮食场面结合起来,描写了狩猎之后,宰杀黄羊的情景。《黄鼠》所咏是田鼠,诗人首先称其为北方真味,但却使南方来客颇为稀奇,重在从"珍奇"着笔。或用掘土,或用水罐,极言其得来不易,写得颇富生活情趣。《粆面》自注云:"南乡荞面黑甚,熟则坚实若瓦石,可代陶盏贮膏火。"食用荞麦面是上京地区比较普遍的一种饮食习俗。诗歌将荞麦的开花、结实,到磨面、烹饪的过程一一罗列出来,令人印象深刻。《地椒》中先描写了地椒的花色、香味,然后描写了其叶片的形状和长势,接着写了地椒被采摘的情况,最后对野菜进行点评。《韭花》诗盛赞其花美味美:"西风吹野韭,花发满沙陀。气校荤蔬媚,功于肉食多。浓香跨姜桂,余味及瓜茄。"《沙菌》诗自注曰:"此物喜生车帐卓歇之地,夏秋则环绕其迹而出",诗中描写了其形状特征和食用感受等情形。组诗集中呈现了中原人士眼中上京特产,充满了神奇的色彩,显示出草原文化迥异于农耕文化的风貌。

元代后期,上京纪行诗在内容与形式上,都有不少的突破。首先是描写内容的多样化,如王沂《上京十首》、胡助《滦阳杂咏十首》等集中歌咏上都的景色,周伯琦《九月一日还自上京途中纪事十首》、黄溍《上京道中杂诗十

---

① 杨镰:《全元诗》,第34册,中华书局2013年版,第294—296页。

二首》、许有壬《竹枝十首和继学韵》《柳枝词十首》侧重描写从大都到上都沿途的风光,许有壬《上京十咏》咏歌上京地区的特产。其次是上京纪行组诗的大量出现,成为诗坛的一种风气,如萨都剌《上京即事》、袁桷《上京杂咏》、宋本《上京杂诗》、周伯琦《扈从诗》、杨允孚《滦京杂咏》等都是上京纪行组诗的典范之作。

西域诗人崛起,是元代晚期诗坛一个突出的现象。杨镰先生在《元西域诗人群体研究》一书中指出:"贯云石一生从未回到过西域故土。但我们可以肯定,作为鲁克沁绿洲一个幸运的自耕农的后裔,他同样从未忘记自己在玉门关外的根。从他的作品里能够体会到,在诗人心中有一根敏感的心弦,一旦触动了,就会发出使人心灵震颤的呻吟,只不过诗人有意按住了它,不让它轻易发出声响罢了。"①这段话虽然是针对贯云石说的,但在马祖常、萨都剌、余阙等色目诗人身上,具有同样的意义,"寻根"是他们共同的心声。

甘肃临洮县,是史料记载的马氏"来华"驻留的第一站。延祐四年(1317),马祖常出使河西,从孟春正月出京,到六月回京,前后半年时间,却留下了一生中最美妙的回忆。如《河湟书事二首》记录下了这次怀乡之旅。诗云:

> 阴山铁骑角弓长,闲日原头射白狼。青海无波春雁下,草生碛里见牛羊。(其一)
> 波斯老贾度流沙,夜听驼铃识路赊。采玉河边青石子,收来东国易桑麻。(其二)②

"河湟"指河州与湟州及其附近地区,马氏先祖牧马的"狄道"即在河湟间。杨镰先生说:"马祖常祖上定居的'狄道'(即今甘肃临洮),就在河湟。诗咏河湟,实是咏故土根基。"③其一描绘了两幅场景:一是写出了河湟牧民风驰电掣、射杀白狼的剽悍勇武的形象,充满着动感;二是再现了青海湖波平雁落,牛羊遍野的美丽景色,以静景为主。诗人用茫茫原野来衬托猎人的剽悍勇武,尤显得雄浑豪迈。其二再现了一位做生意的"波斯老贾"形象。他将和田玉石带来中原,以便换取中原的"桑麻"。这位"异域商人"的经历,与回族人"重商"的文化基因相关。整组诗歌记录了作者出使河西时所见所闻,以瑰丽奇特的风格,再现了西北地区的自然风光和生活习俗,也慰藉了

---

① 杨镰:《元西域诗人群体研究》,新疆人民出版社 1998 年版,第 139 页。
② 杨镰:《全元诗》,第 29 册,中华书局 2013 年版,第 364 页。
③ 杨镰:《元诗史》,人民文学出版社 2003 年版,第 107 页。

诗人深藏于内心的故土情节。

马祖常仕宦期间曾多次扈从上都,期间共留下了多组上京扈从题材诗歌。泰定帝四年(1327),马祖常随泰定帝幸游上都,留下《丁卯上京四绝》,诗云:

> 山雨晴时已是秋,苑中行殿日华浮。长杨十万旌旗宿,不使飞霜入画楼。(其一)
>
> 离宫秋早仗频移,天子长杨羽猎时。白雁水寒霜露满,骑奴犹唱踏歌词。(其二)
>
> 海国名鹰岂鹘胎,渥洼天马是龙媒。明时不惜黄金赐,只欲番王万里来。(其三)
>
> 持橐词垣已赐金,对衣传拜更恩深。何如坐索长安米,只有歌诗满翰林。(其四)①

诗中描写了泰定帝游猎时奢华、威严、壮观的场景。其一以秦汉长杨宫为喻,展现初秋时节,上京殿苑阳光普照,旌旗招展的热烈氛围。其二再现皇帝上都打猎的场景。皇帝羽猎,行宫仪仗随猎转移,随从骑卫还踏歌助兴。其三通过猎鹰品种的刻画,揭示皇帝巡幸上京的又一目的——绥靖番王。其四记录皇帝重金赏赐翰林文臣的场景,抒发了扈从巡幸的自豪感。整组诗歌展示了田猎仪式的壮观及猎鹰活动的气势,重心在于盛赞元天子"君临天下"的威仪。

萧启庆先生指出:"蒙元时代蒙古、色目人自塞北徙入中原,而后又往往屡迁各地,地域流动性高于汉族,而其乡土认同亦较汉族复杂。"②蒙古、色目士人与其本乡——现居住地——的关系往往不同,有的定居已数世,有的则出生于他地而成年后始徙居地本乡,因此他们乡土情怀的深浅、与同乡间情谊疏密也颇有差异。马氏家族东迁光州后,光州便成了其第二故乡,马祖常的"原乡"情结又有了新的内涵,《洛中二首》对此有深情的表白,诗曰:

> 龙门三月洛波清,正是花时过故京。尊酒不来芳树远,碧云初合暮山横。(其一)

① 杨镰:《全元诗》,第29册,中华书局2013年版,第373页。
② 萧启庆:《九州四海风雅同——元代多族士人圈的形成与发展》,台北联经出版公司2012年版,第38页。

东望梁园是故乡,怀归夜夜梦池塘。春城碧树淮南路,饮酒当年似漫郎。(其二)①

元代光州属河南江北行省,其父马润在大德五年(1301)出守光州,皇庆二年(1313)逝世后也葬于光州,从此马氏便以光州为自己的籍贯。其诗中"故京""故乡"或"淮南路",均指向光州。虽然此种乡土观可作多重解读:一是其曾祖月合乃为近世祖先,尝留驻汴梁为伐宋蒙军输送粮秣,终仕元礼部尚书。人习贵近疏远,故自认汴梁人;二是月合乃为马氏臣事蒙元之始祖,马祖常亦为元朝治下之臣,故特重之;三是月合乃之汉学造诣出众,华化甚是彻底,此点于马祖常尤为重要。在马祖常的心目中,"河西"是他祖辈的故乡,也是他的"精神家园";光州则是他的第二故乡,是他赖以生存的物质环境。"作为西域'贵种'的马氏,先是依辽迁居临洮;再为金守北边而驻扎净州天山;最后入元落脚于光州,成为光州马氏的肇始。"②马祖常在光州长久居住的经历,其青年未仕及后来在官场被排挤而辞官归隐时,主要居住于此。对"第二故乡"的眷恋,使马祖常留下了大量的描写故乡生活与风俗的组诗,如《淮南渔歌十首》《淮南樵歌十首》皆是。

作为回族诗人,萨都剌的创作自然而然地流露出伊斯兰文化的痕迹;作为蒙古族将领的后裔,其身上又继承了草原文化特有的思想观念和行为习惯;而作为长期生活在汉地的"新汉人",他从小又接受了汉族传统文化的浸染,并走上了汉诗创作道路。三种文化形态的融合,使得其诗呈现出独特风貌。

萨都剌的《天赐雁门集》中共收录了《寄朱舜咨王伯循了即休五首》《度闽关二首》《春日登北固多景楼录奉即休长老二首》《忆观驾春蒐二首》《上京杂咏五首》《兴圣寺即事二首》《彭城杂咏七首》《与弟别渡淮二首》《夜发龙潭二首》《次程宗赐二首》《题四时宫人图四首》《山中怀友二首》《游梅仙山和唐人韵二首》《四时宫词四首》《过高邮射阳湖杂咏九首》《病中杂咏二首》《上京即事五首》《西湖绝句六首》等组诗,题材涉及纪行、状物、感事、咏史诸领域。由于萨都剌的旷达个性,更由于他出身西域后入中原的特殊经历,其诗中蕴含着深厚历史意识,其咏史诗历来为论者所重。

至顺四年(1333),诗人前往上京参加新皇即位大典,其间所作《上京即

---

① 杨镰:《全元诗》,第 29 册,中华书局 2013 年版,第 363—364 页。

② 杨镰:《元诗史》,人民文学出版社 2003 年版,第 104 页。

事十首》①是其对蒙古文化的深深景仰之情的流露。诗人以雄健的笔调描写了上京周围的壮丽风光和草原民族的生活画面,如:

> 大野连山沙作堆,白沙平处见楼台。行人禁地避芳草,尽向曲栏斜路来。(其五)
> 祭天马酒洒平野,沙际风来草亦香。白马如云向西北,紫驼银瓮赐诸王。(其七)
> 牛羊散漫落日下,野草生香乳酪甜。卷地朔风沙似雪,家家行帐下毡帘。(其八)
> 紫塞风高弓力强,王孙走马猎沙场。呼鹰腰箭归来晚,马上倒悬双白狼。(其九)②

其五再现了上京周边的自然风光。将旷野、群山、沙丘等自然景观组织在一起,突显了边塞平展开阔、挺拔高峻的景观特征。其七记录了蒙古族古老的"祭天"仪式。这与蒙古族信仰萨满教,崇拜至高无上的"长生天"有密切联系。平野、风沙、马群等富有地域色彩的意象,通过视觉与嗅觉、静态与动态的有机组合,创造出一种高远的境界。其八刻画了蒙古族的生活场面。写景,突出猛烈、强劲、浑莽,展示边塞的雄浑;写人,重在豪放、洒脱,突出人物的英勇气魄和刚健风格。其九描述了猎后满载而归的场景。赞美蒙古勇士的剽悍、勇武和高超的技艺,字里行间洋溢着豪迈之气。作为色目人,萨都剌处处受到优待,"与京国内臣无异"③,这使他充满了民族自豪感和优越感。其笔下雄浑、高远的意境,与草原民族特有的粗犷、雄健性格相关。

萨都剌长期生活在南方,深受"华化"观念的影响,当他因宦游滞留北方时,其思归之情便不能自已。如《宿长安驿二绝》云:

> 坝北坝南河水平,客船争缆水云腥。乡音吴越不可辨,灯火黄昏如乱星。(其一)

---

① 据杨光辉《萨都剌生平及著作实证研究》一书考证,此组诗应作《上京即事十首》。元代描绘上都的十首组诗很多,如袁桷的《上京杂咏十首》《上京杂咏再次韵十首》,胡助的《滦阳述怀十首》,其他如张翥、吴师道、王继学、许有壬等不少诗人有"上京十咏"为题的诗作。将此分成《上京杂韵五首》与《上京即事五首》,始于顾嗣立的《元诗选》。本文依此。高等教育出版社 2005 年版,第 183—184 页。
② 杨镰:《全元诗》,第 30 册,中华书局 2013 年版,第 149 页。
③ (元)萨都剌:《雁门集》附录三,上海古籍出版社 1982 年版,第 434 页。

水面微风动杨柳,客船吹笛月明中。远人江海多归思,卧看流星度水东。(其二)①

诗以长安城东的灞河为背景,借吴越客商的思归之情来刻画、衬托自己对江南的思念。"乡音吴越不可辨"既可指诗人对吴越"乡音"分辨不清,亦暗指作者在"客船吹笛月明中"想起了南方,萌生了"归思"。类似的情愫在《上京即事十首》中也有表现,如"门外日高晴不得,满城湿露似江南"(其十)之句,在作者内心深处,他的"家"在江南。用"似江南"来表达其对草原气候的印象,足见其对江南的眷恋之深。

每遇岁暮,漂泊他乡的乡思便按捺不住地喷发出来,如《岁云暮矣三首》便是典型。这是一组杂言体诗,每首均以"岁云暮矣"始,反复吟唱,强化了年终岁末强烈的思归之情。作者将故乡比作"娟娟美人",以水流不止的动态意象,代表诗人对故乡不停地追寻的脚步。虞集《傅若金诗序》称:"进士萨天锡最长于情,流丽清婉。今读其集,信然。"②所言不谬。

萨都剌写诗不再囿于"雅正",而任感情流泻。其《题彭城杂咏呈廉公亮佥事七首》是其经过彭城所作原一组怀古诗。彭城(徐州)隶属河南江北道,时廉公亮佥河南廉访司事。这里有楚霸王项羽定都彭城所筑的戏马台,也有唐节度使张仲素镇守徐州时为爱姜关盼盼所建的燕子楼。历史风云恍如昨日,作者触景生情,抒发兴亡感慨,同时也表达了对好友思念之情。

迺贤是一位深受中原文化熏陶的西域人士,其描写少数民族生活风情的组诗,有相当高的艺术价值。《上京纪行·塞上曲五首》堪为典范,诗云:

秋高沙碛地椒稀,貂帽狐裘晚出围。射得白狼悬马上,吹笳夜半月中归。(其一)

杂沓毡车百辆多,五更冲雪渡滦河。当辕老妪行程惯,倚岸敲冰饮橐驼。(其二)

双鬟小女玉娟娟,自卷毡帘出帐前。忽见一枝长十八,折来簪在帽檐边。(其三)

马乳新挏玉满瓶,沙羊黄鼠割来腥。踏歌尽醉营盘晚,鞭鼓声中按海青。(其四)

乌桓城下雨初晴,紫菊金莲漫地生。最爱多情白翎雀,一双飞近马

---

① 杨镰:《全元诗》,第30册,中华书局2013年版,第155页。
② (清)永瑢等撰:《四库全书总目》卷一六七,下册,中华书局1965年版,第1446页。

边鸣。(其五)①

诗人从不同角度表现了北方游牧民族的生活习俗:其一刻画了夜猎归来的场景,其二再现了游牧部落迁徙活动,其三陈述了是游牧民族的生活场景,其四展示的是牧民露天舞蹈的热闹场面,其五描绘了塞上风景。组诗全面再现了游牧民族剽悍、豪放的性格及流动迁徙的生活习性,突显人与自然的和谐相处,令人印象深刻。

　　迺贤本突厥葛逻禄氏,属北方游牧民族,但在元朝等级制度下,也只能被归入北方"汉人",而非"右族",这种身份直接导致了其仕途的困踬。如《京城杂言六首》其六:"千金筑高台,远致天下士。郭生去千载,闻者尚兴起。或亦慷慨人,投笔弃田里。平生十万言,抱之献天子。九关虎豹严,抚卷发长喟。"②《秋日有怀徐仲裕二首》其一:"叠嶂青林雨气昏,侧身南望几销魂。何时得似村东叟,日晏牵牛系树根。"③都充满着仕途受挫的激愤。诗中既有慷慨之志,也有闲逸之情,折射出矛盾的心理。

　　《南城咏古十六首》是一组诗咏史怀古诗,因凭吊南城外燕城故宫遗迹而作。"至正十一年秋,八月既望,太史宇文公、太常危公,偕燕人梁处士九思、临川黄君殷士、四明道士王虚斋、新进士朱梦炎与余,凡七人,联辔出游燕城,览故宫之遗迹。凡其城中塔庙楼观、台榭园亭,莫不裴徊瞻眺,拭其残碑断柱,为之一读,指其废兴而论之。余七人者,以为人生出处聚散不可常也。解后一日之乐,有足惜者,岂独感慨陈迹而已哉!各赋诗十有六首,以纪其事,庶来者有所征焉。河朔外史迺贤序。"④从序中可知,同行者有危素、梁九思、朱梦炎等7人,每人分以黄金台、悯忠阁、寿安殿、圣安寺、大悲阁、铁牛庙、云仙台、长春宫、竹林寺、龙头观、妆台、双塔、西华潭、白马庙、万寿寺、玉虚宫16处古迹为题,各作诗16首,共112首,迺贤作序。作者意在通过对南城遗迹的凭吊,抒发沧桑之变和兴亡之感,告诫元朝统治者要汲取教训,莫要骄纵,用意是借古讽今。

　　《读汪水云诗集二首》是凭吊宋末元初诗人汪元量的。《水云集》是汪氏诗歌专集,收录诗歌二百余首,多记国亡北徙事及与文天祥狱中唱和之作。"余至京师,因徐君敏道得《水云集》,读而哀之。偶成二律,以志其后。"⑤从序

---

①　杨镰:《全元诗》,第48册,中华书局2013年版,第36—37页。
②　同上,第23—24页。
③　同上,第15页。
④　同上,第39—42页。
⑤　同上,第50—51页。

中"续"字可知,作者意在接踵前贤、赓续伟业,用以彰显其不一样的国家观与民族观。面对南宋的灭亡,他感同身受,情感重心与汉人无异。查洪德先生指出:"多族士人,不管是蒙古士人还是西域各部色目士人,在政治上,多是汉族文士坚定的同盟军。而这种同盟关系的形成和稳固,也多通过交游、雅集等。""政治上的相互支持,是他们心理、感情深度融合的重要催化因素。"①正因为汪元量的诗歌多记南宋"国亡时事",作者对其崇敬之情及借古讽今之意才昭然若揭。

同为少数民族诗人的丁鹤年,对元王朝的拳拳忠心表现在对末代皇帝的追怀上。蒙元沦亡,丁鹤年以遗民自视,对于时局世态,满怀愤懑忧虑。儒家思想的熏陶,加之家族深受元朝恩宠,使诗人有不少对元廷溢美之词,并夹杂着对旧朝覆亡的哀叹、失落感和遗民情怀。《自咏十律》反映了作者对故国、旧主的怀恋和复元的强烈渴望。"长淮横溃祸非轻,坐见中流砥柱倾""一望神州一搔首,天南天北若为情""千官何处扈宸游?回首风尘遍九州",充满对元朝覆亡后的惋惜与悲叹。"独有遗民负悲愤,草间忍死待宣光""草泽遗民今白发,凭高无奈思纷纷",则又反映了作为元代遗民,偷生于山野草泽间的无可奈何。"羲轩道德久荒唐,荡荡宏图起世皇",歌颂元世祖使百姓安居乐业,共享太平的丰功伟业。"坐惭黄歇三千客,死慕田横五百人",表现了作者坚定的复元决心;"自沦碣石沧溟底,谁索玄珠赤水傍",暗喻复国应寻求良策。然江山易主,纵有报国热情也无法济于事,徒增"悲歌舞罢龙泉剑,独立苍溟望北辰"②的感慨。组诗真实地再现了元明易之际,丁鹤年对故国的怀恋、对元朝的美化及浓烈的复元意识,风格沉郁顿挫,慷慨苍凉,令人难忘。四库馆臣称其"兴亡之感,一托于诗,悱恻缠绵,眷眷然不忘故国"③,切中肯綮。

元末社会矛盾日趋尖锐,人们流离失所,有家难归,其丧乱诗中常常充满了忧伤及对元统治者的不满。如《岁宴百忧集二首》题注云:"海滨避兵时所作。"④组诗以"岁宴百忧集"开头,奠定了全诗悲凉的基调。故乡的存亡,亲人的安危,令诗人难以释怀,只能借酒浇愁。《春日海村三首》其三云:"每恨韶华晚,仍嗟老病催。闭门花落尽,隐几鸟飞回。引睡书千卷,消愁酒一杯。平生志士气,此日孰相恢。"⑤表达了满腹才华无处施展的失意与

---

① 查洪德:《"华夷一体":元代文坛特征》,《民族文学研究》2017 年第 4 期,第 18 页。
② 杨镰:《全元诗》,第 64 册,中华书局 2013 年版,第 407—409 页。
③ (清)永瑢等撰:《四库全书总目》卷一六八,下册,中华书局 1965 年版,第 1456 页。
④ 杨镰:《全元诗》,第 64 册,中华书局 2013 年版,第 355 页。
⑤ 同上,第 401—402 页。

愁苦。

张翥是元代后期的大家，其诗承继了杜甫的"诗史"思维，广泛地记录农民战争、百姓疾苦和宫廷生活等方面，展示了元末尖锐的民族矛盾、阶级矛盾和统治阶级内部矛盾，有很强的纪实性。至正十一年（1351），爆发了红巾军大起义，同年五月，刘福通率领农民军攻下颍州。《前出军五首》《后出军五首》即以元廷出兵镇压起义为中心展开记事。《前出军五首》刻画了元军出征的盛况及将士的复杂心理，一方面突显将士渴望建功立业的雄心壮志，"壮士当报国，毋为故乡怀"（其一），"男儿不封侯，百年同视肉"（其二）；另一面又通过"幽幽笛声起，日暮伤人魂"（其四）的描写①，透露出将士的思乡情怀。《后出军五首》侧重描述平叛农民起义军的各种场景。这两组征讨诗是模仿杜甫《前出塞九首》《后出塞五首》而作，前后贯穿，反映了元军镇压农民义军过程中的种种场景，具有鲜明的纪实功能和"诗史"价值。

张翥身处烽烟四起、干戈不断的动荡环境中，历经乱离之苦。其《人雁吟悯饥也二章》记录羁旅行役途中见闻感受，揭示了当时社会生活的各个方面，有着鲜明的悲凉色彩。"雁飞渡江谋稻粱，江人趁熟亦渡江"（其一），"不闻关中易子食，空里无人骨生棘"（其二）②，既展示了人雁同饥共争稻粱的饥荒现象，也对朝廷的无能进行了尖锐的批判。又如《书所见二首》诗云：

> 沟中人啖尸，道上母抛儿。有眼何曾见，无方能疗饥。干戈未解日，风雪正寒时。归向妻孥说，毋嫌朝食糜。（其一）
> 城南官掘穴，日见委尸盈。终朝乌鸟下，薄暮狼狐鸣。冰裂人刳骨，风悲鬼哭声。茫茫死生理，真宰岂无情。（其二）③

题注云："戊戌七月。"史载："是月，京师大水，蝗，民大饥。"④至正十八年（1358），京师发生饥荒，疾病流行，饿死与病死的贫民枕藉道路。元王朝财政崩溃，无力救灾，导致灾情愈加严重，持续一年之久。"沟中人啖尸，道上母抛儿""城南官掘穴，日见委尸盈"，将饥馑造成的人口死亡以触目惊心的镜头表达出来。张翥曾为此事作《善惠之碑》，并作诗记其情景。

《杂诗八首》《读瀛海喜其绝句清远因口号数诗示九成皆实意也十首》等组诗，同样呈现了作者忧国伤时的情怀。《七忆七首》是一组回忆往昔生

---

① 杨镰：《全元诗》，第34册，中华书局2013年版，第4页。
② 同上，第153页。
③ 同上，第20页。
④ （明）宋濂等：《元史》卷四五，中华书局1976年版，第944页。

活的诗,以"忆"承上启下,将今昔盛衰对照中,传达沧桑之变和不尽的悲伤。胡应麟赞扬张翥五言律诗"雄浑悲壮,老杜遗风,有出'四家'上者"①,盖非虚语。

其乐府组诗以写实手法,记录了时人的生活。"休洗红"原为唐人李贺创作的一首拟古之作,征夫远别,妻子嘱其早归。《休洗红二首》同样以女子口吻,感叹所嫁非人的凄凉。《宫中舞队歌词三首》是一组反映宫廷"十六天魔"舞蹈的场景,作者将目光聚焦于宫廷,展现了元廷后宫生活的骄奢淫逸。批评了元顺帝后期不理朝政、纵情声色的腐败统治。四库馆臣称张翥乐府"词多讽谕,往往得元白张王之遗"②,与唐代新乐府写实精神一脉相承,信然。

元末诗人杨维桢,个性张扬,狂放不羁。《明史》本传载:"徙居松江之上,海内荐绅大夫与东南才俊之士,造门纳履无虚日,酒酣以往,笔墨横飞。或戴华阳巾,披羽衣坐船屋之上,吹铁笛,作《梅花弄》。或呼侍儿歌《白雪》之辞,自倚凤琶和之。宾客皆蹁跹起舞,以为神仙中人。"③其思想、行为与理学不相侔,其诗当然也与"雅正"格调不相干。在元代组诗史上,杨维桢在形式和内容上,均有大的突破。

一是香奁体组诗。奁,是古代女子梳妆打扮用的镜匣,其名始于唐末韩偓的《香奁集》,主要以华艳词藻来形容妇女的服饰和体态。杨维桢仿效韩偓作《香奁八咏》《续奁集二十咏》。前者主要写女子日常生活中的娇美之态和闺怨相思,"云间诗社《香奁八咏》,无春坊才情者,多为题所困。纵有篇什,正如三家村妇学宫妆院体,终带鄙状,可丑也。晚得玉楼子八作,众推为甲,而长短句乐府绝无可拈出者。云庵老先生寄示《踏莎行》八阕,读之惊喜"④。序中交代了作"香奁八咏"原因,以男性视角,咏金盆沐发、月奁匀面、玉颊啼痕、黛眉颦色、芳尘春迹、云窗秋梦、绣床凝思、金钱卜欢等八事,重点刻画女子的形体容貌、挑逗动作和撩人表情,词藻华丽、风格香艳。胡应麟称其"香奁近体,俊逸浓爽,有如神助,余每读未尝不惜其大器小成也"⑤。后者又名《老铁梅花梦二十咏》,再现了当时歌舞伎的日常生活片段。分学琴、学书、演歌、习舞、上头、染甲、照画、理绣、出浴、甘睡、相见、相思、的信、私会、成配、洗儿、秋千、蹴踘、钓鱼、走马等题。瞿佑《归田诗话》中

①　(明)胡应麟:《诗薮》内编卷六《元》,中华书局 1958 年版,第 222 页。

②　(清)永瑢等撰:《四库全书总目》卷一八七,下册,中华书局 1965 年版,第 1447 页。

③　(清)张廷玉等:《明史》卷二八五《杨维桢传》,中华书局 1974 年版,第 7308—7309 页。

④　杨镰:《全元诗》,第 39 册,中华书局 2013 年版,第 93 页。

⑤　(明)胡应麟:《诗薮》外编卷六《元》,中华书局 1958 年版,第 232 页。

说："杨廉夫晚年居松江，有四妾：竹枝、柳枝、桃花、杏花，皆能声乐。乘大画舫，恣意所之，豪门巨室，争相迎致。时人有诗云：'竹枝柳枝桃杏花，吹弹歌舞拨琵琶。可怜一解杨夫子，变作江南散乐家。'或过杭，必访予叔祖，宴饮传桂堂，留连累日。尝以《香奁八题》见示，予依其体，作八诗以呈。"①据《续奁集》序交代，"予于《续奁》，亦曰空中语耳，不料为万口播传。兵火后，龙洲生尚能口记，又付之市肆，梓而行之，因书此以识吾过。"②表面上看，他是借此"以识吾过"，告诫他人"勿作艳歌小辞"，但骨子里却是认可的。他虽自比陶渊明，且谓集中所言为"空中语"，以出语娟丽为则，自不致"堕落恶道"。但观其诗，在描绘女子窈窕胭脂之态中，不免有"堕落恶道"之嫌。四库馆臣在评《王宗棠集》时说："予观其文，以淫词谲语裂仁义，反名实，浊乱先圣之道。顾乃柔曼倾衍，黛绿朱白，奄然以自媚。宜乎世之为男子者之惑之也。"③王彝以"文妖"喻杨维桢，虽有些夸张，但基本符合实际，形象地反映了其张扬的个性和不受羁绊的自由创作精神。

二是游仙组诗。元末社会动荡不安，民不聊生，加之仕途坎坷，对现实世界的失望，使杨维桢在一定程度上把理想寄情于非现实的世界中，借此寻找精神依托。《小游仙二十首》描写道教仙境与神仙生活，营造出色彩瑰奇的神仙境界，令人神往。翁方纲《石洲诗话》评云："《小游仙》，以廉夫之艳彩为之，自有奇情，迥非唐人之滥可比。"④其七、其十四云：

> 道人得道轻骨毛，飞渡弱水能千遭。明朝挟至两浮岛，卧看沧洲戏六鳌。
> 曾与毛刘共学丹，丹成犹未了情缘。玉皇敕赐西湖水，长作西湖月水仙。⑤

其游仙诗继承了"坎壈咏怀"的传统，"将仙比俗"。诗中展示了"得道"成仙后临风轻扬的升天场景，但一句"未了情缘"，直指凡尘，流露出诗人言在此而意在彼的创作初衷，其实质仍是着眼于现实政治。又如其五云：

---

① （明）瞿佑：《归田诗话》卷下，丁福保：《历代诗话续编本》卷下，中华书局1983年版，第1275页。
② 杨镰：《全元诗》，第39册，中华书局2013年版，第95—98页。
③ （清）永瑢等撰：《四库全书总目》卷一六九，下册，中华书局1965年版，第1469页。
④ （清）翁方纲：《石洲诗话》卷五，郭绍虞选编，富寿荪点校：《清诗话续编》，上册，上海古籍出版社1983年版，第1460页。
⑤ 杨镰：《全元诗》，第39册，中华书局2013年版，第84—85页。

麻姑今夜过青丘,玉醴催斟白玉舟。莫向外人矜指爪,酒酣为我擘箜篌。①

"麻姑献寿"是古代最具盛名的传说,据葛洪《神仙传》卷七载,麻姑,建昌人,修道于牟州东南余姑山。三月三日西王母寿辰,麻姑在绛珠河畔以灵芝酿酒,为王母祝寿。② 麻姑作为得道女仙,常被赋予超越时间的象征。诗人虚构麻姑形象,是为抒发个人的真实情感。一句"酒酣为我擘箜篌",麻姑"为我"献乐,展示了诗人狂放不羁的个性。其《刻韵诗序》云:"诗不可以学为也,诗本情性,有性此有情,有情此有诗也。上而言之,雅诗情纯,风诗情杂;下而言之,屈诗情骚,陶诗情靖,李诗情逸,杜诗情厚。诗之状,未有不依情而出也。"③他是这么说的,也是这么做的。

在游仙诗中,"仙境"常被点缀成华丽美好的模样,极具吸附力。仙境之"美"已不再是中心,仙境之"奇"才是重点所在,作者想借此表达对世俗恶浊与丑陋的不满。这与其"才务驰骋,意务新异"④的指导思想相关。其笔下的仙境,既有明媚飘逸的色彩,也有雄奇险怪的风格,尤其是后者,是对游仙诗意境的新开拓。游仙只是一种表象,寻求现实生活中无法实现的"自我"才是作者的终极目标。作者满怀激情参与其中,其自由自在、无所拘束的个性得到空前的释放。

三是咏妓冶游组诗。元代士人冶游狎妓,追求声色享乐之风极为盛行。这与文人地位低下、怀才不展的处境有关。他们纵情于秦楼楚馆之间,与妓女交往过密,以宣泄压抑,并获得心灵的慰藉。杨维桢是这方面的典型,其"鞋杯"的典故,流传广泛。其大量的冶游组诗,或者直接题赠咏妓,或咏赞妓女色技,或写冶游宴乐,或写妓院风俗,或写与妓女的嘲谑调笑等,以表达对享乐生活的追逐和个性的极度张扬。如《无题效商隐体四首》记录描绘了他与妓女交往、共同赋诗的景象。《春侠杂词八首》《燕子词二首》《嬉春体四绝句》《邯郸美人二首》《嬉春体五首》《又湖州作四首》《湖上感事漫成四绝奉寄玉山》等,皆为"任情任性"之作,作者在"贪欢"的同时,也表达出对时局的隐忧。

杨维桢喜好"声色",且远近闻名。这里的"声色"既指对歌唱和音乐艺术的着迷,也指对貌美的女子和良辰美景的贪恋。《冶春口号七首》题下有

---

① 杨镰:《全元诗》,第39册,中华书局2013年版,第84页。
② (晋)葛洪:《神仙传》卷七,《丛书集成初编》本,第3348册,中华书局1985年版。
③ (元)杨维桢:《东维子文集》卷七,《四部丛刊初编》本,商务印书馆1929年影印版。
④ (清)永瑢等撰:《四库全书总目》卷一六八,下册,中华书局1965年版,第1462页。

注:"寄昆山袁、郭、吕三才士。"其诗云:

> 今年腊底无残雪,却是年前十日春。骑马行春桥上路,密梅花发便撩人。(其一)
> 吴下逢春春思浓,不堪花发馆娃宫。吴山青青吴水白,愁杀江南盛小丛。(其二)
> 见说昆田生玉子,海西还有小昆仑。明朝去拔珊瑚树,龙气随飞过海门。(其三)
> 鲛卵兼斤传海上,海人一尺立阶前。娄江马头天下少,春水如天即放船。(其四)
> 南朝宫体袁才子,更说西昆郭孝廉。自是玉台新句好,风流无复数香奁。(其五)
> 湖上女儿柳叶眉,春来能唱黄莺儿。不知却是青娘子,飞傍枇杷索荔枝。(其六)
> 西楼美人不受呼,清筝一曲似罗敷。可无东厩五花马,去博西楼一斛珠。(其七)①

组诗写杨维桢在苏州游春感受。这里既有"吴山青青吴水白""骑马行春桥上路,密梅花发便撩人"的美景,更有"馆娃宫"的幽思和"湖上女儿柳叶眉,春来能唱黄莺儿""西楼美人不受呼,清筝一曲似罗敷"的艳遇。"自是玉台新句好,风流无复数香奁",紧扣"冶春"主题。作者将充满着"风流"韵味的组诗寄与昆山的"袁才子"和"郭孝廉"等,邀其同赏。有关冶游背景,《风月福人序》中有清晰的交代:"吾未七十,休官在九峰三泖间,殆且二十年。优游光景过于乐天。有李(五峰)、张(句曲)、周(易痴)、钱(思复)为唱和友。桃叶、柳枝、琼花、翠羽为歌欸伎。第池台花月主者,乏晋公耳。然东诸侯如李越州、张吴兴、韩松江、钟海盐,声伎高宴余未尝不居其右席,则池台主者,未尝乏也。风月好时,驾春水宅(原注:先生舫名)赴吴越间,好事者招致,效昔人水仙舫故事,荡漾湖光岛翠,望之者呼铁龙仙伯。"②序文中将其与好友携妓冶游的故事原原本本地搬了出来,非常坦然。

对中国传统文人而言,追求声色本来就是一件风流韵事。王灼《碧鸡漫志》序:"乙丑冬,予客寄成都之碧鸡坊妙胜院,自夏涉秋,与王和先、张齐望

---

① 杨镰:《全元诗》,第39册,中华书局2013年版,第82页。
② (元)杨维桢:《东维子文集》卷九,《四部丛刊初编》本,商务印书馆1929年影印版。

所居甚近,皆有声妓,日置酒相乐,予亦往来两家不厌也。尝作诗云:'王家二琼芙蕖妖,张家阿倩海棠魄。露香亭前占秋光,红云岛边弄春色。满城钱痴买娉婷,风卷画楼丝竹声。谁似两家喜看客,新翻歌舞劝飞觥。君不见东州钝汉发半缟,日日醉踏碧鸡三井道。'"①从宋朝开始,追求声色已然成为文人们共同的爱好。元代组诗标题中有"携妓"字样的比比皆是,如王恽《至元四年岁在丁卯暮春之初陪陈王二郡侯泛舟清水兼携妓乐三首》,汪元量《余将南归燕赵诸公子携妓把酒饯别醉中作把酒听歌行二首》,许有壬、许有孚、许桢、马熙《圭塘欸乃集》中皆有《携妓落成》诗,邵亨贞《陪曹云西翁携妓泛荷舟中次韵二首》,等等,其中不乏朝中要员、文坛领袖。元代文人时兴的"赏曲"之风,自然少不了歌妓的相伴,这是时风使然。

对杨维桢而言,"追求声色"只是展现桀骜不驯性格的手段。宋濂《元故奉训大夫江西等处儒学提举杨君墓志铭》称"盖君数奇谐寡,故特托此以依隐玩世耳,岂其本情哉?"②因其"数奇谐寡",故才有"托此以依隐玩世",宋濂的评价甚是到位。幺书仪在《略论杨维桢多变的生活道路》文中也指出:"这种对于各种欲望的毫不掩饰地追求,对于畸变形态的刺激明目张胆地炫耀,实际上显示了杨维桢性格中崇尚自我的特征。……仕途失意和'补天'无术引起的对传统观念的失望,使有着'自我表现'强烈欲望的杨维桢有可能采取意在自炫和炫人的举动。"③其"追求声色"与其种种怪异的字号一样,无不闪现着诗人个性的光芒。

在中国组诗发展史上,元代处于承前启后的位置。近五万首组诗,规模远超唐代,是继宋代之后的又一高峰,其创作经验与写作范式,对明清组诗发展有深远的影响。从创作方式上言,"自和"形态开拓了文人唱和的新途径,直接启发了明清同类组诗的创作。大量的"同题共咏"诗集,也是诗歌史上前所未有的。

---

① 彭东焕、王映珏:《碧鸡漫志笺证》,巴蜀书社 2019 年版,第 1 页。
② (明)宋濂:《宋濂全集》,第 3 册,浙江古籍出版社 2014 年版,第 830—831 页。
③ 幺书仪:《略论杨维桢多变的生活道路》,《文学遗产》1993 年第 2 期,第 101—102 页。

第二章　元代组诗的兴盛之因

贯穿元代的两都"巡幸制度",深刻地影响着扈从文臣的心态及组诗创作。"海宇混一"的盛世格局及多民族文化圈的出现,推动了唱和组诗的兴盛。"重史"传统与复古思潮,极大地推动了咏史组诗的发展。园林景观文化与地方文化的结合,使"八景"组诗遍地开花。元代宗教多元并重,彼此融合,推动了释道组诗的繁荣。遗民群体对故国刻骨铭心的记忆,引发了纪实组诗的创作热潮。元末东南沿海文化个性化、世俗化特征在竹枝词酬唱中得到集中体现,并与宫词共构了元代文学的雅俗"两极"。这些因素的综合作用,导致了元代组诗的勃兴。

第一节　文会雅集与唱和之风

元初诗社数量众多,以亡宋遗老为中心,群体活动十分活跃。随着时间的推移,政治色彩渐渐褪去,文人群体活动的组织形式也由最初的严密转为松散。① 于是,结社之风渐渐消退,雅集之风盛行开来。关于元人崇尚雅集的原因,查洪德先生指出:"文人所以向往雅集,不外乎有两个方面的需要:一是基于某种社会需要(政治的攀援、社会地位或声望的攀附)的联谊;二是文人雅趣生活的享受。前者可以说带是有一定的功利目的的,后者则不带任何功利目的,纯然追求雅集所营造的理想化、艺术化文人生活情趣。"②集会期间文人常以诗唱和赠答,切磋诗艺、交流感情,导致了唱和组诗的兴盛。

元代华夷一体,结成了"多族士人圈"③,这是元代诗坛与此前不一样的

---

① 参见欧阳光《宋元诗社研究丛稿》,广东高等教育出版社 2011 年版。

② 查洪德:《元代文学通论》,中册,东方出版中心 2019 年版,第 681—682 页。

③ 参见萧启庆《九州四海风雅同——元代多族士人圈的形成与发展》,台北联经出版事业股份有限公司 2012 年版;刘嘉伟《元代多族士人圈的文学活动与元诗风貌》,人民出版社 2016 年版。

地方。"这些大大小小不同的圈子经由文学和文化活动相互连接,形成了越来越广泛的士人社交网络;这一网络为士人的活动提供机缘与依托,在频繁的活动中,网络又不断延展,使得这一网络几乎覆盖全国各民族、各地域、各阶层的士人。"①京都雅集以上都为最,如雪堂雅集、城南集会、万柳堂宴游等,参与者多为翰苑文人。地方雅集以南宋故都杭州为盛,如杨氏池堂宴集、城东倡和集等,以遗民为主体。毗邻的昆山、无锡、吴县等地,文人雅集活动也非常活跃。各界名流因志趣相投而流连诗酒,无疑助推了雅集之风。

雅集唱和是元代文人重要的生活方式,更是元代民族融合、诗人交往频繁的一个重要标志。《全元诗》中含有"次韵""步韵""和韵""继和""次×××韵""用×××韵""因×××韵""和""奉""奉和""次和""唱和""赠""答""同""同赋"等字样的标题,都属此类。从空间上言,有集会现场唱和,也有非集会现场唱和;从时间上言,有同代唱和,有跨代"追和";从唱和方式看,有"自唱自和",有"此唱彼和",更有"群唱群和"——同题共咏。大规模、高频次的雅集唱和,将"诗可以群"的交际功能发挥到了极致,大大地推动了元诗的社会化进程。

一、集会与非集会唱和

唱和是文人以诗交往最常用的手段,分集团唱和与个人唱和两种形态。所谓集团唱和,是诗人群体在特定语境下的诗歌唱和行为。"这类唱和诗通常涉及聚会宴饮,或以某一个人为中心,在他身边,形成比较固定的唱和人群。"②私人唱和指亲朋好友间的酬唱,一般范围不大,只有少数几人。巩本栋先生在《关于诗词唱和研究的几个问题》一文中归纳出唱和诗的五种类型,很有启发意义:第一类是心仪某人作品,从而和之,此种唱和可称之为"同好"间的学习模仿,元代组诗中标有"效××体"者即属此列。第二类是共同的地理环境构成了彼此的唱和,如君臣之间、府主与幕僚之间、社团成员之间的唱和,具有鲜明的"小圈子"特色。如"玉山雅集""雪堂雅集"等。第三类是遭遇相同或相近者之间的唱和,其实质是"同病相怜",如遗民诗人的"同题共咏"。第四类是与古人有相同的诉求,借彼喻此,以古讽今,如元末文人拟《古诗十九首》,反映元人"世纪末"的体验。第五类是同声相应同气相求,唱和双方在价值观念、生活态度等方面趋同,构成唱和。元代大量的

---

① 查洪德:《"华夷一体":元代文坛特征》,《民族文学研究》2017 年第 4 期,第 12 页。
② 参见拙著《唐代组诗研究》,凤凰出版社 2011 年版,第 59 页。

"和陶"诗即属此列。① 上述五种唱和类型中,除第二类为集会现场的"集团唱和"外,其余四类都是非集会现场的"个人唱和"。

集会场合的唱和,因参与人群多,留下的唱和诗集数量最多,在元代诗坛影响最大。元代前期,北方以"河汾八老"为核心的遗民群体,交游唱和,蔚然成风。南方以故宋遗民为主体,他们同声相应,留下了大量唱和诗篇。如《乐府补题》《月泉吟社诗》《杨氏池堂燕集诗》《淇奥唱和诗》等,便是此种唱和的成果。元代中期,社会逐渐稳定,民族矛盾也有所缓和。随着延祐盛世的出现,歌功颂德,粉饰太平的酬唱应答之作,成为诗坛唱和的主旋律。参与唱和的人群也由遗民文人变为台阁文臣,留下了如《经筵唱和诗》《长春宫雅集诗》《圭塘唱和》《雪堂雅集诗》等唱和诗集。这些以文坛盟主为核心的唱和群体,引领着诗坛的走向,影响深远。元代后期,唱和活动达到顶峰,特别是南方,参与唱和的人数、频率与活动范围较此前有显著的提升,涌现了大量的唱和诗集。如《玉山雅集》《西湖竹枝词》《至正庚辛唱和诗》《续兰亭诗会诗集》《(刘石)唱和诗集》《荆南唱和诗》《金兰集》《静安八咏诗》②等,这些唱和诗集,反映了人们对元末动乱时局的共同心声,对诗坛走向、诗歌流派的形成起着重要的作用。

非集会场合的唱和,多以书信往返来实现。此种唱和,通常以两人,或数人间的寄赠、酬答为主,多产生于志同道合者之间。从唱和方式言,书信唱和具有"异时空"的特点,不受时空条件的约束,使得唱和变得更加自由、频繁。以书信方式唱和,时间周期更长,和诗者可精心准备,故情韵更浓。从某种意义上讲,等待书信、收到书信、见信如晤的体验,对于好友而言何尝不是一种心灵的慰藉? 在古代交通不便情况下,此种唱和弥补了无法与友人会晤的缺憾,不失为一种重要的交际手段。

元代组诗标题中有"(奉)寄×××""和(答、次韵)×××见寄""代简""(并、兼)柬×××""(见)示"字样者占有相当的比重,即是以书信方式唱和的产物。通常"寄""赠"为唱和发起人,"和""答""次韵""见寄""见示"为响应方。"代简"形式稍显特殊,此体始于六朝"拟代"体,原意是代人立言。元人"代简"还有另外一义,即"以诗代信"。如此一来,标题中有"(并、兼)柬"字样的唱和组诗,则带有"统一回复"友人的用意了。《全元诗》中标有"寄""和(答、次韵)×××见寄"字样组诗的有 156 组;标有"(见)示"字样的组诗共 135 组;标有"柬"字样的组诗有 50 组;标"代简"字样的组诗共 7 组;

---

① 参见巩本栋《关于唱和诗词研究的几个问题》,《江海学刊》2006 第 3 期,第 163 页。
② 参见唐朝晖《元代唱和诗集与诗人群简论》,《求索》2009 年第 6 期。

而标有"和"字样的组诗更多达 2 646 组,因无法区别是否为书信唱和还是集会现场唱和,姑且不论。这样的体量,足见书信唱和的巨大影响力。此外,标题中未显示,但在"序""引"中注明以书信方式唱和的组诗也有不少,如耶律楚材《和张敏之诗七十韵三首》序中"敏之学士远寄新诗七十韵,捧读之余,续貂以尾,聊资一笑"①;释良琦《送暄上人归槎川南翔寺二首》序中"上人乃南翔道韵士也。……今年冬,言归乡里,索诗为别。……漫赋唐律二首,以饯上人,且柬诸故旧云"②;桂如祖《次韵奉谢芝轩中丞二首》引中"近日获侍中丞相君,蒙诵和定水见心长老二诗见教,勉用次韵录呈。兼柬蒲庵禅师,同赐斤正"③;谢肃《天风海涛亭三首》序中"洪武十八年十月廿九日,余与右参议杨从道自漳郡还,过福之鼓山,登天风海涛亭,因作三律。……以仰止于公,且柬清源禅师"④等,从序(引)中"寄""柬"等字可知,这些组诗都是以通信方式,或依友人原题,或依原韵唱和而成。

李俊民《一字题示商君祥一百首》创"书信唱和"规模之最。其序云:"余年三十有九。乙亥秋七月南迈,时侄谦甫主河南福昌簿,迎至西山,侨居厅事之东斋。小学师商君祥投诗索和,顷刻间往回数十纸。谦甫曰:'一鼓作气未可敌,姑坚垒以待。'侄婿郭鸿渐曰:'可单师挫其锐',乃出百字题请赋以酬之。遂信笔而书,殊无意义,付其徒孙男乐山示之,三日不报。谦甫笑曰:'五言长城不复敢攻也。'君祥于是携酒来乞盟,大会所友,极欢而罢。"⑤作者在侄婿郭鸿渐的建议下,出"一字题"诗,与商君祥唱和,其间书信"往回数十纸",创作了百首咏物诗。从《云》《月》《昼》《夜》《晴》《阴》《花》《莲》等标题看,这组"百咏"诗应该是一组状物诗,所咏内容包括自然现象、动植物品种、文房用具、社会人群等。其艺术性暂且不论,就其创作动机而言,确与文人的"竞巧"意识相关,是二人切磋诗艺情况的记录。从序中可知,商君祥应有同题唱和之作,遗憾的是这组"和诗"目前未见。月泉吟社《春日田园杂兴》征诗活动,同样是以"通信"方式来实现诗歌的汇集的。吴渭在征诗告示中言"明书州里姓号,以便供赏,而不致浮湛"⑥,这里的"明书州里姓号"便是以书信方式唱和的铁证。

元代科举恢复后,士子由于同年、同座主、同乡里,或同在台省,常常以

---

① 杨镰:《全元诗》,第 1 册,中华书局 2013 年版,第 276 页。

② 杨镰:《全元诗》,第 47 册,中华书局 2013 年版,第 209 页。

③ 杨镰:《全元诗》,第 51 册,中华书局 2013 年版,第 305 页。

④ 杨镰:《全元诗》,第 63 册,中华书局 2013 年版,第 455 页。

⑤ (清)顾嗣立:《元诗选》,初集上,中华书局 1987 年版,第 116 页。

⑥ (元)吴渭:《月泉吟社诗》,《丛书集成初编》本,第 1785 册,中华书局 1985 版,第 1 页。

诗往返,唱和活动颇为频繁。尤其是那些位高权重的官员、馆阁文臣、文坛领袖、地方名流,有着十分广泛的交际网络,覆盖多种族人群,使得此类唱和组诗璀若繁星,不可胜数。

二、与古人唱和

这种唱和方式比较特别,作者与心仪的古人"对话",是一种超越时空的唱和,古人称之为"追和",或借此表达对古人崇敬之情,或借古咏今,或模仿风格。这里的"古人"既有同朝前辈,也有前朝诗人。"同时代的人唱和,是一种横向的比较和竞争,和古人之作则可以说是一种纵向的较量。这两种竞争、切磋,争奇斗胜,往往是产生好的唱和作品的重要动因。"①从创作心理来说,这种隔代唱和,既有惺惺相惜的成分,也有挥洒才学的诉求,更有借重古人扩大自身影响力的现实考量。

在元人与古人唱和诗中,以"和陶"最为典型。郝经、刘因、戴良、王恽、方回、戴表元、安熙、牟巘、汪克宽、吴莱、张养浩、仇远、许有壬、程文海等,均有数量不等"和陶"组诗。由于蒙元统治制度的歧视,加之科举制度有欠公平,致使隐逸之风盛行。士大夫特别是"南人",仕途坎坷或怀才不遇时,自然想到隐退,自觉不自觉地与陶渊明产生了精神上的"共鸣"。无论是回归主题、饮酒主题,还是安贫乐道主题、生死主题等,都能在陶诗中找到"知音",得到安慰。袁行霈先生认为,元人"和陶是一种很特殊的、值得注意的现象,其意义已经超出文学本身。这种现象不仅证明陶渊明的影响巨大,而且表明后代的文人对他有强烈的认同感"②。可谓不易之论。

以朝代分,元人与唐宋名人唱和,数量最多。多以"拟×××""效×××体""用×××韵""和×××"为题,或以"注"标明"追和"对象。如元好问《内相杨文献公哀挽三章效白少傅体》、王恽《赵汲古八秩之寿效乐天体三首》追和白居易;马臻《至节即事十首》、马祖常《翰林故事莫盛于唐宋聊述旧拟宫词十首》追和王建;袁桷《马伯庸拟李商隐无题次韵四首》、薛汉《和马伯庸御史效义山无题四首》、杨维桢《无题效商隐体四首》追和李商隐;郭翼《和李长吉马诗九首》、吴景奎《拟李长吉十二月乐辞》、孟昉《十二月乐词》追和李贺;郭翼《拟杜陵秋兴八首》、舒頔《七歌效工部体纪乱离时事》、曹文晦《效老杜出塞九首》、郑元祐《出塞七首效少陵》、丘葵《七歌效杜陵体》追和杜甫;杨维桢《香奁八咏》、黄庚《闺情效香奁体三首》仿效韩偓;郭翼《欸乃歌

①　参见拙著《唐代组诗研究》,凤凰出版社 2011 年版,第 66 页。
②　袁行霈:《论和陶诗及其文化意蕴》,《中国社会科学》2003 年第 6 期,第 149 页。

辞五首》、艾性夫《郡中玄都观追和刘禹锡诗二首》追和刘禹锡；谢翱《效孟郊体七首》追和孟郊；华幼武《拟比红儿赋解语花二首》摹仿元稹；方回《次韵曹清父营生坟追和范石湖韵四首》追和范成大；邵亨贞《斋居读书效晦庵先生体二首》、艾性夫《追和晦庵先生十梅韵》追和朱熹；刘诜《和东坡四时词》、方回《追和东坡先生亲笔陈季常见过三首》、释来复《追和东坡游钱塘虎跑泉诗二首》、吴师道《追和东坡翁松风亭梅花三首》、倪瓒《追和苏文忠公墨迹卷中诗韵八首》追和苏轼；何中《山中乐效欧阳修公四首》追和欧阳修；王艮《追和唐询华亭十咏》、段天佑《追和唐询华亭十咏》追和唐询；艾性夫《人名诗戏效王半山二首》追和王安石，等等。元诗追和古人，同样呈现着"宗唐"与"学宋"的摇摆，这与元诗发展的走向相符。

元代乐府诗非常发达，文人习作乐府积极性空前高涨。唱和前代乐府，也是独特"和古"形式。王瑶先生说："从'拟'或'补'来入手，正是学习'作'的方法。……这种'拟以为式'就是文人学习属文的主要方法。以后也一直相沿不衰。"①最为典型的是周巽《拟古乐府序一百五十四首》和《补古乐歌十首》两组。前者序中交代了因喜"郭茂倩所辑乐府诗"而"仿其体制，杂以平昔见闻"②的拟作动机。后者序称："唐元次山《补乐歌》序曰：自伏羲至于殷，凡十代，乐歌有其名亡其辞。考之传记，义或存焉。采其名义以补之，凡十篇，命之曰《补乐歌》。"③交代了效唐代元结作《补乐歌》的原因、方式和大致范围。此外，黄清老《古乐府三首》《友人拟古乐府因题十绝句》、叶颙《古乐府十四首》、张宪《神弦十一曲》《拂舞词五首》《琴操十九首》《子夜吴声四时歌四首》《估客行二首》《芙蓉花一首三解》《丁督护曲一首五解》、谢翱《宋铙歌鼓吹曲十二首》《宋骑吹曲十首》、甘立《古长信秋词二首》、李孝光《采莲曲二首》《莲叶何田田三首》、刘永之《白苧词二首》、杨维桢《秋夜效梁简文帝宫体二首》、吴莱《秋夜效梁简文帝宫体二首》等。除《神弦十一曲》《子夜吴声四时歌四首》《宋铙歌鼓吹曲十二首》等少数拟汉魏六朝乐府外，大部分都以唐代乐府为唱和对象，呈现出"宗唐"倾向。

三、同题共咏

同题共咏是一种群体唱和的方式，与联句、分韵、次韵、和韵等群体唱和方式一样，经常为文人所使用，是集团成员表达共同心声的手段。同题共咏

---

① 王瑶：《中古文学史论·拟古与作伪》，北京大学出版社1986年版，第201页。
② 杨镰：《全元诗》，第48册，中华书局2013年版，第390页。
③ 同上，第406页。

分为集会场合和非集会场合两种情形,前者为同一时空的"同声相应",后者为跨时空的"同气相求"。杨镰先生在《元诗史》中说:"在元代,'同题集咏'是诗坛的一个推动力。它不但使诗得到普遍的应用,也使诗人更大的程度贴近了生活,诗人之间因之具有了广泛交流的渠道。它是元诗史的特点,也是元诗的组成部分。"①本书所以用"同题共咏"概念,较之杨先生的"同题集咏",主要差别在于:"集咏"者强调"集体吟咏"或"结集"方式,强调"共时"性特征,未能将非集会现场的"同题共咏"包含在内。"共咏"则突出了群体创作的"同题"的历时属性,可以涵盖非集会现场的同题唱和。从元代现存同题共咏组诗看,大多数为非集会现场的同题共咏。

元代翰林院是馆阁人文汇集之地,也是大都同题共咏的中心。"翰林国史院在元代是文人精英的中心,是诗文创作、交流的中心,对当时文坛风气有导向作用,翰林国史院文士的活动在元代文坛有着支配作用。"②袁桷是群体唱和的推动者,《元诗选》在虞集《代祀西岳答袁伯长王继学马伯庸三学士二首》诗后注云:"此题袁伯长首唱而诸君和之,足以见一时馆阁诸臣风采。袁、虞、王、马,方驾并驱,此正有元极盛之时矣。集中所载诸公唱和之什,虽不必尽工,而各存之,以备参考。如此题及上京杂咏等类是也。"③从顾氏的评价中不难发现,时人与袁桷唱和者络绎不绝,留下了大量同题共咏组诗。

与翰林国史院遥相呼应,地方文学社团的群体唱和也此起彼伏。月泉吟社所组织的"春日田园杂兴"、杨维桢主持的"西湖竹枝词"等群唱群和活动,将同题共咏推向高峰,创下了参与人数之最,成为时人展现才华、享受人生乐趣的重要途径。人们在这里既可以躲避祸乱、暂时摆脱被边缘化的痛苦,也可以在互相交际中找到自身价值和归属感。

随着社会发展,文人集会的心态也呈现出前后差异。"如果说元初以方凤、谢翱为核心的月泉吟社,其结社吟诗还带有寄托亡国之思的鲜明色彩的话,那么后来士人在长期的边缘化的过程中,便逐渐由愤慨转向无奈,再由无奈转向自得其乐了。"④元末的玉山雅集、耕渔轩雅集中的诗酒之乐,堪称典型。文人们在这里流连美景、饮酒赋诗、品鉴歌艺,过着一种诗酒风流的闲适生活。左东岭先生认为,这是元代士人普遍具有

---

① 杨镰:《元诗史》,人民文学出版 2003 年版,第 624—625 页。
② 杨亮:《宋末元初四明文士及其诗文研究》,中华书局 2009 年版,第 198 页。
③ (清)顾嗣立:《元诗选》,初集中,中华书局 1987 年版,第 930 页。
④ 左东岭:《元明之际的种族观念与文人心态及相关的文学问题》,《文学评论》2008 年第 5 期,第 106 页。

的"旁观者心态",貌似安逸洒脱的生活背后,却隐藏着对命运无法掌控的无奈。

同题共咏作为一种群体性诗歌创作活动,带有浓厚的"竞巧"意识和"圈子"色彩,在一定程度上弥补了元初因科举废除而导致的士人才华无处展示的缺憾和孤独感。杨镰先生说:"在元代诗坛,诗人们就相同的题目作诗(集咏),从一开始就有竞赛的意味,实际是对失去或部分失去了更大的竞赛选拔场所——科举不畅——的一种补偿。"①这种同题共咏,通常由盟主或德高望重者带头首倡,其他人依题或依韵唱和。参与者跨越了民族、地域、信仰的界限,成为文人间获得情感共鸣的一种手段。在元代文人生活中,同题共咏已是他们融入社会、参与社会活动的重要渠道。

元代同题共咏,参与人数规模空前。杨维桢发动的"西湖竹枝词酬唱"参与者达 120 余人。《菽园杂记》卷十三载:"《西湖竹枝词》,杨廉夫为倡,南北名士属和者,虞伯生而下凡一百二十二人。吴郡士二十六人,而昆山在列者一十一人。其间最有名,时称郭、陆、秦、袁,谓羲仲、良贵、文仲、子英也。"②顾瑛主持的玉山雅集,经常参与活动的达 200 余人。至于月泉吟社征诗,参加者更是多达 2 000 余人。从唱和方式上看,集会场合与非集会场合的同题共咏并存,满足了不同群体的唱和要求。

同题共咏在元代所以能迭起并作形成热潮,与理学背景下遗民集体表达情感的需要密不可分。同题共咏,同声相应,同气相求,极易引起遗民群体的情感共鸣。元初、元末社团雅集所以多选择同题共咏方式来进行"群唱群和",其主要原因,是其他方式无法体验出这种感情的复杂程度和强烈程度。只有同题共咏才能将遗民的沧桑之感、兴亡之情表达得如此鲜明而强烈。

四、自唱自和

自唱自和是诗人与另一"自我"的对话,是其内心活动多元化的展示。与"他和"相比,"自和"实际上是以一种以"对话"形式存在的"自说自话"。作为元代组诗的新"品种","自和"组诗数量虽然不多,因其在诗歌史上首见,值得关注。

元代"自和"组诗仅见刘诜、段成己、方回和张养浩等少数作家。如刘诜《旦日试笔并自和二首》、段成己《雨后漫成二首》《再和二首》《三和二首》

---

① 杨镰:《元诗史》,人民文学出版社 2003 年版,第 624 页。
② (明)陆容撰,佚之点校:《菽园杂记》卷十三,中华书局 1985 年版,第 161 页。

《四和二首》《五和二首》等。方回《次韵志归十首》是和其《虚谷志归十首》
而作，以强化归隐主题。《怪梦十首》题下有注云："三月十二五日，晓梦有
人擒二士生纳棺中，寻有长大人欲胁予以此，以求金带，谢无之。"①除第一
首是记录本事外，余九首分别冠以《自和》《再和》《三和》《四和》《五和》《六
和》《七和》《八和》《九和》之标题，以表达作者对"梦中被擒"之事强烈而深
刻的感受，足见诗人内心压力之大。

张养浩是元代创作"自和"组诗数量最多的诗人，"他有许多组'自和'
诗。'自和'成了他的特点"②。虽然杨镰先生未解释张氏多"自和"的原
因，但敏感地指出这一特殊的创作现象存在的事实。拒绝"他和"，何尝不是
一种自保的方式。只有那些怵于危亡的敏感心灵，才多用"自和"方式坦露
心声，以全身远祸。作者曾在元武宗时因上书言事获罪，其《读史有感自和
十首》就是为"官箴"《三事忠告》张本，反映了他的政治见解。《寄省参议王
继学诸友自和十首》《山中拜除自和十首》《云庄遣兴自和十首》《绰然亭落
成自和十首》《田居自和十首》《书半仙亭壁自和十首》《翠阴亭落成自和十
首》《遂闲堂独坐自和十首》等，都写于退隐云庄后，且以十首为限，这些诗
歌写法近似，将元代"自和"组诗推向顶峰。如《寄省参议王继学诸友自和
十首》其一云："曩昔尘奔为悦亲，而今云卧复天真。山林充隐当容我，馆阁
求贤岂乏人。噩梦久随风散曙，衰容难与物争春。绰然烟景无穷在，莫怪沙
鸥不易驯。"③诗中交代归隐山林"复天真"的原因是"衰容难与物争春"，情
非得已。余九首均抒发归隐云庄之后的闲适自在。其笔下的"云庄"已然成
为世俗生活的对立面，被作者赋予了淳、真、静的品格，是诗人灵魂栖息的处
所。诗人以全部热情称赞"云庄"之美，其寓意不言自明。组诗以"亲""真"
"人""春""驯"等为韵，次序相同，属于典型的步韵唱和。清人吴乔说："依
其次第者，谓之步韵。步韵最困人，如相殴而自縶手足也。盖心思为韵所
束，于命意布局，最难照顾。"④在步韵的背景之下，既要避免熟语又要传达
相同的意思，不得不借助大量的典故来实现。这也是此类组诗为何典实厚
重的原因。

"自和"是元代组诗的一大创新，它介于"独白"与"对话"之间，既有"对
话"的属性，又有"独白"的实质，其文体学价值值得关注。

---

① 杨镰：《全元诗》，第6册，中华书局2013年版，第480页。
② 杨镰：《元诗史》，人民文学出版社2003年版，第299页。
③ 杨镰：《全元诗》，第25册，中华书局2013年版，第53页。
④ （清）吴乔：《答万季野诗问》，（清）王夫之等撰，丁福保辑：《清诗话》，上册，上海古籍出
版社1978年版，第25页。

第二节 遗民现象与复古思潮

宋末元初遗民群体或借诗以表达黍离之悲、故国之思,或入禅求道、隐逸田园,形成了独特的遗民现象。因之蒙元政权推行"汉法",向汉文化传统取经,使程朱理学上升为官方意识形态,这使得元代复古思潮的兴起,助推了元代纪实组诗、咏史组诗、隐逸组诗大量出现。

一、遗民群体的同气相求

在中国古代,"遗民"与"逸民"是一对难以区别的概念,尤其在改朝换代之际,更难界定。"遗民——在易代之后因坚持对故国的忠诚而拒绝与新朝合作者——作为中国历史上朝代更迭期特有的现象,历来为研究者所重视。然而,'遗民'一词,在中国古代典籍中是丰富多义的,除上述意义外,它至少还有'亡国或乱离之后遗留下来的子民''后裔''以往时代的人''隐士'四个义项。"①一般认为,所谓遗民,指易代之际忠于先朝而耻事新朝者:一类是旧朝本为官,入新朝后洁身栖遁者;另一类指旧朝本无官,入新朝同样遗世者。前者不难理解,后者则难以言说。与其说是遗民,不如说是逸民更贴近实际。因为朝代的更迭、政权的属性变化与其处世态度并无太大关系。至于"逸民",陈垣先生在《明季滇黔佛教考》卷五中云:"昔孔子论逸民有三等,曰不降其志,不辱其身,伯夷、叔齐钦,此忠义传人物也。谓柳下惠、少连,降志辱身矣,言中伦、行中虑,此隐逸传人物也。谓虞仲、夷逸,隐居放言,身中清,废中权,此方外传人物也。"然在论明遗民时却云:"剃发可谓降志辱身矣,然敬不仕,君子犹以为逸也。"②从上面所引可见,均未能将"遗"与"逸"截然区别开来。故而本文所论遗民群体兼指"遗民"与"逸民"两类人。

遗民群体成为一种社会现象,在中国历史上只有北宋、南宋、金、明四朝有之。北宋灭亡后,入金士人有不少遁隐不仕。如元好问《中州集》、马定国《茅堂集》、蔡松年《明秀集》提到的司马朴、滕茂实、何宏中等21人。金遗民数益增,据元好问《寄中书耶律公书》载有54人,包括冯璧、王若虚、魏璠、杜仁杰等。《河汾诸老诗集》所载8人中,除陈庚、陈赓兄弟外,其余段克己、成己兄弟,麻革、房皓、曹之谦、张宇皆隐逸以终。此外,元好问、杨宏道、李

---

① 李瑄:《明遗民群体文学思想研究》,巴蜀书社 2009 年版,第 9 页。
② 陈垣:《明季滇黔佛教考》,中华书局 1989 年版,第 262 页。

俊民、王元粹、张本、白华、秦志安等,也都是遗民。南宋遗民人数更多,明代程敏政《宋遗民录》十五卷是文学史上第一部《遗民录》,录谢翱、汪元量、郑思肖、方凤等 11 人。明末清初人李长科《广宋遗民录》、朱明德《广宋遗民录》所收近 400 人①。这些遗民群体可大致分作三类:一是文天祥、谢枋得等抗元英雄,或被俘加害,或绝食以终,忠义刚正之气,动人心魄。二是亡国后遁隐闲居,绝无苟且之念者,如刘辰翁、汪元量、郑思肖、周密等。三是入元后曾经赴朝廷征召,或作过学官、教授一类文官的人,如张炎、仇远、戴表元等。他们并不甘心屈事新朝,对故国仍十分缱绻。如果说第一类人,以"斗士"的姿态,与新朝抗争死节;那么后两类人都以"隐士"的身份,出现在人们的视野之中,他们自明其志、拒仕新朝,而选择以隐居的方式表明其不合作之态度。

以遗民身份隐居是其中最引人注目的一类。其家国情怀,与那些求宦不成而隐,或无意于仕宦而隐者,有着鲜明的不同。遗民群体形成主要原因有二:一是受传统的"夷夏之辨"的影响,包括文化与政治两个层面,指汉族文化中心论和政权正统观。最初的"夷夏之辨"更多是在文化方面,"吾闻用夏变夷者,未闻变于夷者也"②。可以说,"夷夏之辨"体现的是儒家价值观念,"尊王攘夷""以夏变夷"也是历代儒者所推崇的定论。随着历史的发展,特别是异族入侵、政治大势不利于华夏之时,"夷夏之辨"便向政治一方倾斜。这就是宋元际"正统论""夷夏之防"成为社会主流心态的原因。二是北宋时理学的盛行,强调士人的品节操守,忠君爱国,把出处看得很重。北宋、金、南宋等汉族政权均亡于少数民族之手,其遗民从维护汉族"正统"出发,来反抗异族统治,其不臣之心是强烈而明显的。这也导致一批风节凛然,卓然有守的遗民人士的出现。

遗民群体常常雅集唱和,借诗以表达黍离之悲、故国之思,或入禅求道、隐逸田园。"汾河诸老""月泉吟社"及谢翱、唐珏、汪元量、郑思肖、张宏毅、方凤等,无不如此。从某种意义上讲,遗民现象是推动元代纪实、隐逸类组诗兴盛的内在驱动力量。

二、科举停摆与复古思潮

元初朝廷出于政治原因,一度取消了科举考试。虽然在延祐元年(1314)

---

① 明末清初人李长科撰《广宋遗民录》,将人数增至 315 人。朱明德《广宋遗民录》则又增至 400 余人。此两书今已佚,此据谢正光《明遗民传记索引序》考证。

② (宋)朱熹:《四书章句集注·孟子集注》卷五,《新编诸子集成》第 1 辑,中华书局 1983 年版,第 260 页。

恢复,但时断时续,且取士人数远低于前朝,这对企图以科举晋升仕途的文人是个不小的打击。由于无法通过科举入仕,只能托古言志,借此表达对现实的不满。有学者指出:"元朝为了限制汉人参政,在九十多年间,废除科举考试就达五十余年,使众多的以科举进身的读书人仕宦无门,沦落社会下层。他们在兼济天下的政治理想破灭之后,便积极投身于文学和艺术的创作,在鉴往知来的思考中获得心灵的慰藉,对前代所尊奉的历史人物重新进行审视,做出新的评判,从而产生了大量的咏史作品。"①从这个意义上讲,"咏史"是他们反抗现实、表达对现实政治不满的一种手段。

蒙古族统一中国后,实行野蛮、残酷的统治。将国人分成四等,施行严苛的种族歧视政策。"元制百官皆蒙古人为之长"②,"各道廉访司必择蒙古人为使,或阙,则以色目世臣子孙为之,其次参以色目、汉人"③。各种政策皆向北方倾斜,导致南北差异悬殊。据《草木子》卷之三上载:"元朝自混一以来,大抵皆内北国而外中国,内北人而外南人,以至深闭固拒,曲为防护,自以为得亲疏之道。是以王泽之施,少及于南;渗漉之恩,悉归于北。故贫极江南,富称塞北。"④在蒙元专制统治下,为了排泄胸中愤懑,一些文人隐世逃逸,消极地反抗;另一些人,则把眼光投到历史上,借历史人物与事件,来讽现实,表达愤懑情怀。

元代程朱理学上升为官方意识形态,间接推动了复古思潮的兴起。"程朱理学的思想核心就是要求儒士大夫从精读圣贤经典开始,习古以明今。因此,程朱理学在元朝的兴盛不仅推动了元代复古思潮的全面掀起,更加强了元代复古思潮从原典开始、习古明今的特征。"⑤官方意识形态的"复古",势必推动文学艺术领域中复古潮流的泛滥。赵孟頫到达大都后,扛起文艺复古的大旗。通过融合创新,塑造出符合多民族文化交汇的恢宏气象,产生了巨大的社会影响。

元代咏史组诗的勃兴正是在此背景下出现的,人们借古讽今,表明对现实政治的态度。一是咏赞历史人物,或蔑视权贵,或景仰英雄。俞镐《拟古四首》通过对李白等人非凡气质与才能的咏赞,表达出对权贵的蔑视。王恽《题竹林七贤诗十二首》咏赞竹林七贤的"清峻",借以表达对元朝统治的不满。张养浩《咏史四十首》表达了对苏武持节的敬佩之情和对庞德公高逸的

---

①　赵望秦、张焕玲:《古代咏史诗通论》,中国社会科学出版社 2010 年版,第 166—167 页。
②　(清)赵翼撰,王树民校证:《廿二史札记校证(订补本)》卷下,中华书局 2001 年版,第 689 页。
③　(明)宋濂等:《元史》卷一九《成宗二》,中华书局 1976 年版,第 410 页。
④　(明)叶子奇:《草木子》卷之三上《克谨篇》,中华书局 1979 年版,第 55 页。
⑤　邱江宁:《元代文艺复古思潮论》,《文艺研究》2013 年第 6 期,第 67 页。

认可。陶安《咏史十五首》讴歌历史上的英雄，意在激起时人“济世救民”的责任与担当。赵孟頫《咏逸民十一首》、张雨《东汉高士咏十四首》、袁桷《次韵庐山黄伯玉东汉名士十咏》等以隐士为对象，嘉其志，慕其行，间接地表达了对现实的厌倦。二是凭吊古迹，抒发思古幽情。这是元代咏史组诗数量最多的门类。如方凤《怀古题雪十首》分咏韩王堂雪、伊川门雪、苏武窖雪、长安落雪、李伋郊雪、韩愈关雪、陶穀茶雪、孙康书雪、李朔怀雪等雪景，将人物活动寓于其中，使雪景具有了不同的历史内涵。贡师泰《钓台三首》“或高其隐，或议其果”①，既嘉奖了严子陵的高风亮节，也寄寓了作者的思慕之情。林彦华《八咏台八首》、张昱《临安访古十首》都是凭吊之作，或咏金华八咏楼，或咏临安古城，无不触景生情，感慨繁华消歇，沧桑之变。三是纪录历史事件，抒发兴亡之感。元凯《德风亭诗十章》最具典型意义，序云：“上党居天下之脊…… 于汉为名郡，于唐为巨藩，五代、宋、金，亦倚之为重镇。乱离以来，土崩瓦解……独所谓德风亭者，颓垣坏宇，尚存于荒烟野草之中，吁可惜哉！”②从序中不难看出，作者对上党兴衰历史的演绎，浸润着浓郁的沧桑感。赵景良《忠义集》、宋无《啽呓集》、徐钧《史咏集》的出现，则将感事类咏史诗推向了一个新的高度。

元代诗坛崇尚“温李”诗风，这是复古思潮在诗歌领域中最直接的体现。宋荦《元诗选》序云：“宋人学韩、白为多，元人学温李为多。”③温庭筠和李商隐均为晚唐诗人，二人仕途不顺，命运多舛。特别是后者，在朋党的夹缝中度日如年，受尽排斥。其咏史诗，或伤时忧乱，或伤心失意，或抨击时政，无不借古讽今。元代那些被“边缘化”的汉人，其生存环境之恶劣与“温李”极为相似。他们推崇“温李”，创作咏史组诗，从一个侧面折射出元代士人艰难的现实处境。

第三节 政治文化的多元联动

元朝是中国历史上第一个由少数民族建立并统治中国全境的封建王朝。为了巩固政权，统治者采用“汉法”与“国俗”并举的治国方略，促进了政治文化多元格局的形成。“元代蒙古人的政治制度体现了蒙汉杂糅的特

① 杨镰：《全元诗》，第 40 册，中华书局 2013 年版，第 320 页。
② （清）顾嗣立：《元诗选》，癸集上，中华书局 2001 年版，第 787 页。
③ （清）顾嗣立：《元诗选》，初集上，中华书局 2001 年版，第 5 页。

点。在蒙古人的政治制度中有他们本民族旧制的痕迹,也有经过汉化后的金制的痕迹。"①草原文化与农耕文化的融合,为元代政治生态带来了不一样的风貌。

一、两都巡幸助推了扈从组诗的繁盛

受辽金四时捺钵和巡幸制度的影响,蒙古前四汗都有自己的四季驻地和行宫。中统四年(1263),元世祖忽必烈升开平府为上都,至元九年(1272)改中都为大都,由此拉开了两都巡幸的序幕,终元之世不改。

有关元代设置"两都巡幸"的原因,陈高华、史卫民二先生从政治、军事角度分析道:"将大都定为首都,不但可以加强蒙古政权在中原的统治,还为实现统一全国的政治愿望准备了条件。以上都作为陪都,保持蒙古旧俗,联系蒙古宗王和贵族,则为蒙古民族的发展提供了较好的条件。"②叶新民先生从经济角度指出,其"渊源于草原游牧经济,是与草原游牧民的生活方式相适应的⋯⋯契丹族的四纳钵制和女真族的巡幸制度,都对元朝两都巡幸制的形成有影响"③。钮希强认为元代两都巡幸制度两种文化融合的需要,它"继承了辽金草原民族'四时游猎,冬夏捺钵'的习俗,是在结合统治中原和保持本民族生活习性的基础上建立起来的。有其自身鲜明的特点,是汉化和草原本位意识的有效调和,为历任元朝皇帝所沿用"④。总之,无论是出于政治、经济、军事,还是文化原因,两都巡幸最终被元廷以制度的形式固定了下来。

元代"两都巡幸"制度极大地影响了政治生态和文学生态,刺激了元人"北游"的热情。皇帝每年巡幸上都,有着庞大的扈从群体。其中以馆阁文人最引人注目,他们来自翰林院、国史院、集贤院、奎文阁等清要机构。"每年馆阁文人中大多数人均要扈从皇帝到上都供职,时间漫长,这为扈从文学的创作提供了契机。"⑤这些文化精英,公务之余,在翰林院中品赏景致、交游唱和,成为其生活中不可或缺的部分。据《全元诗》统计,元代共有44位馆阁文人写下了1 557首扈从组诗。(见附录二)

扈从组诗数量超过30首作者依次是:袁桷260首、张昱135首、杨允孚

① 李星建:《元代政治制度中的"汉法"和"国俗"》,《内蒙古民族大学学报》2008年第3期,第76页。
② 陈高华、史卫民:《元上都》,吉林教育出版社1988年版,第31页。
③ 叶新民:《元上都研究》,内蒙古大学出版社1998年版,第37—54页。
④ 钮希强:《元代两都巡幸制度新探》,《西部蒙古论坛》2017年第2期,第33页。
⑤ 李正春:《传统文化视阈下的元代扈从文人心态》,《内蒙古大学学报(哲学社会科学版)》,2016年第4期,第10页。

108 首、周伯琦 120 首、廼贤 71 首、许有壬 58 首、马祖常 53 首、胡助 50 首、虞集 31 首、王士熙 35 首、柯九思 31 首、张翥 21 首。其中，袁桷以"开平四集"独占鳌头，张昱《宫词》、杨允孚《滦京百咏》、周伯琦《扈从集》、胡助《上京纪行集》、柳贯《上京纪行诗》等，推波助澜，扩大了上京纪行组诗的影响。

自古以来，士人就有崇尚"远游"的传统，所谓"读万卷书，走万里路"。在元人观念中，诗与"游"有着十分密切的联系，它包括寻求进身之游，也有奉使出行之游，更有文化寻根之游。查洪德先生说："元代诗坛隐逸、游历、雅集、题画、赏曲五种风气，代表了元代诗人心灵和生活情趣的两个基本方面：前两种体现了走向自然的心灵和人生取向，后三种体现了对文人生活情趣的热衷。"①可见，"游历"在元人生活中的分量。

扈从上京的馆阁文臣，加之应诏北上的文人，是元代"北游"人群的主体。那些应诏北上的中原及江南文人的上京纪行组诗，虽非扈从之作，但"纪行"的属性相同。从数量、影响来看，馆阁文臣扈从之作依然是"上京纪行"中最重要的部分。上京之行成为他们接触草原文化的一次重要的契机，以诗纪所经之道的山川风物与风土人情，成为元代诗坛的一道亮丽的风景。

扈从上京在元代"游"诗中地位独特，元代奉使、代祭之"游"，无论规模、频次、时长，奉使者心境与遭遇，都无法与之相提并论。苏天爵曾对比南宋士大夫与元代士人征行中的不同气概，前者是"起居服食，率骄逸华靡。北视淮甸，已为极边。及当使远方，则有憔悴可怜之色"，后者是"混一海宇，定都于燕，而上京在北又数百里……朝士以得侍清燕，乐于扈从，殊无依依离别之情也"②，足以说明元代士风之振作，也可以看出上京扈从与奉使出行的差异。

二、"海宇混一"背景下的奉使组诗

蒙元时期，元廷曾多次派出使臣出使西域，并留下大量奉使组诗。除了奉使高丽、日本等国外，奉使西域与安南，也是重点所在。最早奉使西域的为耶律楚材与丘处机。前者曾随成吉思汗征战西域多年，其《西域河中十咏》是一组著名的西征组诗，记录了西域风光和民俗风情。后者是道教首领，也应成吉思汗征召赴西域，写下了系列"西游诗"，顾嗣立称"长春子西游诗最多奇句"③。其后，耶律楚材之子耶律铸在征西过程中，创作了大量

---

① 查洪德：《元代文学通论》，中册，东方出版中心 2019 年版，第 604 页。
② （元）苏天爵著，陈高华、孟繁清点校：《滋溪文稿》卷二八《跋胡编修上京纪行诗后》，中华书局 1997 年版，第 470 页。
③ （清）顾嗣立：《元诗选》，二集下，中华书局 1987 年版，第 1443 页。

乐府征战组诗。

元朝建立后,对外交流频繁,对安南、高丽、日本等都曾派出使节。与宋代弱国使臣的处境不同,元代使臣因帝国的声威而气宇轩昂。《经世大典·礼典总序·遣使》载:"昔我国家之临万方也,未来朝者遣使喻而服之,不服则从而征伐之,事在《政典》,此记使事而已。天下既定,郡县既立,有所询问考察则遣使,致命遐远则遣使,皆事已而罢。"①在战争期间,使臣使命就是协助帝国,对那些朝贡者"喻而服之",而对那些对"不服"之邦"从而征伐之"。"天下既定"后,"有所询问考""致命遐远"均靠遣使来实现。可见,使臣在元代国家政治生活、对外交往中扮演着非常重要的角色。

元朝与高丽的交往,当自元太祖十三年(1218)始,由于反蒙的契丹贵族金山等部窜入高丽,成吉思汗趁机派兵入境征讨。高丽国王派枢密使赵冲等领军前来配合,共同消灭了契丹寇贼。之后双方就交往、遣使达成了协议。②蔡松年《高丽馆中二首》就是出使高丽,寓居"高丽馆中"所作,记录了"蛤蜊风味""海山星月",再现了高丽国的山光海色,令人印象深刻。

元朝曾经派出过几位国信使赴日本,《元史·外夷传一·日本》载:"元世祖之至元二年,以高丽人赵彝等言日本国可通,择可奉使者。三年八月,命兵部侍郎黑的,给虎符,充国信使,礼部侍郎殷弘给金符,充国信副使,持国书使日本。"③使日组诗,有胡祗遹《送宣抚辅之奉使日本三首》、陈深《送耕存大参使日本二首》等。赵樊川将其奉使赴日所作编成《日本纪行诗卷》,张之翰《题赵樊川日本纪行诗卷三首》即因此而作,其序称"公弼御史,以樊川先生《日本纪行诗》见示。三复之余,使人心移神动,如亲在其洪涛绝岛中然。叙事之工,写物之妙,皆从大手中来。苟非名节素重,忠义不屈,其于使远方,历殊俗,将危疑悾偬之不暇,又安能出此语耶?故书三绝句于后"④。

在蒙元帝国对外征服过程中,安南(今越南)无疑是具有典型意义的。元朝曾经三次出兵征讨安南,努力将安南纳入帝国的征服体系之内,要求安南严格履行"内属国六条"⑤,为此频派使臣出访,以宣威、安抚。据马明达

---

① (元)苏天爵:《元文类》卷四一《经世大典·礼典总序·遣使》,上海古籍出版社 1993 年版,第 511 页。

② (明)宋濂等:《元史》卷二〇八《外夷传一·高丽传》,中华书局 1976 年版,第 4608—4609 页。

③ (明)宋濂等:《元史》卷二〇八《外夷传一·日本传》,中华书局 1976 年版,第 4625 页。

④ 杨镰:《全元诗》,第 11 册,中华书局 2013 年版,第 171 页。

⑤ 所谓"内属国六条"指:君长亲朝、子弟入质、编民数、出军役、输纳税赋、置达鲁花赤。《元史》诸外国夷传中,仅《安南传》有此要求。参宋濂等《元史》卷二〇八《安南传》,中华书局 1976 年版,第 4635 页。此"六条"又被记作入觐、纳质、献户口、助军、纳贡赋、置达鲁花赤,后又加了"设驿"。参见何之《关于金末元初的汉人地主武装问题》,《内蒙古大学学报(社会科学版)》1978 年第 1 期。

《元代出使安南考》一文统计①，元朝曾有 27 次遣使安南，除第一次外，其余都有详细的人员名单和出使时间。越南学者黎崱《安南志略》载，仅以安南陈朝与中国的交往为例，安南就向中国派遣使臣达 40 余次。②

元朝奉使安南的使臣大多是著名文人，其关于安南史地的纪行诗文，推动了两国文化的交流。"安南纪行诗以其作者的使臣身份、超远的空间距离、丰富奇异的见闻、昂扬的主体精神，成为元诗世界中一个独特的部分。"③陈孚《交州》《观光》二稿，傅若金《南征稿》可为代表。《交州稿》后序云："姑即道中所得诗一百余首，目之曰《交州稿》，以示同志云。"④《南征稿序》亦云："凡所以感于心、郁于情、宣于声而成诗歌者，积百余篇。"⑤对此，四库馆臣评曰："《交州》《观光》二稿，皆纪道路所经山川古迹，盖仿范成大使北诸诗而大致亦复相埒。"⑥

三、"代祀"制度与代祀组诗

岳镇海渎祭祀源于上古的山川崇拜。蒙元岳镇海渎祭祀非常兴盛，这与统治者的信仰密切相关。《元史·祭祀一》载："岳镇海渎，使者奉玺书即其处行事，称代祀。"⑦"岳镇海渎代祀，自中统二年始"⑧。相关史料说明，忽必烈即位之年便有遣使代祀之举。元文宗时官修的《经世大典》称："自世祖皇帝，累降明诏，以次加封，岁时遣使礼焉。"⑨可见"代祀"已成为大臣代表朝廷统御地方，宣扬统治秩序的重要手段。

代祀者是朝廷派往各地举行祭祀的主祭者，由朝廷"出玺书给驿以行"，线路"凡十有九处，分五道"⑩。代祀者起初多为道士人，后变成了蒙古官员

① 马明达：《元代出使安南考》，《明清之际中国和西方国家的文化交流——中国中外关系史学会第六次学术讨论会论文集》，1997 年。
② 参见（越）黎崱著，武尚清点校；（清）大汕著，余思黎点校：《安南志略　海外纪事》，中华书局 2000 年版。
③ 黄二宁：《论元代安南纪行诗的书写特征与诗史意义》，《南开学报（哲学社会科学版）》2016 年第 5 期，第 52—53 页。
④ （元）陈孚：《陈刚中诗集》卷二《交州稿》，《景印文渊阁四库全书》，第 1202 册，台北商务印书局 1986 年版，第 647 页。
⑤ （元）傅若金：《傅与砺诗文集》文集第四卷《南征稿序》，《景印文渊阁四库全书》，第 1213 册，台北商务印书局 1986 年版，第 320 页。
⑥ （清）永瑢等撰：《四库全书总目》卷一六六，下册，中华书局 1965 年版，第 1434 页。
⑦ （明）宋濂等：《元史》卷七二《祭祀一》，中华书局 1976 年版，第 1780 页。
⑧ （明）宋濂等：《元史》卷七六，中华书局 1976 年版，第 1900 页、第 1902 页。
⑨ （元）苏天爵：《元文类》卷四一《经世大典·礼典总序·岳镇海渎》，上海古籍出版社 1993 年版，第 512 页。
⑩ （明）宋濂等：《元史》卷七二《祭祀一》，中华书局 1976 年版，第 1900 页。

及翰林院文臣。"遣蒙古官及翰林院官各一人祠岳渎后土"①"五岳四渎祠事,朕宜亲往,道远不可。大臣如卿等又有国务,宜遣重臣代朕祠之,汉人选名儒及道士习祀事者"②,类似记载很多。虽然此后的史料中仍有道士代祀的记载,但以"文翰清望"的儒士为代祀主体已是不争的事实。据马晓林《元代岳镇海渎祭祀考述》③一文考证,元代中后期代祀使臣大多来自翰林院、集贤院,著名文臣如虞集、焦养直、张起岩、周伯琦、周仁荣、揭傒斯等,有多次代祀的经历。儒士在岳镇海渎祭祀中地位的隆升,与元中期科举制度的恢复有关。

翰林文人在代祀过程中留下了大量的代祀组诗,如虞集《代祀西岳答袁伯长王继学马伯庸三学士二首》《代祀西岳至成都作》、萨都剌《次韵送虞先生入蜀代祀》、马祖常《和袁伯长待制送虞伯生博士祠祭岳镇江河后土》、许有壬《代祀寿宁宫二首》、黄清老《送李子威代祀嵩衡淮海三首》、宋褧《送同年王在中编修代祀西行六首》、贡师泰《送子通编修代祀泰岱二首》《代祀还呈太师二首》、廼贤《天寿节送倪仲恺翰林代祀龙虎山二首》等,有的是记录代祀经历与体验,有的则是送别友人代祀,标题中都有"代祀"字样。

四、"重农"政策推动了农事组诗的兴盛

元朝由北方少数民族蒙古族建立,起初统治者并不重视农业,"太祖起朔方,其俗不待蚕而衣,不待耕而食,初无所事焉"④。近臣耶律楚材以为不可,直陈"'陛下将南伐,军需宜有所资,诚均定中原地税、商税、盐、酒、铁冶、山泽之利,岁可得银五十万两、帛八万匹、粟四十余万石,足以供给,何谓无补哉?'帝曰:'卿试为朕行之。'"⑤在耶律楚材的建议下,朝廷改变了轻视农业的政策。忽必烈即位以后,下令"国以民为本,民以衣食为本,衣食以农桑为本"⑥。其继任者也坚持了这样的治国理念,推动了农业经济的发展。

朝廷"重农"政策体现在中央和地方设立劝农司、司农司等劝农机构,并安排劝农使巡行各地,实现对农业有效管理。早在蒙古庚戌年(1250),大臣刘秉忠就提出设立劝农官员,率天下百姓务农桑的建议,为忽必烈所采纳,以张耕为邢州安抚使、刘肃为商榷使,行劝农之职,"邢乃大治"⑦。

① (明)宋濂等:《元史》卷一三《世祖纪十》,中华书局1976年版,第264页。
② (明)宋濂等:《元史》卷七二《祭祀一》,中华书局1976年版,第1900页。
③ 马晓林:《元代岳镇海渎祭祀考述》,《中国史研究》2011年第4期,第132—144页。
④ (明)宋濂等:《元史》卷九三《食货一·农桑》,中华书局1976年版,第2354页。
⑤ (明)宋濂等:《元史》卷一四六《耶律楚材传》,中华书局1976年版,第3458页。
⑥ (明)宋濂等:《元史》卷九三《食货志一·农桑》,中华书局1976年版,第2354页。
⑦ (明)宋濂等:《元史》卷四《世祖一》,中华书局1976年版,第58页。

元代监察机构兼劝农事、地方官吏皆以劝农署衔,这是元代农业管理的一大特色。"至元六年,以提刑按察司兼劝农事"①,"大司农司,秩正二品。凡农桑、水利、学校、饥荒之事,悉掌之。至元七年始立,置官五员。十四年罢,以按察司兼领劝农事"②,这些记载均反映了当时监察机构劝理农事的事实。不仅如此,地方官员也承揽起劝农的责任。史载:"命宣抚司官劝农桑,抑游惰,礼高年,问民疾苦,举文学才识可以从政及茂才异等,列名上闻,以听擢用,其职官污滥及民不孝悌者,量轻重议罚。"③宣抚使是元初地方行政长官,其主要职责之一就是劝农。在元朝政府的督促下,各级官员也多能以劝农为要务,重农、劝农成为一种风尚,且终元之世不变。

为了指导农业生产,朝廷刊印《至元农桑辑要》、王祯《农书》、鲁明善《农桑衣食撮要》三农书。元世祖至元二十三年(1286)六月"诏以大司农司所定《农桑辑要》书颁诸路"④,前后印刷颁布总数约 2 万部⑤。成宗大德八年(1304)下诏刊刻王祯《农器图谱》《农桑通诀》《谷谱》。仁宗时王结"出为顺德路总管,教民务农兴学"⑥,编写《善俗要义》,逐级下发给乡村中的社长、社师,扩大了农业生产知识的传播。地方官员,编写"劝农文",用通俗文字介绍农桑技术,配合朝廷的"重农"政策。⑦

元代劝农组诗,正是朝廷"重农""劝农"风气下诞生的,如郝经《劝农二首》、王恽《同刘劝农彦和葛县令祐之游苍谷口八首》《劝农诗二十首》、魏初《奉答廉公劝农三首》、胡少中《观农诗四首》、梁寅《和何彦正春耕十一首》、乌斯道《力农三诗》、王经国《高总管劝农二首》、宁诚斋《咏里村劝农二绝》等,以通俗语言向农民传递了重视农桑的意义。虞集《题楼攻媿织图三首》引云:"我国家既定中原,以民久失业,置十道劝农使,总于大司农,慎择老成厚重之君子而命之。皆亲历原野,安辑而教训之。今桑麻之效遍天下,齐鲁尤盛。其后功成,省专使之任,以归宪司。宪司置四佥事,其二则劝农之所分也。至今耕桑之事,宪犹上之大司农。天下守令,皆以农事系衔矣。前代郡县所治,大门东西壁皆画耕织图,使民得而观之,而今罕为之者。抚图颂诗,为赋三章,章四句。"⑧作者通过"题图"方式,突出了"耕桑之事"对安邦

①　(明)宋濂等:《元史》卷八六《百官二》,中华书局 1976 年版,第 2180 页。

②　(明)宋濂等:《元史》卷八七《百官三》,中华书局 1976 年版,第 2188 页。

③　(明)宋濂等:《元史》卷四《世祖一》,中华书局 1976 年版,第 69—70 页。

④　(明)宋濂等:《元史》卷一四《世祖本纪第十一》,中华书局 1976 年版,第 290 页。

⑤　(元)大司农编撰,缪启愉校释:《元刻农桑辑要校释·附录》,农业出版社 1988 年版。

⑥　(明)宋濂等:《元史》卷一七八《王结传》,中华书局 1976 年版,第 4144 页。

⑦　参见王培华《元代司农司和劝农使的建置及功过评价》,《古今农业》2005 年第 3 期。

⑧　杨镰:《全元诗》,第 26 册,中华书局 2013 年版,第 194 页。

治国的重要性。王祯《农器图谱》运用"文、图、诗"合一形式,将农具、农作、农田等有关农业生产的经验突显出来,其所附诗歌近200首,分20组,创农具题材组诗之最。"皆能刻画模拟,曲肖情状"①,既直观形象,又充满韵味,是中国诗苑中难得的一见的奇葩。②

第四节　宗教文化的交互作用

元朝统治者对宗教信仰采取了优待和宽容的政策,无论是伊斯兰教、基督教,或佛教、道教,甚至是处于官学地位的理学,都获得了自由发展的空间。在统治者看来,这些意识形态"都包含有劝人安分守己、修身养性的教义,都具有排忧解难抚慰心灵、稳定社会辅政教化的功能"③,有利于政权的稳定。

忽必烈热衷于儒学自青年时代就开始了,"岁甲辰,帝在潜邸,思大有为于天下,廷藩府旧臣及四方文学之士,问以治道"④。在刘秉忠、姚枢、郝经、许衡等儒士的影响下,意识到"以马上取天下,不可以马上治"⑤,这为其后执政者将儒学确立为官学奠定了基础。至元八年(1271),忽必烈"建国号曰大元,盖取《易经》'乾元'之义"⑥。在其汉法政策下,北方程朱理学得到了迅速的发展。忽必烈称帝后,在征伐南宋的过程中,接受了姚枢等人的建议,改"屠城"为"攻心",得到南宋儒士的认同。并默许杨惟中、姚枢在燕京建太极书院讲授理学,旗帜鲜明地表现出对汉法和汉族知识分子的信任和重用。这些措施,确立了儒学的地位,赢得了儒士们的拥护,为理学传播、汉蒙文化交流创造了有利环境。

元仁宗是忽必烈之后元代唯一的贤主,也是一位真正将理学官学化的统治者。他一生崇尚儒学,曾效法忽必烈,在潜邸招贤纳士,与程鹏飞、李谦、程钜夫、萧斟、刘敏中等朝夕相处。这些人均倡汉法、尚儒学,对文宗治国政策的出台影响很大。此外,他下令建造崇文阁于国子监内,并"以宋儒

①　(清)顾嗣立:《元诗选》,初集中,中华书局1975年版,第903页。
②　有关王祯《农书》的研究成果,主要有柴福珍、张法瑞的系列论文,如《农器图谱中诗歌的农学意蕴》,《中国农史》2006年第1期;《〈王祯农书〉中附诗的特色和读者对象解读》,《古今农业》2006年第4期;《元代王祯诗歌创作缘起研究》,《天府新论》2006年第4期,可参考。
③　任宜敏:《元代宗教政策略论》,《文史哲》2007年第4期,第96页。
④　(明)宋濂等:《元史》卷四《世祖一》,中华书局1976年版,第57页。
⑤　(明)宋濂等:《元史》卷一五七《刘秉忠传》,中华书局1976年版,第3688页。
⑥　(明)宋濂等:《元史》卷七《世祖四》,中华书局1976年版,第138页。

周敦颐、程颢、颢弟颐、张载、邵雍、司马光、朱熹、张栻、吕祖谦及故中书左丞许衡从祀孔子庙廷"①。可见,其崇文的实质是推崇程朱理学,这对扩大程朱理学的影响非常重要。

仁宗对崇儒与政权稳关系有清醒的认识。皇庆二年(1313),仁宗决定恢复科举,通过科举取士法,弘扬程朱理学,借以维护君主专制统治。延祐元年(1314)开科考试,于1315年和1318年举行了两次科举考试,并将科举制度化,一直沿袭到了元末。仁宗将理学官学化后,此后的元朝各代皇帝,继续保持和巩固理学的官学地位,以收拢民心,维护统治政权的长治久安。

以理学价值观为核心旌表制度,自然为元蒙统治者所接受。据《元史》卷九二《百官八》载:"旌表孝子顺孙、义夫节妇、高年耆德,常令有司存恤鳏寡孤独。"②另据《元史·刑法一》载:"诸义夫、节妇、孝子、顺孙,其节行卓异,应旌表者,从所属有司举之,监察御史廉访司察之,但有冒滥,罪及元举。"③旌表道德楷模具有移风易俗的功效,是巩固政权、维护社会秩序的重要手段。李丰春认为:"旌表制度是国家实施统治的一种政治活动,其实质是用权威评价的手段来达到治国安民的目的。旌表是国家权力话语的民间基层表达,主要表现为通过旌表这一权威评价活动,使民众在不知不觉中自觉自愿地认同国家的主流意识形态,并为这一意识形态的建构贡献自己的一份力量。"④朝廷通过"旌表"孝义典型来引领社会的价值观,约束人们的行为,这对筑牢政权根基十分必要。

旌表孝行一直都是传统社会教化民众、治理国家的重要工具。据杨阳《元代旌表的对象及其特点》一文统计,元代旌表的孝子顺孙人数,是历代以来最多的,共有75人。⑤《全元诗》中收录了大量的歌颂孝道主题的组诗,如刘敏中《宋孝妇二绝》、宋褧《赠长安孝义张周卿三首》、周伯琦《赠鹤斋诗三首》、郭居敬《全相二十四孝诗选》、李孝光《岐山三首》等,全面反映了孝文化在元代社会与政治中的重要地位。

受理学价值观影响,文人对"名节"格外地看重,身边发生的忠孝节烈事件,引起了他们内心巨大的震撼和精神上的共鸣,忠孝节义题材组诗层出不穷。如刘埙《补史十忠诗》、陈孚《承旨野庄董公殊勋清节孚闻之缙绅纪以

---

① (明)宋濂等:《元史》卷二四《仁宗本纪一》,中华书局1976年版,第557页。
② (明)宋濂等:《元史》卷九二《百官八》,中华书局1976年版,第2344页。
③ (明)宋濂等:《元史》卷一〇二《刑法一》,中华书局1976年版,第2621页。
④ 李丰春:《社会评价论视野中的旌表制度》,《河南大学学报(社会科学版)》2007年第5期,第56页。
⑤ 杨阳:《元代旌表的对象及其特点》,《北京教育学院报》2014年第4期,第34页。

八诗》、周伯琦《送侍御余廷心金宪浙东三首》、张昱《五府驿代杨左丞留题二首》、丁鹤年《奉寄九灵先生二首》、袁华《施克让大监以效忠输贡南来会于钱塘三首》等,都以朝廷官员的忠义事迹为素材,赞美其忠义品格,折射出元代理学影响下的主流价值观。

咏赞节妇烈女的组诗同样数量众多,如刘敏中《于节妇诗二首》《刘节妇诗二首》、王逢《经杨节妇故居二首》、郝经《武昌词三首》、王旭《节妇赵氏二首》、浦道源《节妇刘氏挽章二首》《题节妇冯氏卷二首》、袁桷《节妇二首》、揭傒斯《滦城范节妇诗三首》、马祖常《节妇马氏二首》、吴当《李节妇田氏五首》、乌斯道《蔡节妇诗二首》、刘仁本《俞节妇四首》等,都以节女烈妇为对象,讴歌她们守节不辱的品格。

除程朱理学外,佛道两教对时人的思想影响最大。佛教最早受蒙元帝王的青睐。金宣宗贞祐二年(1214)成吉思汗西征,召见了禅宗临济宗中观、海云禅师,汉传佛教势力大振。自忽必烈始,藏传佛教倍受尊崇。为了便于对吐蕃、西藏、大理等地的征服,蒙元统治者尤为推崇藏传佛教。1258 年,佛道大辩论,来自吐蕃佛教那彦国师、八思巴等人坐享尊荣。元朝统治者建佛寺、迎佛像、封帝师,藏传佛教逐渐成为官方最为推崇的宗教。

元代道教虽不如儒释尊显,但也受到了元廷的抬举。丘处机、祁志诚等道教领袖力倡"三教平等""三教合一",吸收了儒释两家的教义,倡导"治国保民""敬天爱民"等思想,契合了统治者的意愿。此外,道教力主遁世,有利于朝廷的稳定,这也是蒙元统治所愿意看到的。道教作为一种收买人心的工具,深受统治者的赏识,全真教派、正一教派、太一教派等教派也都得到了朝廷的认可。丘处机、张宗演、吴全节、祁志诚等道教领袖都获得了尊荣的地位,这一切都促进了道教在元代的发展。

元代多元宗教并存的政策,使儒释道基督等宗教并行不悖且彼此融合,文人禅道化、释道文人化达到了前所未有的程度。释道组诗,层出不穷,硕果累累。杨镰先生《元代僧诗全集》共编入 181 位僧人的 2 991 篇诗作。《全元诗》所收更多,达 300 多人,存诗 7 000 首以上。元代道教题材组诗虽不如佛教多,但也有近千首。加上大量的忠孝节义组诗,充分彰显了元代宗教文化对诗歌创作的巨大影响力。

第五节 古乐府运动的内在驱动

元末古乐府运动的兴起,既与后期社会矛盾日益尖锐化有关,也与元代

"宗唐复古"思潮有关。黄仁生先生说："除了程朱理学受到重视,进而被尊为官方哲学以外,主要表现在政治、文化观念上的复古倾向,其中最值得予以注意的是,在统治者制作礼乐、振兴文治的过程中,出现了一种要求雅乐复古的倾向。"①

统治者制作礼乐是推动元代乐府兴盛的关键,《元史》卷六八载："三年冬十月,置曲阜宣圣庙登歌乐。初,宣圣五十四代孙左三部照磨思逮言:'阙里宣圣祖庙,释奠行礼久阙,祭服登歌之乐,未蒙宠赐。如蒙移咨江浙行省,于各处赡学祭余子粒内,制造登歌乐器及祭服,以备祭祀,庶尽事神之礼。'中书允其请,移文江浙制造。至是,乐器成,运赴阙里用之。"又,"仁宗皇庆二年秋九月,用登歌乐祀太上皇于真定玉华宫。……延祐五年,命各路府宣圣庙置雅乐,选择习古乐师教肄生徒,以供春秋祭祀。"②元末古乐府运动所以能兴起,与朝廷倡导"雅乐复古"不无关联。这两段"雅乐复古"的记载,充分反映了元代中期文化观念上的复古倾向,它与古乐府思潮在精神上有相通之处。

元末社会矛盾的尖锐化,为古乐府运动兴起提供了现实土壤。至治三年(1323)"南坡事件"爆发,元朝由盛转衰,走向内乱。一方面,夺得政权的统治者为缓和各种矛盾,仍然重视礼乐,例行科举,甚至立奎章阁,以粉饰太平;另一方面,吏治腐败,奸臣专权,贪贿公行,民怨沸腾。民族矛盾、阶级矛盾,日趋激烈,加之天灾人祸不断发生,终于导致元末农民大起义的全面爆发。这些情况为元代古乐府发扬"感于哀乐,缘事而发"的传统,反映衰乱之世的社会现实,展现对人性自由的向往提供了条件。

清人顾嗣立在《元诗选》引张伯雨话称:"《三百篇》而下,不失比兴之旨,惟《古乐府》为近。今代李季和、杨廉夫遂称作者。廉夫上法汉、魏,而出入少陵、二李之间,故其所作,隐然有旷世金石声,又时出龙鬼蛇神,以眩荡一时之耳目,斯亦奇矣。……至元改元,人才辈出,标新立异,则廉夫为之雄。"③杨维桢所以倾力创作古乐府,就是要让古乐府上承《诗经》优良传统,并加以发扬光大。吴复《辑录铁崖先生古乐府序》云:

> 会稽铁崖先生为古杂诗,凡五百余首,自谓乐府遗声。夫乐府出《风》《雅》之变,而悯时病俗,陈善闭邪,将与《风》《雅》并行而不悖,则

---

① 黄仁生:《试论元末"古乐府运动"》,《文学评论》2002 年第 6 期,第 148 页。
② (明)宋濂等:《元史》卷六八《礼乐志二》,中华书局 1976 年版,第 1968—1969 页。
③ (清)顾嗣立:《元诗选》,初集下,中华书局 1987 年版,第 1975 页。

先生诗旨也。是编一出，使作者之集遏而不行，始知《三百篇》有余音，而吾元之有诗也。①

由杨维桢与李孝光所倡导的古乐府运动，前后持续达 30 年之久，极大地推动了元末古乐府诗的创作，促使诗人更加关注社会底层生活。杨维桢不仅是元末古乐府运动理论的倡导者，更是践行者。据黄仁生先生考证，明正德嘉靖间翻刻本《东维子文集》中录诗 59 首，"皆为《古乐府》《复古诗集》所未收者"②，据此认定杨维桢现存古乐府诗总数为 1 227 首。这些古乐府以"悯时病俗，陈善闭邪"为导向，批判社会弊端、反映民间疾苦，旨在弘扬"风雅"精神。受其影响，元末明初一批诗人都留下了大量的乐府诗，如刘基有 280 首、胡奎 666 首、周翼 154 首，堪为典范。

在元末诗坛复古风气炽热，东南沿海的文人纷纷模仿中唐刘禹锡《竹枝词》，一时成为风尚。杨维桢在西湖举行了一场声势浩大的"西湖竹枝酬唱"，这些竹枝词继承了汉乐府"感于哀乐，缘事而发"的现实主义传统，聚焦于底层民众的生活，如"《海乡竹枝歌》，非敢以继风人之鼓吹，于以达亭民之疾苦也。观民风者，或有取焉"③。作者替百姓发声，救济人病，裨补时阙的用意十分突出。这些内容贴近民间生活，充满着俚俗之气的竹枝词，是"当时东南沿海文化个性化、世俗化特征在文学创作中的反映"④。

与南方"竹枝词热"相呼应，北方张昱、萨都剌、马祖常诗人等在上都掀起了一场宫词创作热潮，将宫廷"雅化"生活方式推向一个新的高度。杨维桢评李庸《宫词》序云："宫掖之事，岂外人所能道哉，建虽有春坊才，非其老珰宗氏出入禁闼知史氏之所不知，则亦不能颉美于是。"⑤可见，其对宫词的要求是真实可靠，具有"以诗存史"功能。张昱《辇下曲》序亦云："其据事直书，辞句鄙近，虽不足以上继风雅，然一代之典礼存焉。"⑥同样以存"一代之典礼"为创作指导思想，发扬乐府的"风雅"精神。元末文人所拟的《天宝宫词》，似一幅幅图画，展示了唐人宫廷生活，同样体现着"宗唐复古"思潮和以叙事为主的乐府精神。

---

① （元）吴复：《辑录铁崖先生古乐府序》，《文渊阁四库全书》本，商务印书馆 1986 年版，卷首。

② 黄仁生：《杨维祯与元末明初文学思潮》，东方出版中心 2005 年版，第 221 页。

③ 杨镰：《全元诗》，第 39 册，中华书局 2013 年版，第 85—86 页。

④ 王忠阁：《元末〈竹枝词〉的繁荣及其文化意蕴》，《中州学刊》1999 年第 4 期，第 107 页。

⑤ （元）杨维桢：《东维子文集》卷一一，《四部丛刊初编》本，商务印书馆 1929 年影印版。

⑥ （元）张昱：《辇下曲》，陈高华辑校：《辽金元宫词》，北京古籍出版社 1988 年版，第 11 页。

第六节 诗画艺术的同频共振

元代题画诗多、题画诗人多，成为元诗史上引人注目的现象。无论是诗人、画家、书法家，也无论是传统文化底蕴深厚的汉族知识分子，或是接受汉文化时间不长的"西北弟子"，他们都钟情于题画诗创作，有的甚至将其作为毕生奋斗的事业。明人胡应麟《诗薮》卷六云："宋以前诗文书画，人各自名。即有兼长，不过一二。胜国则文士鲜不能诗，诗流靡不工书，且时旁及绘事，亦前代所无也。"①元代诗、书、画"三绝"者代有人出，如赵孟頫、柯九思、吴镇堪为典范。这是前所未有的文化现象，为明清两代所望尘莫及。

元代取消了画院制度，为文人画的勃兴提供了有利条件。民族歧视政策使得汉族文士有更多的时间和精力致力于琴棋书画，并借以寄情抒怀。王韶华《元代题画诗研究》一书认为，元代题画诗兴盛与元人文人普遍地对自然精神的追求相关，也与元代书法的普及、奎章阁等文化机构的书画鉴定与收藏活动有关，更与元代南方地方经济与文化的发达密不可分。② 一些著名书画家都出身江浙，"这里有广泛的市场需求：普通市民附庸风雅，喜爱这种诗书画'三绝合一'的形式；富贵人士热衷收藏，常常邀请文人为藏画题诗作跋；江浙文人热衷雅集，书画鉴赏是其活动的主要内容之一"③。民间艺术氛围浓郁，促进了诗书画的蓬勃发展。

据清陈邦彦辑《御定历代题画诗类》统计，元代不足百年间就产生了近3 800 首题画诗，这是历代题画诗最多的。查洪德先生的《元代文学通论》对此有详细的统计，可参考。④ 涉足这一领域的人士，既有鼎鼎大名的画家，也有诗人兼画家，也有受世风所染的诗人。"元代大文人鲜有不会作画者，赵孟頫、王冕、倪云林等是元代著名的作家、诗人，又是第一流的大画家，诗文家杨维桢、张雨、虞集、柳贯等亦皆善画。元代几乎所有的画家都有诗文集存世……没有任何一个时代像元代这样，诗人和画家的关系那样亲密。"⑤画家与诗人跨界融合，为元代题画诗兴盛奠定了基础。

---

① （明）胡应麟：《诗薮》外编卷六《元》，中华书局 1958 年版，第 231 页。
② 王韶华：《元代题画诗研究》，中国传媒大学出版社 2010 年版，第 10—32 页。
③ 孙小力：《元明题画诗文初探——兼及"诗画合一"形式的现代继承》，《上海大学学报（社会科学版）》2005 年第 1 期，第 37 页。
④ 参见查洪德《元代文学通论》，中册，东方出版中心 2019 年版，第 719 页。
⑤ 陈传席：《中国山水画史》（修订本），天津人民美术出版社 2001 年版，第 235 页。

　　诗与画"同频共振"是元代题画诗大量出现的重要原因。题画诗讲究"诗情画意",这种境界的形成,与诗人兼画家的身份相关。他们追求画境的诗意美,在画境的营造中偏爱"以前人诗境入画",营造具有"诗情画意"的艺术胜境。黄公望对王维诗歌意境推崇有加,其在《王维秋林晚岫图二首》序:"王右丞生平画卷所称最者,唯《辋川》《雪溪》《捕鱼》等图耳。吾意以为绝响,不谓太朴于中州友人家又得此卷,而用笔之妙,布置之神,殆尤过焉。固知右丞胸中伎俩未易测识,而千奇万变,时露于指腕间,无穷播弄,岂非千载一人哉！置之案头,临摹数过,终未能得其仿佛。漫书短句,并识而归之。"①又如《题李成所画十册》是一组对李成画作的评论诗,其序云:"李咸熙画,清远高旷,一洗丹青蹊径,千古一人也。今见善夫先生所藏十册,不觉心怡神爽,正如离尘埃而入蓬壶矣。赏玩之余,并赋十诗。"②包括《夏山烟雨》《山人观瀑》《江干帆影》《蜀山旅思》《秋山楼阁》《翠岩流壑》《山市霜枫》《雪溪仙馆》《仙客临流》《秋溪清咏》,极富诗情画意。虞集《题柯敬仲杂画十首》《题饶世英所藏钱舜举四季花木》、陈旅《题陈氏潇湘八景图》、萨都剌《题四时宫人图四首》、揭傒斯《题王山仲所藏潇湘八景图卷走笔作八首》、宋无《唐人四马卷四首》、吴镇《题竹二十二首》等题画组诗,无不如此。

　　中国文化有一种倾向,即不同的文学艺术形式趋向于"和",彼此间互相渗透融合,如在诗画领域中的"诗中有画,画中有诗"。清人叶燮说:"故画者,天地无声之诗;诗者,天地无色之画。"③在元代,"墨戏"是文人抒情寄意的一个重要渠道和方式,文人绘画不再追求逼真形似,只为写心抒怀。另一方面,亦将自己欣赏的诗歌趣味渗透到绘画之中。如米万钟题《元倪云林山水轴》云:"客有持桐露轩小幅索题,展阅之清气逼人,真画中之诗也;诵'微云淡河汉,疏雨滴梧桐',又诗中之画也。此联此画真千古绝响。"④

　　元代题画诗并不满足于以诗入画、再现画境的层次,而是将视线投向更高的精神层面,体现出独特的美学思想。邓文原《题危太朴藏荥阳郑虔画秋峦横霭图二首》其一云:"郑君胸次有江山,应识区区只一斑。山色空濛斜日里,郁林遥指碧云间。"⑤指出郑虔山水画思致清幽、意境深远的美学风格,根本原因在于其胸中"自有丘壑"。王冕酷爱梅花,其《梅花六首》《题画梅

---

①　杨镰:《全元诗》,第23册,中华书局2013年版,第43页。
②　同上,第44页。
③　(清)叶燮:《己畦集》卷八《赤霞楼诗集序》,四库全书存目丛书,齐鲁书社1997年版,第85页。
④　(清)潘正炜:《听帆楼续刻书画记》卷上,《中国书画全书》,第17册,上海书画出版社2009年版,第18页。
⑤　杨镰:《全元诗》,第19册,中华书局2013年版,第21页。

二首》无不借梅言志。顾嗣立诗后注云："按张辰作《王冕传》云：'君善写梅花竹石，士大夫皆争走馆下，缣素山积，君授笔立挥，千花万蕊，成于俄顷。每画竟则自题其上，皆假图以见志云。'"①又如舒頔《题清湘秋景二首》序云："昔人云：诗是有声画，画是无声诗，善模写诗与画者之辞。然一丘一壑，出自肺腑，肆于笔端，不自知其神也。矧萧萧洒洒，奇奇怪怪，非深得意趣之妙不可及。友人汪允中以《清湘图》寄示，予观沧江白石，茂林修竹，仿佛昔客湘中时景。江浒小艇，坐紫衣，横玉箫，呜呜怨诉，又不知谁氏子？意岂乱离后，睹此佳致，有声二首，敬书以归。"②画以写情，诗以写心，作画与写诗同，都是情感的宣泄或抒发。吴镇则借竹表意，其晚年画竹，一竿劲挺，竹叶不多，笔力苍劲简率，气势奔放。其《画竹十二首》，纯用议论笔调写成，作者将自己画竹的体会和对画竹的见解写成了题诗，传达出独特的美学思想。

　　在元代诗人、画家共同努力下，将诗画融通推进到一个崭新的高度，留下了许多充分体现诗画艺术融通规律的绘画和题画诗，有研究者指出："有元一代，题画诗真正成为一种具有独立价值的诗歌样式，为窘困中的元代诗坛找到了一条生存与发展的道路。"③在元代隐逸之风盛行，隐逸之情已大众化和世俗化的背景下，大量题画诗清逸绝俗的气质，为元诗注入了前所未有的清逸之气。

第七节　八景文化的推波助澜

　　八景诗是元代组诗园地中的一朵奇葩，元代浓厚的隐逸之风与造园艺术的成就，为八景诗的兴盛奠定了坚实的基础，传统文化与民间传说则丰富了八景诗的文化内涵。

　　传统儒释道文化体系中，均有含"八"的吉祥之物。如忠、孝、仁、爱、信、义、和、平，被誉为"儒家八德"；葫芦、团扇、宝剑、莲花、花笼、鱼鼓、横笛、阴阳板，被尊为"道家八仙"；华盖、雨伞、花鱼、海螺、瓶、莲荷、转轮和无穷结，被奉为"佛教八宝"。在《易经》"八卦"中，每一卦形代表一定的事物：乾—天，坤—地，坎—水，离—火，震—雷，艮—山，巽—风，兑—泽。这八种天象，同样有阴阳和谐之意。

---

① （清）顾嗣立：《元诗选》，二集下，中华书局 1987 年版，第 957 页。
② 同上，第 1109 页。
③ 王韶华：《元代题画诗研究》，中国传媒大学出版社 2010 年版，第 219 页。

这种"天人合一"的时空观是八景文化产生的哲学基础。张廷银认为："'八景'一词最初是道教概念,一指人的眼、耳、鼻、口、舌等主要器官……另一指八个最佳行道受仙时间里的气色景象。这八个时间分别是立春、春分、立夏、夏至、立秋、秋分、立冬、冬至,而与之对应的八景则分别是元景、始景、玄景、灵景、真景、明景、洞景、清景。"①前者指人的生理器官,即道家所谓"八门",是人身所具有的门户,供"神气"出入;后者指道教修行达到一定层次时出现的"心灵境界",是一种时空统一的心灵景象。从这个意义上讲,所谓"八景"并非是纯粹的景观并置,而是"空间景观"与"心理体验"相结合的产物。宋人将这种感官体验推向审美境界,奠定了"潇湘八景"的文化原型。

元朝是八景组诗的发展期,共有 110 人创作了 154 组八景诗(见附录三)。元代八景诗映现着传统文化和地方文化对诗歌的影响,折射着文人独特的生活方式与审美趣味。具体来说有如下几方面:

一是崇尚自然的山水文化传统。古代文化传统中对自然的挚爱,为"八景"文化的形成奠定了情感基础。"我国有悠久的山水文化传统,无论是早期的名山祭祀、孔子的'山水比德'、道家的'道法自然',还是魏晋山水审美和游观的兴起,以及隋唐山水诗歌的兴盛,都表现了对自然山水的崇拜和歌咏。在我们的传统文化中山水文化具有相当重要的地位,自然山水不只是观赏、游览的物质空间,而且还往往带有一定的感情色彩,甚至隐含着人的精神、道德、情操,正所谓'山水有深情',从而又成为人们寄托情感和理想的精神空间。"②文人在游玩山水的过程中,借助诗画,赋予自然山水以智仁的道德意义和悟道的途径,将自然内化为人的精神世界,以此实现人与自然的和谐统一。

二是地方文化的历史记忆。"八景"产生具有十分浓厚的文化创造意味,与乡贤的惠识相关。清人罗钟也在《凤山十景记》中说:"十景之在天地间久矣,幸遇贤士鉴别而归之于诗于记,庶免芜没于草莽。"③从这个意义上说,乡贤赋予了八景的灵魂与生命。所有"八景"无一不与地方历史文化记忆相关,从而积淀为"集体无意识"和浓郁的乡情,成为"家乡记忆"的一部分。"八景从最初的精英(文人墨客、乡绅仕宦)审美逐渐演化为一种集体

---

① 张廷银:《传统家谱中"八景"的文化意义》,《广州大学学报(社会科学版)》2004 年第 4 期,第 40—41 页。

② 赵夏:《我国的"八景"传统及其文化意义》,《规划师》2006 年第 12 期,第 89—90 页。

③ (清)陶成福纂修,《浦阳陶氏宗谱》,黄灵庚,陶诚华主编:《金华宗谱文献集成》第十三册,上海古籍出版社 2013 年版,第 62 页。

意识,这在客观上又充当了地方认同和情感纽带的重要媒介,并酝酿和培育了以此为依托的深入人心的地方记忆。"①这种文化记忆,强化和赋予地方某种相对稳定的景观意象。如"青州八景"之"范井甘泉",会让我们想起范仲淹亲自汲水制药,制止民间疫情一事,饱含着青州人民对这位伟大的政治家和文学家的深深敬意。"西湖十景"之"三潭映月""苏堤春晓",又令人回忆起美丽的西湖传说及人文轶事。"越州十景"之"兰亭修禊",则让人联想起当年王羲之等人的文会雅集、诗酒风流。凡此等等,不一而足。

三是文人生活方式的曲折映现。文人仕途不达时,往往寄情于山水,选取有典型意义的自然景观或人文胜迹等来表达自己的思想情感,像夕照、晓月、春云、秋风、烟树、残雪、断桥、渔帆、落雁、古渡、晚钟等意象常为文人所钟情,并凝结为八景诗中的"原型意象"。文人创作的八景组诗"所营造的意境多具有淡雅、朦胧,或寂寥、凄切,或幽远、疏阔,或宁静、祥和的美学特征,多用来表达孤独、犹豫、失落、哀婉与淡泊的心境,折射文人士大夫田园牧歌的生活理想与自在隐逸处世观念"②。王毅《中国园林文化史》指出:"明白了隐逸文化在中国封建社会结构中的作用和地位,也就可以知道中国古典园林发达的原因。因为园林(亦即充满自然气息的居住环境)既是士大夫隐逸的基本条件,也是隐逸文化全面发展的基础。就前一点来说,园林艺术的成熟与士大夫隐逸之风的发展是互为表里的,在刘安《招隐士》描写的那种晦冥阴惨的环境中,隐逸文化绝不可能达到社会机制所需要的发达程度;反过来,没有士大夫阶层对自己相对独立地位的追求,中古以后园林艺术的发展也就失去了最主要的动因。"③换言之,自然美中孕育着社会美,对传统文化的接受也成为士人亲近自然、赞美自然的根本原因。

元代八景诗呈现出新的变化,以城市为中心的八景诗,如《方城八景》《神京八景》《杭州八景》《桂林八景》《静安八咏》《维扬十咏》等,层出不穷,成为城市景观文化的标志,这是八景在历史上一次重要的转型。

---

① 赵夏:《我国的"八景"传统及其文化意义》,《规划师》2006年第12期,第90页。
② 任唤麟:《八景文化的旅游学分析》,《旅游学刊》2012年第7期,第37页。
③ 王毅:《中国园林文化史》,上海人民出版社2014年版,第263页。

第三章　元代组诗的题材范型

元代组诗在总结前代艺术经验的基础上有了新的突破。从出现频率看，以咏物组诗、抒情组诗、咏史组诗、纪行组诗、议论组诗占比最高。其中，题画组诗数量巨大，是咏物组诗中的"新贵"。

第一节　元代咏物组诗

咏物是一种古老的诗歌题材，既能传神写照，又能寄意遥深，历来深受文人喜爱。清人俞琰《咏物诗选》序云："咏物一体，以穷物之情，尽物之态。而诗学之要，莫先于咏物矣。古之咏物者，其见于经，则'灼灼'写桃华之鲜，'依依'极杨柳之貌，'杲杲'为日出之容，'瀌瀌'拟雨雪之状。此咏物之祖也，而其体犹未全。至六朝，而始以一物命题。唐人继之，著作益工。两宋、元、明承之，篇什愈广。故咏物一体，《三百》导其源，六朝备其制，唐人擅其美，两宋、元、明沿其传。其佳者，往往拟诸形容，象其物宜，不即不离，而绘声绘影。学者读之，可以恢扩性灵，发挥才调。"[1]对咏物诗发展轨迹和阶段特征勾勒非常准确，将咏物诗分为"穷物之情"与"尽物之态"两类，指出好的咏物诗应该"拟诸形容"并有"恢扩性灵"之效，也得到了学界广泛的认同。

当代学者李定广先生在《论中国古代咏物诗的演进逻辑》一文指出，我国古代咏物诗的发展阶段：最早是"比兴体咏物诗"，后变为"赋体咏物诗"，再变为"赋比兴结合体咏物诗"，最后变为"论体咏物诗"[2]。从创作范式的变化，梳理了咏物诗发展的历程，提出了"三变""四式"说，很有见地。

---

[1]　（清）俞琰、长仁选编：《咏物诗选》自序，成都古籍书店1987年版，第2页。

[2]　李定广：《论中国古代咏物诗的演进逻辑》，《中山大学学报（社会科学版）》2015年第4期，第19页。

咏物一体肇始于先秦,但直到东汉晚期,诗体未备。到齐梁时期,咏物之风始盛。隋代之前,所有咏物诗加起来只有 721 首①,影响有限。以组诗形式咏物始于南朝,据逯钦立《先秦汉魏南北朝诗》统计,共有两组,一是鲍照《咏双燕诗二首》,另一是陈叔宝《七夕宴宣猷堂各赋一韵,咏五物,自足为十,并牛女一首五韵物次第用,得帐、屏风、案、唾壶、履》共五首。前者借咏"双燕"传达自己仕途艰难和所处环境的险恶,沿屈原《橘颂》之路,强调"穷物之情",托物言志;后者应宴会唱和之作,题下注云:"座有陆琼、傅纬、陆瑜、姚察等四人。"②沿荀子《赋篇》而来,强调"尽物之态"。总体而言,齐梁咏物诗除"征故实,写色泽,广比譬,虽极镂绘之工,皆匠气也"③。

唐代咏物诗不仅数量激增,且艺术上取得长足发展。所谓"唐人擅其美",指唐代汇聚了咏物诗所有的艺术经验,奠定了咏物诗的审美范型。李峤《杂咏诗》创唐代咏物组诗规模最高纪录,以图形写貌为能事,是赋体咏物诗的巅峰之作。陈子昂、张九龄的《感遇》,寄慨深婉,遂启唐音。杜甫咏物诸篇,托意深婉,比兴多端,确立了咏物诗重比兴、主寄托的审美范型,李商隐、李贺等晚唐诗人,深化了比体咏物组诗艺术经验。正如王夫之所称"至盛唐之后,始有即物达情之作"④,所言不虚。

宋代咏物诗获得了进一步发展,欧阳修、苏轼、黄庭坚等,创作了大量的思想性和艺术性兼顾的咏物组诗。"唐宋两朝,则作者蔚起,不可以屈指计矣。其特出者,杜甫之比兴深微,苏轼、黄庭坚之譬喻奇巧,皆挺出众流。其余则唐尚形容,宋参议论,而寄情寓讽,旁见侧出其中,其大较也。"⑤宋代承李峤"百咏"传统,创作大量的"一题百首"的咏物诗,如丁谓《青衿集》堪称典型。对此,程杰先生批评道:"入宋后士人夸尚文才,始多百首之咏……此类百题,多为一地故事遗迹和山川风土等历史、地理的集锦式组咏,由于所咏内涵丰富,一景一题或一事一题,弥足展衍罗陈。"⑥总体而言,宋代咏物组诗在艺术技巧上有所发展,在审美范型上也有新的突破。方岳《牡丹多不开花二首》《观荷五首》、苏轼《书鄢陵王主簿所画折技两首》、朱熹《小均四景诗四首》、陆游《荷花二首》、陈与义《秋怀四首》《次韵秦少游春秋野图二首》等,借咏物以明理,均表达了具有诗意的"理趣",异于唐诗。

---

① 兰甲云:《简论唐代咏物诗发展轨迹》,《中国文学研究》1995 年第 2 期,第 67 页。
② 逯钦立辑校:《先秦汉魏南北朝诗》,下册,中华书局 1983 年版,第 2516 页。
③ (清)王夫之:《薑斋诗话》卷下,(清)王夫之等撰,丁福保辑:《清诗话》,上册,上海古籍出版社 2015 年版,第 21 页。
④ 同上。
⑤ (清)永瑢等:《四库全书总目》卷一六八,下册,中华书局 1965 年版,第 1453 页。
⑥ 程杰:《宋代咏梅文学的盛况及其原因与意义》上,《阴山学刊》2002 年第 1 期,第 30 页。

元代文人特别喜欢写咏物诗,杨镰先生说"咏物诗,是元诗的一个重要类别,是'同题集咏'中具有广泛基础的一类"①。这一点从《元文类》《元诗选》《天下同文集》《佩文斋咏物诗选》《咏物诗选》等大型的总集、选集中多选元代咏物诗可证。据杨国荣博士考证,元代有咏物诗近 7 500 首,②这样的体量已超唐代,可与宋代比肩。

元代咏物诗兴盛之因,除诗歌自身传承外,外部因素主要有二:一是交际功能的驱动,另一是政治环境的影响。文人们常以诗唱和,无论是馆阁文臣还是在野文人,或于玉堂中品评书画,或于扈从途中赞美异域风物,或于山崖水涘,与花鸟虫鱼相伴,都会赋诗咏物,以呼朋引类。从政治环境言,由于元代种族歧视根深蒂固,许多诗人不同程度地受到政治斗争的冲击,宦海沉浮,借咏物以抒情言志就成为一种比较保险的形式。如王冕歌颂梅花的冰清玉洁,目的是"展示自己高尚的节操"③。郭豫亨《梅花字字香》中将咏梅与"北人南来"的现实结合起来,以表达"幽香高格,耽寂避喧"之意。这些咏梅兰竹菊的诗中,常常寄寓着在宦海浮沉、遭遇挫折的人生体验。特别是汉人、南人群体中,尤为突出。

元代咏物组诗共有 3 415 首(见附录四),以七律为主,其次是七绝。咏物范围很广,覆盖植物、动物、器物、食物、天文、题画等不同领域。植物类数量最多,以咏梅为最,反映了宋代以来文人士大夫的"恋梅"情结。动物类题材集中于飞禽类、虫类和走兽类,以禽言体尤为特别,传达了作者对社会的不满。器物类题材包括为生活器具、古物珍玩与书房之物和生产农具,既反映了元代文人生活的雅趣,又彰显了元代农业文明的风采。食物类细分为二:一是上都饮食类,二是江南饮食类,反映元代"混一海宇"的多元饮食格局。天文类如日月、风雨、雷电、云雾、霜雪等气候现象。题画咏物类,数量更多,有专章介绍,此不赘述。

虽说元代咏物组诗并未有大的突破,俞琰所说"唐人擅其美,两宋、元、明沿其传"盖指此。但仍有几点值得关注:一是赋体咏物诗规模巨大,留下了大量的百咏组诗。专咏一物的,如冯子振《梅花百咏》、释明本《和冯子振〈梅花百咏〉百首》、韦珪《梅花百咏》、郭豫亨《梅花字字香》、毛宗文《梅花二百咏》(原诗已佚)、陈公哲《梅花百咏》、张逢辰《菊花百咏》、张广员《咏竹诗集》;咏一类多属的,如董嗣杲《百花诗》、胡仕可《草木歌括》八卷,王祯

① 程杰:《宋代咏梅文学的盛况及其原因与意义》上,《阴山学刊》2002 年第 1 期,第 632 页。
② 徐国荣:《元代咏物诗研究》,博士学位论文,上海大学 2014 年,第 25 页。
③ 吴组缃、沈天佑:《宋元文学史稿》,北京大学出版社 1989 年版,第 382 页。

《农具图谱》等；泛咏多类的，如郭居敬《百香诗》分咏人工器具、飞禽走兽、饮食衣饰、风雅之物、花木之赏等类。谢宗可《咏物诗》是元代唯一一部咏物诗专集，共收组诗 106 首①，分人工器物、自然天象、动植物与题画四类。清人朱庭珍《筱园诗话》卷二称："自宋后，才不逮古，偏好以多为贵，动作连章，呶呶不休，殊可厌也。……甚至咏物小题，亦多至数十首，且有至百首者……绝无意境、气格、篇法，但点缀辞藻，裁红剪翠，饾饤典故，征事填书，虽字句修饰鲜妍，究无风旨，亦终不免重复敷衍，虽多亦奚以为！"②批评元代咏物诗已沦为羔雁之具，唯求摹写之工，动辄百首，毫无唐诗的意境章法。

二是"同题共咏"成为咏物组诗一个重要的创作方式。如"胡氏杀虎"同题共咏，"元明清三朝有 27 位文人同题集咏此事，其中 21 人题诗，得诗 23 首，7 人撰文，其中王恽一人既写诗又撰文。时间跨越元明清三朝，此事的影响一直持续到晚清。"③杨镰先生《元诗史》论"同题集咏"所涉及的咏物类有梅花百咏、咏百花、地方风物、题画等，将同题共咏推向高潮。

三是元代咏物题材出现了新变化，草原生活物品成为"新宠"。草原特有的飞禽走兽如雁、鹰（海青）、虎、天马、白翎雀等，草原特有的饮食，如西瓜、海红果、沙果、巴榄仁、地椒、嘉鱼、黄羊、地椒羊、汗酒、黄鼠、粔面、芦菔、牛酥、马奶酒、水晶盐（糖）等，也常常出现在文人咏物诗中，这是此前不曾有过的现象。此种情形也只有在"混一天下"的大元帝国版图中方能见到。

元代咏物组诗并未摆脱唐宋藩篱，受"宗唐复古"思潮影响，元代咏物组诗除"论体咏物诗"不发达外，"赋体咏物组诗""比体咏物组诗"和"兴体咏物组诗"均有不俗的表现。

一、赋体咏物组诗

赋体咏物诗强调图形写貌，注重细节刻画，以描摹物态为主，无所寄托。此类咏物组诗数量众多，是元代咏物组诗的主体。

西域佛郎国进献天马，是元廷至正年间的大事。至正二年（1342）七月，"佛郎国贡异马，长一丈一尺三寸，高六尺四寸，身纯黑，后二蹄皆白"④。周伯琦《天马行应制作》序对此有详细介绍："至正二年岁壬午，七月十有八

① 谢宗可《咏物诗》现存两个版本，一是《四库全书》本，一卷，共存诗 106 首；另一是乾隆冰丝馆刻本，二卷，存诗 372 首。

② （清）朱庭珍：《筱园诗话》卷二，郭绍虞编选，富寿荪校点：《清诗话续编》，下册，上海古籍出版 1983 年版，第 2353—2354 页。

③ 李文胜：《元诗同题集咏中的诗文图共存及其文学史意义》，《江西社会科学》2017 年第 7 期，第 101 页。

④ （明）宋濂等：《元史》卷四〇《顺帝三》，中华书局 1976 年版，第 864 页。

日,西域佛郎国遣使献马一匹,高八尺三寸,修如其数而加半。色漆黑,后二蹄白。曲项昂首,神俊超越,视他西域马可称者,皆在髃下。金辔重勒,驭者其国人,黄须碧眼,服二色窄衣,言语不可通,以意谕之,凡七渡海洋,始达中国。是日,天朗气清,相臣奏进。上御慈仁殿,临观称叹。遂命育于天闲,饲以肉粟酒湩,仍敕翰林学士承旨臣巎巎,命工画者图之,而直学士臣揭傒斯赞之。盖自有国以来,未尝见也,殆古所谓天马者邪!"①为了让众人一睹为快,也为了让天马永驻人间,元廷特请周朗和道士张彦辅来作画。此后,文人同题共咏"佛郎天马"画成为热潮。如郭翼《天马二首》诗云:

> 佛郎献马真龙种,六尺之高修倍之。图画当今属周朗,歌诗传昔敕
> 傒斯。空闻市骨千金直,不羡穷荒八骏驰。有客新来闻此事,与君何惜
> 滞明时。(其一)
> 四年远涉流沙道,筋骨权奇旧肉骔。晓秣龙堆寒瘗雪,晚经月窟怒
> 追风。汉文千里知曾却,曹霸丹青貌不同。拂拭金鞍被来好,幸陪天厩
> 玉花骢。(其二)②

诗中交代了佛郎天马的来历不凡及形状的高大伟岸,回忆了天马被贡元廷后,顺帝下令揭傒斯作赞、周良作画的盛况。"图画当今属周朗,歌诗传昔敕傒斯"句即指此。"晓秣龙堆寒瘗雪,晚经月窟怒追风"则盛赞佛郎天马的神奇,非同凡响。歌颂元廷"怀德以远",佛郎国主动来献天马。"不羡穷荒八骏驰""幸陪天厩玉花骢"等句,也表达了对"天马"养尊处优的担心。

曹文晦《咏十器诗》以"新山别馆"中的器物为吟咏对象,分龟壳冠、虾须杖、鹤骨笛、猪毫笔、雉尾帚、鹳子杯、鹅毛褥、虎头枕、雁羽扇、鱼魿屏十物,或借助典故,或直述其事,形象再现了器物的特点,反映了作者雅尚萧散、不求仕进、痴迷于诗的习性。顾嗣立《元诗选》评道:"按辉伯《咏十器》诗,如《龟壳冠》云:'刳肠难脱豫且网,留骨堪为子夏冠。'《猪毫笔》云:'鼠须过晋今无用,兔颖封秦亦不如。'《雉尾帚》云:'当时照眩水中影,今日扫空堂上尘。'《鹳子杯》云:'小槽酒滴清光透,老瓦盆空饮兴多。'《虎头枕》云:'顾家曾识将军号,华岳堪供处士眠。'句亦刻画肖题,而全首殊欠雅驯。"③顾氏分析不无道理,故《元诗选》仅录其半。

---

① (元)周伯琦:《近光集》卷二,《景印文渊阁四库全书》,第 1214 册,台北商务印书馆 1986年版,第 520 页。
② 杨镰:《全元诗》,第 45 册,中华书局 2013 年版,第 453 页。
③ (清)顾嗣立:《元诗选》,二集下,中华书局 1987 年版,第 997 页。

　　元末诗人刘崧深得赋体咏物之精髓,其《题四时花木四首》是一组五绝咏物诗。作者选择春天的杏花、夏天的石榴花、秋天的芙蓉花、冬天的山茶花为对象,绘声绘色以"穷物之态",具有传神写照之效。《北平十二咏》是作者任北平按察使时所作,描绘了北平地区独特的特产。这里有核桃、榛子、巴丹等坚果,有香水梨、红瓤瓜、御黄子等水果,有盘松、偃槐、马蔺子等植物,也有韭黄等蔬菜,还有塞北特有的慈乌、黄鼬等动物。直陈其事,肖形状物,反映了南方人对北平奇异风物发自内心的赞美。许有壬《上京十咏》,同属此类。组诗咏赞上京地区的十种特产:秋羊、马奶子酒、粆面(掺面)、黄羊、芦菔(萝卜)、黄鼠、地椒、白菜、韭花、沙菌等,一诗咏一物,让人感受扑面而来的塞北风情。

　　赋体咏物组诗以谢宗可《咏物诗》和王祯《农器图谱》中农具组诗规模最大,也最为典型。《咏物诗》数量达百余首,分器物、天象、动物、植物、食物等类型。四库馆臣评道:"宗可此编,凡一百六首,皆七言律诗。如不咏燕、蝶,而咏睡燕、睡蝶,不咏雁、莺,而咏雁字、莺梭。其标题亦皆纤仄,盖沿雍陶诸人之波,而弥趋新巧。"①指出了谢宗可在标题上追"新"逐"奇",深陷"着题格"之弊端。沈德潜批其"胸无寄托,笔无远情,如谢宗可、瞿佑之流,直猜谜语耳。"②这些观点很有代表性。无论是追求标题之"奇",还是摹写刻画"妙",都改变不了其"诗家小品"③的命运。

　　王祯《农器图谱》中附录了240首农具诗,分田制、耒耜、钁臿、钱镈、铚艾、杷杴、蓑笠、蓧蒉、杵臼、仓廪、鼎釜、舟车、灌溉、利用、粜麦、蚕缲、蚕桑、织纴、纩絮、麻苎二十门类,覆盖农耕生活的方方面面,集中展现了元代农具的形制、功能及效果,构成了一部元代农具诗史。如《耢马》诗:"尝见儿童喜相迓,抖擞繁缨骑竹马。今落田家耢具中,仿佛形模悬跨下。头尻微昂如据鞍,腹胁中虚深仰瓦。乘来垄上敛裳裳,借足于人宽两髁。初无鞭辔手不施,只有丛荒常满把。"④以儿童所骑竹马来形容耢马的形状与功能,形象贴切又富情趣。《砺礋》诗:"他山有奇石,镌凿烦良工。制成三尺余,篿轴旋其中。齿齿铓锷坚,就彼破块功。一转土膏润,再转春泥融。辐辘复辐辘,妙用终无穷。遄观万顷绿,粼粼漾春风。"⑤诗中形象地展示了砺礋的质料、

――――――――――

① (清)永瑢等撰:《四库全书总目》卷一六七,下册,中华书局1965年版,第1453页。
② (清)沈德潜:《说诗晬语》,人民文学出版社2005年版,第245页。
③ (清)永瑢等撰:《四库全书总目》卷一六七,下册,中华书局1965年版,第1453页。
④ (元)王祯著,缪启愉、缪桂龙译注:《农书译注·农器图谱集》,下册,齐鲁书社2009年版,第484页。
⑤ 同上,第441页。

形制和"妙用终无穷"的功能。《砘车》诗:"以砘为车古未闻,字因义取石从屯。斫成璧月云根老,动殷春雷陆地喧。势藉机衡圆转力,辙循种土发生原。"①诗中对砘车名称、材质、使用原理及作用均作了形象说明。《磟碡》诗:"木石非异名,大小惟一致。机栝内圆转,觚棱外排峙。登场脱稃穗,入塥均块滓。物用随所宜,人兮胡不尔?"②磟碡是碾打器,然北方多以石,南人用木,主要用于破垡平田,压声脱粒。诗中描述其形状,揭示其功用,以及由物而生的感慨。《瓠种》诗:"休言瓠落只轮囷,一窍中藏万粒春。喙舌不辞输泻力,腹心元寓发生仁。"瓠种是下种器,"乃穿瓠两头,以木篗贯之,后用手执为柄,前用作嘴,瓠嘴中草莛通之,以播其种"③。其诗形象地介绍了瓠种的形制和播种过程。从上述农具诗可见,作者以通俗、形象的语言介绍农具的性能,目的是"劝农",方便农民操作。

强调农具功效,吸引农民使用农具以提高生产效率,是王祯宣传《农具图谱》的目的之一。如《筒车》诗中"像龙唤不应,竹龙起行雨。联绵十车辐,咿轧百舟橹。转此大法轮,救汝旱岁苦……老农用不知,瞬息了千亩",使人免受"足茧腰背偻"④之苦。《麦钐》诗中"利刃由来与铍同,岂知艾麦有殊功。回看万顷黄云地,不用钩镰卷已空"⑤,诗人用极其夸张的诗句渲染出麦钐的高效。《铍》诗中"摩地宁论草与禾,云随风卷一劂过。田头曾听农夫说,功比钩镰十倍多"⑥,都极言其效率之高,与麦钐相似。《耧锄》诗中"朝来暮去供千垅",动力上却仅限一牛,工作效率十分可观,以至于"'无田甫田'休尽信,骄骄惟莠并无忧"⑦。大纺车、丝线纺车工作效率更为可观,"可代女工兼倍省"(《大纺车》)⑧。筒车借助水力,"神机日夜连,甘泽高下普。老农用不知,瞬息了千亩"(《筒车》)⑨,辊轴则可以使稻田荒秽和稻苗,"都入机衡辊碾中",产生"一番泥滓重加熟,几倍薅耘可并功"(《辊轴》)的效果⑩。辊辗可以"顿教粒食从今易,别转礶车疾似飞"(《辊辗》)⑪,

---

① (元)王祯著,缪启愉、缪桂龙译注:《农书译注·农器图谱集》,下册,齐鲁书社 2009 年版,第 445 页。
② 同上,第 440 页。
③ 同上,第 446 页。
④ 同上,第 635 页。
⑤ 同上,第 693 页。
⑥ 同上,第 496 页。
⑦ 同上,第 476 页。
⑧ 同上,第 798 页。
⑨ 同上,第 635 页。
⑩ 同上,第 509 页。
⑪ 同上,第 569 页。

水排"熟石既不劳,熔金亦何易。国工倍常资,农用知省费"(《水排》)①。
凡此种种,形象地展示了农具功效,作者的"重农"之心、悯农之情溢于言表。

元代赋体咏物诗,咏风霜雨雪、鸟兽虫鱼、花卉竹木、农具器物等,选题
更加生活化和琐细化,多纯粹描摹物象,虽状物之形,尽物之态,终究摆脱不
了匠气。对此,有研究者认为:"元代咏物诗,在其写作特色上,重归其体物
本质,兴寄少而单纯赋物多。这固然在某种程度上减少了咏物诗的情感内
涵,减弱了诗歌打动人心的力量,但究其本质,则是对咏物诗这一诗体的回
归,随着各种诗体与诗题创作倾向、特征的日愈清晰与细化,咏物诗的创作
必然是日渐突出其体物特色。而自唐以后咏物诗的整体发展特征也说明了
这一点。"②可以说,重视"体物",回归本来,正是元代大型赋体咏物诗的共
同特征,成败皆由此。

二、比体咏物组诗

比体咏物诗强调借物抒情、托物寓志。重点不在"物"而在"情"或
"志"。诗人常采用比喻、象征、双关等修辞手法,借助所咏之"物"的特征展
开联想,以达到抒情言志目的。欧阳修《梅圣俞诗集序》称:"凡士之蕴其所
有而不得施于世者,多喜自放于山巅水涯,外见虫鱼、草木、风云、鸟兽之状
类,往往探其奇怪。内有忧思感愤之郁积,其兴于怨刺,以道羁臣、寡妇之所
叹,而写人情之难言。"③特别是衰世末运,诗人感慨良多,寓情于物的咏物
诗尤为兴盛。

由"形似"到"神似"是咏物诗的一大飞跃。沈德潜在《说诗晬语》
中说:"咏物,小小体也,而老杜《咏房兵曹胡马》则云:'所向无空阔,真
堪托死生'。德性之调良,俱为传出。郑都官《咏鹧鸪》则云:'雨昏春
草湖边过,花落黄陵庙里啼。'此又以神韵胜也。"④指出"神韵"是咏物诗
致胜境的关键。王士祯《带经堂诗话》亦云:"咏物之作,须如禅家所谓不
黏不脱、不即不离,乃为上乘。"⑤既要体物肖形,还要传神写意,方可登堂
入室。

咏物抒怀,由形及义,由物及人,是为得"体"。作者身置物中,使所咏之

---

① （元）王祯著,缪启愉、缪桂龙译注:《农书译注·农器图谱集》,下册,齐鲁书社2009年版,
第668页。
② 徐国荣:《元代咏物诗研究》,博士学位论文,上海大学2014年,第126页。
③ （宋）欧阳修:《梅圣俞诗集序》,曾枣庄、刘琳主编:《全宋文》卷七六,第34册,上海辞书
出版社、安徽教育出版社2006年版,第52页。
④ （清）沈德潜:《说诗晬语》,人民文学出版社2005年版,第245页。
⑤ （清）王士祯:《带经堂诗话》卷一二,上册,人民文学出版社1982年版,第305页。

物"皆著我之色彩",让读者产生强烈的共鸣。如郭翼《和李长吉马诗十二首》名为"唱和",其实质乃借"他人酒杯浇心中块垒"。通过对马的咏赞,传达了自己的壮怀和悲愤,在"物我"比照中,寄托了诗人深愤浩叹。"龙性非凡质,腾波出紫云"(其四),"霞口镂金勒,霜蹄削玉寒"(其五),"天马谁能驭,和鸾驾紫微"(其十),"骥子大宛种,房星夜降精"(其十二),作者借赞美骏马驰骋疆场的雄姿,寄托了建功立业的豪情壮志。又如:

> 騄骥连钱动,金鞍镂玉羁。无人寻穆满,借与阆风骑。(其一)
> 肉礌锦缠鬃,流云汗似红。太平无战伐,骏騄走沙蓬。(其二)
> 龙性非凡质,腾波出紫云。檀溪飞过日,应识汉将军。(其三)
> 龙印留官字,霜花剥暗毛。长鸣愁顾影,只忆九方皋。(其四)
> 瘦骨如山立,临流饮渴虹。谁怜中道弃,苜蓿老秋风。(其六)①

其一,写骏马无人赏识,空有高贵的品质,抒发怀才不遇的愤慨。其二,言汗血宝马,本应驰骋疆场,然而"太平无战伐",只落得"骏騄走沙蓬"的结果,有生不逢时之憾。其三、其四,以"腾波出紫云""龙印留官字,霜花剥暗毛"等,喻骏马非凡气质;用李将军、九方皋之典,寓渴望建功立业,却因无伯乐而坐失良机之意。其六,以"瘦骨""老秋风"状老马落拓失意,喻自己贫病交加、潦倒落魄。作者继承了李贺《马诗》"以马喻人"的传统,其笔下"马"的悲剧正是现实中诗人悲剧的写照。

菊花的高洁历来为文人激赏,相关咏赞不绝如缕。郑思肖《对菊四首》则是一组咏菊寄意诗,托物明志,借菊写心。诗云:

> 天风吹古秋,独立殿寒馥。我父昔爱之,终身不忘菊。(其一)
> 受命太极前,立身晚秋后。一朝扬清香,名动天下口。(其二)
> 日月虽云逝,山中秋自香。平生抱正色,谁怕夜来霜。(其三)
> 三径今非昔,多愁老此身。谁知陶靖节,只是晋朝人。(其四)②

郑思肖自号"菊山后人",组诗以其父"终身不忘菊"始,赞美其独立寒秋"抱正色"的品格,以陶公《归去来兮辞》中"三径就荒,松菊犹存"作结,表明了

---

① 杨镰:《全元诗》,第45册,中华书局2013年版,第460—461页。
② (宋)郑思肖撰,陈福康校点:《郑思肖集·大义集一卷》,上海古籍出版社1991年版,第41页。

在改朝换代之际内心的坚守。

　　杨载《东阳十题》是一组咏器物组诗,分咏焦桐、蠹简、破砚、残画、旧剑、尘镜、废椠、败裘、断碑、卧钟十件物品,集中呈现了诗人怀瑾握瑜却遭弃用的焦虑与忧伤。由于种族歧视,元代文人仕进之路充满坎坷,加之废除科举,致使多数人处于穷困无聊之境。《东阳十题》表达了虽勤苦用功却沉沦埋没的心情,兹录四首。诗云:

　　　　断裂无边幅,华堂弃置余。苍松深踞地,白鹤上凌虚。风格犹森若,丹青总翳如。苦心绝人事,谁见用功初。(《残画》)
　　　　二尺书椠在,如今久弃捐。鱼膏虽有焰,蠹简独无缘。墙下偕遗砾,窗间带旧烟。却观提掣处,辛苦悔当年。(《废椠》)
　　　　只作全生计,唯存半死心。刍芜犹不置,斤斧重相寻。遂使煁焦釜,谁为爱古琴。有材不足恃,愁绝念知音。(《焦桐》)
　　　　匣里雌雄剑,通神世所闻。潜精依厚地,吐气切高云。亦有蛟龙害,宁无星斗文。不逢雷焕识,埋没复何云。(《旧剑》)①

《残画》诗表达了自己辛勤用功,却终究未能摆脱"华堂弃置余"的处境。《废椠》诗在描绘废椠的过程中,慨叹读书无用,辜负了当年的"辛苦"付出。《焦桐》中则表明虽然勤苦用功学有所成,但"愁绝念知音",借钟子期与俞伯雅之典表达知音难觅的苦闷。《旧剑》以雷焕觅剑之典,传达英雄不再、导致宝剑埋没,暗含"千里马常而伯乐不常有"的忧伤。

　　黄溍《和吴赞府斋居十咏》②虽标"吴赞府斋居",但所咏物品与杨载完全相同,这些物品被批冠以"蠹""破""败""旧""废""断""尘"之类衰飒感极强的词语,足见作者心境的凄凉无奈。萨都剌虽然属于回族诗人,享有一定的特权,但仕途坎坷,进士及第后一直挣扎于官僚体系的底层。其《题黄赞府斋中十咏》通过一系列意象,讽刺了朝廷的文化政策的堕落与荒谬,表达了自己的不满。元代统治者崇奉佛教,在诸种佛事上浪费了大量的民脂民膏,《蠹简》正是对这种宗教狂热的深沉喟叹。加之元初废科,诗书经籍,灰蒙虫蠹,仕途经济久久阻塞。"掩卷一凄凉",不仅道出了作者的满腹牢骚,也写出了一代知识分子共同的处境。"焦桐"乃琴之称,《后汉书·蔡邕传》载:"吴人有烧桐以爨者,邕闻火烈之声,知其良木,因请而裁为琴,果有

---

　　①　杨镰:《全元诗》,第25册,中华书局2013年版,第233—235页。
　　②　杨镰:《全元诗》,第28册,中华书局2013年版,第211—212页。

美音,而其尾犹焦,故时人名曰'焦尾琴'焉。"①后称琴为焦桐。《焦桐》中"怜尔抱奇质""天海空遗操",一个"怜"字,一个"空"字,道出了对朝廷对"材高"之士的扼杀。《尘镜》以古镜蒙尘自喻,表达怀才不遇之感。即便古镜蒙尘,也曾使鬼魅发愁。蟠龙已化,但云雨仍在。希望统治者一改弊政,不拘一格降人才。整组诗歌,作者赋形言志,托物寄意,言辞恳切,含蓄地表达了对朝廷文教政策的不满。②

张养浩归隐云庄后,陶情于幽壑林泉之间,过着幽静恬淡的田园生活。其咏物诗"借物以寓性情,凡身世之感,君国之忧,隐然蕴于其内,斯寄托遥深,非沾沾焉咏一物矣"③。《惜鹤十首》是其中最具典型性的一组咏物组诗。序云:"鹤,仙禽也。由凡翼非其比,恒不为世人所爱。而爱之者,往往皆山林中人。盖物以气合,理势然也。予尝得其尤者一,豢之既久,翩跹与人相习。日者为田妪伤其胫,凡病两月而毙,惜哉! 因叙其本末,作《购鹤》《友鹤》《病鹤》《医鹤》《瘗鹤》《挽鹤》《忆鹤》《梦鹤》《招鹤》《图鹤》诗十,以慰其不幸云。"④在古代,鹤常成为隐士的伴侣,甚至是隐士的象征。宋初著名的隐士林逋在西湖孤山种梅养鹤,被时人称为"梅妻鹤子"。其《云庄记》载:"尝得鹤二,豢之既久,习人不慑,往来饮啄,或翔,或眠,或立,或曲颈理羽,与林泉花石相映,巧史有不能绘。当其戛然而鸣,声动寥廓,牛童辈拟而和之,若相应答,闻之令人神形飘洒,不待目昆丘、踵蓬莱,已仿佛其羽化矣。"⑤作者以饱含深情的笔墨再现了由购鹤、友鹤、病鹤、医鹤、挽鹤、招鹤、瘗鹤、忆鹤到梦鹤、图鹤的全过程。以世人的不爱鹤和山林中人的爱鹤对比,含蓄地表达出对超尘脱俗生活的追慕。诗中之鹤已非"异类","几年游赏共,一夕死生分"(《忆鹤》),长时间的相处,作者早已视鹤为知己与亲人,面对鹤的病逝,其悲恸之情可以相见。这种"由物及人""天人合一"的观念正是比体咏物诗的魅力所在。

《有鸟归止三首》以"有鸟归止""有鸟栖止""有鸟戾止"起兴,将鸟的快乐与自己"弗知所宁""弗知所依""弗知所安"的凄惶,构成对比,表达了对隐逸生活的向往之情。组诗以联章形式,只在相应的位置上更换数词,一唱三叹,突显了"伊我言仕"的无奈。

① (宋)范晔撰,(唐)李贤等注:《后汉书》卷六〇下,中华书局1965年版,第2004页。
② 萨都剌著,殷孟伦、朱广祁点校:《雁门集》,上海古籍出版社1982年版,第19—23页。
③ (清)沈祥龙:《论词随笔》,郭绍虞主编:《中国历代文论选》,第3册,上海古籍出版社1980年版,第580页。
④ 杨镰:《全元诗》,第25册,中华书局2013年版,第33—35页。
⑤ (元)张养浩撰,李鸣、马振奎校点:《张养浩集》卷一六,吉林文史出版社2008年版,第141页。

　　元人喜咏梅,既受宋人影响,也与梅花的品格相关。梅花因其傲视严寒,清香脱俗,与众芳无争的品质倍受诗人青睐,并被赋予了人格意义。或称之"雪中高士",或与兰、菊、竹并誉为"四君子",或与松、竹并称为"岁寒三友"。元人将种梅、育梅、赏梅、画梅,爱梅视为一种雅化生活的方式而追捧。咏梅之风炽烈,出现了大批梅花"百咏"诗。

　　段成己、段克己《二妙集》有咏梅组诗近40首,梅花被段氏"二妙"赋予了超凡脱俗的人格魅力,成为诗人钟情之物。那些耐寒清高、苏世独立的寒梅形象正是诗人贞洁自持,不趋附权势,独立人格的化身。其咏梅诗中或写梅之孤标逸韵,或写梅之清高脱俗,也透露出诗人隐逸情趣,蕴含着知识分子的"独善其身"的价值追求。如段成己《红梅二首》,诗云:

　　　　谁点冰梢绛雪团,黄昏和月倚阑干。羞随桃李争春意,要伴松筠傲岁寒。冷艳只宜闲处着,浅妆难入俗人看。天心固惜和羹便,空抱枝头一点酸。(其一)
　　　　淡扫胭脂碎玉团,天生异物着江干。月边标格娇增韵,雪底精神巧耐寒。春意只应容易见,人情还作等闲看。可怜弃置蓬蒿外,倚杖东风鼻一酸。(其二)①

梅花傲霜斗雪,是"天生异物",有着"月边标格"的娇韵和"雪底精神"的坚贞,其孤高的品格正是诗人人格象征。梅花不随流俗,不与桃李争春斗艳,虽被"弃置蓬蒿外",却依然孤高自赏,令人敬佩。段克己的《红梅用诚之弟韵二首》为依韵唱和之作,作者除赞美红梅的品格外,还将红梅当成知己:"乍惊别后容华换,更与尊前仔细看"(其二)②,恍如久别的好友重逢,不甚惊讶。二诗都借咏梅花孤高品格,来展示自己襟抱志趣。既有愤世之情,又有持节之志,令人击节称赞,回味无穷。

　　《梅花十咏》是一组同题共咏之作,"二妙"各赋十章,以"梅"为对象,分别以忆、梦、寻、探、乞、折、嗅、浸、浴、惜十个不同的动作,结合古代历史人物的逸闻趣事或文学作品中的情节,以拟人化手法,表达了对梅花的痴迷。如《乞》诗,兄弟二人都运用了杜牧与紫云之典,然取舍角度各不相同。克己意在表明其对梅花的喜爱,超过了杜牧对紫云姑娘的爱慕;成己则以杜牧对紫云的爱慕和追求为喻,暗写自己对梅花的眷恋。正所谓和而不同,相映成趣。

---

①　杨镰:《全元诗》,第2册,中华书局2013年版,第329—330页。
②　同上,第288页。

宋人爱梅咏梅,既与梅花特殊的美感相关,也与"宋人的善于'雅玩'和嗜求'清雅'或'风雅'的人生趣味有关"①。刘克庄率先作《梅花百咏》,时人和者"二十余家"②。元人承此风尚,续作"梅花百咏",郭豫亨《梅花字字香》堪称典范:"余爱梅花,自号梅岩野人。凡见古今诗人梅花杰作,必随手抄录而歌咏之,积以岁月,遂成巨编。熟之既久,若有所得,暇日辄集其句,得百篇,目为《字字香》。"③作者以"集句为之,又辟新境"④,足见其爱梅情深。

冯子振与释明本以《梅花百咏》唱和,共同演绎了一段文坛佳话。"元冯子振与释明本倡和诗也。子振字海粟,攸州人,官承事郎集贤待制。明本姓孙氏,号中峰,钱塘人,居吴山圣水寺,工于吟咏,与赵孟頫友善。子振方以文章名一世,意颇轻之。偶孟頫偕明本访子振,子振出示《梅花百韵诗》,明本一览,走笔和成;复出所作《九字梅花歌》以示子振,遂与定交。是编所载七言绝句一百首,即当时所立和者是也。"⑤这一段文字交代了两人从互不相涉到惺惺相惜的过程,为《梅花百咏》染上了传奇色彩。杨镰先生在《全元诗》韦珪小传中称"冯子振、释明本以《梅花百咏》唱和,与韦珪《梅花百咏》,是元诗坛典实"⑥,足见影响非凡。

释明本咏梅组诗,传神写照,异彩纷呈。按姿态分,有未开梅、乍开梅、半开梅、全开梅、落梅等;按色彩分,有绿萼梅、红梅、胭脂梅、粉梅、青梅、黄梅、盐梅等;按品赏方式分,有忆梅、探梅、寻梅、问梅、索梅、观梅、赏梅、评梅、歌梅、友梅、寄梅、惜梅、梦梅;按时节分,有新梅、早梅、寒梅、腊梅、十月梅、二月梅;按地域分,有罗浮梅、庾岭梅、孤山梅、西湖梅、东阁梅、江梅、山中梅、清江梅、溪梅、野梅、远梅、前村梅、汉宫梅、宫梅、官梅等,遍布山间野地、水边溪畔、庭前檐下、茅舍窗前,各具情态。梅花幽婉的格调,高洁的气质,空灵的意境,令其一往深情。

梅花的品格被作者赋予了"君子之道"的内涵,如"独抱冰霜岁月深,旧交松竹隔山林。英姿兀立谁堪托,惟有程婴识此心"(《孤梅》)⑦,"之子深

---

① 杨海明:《唐宋词与人生》,河北人民出版社 2002 年版,第 271 页。
② (宋)刘克庄:《后村先生大全集》卷一〇八《跋黄户曹梅诗》,四部丛刊本,上海书店 1989 年版。
③ (元)郭豫亨:《梅花字字香》,《丛书集成初编》本,商务印书馆 1936 年版,第 1 页。
④ (清)永瑢等撰:《四库全书总目》卷一六七,下册,中华书局 1965 年版,第 1438 页。
⑤ 同上,第 1707 页。
⑥ 杨镰:《全元诗》,第 44 册,中华书局 2013 年版,第 435 页。
⑦ (元)中峰禅师:《梅花百咏》,《丛书集成初编》本,商务印书馆 1936 年版,第 2 页。

能保贞固,中含天地发生仁"(《青梅》)①,诗人以梅花的孤高清冷自况,具有忠烈气节和独特风骨。"烟泊水昏江路迷,香寒树冷雪垂垂。玉堂梦寐无心到,绝似遗贤遁迹时"(《野梅》)②,以梅绝世出尘和清高超逸来象征自己的怀才不遇,表达了安贫乐道的人生态度和隐逸的情怀。"紫竹林中艾衲寒,净瓶晓折供金仙。三生石上精魂在,清夜静参花月禅"(《僧舍梅》)③,借梅表达皈依佛门的情怀和禅学意趣。"三益堂前世外人,岁寒谁是旧雷陈。知心千古惟松竹,冷淡相交始见真"(《友梅》)④,借梅表达知音难觅的感慨,以及对君子之交的渴求。其笔下的梅花被赋予了多元化情感内涵,成为作者的精神寄托。

除《梅花百咏》"和章"外,释明本还另有一百首《咏梅》七律组诗,《钦定四库全书》以"梅花百咏附录"的形式,附于冯子振《梅花百咏》之后。客观而言,冯子振和释明本的咏梅诗各有千秋,难分伯仲。四库馆臣评曰:"子振才思奔放,一题衍至百篇,往往能出奇制胜。而明本所和,亦颇雕镂尽致,足以壁垒相当。"⑤

元代之前,借咏梅以托物言志,无非三意:一是以梅花的负霜之姿喻高洁之人格;二是傲霜斗雪、暗香浮动,喻人志节不屈;三是以花姿幽独,不媚东风,不与百花争艳,喻志士幽人不与世推移,与时浮沉。如马祖常《移梅四首》,诗云:

幽屏逐鱼鸟,沉迹俦隐沦。所欣在林薮,嘉植日以亲。眷言江介品,纷葩号南珍。遇我好奇服,移根得良因。井井十亩园,菁茆荫涧滨。缟裳擢玉质,宜此空山春。(其一)

始逃爨下厄,复脱燎原焚。结根园亩间,炯炯临水渍。疏华照岁暮,绿萼栖宝熏。春阳桃李繁,鼎实独已先。退情惬真赏,来置我石田。北枝散余霞,苔光生碧鲜。(其二)

玄冬阳已复,仙葩缀疏星。隔浦映碧竹,随风堕寒灯。我来刈新烝,弛檐南山陉。攀茎嗅清馥,撷英嚼芳馨。樛结灌木丛,颜色无光荧。彷徨未忍弃,洗濯归林亭。(其三)

植尔当庭隅,岂复资鼎味。迁尔自谷中,岂复相妖媚。列列玄冥

① (元)中峰禅师:《梅花百咏》,中华书局1985年版,第31页。
② 同上,第20页。
③ 同上,第24页。
④ 同上,第12页。
⑤ (清)永瑢等撰:《四库全书总目》卷一八八,下册,中华书局1965年版,第1707页。

候,众植各浮脆。高标自凌寒,孤尚独冠岁。幺禽何处来? 飞下双羽翠。(其四)①

组诗刻画了觅梅、移梅、赏梅、寻梅的不同场景。其一,写梅花生长深谷之中,埋没于林薮,与鱼鸟相伴。诗人因赏其"缟裳擢玉质",移至院中。梅花"玉质"之美,"空山春"的气场,是志节不亏的象征,也是诗人爱梅移梅的根本原因。其二,写与梅有缘,邀请好友前来观梅、赏梅。突显梅花之姿与色,花姿幽独,不媚东风。其与世无争、甘心寂寞的淡趣闲情,深得众人赏识。其三,写冬去春来,南山寻梅的经历。诗人醉心于梅花,忍不住"攀茎嗅清馥,撷英嚼芳馨",甚至动了"洗濯归林亭"之念,表达出对高洁品格的向往。其四,写庭中之梅在凛冽的寒风中顽强地绽放,梅花傲霜斗雪的高标逸韵与诗人不迎合世俗、不畏强权的精神高度契合。整组诗歌写出了梅花之美、之质、之奇,寄寓了作者对梅花的无限敬仰之情。程杰先生说"士大夫道德品格意识的高涨,带来了自然审美中普遍的'比德'倾向,梅花也由此获得深刻的思想意义,演绎出'清''贞'和合的人格理想"②,揭示了宋代士大夫钟情于梅的根本原因,也深深地影响了后代。

另一组诗《礼部合化堂前后栽小松三首》以松树为对象,一反赞美青松不畏严寒的品性的主题,借以表达遗世之情。其一,诗人将松树比作仙女,想象小松是长着可梳绿发的女道士,松下生长的黄琥珀可以入药,吃了可以成仙,呈现出浓郁的"出世"色彩。其二,写合化堂前小松身影修长,翠绿满堂。合化堂内诗人正从事着"糜廪充鼠肠"的清贫职业,充满着励志的内涵。其三,聚焦小松在山水之滨自由生长,衬托自己"屈伸随世人""骋心斯丧真"的身不由己,诗人心生悔意,想要辞官归隐。组诗再现了堂前小松的形、实、意,传达了作者对小松的喜爱及由此产生的五味杂陈的感受。

马祖常的咏物组诗,突出"以物喻人"或"托意于物",借以表现对社会、人生的关注和思考,达到了物我交融的意境。如《画牛二首》赞美了人性之美,诗中的老翁、老牛,虽然一个为人一个为物,却具有相似的精神——单纯朴实、勤勤恳恳。诗人别具匠心地将"牛"与"人"结合起来,赞颂那些通过自己的辛勤劳动换取美好生活的人们。《诮燕二首》由燕子"飞鸣上下浑无事,会引新雏避雀罗"联想到游手好闲、趋炎附势的小人,将其"春来秋去一生忙"的追名逐利和"辛苦营巢傍屋梁"的投机钻营都让作者不齿。在诗歌

---

① 杨镰:《全元诗》,第 29 册,中华书局 2013 年版,第 293 页。
② 程杰:《梅花象征生成的三大原因》,《江苏社会科学》2001 年第 4 期,第 160 页。

史上,燕子向来被人们看作春之使者,常以轻盈、辛勤等正面形象出现在咏物诗中,然而马祖常却逆潮流而动,借燕子的形象嘲讽了那些阿谀奉承、攀高结贵的市井之徒,其见识非同寻常。

袁华《紫荆曲三首》是一组状物诗,为好友费舜臣祝寿而作。"予友费君舜臣,其曾大父荣敏公,大父江夏侯,父宣城君,皆著名当代。宣城君宦游西江,舜臣尝学礼于余复卿先生之门,遂脱去狗马纨绮之习,名声藉甚。荐绅闻生二子,子壮,各有室。一旦分财异居,君叹曰:'不能教以义方者,我之责也。'呼三子立堂下而诏之曰:'夫木由萌蘖以干云霄,本之固也。水由涓流以汇湖海,源之深也。然本拨则枝枯,源涸则流竭。此理势之必然。若不闻田氏之紫荆树乎?'三子乃幡然悔过,复同居以事君如初。汝阳袁华为制紫荆曲三章,以为费君寿云。"①序中交代了费君以"田氏之紫荆树"教导三子,使其"幡然悔过,复同居以事君如初",充满着道德感召力。诗以"紫荆树"为对象,言其"百年茏葱翠羽盖",赞美费君三子"折华起舞寿双亲"的孝悌之宜,以物喻人的用意十分明显。

比体咏物组诗在"物"与"我"之间形成了各种交融方式,或由物及我,由我及物,在物象的兴发下,生发情感;或是物我合一,通篇用比,将诗人的遭遇、感受借助具有象征意义的物象体现出来。

三、兴体咏物组诗

此类组诗将所要表达的思想感情深藏于生动的物体形象背后,句句物语,句句藏意,情与物融,意与境浑,逼真传神。施补华在《岘佣说诗》称:"咏物诗必须有寄托,无寄托而咏物,试帖体也。少陵《促织》诸篇,可以为法。"②魏庆之《诗人玉屑·命意》也说:"诗以意义为主,文词次之;意深义高,虽文词平易,自是奇作。"③有"意兴"正是此类咏物诗的灵魂。

从盛唐起,诗人们不仅在诗中要做到有所寄托,且吸收南朝咏物诗"象形"特长,对所咏之物作精细化改造。当诗人有所感时可以借物寄意,以"物态"来暗示"人情",具有隐晦的象征意味,元代寓言类咏物诗正是这方面的典型。

兴体咏物诗与比体咏物诗最大的区别在于,前者可以"抓住一点,不及其余",通过对"物"的某一侧面进行描述,然后展开抒情言志,至于"物"的

---

① 杨镰:《全元诗》,第 57 册,中华书局 2013 年版,第 277 页。
② (清)施补华:《岘佣说诗》,(清)王夫之等撰,丁福保辑:《清诗话》,下册,上海古籍出版社 2015 年版,第 1010 页。
③ (宋)魏庆之:《诗人玉屑》卷六《命意》,上册,上海古籍出版社 1959 年版,第 124 页。

形象、特性是否鲜明可感,已不重要。后者虽也言志抒情,但是通过所咏之物的形象、特性和结局"暗示"出来。其有双重语言与意象系统:一是表层的,专以"物态"的描述、展示为主;另一是深层的,专以寄寓诗人的真实意图为主。诗中的"情"或"志"是自然而然流露出来。按王国维"有我""无我"之境分,前者"有我",后者"无我"——只是"己藏物后"而已!当二者结合得水乳交融、"物""我"不分时,正是兴体咏物组诗的最高境界。

禽言体、寓言体咏物诗因以动物"语言"表达"人类"情感,具有形象性、情节性特征,且可寄寓兴讽,令人回味无穷。正如钱锺书先生所言:"后世诗人只把禽鸟的叫声作为题材。模仿着叫声给鸟儿起一个有意义的名字,再从这个名字上引申生发,来抒写情感,就是'禽言'诗。"①作者或模拟禽声,双关附会人类语言;或以禽鸟语气,代为立言。前者禽言近于谐音,后者近于寓言,都强调"言外之意",主要是揭露官府繁重的租赋、徭役给人民带来的痛苦;或是感叹世道艰难,官场险恶;或是揭露战争给人民带来的苦难等。

郭翼《五禽言》借助五种"鸟语",双关谐声,控诉了战争背景下民不聊生的惨状,反映了作者对底层民众的同情。其一,由"布谷鸟"催种的声音,想起去年因缴不足军粮,遭遇"六月长枷在牢狱"的情景。其二,着重描绘"芦戛戛"沙哑的鸣声,作者感叹沙场上树木尽被樵伐,芦戛戛也无处做窝,其声凄厉。直言战争背景下,人们的生活充满着煎熬。其三,借"锻磨鸟"叫声,揭示"麦熟农夫饿"的现象极不正常。今年赋税过重,虽然麦子熟了,农民照例饿肚皮,既不需要锤凿石磨,也无法烧为烤饼。其四,写"秦吉了"的鸣声,此鸟能模仿人说话。作者感慨其被捉养于笼中,失去了自由,不如"雨翅盘天嬉"来得快活。其五,写快活鸟在枝头"快活快活"地鸣个不停,而百姓却惨遭掠夺、屠杀,暴尸荒野的景象。诗末发出"汝虽快活何忍鸣"的质问,传达出作者对黎民百姓的深切同情。整组诗歌借用"布谷""芦戛戛""锻磨""秦吉了""快活"五鸟的遭遇隐喻百姓的苦难,借"鸟言"道"人意",以鸟指人、托物言志的寓意十分明显。

王祎为人胸怀大志,慷慨激昂。认为写诗要有补于世,不矜炫辞章之能。"状物写景之工,固诗家之极致,而系于风化,补于世治者,尤作者之至言。"②其《五禽言次王季野韵五首》是一组次韵唱和友人的兴体咏物组诗,其一,借"力作力作"之志,谐指农民们劳作不停,却被官府榨取干净,饥饿于

---

① 钱锺书:《宋诗选注》,人民文学出版社1989年版,第149—150页。

② (明)王祎:《王忠文公集》卷之五,《丛书集成初编》本,商务印书馆1936年版,第348页。

空舍之中,还要为官府降罪而倍感担忧。讽刺朝廷赋税过重,民众处境艰难。其二,由提葫芦叫声起兴,作者沽酒为友人祝寿,酒入愁肠,抒发了声名未立,韶华不再的愁绪。其三,借故袴"失宠"新袴得宠,讽刺世态炎凉、人情冷暖。其四,以泥滑道路难行,马不能驰,比喻不能施展才能,勉励人们,只要认准目标勉力前行,理想终究会实现。其五,描写战乱频仍,生灵涂炭,不仅陆路断绝,海上更多风波,抒发了世道艰难、无路可走的感慨。组诗通过对"力作""提葫芦""脱袴""泥滑滑""行不得"等五鸟描形画状、拟声绘色,揭示了乱世之中百姓的苦难生活。

刘将孙的诗多抑郁不平之气,在宋末元初诗坛上独树一帜。不管是宋亡前还是元统一后,始终心系百姓,忧民之忧,代百姓立言。《禽笑八首》分咏鹦鹉、鼠鸠、鹧鸪、白鹇、乌鹊、饥蛇、鸭子、野鸡,以物喻人,嘲讽世道黑暗、社会炎凉。《禽言六首》模拟禽言,以物喻人,反映了底层百姓的生活状态,揭露百姓徭役赋税的沉重。诗云:

> 不如归去,归去无处。江南旅魂招不归,汝独啼向江南路。东风千年吹落花,蚕丛而后往往皆天涯,愿后身世世勿生天王家。(其一)
>
> 郭公郭公,何人误杀此老翁,至今哀鸣于云中。世间可惜好活计,长安公家旧宅墓。聚六州八十四县铁,铸不能成受人误。(其二)
>
> 婆饼焦,阿婆惜杀孙儿娇。白头望孙收我骨,谁知孙儿不得力,断送阿婆无饼吃。孤魂犹记孙面目,孙又不知何处哭。(其三)
>
> 把禾箩谷,人生无足。去年谷熟不偿债,今年籴谷如食肉。朝相催,暮相催,秧田水放三两回,尚待谁家借谷来。(其四)
>
> 泥滑滑,春雨多,行不得也哥哥,长冈峻阪君奈何。驿途横陈八九尺,马蹄踏裂深没膝。滑达滑达君勿驱,安得飞来助君力。(其五)
>
> 提葫芦,村村处处无酒沽。去年驿骑乘锋车,江淮酒课江西敷。江西之水不得力,若问沽酒江西无。(其六)①

其一,由杜鹃叫声"不如归去",联想起古蜀帝杜宇死后化鹃啼血的传说,表达了对南宋宗室子弟亡国后悲惨遭遇的同情,劝谕世人不要生于帝王之家。其二,写郭公鸟的哀鸣,联想叹息古代郭公被误杀,死后欲聚州县之铁以封墓穴而不可得之事,控诉了官吏执法的混乱。其三,写阿婆死后仍念念不忘生前相依为命的孙子,痛斥南宋统治者昏聩无能、葬送了大好河山,导致祭

---

① 杨镰:《全元诗》,第18册,中华书局2013年版,第221页。

祖无人的局面。其四,指责世人贪心不足,谷熟价贱时不完债,反要谷物价格昂贵时籴谷还债。其五,写春雨连绵,道路泥泞,不仅长冈峻阪难行,连宽阔的驿道也是泥深没膝。其六,由提葫芦想到提壶沽酒,再由无酒可沽影射蒙元统治者在江西征敛沉重赋税这一事实,看似调笑、实则悲怆愤激。组诗中充满着"独啼""哀鸣""孤魂""何处哭"等悲凉意象,反映了下层人民的悲苦命运,也寄寓了对南宋王朝灭亡的同情。

借用寓言言志,是刘将孙常用的手段。好友王朋益即将任职他乡,作者写诗送行,以寓言形式对其提出劝谏。如《古兴呈签事王朋益十首》,以凤凰非梧不栖,非澧泉不饮之习,劝勉友人要洁身自好。组诗以寓言故事形式抒情言志,既可委婉达意,又可避免因太直而引起对方的不悦。《与龙仁夫共坐永业寺门信意成十诗》也是一组咏物托意的寓言诗,分咏清江水、松下风、百尺松、盆中饭、庭中桂、笼中鸡、梁间燕、一樽酒、壁间蛩、云间月十物,借物寄意的手法十分鲜明。

元末的杨维桢是兴体咏物组诗的重要作家,其《五禽言五首》借"禽言"表达作者对世风的关注。诗云:

> 唤起,唤起,东方明,门前已如市。上林有乌杀司晨,苦杀萧娘睡方美。(其一)
> 提胡卢,提胡卢,沽酒何处沽。乌程与若下,美酒高无价。小姑典金钗,劝郎醉即罢。君不见城中官长壶卢提,十日九日醉如泥。(其二)
> 姑恶,姑恶,姑不恶,妾命苦。姑有孝女,姑为慈母,妾亦甘为东海妇。(其三)
> 子归,子归,子不归,白头阿孁慈且悲。子弗归,待何时。君不见西江处士章九华,十年去赴丘园科,母死妻啼未还家。(其四)
> 行不得哥哥,我不行,奈我何。西山有豺虎,西江有风波。风波尚可壶,豺虎尚可罗。努儿关,平地多,行不得哥哥。(其五)①

诗序云:"禽言无出梅都官之作,予犹惜其句律佳而无风劝之意。故予制《五禽言》,言若拙而意颇关风劝焉。""梅都官"指北宋诗人梅尧臣,因其官至都官员外郎,故世称"梅都官"。从诗序中可知,作者仿作五禽言诗,目的在于"关风劝",讽刺世道人情。其一,写穷人早起劳作,而上林苑的贵人却"睡方美",揭示贫富阶层生活的差异。其二,讽刺物价飞涨、统治阶级"十日九

---

① 杨镰:《全元诗》,第 39 册,中华书局 2013 年版,第 59—60 页。

日醉如泥"的腐朽生活。其三,再现了"姑不恶,妾命苦"的现实,表达了甘为东海孝妇意愿。其四,写白头阿婴对在外游子的思念,揭示了科举制度对家庭生活的摧残。其五,刻画了元末豺狼当道、社会极不太平的现状。借鹧鸪的叫声来表达凄凉、忧愁的心情,托物言志。另一组《义鸽三章》虽然是赞美鸽子,同时也是托物言志,借以表明作者的人生态度。

　　杨维桢的禽言诗极具讽喻功能,这与元末社会动荡的时局相关。他提倡创作古乐府主要是因其"可劝可戒","夫乐府出风雅之变,而闵时病俗,陈善闭邪,将与风雅并行而不悖,则先生诗旨也。"①其《白翎鹊辞二章》序有明确的表述:"按国史,脱必禅曰:世皇畋于林柳,闻妇哭甚哀。明日,白翎鹊飞集斡朵上,其声类哭妇。上感之,因令侍臣制《白翎鹊词》。鹊能制猛兽,尤善禽驾鹅者也。旧辞未古,为作《白翎鹊词》二章,以补我朝乐府。"②无论是"意颇关风劝"的题旨,还是"补我朝乐府"愿望,作者在序中已明确地告知了"美刺"的用意。

第二节　元代议论组诗

　　以组诗来发表议论,不管是"议论的诗"还是"诗的议论",都是组诗史上不可或缺的角色。这种传统在宋代"以议论为诗"的习尚的激荡之下,到了元代上升到一个新的高度。

一、元代论诗组诗

　　论诗诗是一种以诗歌形式对诗人、诗作、诗艺等文学现象进行评论的特殊的文学批评形式。论诗诗常以绝句为主体,多以组诗形态出现。

　　最早的论诗组诗当推杜甫《戏为六绝句》,其形态对后世影响甚大。胡传志先生说:"论诗诗,由杜甫《戏为六绝句》首开其端,缓慢发展,由唐入宋,韩愈、白居易、梅尧臣、欧阳修、苏轼等人都有论诗诗,然数量和质量有限,没有形成大的突破。学界论起论诗诗(主要是论诗绝句),几乎公认,到了南宋戴复古、金代元好问手里,才取得突破性进展。其实,戴复古的《论诗十绝》的理论性、艺术性以及在后代的影响都远不及元好问《论诗三十首》,

---

① (元)杨维桢:《铁崖古乐府序》,《影印文渊阁四库全书》,第1222册,北京出版社2012年版,第3页。

② 杨镰:《全元诗》,第39册,中华书局2013年版,第63页。

其写作年代也明显晚于《论诗三十首》，真正带动论诗绝句走向高峰的无疑是元好问。"①明清之际，百首以上规模论诗组诗层出不穷，如廖鼎声《拙学斋论诗绝句一百九十八首》、谢启昆《读全宋诗仿元遗山论诗绝句二百首》、陈融《读岭南人诗绝句三百十一首》等，将论诗组诗推向顶峰。

金元时期是论诗组诗发展史上承前启后的阶段，出现了一批诗论家和论诗作品。王若虚的《山谷于诗每与东坡相抗门人亲党遂谓过之而今之作者亦多以为然予尝戏作四绝云》是这方面的代表，作者对江西诗派门人"贬苏崇黄"的习气表达了不满。其一，赞东坡诗才敏捷俊逸，在南迁之前即已取得很高的艺术成就，实非山谷及江西诸子可比。其二，言东坡诗自然明快、不假雕琢，不似黄庭坚爱矜奇斗险。其三，言苏轼对黄氏之批评虽为戏论，却合于实情。从其对"夺胎换骨"的"一笑"可见，二人的追求并不相同。其四，认为诗歌应以"自得"为贵，须从肺腑中自然流出，不必以江西诗派所崇尚的"法度"来束缚自己。据《诗人玉屑》卷十八载："元祐文章，世称苏、黄。然二公当时争名，互相讥诮。东坡尝云：'黄鲁直诗文如蝤蛑、江珧柱，格韵高绝，盘飧尽废；然不可多食，多食则发风动气。'山谷亦云：'盖有文章妙一世，而诗句不逮古人者。'此指东坡而言也。"②山谷门人对黄庭坚的"句法"充满溢美之词，而王若虚则不以为然。

王氏论诗本崇乐天、东坡，其《王子端云近来陡觉无佳思纵有诗成似乐天其小乐天甚矣予亦尝和为四绝》对此有清晰表达。作者意在批评王庭筠以乐天诗为"浅易"有不屑轻视态度，认为其论乃是"管中窥天"，未识白氏"胸中"别"具一天"，妄议"前贤"。其对白诗"有补于世"的内容是肯定，正是其儒家思想在诗论中的表露。

刘秉忠论诗绝句有《读遗山诗十首》《读工部诗二首》《再录杜诗三首》《为大觉中言诗四首》等，或赞元好问，或推崇杜工部，是元代早期较有影响的论诗组诗。兹选录《读遗山诗十首》几首析之：

> 剑气从教犯斗牛，百川横放海难收。九天直上无凝滞，更看银河一派流。（其一）
> 北里笙歌劝酒杯，南邻门巷冷如灰。秋风万里方摇落，叫杀孤鸿春不回。（其五）

---

① 胡传志：《论金代诗学批评形式的新变》，《安徽师范大学学报（人文社会科学版）》2016 年第 2 期，第 137 页。

② （南宋）魏庆之编：《诗人玉屑》卷一八，上海古籍出版社 1978 年版，第 393 页。

青云高兴入冥搜，一字非工未肯休。直到雪消冰泮后，百川春水自
东流。（其六）

情发声调节作文，温柔敦厚见诗真。离骚九变能堪尚，屈宋前头更
有人。（其七）①

其一，赞元遗山诗雄浑豪放，有"百川横放海难收"之势。其五，写金代覆灭
的现实令诗人深受重创，悲愤虬结之情溢于言表。其六，赞遗山之诗追求精
工已臻化境，若春水自然流淌，近乎天成。其七，评元诗有温柔敦厚之风，情
感真挚、声韵调谐，不但继承楚骚，且进而上追《诗经》。组诗赞美元好问在
元诗发展史的崇高地位，非他人可比。

刘秉忠认为创作应严守古人传统，"诗章骚雅唐新变，字体风流晋流传"
（《夏日遣怀》），从优秀的诗歌中汲取营养。"崇尚自然"，彰显真实的自我。
提倡"骚雅"，凸显社会人生，是刘秉忠诗学理论的核心。其《为大觉中言诗
四首》诗云：

水平忽有惊人浪，盖是因风击起来。造语若能知此意，不须特地骋
奇才。（其一）

七情六义一心中，言语还因感处通。李杜苏黄无二律，后生徒苦立
家风。（其二）

清雄骚雅因题赋，古律篇章逐变生。一字莫教无下落，有情还似不
能情。（其三）

四时迭运方成岁，万物交参更是文。须信乾坤常肃静，龙吟虎啸自
风云。（其四）②

其一，以因风起浪为喻，表明诗歌造语要"平淡中见神奇"，达到"看似寻常
最奇崛"的境界。其二，认为诗要表现真实性情，要有感而发，切忌无病呻
吟。李白、杜甫、苏轼等是这方面的典型，后人不可标新立异。其三，直言写
诗要继承"骚雅"的传统，以"清雄骚雅"为标准，在"古律篇章"的基础上，相
得益彰。其四，主张创作应顺其自然，应遵循事物自身的规律和彼此间的相
互关系，彰显出其"崇尚自然"的诗学思想。

方回是元代重要诗论家，论诗"排西昆"而"崇江西诗派"。其《瀛奎律

① 杨镰：《全元诗》，第 3 册，中华书局 2013 年版，第 180—181 页。
② 同上，第 185—186 页。

髓》选唐宋五言七言律诗,全面地反映了唐宋七百年间诗歌创作和律诗流变的轮廓,对其间的大家、流派均作了精要评点。《七十翁吟七言十绝》《至节前一日六首》《学诗吟十首》《诗思十首》等论诗组诗,全面阐释了其诗学思想和创作经验。

《学诗吟十首》是一组总结学诗体会的组诗,其序云:"'小子何莫学夫《诗》';伯鱼承过庭之问,'退而学《诗》':三百五篇之《诗》也。《诗》亡,然后《春秋》作。《诗》有美有刺,导人为善而遏其恶。《诗》不复作,孔圣惧焉,故寓褒贬于《春秋》,以为贤君良臣之劝,而破乱臣贼子之胆。后世之诗,自楚骚起,汉、晋、唐、宋,至于今日,得洙泗之遗意否乎? 虽然,天理人心,一也。回近诗十首,名曰《学诗吟》,所见并具诗中,或者亦粗得前辈心传之一二。"①从序中"《诗》有美有刺,导人为善而遏其恶"句可知,推崇"诗骚"传统,强调"美刺""风雅",对自汉迄宋的诗坛给予客观评判,指责江湖诗派"禽虫鸣啁啾"的作风令人不堪。

方回晚年所作《诗思十首》是其一生学诗、评诗的总结,构筑起一个完整的诗论体系。序称"年甫弱冠而学吟诗,新春将八十矣,凡用六十年之工夫,仅至此地,俗人不识,晚进不知。自纪厥事,凡十"。诗云:

　　大雅嗟麟笔,离骚叹凤弦。猗那谁与敌,羌寨尚堪怜。步仰曹刘独,名歆李杜传。无时我不梦,携酒访斜川。(其一)

　　老子持公论,评诗众勿惊。更无双子美,止有一渊明。响接东坡和,肩随太白名。吾尝图画像,释菜四先生。(其二)

　　万古陶兼杜,谁堪配飨之。赦还儋耳海,谪死瘴城宜。无己玉堂冻,去非榕岭驰。更添韩与柳,欲筑八贤祠。(其三)

　　满眼诗无数,斯须忽失之。精深元要熟,玄妙不因思。默契如神助,冥搜有鬼知。平生天相我,得句匪人为。(其四)

　　素甚鄙南岳,幸尝忝雪窗。格高为第一,意到自无双。倏忽千军阵,雍容九鼎扛。僧敲作手势,吾可贾长江。(其五)

　　杨刘昆体变,谁实擅元功。万古推梅老,三辰仰醉翁。穆修先汉笔,魏野盛唐风。今日何人悟,江湖恸阮穷。(其六)

　　俗子欺诗客,诗成未易工。虚声难忝窃,生理早穷空。谣诼无庸听,谆谵尔未通。阮公青白眼,留取送飞鸿。(其七)

　　忝窃严陵郡,依稀陆放翁。作诗逾万首,浪仕只千穷。醉卧三更

----

①　杨镰:《全元诗》,第 6 册,中华书局 2013 年版,第 536—538 页。

后,闲吟两纪中。时时落幽梦,渔笛鉴湖东。（其八）

　　苕溪渔隐老,家在绩溪东。苦学多前辈,评诗出此翁。生年同孔氏,传道仰文公。烂却沙头月,谁参到此中。（其九）

　　蛇起新州荻,温玄业不成。已无司马氏,犹有石头城。北伐中原捷,南归大物更。菊花篱下酒,万古一渊明。（其十）①

　　所谓"自纪厥事",指写诗的经历与感悟。他在评诗时效仿先贤胡仔,重诗骚正统,提倡自然灵感,反对刻意求工。其一,上溯诗史源流,推崇大雅、离骚、曹操、刘琨、陶渊明、李白、杜甫等诗风与诗人,突出诗骚传统的核心地位。其二,对诗史上陶渊明、李白、杜甫、苏东坡给予崇高评价,认为他们是万世师表的"四先生"。在他看来,杜甫和陶渊明是独一无二的,苏东坡才气与诗名可与李白比肩。其三,围绕上一首"骚雅"传统,将杜甫与陶渊明并列,将苏轼与李白并称,于南宋只拈出"二陈",加之中唐的韩愈、柳宗元共同构成"八贤"。这种排序充分体现出其"崇尚骚雅"传统的诗学思想。其四,是阅读创作论,认为建立在灵感基础上意到而成的诗歌才是好诗。提倡由"熟读"至灵感创作,摒弃刻意创作之习。其五,提出判断诗歌高低优劣的标准,"格高为第一,意到自无双",认为只有"意到"才能"格高"。其六、七是对诗歌流派和诗风的批判,提出诗学"正变"论,批评宋诗求工之弊,推崇梅尧臣、欧阳修为宋代救弊主力;又提出诗学接受论,指出元诗于模拟中求工之弊。反对元人追求工整细巧的形式之风,强调"骚雅",显示出其与众不同的诗学思想。其八,赞赏陆游"作诗逾万首"的勤奋,并以陆游自况。其九,赞赞胡仔突破前人评诗以"品"的体例,而以"人"为纲编排。其"四先生""八贤"之说正是受此影响而来。其十,刻画乱世心态和诗酒人生,表达了诗学观念和政事上孤独感。整组诗具有一致的思想情感,语言形式上处处关联,构成一个完整而严密的诗论体系。"十首论诗诗依次有关于诗史、诗评、阅读、创作、批判、接受、创作举例、诗评举例、时代影响,涉及到了诗学的许多方面,作为一个组诗形式的诗论体系已经较为完整和严密。"②其言信然。

　　元好问踵武前哲,仿效杜甫《戏为六绝句》作《论诗绝句三十首》,将唐代以来论诗组诗推向了顶峰。高利华在《论诗绝句及其文化反响》一文中指出:"如果说唐宋诗人阐发诗论观点时选用的论诗体式往往处于两可或相对随意的话,那么,元好问以后选择七言绝句论诗,业已成为一种植根于诗家

---

① 杨镰:《全元诗》,第6册,中华书局2013年版,第540—541页。
② 何跞:《方回〈诗思〉十首的诗评取向》,《北京社会科学》2016年第2期,第77页。

潜意识中的自觉。"①作者以"诗中疏凿手"自谓,详论了自汉及宋的九百多年间的诗歌创作,正本清源,体系严谨。三十首诗歌前后勾连,由统一的美学原则贯穿着,对明清论诗组诗体制影响极大。

元好问论诗组诗主要有《论诗三首》《自题中州集后五首》《论诗绝句三十首》等,是元代创作诗论组诗最多、影响最大的诗人。其《论诗三首》云:

> 坎井鸣蛙自一天,江山放眼更超然。情知春草池塘句,不到柴烟粪火边。(其一)
>
> 诗肠搜苦白头生,故纸尘昏妄乞灵。不信骊珠不难得,试看金翅擘沧溟。(其二)
>
> 晕碧裁红点缀匀,一回拈出一回新。鸳鸯绣了从教看,莫把金针度与人。(其三)②

其一,要求作诗者心胸开阔、眼光远大,方可睹江山之美。如作井底之蛙,但为柴烟粪火等琐碎之事,终不能有"春草池塘"之生机盎然。其二,对"苦吟"作诗表达了不满。认为埋首故纸、苦搜诗肠终于白首,也写不出好诗。强调深厚的积累对写诗的重要性。末句以老杜之"翅擘沧溟"喝破苦吟之人。其三,以刺绣针黹为喻,言诗之成篇,殊非易事。"一回拈出一回新",无从复制,其奥妙难以为外人道。整组诗歌,或言慷慨雄浑之气骨,或以雅正为格调,其精神旨归与《论诗绝句三十首》同。

《自题中州集后五首》是元好问编《中州集》时之心得总结,"中州",指金代承续唐宋中华正统之意。《中州集》反映出的是作者以"风雅"为核心的诗学观,强调作品的品格。前两首中"邺下曹刘气尽豪"(其一)、"北人不拾江西唾"(其二)与《论诗绝句三十首》中"中州万古英雄气"观念相同,有抑南扬北之意。而后三首中"万古骚人呕肺肝,乾坤清气得来难"(其三),"文章得失寸心知"(其四),"平世何曾有稗官,乱来史笔亦烧残"(其五)③,则又慨叹文章经营之不易,关乎百年之后的是非得失,此或本于老杜《偶题》之"文章千古事,得失存心知"之发挥。

元好问《论诗绝句三十首》是元代诗论组诗的扛鼎之作。作者从社会环境、历史文化等不同角度来品评诗人、诗作、风格与流派,体系谨严。第一首

---

① 高利华:《论诗绝句及其文化反响》,《文学评论》2003年第1期,第84页。
② 杨镰:《全元诗》,第2册,中华书局2013年版,第221—222页。
③ (清)顾嗣立:《元诗选》,初集上,中华书局1987年版,第92页。

是前言或总序,末一首是后记或跋语,整组诗歌主旨明确、内容有序,极具系统性。如其一云:

> 汉谣魏什久纷纭,正体无人与细论。谁是诗中疏凿手? 暂教泾渭各清浑。①

诗歌开门见山地交代了论诗的宗旨和标准。作者在诗中提出"正体"概念,强调继承"风雅"传统,并以此为亲疏的标准,去伪存真。这一点是对杜甫《论诗六绝句》中"别裁伪体亲风雅,转益多师是汝师"的有益补充。

元好问论诗首推"诚"字,认为只有"以诚为本"方可有动人之作。其晚年的《杨叔能〈小亨集〉引》,对其"以诚为本"的理论自觉,有系统的交代。如《论诗绝句三十首》其四、其五、其六、其十四云:

> 一语天然万古新,豪华落尽见真淳。南窗白日羲皇上,未害渊明是晋人。
> 纵横诗笔见高情,何物能浇块磊平。老阮不狂谁会得,出门一笑大江横。
> 心画心声总失真,文章仍复见为人。高情千古闲居赋,争信安仁拜路尘。
> 出处殊途听所安,山林何得贱衣冠。华歆一掷金随重,大是渠侬被眼谩。

其四,极力推崇渊明的天然本色和真淳之情。其五,赞扬阮籍流露诗人的高情,借以浇心中块垒。其六,贬斥潘岳不诚之人及其不诚之诗。潘岳谄事贾谧,望尘而拜,与其《闲居赋》品格反差太大,是典型的人品与文品的悖离。其十四,对身在江湖、心存魏阙的欺世盗名之辈表达了鄙视,强调了文品与人品统一。

元好问论诗提倡"风雅"传统,它以《诗经》为源,其对现实的关注及所表现来的强烈政治道德意识和积极人生态度,经由汉魏而至唐代,历久弥新。其间曹操、刘琨、陈子昂、杜甫等都高举风雅大旗的诗人,获得了元好问的高度认可。如《论诗绝句三十首》其二、其三、其八、其十云:

---

① 杨镰:《全元诗》,第2册,中华书局2013年版,第169—171页。下文未标出处者,同此。

　　　　曹刘坐啸虎生风,四海无人角两雄。可惜并州刘越石,不教横槊建
安中。
　　　　邺下风流在晋多,壮怀犹见铁壶歌。风云若恨张华少,温李新声奈
尔何。
　　　　沈宋横驰翰墨场,风流初不废齐梁。论功若准平吴例,合着黄金铸
子昂。
　　　　排比铺张特一途,藩篱如此亦区区。少陵自有连城璧,争奈微之识
碔砆。

　　其二,赞赏曹操、刘琨诗歌反映时事和爱国主题,极具风雅精神。其三,批评
西晋诗人张华、晚唐诗人温庭筠、李商隐等未能很好继承"建安风骨",多儿
女之情,少风云之气。其八,对陈子昂提倡"风雅""兴寄",反对齐梁诗风给
予高度评价。其十,以"少陵自有连城璧"之语,充分肯定杜甫自创新题的乐
府诗深得"风雅"传统的价值。

　　元好问对宋诗持冷峻的批评态度,特别是对江西诗派违背风雅传统的
指责随处可见。这种不带偏见的评论连他非常喜欢的诗人苏轼也不例外。
如《论诗绝句三十首》其二十二、其二十三、其二十六、其二十八云:

　　　　奇外无奇更出奇,一波才动万波随。只知诗到苏黄尽,沧海横流却
是谁。
　　　　曲学虚荒小说欺,徘谐怒骂岂诗宜? 今人合笑古人拙,除却雅言都
不知。
　　　　金入洪炉不厌频,精真那计受纤尘。苏门果有忠臣在,肯放坡诗百
态新?
　　　　古雅难将子美亲,精纯全失义山真。论诗宁下涪翁拜,未作江西社
里人。①

　　其二十二,用"只知诗到苏黄尽"批评苏轼、黄庭坚等以用事工巧为上的不良诗
风,意即"为出奇而出奇",本末倒置。强调"风雅"的正统地位,讥讽后人甘为古
人所束缚,追新逐奇,不能推陈出新。其二十三,批评苏轼"有不能近古之恨"②

_____

① 杨镰:《全元诗》,第2册,中华书局2013年版,第170—171页。
② (元)元好问:《元好问全集》卷三六《东坡乐府集选引》,下册,山西人民出版社1990年
　　版,第25页。

的徘谐怒骂之作,有失"风雅"正体。正如宗廷辅所云:"自苏、黄更出新意,一洗唐调,后遂随风而靡,生硬放佚,靡恶不臻,变本加厉,咎在作俑者,先生(指元好问)慨之,故责之如此。"①这段话清晰地说明了元好问对苏轼及追随者"责之如此"的原因。其二十六,对衍接新奇诗风的所谓"苏门忠臣"作针砭。其二十八,对黄庭坚一味拾人牙慧,追求工巧瘦硬,失去风骨的作派大为不满。"北人不拾江西唾,未要曾郎借齿牙"(《自题中州集后五首》其二),正是此意又一次表白。

元好问认为诗歌应该是内心情感的自然流露,反对"苦吟力索",对"闭门觅句"的创作方式持批判态度。如《论诗三首》其二、《论诗绝句三十首》其十一云:

> 诗肠搜苦白头生,故纸尘昏枉乞灵。不信骊珠不难得,试看金翅擘沧溟。
>
> 眼处心生句自神,暗中摸索总非真。画图临出秦川景,亲到长安有几人。②

前者提倡写诗应该深入生活,摘取诗歌的"骊珠",反对一味钻故纸堆、掉书袋。后者认为好诗是在主观与客观碰撞中觅得灵感的,只有走出书斋,放眼江山,深入生活,厚积薄发,才能超越狭隘的局限,写出情景交融的佳作。

元好问主张"文以意为主,词以达意而已",强调内容对形式的统摄,反对对诗歌形式的过分虚饰和雕琢,对那种"遗理存异,寻虚逐微,竞一韵之奇,争一字之巧。连篇累牍,不出月露之形,积案盈箱,唯是风云之状"③的诗作极为鄙视。如《论诗绝句三十首》其九、其十二、其十八、其二十九云:

> 斗靡夸多费览观,陆文犹恨冗于潘。心声只要传心了,布谷澜翻可是难。
>
> 望帝春心托杜鹃,佳人锦瑟怨华年。诗家总爱西昆好,独恨无人作郑笺。
>
> 东野穷愁死不休,高天厚地一诗囚。江山万古潮阳笔,合在元龙百尺楼。

---

① (清)宗廷辅:《古今论诗绝句》,清刊本,第50页。
② 杨镰:《全元诗》,第2册,中华书局2013年版,第222页。
③ (唐)李延寿撰:《北史》卷六五《李谔传》,中华书局1974年版,第2614页。

池塘春草谢家春,万古千秋五字新。传语闭门陈正字,可怜无补费精神!

其九,批评陆机诗作篇幅冗长,太过绮靡,容易增加阅读的负担。其十二,虽然肯定了李商隐的诗,但是对其晦涩的风格又觉得可惜。其十八,对孟郊"穷愁死不休"的苦吟为诗极不认同。其二十九,不赞成陈师道的"闭门造车",崇尚自然,认为好诗应该是内心感情的自然流露,反对过分地雕琢和伪饰语言。

元好问喜豪迈雄壮之作,不喜寒苦艰涩险怪之作,提倡刚健质朴、慷慨豪壮的诗风。其对诗人评价,以儒家诗教的"温柔敦厚"为标准,"责之愈深,其旨愈婉;怨之愈深,其辞愈缓"①。如《论诗绝句三十首》其十三、其十九、其二十四云:

万古文章有坦途,纵横谁似玉川卢。真书不入今人眼,儿辈从教画鬼符。

万古幽人在涧阿,百年孤愤竟如何。无人说与天随子,春草输赢较几多。

有情芍药含春泪,无力蔷薇卧晚枝。拈出退之山石句,始知渠是女郎诗。

其十三,贬斥卢全作诗一味寻险涉奇,陷入"鬼画符"的旁门左道,失却纯真。其十九,虽欣赏陆龟隐居逸韵,但对其诗中多"孤愤"而少敦厚之风,表达了不满。其二十四,赞美韩愈诗歌的刚健遒劲之风,批评秦观诗的绮靡柔媚,是"女郎诗"。欣赏刚健质朴、慷慨豪壮的诗风,元好问的这种审美趣味终身没有改变。

《论诗绝句三十首》其三十云:"撼树蚍蜉自觉狂,书生技痒爱论量。老来留得诗千首,却被何人校短长。"从其"撼树蚍蜉""技痒论量"的表态中可见,作者非常谦逊,生怕对诗人评点不到位,影响后人的接受。末两句又透露担心自己亦被后人妄加评论之意。根据自注可知,这组诗歌写于"丁丑岁三乡",元好问时年二十八,可能晚年有所改定,故有对所论之人有"狂"而失实之虞。《石洲诗话》卷八评道:"先生一生识力,皆具于此,未可仅以少作目之。"②作者

---

① (元)元好问:《元好问全集》卷三六《杨叔伦〈小亨集〉引》,下册,山西人民出版社1990年版,第37页。

② (清)翁方纲:《石洲诗话》卷八,郭绍虞选编,富寿荪点校:《清诗话续编》,上册,上海古籍出版社1983年版,第1502页。

按时代秩序来经纬,以"风雅"传统为标准,品评优劣,并未有偏执之处,且尽显理性、客观之态,足见其思想的成熟。

自杜甫《戏为六绝句》后,元好问《论诗绝句三十首》创造了论诗诗的真正辉煌,确立了论诗诗的崇高地位。后世效仿《论诗绝句三十首》者层出不穷,如明代方孝孺《论诗诗》《读诗五首》,清代王士禛《戏效元遗山论诗绝句四十首》、谢启昆《读全唐诗仿元遗山论诗绝句一百首》《读全宋诗仿元遗山论诗绝句二百首》《读中州集仿元遗山论诗绝句六十首》、袁枚《仿元遗山论诗三十八首》、姚莹《论诗绝句六十首》、张晋《仿元遗山论诗绝句六十首》、朱筱园《论诗绝句五十首》、叶绍本《仿元遗山论诗得绝句二十四首》等,进一步扩大了论诗组诗的文体影响力。①

元初诗风和诗学批评受江湖诗诗派影响,崇尚清虚、淡雅。杨公远《诗人十事》是一组极富趣味的论诗组诗。围绕诗家、诗坛、诗将、诗匠、诗笔、诗简、诗牌、诗壁、诗癖、诗狂等与诗有关的事物,展开吟咏,充满趣味。如"银管空虚藏兔颖,冰怀磊块吐天葩。有时挥扫浑无碍,尽道毫锋自有花。"(《诗笔》)"生来性癖耽佳句,吟得诗成似有神。险语岂惟惊鬼胆,直须字字要惊人。"(《诗癖》)②诗人对诗笔、诗癖的点评非常到位,紧扣主题。杨氏论推崇苦吟,认为诗家的本质是"管领闲风月",表达闲情逸趣,诗语应由精巧而入自然。

元代论诗诗,以绝句形式,寓丰富的理论于只言片语中,是其文体上的一大特征。而直觉思维方式,比兴、意象、象征等修辞手法,又增强了论诗诗的诗性特征。这种以形象为思维中介,化抽象为具象,借此而言彼的思维方式,在整个古代文论中也是极具特色的。罗根泽先生在《中国文学批评史》中说:"中国的批评,大都是作家的反串,并没有多少批评专家。"③从曹丕、陆机、杜甫、司空图、元好问、严羽,再到王国维,都不仅是批评家,同时也是作家。这种身份决定了他们普遍具有一种诗性的气质、细腻的艺术感悟能力和体味能力,有利于对诗中蕴涵的情趣、韵味的体悟和把握,从而导致了论诗组诗的产生。

除论诗组诗外,《全元诗》中也保存了一些文论、书论和乐论组诗。如吴莱《读诸子二十四首》分别对鹖子、老子、文子、亢仓子、管子、慎子、公孙龙子等二十四位先秦人物的学术观点、成败得失进行评价,创文论组诗规模之

---

① 参见高利华《论诗绝句及其文化反响》,《文学评论》2003 年第 1 期,第 85 页。
② 杨镰:《全元诗》,第 7 册,中华书局 2013 年版,第 243 页。
③ 罗根泽:《中国文学批评史》,上海古籍出版社 1984 年版,第 14 页。

最。刘因《讲学而首章二首》《讲八佾首章二首》《讲求仁得仁章二首》等,更是以组诗来谈儒学之道。方回《先天易吟三十首》《后天易吟三十首》《大衍易吟四十首》《读素问十六首》,或谈读《易经》体会,或论学医心得。王恽《与叔谦太常论书十四首》、柯九思《苏文忠天际乌云卷九首》、赵汸《学书六言十首》则是诗人谈学书法体会的组诗。张宪《铁笛道人遗筚篥七绝》则是一组乐论组诗。由传统的诗论,到文论、书论,再到乐论,元代"论诗"的范围较前代有了新的拓展。

二、元代的政论组诗

政论组诗是元人发表对时事政治的看法,表达政治见解和政治态度的一种议论体组诗。元代士人内心深藏的"从政"意识,使他们对国家政治有着强烈的关注,特别是在延祐元年(1314)恢复科举后,这种关注达到空前状态。他们通过讴歌那些有建树的朝廷大臣、有"善政"记录的地方官员,借以传达"修齐治平"的人生理想。

王恽《雅歌一十五首》是一组赞颂武丞相殚精竭虑治理河南的德政诗,其序云:"雅歌者,为丞相武公作也。公经略河南之三年,有诏上计行台。时权臣承制,威震中外,拭吻磨牙,婪婪横噬,凡可以中伤群辟者,靡不毕至。公以大忠至谨,乃心王室。敛众人之责为己责,以天下之忧为己忧。虽困于跋疐,一身利害,略不为恤也。盖欲俾朝廷上存公恕,下不失民心为重,其大节如有此者。竟能感格帝心,恩终简在,自非精忠贯日,其孰能与于此哉?所谓临大事处大变,而后见其真将真相之度焉。因追作雅歌一十五章,庶几流播斯美,使后人颂而歌之,顾望若神人然。"①组诗从不同角度赞美了丞相武公在河南三年整顿吏治、廓清弊政的种种业绩,"敛众人之责为己责,以天下之忧为己忧"高尚品格,"生平恋阙丹心在"的赤诚忠心及"临大事处大变"的"真相之度"。

姚畴《昌江百咏诗》将"歌颂善政"之风推向极致。其序云:"《淇奥》之美武公,《泮水》之颂僖公,皆邦人歌其君之善也。有善则歌,有过则规。言之者无罪,而闻之者足以戒,诗之义也。皇庆壬子,复斋郭侯来尹吾州,公明廉惠之政,洋溢乎耳目,铭镂乎心肝。同僚和衷以治,邦人乐而歌之,纪善政为民谣,目曰《昌江百咏》。辞不尚文,事纪其实,以俟观民风者得焉。"据《全元诗》诗人小传载:"姚畴,浮梁州(江西景德镇)人。皇庆元年,作《昌江百咏诗》歌颂郭郁善政,并作诗寿郭郁父七十。诗及事均见《编类运使复斋

---

① 杨镰:《全元诗》,第5册,中华书局2013年版,第496页。

郭公敏行录》。"①从序中可知,组诗歌颂江西宪使郭郁的善政,目的是"俟观民风者得焉"。其一注:"公初至,谒文庙。见殿宇损漏,即劝诱儒生随力乐助,或修或造,栋宇一新。"其二注:"浮梁古以浮桥得名,归附后桥废。皇庆壬子,有以竞渡致杀人者,公悉拘管。属龙舟六十余只,横江为桥,名以济众。既革竞渡之扰,因成济川之功。"其三注:"公廉知豪强侵渔小弱,故因事痛惩之。虽关节百端不为动,于是豪强敛迹。"其四注:"前政欲营三皇殿,久而未能。公营建,不日而成,而后医学有所宗仰。旧日惟就学宫行礼而已。"其五注:"养济院旧不庇风雨,公恻然新之,鳏寡孤独有善矣。"其八注:"奸吏虚走金粮七十余硕,盖纳金者不得免粮,而不输课者反获其利。公命发其箧,得其情,遂用旧籍征,金粮额始复。"其九注:"公初至,狱有留系未决,公疑之,使索书铺元稿以观之,知其入人之罪,冤者得雪。"其十注:"州民有卖婚书与妻家者,其母不知,告于官。其子及媒妁皆以为未曾与某氏结亲,母不能自辨,几反坐。郭知州、吴州判察其奸,断还元夫。"其十一注:"飞走税粮官司屡首尝拘并,而弊愈甚。奸豪进产而税日减,善良退粮而税日增,故公欲挨究也。"②这些诗后"注"内容详尽地解释了郭氏"美政"的内涵。作者撷拾郭郁的种种政绩,从百姓角度加以赞美,集中反映了元人对清明政治的向往,创造了元代政论组诗规模之最。组诗采用"诗事相连"结构形态,以事诠诗,以诗证事,将郭郁善政全方位地展现出来,令人印象深刻。

泰定二年(1325),郭郁离任,邑人赋诗相送。王德昭作《江西宪使郭文卿德政诗二首》《又绝句十二首》为饯。前者序云:

> 谨皇昭德,一介庸愚,不知老至。忝在耆儒之列,只受中书礼部札付,荐以秀溪居士之名。切见太和州自泰定元年立春以来,气候不齐,阴阳失序,淫雨连绵,昼夜不息。及至于夏,顿然而止,日色高亢,天旱惔焚,山泽焦枯,禾苗槁死。虽蒙州官各捐俸钞,修建善事,诸庙行香,龙潭请水,于延真观建坛为民祈祷,随扰感通,终未沾足。间有水可救之处,而恶风东来,又生蟊贼。昭德犬马之齿七十有三,自前未尝目睹旱蝗有如此事者。实闵利害,岂忍缄默。本州六乡之间,往岁交夏以来,田畴缺雨,旱稻含胎。毓秀之时,遭以亢旱,禾苗枯槁,所收十无一二。农民惶惶,已有朝不保暮之忧,犹望晚稻麻黍杂子登场,得以少延残喘。何意秋旱八十余日,田垄龟拆,州地尘飞,晚种诸种,多见绝穗。

----

① 杨镰:《全元诗》,第27册,中华书局2013年版,第147页。
② 同上,第147—151页。

即今上等富室,仓廪桴虚;薄有田产之家,自赡不给;村落小民,唯有待毙。诚恐流移,后忧方大。已尝具呈本州备录,转申上司赈济外,今幸遇廉访分司按临小郡,谨陈小诗,少敷民情,伏乞电览。

序中详细介绍了郭郁德政业绩,其诗云:

> 一道澄清仰景光,福星移次照西昌。威名震动摇山岳,风采凝严凛雪霜。禁戢奸邪明国法,纠弹官吏正台纲。从今图圄无冤滞,元恶潜消化善良。(其一)
>
> 有民有土有斯财,尽是农家力作来。去岁旱伤惟独甚,今年饥馑可怜哉。间阎不见覆盆日,衙署难为业镜台。四者已蒙收养济,道傍无数可胜哀。(其二)①

其一,赞美郭郁的到来,给西昌百姓带来了福泽,打击奸邪势力,弘扬了正气,纠正了地方官员的作风。此后官场风清气正,监狱再无冤屈之人,人性的善良得到伸张。其二,写西昌连遭干旱,庄稼颗粒无收。幸遇廉访分司郭郁转申上司赈济,百姓方才渡过难关。无论是救民水火,还是惩恶扬善,郭郁德政深得民众拥护,当其离任之时"太平民唱太平歌"(《又绝句十二首》其一)以送。

谭景星《与田推官十首》是一组赞美田推官政绩的组诗。题注:田推官,"名泽,字君泽,居延人,宗理学。"序云:"习斋阁下,心潜理窟,萃拔文林,贰政潭湘。允矣。尚宽为而治,一诚濂洛;居然以习而名斋,有能声于其邦。以使事至吾郡,曰:廉而正,惟又是图。当为政以德之时,自然教化;于折民惟刑之际,罔不哀矜。辄修声律之十章,莫补治功之一效。"②从注、序可知,掌治刑狱的田推官崇尚理学,以"濂洛"为榜样,爱民如子,为官清廉,"有能声于其邦",真正实现了"政简讼清"的目标。"古人将民间词讼的多发视为民风浇薄的表现,而一方之牧守更是希望治下'政简讼清',百姓各安本分,不起衅端,这也是他们自命'为民父母'的理想目标"③。"政简讼清"已然成为古代太平社会的缩影。诗中"疑谳平反无不尽,得情勿喜重哀矜"(其一),"民彝忠厚归仁闻,吏传廉能著善声"(其二),"讼简始知民俗化,罪

---

① 杨镰:《全元诗》,第 22 册,中华书局 2013 年版,第 81—83 页。
② 同上,第 171—174 页。
③ 马作武:《古代息讼之术探讨》,《武汉大学学报(哲学社会科学版)》1998 年第 2 期,第 48 页。

疑必使上刑轻"(其三),"燕寝凝香生昼寂,公余书史乐无涯"(其五)等诗句,无疑是这种德政的形象化再现。

陶安《咏当涂张县尹善政五首》是歌颂当涂张县尹德政的,"古者为政,躬行率民,不待刑罚威令,而所感自孚,以天理在心,人所同也。况县令于民冣亲,寄命百里,苟善其治,虽当俗降政乖之后,岂遂不可复乎古。观于张君,可知矣。君之治当涂也,凡宿弊梗民,及民所欲而弗遂,咸除而举之。廷诉者,诲以婉辞,辄释讼去。然法所宜直,强诳莫能投其诈,穷弱得以伸其郁,故人无觖望焉。县负郭带江,当南北要冲,供亿繁侈,不立威而事集,人免于扰。宪台新令,核诡寄田,君适病不视事,吏署案设罪罟欲掩,民入无虑数千户,众惶骇。君出,焚案易吏,令民自实,类田于籍,赋役用均,民甚安之。其操守廉洁,内无纤介私挠,弊服羸马,意常充如。闭户燕处,澹静坚苦,人所难堪,而居之自裕。自莅事,连岁大穰,水旱不为灾,蝗飞不入境,务以德化下,用是皆耻犯法,斗竞者寡。部使者考视,案牍寥寂无几。父老贺曰:吾邑入职方氏七十年,未尝见此贤宰。郊野间无少长,闻称县令,每额掌敬叹。及代,相与赍咨弗释。以是观之,张君为县,能得匹夫之心,盖由躬行率民,无愧古之贤大夫矣。君名兑,字文说,湖南人,登进士第。余性介直,弗阿见,其官三载,表里始终常一致也。故序其概,颂以诗。"[1]长序详细概述了当涂张县尹善政的桩桩件件,作者借民众之口发出了"七十年,未尝见此贤宰"的感慨。组诗四言五章,章八句。其一,交代了张县尹来自荆湘之地,到数百里外的当涂县任县尹,给百姓带来了安康生活。其二,赞美张县尹高尚道德品质和卓越的施政能力。"理涵于心,道积于身"言其德,"克施有政,民德亦新"言其政。其三,赞美张县尹克勤克俭,操守廉洁,有君子风范。其四,言自张君莅事,连岁大穰,这都是以德化下的结果。以子产"惠人"之典,言县尹之德于民,甚有恩惠,"无愧古之贤大夫矣"。其五,赞美张县尹为官三载,造福一方。虽然南归,但当涂百姓永思不忘。

李孝光《原田八首》序云:"乐成,温属县也。为乡六,其田土错海中,轩輖如犬牙。独山门直县北,其地多高山深溪,土敝而瘠,居人无所稼穑。五代间,令有丁公者,始教民治田,起大防,其为式,沉竹笼水中,櫘以巨石,借以栖苴。因地势磬折行水,稍沟以灌溉,水势所至尽可耕种。自丁公时为埭凡三,曰北阁、九防、丁公。丁公埭在淀村,其民曰:我不知治田,丁公实教我,因名其埭曰丁公,使我子孙世世无忘丁公也。淀村之民,愚蠢而醇厚。视诸为农者,又最劳苦。纵无年不甚困。乡之富者,窃睨而垂涎,欲阴坏其

---

①　杨镰:《全元诗》,第56册,中华书局2013年版,第314—315页。

利而攘之，而持布泉唥恶人，去丁公三百步，更起埭夺水。民讼诸有司，吏畏富人不即受。民则泣守枯田，悒悒不能言。泰定二年秋，会县尹靳公来止，富人素畏威名，乃自令恶人坏埭。他日又辄嗾恶人致词，冀复筑埭。会尹迁去，小人乃喜。淀村民咸自相语曰：'公且去，富人取吾属矣。公惠我等甚大，愿相从留公以续吾命。即不愿，当卧塞其门，无听公去。'李孝光闻其言而悲之，为之歌以达。"①组诗共五首，四言四句，歌颂了县令丁公的政绩与德风，县尹靳公威名，及民众对二人的依依不舍之情。

凌云翰《钱塘十咏》也是一组咏赞德政组诗，其序云："杭之为郡，冠乎东南。唐宋以来多称贤守，而白、苏为最，蔡襄、李及次之，其流风遗韵固可考也。鄱阳王侯必先，来守是郡，因览形胜，有怀昔贤。于是，大夫士以十题献，俾作者赋之，意不外乎景物，理实关于政治，故得因题以释其义焉。一章曰《东海朝暾》，言侯忠爱之在君也。二章曰《西湖夜月》，言侯清明之在躬也。三章曰《浙江秋涛》，言侯威信之孚也。四章曰《北关夜市》，言侯惠利之周也。五章曰《孤山雾雪》，言侯之光辉洁白也。六章曰《两峰白云》，言侯之孝友慈祥也。七章曰《九里云松》，言侯持之以操也。八章曰《六桥烟柳》，言侯容之以德也。九章曰《灵石樵歌》，言民得其所乐也。十章曰《冷泉猿啸》，言物得其所乐也。此诗人之意，岂徒赋咏而已哉？予以末疾不能从侯之游，感侯之德弗能忘也，辄效杨仲弘为本斋王侯东湖之作，歌以颂侯，庶知民之爱侯，亦犹侯之爱民也。"②组诗以鄱阳王侯作郡守，游览钱塘景观为线索，触景感怀，因怀昔贤，以赞王侯政绩，使其"民之爱侯，亦犹侯之爱民"之美名传播天下。

歌颂善（德）政主题的政论组诗在元代大量出现，与元代的旌表制度相关。自秦朝统一之后，为了巩固中央集权，"忠君"已经成为封建统治者对臣民的一种绝要求。"赏罚所劝善禁恶，政之本也"③，朝廷以刑罚、旌赏来激励和鞭策朝臣报效朝廷。至元八年（1271），朝廷进一步提出了考核地方文官施政优劣——五事考课度："五事备者为上选，升一等。四事备者，减一资。三事有成者为中选，依常例迁转。四事不备者，添一资。五事俱不举者，黜降一等。"④自此，"五事"（指户口增、田野辟、词讼简、盗贼息、赋役均）一直为郡县文官考核的基本标准。此外，朝廷亦十分重视对廉干有为、

① 杨镰：《全元诗》，第32册，中华书局2013年版，第274—276页。
② 杨镰：《全元诗》，第62册，中华书局2013年版，第360页。
③ （汉）班固：《汉书》卷七六《韩延寿传》，北京中华书局1962年版，第3210页。
④ （明）宋濂等：《元史》卷八二《选举二·铨法上》，中华书局1976年版，第2038页。

政绩卓著的地方官员的褒表。同年,元廷"诏以束帛旌郡县守令之廉勤者"①。正是朝廷的重视与嘉奖,使得元代诗坛出现了大量赞美地方官员善政的组诗。

三、元代的道论组诗

清人张谦宜认为"诗中谈理,肇自三颂"②,认为先秦时期的周鲁商"三颂"为其源头,东晋玄言诗、宋代理趣诗,都是以诗谈理的典范。元代儒释道三教并重,阐述宗教义理的"道论"诗大量涌现。道论诗以其独特的理趣机锋,传播着宗教义理和修炼体验,成为元代组诗不可分割的部分。这些道论诗中,包含了讽谕劝诫、启迪智慧、哲理思辨等内容。"讽谕劝诫形态的哲理诗歌着眼于外在的政治、社会乃至人伦现象,并以之为特定对象而加以针砭、讽刺、劝诫,从而将处世哲学与道德规范明白无误地晓谕世人。"③

丘处机作为全真道第五任掌教,掌教 24 年,带领全真道进入全盛时期。其道教诗歌记录了修炼心性、积功累行、证道成真的宗教体验,具有独特的观物体道与审美感兴相融合的特点。如《修真二十首》《赞道十首》《示众三十七首》等,为宣教之作,用以阐释道教龙门派的义理,传授"悟道"体验及修身养性的感受,被杨镰先生称之为"宣讲道教教义的'有韵经文'"④,审美价值并不高。《赞道十首》解释了"道"的无形无象、无为无不为的特性,所谓"大道元无极""道德元无象""道运阴阳秀",正指此。"道"诞生于阴阳二气之中,"造化出乾坤""万化悉生成",具有化生万物的造物本质。"道"又具有"大朴含元气""变化有神灵"⑤磅礴的气势、难以情测的玄妙及亘古不变的特质。凡此等等,其对"道"(又称"元气"或"太极")阐释与北宋道学家周敦颐的《太极图说》所表达的意思很相似。

"示众",即开启众人愚昧心智。《示众三十七首》以阐发全真道"内修心性"教义为中心内容,阐明修道的过程及注意事项,目的是开启众人的悟道之心。丘处机承其师王重阳遗风,破斥肉体,贬低人生价值,以此警醒世人走上求仙之路。认为"修心炼性"首先要远离声色对人真心真性的消耗,只有"戒色",做到"六根清净",才能达到修仙的境界。"六根"又作六情,指六种感觉器官,眼是视根,耳是听根,鼻是嗅根,舌是味根,身是触根,意是念

① (明)宋濂等:《元史》卷四一《顺帝纪四》,中华书局 1976 年版,第 881 页。
② (清)张谦宜:《絸斋诗谈》卷一,《家学堂遗书二种》,乾隆二十三年(1758)法辉祖刻本。
③ 许总:《中国古代哲理诗的文化内涵与表现形态》,《学术月刊》1995 年第 12 期,第 95 页。
④ 杨镰:《元诗史》,人民文学出版社 2003 年版,第 703 页。
⑤ 杨镰:《全元诗》,第 1 册,中华书局 2013 年版,第 47 页。

虑之根。"六根不净"的人就会有烦恼，就会有痛苦。同时告诫世人"戒贪"，一旦"贪"作祟，即会殃及其身。这组"示众"诗通过对世事无常、人生如梦、寿命有限、人身可厌等世相作点拨，启迪众人超脱尘世、得道成仙。

在丘处机看来，只有"内修心性"才能得道成仙。卿希泰先生说："按全真道的观点，自心真性本来无欠无余，只因被邪念遮蔽迷乱而不自觉，只要在心地上下功夫，于一念不生处体证真性，便可于一念间顿悟，乃至超出生死。"①其注重"修心见性"方式与佛教修行很是相似。除了"内修心性"外，丘处机还强调"外修功行"，做到"内外双修"。任继愈先生说，"金元时期的全真教把出家修仙与世俗的忠孝仁义相为表里，把道教社会化"②，即指此，其实质是内道外儒，儒道结合。《修道二十首》便是一组强调"外修功行"的诗歌，详细写了修道的整个过程。只有反复不断地清心炼气，才能见性明心，体验到"浮云收静境，慧日照禅天"（其六）的美妙境界。③

丘处机的全真道教强调内修心性、外修功行，以"禁欲主义"为基础，不准有妻室，要求苦修。这种宗教禁欲主义，用四个字来概括，便是"澄心遣欲"。在他看来，只有戒色，破除家庭、亲情、爱情等"金枷玉锁"，才能使身心空寂虚静，达到修仙的目的。只有"眼耳离声色，身心却有无"，勿为贪念所系，才会"自然通造化"，进入到一个全新的境界。如《平山堂》其四："三竿红日眠犹在，十里青山坐对闲。不觉人来幽圃外，时惊犬吠白云间。无心自得成长往，了一何须问大还。只恐逡巡下天诏，悠扬无计乐平山。"④诗人将修道的心理体验外化到大自然的景象，达到了天人合一的至境。

张雨是元末著名的道士文人，"贞居先生清诗妙墨，飘飘然自有一种仙气，信非尘俗中人也"⑤。茅山修道的生活，无疑是其人生经历的一个重要标志。张雨在茅山修炼期间，以《玄洲十咏》与赵孟頫唱和，引发了声势浩大的同题共咏热潮，"玄州十景"因此名扬天下。序文云："茅山玄洲精舍，左右真仙古迹曰：菌山、罗姑洞、霞架海、鹤台、桐华洞、玄洲精舍、紫轩、火浣坛、隐居松、玉像龛。至治二年壬戌岁，道吴兴溪上，与松雪学士倡和十绝以记其处，仍书刻石山中。"⑥"玄洲"为道家八方巨海之"十洲"之一，"罗姑""紫阳君""紫虚"等道教人物都曾在此修炼。组诗记录了道门的历史与传

---

① 卿希泰：《中国道教史》，第 3 册，四川人民出版社 1996 年版，第 60 页。
② 任继愈：《中国道教史》序，上海人民出版社 1990 年版，第 6 页。
③ 杨镰：《全元诗》，第 1 册，中华书局 2013 年版，第 45—47 页。
④ 同上，第 8 页。
⑤ （元）张雨撰，彭万隆点校：《张雨集》附录三《诸家评论》，下册，浙江古籍出版社 2015 年版，第 689 页。
⑥ 杨镰：《全元诗》，第 31 册，中华书局 2013 年版，第 320 页。

说,将读者带进那些有别于世俗生活的洞天福地之中,一睹茅山道士祈风求雨的斋醮科仪,体悟清逸平和、澄怀观道的圣境。吴光正说:"张雨在将宫观居室隐士化、仙道化的同时,总是不忘透过景观来描写修道情趣,抒发修道情怀,凸显高雅情思。"①其《登善庵》云:"先世守清阀,而我益孤寒。依彼桑及梓,树此芷与兰。太上讵忘情,护养老黄冠。"②道出了自己以世家子弟入道而得到庇护的情形,这对启发普罗大众修炼很有帮助。

张雨由儒入道,将道家上清派道教文化、隐逸文化浓缩于生活之中,传达了不愿苟合当世的心志。杨维桢《寄句曲外史》一诗赞道:"近番风雨无处士,百年山泽有真儒。"③郑元祐《题张伯雨留别卷》亦云:"句曲外史儒仙师,开口论事剑差差。诗律精严夺天巧,字画峭重含春姿。一朝飘然上京邑,赤墀不拜惟长揖。名称藉藉诸公间,落纸云烟粲星日。"④二人都赞美了张雨儒道兼修的思想及在诗歌、绘画方面的杰出成就和巨大的社会影响。

在元代,佛教的政治地位要高于道教,其"义理"因派别不同而各异。佛教中曹洞宗,属青原行思法系,常以"五位君臣""偏正回互"来说理事关系,接引学人。"君为正位,臣为偏位。臣向君,是偏正中;君视臣,是正中偏;君臣道合,是兼带语。"⑤洪修平指出:"所谓'五位君臣'是曹洞宗用来说明理事关系的一种理论,有时也用以作为接引学人的一种教学方法。曹洞宗用'正'来代表理,用'偏'来代表事,用'兼'来表示非正非偏的中道,理事偏正回互,互相配合,便成五种形式。再配以'君'、'臣'之位,便成'五位君臣'"⑥。

耶律楚材乃禅宗曹洞宗派大师万松行秀的弟子,初参圣安澄公时,只为搜摘语录,以资谈柄,并没有真心皈依佛法。参访万松行秀后,焚膏继晷,废寝忘食,终悟禅法堂奥,被行秀誉为居士学佛"千载一人"。其在《和百拙禅师韵》中云:"十方世界是全身,气宇如王绝比伦。与夺机中明主客,正偏位里辨君臣。"⑦诗中指出曹洞宗禅法的基本特色,即偏正回互、五位君臣。根据对"五位君臣"⑧的理解,他又作了《洞山五位颂五首》,意在讲明参禅者在

① 吴光正:《元代茅山宗高道张雨的诗词创作、生命体悟与文化参与》,《世界宗教研究》2021年第6期,第100页。
② (元)张雨撰,彭万隆点校:《张雨集》,上册,浙江古籍出版社2015年版,第41页。
③ (元)张雨撰,彭万隆点校:《张雨集》,下册,浙江古籍出版社2015年版,第773页。
④ 杨镰:《全元诗》,第36册,中华书局2013年版,第293—294页。
⑤ (宋)释普济:《五灯会元》卷一三《曹山本寂禅师》,中华书局1984年版,第787页。
⑥ 洪修平:《石头希迁与曹洞宗的禅法思想特点略论》,《佛学研究》2006年刊,第248页。
⑦ 杨镰:《全元诗》,第1册,中华书局2013年版,第198—199页。
⑧ 任继愈主编:《佛教大辞典》之"五位君臣",江苏古籍出版社2002年版,第270—271页。

不同阶段的悟道境界,以开众俗,指导禅修。"正中偏"指背理就事,"偏中正"指舍事入理,"正中来"指有体有用,"兼中至"指理事通融,"兼中到"指反璞归真。在曹洞宗看来,克服各种片面的认识,达到由事见理,即事而真,事理圆融,混然内外,和融上下,方为悟道的最高境界。曹洞宗理论向以"绵密"著称,其禅诗极具神秘色彩。从此颂诗的境界展示来看,耶律楚材有着丰富禅修体验,绝非一般士大夫可比。

《太阳十六题》是另一组参禅论法组诗,分为识自宗、死中活、活死中、不落死活、背舍、不背舍、活分、杀人剑、平常、利道拔生、言无过失、透脱、透脱不透脱、称扬、降句、方又圆十六题,体现了禅宗应机接物、语自心出的特点。这十六题原为宋代浮山法远禅师提示修行者悟道心要"十六条",强调心为万行之本,心若不静,妄情就会产生,就会不明事理。如《识自宗》"拈花老子徒饶舌,面壁胡僧太赚人。更着洞山行过水,吾宗从此永沉沦",指不落言诠思量,当下看取本来面目之旨趣。《透脱》"潇湘一片芦花秋,雪浪银涛无尽头。何须渔歌发清响,鹭丝飞出白汀洲",《透脱不透脱》"重阳九日菊花新,妙契忘言不犯春。收得安南忧北伐,不知何日得通津"①,此处的"透脱"与"不透脱"喻指参禅参破与未能参破两种情形。

《琴道喻五十韵以勉忘忧进道》是一首以学琴喻学道的诗歌,其序交代二者的关系,"余幼而喜佛,盖天性也。壮而涉猎佛书,稍有所得,颇自矜大。又癖于琴,因检阅旧谱,自弹数十曲,似是而非也。后见琴士弭大用,悉弃旧学,再变新意,方悟佛书之理未尽。遂谒万松老人,旦夕不辍,叩参者且三年,始蒙见许。是知圣谛第一义谛,不在言传,明矣。迩因忘忧学鼓琴,未期月,稍成节奏,又知学道之方,在君子之自强耳。故作琴喻道,述得旨之由,勉子进道之渐云。"②序文借琴道悟佛道,极具启示性。

明本禅师在禅宗和净土宗上均取得了极高造诣,在江南佛教界无人出其右。为启僧众习法修禅,创作了《拟寒山诗百首》《天目中峰和尚怀净土诗一百八首》《颂古七首》《示喜禅人十二首》《示头陀苦行十首》《幻海五首》《教禅律总颂四首》《示一禅人五首》《次鲁庵怀净土十首》《怀净土十首》《寄同参十首》《警世廿二首》等组诗,阐释佛理与修佛悟道体验。正如周裕锴先生所说:"禅师作偈是为了示法启悟,着眼点在宗教。"③明本禅师将佛理以通俗的诗句阐释出来,方便了修禅之人进修。

---

① 杨镰:《全元诗》,第1册,中华书局2013年版,第271—273页。
② 同上,第310页。
③ 周裕锴:《中国禅宗与诗歌》,上海人民出版社1992年版,第40—41页。

　　《拟寒山诗百首》是拟寒山体弘道说法,所谓"《拟寒山》百首,以寓参禅之旨"(《一花五叶序》)①,"信手拈弄""机趣横溢"②。组诗以"参禅"二字领起,分"莫""宜""要""为""无""非""绝""最""不"九层,"将参禅者应该具备的素质、遵守的规则、习禅的终极目标、禅宗与其他术数的区别、习禅的最高境界等,或正面提示,或反面告诫,或侧面烘托,为习禅者指点迷津,开启智慧"③。在他看来,参禅没有古今、贵贱之别,也没有僧俗、智愚之分。只要忍得住枯淡和寂寞,方能超越凡尘,进入圣境。如"莫"字诗云:

　　　　参禅莫执坐,坐忘而易过。叠足取轻安,垂头寻怠惰。若不凭空沉,定应随想做。心华无日开,徒使蒲团破。(其一)
　　　　参禅莫知解,解多成捏怪。公案播唇牙,经书塞皮袋。举起尽合头,说来无缝罅。撞着生死魔,漆桶还不快。(其二)④

其一,强调参禅莫要执着,坐禅只是形式,觉悟才是目的。要"凭空""随想",只有这样才能进入"心华"顿开的境界,否则"蒲团"座破,也难成正果。其二,强调参禅不要执着于"公案"教义,关键是要解开"生死魔",方能参破禅机。再如"宜"字诗云:

　　　　参禅宜努力,真心血滴滴。如登千仞高,似与万人敌。有死不暇顾,无身似堪惜。冷地或抬头,何曾离空寂。(其十四)
　　　　参禅宜及早,迟疑堕荒草。隙阴诚易迁,幻躯那可保。当处不承当,转身何处讨。寄语玄学人,莫待算筹倒。(其十六)⑤

其十四,告诫习禅之人要专心致志,不可心猿意马,否则白忙一场。明本在《坐禅箴并序》也说:"夫非禅不坐,非坐不禅。惟禅惟坐,而坐而禅。禅即坐之异名,坐乃禅之别称。盖一念不动为坐,万法归源为禅。或云戒定是坐

---

① 《中峰明本和尚广录》卷二四,蓝吉富:《禅宗全书》第48册,北京图书馆出版社2004年版,第245页。
② (清)永瑢等撰:《四库全书总目》卷一四九,下册,中华书局1965年版,第1277页。
③ 李正春:《论明本禅师的组诗创作及影响》,《苏州科技大学学报(社会科学版)》2017年1期,第86页。
④ 蓝吉富:《中峰明本和尚广录》卷一七,《禅宗全书》第48册,北京图书馆出版社2004年版,第187页。
⑤ 同上,第188页。

意,智慧即禅意,非情妄之可诠。"①其十六,提示习禅之人早作决断,切莫迟疑,否则时光流逝,玄学无成,后悔莫及。

"要""为""无""非""绝""最""不"字诗,也分别从不同层面对参禅者作了开示,告诉习禅之人应该做什么,不应该做什么及注意事项。《拟寒山诗百首》最后十首是总结、强调习禅的要义。整组诗歌语言通俗,形象生动,便于世人了解佛法精髓及禅修规则。

明本禅师提倡"禅净合一",认为禅是净土之禅,净土是禅之净土。《次鲁庵怀净土十首》序云:"或谓禅即净土,净土即禅,离禅外安有净土可归?离净土岂有禅门可入?"②这里的净土,除了指西方极乐世界外,更指通过精进修持明见自性净土,见到自性弥陀,妙悟本心。为了积极鼓励世人修学净土法门,明本创作了《天目中峰和尚怀净土诗一百八首》,告诫修净土法门的人,应当认识到人生虚幻,轮回痛苦,从而珍惜光阴,精进修道,最后圆成佛道。其一云:

> 尘沙劫又尘沙劫,数尽尘沙劫未休。当念只因情未撇,无边生死自羁留。③

在禅师看来,世人所以在尘沙劫中长辗转挣扎,只因贪嗔痴而起惑造业,然后因业受报,六道轮回,流转不止。作为修行之人,只有将人生看淡、世情看淡,超越世间的苦乐等感受,才能精进修道,进入"无住"的境界。

每个人都有一尊自性佛,然世人常为"五欲"所羁绊,被各种名缰利锁所缠绕,它遮蔽了人的佛性。为了满足私欲,人们常将自己折磨得疲惫不堪。修行之人只有参透生死,抛开"五欲"的束缚,才能见自本性。其四十九云:

> 腊尽时穷事可怜,东村王老夜烧钱。即心自性弥陀佛,满面尘埃又一年。④

---

① 《中峰明本和尚广录》卷二七,蓝吉富:《禅宗全书》第 48 册,北京图书馆出版社 2004 年版,第 264 页。

② 《中峰明本和尚广录》卷二八,蓝吉富:《禅宗全书》第 48 册,北京图书馆出版社 2004 年版,第 269 页。

③ 《中峰明本和尚杂录》卷下,蓝吉富:《禅宗全书》第 48 册,北京图书馆出版社 2004 年版,第 354 页。

④ 《中峰明本和尚广录》卷二,蓝吉富:《禅宗全书》第 48 册,北京图书馆出版社 2004 年版,第 356 页。

明本禅师继承了"即心即佛"的观点,劝化参禅之人从观照自心中明见本性。以"东村王老"烧纸祈福的故事为喻,告诉人们,福是祈不来的,唯有内心清净,才能见到自性弥陀,摆脱世间贫苦。其一百云:

> 念佛不曾妨日用,人于日用自相妨。百年幻影谁能保,莫负西天老愿王。①

在如何悟佛的问题上,禅宗主张"日用是道",认为搬柴运水无非妙道,吃饭穿衣皆是佛法。《小参》中的"大道只在目前,要且目前难睹,欲识大道真体,不离声色言语"②,就是要认清人生的虚幻苦短,在日常生活中精进念佛,求生西方。无论是富贵之人亦或是贫乏之人,又或者是少年以至朝廷宰辅,只要认真念佛修行,皆可往生净土。

明本禅师在幻住说法时创作了大量的颂古诗偈,如《颂古七首》《颂古二十七首》《拟古德十可行十首》《教禅律总颂四首》等,咏颂禅门公案的体会、感悟。如《颂古二十七首》其三"即心是佛"云:

> 硬是纯钢烂似泥,甜如崖蜜毒如砒。浑仑吞又浑仑吐,赚杀江西马簸箕。③

"马簸箕"指唐代佛教禅宗大寂禅师马祖,开创了佛教的丛林制度。认为"即心是佛——非心非佛——平常心是道",又主张"道不用修""任心为修",用手势、隐语、动作、符号、道具等开悟学人,形成了一种自由活泼的禅风。此公案告诉我们,"明心见性"才是禅修的根本。其十二"临济四喝"云:

> 小厮儿偏爱弄娇,丝毫不挂赤条条。劣狮筋头重翻掷,拶得蟾蜍下碧霄。④

---

① 《中峰明本和尚杂录》卷下,蓝吉富:《禅宗全书》第48册,北京图书馆出版社2004年版,第359页。
② 《中峰明本和尚广录》卷二,蓝吉富:《禅宗全书》第48册,北京图书馆出版社2004年版,第29页。
③ 《中峰明本和尚广录》卷三,蓝吉富:《禅宗全书》第48册,北京图书馆出版社2004年版,第36页。
④ 同上,第37页。

"临济四喝"是禅宗公案名,指唐代临济义玄禅师以"喝"接引徒众之四种方法。第一喝为"发大机之喝",以"金刚王宝剑"喻示斩断知解情识;第二喝,以"踞地狮子",喻示震醒烦恼困惑。第三喝,以"探竿影草",喻方便利人,破除有见无见。第四喝,即"向上之一喝",指绝对与相对,喝即不喝,不喝即喝,运行无碍。临济义玄的"棒喝"应机法,有时只喝不打;有时只打不喝,有时先打后喝,有时先喝后打,有时喝打并行。在"劣狮筋头重翻掷"的惊吓之下,连天宫中的"蟾蜍"也掉落人间,更何况"赤条条"无知的"小厮儿"!禅师以此喻临济棒喝对学人的"开窍"之用。其二十"丹霞烧木佛"云:

> 火烧木佛丹霞罪,脱落须眉院主灾。一阵东风回暖律,几多春色上梅腮。①

"丹霞烧佛"是《五灯会元》卷五记载的一段在禅宗史上是非常特殊的公案。丹霞游方到洛阳慧林寺,因天气大寒,便烧佛取暖,遭主持呵斥。丹霞认为,拜佛供佛是形式,真正的佛在心内坐,在自性中。如果相信心外有佛那就有佛,但不能认为偶像就是佛。"丹霞烧佛"公案以烧佛作为手段和方便,破除人们的执着、了断烦恼、见自性、明佛性。

颂古诗最大特点是"绕路说禅",不直接说明悟境,而是以否定的、比喻的、借代的、甚至矛盾的方式去暗示读者,启迪悟性。正如周裕锴先生所言:"佛学对经典教义的诠释有两种方式:一曰表诠,一曰遮诠。表诠是指从事物的正面作肯定的解释,而遮诠则是指从事物的反面作否定的解释。"②尽管佛教经典、祖师语录反复强调语言文字的局限性和"道"的不可言说性,但是,禅宗从一开始就没有放弃语言文字,而且随着偈颂的诗化、僧诗的泛滥,"文字禅"在北宋后期走向顶峰。

继明本之后,作净土诗而知名的是楚石梵琦。嗣法于元叟行端,晚号"西斋老人"。禅寂之外,专司净业。作《西斋净业诗》数百首。明代朱彝尊说:"楚石僧中龙象,笔有慧刃,《净土诗》累百,可以无讥。和寒山、拾得、丰干韵,亦属游戏。"③《怀净土诗一百十首》,大都清丽圆润,不坠俗谈。如"莲宫只在舍西头,易往无人着意修。三圣共成悲愿海,一身孤倚夕阳楼。秋阶易落梧桐叶,夜壑难藏舴艋舟。幸有玉池凫雁在,相呼相唤去来休。"(其

---

① 《中峰明本和尚广录》卷三,蓝吉富:《禅宗全书》第48册,北京图书馆出版社2004年版,第36页。

② 周裕锴:《绕路说禅:从禅的诠释到诗的表达》,《文艺研究》2000年第3期,第50页。

③ (清)朱彝尊:《静志居诗话》卷二三《梵琦》,下册,人民文学出版社2006年版,第733页。

七)梵琦所谓"共说西方","莲宫只在舍西头",便是指往生于西方的极乐世界。其"共说西方",不流于通俗教说,而是以清新流丽写自己的参悟体验。钱谦益评其诗"皆从念佛三昧心中流出,历历与经契合,使人读之,恍然如游珠网琼林、金沙玉沼间也"①。

此外,尹志平《修行五更颂》《长春宫警世十首》、虞集《金丹五颂》、黄镇成《题梅花太极图十首》、刘鹗《浮云道院诗二十二首》、吴莱《病起读列子冲虚至德真经杂题八首》、释行端《拟寒山子诗六首》《拟寒山子诗二首》等,这类道论诗往往并不具备很高的艺术性,但却是道教、佛教思想传播的通俗化媒介,具有广泛的社会影响力。

第三节　元代咏史组诗

元代历史上曾涌现过两股史学思潮,对当时的史学、文学影响甚大:"一股是重视史学鉴戒教育作用的鉴戒史学思潮,另一股是围绕辽、金、宋三史编修义例而展开的关于史学正统观念的大辩论思潮。"②从史学角度言,官方主导的史书纂修工作贯穿全元,展示了蒙元统治者借修史以资治、鉴戒政治决断,并由此带动了别史、传记、地方志、笔记等著述的繁荣。从文学角度言,朝廷"重史"的风气,也促使了咏史题材的诗歌、散曲、杂剧的兴盛。

《全元诗》中收录咏史诗6 000余首③,数量仅次于题画诗。从所咏对象看,既涉及古代历史,也涉及辽、金、宋、蒙元当代史。聚焦世事兴亡、抨击时政,已然成为元代咏史组诗最突出的特点。元末杨维桢用乐府体创作咏史组诗,开明清咏史乐府组诗之先河。受南宋咏史专集的影响,元代咏史组诗规模空前,一些中大型咏史组诗频频出现,并产生了多部咏史组诗专集。

一、元代前期的咏史组诗

处于金元、宋元交替之际,怀念故国、借古讽今成为遗民创作的重要题材。元初耶律楚材、李俊民、元好问、郝经、王恽、刘埙、陆文圭、陈孚、赵孟頫、郑思肖、徐钧、宋无等都借咏史以抒怀,展现黍离之悲和兴亡之感。

耶律楚材出身于契丹贵族,先仕金后仕元,深受元廷重用,被誉为"社稷

---

① （清）钱谦益:《列朝诗集小传》闰集《西斋和尚琦公》,下册,上海古籍出版社1983年版,第665页。

② 叶建华:《论元代史学的两股思潮》,《内蒙古社会科学》1991年第2期,第46页。

③ 参见涂小丽《元代咏史诗研究述评》,《现代语文(学术综合版)》2017年第11期,第12页。

之臣"。其《怀古一百韵寄张敏之》称:"兴亡千古事,胜负一枰棋。感恨空兴叹,悲吟乃赋诗。"①以"一盘棋"喻历史的兴亡成败,以"空兴叹"则揭示历史的无情,具有高屋建瓴之势和举重若轻之感。《过青冢次贾挋霄韵二首》是一组咏史唱和诗,作者通过凭吊"青冢",表达了对昭君出塞历史的反思,显示超越民族限制的博大胸襟。"边塞未安嫔侮虏,朝廷何事拜功臣",语含讽刺,既批评了朝廷的和番之策,也批评了毛延寿的欺君之罪,替王昭君鸣不平。

李俊民生活在金末元初,"弃官不仕,以所学教授乡里,从之者甚盛。至有不远千里而来者。金源南迁,隐于嵩山,后徙怀州,俄复隐于西山"②。其七绝咏史组诗《襄阳咏史五十二首》作于蒙古大军入侵之时。作者南下襄阳,遍访古迹,追寻白起、屈原、宋玉、楚昭王、汉光武、刘表、刘备、司马徽、庞统、徐庶、诸葛亮、关羽、王粲、羊祜、杜预等人足迹,以地名为分题,咏怀古人古事。一方面寄寓了对故国沦丧的哀思,如"故国到今如传舍,后人复使后人哀"(《楚昭王庙》),"往事一场巫峡梦,秋风摇落在东墙"(《宋玉宅》),"当年汉地龙兴地,尽在登楼四望中"(《兹楼》)等,借对历代王朝兴衰的感慨,抒发丧家亡国之痛;另一方面,他又对南宋王朝抱有幻想,如"乾坤到底归真主,愁杀鸿门碎斗人"(《汉高庙》),表达对南宋朝全国统一的期待。"鼎足相吞势未分,谁能倾盖得将军。曹吴不是中原手,天下英雄有使君"(《关将军庙》),希望英雄出世,为南宋的半壁江山把守门户。此外,还表达了对执政者是非不分、忠奸不辨的怨恨和退隐田园之思。"当时若听韩嵩策,那得曹瞒享士牛"(《刘表祠》),表面上写刘表"有才而不能用,善闻而不能纳",实则暗讽当代朝政。"百年巢穴子孙安,十日长闻九日闲。说破姓名人不识,鹿门山是德公山"③(《鹿门山》),则传达出对归隐田园、饮酒赋诗生活的向往。诗人生逢乱世,以借史抒怀,展示了抗节不仕,保节守志的心态。金亡之后,他并非无进身之机,由于内心深处有着无法排遣的遗民情节,只能冷眼相向,以表达与朝廷的疏离之感。

组诗所咏史事实,从先秦一直到赵宋,跨越千年,以春秋战国、秦汉之际、三国争霸历史尤为突出。时局动荡、历史剧变,与金末元初极为相似。从内容看,《襄阳咏史五十二首》侧重于历史人物和事件,通过对名人祠宇、

---

① 杨镰:《全元诗》,第1册,中华书局2013年版,第312页。
② (明)宋濂等:《元史》卷一五八《宴默传附李俊民传》,中华书局1976年版,第3733页。
③ 阎凤梧、康金声:《全辽金诗》中卷,山西古籍出版社1999年版,第2011—2028页。

宅院等遗迹的凭吊,来评价先贤的是非功过。如"海内英雄待一呼,云龙际会入东都。羯奴不识真人事,徼幸中原欲并驱。"(《光武庙》)赞扬汉光武帝在新莽末年天下大乱之际所展现出的胆识与气魄,成就东汉大业。"将将提兵气自扬,一朝翻为沐猴忙。得从虎口抽身去,不必雷霆怒假王。"(《保汉宫庙》)纪信为保刘安汉立下了不可磨灭的功勋,诗人赞赏其誓死以保主公的忠义之举。

元好问是元初最重要的咏史诗人之一,其咏史组诗《俳体雪香亭杂咏十五首》,以故汴宫仁安殿西的雪香亭为对象,抒发兴亡感慨,在元初遗民群体中极富典型性。俳体,即俳谐体,指带有游戏、滑稽性质的文字,作者称其为"俳体",实则是正话反说,所表现的内容尤为深刻而悲怆。雪香亭,是金朝宫中的建筑物,在正殿纯和殿之西,借指内宫。《俳体雪香亭杂咏十五首》写于金亡之后,是元好问的肺腑之言,表达了物是人非的感慨以及对金王朝、王室、后妃等悲剧命运的哀叹。首先,对亡国的反思,批评金朝儒学六艺只能管理书生,却挡不住蒙古的金戈铁马。为全诗奠定了感伤的基调,也体现出其对金朝亡国的反思。其次,写后妃内心感受,或回忆往昔后宫的奢华生活,或引用昭君出塞之典,或化用唐代张祜之典,表达物是人非的沧桑之感。用杜鹃啼血之典与海棠、流莺、宫园等意象,来表现故国之思。最后,抒亡国之恨,或言亡国的痛彻心扉,或言哀叹名节,有苦难言。借用庾信由南入北事迹,影射自己由金入元的痛苦。《瓯北诗话》卷八称:"盖生长云、朔,其天禀本多豪杰英健之气;又值金源亡国,以宗社丘墟之感,发为慷慨悲歌,有不求而自工者,此固地为之也,时为之也。"①作者以诗咏史,以诗存史,为我们留下了思想性艺术性俱佳的艺术品。

《杂著九首》作于被困汴京之时,诗人在感叹古代兴亡的同时,抒发了对现世的感慨、对国事的忧虑。其四、其五、其七、其八云:

青盖朝来帝座新,岂知卫瓘是忠臣。洛阳荆棘千年后,愁绝铜驼陌上人。

六国孱王走下风,神人鞭血海波红。无端一片云亭石,杀尽苍生有底功?

泗水龙归海县空,朱三王八竟言功。围棋局上猪奴戏,可是乾坤斗两雄?

---

① （清）赵翼:《瓯北诗话》卷八,郭绍虞编著,富寿荪校点:《清诗话续编》,上册,上海古籍出版社 1983 年版,第 1267 页。

昨日东周今日秦,咸阳烟火洛阳尘。百年蚁穴蜂衙里,笑杀昆仑顶上人。[1]

其四,以西晋重臣卫瓘被杀,讽刺朝廷对开国功臣的追杀,谴责统治者的刻薄寡恩。其五,咏战国七雄事,在"一片云石"与"杀尽苍生"的对照中,揭示秦统一天下的血腥与荼毒,以讽刺蒙元灭金的残酷。其七,作者借"朱三王八"之典,讽刺乱世枭雄追名逐利,不过是"牧猪奴戏"罢了。其八,讽劝世人蝇营狗苟的愚妄可笑。人生短短百年,如白驹过隙。争名逐利,会笑煞昆仑顶上的仙人。组诗表面上全部咏叹古代的史事,但字里行间都激荡着金末历史的狂澜,反映着诗人对国事民生的忧虑与悲伤,对乱世残民的军阀们憎恶与愤慨。四库馆臣评道:"所撰《中州集》,意在以诗存史,去取尚不尽精。至所自作,则兴象深邃,风格道上,无宋南渡末江湖诸人之习,亦无江西流派生拗粗犷之失。"[2]虽然诗题并未标"咏史",但借古讽今的用意十分鲜明。其咏史诗实现了从金初借咏史来抒发去国怀乡之感,到金末讽喻与揭露并存,针对性、批判性更强的转变。

许衡一生崇信程朱理学,在忽必烈朝中任京兆提学、太子太保、国子祭酒,与刘秉忠、张文谦等定朝仪、立制度,行"汉法",在促进民族融合中做出了积极贡献。《编年歌括二十八首》是作者六十岁时在太学教授位置上所作的一组咏史诗。"歌",可歌可咏之谓也;"括",对历史上各个朝代的概括,共28题。《总数》云:"始自尧戊辰,终于金癸巳。三千六百年,内减三十四。"[3]交代了咏史时间范围,前后近"三千六百年"。除"总数"外,以一歌一朝原则,概括地介绍了自唐虞至金代的历史,具有"诗史兼备"的特点。四库馆臣评云:"其编年歌括,尤不宜列入集内,一概刊行,非衡本意。然衡平生议论宗旨,亦颇赖此编以存,弃其芜杂,取其精英,在读者别择之耳。其文章无意修辞,而自然明白醇正。"[4]作者以诗写史,借史议论,评价历史人物的功过,表明了鲜明的儒学价值观。

郝经身兼诗人、学者两重身份,他为蒙元出使敌国,被南宋囚禁十几年后执节还朝,使其在元史上分外知名。其咏史诗共80余首,其中以《寓兴二十九首》《龙德故宫怀古一十四首》最为著名。前者效法魏晋古风,杂用抒情、说理之比兴体,通过吟咏历史人物与事件,来表达对历史的观察及对现

---

① 杨镰:《全元诗》,第 2 册,中华书局 2013 年版,第 180 页。
② (清)永瑢等撰:《四库全书总目》卷一六六,下册,中华书局 1965 年版,第 1421 页。
③ 杨镰:《全元诗》,第 3 册,中华书局 2013 年版,第 66 页。
④ (清)永瑢等撰:《四库全书总目》卷一六六,下册,中华书局 1965 年版,第 1430 页。

实的思考。认为陶潜辞官隐居与刘伶沉溺酒乡以忘世事，都不如王通积极授徒讲学、为天下培育经天纬地之英才有价值。品评汉祖、唐皇、曹操、晋君的功过是非，客观公正。特别是批评晋君目光短浅、处理权力纷争的无能，导致"自此中国亡"的结局，有很强的现实针对性，作者对历史的评价中展现出了独特的史识。

其《龙德故宫怀古一十四首》以龙德故宫的兴衰为背景，探究了北宋亡国、南宋误国的原因。在郝经看来，北宋亡国的关键是"内祸"，由于新旧党争不断，内耗连连，即使没有靖康之变，国家也必然亡于奸党之手。所谓"国是当时总是非，强将商鞅作皋夔。莫言天变浑无畏，不见雷轰党籍碑。"（其二）"锢党纷纷快老奸，败盟更欲复燕山。当时若使无夷祸，不在权臣即宦官。"（其六）统治者耽于享乐，误国误民，是北宋败亡的另一重要原因。"万岁山来穷九州，汴堤犹有万人愁。中原自古多亡国，亡宋谁知是石头。"（其八）讽刺宋徽宗搜刮天下奇石建万岁山，劳民伤财，终招亡国辱身的下场。"复国诛仇事岂难，背城借一据河山。汴梁更不回头望，直送汪黄到浙间。"（其九）对南宋君臣，偏安一隅，不敢全力抗争以图复国，给予了严厉的谴责。"却许邦昌为纪信，浑将秦桧作程婴。甘心江左为东晋，长使英雄气不平。"（其十一）对宋高宗任用奸佞、自毁长城，极为不满。"少康一旅便南奔，畀付英雄国可存。宗泽云亡李纲罢，衣冠不复到中原。"①（其十）讽刺宋高宗昏聩无能，罢黜抗金大将李纲、宗泽，导致南北割据，复国再无可能。作者对金元、宋元之际的历史做出了全面的、理性的分析与批判，其咏史诗往往涉及一朝一代之兴亡，具有借鉴意义。

胡祇遹是一位理学家，为文主张经世致用。"大哉风雅颂，用之亦非轻。至情为物激，哀乐即成声。民心见向背，国政知瑕贞。"②认为诗歌要反映现实，有补于世。其咏史诗数量不多，自抒胸臆，不事雕饰，惟以明体达用为主。如《读范苏二子传二首》通过对范雎、苏秦举止的概括描写，嘲讽了战国时期政客游说各国、追逐名利的行为。《跋徽宗画渊明夏居图二首》借画面委婉地讽刺宋徽宗沉湎于研习书画、作文吟诗，玩物丧志、荒于治国。两组诗都采用对比手法，借古讽今，强调资治功能。四库馆臣评道："今观其集，大抵学问出于宋儒，以笃实为宗，而务求明体达用，不屑为空虚之谈。诗文自抒胸臆，无所依仿，亦无所雕饰，惟以理明词达为主。"③"明体达用"，正是

---

①　杨镰：《全元诗》，第4册，中华书局2013年版，第322—323页。

②　（元）胡祇遹：《胡祇遹集》卷三《五言古诗》，元朝别集珍本丛刊，吉林文史出版社2008年版，第59页。

③　（清）永瑢等撰：《四库全书总目》卷一六六，下册，中华书局1965年版，第1427页。

其咏史诗价值所在。

王恽博学能文,才气英迈,是元代前期创作咏史组诗最多的诗人之一。所作咏史诗颇多,计252题,计396首。每当登临古迹,目睹物是人非,常流露出强烈的沧桑之感和幻灭之悲。其咏史组诗更多的是"读史"感怀,因事立论,如《读汉武帝外事回诗七首》《读开元杂事三首》《读开元天宝间事二首》《读肃宗雅事二首》《读五代史记作古乐府五首》等,具有鲜明的"史论"色彩。

《读五代史记作古乐府五首》以史实为基础,展开叙事与评论。《杨柳枝辞》序称:"唐昭宗天复三年,梁王温辞归镇,留宴寿春殿,又饯于延喜楼上。临轩泣别,因赐《杨柳枝辞》,今亡,乃为补作。"①天复元年(901),唐昭宗为宦官韩全海等人幽禁,后得朱温解救护送回长安。作者模仿昭宗的语气,明知朱温身为军阀,野心勃勃,利欲熏心,却依然对其言听计从,作者以昭宗嘴里的"忠",表达了对朱温"挟天子以令诸侯"的不满,暗含对唐昭宗的尖锐讽刺。《椒兰怨》以唐昭宗被迫东迁为背景,指责奸佞误国,再现了当时混乱的局势以及唐王朝覆灭的过程,对唐王"帝酣长星杯,醉魄迷椒殿"的荒淫生活给了尖锐的抨击。《檀来歌》为歌颂周世宗征讨南唐所作。将世宗比作汤武,歌颂其圣明。《汜水行》指责庄宗李存勖等人不思进取,屠杀大将,宠幸伶人,荒于朝政,终至国破家亡。《刘山人歌》中"刘山人"是庄宗神闵敬皇后刘氏的父亲,其父进宫省女,刘氏罔顾人伦,怕影响前程而否认父女关系,刘山人伤心而归。作者怒斥五代社会乱离,背离纲常,宫廷实为祸首。组诗以"五代史记"为吟咏对象,目的是以五代国祚短暂告诫元统治者要政治清明、勤政爱民,否则难以国运长久。在标题中直接标明为"乐府"体裁,这是王恽的首创。在元末诗坛,杨维桢承其衣钵,开始大量创作乐府体咏史组诗。《读汉武帝外事回诗七首》中对汉武帝作出了客观中允的评价:对其开疆拓边以御强敌、壮大帝国声威的功绩给予了赞扬,而对其好大喜功、妄图成仙的愚昧又给予了批判。体现出作者既尊重历史事实,又能独立思考的客观、理性精神。

《题竹林七贤诗十二首》是一组七绝咏史诗,"竹林七贤观,今为长春别馆。昔诚明张真人尝集诸公题咏,欲刊置祠下。迨至元辛卯,练师刘文甫始遵命,以昭宿志。求诗于予,且志其刻名本末,用题于右。凡得诗若干首,始于王文康公,终之鄙作。非敢先后之,盖因其所书之次第焉。使后之观者,咏词怀旧,得信高风绝尘之想云。"②从序中可知,这是作者在大都长春馆与

---

① 杨镰:《全元诗》,第5册,中华书局2013年版,第127页。
② 同上,第531页。

友人的同题共咏之作。"长春馆",原名"竹林七贤馆"。作者借对"竹林七贤"人物的评论,表达出"高风绝尘之想"。其咏史组诗中涉及隐士形象的就有二十多首,包括陶渊明、巢父、竹林七贤等。在这些隐士身上,寄托了自己的精神诉求。

徐钧《史咏集》共 1 530 首,将元代咏史组诗规模推向顶峰。《金华府志》卷一六载:"宋亡不仕,家故多书,日以史籍文章自娱,与仁山先生有雅故,因款致之,以教其子,且朝夕惕厉,明修己治人之道。著《史咏》一千五百三十首。"①《史咏集》所咏史实主要依据《资治通鉴》所载,以时代先后为序,分类陈述,一人一咏,始于周威烈王,终于唐崔祐甫。此集亡佚颇多,现今只剩298 首。概而言之,是编有如下特点:

首先,是结构严谨,体制巨大。现存《史咏集》中除《三晋》《坑儒四百六十余人》二诗以事件为标题外,其余均历史人物作标题。分君主、诸王、臣子、后妃、烈女五类。自古及今,是一组精心建构的咏史组诗。"君主""诸王"一类人物中,所贬斥者远远多于褒扬者,足见其对昏庸君主乱政亡国行为是极为痛恨的。"臣子"一类,存诗最多,以汉、唐二代为甚。对臣事遇忠则褒,逢奸则贬,爱憎分明。"后妃"一类,既有失宠的宫妃,也有乱政的祸水,同情与批判俱存。"烈女"一类,数量不多,多赞美之辞。徐钧深于理学,意存劝戒,以古鉴今的用意非常明确。

其次,对历史人物的功过褒贬分明,有鲜明的情感倾向。历史人物的功过是非,不以自己好恶为标准,而以其对国家贡献、历史发展作用、对履行职守来衡量,或予以讴歌,或给予鞭笞。如"诸侯王"中,齐威王治理诸侯国时注重朝纲法纪,做到赏罚分明,这是齐国兴旺发达的重要原因。燕昭王卧薪尝胆,听从郭隗建议筑黄金台,招纳贤才,使燕国越来越强盛。对于这些英明贤能的"诸侯王",作者予以崇高的赞美。而齐宣王,贪图享乐,贪婪好色,导致齐国灭亡。魏惠王不辨忠奸,连败于齐国、秦国和楚国之手。对于昏庸的"诸侯王",作者则严加答挞,绝不留情。又,"臣子"中,对大臣的贤愚评价同样如此,"胡沙不隔汉家天,一节坚持十九年"(《苏武》),苏武严词拒绝匈奴多次招降,坚贞不屈的气节令人崇敬。"名将生降负已知,丧师辱国死犹迟"(《李陵》),李陵身为汉将投降敌国,有辱国格,死不足惜。一褒一贬,爱憎之情溢于言表。

再次,重视历史事件的教化作用,劝诫意味浓厚。徐钧深受儒家思想熏

① (元)王懋德等:万历《金华府志》卷一六《人物》,《中国地方志集成》善本方志辑,第一编71,凤凰出版社 2014 年版,第 301 页。

陶,非常注重诗歌的教化作用,劝人积德向善,遵循儒家伦理纲常行事。"卧冰得鲤供亲养,至孝诚能上格天"(《王祥》),对王祥卧冰求鲤的至孝之心大加赞赏。"休道君王学苦空,要知积善福无穷"(《(梁)武帝》),劝告帝王要为百姓积德行善,方能名垂青史。"万里连云屡筑城,辽东三驾重疲民"(《炀帝》),讽刺炀帝乱施行暴政,不体恤百姓。对祸乱后宫者给予严厉的谴责:"始知善相元非善,不是兴宗是覆宗"(《吕后》),斥责吕后诛戮功臣、重用宦官,颠覆汉室宗权的行为;"弑姑杀子欲何为,伤败彝伦总不知"(《贾后》),暴露贾后败坏人伦的残忍之性以及专政行为;"淫奔何暇择荭薰,牛马相传谶已云"(《靓后》),贬斥靓后"淫奔"的无耻行径。① 作者所以让这些祸国殃民的女性成为诗歌的主角,为的是劝诫世间女子——特别是后宫中的那些权力女性,要恪守本分。

最后,体现出浓郁的"正统"观念。"正统"问题是封建政权合法性标志,在两个以上政权,特别是有少数民族政权出现时,"正统"之争往往成为焦点。徐钧处于南宋与元交替之际,民族矛盾空前激化,"尊王攘夷"的民族意识尤其强烈,受朱熹理学的影响,其《史咏集》以蜀汉为正统,曹魏孙吴为人臣。其诗在君臣关系上皆以此立论。如《桓温》中斥责桓温名为北伐、实欲篡位的野心;《安禄山》中斥责安禄山忘恩负义、谋反叛乱的不义之举,旨在维护"正统"的君臣关系。清人阮元曾盛赞《史咏集》"意存劝戒,隐发奸谀之旨,溢于言表,虽残阙之余,犹为艺林所重也"②,可谓不易之论。

刘因是元代前期一位著名儒者,其政治态度由拥护元王朝统一中国,渐变为对蒙元族政权的主动疏离。咏史组诗计 60 题,共 75 首。《和咏贫士》《和咏二疏》《和咏三良》《和咏荆轲》《四皓二首》等,具有强烈的历史批判精神。如《四皓二首》是一组五古咏史诗,借用商山四皓的故事,反思出仕之举,追悔之意十分明显。如其二"出处今误我,惜哉不早还"③,告诫自己在朝代更迭之际要及早全身而退。超越世俗的羁绊,过逍遥自在的生活。苏天爵《刘因墓表》称:"先生杜门授徒,深居简出,性不苟合,不妄接人。保定密迩京邑,公卿使过者众,闻先生名,往往来谒,先生多逊避,不与相见,不知者或以为傲,先生弗恤也。"④在现实生活中,刘因早就选择隐居的生活方

---

① 以上所引见杨镰《全元诗》,第 7 册,中华书局 2013 年版,第 275—316 页。
② (清)阮元撰,傅以礼重编:《四库未收书目提要》卷四《史咏集提要》,商务印书馆 1955 年版,第 79 页。
③ 杨镰:《全元诗》,第 15 册,中华书局 2013 年版,第 16—17 页。
④ (元)苏天爵:《静修先生刘公墓表》,李修生主编:《全元文》卷一二六五,第 40 册,江苏古籍出版社 1999 年版,第 348 页。

式,以此回避官场的险恶。

陆文圭博通经史百家,为文融会贯通,尤精于地理考核。其咏史诗约30首,《读史六首》通过一些有趣的历史人物和事件,来评古论今,寄兴寓怀。元代初年,社会矛盾尖锐,作者以历史事实奉劝君主,打击贪官污吏,制止宫廷内斗,整治腐败根源,对巩固政权根基起到了积极作用。《题昭君画卷五绝》是一组题画咏史诗,以昭君出塞一事为原型。其一:"当时随例与黄金,不遗君王有悔心。近使来傅延寿死,回思终是汉恩深。"其五:"啮雪中郎妾不如,脱身无计谩相于。劝君莫射南飞雁,欲寄思乡万里书。"①刻画了王昭君眷念故主、思念家乡的心理。作者以题"昭君出塞"画为契机,借古言今,传达出对南宋故国的眷恋之情,感情沉郁真切。四库馆臣称"文圭之文,融会经传,纵横变化,莫测其涯涘,东南学者皆宗师之"②,足见其社会影响力之大。

赵孟頫作为宋朝皇室后裔,虽受元世祖恩宠,却背负着"贰臣"骂名,其咏史之作颇见感慨深沉之情。《咏逸民十一首》通过对史上逸民群体的歌颂,传达了内心渴望隐逸的动机。"自古逸民多矣,意之所至,率然成咏,聊与同好时而歌之耳。"③序中介绍了咏"逸民"的动机,热情地赞扬了鲁仲连、邵平、严光、黄宪、徐孺子、庞德公等隐逸之士的高风亮节,表达了钦羡之情,也暗含对他自己折节仕元的自责与反省。他向往长沮、桀溺耦而耕的生活,却又身不由己,内心痛苦无人可诉。"子昂以宋王孙仕元为显官,其从兄子固耻之,闭门不肯与见"④,家人的态度尚且如此,世人尤其是宋遗民对他的态度可想而知。又如《古风十首》其一云:

> 诗亡春秋作,仲尼盖苦心。空言恐难托,指事著以深。大义炳如日,万古仰照临。凤鸟久不至,楚狂乃知音。愁来不得语,起坐弹吾琴。⑤

乱世之交,固守不易。作者歌赞孔子,周游列国,以行大道,其"大义炳如日,万古仰照临"的品德令人敬佩。然而知音不遇,其内心的孤苦谁诉? 诗人咏古寄意,表达了对自己命运无能为力的忧伤与感慨。四库馆臣评道:"孟頫

---

① 杨镰:《全元诗》,第16册,中华书局2013年版,第115页。
② (清)永瑢等撰:《四库全书总目》卷一六六,下册,中华书局1965年版,第1425页。
③ 杨镰:《全元诗》,第17册,中华书局2013年版,第189页。
④ (清)顾嗣立:《元诗选》,初集上,中华书局1987年版,第543页。
⑤ 杨镰:《全元诗》,第17册,中华书局2013年版,第185—186页。

以宋朝皇族,改节事元,故不谐于物论。观其《和姚子敬韵诗》,有'同学故人今已稀,重嗟出处寸心违'句,是晚年亦不免于自悔。"①其《题四画四首》《题舜举茄菜二图二首》《题范蠡五湖杜陵浣花二首》等题画类咏史组诗,由画及人、由人及史,借史抒怀,在表达对先贤赞赏之情的同时,也同样传达出希企隐逸之意。

黄庚有咏史诗 31 首,以《和靖墓二首》最为著名。宋沈括《梦溪笔谈》卷十载:"林逋隐居杭州孤山,常畜两鹤,纵之则飞入云霄,盘旋久之,复入笼中。逋常泛小艇,游西湖诸寺。有客至逋所居,则一童子出应门,延客坐,为开笼纵鹤。良久,逋必棹小船而归。盖尝以鹤飞为验也。"②诗人触景生情景,由林逋之墓的荒凉,想起当年的隐士风流。以咏怀古迹方式表达了其对北宋初年著名隐逸诗人林逋的赞美、缅怀之情。

郑思肖作为遗民诗人,常以特立独行的方式来表达内心的愤懑和持节不辱的操守。有关"坐卧南向""画兰不画土""心史沉井"等传说,流传甚广,非常励志。其《一百二十图诗集》是一组题画咏史诗,序称"或遇图而作,或遇事而作,而或者又欲俱图之"③,表达了郁积于胸中的愤懑。其题图诗大多是历史题材,始于《黄帝洞庭张乐图》诗,终于《无名氏巡檐数修竹图》诗,"这一百二十首诗歌所吟咏的依次为先秦到唐宋间的人物,其中大多是各个时期的忠臣义士,他们都一一成了诗人深深仰慕的偶像,使之获得了与蒙元政权抗争到底的精神力量"④,诗中隐含着作者对故宋的怀念及对新朝的不满。组诗所咏多取材于逸闻野史,于正史也多选择有传奇色彩的历史事件,侧重故事性把握和戏剧性场面的描绘,道德说教的成分并不多。诗人"通过尚友古人,表达诗人茕茕孑立的孤寂之情、忠贞不渝的爱国之心、诗意栖息的游仙情结、效仿隐逸的高风亮节"⑤,折射出错综复杂的创作心态。

《五忠咏》是一组以南宋朝忠臣义士为对象的咏史组诗,组诗的写作动机,作者在其《中兴集》自序中有清晰的解释:"今八荒翻沸,山枯海竭,身于是时,能无动乎?……五六年来,梦中大哭,号叫大宋,盖不知其几。此心之

① （清）永瑢等撰:《四库全书总目》卷一六六,下册,中华书局 1965 年版,第 1428 页。
② （宋）沈括撰,胡道静校证:《梦溪笔谈校证》卷一〇《人事二·林逋高逸》,上册,上海古籍出版社 1987 年版,第 402 页。
③ （宋）郑思肖撰,陈福康校点:《郑思肖集·一百二十图诗集序》,上海古籍出版社 1991 年版,第 203 页。
④ 方勇:《南宋遗民诗人群体研究》,人民出版社 2000 年版,第 193 页。
⑤ 张焕玲:《何以慰吾怀,赖古多此贤——论郑思肖〈一百二十图诗集〉的思想艺术》,《咸阳师范学院学报》2013 年第 3 期,第 110 页。

不得已于动也！"①作者以诗存史，借史抒怀。组诗共五首，题下有注，交代所咏人物。《置制李公苿》注云："公之忠义最烈，古未有之，所闻未及其详，故未敢书。今虏亦祠祀之也。"诗赞置制李苿满门忠烈，令人景仰。《丞相李公庭芝》注云："公受刑后，书吏夏澂冒险白于虏酋阿术，丐公之尸，敛棺葬于扬州堡城司空庙后，人皆危之。澂亦义士也！"诗赞大宋丞相李庭芝，虽兵败被俘但威武不屈，英勇就义，为义士夏澂殁葬于扬州空司庙后事。《察使姜公才》注云："公至死骂贼不绝于口，且剧口骂夏贵。李公庭芝为淮东制置，姜公为制置府都拨发官。凡李公得坚守淮东、死为忠臣者，皆姜公力也。"诗赞美制置府都拨发官姜才忠于职守。《都统王公安节》注云："节使王坚之子。在常州与贼战，所部三百军皆陷于贼，公双刀孤战，杀贼不计数。贼尝掷示十万户金牌与之，不受，口则骂，手则杀，以马失利而死。虏贼咸称其能死战矣。"诗赞王安节英勇善战，不为利诱的优秀品格。《随驾内嫔某氏》注云："随驾北狩内嫔某氏，虏酋屡欲犯之，以其吐语贞烈，竟不可得。乃书于裙带上曰：'誓不辱国，誓不辱身！'遂自经于虏馆。死后为虏人分脔其肉食之。"②诗赞南宋内宫嫔妃义不受辱的贞烈品格。作者以"诗史相证"的方式，以"史"叙事，以"诗"抒情，赞颂了"五公"的忠烈行为，目的是让忠臣义士英名永传，以激励后人。

　　宋无《啽呓集》是一部咏史诗集，共101首，其主要内容有三：一是对民族英雄的歌颂。《啽呓集》咏史侧重宋代，重点在南宋末年的英雄将相，如文天祥、岳飞、张世杰、谢枋得、陆秀夫等。如《文文山》云："伶仃海上国家亡，吟啸诗中雪窖香。一代英雄惟死耳，微君几欲绝纲常。"③《岳武穆王》写道："克复神州指掌间，永昌陵侧诏师还。丹心一片栖霞月，犹照中原万里山。"对这些抗元英雄，作者顶礼膜拜、敬佩万分！二是吟咏南宋朝贞烈不屈的女性。大致可以分为两类：一类是辗转漂泊、流落他乡的李芳仪、泰娘、秦少游女等女性。如《泰娘》云："太守风流宠泰娘，歌成乐府属刘郎。一般女子皋桥住，底是无人咏孟光。"极言泰娘命运多舛，结局凄惨。《李芳仪》讲述亡国李煜之女被虏辽国，成为辽圣宗的"芳仪"。《秦少游女》以靖康之乱为背景，写秦少游之女被金兵所俘的经历。另一类是性情刚烈、义不受辱的绿珠、毛惜惜、王婉容、张盼盼、王霞卿等，她们的命运都以悲剧收场，然而却贞烈不屈，与亡国时还纸醉金迷的君臣相比，令人敬佩。如《王婉容》云："贞

---

① （宋）郑思肖撰，陈福康校点：《郑思肖集·中兴集一卷自序》，上海古籍出版社1991年版，第43页。

② 同上，第38—40页。

③ 杨镰：《全元诗》，第19册，中华书局2013年版，第406—453页。下文未标出者同此。

烈那堪黠虏求,玉颜乾没塞垣秋。孤坟若是邻青冢,地下昭君见亦羞。"《绿珠》云:"红粉捐躯为主家,明珠一斛委泥沙。年年金谷园中燕,衔取香泥葬落花。"诗中女子个个刚烈贞洁,丝毫不让须眉。三是表达遗民情怀。宋无的遗民情怀,不只体现在对南宋王朝的怀念上,更有对南宋衰亡历史的总结和批判。如《西湖》云:"故都日日望回銮,锦绣湖山醉里看。恋着销金窝子暖,龙沙忘了两宫寒。"据周密《武林旧事》卷三载:"西湖天下景,朝昏晴雨,四序总宜。杭人亦无时而不游,而春游特盛焉。……贵珰要地,大贾豪民,买笑千金,呼卢百万,以至痴儿骏子,密约幽期,无不在焉。日糜金钱,靡有纪极。故杭谚有'销金锅儿'之号,此语不为过也。"①"销金窝"又叫销金锅,是南宋时人对西湖的称呼。诗中将百姓的悲痛与统治者的昏庸作了对比,鞭挞了南宋统治者的荒淫腐朽,也揭示了南宋亡国的根本原因。

顾嗣立评曰:"《啽呓集》一卷,杂咏古人轶事,于文山、叠山、陆君实、韩氏诸作,尤有余悲焉。邓中父所谓议论讽刺,探赜阐幽,又不当徒以诗论之矣。"②"余悲",即是诗人的故国之思,诗人是通过以诗存史的笔法来表现的。四库馆臣评称:"是集始于《禹鼎》,终于《留梦炎》,每事为七言绝句一章,凡一百一首。各叙其始末于诗后,如自注然。咏史诗肇于班固,厥后词人间作,往往一唱三叹,托意于语言之外。至周昙、胡曾,词旨浅近,古法遂微。"③虽说批评其"以论为诗之病""旁摭小说,亦殊泛滥也",然核心是认可的。诗人的重点,不在诗而在注。换言之,《啽呓集》的写作目的,就是以诗纪史,以诗存史,借史论世。无怪乎毛晋这样评价:"宋子虚的《啽呓集》,凡古今朝野褒贬雌黄,直补全史所未备,足称诗史矣。"(《啽呓集》卷末)。张习跋云:"有讽有刺,有抑扬攻击,吊忠贞如未亡,诛奸佞于既灭,可谓得褒贬之大义,岂但资之以生议论也哉!"(《啽呓集》卷末)

二、元代中期咏史组诗的创作

元代中期出现了一批蜚声诗坛、成就突出的诗人,如何中、袁桷、张养浩、揭傒斯、柳贯等,都创作了不少咏史组诗,其中不乏客观冷静、观点新颖、史识过人的名篇佳作。但从数量与质量来言,较之前后两期有一定差距。张养浩的"自和"咏史组诗给咏史方式带来了改变。

① (宋)周密:《武林旧事》卷三"西湖游幸"条,中华书局 2004 年版,第 439 页。
② (清)顾嗣立:《元诗选》,初集中,中华书局 1987 年版,第 1259 页。
③ (清)永瑢等撰:《四库全书总目》卷一七四,下册,中华书局 1965 年版,第 1546 页。

何中思想较为复杂,既有对故宋的留恋,也不反对元朝的统治。其咏史之作多用五、七言古体,气势宏大、慷慨激昂,在述古悼今中表达独特的史识。代表作有《读史三首》《读晋史九首》。《读史三首》中追述韩信一生纵横驰骋、攻城略地的事迹,因战功显赫,而最终以功高震主,落得兔死狗烹的悲惨结局,有鲜明的警醒意识。诸葛亮精忠报国,辅助刘蜀以承传汉家功业。然其终身斗争的对象曹魏却"原是汉人生",令其陷入迷茫之中。而诸葛亮的反思之中,似乎透露着作者对蒙元"混一天下"后有关"正统"之争的态度。

另一咏史组诗《读晋史九首》看似据晋史而兴唱,实则怀全史而托寄。如其三:"天地一虚器,所寄在斯人。人能主天地,岂不贵我声。嗟哉嵇阮辈,酒乡为隐沦。朝醉既及暮,暮醉还及晨。裸饮或称达,丧饮乃名真。独善谅非计,况此国与民。被发祭伊川,岂不在诸臣。平阳有余恨,千载同悲辛。"作者站在积极入世的立场,委婉地批评了阮籍、嵇康等人沉醉酒乡"独善"而无所作为的生活态度,表达了愿为国效力的心声。又如其七:"两贤不相厄,王庾乃如斯。天步政多艰,此岂私愤时。东山谢安石,造次威凤仪。三贤抱宏器,继出相等夷。风流文雅尽,固惟世所推。但恨立朝间,典礼殊未施。玄谈竟浇俗,逆臣终乱阶。汤武肇王业,伊周垂纲维。桓景彰伯道,管晏横要规。古人不作远,所立百世师。奈何民具瞻,退食徒委蛇。卜世固天定,欲责当谁归?"①作者纵论古今,坦陈君臣之道,斥责统治者荒淫腐朽,主张奋进务实,化悲痛为力量,勇于担当。

袁桷曾作国史院编修,先后参与《成宗实当》《武宗实录》《仁宗实录》等编撰,有深厚史学素养,写了不少咏史组诗。其小型咏史组诗《潘孟阳上书不报归里作五咏》分咏贾谊、孟浩然、梅生、虞卿、鲁仲连等五人。诗云:

贾生蕴奇略,徒步西上书。昊天有正命,伤哉杞人愚。鹏翼垂云来,魂气与之俱。晁氏竟寂寂,主父复何如。(其一)

襄阳孟处士,拂衣归故山。放浪岩壑深,流咏遗人间。举袖岩花落,击楫江鸥还。羊公何堕泪,水声日潺潺。(其二)

梅生一尉卑,喋喋正天纪。洗心洞玄化,削迹弃妻子。龙变孰能驯,蝉蜕乃真止。松回风泠泠,水落石齿齿。(其三)

虞卿舌转丸,揣事精微茫。事危见交态,穷愁名益光。黄金散逝水,白璧凝飞霜。丈夫有定志,得失非预防。(其四)

_____

① 杨镰:《全元诗》,第 20 册,中华书局 2013 年版,第 216—218 页。

仲连匡世姿,挥手却秦军。掩袂停白日,登车抗浮云。射书诚草草,孤城生死分。辞荣敦薄俗,矫抗离其群。(其五)①

其一,咏汉代杰出政治家贾谊,其雄才大略非晁错、主父偃可比,被文帝召以为博士后,不断为朝廷进言献策,可惜以"杞人愚"忧郁而死。其二,咏唐代隐士孟浩然,"红颜弃轩冕,白首卧松云",一生隐居家乡鹿门山,悠游山水之间,连德高望重的羊祜,也为之感动。其三,咏西汉南昌县尉梅福,经常上书言政,险遭杀身之祸。后梅福挂冠而去,修道炼丹,造福于民。其四,咏战国时期名士虞卿,善于战略谋划,晚年不得志,著书立说。其五,咏战国末期辨士鲁仲连,无意为官,愿意保持高风亮节。作者通过精心剪裁史事,塑造出一系列高士形象。在赞美古人的同时,借以慰藉朋友上书不报的失落之心。

袁桷在京师翰苑工作 30 余年,最为着力的事是参与辽、金、宋史的修订工作。"南坡事变"后,修史事被迫中断,使其陷入矛盾和痛苦之中。其父袁洪投降元朝,为宋遗民所鄙视,也影响到了袁桷治史的态度。《咏史四首》《薛涛笺二首》《忆昔三首》《过扬州忆昔四首》《童时侍先人泊京口旅楼一月正对江山楼繁丽特甚江津流民散处不可悉数今皆不复有追忆旧事因成绝句十首》等,无不展示出作者深厚的史学素养,流露出缅怀先贤、吊古伤今的复杂情怀。

袁桷认为"推原前代亡国之史,皆系一统之后史官所成"②,反思宋代历史,自然成为其咏史诗的又一内容。《过扬州忆昔六首》是一组怀念宋末元初著名的爱国史学家胡三省的诗歌。宋亡之后,袁桷受曾受教于胡三省门下。后胡三省登进士第,在案牍之余致力于《通鉴》的勘校工作,袁桷屡次为胡三省提供便利,助其完成注释《通鉴》工作,二人结下了深厚友谊。

令威化鹤千年返,列子御风旬日游。已信销沉同此意,莫将寂历起清愁。江流今古空陈迹,山色有无知几秋。赫赫当年成底事,斜阳明灭隐沧州。(其一)

汉东之国古随州,一老昂藏死即休。黑发虎头真骨相,青春麈尾斗风流。人言谢傅为朝镇,谁信钟仪作楚囚。浩荡乾坤纳今古,好将汗简写千秋。(其二)

① 杨镰:《全元诗》,第 21 册,中华书局 2013 年版,第 100—101 页。

② (元)袁桷:《修辽金宋史搜访遗书》,李修生主编:《全元文》卷七一二,江苏籍出版社 1999 年版,第 140 页。

　　空遗蒸壤白如银,不见当年指画因。高视汉庭无出右,清谈洛学竟成真。极知羽扇为痴具,更恨乌衣是偶人。六合车书端有意,百年荆棘已生春。(其三)

　　萧萧冻雨湿旌旄,犹着殷红旧战袍。金盆昔闻归马埒,牙牌谁肯信龙韬。楼头换箭鼓声急,堂上传杯歌韵高。到底奸雄有真态,木棉庵畔鬼车号。(其四)

　　连樯米舰接江湄,鞭挞东南力已疲。虚籍渐成藩镇侈,辟书时被庙堂移。清风号野黄芦净,乱雨传更画角悲。从此甲兵端不用,书生有味老清时。(其五)

　　四城赋拟张衡丽,十鉴书同贾谊哀。腹里春秋纳云梦,案头今古起风雷。青衫不受折腰辱,白眼岂知徒步回。舟泊城南更回首,寒风吹泪下天台。(其六)①

其一,从历史兴衰成败着眼,道尽沧桑之变的历史定律。一个"空"字,传达了作者对"赫赫"当年事的态度。其二,盛赞胡三省有傲骨,堪与谢安、钟仪比肩。胡公毕生着力于注释《资治通鉴》,直到去世。"浩荡乾坤纳今古,好将汗简写千秋",是作者对其勤勉治学的赞美。其四,极写军前与帐下两种不同的情形,胡三省忠诚报国与贾似道的荒淫误国形成了鲜明的对照。在其看来不论文臣还是武将,都要忠君爱国,鞠躬尽瘁,恪守君臣之道。既点明了胡氏的怀才不展,也揭示了贾似道的尸位素餐。其五,交代胡公辅助贾似道及归隐的经历。胡三省曾任奸相贾似道幕僚,著《江东十鉴》,却不被贾似道采纳,报国无门。不久,胡三省辞官返回宁海,从此隐居不仕。表达了对奸臣误国的批判和胡公解甲归田的赞赏。其六,赞美胡三省著述等身,学富五车。《四城赋》之"壮丽"、《江东十鉴》之"哀情",令人敬佩。"青山不受折腰辱,白眼岂知徒步回",更是对其刚正不阿、不事谄媚人格的崇高礼赞。作者以史注情,借史言情,结合南宋历史赞美了胡三省的为人。

　　张养浩出经入史,学养深厚,有咏史诗60余首,多表现出深厚的历史感与使命感。其中一类为行经古迹,凭古吊今,渗透出浓厚的历史感伤之情,如《过东方朔庙》《过沛县高祖庙》《过长白山范文正公庙》《过颜鲁公庙》等,均触景生情,有感而发,借古人古事以抒感慨。另一类为读史感悟之作,如《读史有感自和十首》《咏史四十首》等。《咏史四十首》序云:"至治元年,余辞官归乡里,日以文籍山水自娱。因观秦汉至魏晋事,若有感于中者,遂

---

① 杨镰:《全元诗》,第21册,中华书局2013年版,第224—225页。

为《咏史》诗四十余首,以见意云。"①组诗分齐威王、左师触龙、庞涓等46人,是一组咏史怀古七绝诗。其咏史组诗为读史感悟之作,所作乃论体咏史,品评人物得失、表达个人史识,史论色彩较强。如《武帝二首》云:"内兴土林外禽荒,北伐东征事扰攘。自已欲多浑忘尽,却评淖子不宜王。"(其一)中严厉地批评汉武帝大兴土木、奢侈多欲、穷兵黩武、好大喜功的致命弱点。多行"霸道",不行"王道",其结果便是"子丧孙亡"。《李固杜乔二首》云:"危邦何可一朝居,二子虽忠识亦疏。地下若逢杨太尉,不须更问国如何。"(其一)则分别批评了李固、杜乔识见浅陋,不懂得隐退田园、明哲保身的道理,揭示了政治斗争的险恶。

《读史有感自和十首》是一组"自和"形式的组诗,开创了文人唱和方式的新领域,借以抒发自己的真情实感。诗人满怀忧愤,以史喻今,借古讽今,抨击君王昏聩,小人当道,贤能之士沦落"丘园"的现实。组诗并不针对历史上的某人某事,而是于错综纷乱的历史迷雾中探求兴衰成败的规律。联系元代统治者内部尔虞我诈、钩心斗角的帝位之争,就不难理解此诗的创作目的了。

揭傒斯具有深厚的史学功底,被元文宗委以重任,主持修撰辽、宋、金史。有咏史组诗十余首,以《南城怀古四首》最为著名,分以上都南城之石鼓、铜仪、悯忠寺、长春宫等古迹的为题,直承南宋史地杂咏之写法,将古今感慨之情思、历史时空之转换融入景物之中。

纵观这一时期咏史组诗的创作群体,多有进入翰林国史院任职的经历,诗学与史学兼擅,又多为御用文人,在陪同皇帝欣赏鉴别历史画面的作品时,往往诗思涌动、发为诗篇,然以古讽今的力度较前期已有很大不同。

三、元代后期咏史组诗的创作

元代社会进入后期,各种内部矛盾不断激化,从泰定帝之后,迅速走向衰落。但在诗坛上,却十分活跃,以杨维桢、李孝光为代表的古乐府运动,以恢复诗歌吟咏性情的传统,从而达到振衰起弊、革新诗风的目的。以杨维桢为中心的铁崖诗派也逐渐形成,用乐府体写了大量的咏史诗。回族人萨都剌、丁鹤年,维吾尔人贯云石、马祖常,西夏人余阙,蒙古人泰不华等少数民族诗人崛起于诗坛,在汉文化的滋养下,博通经史,留下了大量的咏史组诗,壮大了元代咏史诗人群体,丰富了元代咏史的艺术宝库。

吴师道是元代理学家中,作品最具文学意味的一人。其《十台怀古》序云:"友人自杭来,示及济南王君《十台怀古》诗,读之感慨不已。夫江山故

---

①　杨镰:《全元诗》,第25册,中华书局2013年版,第74页。

宫,歌舞遗迹,千载之上,英雄游焉;千载之下,狐兔行焉。俯仰废兴,孰能无情?而诗人尤甚。发为歌咏,词虽不同,而意总合。若物之鸣,以类而应。余安得忘言哉!余生好游,尝闻司马子长、杜拾遗,览观四方山川之胜,以壮其文,心窃慕之。异时浮江淮,沂湘沅,上巴峡,过秦汉故都,历燕赵齐鲁之场,所见如十台尚多,访遗老,询故实,足以发一时之兴,快宿昔之愿。归而读马、杜之诗文,以证其所得焉耳。"①作者读到济南王君所《十台怀古》,"感慨不已",因之十台之游,沧桑之感难以平抑,故有此作。作者用七言古体描写了姑苏台、章华台、朝阳台、黄金台、戏马台、歌风台、望思台、铜雀台、凤凰台、凌歊台的兴衰历史。每一诗均以古台命题,拈着一史事,驰骋想象,借鉴和继承了唐代咏史诗的写法。《黄金台》讴歌燕昭王设台求贤,天下贤才如郭隗、乐毅等汇聚于此,建立了不朽功业。《歌风台》再现了汉高祖刘邦衣锦还乡与父老乡亲豪饮酣歌的场景,抒发"思猛士"守天下的豪情壮志。《铜雀台》言当年曹操筑台以彰显其平定四海之功,讽刺曹操以汉室正统自居的行为。如序中所言"江山故宫,歌舞遗迹,千载之上,英雄游焉;千载之下,狐兔行焉",面对古迹盛衰之变,诗人难掩兴亡感慨。由于吴师道"于经术颇深""于史事亦颇有考证",能够沉潜乎经史百氏,故其所作《十台怀古》能博观圆照、本末俱举,体现出经学、史学和文学相互影响,一脉贯通的创作宗旨。

马祖常是元代重要的文臣,其咏史诗21题计46首,其中题画咏史诗约占三分之一。如《南城二首》《骊山三首》《过故相宅二首》《李陵台二首》《题吴娃图二首》《翰林故事莫盛于唐宋聊述旧拟宫十首》《拟唐宫词十首》等。其咏史怀古组诗继承了前人的传统,多为咏叹历史人物或事件,表达独到见解;更有借古讽今之作,成为社会现实的投影与诗人心灵的折射。如《骊山三首》写道:

绣岭春来绿树圆,东风吹影入温泉。华清梦断飞尘起,玉雁御香堕野田。(其一)

玉女泉边翠藻多,石池涵影媚宫娥。可怜绣岭啼春鸟,犹似梨园弟子歌。(其二)

华阴道士长松下,留我煎茶看古碑。衣上征尘都莫洗,天风一夜为君吹。(其三)②

---

① 杨镰:《全元诗》,第32册,中华书局2013年版,第24页。
② 杨镰:《全元诗》,第29册,中华书局2013年版,第363页。

其一,描绘了骊山春日的景色,随后通过"飞尘起""堕野田",揭示出当年的马嵬兵变,杨贵妃被唐玄宗赐死的悲剧,营造出一种历史的沧桑之感。其二,由水面的倒影联想起当年在池边玩耍的宫女,从啼春的鸟鸣声中又仿佛听到了梨园弟子的歌声,再现了唐玄宗沉迷杨贵妃的美色而不思政务,诱发安史之乱的历史,间接地对元朝君主提出警示,体现了诗人忧国忧民责任感。其三,记录了诗人路遇华山道士,一同品茶、观看古碑之事,有"白头宫女在,闲坐说玄宗"的意味。整组诗融写景、记事、怀古为一体,慨叹骄奢淫逸致国破人亡的历史,遣词含蓄蕴藉,哀婉感伤。

《李陵台二首》是作者扈从上京路途经过李陵台遗迹感怀而作。李陵台是李陵被困匈奴期间所筑的"望乡台",在今内蒙古正蓝旗境内。汉武帝时,李陵率兵北抗匈奴,战败投降,致使家族遭受灭顶之灾,客死他乡。历史上对李陵的评价存在争议,有人认为他叛国弃亲,是咎由自取;也有人认为他投降匈奴是为了伺机报国,并非苟且偷生。组诗再现了李陵身在异国的凄凉,既有思乡的愁苦,又有失去亲人的切肤之痛,更有作者的同情之泪。这是马祖常第二次登台,仕途的坎坷、官场的黑暗令其郁郁寡欢,而李陵的遭遇加重了这种情结,作者咏李陵更多的是"借他人酒杯,浇心中块垒"。

廼贤是元末著名西域色目诗人,其咏史诗,多结合古迹和景物描写,抒发郁结心中的苦闷,流露的是一种在特定环境中形成的悲观情绪和归隐田园的心曲。《南城咏古十六首》是这方面的代表。序云:"至正十一年秋,八月既望,太史宇文公、太常危公,偕燕人梁处士九思、临川黄君殷士、四明道士王虚斋、新进士朱梦炎与余,凡七人,联辔出游燕城,览故宫之遗迹。凡其城中塔庙楼观、台榭园亭,莫不裴徊瞻眺,拭其残碑断柱,为之一读,指废兴而论之。余七人者,以为人生出处聚散不可常也,邂逅一日之乐,有足惜者,岂独感慨陈迹而已哉!各赋诗十有六首,以纪其事,庶来者有所征焉。"[1]组诗分咏黄金台、悯忠阁、寿安殿、圣安寺、大悲阁、铁牛庙、云仙台、长春宫、竹林寺、龙头观、妆台、双塔、西华潭、白马庙、万寿寺、玉虚宫等古迹,抒发作者的兴亡感慨。兹录四首如下:

> 落日燕城下,高台草树秋。千金何足惜,一士固难求。沧海谁青眼,空山尽白头。还怜易河水,今古只东流。(《黄金台》)
> 高阁秋天迥,金仙宝珞齐。青山排闼见,紫气隔城迷。朱栱浮云湿,雕檐落照低。因怀百战士,惆怅立层梯。(《悯忠阁》)

---

① 杨镰:《全元诗》,第48册,中华书局2013年版,第39—42页。

废苑莺花尽,荒台燕麦生。韶华如逝水,粉黛忆倾城。野菊金钿小,秋潭石镜清。谁怜旧时月,曾向日边明。(《妆台》)

赢骖踏秋日,迢递谒琳宫。松子花砖落,溪流板阁通。楼台非下土,环佩忆高风。草昧艰难日,神仙第一功。(《长春宫》)

这是一组凭吊古迹、抒发兴亡之感的唱和组诗。作者与友人目睹眼前景物,遥想历史风云,感慨万端、兴会无穷。"黄金台"注云:"大悲阁东南陇台坊内。"战国时燕昭王欲复齐人灭国之仇,招纳贤士,拜郭隗为师,筑黄金台,以招致四方豪杰。作者感慨光阴易逝,燕昭王当年求贤兴国的盛举,早已成为历史陈迹,内心充满惆怅。"悯忠阁"注云:"唐太宗悯征辽士卒阵亡而建"。诗中极力悯忠阁建筑的雄伟壮丽、肃穆庄严,表达了对英勇义士的缅怀之情。"妆台"注云:"李妃所筑,今在昭明观后。妃尝与章宗露坐,上曰:'二人土上坐。'妃应声曰:'一月日边明。'上大悦。"诗人凭吊妆台,传达时易世迁、韶华难再的之伤感。"长春宫"注云:"全真丘神仙处机之居,太祖尝召至西域之雪山讲道,屡劝上以不杀。"①丘处机是全真道教的领袖,曾以远赴西域劝说成吉思汗止杀爱民而闻名。诗歌通过对长春宫的凭吊回忆,歌颂了丘处机的博大胸怀和仁爱之心。

杨维桢是元末最重要的咏史诗大家,一生好史,自号"铁史",咏史是其表达不满、舒展块垒的重要手段。门生章琬回忆道:"先生自言:'予用三体咏史,用七言绝句体者三百首,古乐府体者二百首,古乐府小绝句体者四十首。绝句人易到,吾门章木能之。古乐府不易到,吾门张宪能之。至小乐府,二三子不能,惟吾能之。'"②其三体咏史之作,共计540首。据黄仁生先生考证,其300首七绝体咏史诗已散佚不存,只有40首小乐府体咏史诗和200首古乐府体咏史诗保存完好。③ 这些形态各异的咏史诗有很高的文献价值和审美价值,对后代咏史诗的发展影响深远。

杨维桢的咏史组诗,或歌咏历史事件,或品评历史人物,借古讽今,托物言志。其《览古四十二首》就是一组歌咏历史事件的组诗,遍咏历史上明主贤相、良臣名士,或品评史事、或赞美帝王礼贤下士、或歌咏隐士,表达出独特的史识。突出君王在历史中的作用,其所咏明君与昏君,批判与褒扬共存。歌颂文臣武将卓越功业,同情其悲惨遭遇,以警世人。

---

① 杨镰:《全元诗》,第48册,中华书局2013年版,第39—42页。
② (清)陈衍辑撰,李梦生点校:《元诗纪事》卷一六,上海古籍出版社1987年版,第365页。
③ 转引自黄仁生《杨维桢咏史诗考述》,《中国文学研究》1994年第3期,第60页。

　　杨维桢非常重视咏史诗的社会作用,为了警醒世人,让人们从历史中吸取教训。冯允中《杨铁崖文集》引云:"文者载道之器,通三才,亘万古,非文无所寓也。然不关世教,虽工无益……凡畸人、贞士、烈女、忠贤、古今事物,苟可以警世者,悉录无遗。寓褒贬于一字之间,垂鉴戒于千载之下,其有意于扶世风而立教者哉!"①这就是杨维桢咏史诗的立意之所在。如《昭君曲二首》云:

　　　　胡月生西弯,明妃西嫁几时还。不见单于谒金陛,但见边烽驰玉关。汉家将军筑高坛,身骑乌龙虎豹颜。何时去夺胭脂山?呜呼何时去夺胭脂山。(其一)
　　　　胡雁向南飞,明妃西嫁几时归。胡酥入馔损汉食,胡风中人裂汉衣。胡音不通言语译,分死薄命穹庐域。君不见越中美人嫁姑苏,敌国既破还陶朱。嗟嗟孤冢黄草碧,只博呼韩双白璧。(其二)②

这是一组杂言乐府诗,诗中记叙了昭君远出塞外,与匈奴联姻的故事。其一,写昭君为了大汉与匈奴的和平,远嫁塞外,其义可嘉,其情可伤。诗人在感叹昭君命运的悲惨同时提出了一疑问:身为一个女子,为了国家尚且能牺牲自己,而那些更应该征战沙场,保家卫国将军却又在做些什么?语含讽刺,替昭君鸣不平。其二,以"越中美人嫁姑苏"的西施典故和"孤冢黄草碧"的意象,诉说昭君对故乡无尽的思念和作者对"和亲"事件的反思。和亲并未换来和平,边关依然战事不断。西施报仇之后得与范蠡泛舟吴越,而明妃在百年之后游魂安归?虽然诗中所咏是汉朝,但所指却在当代,朝廷政治腐败,贪官污吏横行,弄得民不聊生,诗中充分表达了作者的愤懑之情。

　　品评历史人物是杨维桢咏史组诗的常见题材,作者在褒扬、批判或翻案中,无不挥洒自如,显现出与众不同的史识。《女史咏十八首》是一组七绝咏史组诗,其主人公均为历史上知名女性。包括李夫人、钩弋夫人、伏生女、班婕妤、赵昭仪、王氏后、贾南风、绿珠、冯小怜、独孤后、武后、杨太真、盼盼、王凝妻李氏、韩蕲王夫人、宋度宗女嫔、女贞木杨氏、青峰庙王氏。其咏史诗中有关女性的内容,数量与类型已远超前人,她们中有王宫后妃、普通平民、孝女烈女、无德之妇、博学多才之女、品德高尚之女等。作者善善恶恶,演绎着

---

① (元)杨维桢著,邹志方点校:《杨维桢诗集》附录《志传序跋提要》,浙江古籍出版社1994年版,第503—504页。
② 杨镰:《全元诗》,第39册,中华书局2013年版,第12页。

诗教宗旨,这种精神在朝代更替之际极具教育意义。其《诗史宗要序》云:"《诗》之教,尚矣。虞廷载赓,君臣之道合;五子有作,兄弟之义彰。《关雎》首夫妇之匹,《小弁》全父子之恩,诗之教也。遂散于乡人,采于国史,而被诸歌乐,所以养人心,厚天伦,移风易俗之具,实在于是。"①其创作咏史诗的目的是借古说今,惩恶扬善,移风易俗。清代专写古代女性人物的咏史组诗正是受此影响而来。

杨维桢的咏史诗在体式和内容上都有大的突破,他以乐府体创作咏史组诗,独树一帜。在咏史题材上,能以独到的见识进行剪裁。章懋《新刊杨铁崖咏史古乐府序》云:"至如咏史,则季和每推服铁崖为上手。"②四库馆臣评其乐府诗云:"维桢以横绝一世之才,乘其弊而力矫之,根柢于青莲、昌谷,纵横排奡,自辟町畦。其高者或突过古人,其下者亦多堕入魔趣。故文采照映一时,而弹射者亦复四起。"③明代李东阳的《拟古乐府》、胡缵宗《拟西涯古乐府》、黄淳耀《咏史乐府》等,均深受其影响。

张昱是元末另一位重要的诗人,其咏史诗43题共58首,虽然数量不多,但苍莽雄肆,沉郁悲凉,颇具特色。其咏史组诗《唐天宝宫词十五首》或咏古迹、或吟古人、古事,诗风清新小巧、妙于婉讽。后文专论,此不赘述。

重史是中华民族的优良传统,"前事不忘,后事之师"的古训使人们非常重视撰史和读史。"以古为镜,可以知兴替",从历史上可以知道政治的兴衰成败。冯天瑜先生指出:"在农业——宗法社会土壤里生长出来的中华元典,蕴含着一种厚重的崇敬祖先的精神,这种精神导向宗教信仰,也可以导向经验理性和重史主义。……中国人不是向高踞彼岸的上帝求得灵魂的解脱,而是效法曾经在'现世'真实活动过的祖先,这种人文气息极浓的'敬祖'观念直接发展成深沉的历史意识,开出坚韧持续的'重史'传统。"④可以说像中国这样现世化的、法祖重史的民族在全世界是不多见的,中华文化的优势与不足,无不与此相关。

林林总总、种类繁多的史部书籍,不仅蕴藏着丰厚的史官文化和民族智慧,而且成为历代诗人创作咏史诗的重要资源,有研究者指出:"历史研究是基于当前生活的兴趣和利益,是为了解决当时人们所关心的问题。所以,当现实生活的发展需要求诸过去的历史时,死历史就会复活,过去的历史就会再变成现在的历史。"据此,"克罗齐很自然地提出了一切真正的历史都是当

---

① （元）杨维桢:《东维子文集》卷四,《四部丛刊初编》本,商务印书馆1929年影印版。
② （明）章懋:《枫山集》卷四,上海古籍出版社1987年版,第15页。
③ （清）永瑢等撰:《四库全书总目》卷一六八,下册,中华书局1965年版,第1462页。
④ 冯天瑜:《中华元典重史传统论略》,《江汉论坛》1993年第8期,第54页。

代史的论断。"①从这个意义上说,咏史诗的产生生是因为现实生活的需要,无论是"以诗存史""以诗补史",还是"以诗证史","诗"与"史"的互动关系,为历代咏史诗的研究留下了说不完的话题。

　　元代咏史组诗数量虽不及宋代,但有自身的特色。特别是其前期的诗人大多由宋、金入元,有着深厚的遗民色彩,一方面表现出故国之思和沧桑之感,另一方面,又夹杂着世道无常、弃世归隐的意识。元末一些少数民族诗人咏史诗,同样体现了汉人史观,体现了元代"海宇混一"的文化认同,成为元代咏史中最为亮丽的色彩。元代咏史组诗的创作题材、表达技巧方面基本沿袭前朝,但在体式上有所突破,特别是杨维桢用乐府体创作咏史组诗,开明清乐府咏史组诗的先河。

第四节　元代题画组诗

　　元代是一个艺术氛围很浓的时代,元人对雅化生活的追求导致了诗书画艺术的空前繁荣,绘画、题画、咏画蔚然成风。元代诗人别集中,题画诗所占比例很高。题画诗之多,题画诗人之众,在中国诗歌史上是空前绝后的。

　　元代题画组诗数量激增,有着复杂的社会原因。元代实行差异明显的等级制度和残酷的民族压迫,造成了许多汉族士人"矢志不仕"局面,间接地为题画诗兴起奠定人才基础。元代绘画艺术的蓬勃发展,又为题画诗创作提供了物质条件。在此影响之下,文人在现实世界与艺术世界的山林泉石之间找到了荡涤块垒、安顿精神的处所。而那些身居清要的文臣多居闲职,有充裕的时间品鉴书画,吟诗作画成为日常生活的重要内容。

　　借诗传画,以画传诗,实现诗画"同频共振",已成为时人共同的审美追求。"元代文人群体间有一种风气就是赠画。给朋友的画题诗、文是一种友谊的象征,也是群体之间达到共鸣的方式,这种赠画交谊的方式促进了诗文图共存的同题集咏的发生。元代文人群体通过诗文图共存的同题集咏融合在一起,同声相和,同气相求,群体切磋画艺的同时,体现出对儒道文化的高度认同。"②元末王冕画梅名动一时,王冕每画梅必求贡性之题诗。贡性之《南湖集》所载咏梅诗中就有相关记载:"王郎日日写梅花,写遍杭州百万

---

① 张广智、张广勇:《史学,文化中的文化——文化视野中的西方史学》,浙江人民出版社1990年版,第241—242页。

② 李文胜:《元诗同题集咏中的诗文图共存及其文学史意义》,《江西社会科学》2017年第7期,第99页。

家。向我题诗如索债,诗成赢得世人夸。""盖人品既高,故得之题词则缣素为之增价,有不全系乎诗者。"①这充分说明题画诗、题诗之人在绘画中的地位和价值。诗意与画境交互辉映,已成为一种时尚,盛行于士林与坊间。

除了民间文人雅集活动外,元代翰林国史院、集贤院及奎章阁学士院,在题画诗创作热潮中发挥着重要的引领作用。这些清要机构中的文士,政治处境极为尴尬,对朝廷始终有着游离的心态,身居尘俗而心系林泉,或出入释道,或隐入诗书画,或雅集酬唱,为题画诗创作提供了最佳契机。据陶宗仪《书史会要》载:元文宗"喜作字,每进用儒臣,或亲御宸翰,作敕书以赐之",曾"临唐太宗'永怀'二字以赐巙巙子山。"②元文宗的岳母鲁国大长公主是一位著名的书画收藏家,热衷于组织书画集咏大会。至治三年(1323),天庆寺集会,"酒阑,出图画若干卷,命随其所能,俾识于后"③。赵孟頫、柯九思、虞集、揭傒斯、欧阳玄等一大批精于书画鉴赏、文采出众的馆阁文臣将书画同题共咏风气推向顶峰。

元代文人画深受传统文化影响,寄意于画,成为人们的共同追求。"山水题画诗往往传达'畅神'的审美观,展现出人对自然的情感需要。以花鸟虫兽、梅兰竹菊为题材的咏物题画诗则主要反映'比德'的审美观,投射出人对自然的伦理追求和人格追求。"④这种源于传统文化的"比德""畅神"意识,寄寓着个人理想与道德情怀,成为元人绘画的重要特征。潘天寿先生论元画时指出:"当时在下臣民,以统治于异族人种之下,每多生不逢辰之感;故凡文人学士,以及士夫者流,每欲借笔墨,以书写其感想寄托,以为消遣。故从事绘画者,非寓康乐林泉之意,即带渊明怀晋之思。故所作,以写愁怀者,多郁苍,以写忿恨者,多狂怪,以鸣高蹈者,多野逸,凭作者之个性,与不同之胸怀,或残山剩水,或为麻为芦,以达其情意而已。"⑤据刘继才先生《中国题画诗发展史》一书统计,元代梅兰竹菊的题画诗有800余首⑥,约占元代题画诗的四分之一,这些题画诗与"元画尚意"的审美追求相关。

郑思肖善画墨兰,入元后画兰不画土,表达亡国失土之意,极具个性与

---

① (清)永瑢等撰:《四库全书总目》卷一六八,下册,中华书局1965年版,第1459页。

② (元)陶宗仪:《书史会要》,《御定佩文斋书画谱》卷二〇,《影印文渊阁四库全书》,第819册,北京出版社2012年版,第597页。

③ (元)袁桷:《鲁国大长公主图画记》,李修生主编:《全元文》卷七二七《袁桷二二》,第23册,江苏籍出版社1999年版,第483页。

④ 张婉霜:《元代翰林国史院与题画诗的创作》,《广州广播电视大学学报》2015年第3期,第62页。

⑤ 潘天寿:《中国绘画史》,商务印书馆2019年版,第154页。

⑥ 参见刘继才《中国题画诗发展史》,辽宁人民出版社2010年版,第256页。

骨气,成为遗民精神的楷模。吴企明先生说:"元代人物画受当代政治的影响,画家都不愿与当世统治者合作,抱着冷淡的人生态度,所以连人物画都以历史故事和隐逸题材为取向。"①其《题兰三首》借楚国故事,言遗民心思。诗云:

> 一国一香,一国之殇。怀彼怀王,于楚有光。(其一)
> 纯是君子,绝无小人。深山之中,以天为春。(其二)
> 玉佩凌风挽不回,暮云长合楚王台。青春好在幽花里,招得香从笔砚来。(其三)②

元人承宋"墨戏画"画风,对墨竹墨兰一类尤为钟情,且率以简逸重韵为意趣。郑思肖画兰,绝无杂草野卉相伴,故有"纯是君子"之说。其一,赞美兰花"国香"气质,暗寓故国之思。其二,赞美兰花"君子"之风,暗讽南宋"小人"误国。其三,写故国已逝,但兰花芳香依然,赞美兰花的品格。郑思肖一生钟爱兰花,兰花的纯然君子品格,被用来表达遗民情怀。元人陆行直曾说:"所南先生,贞节之士,有夷齐之风。书画散落人间,政自不少,虽片纸不盈数寸,或兰或竹,必有题咏。然其用意深密,非高识韵士,岂容易窥见哉!"③倪瓒《题郑思肖兰》云:"秋风兰蕙化为茅,南国凄凉气已消。只有所南心不改,泪泉和墨写离骚。"④宋无《题郑所南推篷竹卷》亦云:"要写秋光写不成,愁凝古竹淡烟横。叶间尚有湘妃泪,滴作江南夜雨声。"⑤皆聚焦于其画中的遗民情结,其笔下的寒菊,宁可抱香死于枝头,决不向元朝统治者屈膝可证。

赵孟𫖯仕元前,与聚集于杭州的收藏家、书画家、文学家交往频繁,论字、品画、作诗,道艺相长,在圈内享有盛誉。身居翰林国史院与集贤院两大文化机构之要职,"鉴定古器物,名书画,望而知之,百不失一"⑥。其题画诗现存可考者近 90 首,约占其诗歌总数的五分之一。《题耕织图二十四首奉

① 吴企明:《历代名画诗画对读集》(人物卷),苏州大学出版社 2005 年版,第 10 页。
② (宋)郑思肖撰,陈福康校点:《郑思肖集》补遗,上海古籍出版社 1991 年版,第 290 页。
③ (明)陆行直:《题所南老子推篷竹图》序,《御选宋金元明四朝诗·御选元诗》卷八〇《四库全书荟要》集部,第 101 册,第 511 页。
④ (元)倪瓒撰,江兴祐点校:《清閟阁集》卷八,西泠印社出版社 2010 年版,第 260 页。
⑤ (宋)郑思肖著,陈福康点校:《郑思肖集》附录三《题咏》,上海古籍出版社 1991 年版,第 344 页。
⑥ (元)欧阳玄撰,魏崇武等点校:《欧阳玄集》卷九《魏国赵文敏公神道碑》,吉林文史出版社 2009 年版,第 97 页。

懿旨撰》《题龚圣予山水图二首》《题四画》《题高彦敬画二轴》《题所画梅竹幽兰水仙赠鹤皋四首》等,涉及虫兽耕织、花鸟竹石、自然山水和人物故实等多个画科。

赵孟頫题画组诗中,表现最突出的是归隐之情、林泉之志,是欲归不得的感叹。赵氏自幼发愤读书,有着远大的政治抱负,梦想将所学用之于国,以实现经邦济世的人生理想。然而,作为一个文学侍从,赵孟頫仕元后虽官居高位,并无实权,根本就没有机会践行其"经济"理想。以故宋王孙身份出仕新朝,有悖于儒家价值观,常令其处于痛苦的纠结之中。杨镰先生称:"倦仕思隐是他一生迈不过去的门槛。可以说,这便是诗人一切感情的震源。"①他将"智者之忧"转换为林泉之志寄托于题画诗中,借以弥补人生的亏欠,传达生存的无奈。

陶渊明在他心中是与日月同辉的理想人物,桃花源是他心中理想的仙境,钓月秋江是他心中理想的生活方式。诗人对尘世的厌倦和对山水的向往如此激切,以至于认为"政使不容投劾去,也胜尘土负平生"(《题东野平陵图》)。这种种感情,尤其是厌黄尘但不得不受其染,看山林但不得入住其中的矛盾使其题画诗弥漫着深深的悲凉和深隐于诗句中的沉重。如《题四画》诗云:

> 桃源一去绝埃尘,无复渔郎再问津。想得耕田并凿井,依然淳朴太平民。(《桃源》)
> 渊明为令本非情,解印归来去就轻。稚子迎门松菊在,半壶浊酒慰平生。(《渊明》)②

他向往着桃花源里的生活,"淳朴太平民",更令其身心自在。《桃源》一诗以陶公《桃花源记》意境为中心,表达了对儒家"大同社会"的向往;《渊明》一诗以渊明《归去来兮辞》为底本,表达渴望归隐,过着一种自由自在的隐居生活,以全其节。然而,现实是残酷的,对特质利益的考虑令其丧失了陶公的勇气。《题归去来图》中说"生世各有时,出处非偶然。渊明赋归来,佳处未易言",时代的差异、人生境况的不同,使他无法像陶公彻底回归田园,不由感慨"弃官亦易耳,忍穷北窗眠"③。诗人借画抒情,托物言志,暗含着对

---

① 杨镰:《元诗史》,人民文学出版社 2003 年版,第 390 页。
② 杨镰:《全元诗》,第 17 册,中华书局 2013 年版,第 275—276 页。
③ 同上,第 199 页。

仕元行为的辩解之意。

再如《题龚圣予山水图二首》，龚开是元初遗民画家，坚守志节，誓不仕元。"其情感之激烈，胸臆之磊落——寄于画，为遗民画家中抗元意识最强、抗元呼声最高、悼宋哭声最为激昂的画家。"①诗塑造了两组意象：一是被关进笼子的野鸡，精神萎靡不振；二是湖上白鸥，无拘无束，安闲舒适。它们形象地再现了诗人仕元前和仕元后的生活境况。诗人渴望山林却又归隐不得，其题画诗中弥漫着深深的悲凉。"今日看山还自笑，白头输与楚龚闲"，诗中内含着对龚开坚守民族气节的由衷敬佩和自我的深深忏悔。

赞美士人高尚气节和美好品质，是其题画组诗的又一主题。作者"被遇五朝，官居一品，名满天下，而未始有自矜之色，待故交无异布衣时"②。通过托物言志的方式，表明了对高尚气节和良好品德的倾慕和追求。如《题高彦敬画二轴》其二云："万木纷然摇落后，唯余碧色见松林。尚书雅有冰霜操，笔底时时寄此心。"③赞美松树四季常青，不惧严寒，保持着"终岁常端正"的姿态，它象征着不与世俯仰的清高，是君子风骨的寄托，体现着中国文化的崇高精神和坚贞气节。"万木纷然摇落后，唯余碧色见松林"，既是对青松本性的赞颂，也是作者自我的人格砥砺。

赵孟頫自题花鸟诗中，以梅竹题材为多，《题所画梅竹幽兰水仙赠鹤皋四首》《题所画梅竹赠石民瞻二首》两组咏梅、竹、兰与水仙四物。梅花迎寒而开，是坚韧不拔的人格的象征。兰花色淡香清，常被看作是谦谦君子的象征。翠竹刚直、谦逊，被视作不同流俗的高雅之士。水仙花香浓郁，亭亭玉立，有"凌波仙子"的雅号。诗人以梅、兰、竹、水仙寓意高贵品质和崇高品德，表现自己卓尔不凡的人生态度和正直、谦逊、高洁的情操。

赵氏题画组诗能很好地将画面意境与个人情感融为一体，能"以主人的心态感受画面中的景物，解读已经定型了的图画，挖掘画面中可能存在的表现因素，与自己的感受相契合，赋予图画以立体的动感，使画面弥漫着生命的气息。"④《题李仲宾野竹图》中，前两句指出图画中野竹虽然是偃蹇之姿，枝叶萧散，却有"旷士"的意趣和开阔的胸襟。后二句，赋予竹子以人格，度赞扬了偃蹇之竹的高尚品质。"吾友李仲宾为此君写真，冥搜极讨，盖欲尽

---

① 王韶华：《元初书家题画诗论——以赵孟頫、邓文原、鲜于枢为例》，《中国文化研究》2008年春之卷，第97页。
② 尚刚：《林泉丘壑：中国古代的画家与绘事》（修订本），北京大学出版社2007年版，第116—117页。
③ 杨镰：《全元诗》，第17册，中华书局2013年版，第276页。
④ 王韶华：《元初书家题画诗论——以赵孟頫、邓文原、鲜于枢为例》，《中国文化研究》2008年春之卷，第97页。

得竹之情状。二百年来以画竹称者,皆未必能用意精深如仲宾也。此《野竹图》尤诡怪奇崛,穷竹之变,枝叶繁而不乱,可谓毫发无遗恨矣。然观其所题语,则若悲此竹之托根不得其地,故有屈抑盘蹴之叹。夫羲尊青黄,木之灾也。拥肿拳曲,乃不夭于斧斤。由是观之,安知其非福邪? 因赋小诗以寄意云。"①李仲宾的原意是悲叹此竹托根不得其所,借以表达生不逢时之悲,但赵孟頫却从野竹混杂在蒿蓬间,发掘了其具有隐士的品格。这是对原画意境再拓展,体现了诗人独特的人生感悟和审美眼光。

虞集题画诗多达 412 首,堪称元代题画诗之最,在中国题画诗史上亦罕有其匹。其题画对象,以赵孟頫、柯九思等元朝著名画家作品居多。仁宗延祐间,虞集与赵孟頫同仕翰林院,赵孟頫长虞集近 20 岁,诗书画无一不精,对虞集的影响很大。柯九思与虞集又同在奎章阁,常有唱和,有着深厚的友谊。张雨《题授经郎献书图》说:"侍书爱题博士画,日日退朝书满床。"②侍书,即侍书学士,是指虞集;博士,即鉴书博士,则指柯九思。

其题画诗通过再现画面美景,反映出自己的审美趣味和主体精神。如《题江山烟雨图二首》其一云:"千村春水方生,万里归帆如羽。不知谁在层楼,卧看江南烟雨。"③画中的江南山水,恬淡高远,美不胜收,令人向往。《题柯敬仲杂画十五首》虽未标名所咏对象,但主要以山水隐逸为主题,抒发了归隐之思、故国之情和兴亡之感。"北苑今仍在,南宫奈老何。青山解浮动,端为白云多。"(其一)诗人感慨物是人非、时过境迁,流露出浓郁的沧桑之感。春天是充满生机和希望的,但虞集仍要发出"春雷明日起,何处尚龙眠"(其三)的疑问,无疑,这是对南宋王朝的凭吊。虞集生活在元朝,但内心一直自视为宋朝子民,面对春秋代序,免不了升腾起历史兴亡的感慨。作者借柯九思笔下"江南夜雨多"(其九)的景色,寄托了对故国的思念,体现着诗人的道德情操和隐晦的民族意识。"昨夜采樵去,偶逢三尺枯"(其十四),"白云在牖户,留作老僧邻"(其十五)等④,则寓情于境,抒发了渴望归隐山林之意。

《题楼攻媿织图三首》是另一组著名的题画诗,所题对象是南宋楼钥《耕织图诗》。"我国家既定中原,以民久失业,置十道劝农使,总于大司农,慎择老成厚重之君子而命之,皆亲历原野,安辑而教训之。今桑麻之效遍天下,齐鲁尤盛。其后功成,省专使之任以归宪司,宪司置四佥事,其二则劝农

① 杨镰:《全元诗》,第 17 册,中华书局 2013 年版,第 259—260 页。
② (元)张雨著,彭万隆点校:《张雨集》卷六,中册,浙江古籍出版社 2015 年版,第 331 页。
③ 杨镰:《全元诗》,第 26 册,中华书局 2013 年版,第 303 页。
④ 同上,第 161—162 页。

之所分也。至今耕桑之事,宪犹上之大司农,天下守令皆以农事系衔矣。前代郡县所治,大门东西壁皆画耕织图,使民得而观之,而今罕为之者。抚图颂诗,为赋三章,章四句。"①序中交代了朝廷设"劝农使"劝民农桑的背景,引出"画耕织图"事。"乡里蚕桑不失时,画图劝相又题诗"(其一),"吴越蚕桑日用多,始终吟咏极婆娑"(其二),"昔者东南杼柚空,咏歌蚕织列图穷"(其三),组诗真实地再现了江南地区耕织生活,展现了南宋江浙一带的民风习俗。

虞集童年时期即仰慕陶渊明、邵雍独善其身、闲适安逸的处世态度,后来又深受佛道清修无为思想的影响。其题画诗或借画中山水抒发回归林泉的渴望,或通过赞美隐士之行,渲染出思归之情。"无论是待职馆阁还是归隐田园,隐逸情怀始终贯穿于他的诗歌创作历程。"②如《题饶世英所藏钱舜举四季花木四首》诗云:

> 睡起多情思,依稀见太真。一枝红泪湿,似忆故宫春。(《海棠》)
> 花萼立清晨,鹅黄向日新。金杯承玉露,偏醉蜀乡人。(《黄蜀葵》)
> 丹霞覆苑洲,公子夜来游。终宴清露冷,折花登彩舟。(《芙蓉》)
> 万木老空山,花开绿萼间。素妆风雪里,不作少年颜。(《家茶》)③

"一枝红泪湿,似忆故宫春",乡情与国殇结合在了一起。其题画诗有一个明显的特征,即存在两个创作主体:一是画家,另一是诗人。其题画诗有一部分描写的完全是画家与图画,纯粹为他人题画宣传,在表现上看不出诗人丝毫的影子。另一部分题画诗,则有着明显的"个人"色彩。其对图画中景物的选择和对画家绘画心理的再现,往往渗透着诗人的感情,表现了诗人个性与审美趣味。本组题画诗属后一种,将自己的对宋王朝的思念默默地融汇在图画的意境之中,迁移于画家身上,实现"借他人酒杯,浇自己块垒"的艺术效果。诗中的海棠、黄蜀葵、芙蓉、家茶,无一物不让诗人想起故园,进而惹起"多情思"。"泪""醉""冷""空"等情感色彩很浓词,则加强了表情的效果。

虞集祖籍蜀地仁寿,宋亡以后,幼年的虞集随父迁居临川崇仁(今江西境内),大半生是在远离蜀地的异乡度过的。经历了朝代更替、兵荒马乱、都

---

① 杨镰:《全元诗》,第26册,中华书局2013年版,第194页。
② 李舜臣、欧阳江琳:《"汉廷老吏"虞集》,江西高校出版社2006年版,第4页。
③ 杨镰:《全元诗》,第26册,中华书局2013年版,第166页。

城的迁徙,强化了其内心深处的"客居意识"。这也是由南入北的江南文人群体在蒙元朝廷历经仕宦悲辛后所产生的共同心理取向。"客居意识"在元代诗歌中是一个极为普遍的现象,虞集将这种客居情怀融进题画诗中,表达了浓重的思乡之情。有研究者指出:"虞集有着浓烈的江南情结,其诗词中的江南在地域上侧重江西地区,而其心中的'江南'则以摆脱官场、复归乡土的精神为导向。"[1]在表现这类主题的时候,虞集总是能在所题写的图画中找到与故乡相关的因素。如《题表侄陈可立杂画十首》诗云:"雪满高林水满畴,冥鸿亦为稻粱谋。此时最忆江南岸,一色芦花着钓舟。"(其九)"玉色临池静不言,倏然翠袖共黄昏。玉堂清冷无人到,且对江南烟雨村。"[2](其十)诗中将现实中的"玉堂"与心目中的"江南"对照来写,直抒忆江南的情思,令人动容。尽管虞集童年就离开了家乡蜀地,但蜀地却是他一生魂牵梦萦的地方。其题画诗中,"蜀道""蜀师""蜀都""蜀人""蜀乡"等直接表明的故乡景物、人物以及峨眉山、岷江等故乡的山水频频出现,而诗人也以"蜀乡人"自称。对江南故乡的思恋中渗透着诗人对大宋王朝的深切怀念。

胡祗遹有题画诗 259 首,数量仅次于虞集和王恽。如《跋徽宗画渊明夏居图二首》《跋徽宗退朝图二首》《徽宗画周灵台图二首》《跋黄粱梦图虞城裴主簿家藏画手颇佳四首》《题赵子昂画石林丛筱五首》《武元直风雨回舟图三首》《题雪谷横披图二首》《跋黄粱梦图虞城裴主簿家藏画手颇佳四首》《题花鸟图四首》《题江山小景图七首》《息轩行客关山图四首》《题小隐图六首》等,都集中呈现了其受理学思想和官员身份的影响,所流露出浓郁的林泉之思。

胡祗遹对陶渊明最为崇敬,其题画诗所渲染的隐逸情怀与陶渊明笔下的"自然"有着密切的联系。如《题雪涧闲猿图七首》意境构造极具特色,"刬水孤舟雪浪翻""荒山清夜听寒猿"(其一)"俗务呶呶久倦听,夜深穷谷雪猿鸣"(其三)"隔涧风传叫月声"(其四)等句,通过视角、听觉的转换,再现了雪中山谷涧流的幽清意境。"一从脚踏利名场,梦里林泉去路长"(其六)等,则传达出对官场的倦怠和林泉的向往之情。作者虽以"纪前事"来掩饰,但其"梦里林泉""鸟兽同群"(其七)的林泉之思却是昭然若揭[3]。《武元直风雨回舟图三首》中"百年不识红尘梦,风雨何妨钓碧流"(其一)"醉墨淋漓风雨笔,只应张翰是前身"(其二)"马足车音耳倦听,桃源何处棹

---

① 邹艳、陈媛:《论虞集的江南情结及其反映的群体心理共性》,《南昌大学学报(人文社会科学版)》2015 年第 5 期,第 143 页。

② 杨镰:《全元诗》,第 26 册,中华书局 2013 年版,第 318 页。

③ 杨镰:《全元诗》,第 7 册,中华书局 2013 年版,第 145 页。

歌声"(其三)等句①,间接地表达了归隐之志,是其向往桃源生活的真实写照。诗人以晋人张翰自比,更强化了对官场的厌倦和对故乡的思念。《息轩行客关山图四首》《题小隐图六首》同样如此。其对归隐生活的向往是发自内心的,与当时流行的隐逸之风无关。

胡祗遹山水题画诗充满想象,融情入景,意趣盎然。《题雪谷横披图二首》序云:"炎暑炎溽,余方退食傀舍,挥汗如雨。友人赵祥卿携雪谷横披来,曰:'此贺真笔也。'地古天荒,岩深木老,雪迷溪谷,行旅艰苦,涧阴冱寒之气,凛凛逼人,不觉烦汗之去体。至于糊涂霾霉如董元,削古瘦硬如许道亭,则非余所知也。祥卿曰:'然,请书以为跋尾。'至元十年六月望,武安胡祗遹观。"②诗云:

> 焦墨高攒铁树林,雪岩冰谷冷云深。横涂竖抹无多力,散作玄冥万里阴。(其一)
> 以画名家数贺真,雪山横幅意尤新。题诗正倦三庚暑,凛凛寒威来逼人。(其二)

组诗应友人赵祥卿所邀为贺真的《雪谷横披图》而作。其一,句句写景,将雪岩、冰谷、冷云、森林意象呈于眼前,令人感受到扑面而来的凉气。其二,赞贺真笔力不凡"雪山横幅意尤新",给人一种凛然生寒的感觉,令作者暑意全消。诗人借助想象,将绘画美转化成诗意美,将画境转化为诗境,实现了诗画艺术的融通。

胡祗遹一生以复兴道统为己任,其题画诗中对历史人物和事件的看法,具有强烈的济世思想和责任意识。《跋徽宗画渊明夏居图二首》是这方面的典型。其一:"政和天子喜多能,书画文诗要得名。民愠兵骄岂无事,却人闲处慕渊明。"③此诗虽是跋宋徽宗所画陶渊明夏居图,然只字不提其绘画艺术,却批评宋徽宗只图宫中清闲自在,不管民间疾苦,明显是借"题"发挥,有鲜明的讽谏用意。另一组《明妃出塞图三首》以汉代昭君出塞和番为内容,反映了作者对现实的思考。其一,指出王昭君因未行贿画工,不幸被选中远嫁和番。作者以世间蒙蔽事情太多,宽慰昭君不必惆怅。其二,讽刺画工私欲熏天,丑化昭君形象,犯下欺君之罪,致使丢掉性命。其三,对昭君和番事

---

① 杨镰:《全元诗》,第7册,中华书局2013年版,第159页。
② 同上,第150—151页。
③ 同上,第168页。

件进行反思,如果汉代足够强大,哪里需要昭君和番？其对历史的反思有着鲜明的现实针对性。

作为理学家的胡祗遹在评画时,常将"观天地生物气象"的精神带入赏画中,强调"小中见大"。其《题江山小景图七首》序云:"佳画小而大,俗画大而小。……晋卿作小景,高广一便面,而岩壑幽深,浦溆平远,江楼耸峙,渔船晚集,有千里无穷之胜概。盖规模王摩诘,而温润天成不及也。"①指出了"佳画"与"俗画"的区别,强调绘画应"幽深平远意无穷",要有尺幅天地的艺术效果,这对元画意境的开拓很有指导意义。

袁桷题画诗中有关宫女、嫔妃及君王所占的比重较大,这与作者身为馆阁之臣,长期在宫中行走相关。《题美人图八首》是这方面的典型。这组题画诗分咏了西施、昭君、冯妃、班姬、洛妃、绿珠、寿阳、张丽华八位宫廷女性,或言西施功成身退的淡泊,或叹昭君和亲的愁苦,或写班婕妤失宠的黯然神伤,既表达了对宫女寂寞孤独的同情,也暗示出仕途失意的郁闷,将历史与现实结合一起,使画境与心境互动,引人深思。袁桷深受其师胡三省、王应麟等历史学家的影响,有深厚的史学素养,常于书画品鉴之中,传达出深层的历史感。

在花鸟题画诗中,梅兰竹菊因其高尚的气节、坚贞的节操,成为袁桷关注的对象,常用以表现诗人不同流俗的人生态度和高尚的精神品德。如《墨梅图二首》其一"玄云借我凌寒便,直上钧天试早春",其二"雪茧轻蒙绝点尘,小窗晴日得横陈"②,寥寥数笔,神韵自现,将墨梅傲雪凌霜、铁骨冰心的坚贞品格展示得淋漓尽致。又如《题李士弘墨竹二首》其一"昨夜墨池新雨过,澹烟清扫一窗云",其二"相思忽忆侯都使,为尔疏对墨大夫"③,将竹子的节劲、高洁、傲寒的品格赋予了人格内涵,诗人对竹如晤至友。再如《舟中得功远琼花露戏成三绝》虽云"戏作",其一云:"琼花瑞露十分清,客里相看成眼倍明。自是江南春色好,错教骑马到京城。"在对琼花纯洁之美、神韵之美刻画中传达出喜爱赞美之情。诗人徘徊花前,幻想着"生香一曲舞三台"④的轻歌曼舞,神思缥缈,喜悦之情溢于言表。

柯九思是奎章阁的灵魂人物,也是著名的画家、书法家和收藏家,热衷于书画集会活动。其题画诗与"元四家"一样,具有重要的社会影响力。《南村辍耕录》卷七称"文宗之御奎章日,学士虞集、博士柯九思常侍从,以

---

① 杨镰:《全元诗》,第7册,中华书局2013年版,第154页。
② 杨镰:《全元诗》,第21册,中华书局2013年版,第270页。
③ 同上,第277页。
④ 同上,第265页。

讨论法书名画为事"①。王冕《柯博士画竹》诗云："奎章学士丹丘生,力能与文相抗衡。长缣大楮尽挥洒,高堂六月惊秋声。人传学士手有竹,我知学士琅玕腹。去年长歌下溪谷,见我忘形笑淇澳。为我爱竹足不闲,十年走遍江南山。今日披图见新画,乃知爱竹亦如我。何当置我于其下,竹冠草衣相对坐,坐啸清风过长夏。"②柯九思的绘画,主攻墨竹。与李衎、吴镇三人均有《墨竹谱》问世,内容各有侧重。其画竹"以与众不同的取材构图方式,生动巧妙地诠释了孤竹的意象,将它蕴含的'劲直''虚心''坚节'特质,表现无遗"③。柯九思题画组诗共有141首,主要涉及山水、花鸟、人物、走兽等题材。在内容上强调神韵,不失形似,且融入主观情感,呈现出"诗画交融"的艺术风貌。

柯九思的题画诗注重自然美的表达,其笔下景色优美,仿佛置身画境。如《题雪泉三首》云:

山中积雪清如许,况是石矶临碧湍。好似瑶池归较晚,九霄骑鹤不禁寒。(其一)

雪里寒泉喷薜萝,幽人于此可高歌。骊山底事融阴火,却与三郎浴翠娥。(其二)

寒梅几树近山堂,映雪临流正吐芳。汲得泉归和雪煮,地炉茶熟带清香。(其三)④

其一,写远处山上白雪皑皑,洁白无瑕;近处小溪,泉水叮咚,清澈见底,佳山丽水相映成趣,如同瑶池仙境。其二,"薜萝"多指隐者或者高士的住所,借写寒泉环境清幽,可以高歌一曲。其三,写从雪泉回到住所,以雪水泡茶带着淡淡的清香。组诗围绕雪泉,由远及近,将雪泉、薜萝、寒梅、雪煮等次第写出,充满着清幽与淡远的诗境,令人神往。既是对隐者生活及品格的讴歌,也展示了诗人的高洁人格。

再如《题赵令穰秋村暮霭图四首》,诗中所赞赵令穰,是北宋后期画家,其画多描绘湖边水滨水鸟凫雁飞集的景色,运思精妙,清丽雅致,在宋代山水画中别具一格。其一,描绘了远岫环绕下的回塘渔家生活,充满静谧之美。其二,写秋色苍茫中,村翁晚归的景象。其三,通过"秋水""鸿雁""疏

---

① (元)陶宗仪:《南村辍耕录》,中华书局1959年版,第91页。

② (元)王冕:《柯博士画竹》,(清)顾嗣立:《元诗选》,二集下,中华书局1987年版,第932页。

③ 李民保:《试论柯九思墨竹的技法和意象》,《苏州文博论丛》2011年第2期,第261页。

④ 杨镰:《全元诗》,第36册,中华书局2013年版,第28页。

林""斜阳",渲染出荒远的意境,点出悲秋的感慨。其四,写"骚人"面对"满林秋色"诗兴大发。作者依画取材,围绕秋村暮霭主题,抒发情意,渲染出诗人的林泉志趣。组诗章节之间通过"溪上数家门半开""秋水微茫鸿雁哀""一抹青山入望来"①承转而下,顶针续麻,回环往复,有一气呵成之感。

柯九思题花鸟诗往往透过花鸟画的意境,来含蓄地传达自己的主观情感。《题画二首》是一组花鸟题材诗,其一咏赞的是"白发冲冠向晓啼"的白头翁,其二咏赞的是"却向后宫深院里,一枝闲自理金衣"②黄鹂鸟,透过"形似"直抵"神似",传达着不一样的气质。

题竹是柯九思题画诗中占比较大的题材。梅兰竹菊自古以来即被称为"四君子",其坚韧挺拔、傲霜斗雪、中通外直、谦逊低调的品质,为历代文人所钟爱,"竹节"也被赋予了"气节"的象征。柯九思的题竹诗,不仅再现了竹的形象,传达出独特审美趣味,更寄寓了高洁的品格,有自我砥砺的意味。如《题李息斋画竹四首》云:

> 仙客挥毫不可招,绿云犹绕翠蕤飘。天风吹醒丹渊梦,冉冉青鸾下九霄。(其一)
> 深宫雨过长苔痕,谁忆羊车旧日恩。惟有集贤癯学士,一枝漠漠记黄昏。(其二)
> 笔端随意长清标,疏叶生风剪剪飘。赢马城南看新笋,雨余初散集贤朝。(其三)
> 使君弭节毗陵日,屏障家家有画图。何以小窗横幅好,青鸾双过洞庭湖。(其四)③

李衎是元初画家,擅画墨竹,其在用笔、用墨、用色等方面都有独到之处,成为墨竹画的集大成者。所著《息斋竹谱》(又名《竹谱详录》)一书,对墨竹画和竹类的阐述全面精当,对后世墨竹画入门者大有帮助。其一,称李衎是"仙客"下凡、"青鸾"入世,表达了对李衎绘画成就的高度赞美。其二,追忆当年李衎在集贤殿时清贫自守、笔耕不辍的情形。其三,赞美其墨竹技法出神入化,"笔端随意长清标,疏叶生风剪剪飘"。其四,回忆李衎在毗陵停留,人们争相请画竹,出现了"屏障家家有画图"情形。组诗以赞竹来赞人,以竹

---

① 杨镰:《全元诗》,第36册,中华书局2013年版,第41—42页。
② 同上,第46页。
③ 同上,第12页。

之"节操""虚心""正直"来比况李衎的道德情操并以自励。

再如《奉题文与可十竹图二首》赞美了文与可的画技,文与可是北宋著名画家、诗人,以善画竹著称。他注重体验,主张胸有成竹而后动笔。他画竹叶,创浓墨为面、淡墨为背之法,学者多效之,形成墨竹一派,有"墨竹大师"之称。其一,借嵇康、阮籍的"竹林七贤"典故,表达了文人与竹子的情缘。其二,是赞美文同逝后其"十竹新图"传世盛况,"点点墨花金错乱,离离月影凤翎鶱"①,则是对其墨竹技艺精湛的生动再现。

柯九思爱竹,最重要的原因是作者以竹喻人,表达了自己对高洁品格的欣赏与赞美之情。如《自题晴竹》云:"岁寒有贞姿,孤竹劲且直。虚心足以容,坚节不挠物。可比君子人,穷年交不易。晔晔桃李花,旦暮改颜色。"②诗人借桃李花之艳但朝荣夕枯的事实,来衬托孤竹之坚毅端直的品格和终岁端正的姿态,借此突出君子应有正直坚韧、虚心包容的风骨。柯九思不画丛竹,喜画孤竹,就是为了突显孤竹的"劲直""虚心""坚节"品质,予人丰富的联想和深刻的体验。委身排斥南人的政治环境中,追求人格操守自我完善,是其激赏"孤竹"根本。

柯九思的《苏文忠天际乌云卷九首》是一组题书法作品的诗歌,题诗对象是北宋书法家苏轼的《天际乌云帖》。该帖所书对象是同代书法家、诗人蔡襄的诗歌"天际乌云含雨重,楼前红日照山明。嵩阳居士今安否,青眼看人万里情"(《梦游洛中十首》其一)。苏轼对蔡襄的书法极为推崇,"论书以君谟为当世第一"(《跋君谟书》)③。首句有"天际乌云"字样,故称之为"天际乌云帖"。据蔡襄《梦游洛中十首》序云:"九月朔,予病在告,昼梦游洛中,见嵩阳居士留诗屋壁。及寤,犹记两句,因成一篇,思念中来,续为十首。"④因序中梦见嵩阳居士王益恭题壁事,故"天际乌云帖"又称"嵩阳帖"。

《天际乌云帖》诞生后经过诸多名家收藏,名列第一的当是元代著名的书画家、奎章阁鉴书博士柯九思。其《苏文忠天际乌云卷九首》跋云:"此卷天历间得之都下,余爱坡翁所书之事,俊拔而清丽,令人持玩不忍释手。故侍书学士虞公见而题之,余携归江南,会荆溪王子明同余所好,携之而去。他日再阅于环庆堂,俯仰今昔,为之慨然,因走笔尽和卷中之诗,以舒其悒郁之气。旁观者子明之兄德斋、淮南潘纯、金坛张经、长安莫浩。至正三年夏

---

① 杨镰:《全元诗》,第36册,中华书局2013年版,第41页。
② 王及:《柯九思诗文集》,中国美术学院出版社2004年版,第33页。
③ (宋)苏轼撰,孔凡礼点校:《苏轼文集》卷六九,中华书局1986年版,第2182页。
④ (宋)蔡襄:《莆阳居士蔡公文集》卷五,《北京图书馆古籍珍本丛刊》,第86册,北京图书馆出版社2000年版,第8页、第41页。

五月,丹丘柯九思书。"①从文献记录看,柯九思于至正三年夏五月离职,退居吴下,在荆溪环庆堂作《题苏轼天际乌云帖九首》云:

山中覆鹿拾蕉叶,眼底生花二月明。不道人生俱梦里,新诗犹话梦中情。(其一)

绿窗度曲初含笑,银甲弹筝不露尖。人生莫待头如雪,华屋春宵酒屡添。(其二)

云中初下势如惊,白凤蹁跹雪色翎。多少旧游歌舞地,不堪回首又重经。(其三)

桃花扇底露唇红,不复梳妆与众同。一曲山香春去也,荼蘼无语谢东风。(其四)

一颗摩尼不染尘,瑶池玄圃度千春。寥阳殿里云深处,谁是当时解佩人。(其五)

三月旌旗幸玉泉,牙樯锦缆御龙船。千官车骑如云涌,杨柳梢头月色娟。(其六)

长忆眉庵鹤发翁,旧时阿阁赞皇风。如今流落那堪说,黼黻文章似梦中。(其七)

鼓瑟湘灵欲断魂,洞庭风浪不堪论。遥知旧赐宫袍锦,双袖龙钟总泪痕。(其八)

兴圣宫中坐落花,诗成应制每相夸。庐山面目秋来好,自杖青藜步白沙。(其九)

组诗虽冠《题苏轼天际乌云帖九首》,但并非评价苏轼书法精妙,而是有感于书法背后的故事。诗人"俯仰今昔,为之慨然","遂走笔尽和卷中之诗,以舒其悒郁之气"。其一,紧扣蔡襄的《梦游洛中》,表明向往"嵩阳居士"的隐逸生活的态度。其二,暗写蔡襄的爱情,刻画美人的情态。蔡襄的"绰约新娇",似真似幻。其三,诗吟杭州歌妓"雪衣女"周韶与蔡襄斗茶的故事,恍如昨日。其四,赞美歌妓周韶的色艺双全,以"荼蘼无语谢东风"来呈现其闭月羞花的容貌和卓越不凡的技艺。其五,以"不染尘""瑶池玄圃"与"寥阳殿"对照揭示两种生活,以"谁是当时解佩人"牵出沧桑之感,警示世人繁盛之后终归平淡,不必执着。其六,回忆当年陪文宗皇帝巡幸玉泉寺的情景。当年的扈从喧嚣与热闹不复存在,眼前唯有一轮明月挂在柳梢,充满着沧桑

---

① 杨镰:《全元诗》,第36册,中华书局2013年版,第29—30页。

之感。其七,诗写晚年流落吴中,与眉庵主人杨基谈诗论文的情形。一句
"如今流落那堪说",令人唏嘘不已。其八,诗人借"洞庭风浪"来喻文宗死
后政治斗争的险恶,以"旧赐宫袍锦"显赫衬托"双袖龙钟"的落拓。其九,
回忆当年兴圣宫应制作诗的场景。"庐山面目秋来好,自杖青藜步白沙"一
句,表明决意归隐的意念。整组诗歌可以说是柯九思对自己一生的回忆,末
三首抒发对岁月流逝的感慨和对人生的无望,抒情性极强,读之令人垂泪。

　　元末吴镇自号梅花道人,善画竹,寥寥数笔,气象不凡,将竹之"君子"风
范突显于画面之中,令人印象深刻。《题画三首》以"我爱晚风清"发端,赞
颂竹的抱节不屈的气节和隐居生活的美好。"相对两忘言,只可自怡悦"
(其三)①,诗人视竹为知己,与竹相处、相晤甚是自在。《题竹二十二首》中
出现最多的意象是"君子""竹清""竹节",其对竹的赞美,正是其对自身品
性的标榜。吴镇一生抗简孤洁,高标自许。四库馆臣称其"抗怀孤往,穷饿
不移,胸次既高,吐属自能拔俗"②,亦是名副其实。《画竹十一首》中"竹君
子"就是诗人自己,诗人以"一日不堪无此君"(其八)"此君不可一日无"
(其九),表达了对竹的眷恋之情,以致诗人"心中有个不平事",也要借"画
个纵横竹几枝"(其九)来遣意③。其咏竹诗围绕竹之清、之节展开吟咏,赋
予竹子以人的性情和品格。查洪德先生说:"在元诗人中,竹是君子,是隐
士,是离俗的高人,或多或少,或直接或间接地与'节''清'相关。"④其笔下
之竹,几乎成为诗人另一个"自我"了。

　　元代题画诗兴盛,诗人、画家、书法家和有影响的人物都参与其中,为元
诗注入了前所未有的清逸之气。从题画诗形式看,多以五七言绝句为主。
翁方纲说:"绝句境地差小,则清思妙语,层见叠出,易于发露本领。"⑤指出
了元代画家多用绝句("小诗")题画的原因。对此,吴企明先生进一步分析
道:"其一,题画绝句言简意赅、篇幅短小、体式灵活,占用画幅的空间较小,
受到画家的普遍青睐。其二,题画绝句清思妙语,隽神远韵,容易发露诗人
的情性,画家也往往借助题画诗凸显画中深藏的笔墨意蕴。其三,题画绝句
便于诗画艺术的交融,诗境从画境托出,诗思与画意相结合。"⑥详尽分析了
绝句题画的优势,可谓鞭辟入里。

①　杨镰:《全元诗》,第30册,中华书局2013年版,第321页。
②　(清)永瑢等撰:《四库全书总目》卷一六八,下册,中华书局1965年版,第1451页。
③　杨镰:《全元诗》,第30册,中华书局2013年版,第328—329页。
④　查洪德:《元代文学通论》,中册,东方出版中心2019年版,第768页。
⑤　(清)翁方纲:《石洲诗话》卷五,郭绍虞编选,富寿荪校点:《清诗话续编》,上册,上海古籍
　　出版社1983年版,第1471页。
⑥　吴企明:《历代名画诗画对读集》(人物卷),苏州大学出版社2005年版,第25页。

第五节　元代纪行、纪事组诗

元代纪行诗大行于时，与蒙古、色目文士们有着四海为家的民族性格有关。在"混同华夷"的大一统格局下，汉族文人也加入"远游"行列之中。随着元代疆域的拓展，内政外交的需要，促进了文人的全国性流动，导致了上京纪行、奉使、奉祀、宦游等题材的组诗大量出现。

用组诗纪行，可以对行程作清晰地展示，犹如一幅"游览图"。如董寿民的《季真入闽刊易回途有纪行廿三诗索和次韵初程宿同文书院书市寓居张梅溪推官初创十移置宋清士魏菊庄墓前》，诗人按行程的远近，渐次写来：《次程宿麻沙市张尾店》(注：西关外朱文公墓门，东关外蔡久轩墓门)《三程宿蓝桥程店》(注：内官庄有故官虞公旧宅，已颓，归而同舟，桂花盛开)《四程宿早归归口》《五程宿白岩前张店》(注：是日，从九曲村横过，即桑麻雨露，见平川之所)《壬子四月季真与詹景仁汪海云共游九曲》《六程宿石雄》(注：连日山行，方达驲道，回望武夷山，已在三十里之外。)《又》(注：陈湾波乃赵清献知崇安时开筑，溉田数十亩，人受其利。)《又》(注：陈湾波水冲石雄为害。延祐中，刘济川为令，置闸束水，民名之曰济川闸。至中和张瑞本要以儒治民，举陈古灵为仙居令时诲之语，令置粉壁)《八程宿乌名》《又张德庸连日同行是早别去》《九程宿丰溪市》(注：辛稼轩词中云：陈同父自东阳来，留十日，约文公千紫溪，不至，遂飘然东归。)《又来上铺过辛稼轩墓门传呼为虎头门甚雄奉题》《又望鹅湖山宗文书院即朱陈辨无极太极之所》《十程宿铅山大义桥北桥畔有高塔》《十一程宿汭口》《十二程过了岩宿西洋桥南》《又时弋阳西洋大旱》《十三程宿黄沙源人言岭上有虎》《十四程宿万村》《又店家米甚艰》《十五程宿界田渡南如在家乡》①。这"十五程"纪行诗。从标题看，是因"季真入闽刊易回途"，写诗纪行，因友人"索和"，诗人"次韵"而成。虽然这23首诗是单独成篇的，但从标题"初程""次程""三程"自至"十五程"可见，这是一组精心构置的纪行诗。诗人借用题后的"注"标明地点，通过"行踪"将其连接起来，构成了一组系列游记，叙事写景，议论抒情。

方回《上南行十二首》也是一组纪行诗，他每到一地，有所感触，写诗一首，以作纪念。序云：

---

① 杨镰：《全元诗》，第22册，中华书局2013年版，第47—50页。

　　何以谓之"上南行"？吾州城南有三路：右曰上南路，左曰下南路，中曰水南路。岁庚寅十二月初五日甲戌，予偕紫阳精舍王博士俊甫出上南路访吾友曹清父，故曰"上南行"也。平明出城，即渡溪，曰古航渡。为诗一。行五里，曰分流岭。为诗二。行七里，曰南山，许宣平老仙故居在山上。予癸丑从郡守魏公静斋来游，今三十八年，复过其下，魏公所筑翠微亭近亦不存。为诗三。旧官榷酒，出城十里始饮村醪，双桥酒稍佳，今无复有。为诗四。行十五里，岑山渡。渡旁有一山屹立溪中，为休宁县港之水口山。上有道人庵，老树葱菁，颇可观。为诗五。行二十里，杏村。溪南、北、西有村名曰富登、富代、泽富，而不见富人，犹杏村未必有杏花也。为诗六。行二十五里，牛屎岭。岭之得名，不知其故。金陵王谢故居在马粪巷，而予将访清父，乃不免过牛屎岭，乃以王谢马粪方之。为诗七。清父所居地名曰叶有，莫详意义。过一岭，稍穷，计行三十里矣，亦曰叶有岭。强为分别，以为有根即有叶。为诗八。行三十五里，至清父宅。清父先尊公敬斋先生字元会，乡帮老儒，年八十有四，近物故。予同俊甫炷香奠拜几筵，高山景行，有怀德人。曹氏世登科者九人，清父咸淳戊辰进士，其一也。为诗九。终夜剧谈，清父弟清叟与焉。予偕俊甫对榻，而清父袱被以来，卧语至晓，灯火明暗间，不知身世之在斯深谷也。为诗十。初六日乙亥，清父苦相留，力辞得请。还至吉林塝，去岑山渡可二里，俊甫曰："此刘堂录子文宅也。"予下车于外，子文适开户于内，惊相视。留仆主饭，俱厌饫。为诗十一。既渡岑山，又有留饭者，三酌而辞。斯游多有谈啃嘲谑，乐而忘劳。入城，适欲暮也。为诗十二。各章八句，或可相与庚和，以识一时乘兴之适云。①

序文犹如一篇完整的游记，详细地展现了出行经历，末尾对所涉及人物也逐一作了交代。所记始于"岁庚寅十二月初五日甲戌"，终于"初六日乙亥"，共两天行程。诗人与紫阳精舍博士王俊甫出"上南路"访好友曹清父，故曰"上南行"。行经古航渡、分流岭、南山、双桥、岑山渡、杏村、牛屎岭等地，登叶有岭，抵达曹清友家，先拜敬斋先生曹元会画像，后又宿曹清父宅，与友彻夜长谈，相得甚欢。离开曹宅后，途经刘子文处，又有留饭者，"三酌而醉"，等到回城，天色已晚。良辰美景，因之好友相伴，"斯游多有谈啃嘲谑，乐而忘劳"，诗兴大发，一一写诗留念。组诗以"行踪"贯穿，融写景、叙事、抒情

---

　　①　杨镰：《全元诗》，第 6 册，中华书局 2013 年版，第 318—320 页。

于一体,借对曹清父"弃官逃世名,居此深谷中"的欣赏,表现了弃世归隐的人生态度。陈栎的《和方虚谷上南行十二首》为和作,结构与前同。

元代天下一统的政治格局,因之发达交通,为南北文人的漫游创造了条件。北方草原文化与南方汉文化,随南北文人脚步的延展而走向更深的融合。继汪元量、汪梦斗等由南入北后,南北文学的融合才真正开始。

至元十六年(1279),汪梦斗奉诏入京,踏上"北游"的征程。诗人每到一地,便以诗记录当地的自然风光和风土人情。四十多天后按原路返回,其间所作汇成了《北游集》。其序云:"舟车几行万里,客食二百七十日。自吴适楚,入宋,入鲁,入齐,入赵,以达于燕。出扬,历徐,历青,历兖,历豫,历冀,乃至幽。由江南,经淮南、河南,趋河北,识太行、常山。渡江,渡淮,渡济。盖《禹贡》九州,所履者六。星纪十二分,所经者七。唐十道,行者四。五岳见其二,四渎虽不曾渡河,亦涉其流,可谓北游也已。"对南宋人来说,这是一次超乎寻常的漫游。集中记录了"天时之寒燠,地理之险易,人情之媺恶,物产之丰俭,风俗之醇驳"①等内容。如《金陵偂舟渡江至仪真登陆六首》,诗云:

> 风冷知日落,水宽得天多。金陵怀古句,绝唱是西河。(其一)
> 寒波白似面,远岫劣于眉。江上无多作,淮南正要诗。(其二)
> 事以诗书立,国惟仁义昌。当年衣带水,元不管兴亡。(其三)
> 舟人忽惊问,春事已平分。江水浸钩月,晴空横疋云。(其四)
> 风顺帆心饱,潮平棹尾收。拥书人自卧,一息到真州。(其五)
> 天围春涨阔,水展夕阳红。已是淮南客,常吟江左风。(其六)②

题下注云:"舟中口占六首",说明组诗写于船中。诗人从旌德县出发,途经泾县、当涂,过江陵镇,抵金陵后,租船渡江赴真州(今江苏仪征)途中而作。其一,写舍岸登舟,回首六朝故都金陵,怀古之情油然而生。其二,写远山近水,暗示行程遥遥。借淮南王刘安养士之典,赞美元廷礼贤之意,暗示奉诏北游。其三,强调仁义立国,得道多助,既是讽刺南宋亡国之因,亦是对新朝的忠告。其四,写时过春分,水空一色,景色宜人。其五,写船行江上,风正一帆悬。诗人枕书而卧,悠闲自得。其六,借用"淮南客"典故,写夕阳下诗

---

① (元)汪梦斗:《北游集》序,《景印文渊阁四库全书》,第 1187 册,台北商务印书馆 1986 年版,第 450 页。

② 杨镰:《全元诗》,第 7 册,中华书局 2013 年版,第 185 页。

人对六朝兴亡的感叹。其《北游集》所纪，或沿途风景与民俗，或咏怀古迹借古讽今，或抒发亡国之悲与羁旅之感。如杨镰先生所言"有了江南的诗人前往大都甚至上都，有了北方的诗人远游苏杭，直抵海南，元史与元代文学史的特点就出现了"①。从南北融合角度说，汪梦斗的"北游"在元代文学史上的示范意义是不言而喻的。

楚石梵琦是浙江海盐永祚禅寺的高僧，因赵孟𫖯、邓文原等人的交相推荐，被英宗征召至大都书写藏经。其《初入经筵呈诸友三首并序》交代了其"北上"的原因："世祖皇帝混一天下，崇重佛教，古所未有。泥金染碧，书佛菩萨罗汉之语满一大藏。由是圣子神孙，世世尊之，甚盛事也。赵孟𫖯、邓文原闻入选仔肩。皇帝即位之三年，诏改五花观为寿安山寺，选东南善书者书经以镇之。三百余人，余亦预焉。"②从《楚石北游诗》自述中可知，他从杭州出发，然后沿京杭大运河北上，经苏台驿、扬州、清口、圯桥、沛县、鲁桥、任城、通州等地。六月，到达大都（今北京）。后扈从上都（今内蒙古正蓝旗），前后近两年时间。他将沿途见闻，以诗记录下来，共有 315 首，形成了一部诗体游记《北游诗》。田遨在《楚石北游诗》序中说："观其《北游诗》自大都至上都，游踪所至，山川人物，朝觐礼仪，风俗人情，形之于诗，历历如绘，可补史册之阙，可为治史学者所参证。"③

在大都期间，诗人有幸扈从上都，亲身体验了四夷之人物、远邦之风俗，真是事事惊愕、处处怪讶。留下了《上都十五首》《开平书事十二首》《漠北怀古十六首》等组诗。《上都十五首》再现了上都繁华热闹的景象和诗人有幸扈从上都的生活体验。诗中不仅刻画了上都宫阙建筑的恢宏富丽，也展示了宫中饮食的珍奇及宴饮场面的奢华，更再现了万国来朝的盛大仪式，彰显出元帝国"混一天下"的雄伟气象。

《漠北怀古十六首》《开平书事十二首》等，则记录了塞北奇特的气候、绮丽的风光和迥异的民风民俗。再现北方气候之奇，如"夜雪沙陀部，春风敕勒川"（《开平书事十二首》其九），"盛夏不挥扇，平时常起风"（《开平书事十二首》其七）；记录草原服饰之异，如"紫貂裁帽稳，银鼠制袍新"（《漠北怀古》其二），"胡女裁皮服，奚儿挽角弓"（《开平书事》其四）；反映北方民居状况，如"土屋难安寝，飞沙夜击门"（《开平书事》其十二），"筑城侵地断，居室与天连"（《开平书事》其二）；描写草原生产生活习俗，如"三冬掘野鼠，

---

① 杨镰：《元诗史》，人民文学出版社 2003 年版，第 327 页。
② （元）楚石梵琦：《楚石北游诗》，浙江古籍出版社 2011 年版，第 10 页。
③ 同上，第 4 页。

万骑上河冰"（《漠北怀古》其七），"万瓮蒲萄熟，闻名已醉人"（《漠北怀古》其二），"焉知有葵藿，甚美过羊羹"（《开平书事》其八），"水黑沾衣雨，沙黄种黍田"（《开平书事》其二），等等。两载草原生活的体验，令楚石梵琦眼界大开。不仅完成了传道的使命，更让他在异域风光与民俗体验中感受到了"腾骞"的快感。李舜臣先生评《北游诗》时说：其上京纪行诗"穷塞外之形胜，记殊产并俗之瑰怪，形象地描绘了漠北的自然风光和人情风俗，亦真切地反映了楚石的心路历程"①，所言不谬。

元代两都的设立及贯穿始终的两都巡幸制度，为上京纪行组诗创作提供了制度性保障。在元代，几乎所有馆阁文人都有扈从经历。他们大多来自翰林国史院等清要机构，其中袁桷、虞集、马祖常、周伯琦、贡师泰、王士熙、郝经、王恽、张养浩、黄溍、柳贯、王沂、张翥、陈孚、柯九思、胡助、杨允孚等数十人，有多次随驾扈从的经历，留下了大量的上京纪行组诗。"上京纪行不仅是元代创作最盛、历时最久、范围最广的诗歌活动，且较之于前代纪行诗作，新场域的开拓，上京途中塞外风光之描写，为诗人们带来特殊的感受与认识，由此引发了他们对诗歌美学风格和理论问题的全新理解与讨论。"②大规模的上京纪行题咏，是元代诗歌史上最具特色的内容。

元代文人对扈从上京极为看重，揭傒斯《跋上京纪行诗》称："当天下文明之运，春秋扈从之臣，涵陶德化，苟能文词者，莫不抽情抒思，形之歌咏。"③这段话非常形象地再现了扈从文踊跃为文，以诗纪行的盛况。史载"丙申，大驾幸上都"④，极简略。至顺二年（1331），黄溍扈从大驾至上都，其《上京道中杂诗十二首》详尽记录了此次行程。《发大都》交代了扈从皇帝出发地点及辞别亲人的场景。《刘蕡祠堂》描写了刘蕡祠堂的颓败之景及作者对"古遗直"的敬仰之情。《居庸关》再现了居庸关雄姿和曾经发生的血雨腥风。《榆林》再现了边陲古城荒凉的环境与历史故事，传达出浓郁的沧桑感。《枪竿岭》位于榆林和盟云驿的"中处"，此处山峦起伏连绵，苍莽无垠，令人顿起思归之情。《李老谷》刻画了山谷狭窄难行、山高林密、气候多变的特征。《赤城》写在人困马乏之际来到赤城，作者为眼前的异域风情所惊异。《龙门》再现了龙门驿两岸的山势陡峭和山下水流湍急的地形，衬托扈从路途的艰难。《独石》描绘独石口驿层峦叠嶂、水激龙腾的景观。《檐

①　李舜臣：《楚石梵琦"上京纪行诗"初探》，《民族文学研究》2013 年第 6 期，第 165 页。

②　武君：《元代上京纪行诗评及其理论成果》，《文史》2017 年第 4 期，第 229 页。

③　（元）揭傒斯：《跋上京纪行诗》，（元）胡助：《纯白斋类稿》附录卷二，中华书局 1985 年版，第 219 页。

④　（明）宋濂等：《元史》卷三五，中华书局 1976 年版，第 785 页。

子洼》记录了塞外山峰、岩崖、草原、水滩、树木、温泉、牛革等,突显了塞北草原的非同寻常的景观。《李陵台》借李陵所筑"望乡台"故事,表达了强烈惋惜之情,并渲染出浓郁的怀乡意绪。《上都分院》写上都翰林国史分院中儒士们饮酒赋诗,填词唱曲生活场景。元人吴师道评价道:"居庸北上一千里,供奉南归十二诗。纪实全依太史法,怀亲仍写使臣悲。"①所谓"纪实全依太史法",便是指作者以自己的亲身经历再现了扈从上京的所见所闻,可补《元史》记载的不足。

胡助《上京纪行诗集》虽然没有流传下来,但从揭傒斯《跋上京纪行诗》所载看,当时为此诗集写"跋语"的有虞集等 15 人,可见影响很大。苏天爵《跋胡编修〈上京纪行诗〉后》云:"余友胡君古愚生长东南,蔚有文采,身形瘦削,若不胜衣。及官词林,适有上京之役,雍容间暇,作为歌诗。所以美混一之治功,宣承平之盛德,余于是知国家作兴士气之为大也。后之览其诗者,与太史公疑留侯为魁梧奇伟者何以异。"②顾嗣立《元诗选》引虞翰林题古愚《上京纪行集》称"集仕于朝三十年,以职事至上京者凡十数,驱驰之次,亦时有吟讽,不能如吾古愚往复次舍,所遇辄赋,若是其周悉者也"③。虞集虽自谦,但其纪行之作不如胡助之多却是事实。其 50 多首上京纪行诗散存于《纯白斋类稿》中,既描写了沿途及上京地区的山川景物和风土人情,也记录了与僚友们的旅途及上京的酬唱生活。

元代后期,文人辑集成风。作为完整独立的诗集,柳贯的《上京纪行诗》流传至今。"自夏涉秋,更二时,乃复计其观途览历之雄,宫籥物仪之盛,凡接之于前者,皆足以使人心动神竦!"④主要记载了延祐七年(1320)作为国子助教分教上都的经历,共 32 首,记录了山川河流、植物动物、塞外气候等都迥异于内地的景观。袁桷将上京纪行诗编成诗集,命名为"开平四集"。周伯琦的《扈从集》记录了他作为"南人"担任监察御史时,扈从皇帝的上京之行的见闻。杨允孚的《滦京杂咏》也是一部上京纪行诗集。这几部上京纪行诗集的出现,在元代诗坛掀起了创作上京纪行诗的热潮。

对江南文人而言,北上途中奇特的景观给他们留下深刻的印象。如吴师道《跋上京纪行诗》亦云:"柳贯记五季以来,自燕云而北,限隔不通,其山

① (元)吴师道:《题黄溍卿应奉上京纪行诗后》,《礼部集》卷七,《影印文渊阁四库全书》,第 1212 册,北京出版社 2012 年版,第 68 页。
② (元)苏天爵著,陈高华、孟繁清校点:《滋溪文稿》卷二八,中华书局 1997 年版,第 470 页。
③ (清)顾嗣立:《元诗选》,三集,中华书局 1987 年版,第 369 页。
④ (元)柳贯著,魏崇武、钟彦飞点校:《柳贯集》卷一六《上京纪行诗序》,上册,浙江古籍出版社 2014 年版,第 445 页。

川风物,间有识之者,辄录以夸创见,亦终莫得而详也。国家混同八荒,远际穷发,滦阳去燕千里,上京在焉。每岁时巡,侍从之臣,能言之士,览遗迹而兴思,抚奇观以自壮,铺陈颂述,皆昔人未及言者。"①罗大已在《滦京杂咏跋》也感慨道:"百年以来,海宇混一,往所谓勒燕然、封狼居胥以为旷世希有之遇者,单车掉臂,若在庭户。其疆宇所至,尽日之所出与日之所没,可谓盛哉!"称赞杨允孚"岁走万里,耳目所及,穷西北之胜,具江山人物之形状,殊产异俗之瑰怪,朝廷礼乐之伟丽,与凡奇节诡行之可警世厉俗者,尤喜以咏歌记之,使人颂之,虽不出井里,恍然不自知其道齐鲁,历燕赵,以出于阴山之阴,蹀林之北"②。这些都是以往诗歌所不曾有的内容,成为元诗一道靓丽的风景。

除扈从上都"北游"外,元代文人"西行"组诗,也很突出。丘处机于1220年正月,应吉思汗征召,从山东莱州出发西游,至1223年八月返回宣德(今河北宣化),前后历时三年半有余,留下大量的西行组诗。随从李志常的《长春真人西游记》,以丘处机西行路线为线索,记录了从山东到撒马尔罕的全部行程,对沿途的山川物产、风俗民情、宗教文化、建筑、手工业生产状况以及成吉思汗西征史事等,有详细记载,可与之对读。③

丘处机在西行域途中寓目辄书,遇事便记。如《出明昌界以诗纪实》云:"坡陀折叠路弯环,到处盐场死水湾。尽日不逢人过往,经年时有马回还。地无木植唯荒草,天产丘陵没大山。五谷不成资乳酪,皮裘毡帐亦开颜。"④寥寥数语,将蒙古高原东部的自然地理特征鲜明地勾勒出来。又如《因水草便以待铺牛驿骑数日乃行有诗三绝》,诗云:

> 八月凉风爽气清,那堪日暮碧天晴。欲吟胜慨无才思,空对金山皓月明。(其一)
> 金山南面大河流,河曲盘桓赏素秋。秋水暮天山月上,清吟独啸夜光球。(其二)
> 金山虽大不孤高,四面长拖拽脚牢。横截大山心腹树,干云蔽日竞呼号。(其三)⑤

---

① (元)胡助:《纯白斋类稿》附录卷二,《丛书集成初编》本,商务印书馆1935年版,第219页。
② (元)罗大已:《滦京杂咏后跋》,(元)杨允孚:《滦京杂咏》卷首,《景印文渊阁四库全书》,第1129册,台北商务印书馆1986年版,第627页。
③ 参见盖建民《丘处机与〈长春真人西游记〉的地理学价值》,丁鼎编:《昆嵛山与全真道:全真道与齐鲁文化国际学术研讨会论文集》,宗教出版社2006年版,第255—260页。
④ 杨镰:《全元诗》,第1册,中华书局2013年版,第50页。
⑤ 同上,第51页。

其一,正面写金山之景:秋高气爽,碧天如洗。皓月当空,金山生辉,诗人兴会无穷。其二,写金山南面的大河,在月光下,散发出夜明珠般的迷人色彩。其三,写金山上巨树,负势竞上,与群山起伏绵延。组诗再现了阿尔泰山一带奇异景观,渲染出西域地区雄浑、苍莽的气势,与内地反差极大。

其《复游郭西园林相接百余里虽中原莫能过但寂无鸟声耳遂成二篇以示同游》写与耶律楚材等人以诗唱和的情况。耶律楚材《西游录》云:"丘公之达西域也,仆以宾主礼待之……予久去燕,然知音者鲜。特与丘公联句和诗,焚香煮茗,春游邃圃,夜话寒斋,此其常也。"①西游之初,两人相谈甚欢,后来因观念不同分道扬镳,此种场景便不复再现。有学者说:"丘处机不仅将道教传播到了西域,更是将中国传统文人的文学活动带入了一个前所未有的广阔天地。他在往来西域途中,用诗词记录自己的所见所闻,既保存了珍贵的史料,也给道教文学带来了新的面貌。在河中府,他与耶律楚材、王君玉等人唱和诗歌,营造出传统的中原文坛向西延伸的'极点'。"②从文化交融的角度言,"西极"论所言不虚。

元代文人的"西游"常常是伴随征战活动展开的,最为典型的属耶律楚材、耶律铸父子的西游经历。成吉思汗十五年(1219),耶律楚材扈从征西,行程数万里,开始了一生"地理跨度最大、历时最久、创作欲最旺盛的时期"③。期间创作了130余首西域诗,或叙写西域奇特风光,或展示边境独特民俗,或写征人思乡之情及人生感慨,全面记录了西征历程和情感体验。

耶律楚材于1218年应成吉思汗所召,从北京出发去蒙古,到1224年回国,前后共六、七年时间。④ 其西征诗以行程为线索,全面记录了13世纪西域地区的生产、生活历史,具有史料价值。可与其《西游录》对读。

出居庸关后,取道涿鹿,经大同,北过武川,经阴山(天山)后,"涉大碛逾沙漠",到达行在克鲁伦河畔(今蒙古人民共和国肯特省)。《过阴居河四首》其三:"一圣龙飞德足称,其亡凛凛涉春冰。千山风烈来从虎,万里云垂看举鹏。尧舜徽猷无阙失,良平妙算足依凭。华夷混一非多日,浮海长桴未可乘。"⑤诗中不仅直接将成吉思汗喻为实现"华夷混一"的"圣主",流露出大鹏展翅,扶摇万里的渴望。

---

① (元)耶律楚材、周致中:《西游录 异域志》,中华书局1981年版,第14页。
② 金传道:《丘处机西游途中文学活动系年考略》,《内蒙古大学学报(哲学社会科学版)》2014年第3期,第29页。
③ 杨镰:《元诗史》,人民文学出版社2003年版,第244页。
④ (元)耶律楚材撰,向达校注:《西游录》上卷《前言》,中华书局1981年版,第4—7页。
⑤ 杨镰:《全元诗》,第1册,中华书局2013年版,第240页。

"谁知西域逢佳景,始信东君不世情",其西征诗直接描述塞外风情和征战生活的作品约占一半,令人印象深刻。《过金山和人韵三绝》是一组唱和丘处机的诗歌,描绘了西域奇特的美景。"金山"即阿尔泰山,诗中既描绘金山高耸入云、深沟大壑、穹庐猿鸣的"雄奇"之美,又勾勒出晴山、秋月、流水的"清丽"之美,将大自然的雄伟秀丽完美地结合一起,令人过目不忘。

《过阴山和人韵四首》为路过阴山和丘处机而作,再现了阴山雄伟奇丽的景色,渲染了元军的声威。阴山乃奇寒之地,八月即雪盖沙原,茫茫一片。如其三"插天绝壁喷晴月,擎海层峦吸翠霞",其四"万叠峰峦擎海立,千层松桧接云平",诗句中突显了阴山的高大雄奇、冷峻肃杀,令人震撼。又如其三"横空千里雄西域,江左名山不足夸"①,字里行间透露出诗人对西域美景的无限热爱和对元军所向披靡的赞美。

耶律楚材随军转战多地,并曾在塔剌斯城(河中府)当过管理屯田的官员,有过较长的定居生活。《西游录》载:"西辽名是城曰河中府,以濒河故也。寻思干甚富庶。用金铜钱,无孔郭。百物皆以权平之。环郭数十里皆园林也。家必有园,园必成趣,率飞渠走泉,方池圆沼,柏柳相接,桃李连延,亦一时之胜概也。"②河中府是有名的"塞上江南",耶律楚材有《西域河中十咏》《壬午西域河中游春十首》《西域河中西园四首》《河中春游有感五首》等组诗记之。兹录《西域河中十咏》二首如下:

> 幽人呼我出东城,信马寻芳莫问程。春色未如华藏富,湖光不似道心明。土床设馔谈玄旨,石鼎烹茶唱道情。世路崎岖太尖险,随高逐下坦然平。(其一)
>
> 异域春郊草又青,故园东望远千程。临池嫩柳千丝碧,倚槛妖桃几点明。丹杏笑风真有意,白云送雨大无情。归来不识河中道,春水潺潺满路平。(其六)③

其一,写与友人一起步入河中游春踏青,河中春光旖旎,美不胜收,令人流连忘返。"幽人"是高士的代称,此指道教全真派宗师丘处机。其六,由柳枝轻拂、杏花飞扬、水潺潺的河中美景的描写,转向对故园之情的抒发。虽然诗人长期生活此间,对这里的一草一木有很深的感情,但这并未泯灭其内心深

---

①　杨镰:《全元诗》,第 1 册,中华书局 2013 年版,第 200 页。

②　(元)耶律楚材撰,向达校注:《西游录》上卷,中华书局 1981 年版,第 3 页。

③　杨镰:《全元诗》,第 1 册,中华书局 2013 年版,第 236—237 页。

处的"故园情"而期待"归来"。

耶律楚材不仅为西域的奇异风光所吸引,更为这里淳朴的迥异于中原风俗的习俗所陶醉。他喜爱这里的一切,超越了偏狭的民族情感,呈现出华夷一家的博大胸襟。其西域诗"一改元以前西域诗的凄楚之调,重新审视西域的奇情异境,为读者提供了欣赏西域新的审美视角,启发了后世作家的创作"①。清代大批文人出使西域,以纪实方式创作出大量西域诗,正是这种影响的结果。

西游期间,耶律楚材留下了不少唱和组诗。除丘处机外,与西域蒲察元帅交往最为密切。每次去拜访他,总会受到热情款待,其《赠蒲察元帅七首》对此有生动的记载。王君玉是扈从成吉思汗西征的人,不仅满腹经纶,而且诗艺、琴艺超群,由《西域和王君玉诗》其二"万重沙漠犹逢友,十室荒村亦有贤",其三"万里西行真我幸,逢君时复一谈玄"②,可见二人志同道合,情趣相投。郑景贤是另一位重要的朋友,他原是窝阔台的医官,《和景贤十首》记录了二人诗歌往返。从其二"自从一识龙冈老,余子纷纷不足云"③中可知,耶律楚材对郑景贤推崇有加。

耶律铸是耶律楚材次子,一生戎马倥偬,侍从定宗、宪宗和世祖三位皇帝南征北战、东征西讨,过雪岭、穿沙漠,纵横驰骋于新疆、甘肃、青海、宁夏、内蒙、陕西等地,更深入至今吉尔吉斯斯坦、乌兹别克斯坦、塔吉克斯坦、哈萨克斯坦等国。所存西征诗约有 120 首,如《凯歌凯乐词九首》《后凯歌词九首》《凯乐歌词曲九首》《后凯歌词九首》《骑吹曲辞九首》《后骑吹曲辞九首》《前突厥三台》《后突厥三台》《结袜子二首》《婆罗门曲六首》等,都是反映征战题材的乐府组诗。通常每一诗都以一次战事为基点,从不同的角度歌颂赞美蒙古军的强大军威和元世祖忽必烈安邦定边的丰功伟绩,有较强的纪实性。李军先生说"诗人站在战胜者的立场上,对蒙元与南宋的战争、世祖平定诸王叛乱的战争,都予以热情的歌颂。……这些以征战为题材的诗,均表现出强烈的车书混同、江山一统的思想倾向"④。

元代西北四个汗国虽与中央王朝在名义上存在着隶属关系,但它们实际上是四个独立的政权实体,与元朝划疆而治。这些西汗国经常发动叛乱,历史上的海都与昔里吉之乱、乃颜之乱、海都与笃哇之乱等,皆因争权夺利

---

① 朱秋德:《耶律楚材西域边塞诗内涵浅析》,《石河子大学学报(哲学社会科学版)》2012 年第 6 期,第 88 页。

② 杨镰:《全元诗》,第 1 册,中华书局 2013 年版,第 246 页。

③ 同上,第 216 页。

④ 李军:《论耶律铸和他的〈双溪醉隐集〉》,《民族文学研究》2004 年第 2 期,第 18 页。

而起。耶律铸生活的时代正赶上海都与昔里吉发动的边乱,耶律铸奉命西征。其《后凯歌词九首》《凯乐歌词曲九首》《后凯歌词九首》《骑吹曲辞九首》《后骑吹曲辞九首》《结袜子二首》《婆罗门六首》等,都是歌颂朝廷平定西北藩王叛乱的作品。

其西征组诗多"序""注"详细交代征战背景,具有鲜明的纪实特征。《后凯歌词九首》注云:"至元丙子冬,西北藩王弄边。明年春,诏大将征之。"①《奇兵》《沙幕》《枭将》《翁科》《降王》《科尔结》《露布》《烛龙》等,通过地点转换,交代了战事进程。清人李文田《双溪醉隐集》案道:"丙子者至元之十三年也,是年伯颜入临安,瀛国公北行。十四年八月,诸王昔里吉劫北平。壬子,阿力麻里之地,械系右丞相安童,诱胁诸王以叛使,通好于海都。海都不纳,东道诸王亦弗从,逐帅西道。诸王至和林城北,诏右丞相伯颜帅军往御之。"②《凯乐歌词曲九首》序称:"圣上恭行天讨,北服不庭,命将问罪,南举江表。国家盛事不可不述,拟唐《凯歌》体,敢作凯乐凯歌云。"③序中交代了乐府曲调来源及组诗描写内容。如《征不庭》(大驾北征也)《取和林》(恢复皇居也)《下龙庭》(平定北方也)《金莲川》(驾还幸所也)《析木台》(弄兵取败之战所也)《益屯戍》(诏诸王益戍兵也)《驻跸山》(驻跸所也)《恤降附》(优诏存恤降附也)《著国华》(西北诸王称藩,继有平南之捷也)等,均以"注"阐释题旨,与诗歌互为表里。勾勒出征战进程,展示元军所向披靡的气势。

《凯歌凯乐词九首》是一组南征诗,歌颂忽必烈对南宋的征讨。序云:"列圣尤宋食言弃好。皇帝命将出师问罪,奏捷献凯,乃作《南征捷》等曲云。昔我太祖皇帝出师问罪西域。辛巳岁夏,驻跸铁门关。宋主宁宗,遣国信使苟梦玉通好乞和。太祖皇帝许之。敕宣差噶哈,护送苟梦玉还其国。辛卯冬,我太宗皇帝南征女真。诏睿宗皇帝,遣信使绰布干等使宋,宋人杀之。睿宗皇帝谓诸王大臣曰:彼自食言弃好,辄害我使。今日之事,曲直有归,可下令诸军分攻城堡关隘。由是,长驰入汉中。此其伐宋之端也。"④序中回忆南宋背信弃义的往事,交代忽必烈南征的原因。组诗以《南征捷》总领全篇,接下来依次是《拔武昌》《战芜湖》《下江东》《定三吴》《克临安》《江南平》,元军连战连捷,所向披靡。末二首《制胜乐辞》和《圣统乐辞》则分别

①　杨镰:《全元诗》,第4册,中华书局2013年版,第4页。
②　(元)耶律铸:《双溪醉隐集》卷二《后凯歌词九首》,金毓绂:《辽海丛书》第6集,辽沈书社1985年版,第1890—1891页。
③　杨镰:《全元诗》,第4册,中华书局2013年版,第6—8页。
④　同上,第2页。

赞颂了元军的英勇善战和皇帝的英明神武。组诗以南征的进程为线索，清晰地展示了此次南征的活动状况，为歌颂了南征辉煌的战果，并向世人展示了南征的正义性和必要性。

有研究者指出："耶律铸所作九类歌辞以古乐府为多，古乐府中又以鼓吹曲辞数量最多，这与他一生屡次侧身军旅，随宪宗蒙哥、世祖忽必烈东征西讨有关。魏晋以来多以鼓吹纪述开国君主功德，以追述为主。耶律铸有些鼓吹曲乃随军所作，为现时纪事，这是其鼓吹曲辞一大特点。"①这些反映西征、南征题材的乐府，系统而完整地记录了元廷每一次征讨的活动，有鲜明的纪实特征。大量的"自注"内容，丰富了诗歌的地理信息和人文内涵，具有史料价值。

如果说上京纪行诗开拓了元诗的"北极"，丘处机、耶律楚材、耶律铸等的西游诗开拓了元诗的"西极"，那么，元人赵樊川《日本纪行诗》开创了元诗的"东极"，安南纪行诗则开拓了元诗的"南极"。查洪德先生说："元代文人描述其'盛世'，主要说大元'海宇混一''华夷一统'，其疆域之大，跨越汉唐，而不是对政治和朝政的颂扬。……元代疆域的空前辽阔，国力空前强盛，生活在这个时代的部分文人，感受到跨越往古的盛世气象。"②随着奉使文人的足迹的延伸，一些异域风光、文化习俗进入元人的视野，为元诗的拓展了题材范围，也助推了元代盛世文风的形成。

至元七年（1270），元世祖特授赵良弼少中大夫秘书监充国信使，令其持书赴日。期间虽屡受挑衅，但不辱使命。"臣居日本岁余，睹其民俗，狠勇嗜杀，不知有父子之亲、上下之礼。其地多山水，无耕桑之利，得其人不可役，得其地不加富。况舟师渡海，海风无期，祸害莫测。"③滞日期间所作《日本纪行诗卷》，对海洋航路、异域风光、日本地理风俗等多有记载，极具史料价值。可惜原诗已佚，仅能从张之翰《题赵樊川〈日本纪行诗卷〉》中见出端倪。序云："公弼御史，以樊川先生《日本纪行诗》见示。三复之余，使人心移神动，如亲其洪涛绝岛中然。叙事之工，写物之妙，皆从大手中来。苟非名节素重，忠义不屈，其于使远方，历殊俗，将危疑悾愡之不暇，又安能出此语耶？故书三绝示于后。"④序中交代了出使日本的背景及对赵樊川忠义不屈的敬重。围绕赵良弼奉使东渡事展开，以唐僧西天取经形容行旅之艰

①　郭丽：《元代契丹族诗人耶律铸乐府诗考论》，《内蒙古大学学报（哲学社会科学版）》2020年第3期，第10页。

②　查洪德：《元代文学通论》，中册，东方出版中心2019年版，第874页。

③　（明）宋濂：《元史》卷一五九《赵良弼传》，中华书局1976年版，第3746页。

④　杨镰：《全元诗》，第11册，中华书局2013年版，第171页。

辛,既赞美其身处危境持节不辱的形象,又称颂其诗"篇篇犹带岛夷风",全面展示了日本国地理风光与民俗风情。

元朝建立以后,安南与中国的关系进入一个新的历史时期。在元成宗之前是征伐与安抚交替进行。成宗即位后,元朝与安南陈朝确定藩属关系,虽然此间有些纠纷,但基本上能和平共处,互派使者。据马明达《元代出使安南考》一文统计,元朝派出使者共计 27 次①,留下了张立道《安南录》、李克忠《移安南书》、徐明善《安南行纪》、陈孚《交州稿》、萧泰登《使交录》、文矩《安南行纪》、智熙善《越南行稿》、傅若金《南征稿》8 部可考的使越文集。

《元史》卷一七载,至元二十九年(1292)"诏谕安南国陈日燇,使亲入朝。选湖南道宣慰副使梁曾,授吏部尚书,佩三珠虎符,翰林国史院编修官陈孚,授礼部郎中,佩金符,同使安南"②。梁曾、陈孚等人此次使越的主要任务是诏谕安南国王陈日燇入朝觐见,即《交州稿》后记中说是"奉玺书问罪于交趾"。自元代中越宗藩关系建立以来,元朝曾屡次遣使诏谕安南国王入觐,安南国王都会借故推脱。所以陈孚言"问罪于交趾"的原因正在于此。

诗人从大都出发,途经中书省、河南江北行省、湖广行省等三省,最后从广西进入安南境内。陈玉龙《历代中越交通道里考》绘制了其从大都赴安南及返回的行程路线:

> 顺承门(北京)、卢沟桥、良乡县(河北省)、涿州、易州(易县)、保定府、中山府、真定(真定县)、滹沱河(河北)、赵州(赵县)、望台、鄗南、临洺驿、邯郸、磁州、彰德(河南省安阳县)、淇县(淇县之西北)、卫州(汲县)、黄河、汴梁、朱仙驿、鄢陵、上蔡县、蔡州(汝南县)、黄州(湖北省黄冈县)、鄂渚(武昌县之西)、鹦鹉州(武昌县之西),潭州(湖北省长沙县)、衡州、永州(零陵县)、全州(广西全县)、灵川县、永福县、马平、宾州(宾阳县)、牂牁江(贵州)、邕州、江州(在溪洞、崇善之南东)、思明州(宁明县)、恩凌州(宁明县南方之思陵)、禄州(越境)、丘温县、支陵驿、朝地驿、桥市驿(桥市驿之西)、安南(河内)、老鼠关、柳州(广西马平县)、浯溪(祁阳县之西南)、衡山县(湖南省)、湘阴县、安庆府(安徽省)、采石(当涂县之北方)。③

---

① 马明达:《元代出使安南考》,载于《专门史论集》,暨南大学出版社 2002 年版,第 156—183 页。

② (明)宋濂等:《元史》卷一七《世祖本纪十四》,中华书局 1976 年版,第 366 页。

③ 参见陈玉龙《历代中越交通道里考》,载于中国东南亚研究会编《东南亚史论文集》,河南人民出版社 1987 年版,第 111 页。

《交州稿》是陈孚奉使安南途中所作,"其山川、城邑、风俗为图一卷,谕以顺福逆祸,为书八篇,悉以上于史馆,兹不敢述。姑即道中所得诗一百余首,目之曰《交州稿》,以示同志云。癸巳除夕,孚敬书。"①四库馆臣评道:"《交州稿》为至元二十九年世祖命梁曾以吏部尚书再使安南,孚以翰林国史院编修官摄礼部郎中为副使,往来道中之作""纪道路所经山川古迹,盖仿范成大使北诸诗,而大致亦复相埒。"②《元诗选》"陈孚小传"亦称:"其于安南道途往返纪行诸诗,山川草木虫鱼人物诡异之状,靡不具载,又若图经前陈,险易远近,按之可悉数也。"③这组奉使诗共 107 首诗歌,按照奉使行程可分成三部分:一是从大都到安南境奉使途中纪行叙事诗,共有 77 首;二是出使安南境内的纪行叙事诗,诗共有 19 首;三是从安南回京途中的纪行叙事诗,共有 11 首。这些诗歌一方面再现安南独特的风光与风土人情,另一方面也展示元帝国"海宇混一"的盛世豪情,真实地展现了使臣的家国情怀。

出使安南,路途遥远而艰险,旅途之孤独、任务之重大、前途之渺茫均远远超常人所想。其"忠君""思亲"之情,令人感动。如《交趾伪少保国相丁公文以诗饯行因次韵二首》云:

> 使星飞下拥祥烟,不惮崎岖路九千。双袖拂开南海瘴,一声喝破下乘禅。妙龄已出终军上,英论高居陆贾前。归到朝端须为说,远氓日夜祝尧年。(其一)
> 一雨随车洗瘴烟,大鹏还击水三千。南来未了维摩病,北渡空思达磨禅。使节寻常铜柱外,天威咫尺玉阶前。临岐握手无他祝,留取忠贞照暮年。(其二)④

其一,交代出使安南的经过及与安南人士的交往。称赞丁公文的文学才华不亚于中原文魁。前半举重若轻,尽显大国风采。后半极具辞令之美,有安抚之意。其二,互道珍重,传递友谊,表达了期许。"忠贞"二字,点出元廷与安南的宗主国与附属国的关系。"使节寻常铜柱外,天威咫尺玉阶前",恩威并施,极显其不辱使命的气节。"安南纪行诗以其作者的使臣身份、超远的空间距离、丰富奇异的见闻、昂扬的主体精神,成为元诗世界中一个独特的

---

① 杨镰:《全元诗》,第 18 册,中华书局 2013 年版,第 395—396 页。
② (清)永瑢等撰:《四库全书总目》卷一六六,下册,中华书局 1965 年版,第 1434 页。
③ (清)顾嗣立:《元诗选》,二集上,中华书局 1987 年版,第 212 页。
④ 杨镰:《全元诗》第 18 册,中华书局 2013 年版,第 393—394 页。

部分。"①这种昂扬的主体精神使其克服了出使途中的艰难险阻,出色地完成使命,集中展现了元代"混一天下"的精神气质。

傅若金曾以参佐身份随从铁柱、智熙善出使安南,其间所作名为《南征稿》。作者以南征路途为线索,将所经之地的景观、特产、气候、风俗融入诗中,展现了丰富多彩的地理、人文信息。如《安南人以纸立马求赋梅华》诗云:"江驿梅花晴照人,暗香冉冉拂衣巾。可怜结子依南土,未得移根近北辰。"②傅若金巧妙地以"南土"喻安南疆域,与中央王权的"北辰"相对,在叹息梅花虽好却根在南土,借喻安南能够向化慕义,值得嘉许,展示元廷以德服人的德治风采。以极高的政治智慧将安南人"以纸立马求赋"的挑衅,化于无影之中。从陈、傅二人的应对可知,在出使期间,他们能持节不辱,其国家意识和主体精神,令人称赞。

元代组诗的纪行与纪事是不可分离的,"行程"只代表空间的转换,而"事件"才是行程的灵魂。元代纪事组诗除对重大活动的记载外(下文专论),还有日常活动内容的记录,如仇远《纪事三首》、方澜《秋日钱塘纪事二首》、周霆震《纪事五首》、冯玉麟《次韵刘可兴从军纪事四首》、涂渊《御寇纪事五首》、袁华《丁未纪事六首》等,涉及旱涝灾害、出行落宿、平叛迁徙等话题,诗人致力于事件过程的再现,以表达对时事的关切。

这些纪事组诗在形态上呈现为一种"片断式"叙事,以点带面,突出事件性质,表达诗人的情感。"纪事"已内化为一种叙事意识,渗透到那些并未标注"纪实""纪事"的组诗之中,前文所论"德政"组诗即属此类。

---

① 黄二宁:《论元代安南纪行诗的书写特征与诗史意义》,《南开学报(哲学社会科学版)》2016 年第 5 期,第 52—53 页。
② 杨镰:《全元诗》第 45 册,中华书局 2013 年版,第 148 页。

第四章　组诗文体特征与语体风格

相对于单体诗歌,组诗具有独特的表达功能与审美效应。周建忠先生说:"组诗以复加迭合的结构形式,使情感力度、叙事容量得到加强,成为中国诗歌史上能够留下深度记忆的部分之一,具有了艺术的典范价值。"其"形态的系统性、完整性、多元性,迎合了文会雅集场景下文人炫博和雅谑的心态;其引经据典、连类无穷的表达方式,往往导向典雅和奥博,二者都与文人生活方式与审美趣味相关,是文人逞才使气、制造'惊奇'审美效果的合适载体。"①周先生不仅指出了组诗形态独特的表达功能与审美效应,且揭示了历代文人钟情于此的奥秘。元代组诗在抒情、叙事与对话语境中形成了不同的语体风格,值得关注。

第一节　组诗文体特征与传统思维

古人对体裁、体制十分重视,明人吴讷在《文章辨体序说》之《诸儒总论作文法》中认为:"文章以体制为先,精工次之。失其体制,虽浮声彻响,抽黄对白,极其精工,不可谓之文也"②。徐师曾《文体明辨序说》也指出:"夫文章之体裁,犹宫室之有制度,器皿之有法式也。为堂必敞,为室必奥,为台必四方而高,为楼必陕而修曲,为笪必圆,为筐必方,为簠必外方而内圆,为簋必外圆而内方,夫各有当也。苟舍制度法式,而率意为之,其不见笑于识者鲜矣,况文章乎?"③顾尔行《刻文体明辨序》认为"陶者尚型,冶者尚范,方者尚矩,圆者尚规,文章之有体,此陶冶之范型,而方圆之规矩也"④。无论是

---

① 周建忠:《从历史文化视角研究元诗》,《中国社会科学报》2020年6月12日,第7版。
② (明)吴讷、徐师曾著,于北山、罗根泽校点:《文章辨体序说　文体明辨序说》,人民文学出版社1962年版,第14页。
③ 同上,第77页。
④ 同上,第75页。

"法式"还是"尚型",都认为作诗与冶陶一样要合乎"范型",要"遵体"而作,以体制为先。

《昭明文选》是我国现存第一部按体分类、从类编排的文学总集。其对"诗体"的划分有开创之功,为悼亡、劝励、述德、公宴、献诗、祖饯、百一、咏史、游仙、游览、招隐、咏怀、赠答、军戎、哀伤、行旅、乐府诗、杂诗、郊庙、杂歌、挽歌、杂拟,共计 22 类。从分类标准看,这里的"诗体"其实是题材类别。直到明代吴讷《文章辨体序说》和徐师曾《文体明辨序说》的出现,对文体的辨别才达到新的高度。所论涉及诗体有古歌谣辞、四言古诗、楚辞、乐府、五言古诗、七言古诗、杂言古诗、近体歌行、近体律诗、排律诗、绝句诗、六言诗、和韵诗、联句诗、集句诗、杂句诗、杂言诗、杂体诗、杂韵诗、杂数诗、离合诗、诙谐诗,达 22 种之多。二书的"序说"部分,对文体名称、性质、源流都作了详尽说明,对每类诗体概念、特征也作了准确的界定与描述。

从文体发展史看,古之学者所论诗体,大体分成五类:一是以音乐性质或表现内容分,如《诗经》分风、雅、颂三种,其体式之异取决于所用音乐之异。二是以押韵与句式分,分古、近两体,古体有四言、骚体、五言、六言、七言、杂言、乐府、歌行,近体有五律、七律、排律、五绝、六绝、七绝、杂体、词、曲等。所谓"风雅颂既亡,一变而为《离骚》,再变而为西汉五言,三变而为歌行杂体,四变而为沈宋律体……有古诗,有近体。有绝句,有杂言"[1]。三是以结构与技巧分,柏梁体、连珠体、联句体、集句体、杂体诗等。四是以时代来分,有建安体、黄初体、正始体、太康体等。五是以作家来分,如苏李体、曹刘体、陶体、谢体、徐庾体等。从上述五类诗体看,第一类侧重音乐属性,第四、第五两类之"体",并非指体裁,实指风格。真正属于诗体的只有第二、第三两类。组诗形态正孕育于此,是两种形态的结合体。

对组诗形态的论述,在古今文体论著中鲜有涉及。学术界最早提出"组诗"概念的是朱东润先生,《杜甫叙论》中说:"组诗这个名词是近代开始运用的,古代并没有这个名词。"[2]然朱先生并未对组诗内涵作出明确的解释。从字源上看,"组,绶属。其小者以为冕缨。从糸且声。"[3]这里的"组"指织丝而成的带子,后引申为编织,如《诗经·邶风·简兮》中有"执辔如组"之句,意思是说驾车者技术熟练地牵着六条缰绳,像一排正在编织的丝组。组诗取名,恐与此有关。"正如数根丝可织成锦带一样,数首诗按一定规则'组

① (宋)严羽著,郭绍虞校释:《沧浪诗话校释》,人民文学出版社 1983 年版,第 48—71 页。
② 朱东润:《杜甫叙论》,人民文学出版社 1981 年版,第 162 页。
③ (汉)许慎:《说文解字》,中华书局 1963 年版,第 274 页。

合'在一起便构成了组诗。"①基于这样的理解,《汉语大辞典》称组诗是"指同一诗题,内容互相联系的几首诗"。《现代汉语词典》称"由表现同一主题的若干首诗组成的一组诗"。二者都认可组诗是由若干首内容相关的诗歌"组合"而成。

　　然而,对组诗文体属性,即组诗到底是诗歌体裁,还是诗歌表达形式,学界一直未有清晰的界定。朱子南主编的《中国文体学辞典》称:"将反映近似的生活情景,表现同一主题的若干首诗组合在一起,形成有机整体,称为'组诗'。其中每首诗,可以独立成篇,连缀在一起,成为组诗,从而扩大了诗歌表现的容量和审美功能。古典诗歌的各种体裁,均可缀成组诗。"②其"古典诗歌的各种体裁,均可缀成组诗"的表述揭示了组诗的非文体属性,即组诗不是特定的诗歌体裁,而是诗体组合形式。朱东润先生在谈到杜甫组律时说:"所谓组律,是以几首律诗作为一组。组诗这个名词是近代开始运用的,古代并没有这个名词。《诗三百篇》里所说的'《葛覃》三章,章六句'就是这件事。这是说这组有三首诗,每首六句。后来的作品,古诗有时是分组的,例如曹植《赠白马王彪》就是,但是经常是不分组。"③这段话的意思是,组诗既可以是古体,也可以是近体,显然非专指一类诗体。司全胜先生在《关于中国古典组诗的界定》一文也指出:组诗是"在同一诗题下,由作者集中创作的、形式一致的,共同表现同一思想的若干首诗歌的集合。"④这个定义与前者相较,更为明晰,所论组诗的文体特征也较全面。然而,也有可商榷之处:一是"集合"指意不明,二是认为组诗中的每首诗都"形式一致",也不符合组诗实际。在组诗发展史上,同一标题下组诗中存在着古体、近体混杂的状况,即便是同为古体或近体组诗,也有句式长短之别。

　　如果依古人关于诗体标准的判断,组诗是一种特殊的"诗歌集合体",接近于上文所论第三类"联句体""集句体"等杂体诗。"联句体""集句体"以联句或集句成诗而为"体","组诗"则联单体诗为组诗。前者所联或所集,是一种特定的诗歌体裁;后者所联各诗自成一体,组合后成为诗歌"集合体",即是一种诗歌形态,体裁可覆盖诸体。这样的表达可能有点拗口,但却是实际。葛晓音先生说:"中国诗歌的任何一种题材或形式都不可能具有严格的界定范围,一定会有部分作品界线不清,与其他种类相混淆。所以几乎选择单一诗类进行渊源流变研究的课题都难免遭到概念界定的质疑。""问

---

① 参见拙著《唐代组诗研究》,凤凰出版社 2011 年版,第 319 页。
② 朱子南主编:《中国文体学辞典》,湖南教育出版社 1988 年版,第 39 页。
③ 朱东润:《杜甫叙论》,人民文学出版社 1981 年版,第 162 页。
④ 司全胜:《关于中国古典组诗的界定》,《语文学刊(教育版)》1998 年 1 期,第 6 页。

题的关键不在于把某种文学现象界定的多么清楚,而在于是否抓住了这一诗类的内容和表现的基本特征,能否有条理地论证其如何踵事增华的过程。"①基于这样的理解,我们可以这样定义:组诗是一种富有民族特色的诗歌集合体,由若干首诗按照一定的逻辑关系组合而成。各诗既独立表意,又构成一完整的系统,有着统一的题目和相同的主题。

从诗歌存在方式言,有两种形态:一是单体诗歌,表意单一;另一是组诗,可以序列化表意,形成一个"意义链",这是二者在功能上最大的不同。清人沈德潜在《说诗晬语》卷下云:"一首有一首章法,一题数首,又合数首为章法。有起,有结,有伦序,有照应,若阙一不得,增一不得,乃见体裁。陈思《赠白马王彪》、谢家兄弟酬答、子美《游何将军园》之类是也。又有随所兴触,一章一意,分观错杂,总述累累。射洪《感遇》、太白《古风》、子美《秦州杂诗》之类是也。"②朱庭珍《筱园诗话》卷二亦称:"古人诗法最密,有章法,有句法,有字法。而字法在句法中,句法在章法中,一章之法,又在连章之中,特浑含不露耳。至于连章则尤难。合观之,连章若一章;分观之,各章又各自成章。其先后次第,自有一定不紊之条理。"③虽然沈氏未使用"组诗"概念,而用"连章",但所论极具启发意义,可以帮助我们了解组诗的文体特征。组诗一题数首,基本体式有二:一是各章在结构上互相关联,前后照应,逻辑关系严谨,为连章组诗;二是各章在形式上不关联,但在意义上相关,可称为组诗。组诗具有下列特征:

一是具有"文件夹"功能。相对于单体诗歌,组诗一般由两首或两首以上的诗歌构成,以"序列化表达"方式,满足作者丰富的情感、经历表达需要,为向文人所青睐。在组诗史上,几首、十几首或几十首一组组诗数量众多,百首以上规模的组诗也不罕见,如张昱《辇下曲一百二首》、冯子振《梅花百咏》、释明本《梅花百咏》、杨允孚《滦京杂咏一百首》、宋无《啴哰集一百一首》、孙蕡《闺怨一百二十四首》、王祯《农器图谱二百四首》等,蒋民瞻《通鉴拟古》达 600 余首,徐钧《咏史集》更是多达 1 530 首。组诗具有单体诗歌所不具备的"文件夹"功能,极大地提升了诗歌的容量。

二是具有奥博典雅的审美效应。作为一种独特的诗歌形态,组诗文体风格有二重性:就其完整性、系统性、多元性而言,则往往表现为炫博和雅

---

① 葛晓音:《秦汉魏晋游仙诗史研究的新创获——序张宏〈秦汉魏晋游仙诗的渊源流变论略〉》,《北京大学学报(哲学社会科学版)》2002 年第 5 期,第 156—157 页。

② (清)沈德潜:《说诗晬语》,人民文学出版社 2005 年版,第 247 页。

③ (清)朱庭珍:《筱园诗话》卷二,郭绍虞编选,富寿荪校点:《清诗话续编》,下册,上海古籍出版 1983 年版,第 2353 页。

谑,宏放恣肆,极富震撼力和感染力;就其引经据典、旁征博引、连类无穷而言,则往往表现为典雅和奥博,有类于"集句"。突破了单体诗歌凝固于特定时空的局限,适于展示诗人曲折的人生经历和微妙的情感体验,也有助于挥洒文人的才学,契合其奥博典雅的审美趣味。

三是组合艺术丰富多彩。笔者认为"组诗的'组合'不是随意拼凑,而是诗人心灵的'聚合'。'聚合'的线索或是叙事的进程,或是景物的转换,或是心路的历程等"①,形式多样。朱东润先生批评明代钟惺、谭元春选《唐诗归》把指杜甫的《诸将五首》《秋兴八首》《咏怀古迹五首》等组诗拆散,"挑选其中的几首,完全抹杀了组诗的伟大意义,因此成为中国文学史里的笑柄,实在是不甚遗憾的"②。朱先生所"遗憾的",是选家全然不了解这些组诗内含的结构艺术,任意支解,结果被后人笑话。从元代组诗看,以"时空转换""事件进程""感情流程""人物类型"等组合方式运用得较为突出。

四是多用"总题分述"的标题方式。这是组诗异于单体诗歌的重要特征。吴承学先生指出:"文体形态具有深广的语言学和文化学内涵,作为一种语言存在体,文体形态是依照某种集体的特定的美学趣味建立起来的具有一定规则和灵活性的语言系统的语言规则。"③元代组诗标题形态有两种形式:一是有总题无分题,这是最早的组诗标题形态,也是元代组诗的主体。丘处机《修道二十首》、耶律楚材《赠蒲察元帅七首》《壬午西域河中游春十首》等,都只有总题而无分题。二是有总题也有分题,是组诗成熟、标准的标题形态。如郭居敬《百香诗》《全相二十四孝诗选》、元好问《四哀诗》等。无论是哪种形式,组诗的"子题"从不同角度、不同层面来阐释"母题"的内涵,呈现着"总题分述"的格局。

五是创作时空相对集中。既方便展示同一时空中的复杂经历与多元情感,又满足了不同时空中同一主题"系列化"呈现的需要。郑思肖《中兴集二卷》自序道:"我苦心吟事二十年矣,德祐前诗仅存一二,记序等作则尽亡之,乱后所作,幸犹存焉。今陷身不义,尽伤于心……今所作无题者,俱以'砺'之一字次第目之。'砺'者,言淬砺乃志,决其所行也。"④从注中"德祐乙亥冬","寓吴陷虏"可知,组诗是作者在这个特定时空背景下陆陆续续创作而成。作者将此间的六十七首诗分别以"一砺""二砺""三砺""四砺"

① 李正春:《论组诗文体特征与表达功能》,《学术交流》2007年第10期,第150页。
② 朱东润:《杜甫叙论》,人民文学出版社1981年版,第162页。
③ 吴承学:《文体形态:有意味的形式》,《学术研究》2001年第4期,第121—122页。
④ (宋)郑思肖撰,陈福康校点:《郑思肖集·中兴集二卷》,上海古籍出版社1991年版,第68页。

"五砺""六砺""七砺""八砺""九砺""十砺"……"二十五砺"贯之,喷射出郁勃的忠愤之气。又,方回《旅闷十首》是其"五月中旬至六月下旬,籴绝物贵,身病穷极,然所感不止是而已,为《旅闷》诗十首"①。耶律铸的《行帐八珍诗五首》是一组描绘"行帐八珍"的状物组诗,是其"往在宜都"时所作。这种时空痕迹,有时会体现在组诗标题之中,有时也会呈现于诗歌的"题注"之中。这种创作于特定时空范围的诗歌,非常适合作者的"编辑",形成具有相同主题的组诗。

六是体裁多数为"同体组合",少数为"异体组合"。同体组合,指组诗中体裁完全相同,或是绝句,或是律诗,或是古诗,如陈赓《蒲中八咏为师邕卿赋》、陈庾《题师邕卿蒲中八咏》均为五绝;段克己、段成己《梅花十咏》《花木八咏》均为七绝;郝经《寓兴二十九首》《曲阜怀古六首》《秋思六首》《甲子岁后园秋色四首》《新馆春日抒怀六首》《幽思六十首》、元好问《学东坡移居八首》均为五古;异体组合,指组诗由不同诗体组成。一是古诗与格律诗的组合,如元好问《杂著五首》由五古二首、五律三首组成;魏初《奉答廉公劝农三首》中六言四句二首、七绝一首;耶律楚材《过阴山和人韵四首》由七古一首、五律二首、七律二首构成。二是格律诗不同形态的组合,如耶律楚材《过天宁寺用彦老韵二首》由七律、七绝各一首构成;《和景贤韵三首》则由七律一首、七绝二首组成;三是相同体裁不同句式的组合,如金履祥《北山之高寿北山先生十二章》二章八句、四章四句、三章九句、二章八句、一章十二句,虽都同属古体诗,但各章句数不尽相同;许衡《观物四首》由五律三首、五排一首构成。如果说"同体"组合因其体式、风格的统一而突现组诗整体功能的话,那么"异体"组合则展现出组诗的多元化、包容性特质。

七是分"独白""对话"两种生成方式。"独白"式组诗,是作者在"自言自语"状态下的写作,这也是组诗最早的形态。王恽《老境六适七首》、方回《虽然吟五首》分别对人生晚境、饥荒年景的体验作了真实的反映,有鲜明的"自我"色彩。"对话"组诗,因交际需要而产生,有明显的互动性特征。集会场所分韵、次韵、口占、联章等,非集会场所的同题共咏,都是"对话"式组诗的不同表达方式。

组诗是一种与四言、五言、六言、七言等诗体既不相同且又关系密切的诗歌形态。从其文体属性言,其与集句体、联句体等一样,应归于杂体诗范畴,属于"小众"。但从其"兼容性"(可组合各种诗体)、使用频率、运用范围看,它又是典型的"大众"诗歌。在诗歌史上,历代组诗体量巨大,参与人数

---

① 杨镰:《全元诗》,第6册,中华书局2013年版,第228—229页。

众多，是一个不争的事实，足以说明文人的喜爱程度。

从诗体演变历史看，组诗形态的出现与传统文化和思维方式相关。"文体发展与人类思维能力和对世界的感受方式有关系"①，组诗形成与传统思维方式中偶对思维、整体思维方式密切相关。

阴阳二元论，是古代中国人世界观的基础。"一阴一阳谓之道"，以阴阳二元观念去把握事物，是中国人思维的方法，即偶对思维方法，被广泛地浸润到国人对自然界和人类社会的万事万物的认识和解释之中。大自然中天地、昼夜，动植物中雌雄，人类社会中的男女、善恶、真伪等，无不如此。这种阴阳对举、两两相对的思维方式在儒家经典中被强化、宣扬，逐渐形成为固化的思维方式，并成为一切思想理论、学术文化的根源和基础。

偶对思维又称对称思维，指是两两对立而相合的思维方式。《说文解字》释"偶"作"耦"。《耒部》："耦，耒广五寸为伐，二伐为耦。从耒，禺声。"段玉裁注："引申为凡人之称。俗借'偶'。"②可见，"偶"的基本特征是数量上的"二"，故《说文解字·二部》"凡"下云："二，偶也。"二源一生，故"二"下说，"从偶一"。故"二"和"一"的关系，是对立统一的关系，或一分为二，或两两合一。作为汉文化载体的汉字，其结构形态由单至复，呈现出明显的偶对思维的痕迹。王作新称"汉字的结构关系，包括符号的组合关系和聚合关系，具有突出的双偶合成性与对立生成性"③，所言不虚。汉字的偶对结构特征，体现的即是一种偶对式思维方式。

偶对思维的两两相对，影响之于古老的歌谣便有了"二字拍"《弹歌》的出现。如果说"原始民族用以咏叹他们的悲伤和喜悦的歌谣，通常也不过是用节奏的规律和重复等最简单的审美形式作这种简单的表现而已"④，那么《诗经》语言结构中的"迭句"、偶句及"重章"，其所蕴涵的偶对思维就更加明显了。偶对思维方式导致了"追求匀衡、讲究对称"的审美心理，崇尚对立偶合的审美传统由此产生。"'偶'是汉语艺术形态的一个根本性特征。汉语语素的单音节性和组合的灵活性，天然适合于'对偶'，汉族人思维的虚实辩证又为偶意的形成提供了心理的需要，因而虚实统一的对偶成了汉族人特别喜好的艺术样式。"⑤刘勰《文心雕龙·丽辞》分析六朝诗歌崇尚"对

---

① 吴承学：《文体形态：有意味的形式》，《学术研究》2001 年第 4 期，第 122 页。
② （汉）许慎撰，（清）段玉裁注：《说文解字注》（第 2 版），上海古籍出版社 1988 年版，第 183 页。
③ 王作新：《汉字结构系统与传统思维方式》，武汉出版社 1999 年版，第 148 页。
④ ［德］格罗塞著，蔡慕晖译：《艺术的起源》，商务印书馆 2017 年版，第 176 页。
⑤ 李军：《谈传统思维对汉语修辞的影响》，《广州师院学报（社会科学版）》1997 年第 1 期，第 88 页。

偶"时说:"造化赋形,支体必双;神理为用,事不孤立。夫心生文辞,运裁百虑,高下相须,自然成对。……序《乾》四德,则句句相衔;龙虎类感,则字字相俪;乾坤易简,则宛转相承;日月往来,则隔行悬合;虽句字或殊,而偶意一也。"①"偶意一也",揭示了偶对思维的中心地位。在文体、声韵和辞意等方面的对应和谐,形成音调节奏明快、形式整齐匀称、表意集中凝练的艺术风貌。

追求表达上的对立偶合,是组诗形态生成的逻辑起点和内在动力。如果说诗句中"对偶"源于一阴一阳的天地之道,两两相对,为造化所赋。组诗两首或数首对举、并置,同样体现出偶对思维的精髓,其本质与传统阴阳二元思想一致。相对单体诗歌的"奇",组诗的"耦合"属性非常鲜明。当单体诗由"一"而"二"时,其诗体属性就开始蜕变了。在由"二"而"十",由"十"而"百",甚至由"百"而"千"的裂变式演进中,组诗具有了单体诗歌所不具备的系统功能和规模效应。组诗形体变异,表面上看是视觉排列形式的变异,其实质是诗的语言形式的变异,是"增加语言的意义浓度和情感浓度的重要手段"②。

整体思维(系统思维)是中国传统思维的重要组成部分,它把宇宙万物看作是相互关联的整体,这种观念早在八卦和《易经》中就产生了。《易经》的整体观念体现在卦象和六十四卦的编排上,"每一卦都是一个整体系统:阴爻和阳爻是构成这些系统的要素。爻,孤立地看,仅具有极单纯的一般属性,可当它们形成一定的结构时,其整体则由爻与爻之间的交错关系,而产生新的深远的意义。每一爻,也因而具有特殊的价值。八卦和六十四重卦透露出,作为整体的卦,其性质和内容远较构成要素(爻)的总和深刻丰富。"③影响之于文学艺术,追求作品的整体之美,就成为古代各类艺术自觉接受的审美原则。组诗的"总题"与"子题"形态很好地诠释了传统整体思维的内涵。虽然每首诗歌"子题"都在不同层面上诠释着"母题",但组诗"母题"绝不是"子题"的简单罗列和集结,而有更为深刻、复杂的内涵。这就是"整体大于部分之和"的意义所在。

《说卦》发展了《易经》的整体思维,建立起内部各要素的有序联系。"八卦"代表着八个方位:"震"为东方,"巽"为东南方,"离"为南方,"坤"为西南方,"兑"为西方,"乾"为西北方,"坎"为北方,"艮"为东北方,这是一

---

① (梁)刘勰著,郭晋稀注译:《文心雕龙注译》,甘肃人民出版社1982年版,第450页。
② 王珂:《论中外诗歌中形异及形异诗的价值》,《南京社会科学》2002年第6期,第55页。
③ 刘长林:《中国系统思维:文化基因的透视》,中国社会科学出版社1990年版,第400—401页。

种由中心向四周放射的空间结构。"八卦"又代表着八个时间序列:"震"为正春,"巽"为春末夏初,"离"为正夏,"坤"为夏末秋初,"兑"为正秋,"乾"为秋末冬初,"坎"为正冬,"艮"为冬末春初。总体来说,"八卦"结构所着重表现的是事物在特定时空中的生长与衰落,各卦之间既不相同又有联系。组诗形态中最为常见的"时空结构",正是源于《易经》八卦的时空观念。

第二节　元代组诗的语体风格

顾尔行在《刻文体明辨序》中说"文有体,亦有用",认为"文章之有体也,此陶冶之范型,而方圆之规矩也"①,指出文章必先论体裁,再述巧拙,强调语体的重要性。童庆炳先生在《文体与文体的创造》中指出:"语体是指人们在不同场合、不同情境中所讲的话语在选词、语法、语调等方面的不同所形成的特征。"②其对语体特征的界定更加细化,具有指导意义。

一、元代组诗的抒情语体

抒情语体是指一种有韵律、有节奏的语体,它能将语言的声音、意象之美凸显出来,从而使诗歌语言的长短、重复、勾连,声调的高低、平仄等语言意象都蕴含着浓郁的抒情意味。抒情语体占据着元代组诗的主导地位,几乎每位诗人都留下了数量不等的抒情组诗。

韵调变化是抒情语体所具有的音乐性的集中体现,它有利于抒情语体展现不同的情感内涵,从而产生出玩赏不尽的韵味。"押韵是抒情语体特有的体征,也是诗歌音乐美的最起码的要求。押韵的基本原理就在于它可以使同韵的音节在语言中按照一定的规律反复出现,形成节律化的音乐语言,从而使整个语音系列异中有同,和谐一致,使抒情语体突出语音层的功能,使语音焕发出声音魅力,给人以一种审美的愉悦之感。"③

作为情绪体现的手段与途径,元人在押韵方式、语言意象及修辞技巧中上凸显了抒情语体的表达功能。如耶律楚材《除戎堂二首》是一组赞颂贾塔剌浑元帅的诗歌,"王师西征,贤帅贾公留后,于云内筑除戎堂于城之西阿,以练戎事。御武折卫,高出前古。予道过青冢,公召予宴于是堂。鸿笔大

---

① （明）徐师曾著,罗根泽校点:《文体明辨序说》,人民文学出版社 1962 年版,第 75 页。
② 童庆炳:《文体与文体的创造》,云南人民出版社 1997 年版,第 119 页。
③ 李正春:《唐代组诗语体特征类析》,《苏州科技大学学报(社会科学版)》2010 年 5 期,第 20 页。

手,题诗洒墨,错落于楹栋间,皆赞扬公之盛德。予因作二诗,以陈其梗概。”从序中可知,在成吉思汗征西时,贾塔剌浑元帅留守大本营,“以练戎事”,作者有感而作。诗云:

> 除戎堂主震威名,一扫妖氛消未萌。不出户庭成庙算,折冲樽俎有奇兵。何须公瑾长江险,安用蒙恬万里城。坐镇大河兵偃息,居延不复塞尘惊。(其一)
>
> 除戎厅事筑城阿,烽火平安师旅和。远胜长城欺李勣,徒标铜柱笑伏波。服心不用七擒策,御侮何劳三箭歌。高枕幽窗无一事,西人不敢牧长河。(其二)①

组诗写于公元1226年,耶律楚材路过青冢时。诗人引用周瑜、蒙恬、李勣和诸葛亮等能征善战、用兵如神的典故,来称赞贾塔剌浑元帅的能征善战。贾塔剌浑元帅建“除戎堂”目的即为平定边患。组诗以“除戎堂主震威名,一扫妖氛消未萌”“除戎厅事筑城阿,烽火平安师旅和”开头,反复吟咏,激情豪迈,令人血脉偾张。从史传可知,贾塔剌浑随王征西中屡立战功,威名卓著。诗中“坐镇大河兵偃息,居延不复塞尘惊”“高枕幽窗无一事,西人不敢牧长河”,既是对其征战功绩的赞颂,更是诗人对元廷征西拓边之战的期待。

王恽《朝谒柳林行宫二诗》是其扈从北上,于柳林行宫拜谒天子时所作,是一组颂圣诗。序云:“至元癸巳二月四日,臣膺、恽,臣文海、俨、居信,朝谒春水行宫于泸曲之柳林。优蒙睿眷,诏录年名以闻,引进者中丞崔彧。被沐天恩,敢缀为唐律二诗,以表殊常之遇。臣恽谨序。”②诗人承蒙圣恩多年,充满感激,拳拳报国之心溢于言表。诗歌用“人辰”韵,传达了诗人明朗、激昂之情。

李庭《奥屯元帅北觐八首》、王恽《雅歌一十五首》、胡祗遹《八蛮来朝诗二首》、顾瑛《饶歌十章并小序送董参政》、陶安《阅兵奏凯三首》等,或赞美大臣,或歌颂皇上,带有明显的歌功颂德,粉饰太平之意。这些组诗从音节上看,“表现明朗、强烈、激昂、雄壮感情的,通常多用较为宏亮的如中东、江阳、人辰、怀来等韵”③,这是传统美学强调“声情”对应的结果。

意象是抒情语体最为重要的表达手段之一,它需要在诗人情感与物象

---

① 杨镰:《全元诗》,第1册,中华书局2013年版,第259页。
② 杨镰:《全元诗》,第5册,中华书局2013年版,第346—347页。
③ 李瑛:《新诗创作艺术谈》,江苏人民出版社1982年版,第238页。

之间建立起同构关系,达到意象合一。"象征一般是直接呈现于感性观照的一种现成的外在事物,对这种外在事物并不直接就它本身来看,而是就它所暗示的一种较广泛较普遍的意义来看。"①元代组诗中祝寿、悼亡、黍离之悲等题材中,意象的使用尤为突出,强化了抒情语体的效果。

受南宋祝寿风气大炽的影响,元人创作了近百组祝寿组诗,除少数为寿圣主题外,绝大部分为寿友、寿亲题材,折射出传统文化中浓厚的生命意识和"以和兴邦"的价值观念。这些祝寿组诗,基本上采用发花、遥条等韵脚,风格"不出于'典实富艳'一途,无不洋溢着和乐吉祥的气息"②。

祝寿是孝亲、尊亲、养亲观念的具体表现。寿亲组诗中以对慈母祝福最多,常用"西王母""麻姑""瑶池""凤鸾""慈乌""石榴""萱草"等意象,祝福慈母福寿绵长、多子多福。如王沂《寿萱堂二首》其一"阶前萱草绿,屋上慈乌飞。慈乌啼朝阳,萱草含春晖",其二"萱草生堂阶,慈乌不远飞。吐花解忘忧,反哺鸣相依"③,以"萱草""慈乌"展示母爱的伟大,表达了对慈母的美好祝愿。"椿寿""南山"是专用于寿父的意象,如刘敏中《寿父四首》其一"平地风波滟滪堆,此心安处即蓬莱。东篱真意无人会,一带南山献寿杯",其四"乐存流水南山寿,坐笑旁人不会闲。岁岁西风好重九,黄花白酒照红颜"④,都以"南山寿"来祝父亲"寿比南山"。也有同祝父母大寿的,如沈梦麟《椿萱齐寿》诗云:"灵椿已种八千岁,萱草丛生鸾凤毛。春在庭闱烦定省,花缘儿女受劬劳。老人天禄然黎杖,阿母瑶池赐玉桃。早晚登堂介眉寿,未应老客擅诗豪。"⑤诗中"灵椿""萱草""瑶池"等意象并用即指父母双寿,俗谓"椿萱并茂"。

寿友对象分可分为两类:一是类志同道合的官员,另一类是亲朋好友。除长寿和吉祥的寓意外,对前者尚有官运亨通、功德圆满的祝福,对后者更多的是品格、志趣和节操等方面的赞颂。张炎《词源·杂论》称:"难莫难于寿词,倘尽言富贵则尘俗,尽言功名则谀佞。尽言神仙则迂阔虚诞,当总此三者而为之,无俗忌之辞。不失其寿可也,松椿龟鹤,有所不免。却要融化字面,语意新奇。"⑥与寿圣寿官之谀美、客套不同,寿亲寿友诗往往写得满含真情且兴味盎然。

① [德]黑格尔著,朱光潜译:《美学》卷二,商务印书馆1982年版,第10页。
② 沈松勤:《唐宋词社会文化学研究》,浙江大学出版社2000年版,第325页。
③ 杨镰:《全元诗》,第33册,中华书局2013年版,第15页。
④ 杨镰:《全元诗》,第11册,中华书局2013年版,第327页。
⑤ 杨镰:《全元诗》,第55册,中华书局2013年版,第65页。
⑥ 唐圭璋:《词话丛编》,中华书局2005年版,第282页。

　　寿友组诗常用"鹤""鹿""桂树""郭子仪""绶带鸟"等意象。"鹿""鹤"都是长寿的瑞兽,又因"鹿"与"禄"、"桂"与"贵"谐音,"鹤"与"仙"相连,常常喻指官禄、富贵和安闲自在,深受士绅的喜爱。除体现生活情趣外,更隐含着"比德"内容。如张复《呈运使复斋十绝并引》是一组为闽漕使郭复斋祝寿的诗。"中书未老不忘君,先祝天香拜五云。我只为公三祝寿,寿民寿国寿斯文。"(其十)诗中赞美了郭中书老而弥坚,忠君爱国、造福一方政治品格。"寿民寿国寿斯文"祝福,不仅是对郭复斋祝寿之辞,更是对国家和民众的美好祝愿。从诗序中"廿有四考在中书,维君子使;千二百年谈至道,为帝者师"①可知,郭复斋深受帝王赏识,长期担任中书职位,成为帝者之师。作为人臣郭子仪可谓备极寿俗礼遇之尊荣,诗中用"廿有四考"之典,是对郭复斋建立卓越功勋的期待,勉励其再接再厉,奋发有为。

　　戴表元《六月十三日寿陈子徽太博十首以无官一身轻有子万事足为韵十首》以"无官一身轻,有子万事足"为韵,祝福陈著子孙满堂,生活自由自在。程思波指出:"多子多寿的观念作为封建社会中家庭文化心理的常规反映,一方面能够体现长幼有序、人丁兴旺的完整家庭结构;另一方面,数世同堂共爨,家庭团结和谐,老人能怡享天年,共享天伦之乐。这些都是国人所渴望的现实幸福观。"②诗人以"凤凰""飞仙"喻陈著,以"立鹄"美其子的卓越不凡,点明"有子万事足"主题。以巢父、许由隐居不仕之典喻指陈著入元不仕,用"桃源""莲荷""碧梧""沧浪泉""紫芝曲"等意象,赞美其洁身自好、摆脱官场羁绊的隐士品格,照应"无官一身轻"题意,所用意象与陈著的生活完全契合。虽说"寿亲寿友词因祝颂的功利需求虽不免有一些尘俗观念和价值提升,但因其表现了人伦真情的温馨和生命意义的美好,因而具有一定的思想意义和审美价值"③。

　　元代组诗中大量的悼亡、挽歌题材,表达了对生命消逝的喟叹,是元代抒情语体的重要组成部分。自从潘岳《悼亡诗三首》确立了后世悼亡体制后,悼亡题材延伸至亡夫、亡子、亡女、亡友等亲友之间。"由于爱的非永恒性激发效应,角色对象的猝然离去,反面更增加了生者的亲近感、更引发追怀之情。……于是每个亡者都成了其角色类别中仿佛最好的最完美的个体——最好的最完美的妻子、情侣、朋友、儿子、女儿、兄弟、姐妹。"④傅若金

---

①　杨镰:《全元诗》,第37册,中华书局2013年版,第114—115页。

②　程思波:《民俗艺术学视角下的祝寿图像研究》,博士学位论文,东南大学2016年,第40页。

③　李红霞:《论南宋寿词的分型及特征——兼论祝寿文学的历史演进》,《深圳大学学报(人文社会科学版)》2005年第3期,第87页。

④　王立:《永恒的眷恋——悼祭文学的主题史研究》,学林出版社1999年版,第161页。

《悼亡四首》是一组悼念其亡妻孙蕙兰的诗歌,诗云:

> 惊飙吹罗幕,明月照阶闼。春草忽不芳,秋兰亦同死。斯人蕴淑德,凤昔明诗礼。灵质奄独化,孤魂将安止。迢迢湘西山,湛湛江中水。水深有时极,山高有时已。忧思何能齐,日月从此始。(其一)

> 皇天平四时,白日一何遽。勤俭毕婚嫁,新人忽复故。衾裳敛遗袭,棺椁无完具。送葬出北门,徘徊怛归路。玉颜不可恃,况乃纨与素。累累花下坟,郁郁荃西树。他人亮同此,胡为独哀慕。(其二)

> 新婚誓偕老,恩义永且深。旦暮为夫妇,哀戚奄相寻。凉月烛西楼,悲风鸣北林。空帷莫巾栉,中房虚织纴。辞章余婉娈,琴瑟有余音。眷言瞻故物,恻怆内不任。岂无新人好,焉知谐我心。掩穴抚长暮,涕下沾衣襟。(其三)

> 人生贵有别,室家各有宜。贫贱远结婚,中心两不移。前日良宴会,今为死别离。亲戚各在前,临诀不成辞。旁人拭我泪,令我要裁悲。共尽固人理,谁能心勿思。(其四)①

傅若金妻孙淑,字蕙兰,受其父元代作曲家孙周卿影响颇深,才思艳丽,精妙于诗。冯梦龙《情史类略》记载,元时新喻傅若金,娶孙蕙兰为妇。蕙兰时年二十三,高朗秀慧,精近体五、七言。嫁五月而卒,寓殡湘中。傅念之不置,用情之深令人动容。蕙兰亡后,若金搜其稿,编集成帙,题曰《绿窗遗稿》②。其一,言新婚妻子离去,托体湘山之阿,诗人忧思岁月从此开启。其二,回忆亡妻入殓安葬经过,念阴阳永隔,不胜其悲。其三,回忆新婚时与妻子的"盟誓"和婚后生活琴瑟和鸣,令人难忘。其四,婚丧场面写起,感叹造化弄人,生命脆弱。面对他人的劝慰,诗人再次表达出刻骨铭心的思念。诗中"秋兰""西山""孤魂""织纴""巾栉""琴瑟"等意象,渲染出浓郁的悲剧氛围。"昔为连理木,今为断肠枝"③(《百日》),在今昔对照中,诗人感受到阴阳永隔的无限凄凉。

元代悼亡组诗中的意象主要有如下几类:一是与坟墓相关植物意象,如"衰草""孤坟""秋兰""西山"等,烘托阴森、冷清、悲凉的环境氛围,传达刻骨铭心的相思;二是动物意象,如"翰林鸟""比目鱼""双飞燕""双栖蝶"

---

① 杨镰:《全元诗》,第45册,中华书局2013年版,第162—163页。
② (明)冯梦龙:《情史类略》卷一三《情憾类·傅若金》,岳麓书社1983年版,第362页。
③ 杨镰:《全元诗》,第45册,中华书局2013年版,第163页。

"鸳鸯"等,象征亡妻生前与丈夫双栖双宿,死后丈夫的形单影只、孤苦伶仃;三是日常器物意象,如"罗幕""纨素""衾裳""空帷""巾栉""织纴""孤灯""缝衣""针线""烛""遗挂""遗墨""琴瑟"等,均与亡妻相关,传达出人去楼空的沧桑感;四是象征性意象,如"斜阳""烟雨""悲风""梦""酒"等,以黄昏夕阳突显丈夫冷清处境与幻灭感的人生。王立先生说:"黄昏因其与生命悲剧意识紧密联系,它在古代悼祭文学主题中自然不能不成为一个重要的意象话语,透射出经久不息的凄艳之美。"①

此类意象在元代悼亡组诗中随处可见,如毛直方《悼亡四首》其二"万一相逢今夜梦,恨多应是两忘言",其三"飘零遗墨残针线,与泪无欺自一挥",其四"推愁不去竟何如,欲鼓动庄盆懒有余"②;范晞文《悼亡三首》其二"从此人间不如梦,梦中笑语似平时",其三"只今假日一杯酒,谁与相陪说旧游"③;艾性夫《悼亡二首》其一"绘绩忍看烧烛泪,遗簪聊抵买花钱",其二"愁绝梧楸烟雨地,藁砧百岁拟同归"④;虞集《悼亡四首》其一"买臣不缊会稽章,井臼终身愧孟光",其二"欲觅音容须梦里,先生无睡已多时",其三"孤灯夜雨深深坐,正似燕山恨别时",其四"比似燕山恨别时,鬓边添得雪丝丝"⑤,等等,无论是意象选择,还是典故的运用,都营造了悲凉氛围,强化了对亡妻思念的力度。

悼念亡友是元代悼亡组诗中重要内容。宋人洪迈《容斋随笔》卷九云:"朋友之义甚重。天下之达道五:君臣、父子、兄弟、夫妇而至朋友之交。故天子至于庶人,未有不须有友以成者。"⑥现实生活之中,人们对"嘤其鸣矣,求其友声"理想有着极大的期待,那种生死不渝的友情自然令人感动。"伤悼亡友的系列之作,之所以比较注重强调生死不渝的友情,与这些故事的价值取向有关,像俞伯牙之于钟子期、季札之于徐君等等,皆是。而为友哭丧、冒险悼友,也鲜明集中地体现了类似的深挚情谊。"⑦据统计,《全元诗》中题中含"哀""挽""吊""哭"的悼亡友组诗多达数百组,"由蒙古族建立的元王朝疆域辽阔、民族众多,出现了中国历史上前所未有的'多族士人圈'。在元代多族士人圈的互动中,汉儒接受了服膺汉文化的异族士子,不再以'蛮夷'

---

① 王立:《永恒的眷恋——悼祭文学的主题史研究》,学林出版社 1999 年版,第 282 页。
② 杨镰:《全元诗》,第 12 册,中华书局 2013 年版,第 432 页。
③ 杨镰:《全元诗》,第 13 册,中华书局 2013 年版,第 439 页。
④ 杨镰:《全元诗》,第 19 册,中华书局 2013 年版,第 146 页。
⑤ 杨镰:《全元诗》,第 26 册,中华书局 2013 年版,第 319 页。
⑥ (宋)洪迈撰,孔凡礼点校:《容斋随笔》卷九《朋友之义》,上册,中华书局 2005 年版,第 120 页。
⑦ 王立:《永恒的眷恋——悼祭文学的主题史研究》,学林出版社 1999 年版,第 177 页。

视之,而是以'吾党''吾徒'称之。"①元代多民族士人圈形成了广泛的交友网络,这为悼亡友组诗奠定了基础。

揭傒斯《四友诗》是一组悼念亡友诗,序中交代了好友的身份:"四友者,广信王庭钰良仲、临川李商弼良佐、武昌卢廷鸾子仪、同里熊坦从正也。李亡已七年,余亦亡二三年。余索居京师,每夕梦寐与四友相接,伤其皆贤而无寿,又与余笃好,乃作四友诗,一以志余哀,一以概见其平生云。李得年二十二,卢二十九,熊三十四,王四十有九。"②其一,赞王庭钰"奇伟""忠愤"的品格,叹苍天无眼,致使中路分离,只能"托梦"招魂。其二,悼李商弼才华横溢,正直诚信,志向远大,令人敬佩。其三,悼卢廷鸾,赞其"奇杰""雄才",是作者一生"知心托生死"的挚友。其四,悼念熊坦的"高才"与"积善",感慨其贫寒多病的人生。组诗以好友英年早逝、未尽其道而痛惜,借"古笛""清琴""尊酒""嘉木""秋月""碧血""秋风"等意象,营造出孤独、凄凉、悲切的情感氛围,表达了知音凋零的感伤情绪。

刘诜《哭萧孚有七首》为友人萧孚有而作。"孚有,方厓御史之季子。少甚颖异,从余游。其为诗,短篇高古幽淡,追逼韦、王。长篇丰赡逸宕,别自风致,皆欲与古人争衡。至元三年丁丑七月一日病死,士友伤之,以其有才而未著,其可憾如逢原、敦夫。九月九日,余既送殡城东,归途赋以寄感慨云尔。"③从序中可知,萧孚有是其弟子,才华横溢却英年早逝。诗中"身后生前千古恨,荒荒白日下高城"(其二),"如今深锁秋风满,想见阶苔日日多"(其五),"永新门外双松柏,无复相携踏月人"(其六),"应有故人来下马,愁云深处是新阡"(其七)等,频现的"翰墨""秋风""阶苔""松柏""新阡"等意象,不仅渲染出作者的深切怀念之情,也传达了"永别"的遗恨。

"琴""剑""鹤"意象,在悼亡友、亡妻组诗中屡见不鲜。如吴会《四哀诗·黄均税》"子期既已矣,予亦罢鸣琴",《四哀诗·邓贞甫》"采药游蓬瀛,调琴仙者友"④,岑安卿《三哀诗》其一"归栖从山云,松柯荫琴史"⑤,揭傒斯《四友诗》其二"信如海上潮,直若琴上丝"⑥,王恽《哀挽亡友中丞王兄五首》其四"贝锦斐文哀巷伯,瑶琴幽愤变猗兰"⑦,唐元《哭亡友潜夫洪主簿二首》其一"我有古时琴,尾焦犹着弦""挂琴在幽窗,误触风萧然""俱亡人与

---

① 刘嘉伟:《试析元代多族士人圈的文化认同》,《西北民族研究》2015 年第 5 期,第 180 页。
② 杨镰:《全元诗》,第 27 册,中华书局 2013 年版,第 189—191 页。
③ 杨镰:《全元诗》,第 22 册,中华书局 2013 年版,第 388 页。
④ 杨镰:《全元诗》,第 57 册,中华书局 2013 年版,第 216 页。
⑤ 杨镰:《全元诗》,第 33 册,中华书局 2013 年版,第 193 页。
⑥ 杨镰:《全元诗》,第 27 册,中华书局 2013 年版,第 190 页。
⑦ 杨镰:《全元诗》,第 5 册,中华书局 2013 年版,第 303 页。

琴,无复听清啸""收剑入宝匣,光怪常自缠"①,王恽《萧征君哀词六首》其二"鹤驭不来尘世隔,芙蓉城阙月茫茫",其四"空怀华表城头柱,会有他年化鹤来"②,唐元《太学生刘君定挽诗二首》其一"蔡子乘虬去,陈生跨鹤征"③等,因"剑"与"琴"同为文人身边之物,每每并提,既可悼亡妻,亦可悼亡友。"鹤"除了作为长寿象征外,也含有哀悼与忧生意识,同样可用于悼亡。

此外,唐肃《见亡女嬉具有感二首》、张以宁《舟中睹物忆亡儿烜四首》、刘诜《庚午冬留淦州忆亡孙凤二首》《忆凤二首》等,则表达了对未成年子女的伤悼之情。这些悼亡诗或挽歌,为强化悲切之情的表达,在用韵上基本以一七、由求等韵脚为主,适于倾吐哀婉和沉痛的心绪,抒发追怀的深情。尚永亮先生说"古代悼亡诗的价值在于,它以悲怨深切的情思,素朴纯洁的形式,给人们带来了心灵的净化、情趣的升华和悲怆美的享受"④。

元代遗民所创作的"黍离之悲""麦秀之歌"有着浓郁的抒情色彩。"黍离之悲"来源于《毛诗》,"麦秀之歌"源于《史记》,前者感周代之亡,后者感商朝之败。虽说"麦秀之歌"表达的情感不如"黍离之悲"那样沉郁痛切,但常常成为后人抒发故国之思、爱国之情的符号,所谓"无穷之恨、《黍离》《麦秀》之悲"⑤即指此。

元代组诗中"黍离""麦秀"意象俯拾皆是,如元好问《台山杂咏十六首》其六"异时人读清凉传,应记诸孙赋黍离"⑥;尹廷高《钱塘怀古二首》其一"琵琶晓月青娥泪,禾黍西风墨客愁"⑦;岑安卿《三哀诗》其一"泪挥新亭悲,诗穷黍离旨"⑧;赵宜诚《钱塘怀古题仙源云仍家谱三首》其一"目断寒潮孤落日,愁看秀麦几生风"⑨;谢翱《过杭州故宫二首》其一"禾黍何人为守阍,落花殿前暗销魂"⑩;周伯琦《汴中三首》其二"野蝶闲鸥风日媚,百年禾黍自离离"⑪;叶颙《同前题又下字韵二首》其一"数里绝行踪,孤村尽禾

---

① 杨镰:《全元诗》,第 23 册,中华书局 2013 年版,第 227 页。
② 杨镰:《全元诗》,第 5 册,中华书局 2013 年版,第 384—385 页。
③ 杨镰:《全元诗》,第 37 册,中华书局 2013 年版,第 228 页。
④ 尚永亮、高晖:《十年生死两茫茫:古代悼亡诗百首译析·前言》,陕西人民教育出版社 1989 年版,第 13 页。
⑤ (宋)张戒:《岁寒堂诗话》卷上,丁福保辑:《历代诗话续编》,中华书局 1983 年版,第 457 页。
⑥ 杨镰:《全元诗》,第 2 册,中华书局 2013 年版,第 226 页。
⑦ 杨镰:《全元诗》,第 14 册,中华书局 2013 年版,第 29 页。
⑧ 杨镰:《全元诗》,第 33 册,中华书局 2013 年版,第 194 页。
⑨ 杨镰:《全元诗》,第 8 册,中华书局 2013 年版,第 279 页。
⑩ 杨镰:《全元诗》,第 14 册,中华书局 2013 年版,第 383 页。
⑪ 杨镰:《全元诗》,第 40 册,中华书局 2013 年版,第 382 页。

黍"①;郭翼《拟杜陵秋兴八首》其六"江上青山接甬东,离离禾黍馆娃宫"②;王冕《对雨五首》其二"正愁禾黍黑,况奈羽旄红"③;朱希晦《自述四首》其三"驱车出城东,禾黍生故宫"④;郑思肖《偶成二首》其一"剑气荧荧夜属天,忍观禾黍废苍烟"⑤等诗句,无不诉说着对亡宋、亡金、亡元的深深眷恋,凄切之情令人动容。

赵宜诚《钱塘怀古题仙源云仍家谱三首》序云:"我宋南渡,驻跸临安,主闇臣奸,偷安姑息。始则桧贼陷忠良之将,而雠耻莫伸,失机恢复;终则贾贼绝樊襄之援,而藩屏既撤,遂至危亡。虽运祚之在天,亦奸邪之误国,千载之后,有遗恨焉。此《麦秀》《黍离》之所以作也。"⑥戴良《九灵自赞》云:"若乃处荣辱而不二,齐出处于一致;歌《黍离》《麦秀》之音,咏剩水残山之句。则于二子,盖庶几乎无愧。"⑦赵友同《故九灵先生戴公墓志铭》亦称:"先生每相与宴集为乐,酒酣赋诗,击节歌咏,闻者以为有《黍离》《麦秀》之遗音焉。"⑧可见,"黍离""麦秀"意象,反映着诗人对故国残破景物的感伤,与诗人极度沉郁悲怆的遗民情怀相关。四库馆臣评汪元量云:"其诗多慷慨悲歌,有故宫黍离之感,于宋末诸事,皆可据以征信。"⑨同样如此。

与"黍离""麦秀"相关的是"铜驼""荆棘"意象。如元好问《出都二首》其二"但见觚稜上金爵,岂知荆棘卧铜驼",《杂著杂首》其四"洛阳荆棘千年后,愁绝铜驼陌上人"⑩;王冕《闰七月二十三夜记梦诗二首》其二"小草铜驼恨,荒陵玉雁悲",《南城怀古二首》其一"铜驼踪迹埋荒草,元菟风尘识战场"⑪;朱希晦《自述四首》其三"君看两铜驼,卧此荆棘中"⑫;刘崧《赠别李子翀之金陵七首》其二"夜月铜驼陌,秋风玉树歌"⑬;汪元量《杭州杂诗和林

---

① 杨镰:《全元诗》,第42册,中华书局2013年版,第30页。
② 杨镰:《全元诗》,第45册,中华书局2013年版,第455页。
③ 杨镰:《全元诗》,第49册,中华书局2013年版,第403页。
④ 杨镰:《全元诗》,第50册,中华书局2013年版,第33页。
⑤ (宋)郑思肖著,陈福康校点:《郑思肖集·大义集一卷》,上海古籍出版社1991年版,第31页。
⑥ 杨镰:《全元诗》,第8册,中华书局2013年版,第279页。
⑦ (元)戴良著,李军、施贤明点校:《戴良集》卷一八,元代别集丛刊,吉林文史出版社2009年版,第207页。
⑧ 同上,第341页。
⑨ (清)永瑢等撰:《四库全书总目》卷一六五,下册,中华书局1965年版,第1413页。
⑩ 杨镰:《全元诗》,第2册,中华书局2013年版,第139页、第180页。
⑪ 杨镰:《全元诗》,第49册,中华书局2013年版,第389页、第462页。
⑫ 杨镰:《全元诗》,第50册,中华书局2013年版,第33页。
⑬ 杨镰:《全元诗》,第61册,中华书局2013年版,第96页。

石田二十三首》其十五"金马怜焦土,铜驼压草丛"①;薛汉《送杜清碧入京二首》其一"玉笥峰前久白云,铜驼陌上暂红尘"②;黄溍《和吴赞府斋居十首·卧钟》"斜阳荆棘里,长伴旧铜驼"③;吴当《与同馆戏续前韵九首》其六"未踏猖狂举世傩,长安紫陌望铜驼"④;丁鹤年《自咏十律》其八"露冷金铜应独泣,火炎玉石竟俱焚"⑤等,皆如此。这里的"铜驼"是昔日王朝及王室繁盛的代表,其与"荆棘"相伴则意味着衰败荒凉。

"乔木"意象为社树崇拜的一种,象征着故国、乡里、福禄。元好问《赠冯内翰二首》诗序云:"横流方靡,而砥柱不移;故国已非,而乔木犹在。"⑥《壬辰十二月车驾东狩后即事五首》其四"乔木他年怀故国,野烟何处望行人"⑦、《题商孟卿家晦道堂图二首》其一"乔木未须论巨室,青山今有读书生"⑧,以乔木代故国,感情沉重。汪元量《贾魏公府三首》其二"高台已见胡羊走,乔木惟闻蜀鸟哀"⑨,薛汉《送杜清碧入京二首》其二"乔木参天元有节,闲云出岫本无心"⑩,张翥《周汉长公府临安故城二图》其二"南渡君臣建业偏,不堪乔木黯风烟"⑪,刘将孙《古兴呈签事王朋益十首》其八"蜂虽暂得息,乔木损可惜"、《杂诗二十八首》其十九"山河向寂寂,乔木嗟久衰"、《与龙仁夫共坐永业寺门信意成十诗》其三"乔木临东偏,夭矫更崔嵬"⑫等,在动荡的时局中,"乔木"往往是遭遇变故的遗民的精神支柱,是其信仰所系。

"梦"意象是遗民诗人对故国眷恋的曲折表白,残酷的现实只能使诗人以梦写意。如元好问《冠氏赵庄赋杏花四首》其二"荒村此日肠堪断,回首梁园是梦中",《过邯郸四绝》其四"邯郸今日题诗客,犹是黄粱梦里人"⑬;汪元量《杭州杂诗和林石田二十三首》其十九"人生蝼蚁梦,世道犬羊衣"、《湖州歌》其十一"昨夜三更泪湿腮,伍胥何事梦中来"、其四十三"拨尽琵琶意欲悲,新愁旧梦两依依"⑭;尹廷高《钱塘怀古二首》其二"吴越英雄春梦

①　杨镰:《全元诗》,第12册,中华书局2013年版,第8页。
②　杨镰:《全元诗》,第23册,中华书局2013年版,第57页。
③　杨镰:《全元诗》,第28册,中华书局2013年版,第213页。
④　杨镰:《全元诗》,第40册,中华书局2013年版,第180页。
⑤　杨镰:《全元诗》,第64册,中华书局2013年版,第407—408页。
⑥　杨镰:《全元诗》,第2册,中华书局2013年版,第241页。
⑦　同上,第118页。
⑧　同上,第211页。
⑨　杨镰:《全元诗》,第12册,中华书局2013年版,第6页。
⑩　杨镰:《全元诗》,第23册,中华书局2013年版,第57页。
⑪　杨镰:《全元诗》,第34册,中华书局2013年版,第90页、第41页、第43页。
⑫　杨镰:《全元诗》,第18册,中华书局2013年版,第177页、第181页、第186页。
⑬　杨镰:《全元诗》,第2册,中华书局2013年版,第187页、第190页。
⑭　杨镰:《全元诗》,第12册,中华书局2013年版,第8页、第41页、第43页。

断,张韩勋业暮云悲。凄凉一掬兴亡泪,隐隐遥峰哭子规"①;郑思肖《偶成二首》其一"剑气荧荧夜属天,忍观禾黍废苍烟。梦中亦问朝廷事,诗后唯书德祐年"②等,这些纪梦组诗无不隐含着对故国的牵挂。

这些意象,往往与破、寒、残、荒、衰、孤、清、瘦、老等情感特征鲜明的词结合,传达了遗民文人浓郁的悲怆之感。无论是黍离之悲、麦秀之歌、杜鹃啼血所激起的持节尚义,还是黄昏落日、残山剩水等所引发的家国之恨和身世之感,因其悲剧色彩而极具抒情性,成为元代组诗中抒情语体的典范。有元一代,这种故国之思呈现出超越一朝一姓的特点,成为诗歌史上引人注目的现象,这与元代多民族文化认同相关。

语言意象的"重复",是抒情语体的惯用手法,也是组诗获得整体感的重要途径,对强化表达效果意义非凡。"起首重复"是组诗第一句用语相同,"结尾重复"指组诗每首结尾处用语相同,"首尾重复"指组诗的开端与结尾用语相同,"连续重复"指组诗间在对应位置上存在着用语的重复,"分散重复"指相同的用语规则或不规则地散布于组诗中。这些都是元人有意识地在组诗结构通过相应"语言意象"的安排来加强情感表达所留下的印记。

"起首重复"指组诗的开头,以相同的语句开端,引领全诗,奠定情感基调。如耶律楚材《西域河中十咏》是一组叙事抒情诗,十诗均以"寂寞河中府"始,贯穿始终,奠定了孤独的情感基调,寄寓着诗人深深的苦衷。刘德渊《道过滑台四首》以"当年经略萃群英,善政流风仰八纮"起,回忆南燕慕容德建都时的善政;仇远《怀严方州五首》以"八十一年×"起,赞扬年迈方回的人品和诗格;王旭《明河歌三首》以"明河在天兮××××"起,渲染着浓烈的孤独之感;《西溪十首》以"我须西溪好"起,表达了对西溪的喜爱之情;曹伯启《初到江阴寄徐路教仲祥五首》以"自古江南地"起,表现了初到江南的新奇印象;鲜于枢《支离叟序并诗十首》以"我爱支离叟"起,状物寄意,直陈对庄子"无用之用"的理解;释清珙《重岩之下十首》以"重岩之下"起,展现山林生活清幽宁静;马祖常《初日八首》分以"初日照我×"始,分咏"树""墙""屋""书""田""车""池""衣",传递着浓郁的闲情逸致;吴镇《题画三首》以"我爱晚风清"始,借对新篁动清节的赞美表达隐逸生活的理想;王沂《和陆友仁尺五城南诗九首》、柯九思《酬陆友仁城南杂诗十首》均以"尺五城

---

① 杨镰:《全元诗》,第14册,中华书局2013年版,第29页。
② (宋)郑思肖著,陈福康校点:《郑思肖集·大义集一卷》,上海古籍出版社1991年版,第31页。

南×××"起，和友人"尺五城南"诗，写尽城南的美景与怀古幽情；丘葵《伯恭
侄家书所见三首》以"百舌在××"起，以百舌鸟的善鸣，写伯恭子的可爱；《莲
生三首》以"莲生污泥中"始，传达出"出污泥而不染"的人生观，谢应芳《寄
郏仲义二首》以"我思×××"起，传达出对渔樵生活的向往之情；《野人居短歌
三章为吴中衡赋》以"野人居"始，赞美吴中衡遗世独立的隐士情怀；陈谟
《次杨子良催菊韵三首》以"楚楚临阶菊"起，和友杨子良赞美菊花的高洁；
顾瑛《水军谣二首》以"富家阿儿×××"始，赞美水军跨海捉贼的英勇壮举；释
景芳《和玉山草堂即事四首》《借韵赋感怀四首》均以"草堂五月梅雨×"始，
赞美玉山草堂的诗酒风流；胡奎《敬进宁王殿下仙人好楼居三章》以"仙人
好楼居"起，赞美进宁王殿下"仙人好楼居"景色优美、福寿绵长；郑允端《效
古二首》以"人生天地内"起首，感慨人生多艰当尽早建立功名；吴会《同李
主敬赋周炼师渔樵耕牧诗四章》分以"子何为"始，唱和友情传达渔樵之乐；
张宪《我有二首》以"我有×××"开头，赞济世之志，抒怀才不遇之情；胡布
《弱岁二首》以"弱岁×××"始，抒发澄清天下的雄伟志向；彭炳《兰在二首》
以"兰在在××"起，赞美兰花的高洁品格；郑潜《穷年守岁五首》以"穷年百忧
集"起，抒发人生暮年诸多感慨；《忆昔六首》以"忆昔"起，回忆当年官场经
历，抒暮年凄楚之情。这些"重复"的语言意象，置于组诗的首端，就像音乐
中的"主旋律"，反复呈现，强化了抒情效果。

在元代乐府组诗中，此类语言现象尤为突出，这与乐府的"套式"相关。
如刘将孙《淮之水三首》以"淮之水"开头；《妾安所居二首》以"贱妾安所居，
所居在××"起；宋无《自君之出矣二首》以"自君之出矣"起；李孝光《采莲曲
二首》以"采莲复采莲"起；张翥《休洗红二首》以"休洗红"开头；陈杰《江永
三首》以"江之永兮"起；秦约《青青水中蒲二首》以"青青水中蒲"始；胡奎
《刺促词二首》以"刺促×刺促"起，《宛转词三首》以"宛宛转转×××"起，《薤
露歌三首》以"薤上露，何××"起；《所思四首》以"郁郁我所思，所思在××"
起，《长相思四首》以"长相思"起，《自君之出矣四首》以"自君之出矣"起；
周巽《青青水中蒲三首》以"青青水中蒲"起；胡布《长相思三首》以"长相
思，×××"起；张宪《江南谢二首》"江南谢"起，《芙蓉花一首三解》以"芙蓉
花"起，《丁督护曲一首五解》以"丁督护"起；丁鹤年《采莲曲九首》以"采莲
复采"起；郭钰《秋夜读刘昕宾旭子夜歌因效其体赋三章》以"子夜歌"起；傅
若金《松涧引二首》以"涧之水兮××"起等，都是这方面的典型。民歌"一唱
三叹"的抒情方式和"复沓"的章法结构为元人所继承，相同语言意象的反
复呈现，强化了组诗的抒情效果。

"结尾重复"指组诗以相同的语言意象结尾，反复凸显，具有"曲终雅

奏"的美感。如段克己《野步仍用韵示对张二子二首》分以"人孤""相孤"作结,突出了友人去世后作者孤单与凄凉。方回《重阳吟五首》是一组重阳感叹生平之作,皆以"×××××重阳"收尾,既反映了老境的闲适,又揭示了时局动荡所致的沧桑感。袁桷《旧春花下与东嘉周子敬联诗有人到中年始忆家之句余坐舟中五十日因忆此诗作俳谐体奉寄四首》,每首均以"忆家"二家收结,既照应联诗之意,又强化了"忆家"之情。舒岳祥《问信红梅二章》均以"如此风流×××"作结,表达了对梅花品格的钦佩。"结尾重复"可以增强语言的节奏感,有助于深化思想的深度,强化感情的力度,揭示脉络层次。从艺术效果上看,可以产生一唱三叹、余音不绝的音乐美。

"首尾重复"是指组诗在起首、结尾处重复相同的语言意象,起到前点后染,前呼后应,首尾圆合的艺术效果。如吴澄《勉学吟四首》是一组励志诗,诗以"三十年前好用功"起,并以"拳拳相勉无他意,三十年前好用功"结,突出勉学不倦的主题。袁桷《送毛道士降香嵩衡淮海四首》以"我所思兮在××"起,继以"嵩岳""衡山""桐柏""南海",末句以"我欲与君×××"结,表达了对道士云游四海生活的羡慕。陈舜道《春日田园杂兴十首》以"春来非是爱吟诗,诗是田园×兴时"起头,分别用"漫""乐""饮""懒""引""寄""乘""遣""尽""感",末句均为"春来非是爱吟诗",强化了春来吟诗背景的遗民情绪。陶安《首尾吟六首》前二以"人生何苦走东西"为首尾,中二以"祸福皆由自已为"为首尾,末二首以"报应随心理最真"为首尾,反映了人生无奈和命运无法改变。《首尾吟二十首》以"达观万象会评量"起结,首尾重复,表达了对"道""天""理性""仙""禅""大化""治乱""坎坷""兴感"等人生不同体验。《首尾吟七首》以"人于外物莫容心"起,以"人于外物莫容心"结,首尾重复,强调安贫乐道的人生观。从组诗结构看,"其中首尾重复最具有章法意义。它帮助完成了事物一段相对完整的过程。意义的进展从原点出发又回到原点,这恰好形成了内容(意义)的完整结构(当然从音响效果上看,它又产生了一唱三叹、余音不绝的音乐美感)。"①

"分散重复"指在组诗的开头、中间、结尾处"交叉重复"——这在乐府组诗中尤为突出。如傅若金《归来三曲送李建中》以"月皎皎兮×××"开头,接"河汉长""夜既寒""寒风作",中间以"归来兮××××"承转,抒发思归之情;刘因《白云二章》以"白云"二字起,以"子毋归去兮××××"结,借白云意

---

① 李正春:《唐代组诗的语体类析》,《苏州科技大学学报(社会科学版)》2010 年 5 期,第21 页。

象传递了游子思归之情；马祖常、宋褧、胡奎《两头纤纤五首》均以"两头纤纤×××，半白半黑×××。腷腷膊膊×××，磊磊落落×××"贯穿，分咏"沙罗子""小儿绷""千亩栀""北斗杓""猧上毛"；《宛转词三首》以"宛宛转转×××"起，"红红绿绿×××"承，"纷纷汩汩×××"转，"寂寂寞寞×××"合，来渲染别离的相思深情；萨都剌《岁云暮矣三首》以"岁云暮矣，子将焉×。×××××××，娟娟美人淮水×。淮水×××，×××××"固定结构，反复吟咏，抒发对淮水之畔"美人"的相思之情；宋褧、胡奎《五杂组》以"五杂组，×××。往复还，×××。不获已，×××"等，与《两头纤纤》一样，《五杂组》也是古乐府名，以首句名篇，"五杂组"只标诗体，不参与表意。每诗三言六句，反复吟咏，烘托不如意或无可奈何的情调。其结构形态与早期《诗经》中民歌的重章叠句极为相似。

释妙声《拟秋胡三首》中呈现出"连续重复""分散重复"交错进行的格局，较为特别，其诗云：

> 来者靡居，逝者其奈何。来者靡居，逝者其奈何？岁短意长，乐少哀多。遗世独立，岂无其他。哀我人斯，营营则那。歌以言之，逝者其奈何。（其一）
> 瞻彼西山，松柏何苍苍。瞻彼西山，松柏何苍苍。所谓伊人，在天一方。至道在兹，怀之靡忘。岂不欲往，路阻且长。歌以言之，松柏何苍苍。（其二）
> 彼瑶者台，赫赫何人居。彼瑶者台，赫赫何人居。朝竞纷华，夕已为墟。鬼神害盈，乃丧厥家。昔为所羡，今可长吁。歌以言之，赫赫何人居。（其三）①

其一中的"来者靡居，逝者其奈何"，其二中的"瞻彼西山，松柏何苍苍"，其三中的"彼瑶者台，赫赫何人居"，都是"连续重复"，成为章内的主旋律。"歌以言之"句，则为三章共有，处在组诗中固定的位置，是语言意象"分散重复"的独特形态。

黑格尔说："词的安排是诗的一种最丰富的外在手段。"②这些有规则的"重复"，形成节律化的音乐语言，使得抒情语体中语音层功能充分得到彰显。语言意象的"重复"，对提升组诗艺术魅力有着独特的作用。首先，它有利于突出主题。"重复就是某种感情的突显，不断地重复一些感情色彩或意

---

① 杨镰：《全元诗》，第47册，中华书局2013年版，第27页。
② ［德］黑格尔著，朱光潜译：《美学》第三卷，下册，商务印书馆1982年版，第65页。

境相同相近的词或诗行,便造成了诗人有意要形成的某种氛围和情调。而氛围和情调不仅是诗人艺术风格的外部显现,还是对读者施行潜移默化影响的外在手段。"①组诗通过特定词语的"重复",可以突出某种情感,成为诗歌的"主旋律",鲜明地表明作者的态度。其次,可以聚积情感能量,强化情感力度。组诗通过一次又一次的"重复"来聚积感情,可起到充分表情达意的效果。最后,有助于形成组诗的节奏感和音乐美。这在分散重复、首尾重复中尤其明显。"一切音乐的基本要素是重复"②,组诗的"重复"在章法结构上一个重要目的就是为了造成回旋激荡的音乐感,使诗歌主题在音乐的回旋激荡中得到完美的演绎。

此外,象征、用典、比喻、对比、夸张、复义、双关、借代、反讽等修辞方法,对增强组诗的抒情性有着至关重要的作用。"抒情语体特别钟爱这些修辞方法,这也是受诗要表现难以言传的情与意所制约的。情感的复杂微妙,起伏跌宕,意向的朦胧、跳跃等都要求抒情语体在修辞方法上区别于叙述语体,选择与诗的表情达意更相切合的修辞格。"③限于篇幅,不再赘述。

二、元代组诗的叙述语体

杨镰先生《元诗叙事纪实特征研究》一文说:"叙事纪实,是元诗特征。借助于诗,许多未能见诸史笔、或者为当权者有意忽略或删除的细节得到恢复,因之为元代历史发展过程留下了生动的印记。"④元代组诗叙述的主要是事件,事件由人物的矛盾冲突或各种经历构成,据此,可将元代组诗叙事分为"纪事型叙事"和"感事型叙事"两类,兹分别论之。

一是"纪事型叙事",即所谓"以韵语纪时事"也。组诗多以重大事件发生、发展的顺序为线索,展开叙述,有鲜明的纪实特征,具有了"以诗纪史"或"以诗存史"的功能。"序文"在叙事中也起着重要的辅助作用,交代着创作背景,二者相得益彰。

耶律铸的西征组诗是这方面的典型,或是因平定西北藩王叛乱而作,或是反映元军南征攻取南宋之事,全面系统反映了其征战历程,有鲜明的纪实性和叙事特征。《后凯歌词九首》序云:"至元丙子冬,西北藩王弄边。明年春,诏大将征之。"⑤至元丙子年即至元十三年(1276),发生了昔里吉叛乱事

---

① 殷鉴:《论诗歌重复》,《湛江师范学院学报(哲学社会科学版)》1998年第2期,第50页。
② [美]劳·坡林著,殷宝书编译:《怎样欣赏英美诗歌》,北京出版社1985年版,第87页。
③ 童庆炳:《文体与文体的创造》,云南人民出版社1997年版,第128页。
④ 杨镰:《元诗叙事纪实特征研究》,《文学评论》2012年第2期,第182—183页。
⑤ 杨镰:《全元诗》,第4册,中华书局2013年版,第4—6页。

件,元廷不得不紧急抽调中原攻打南宋的军队迅速北上平叛。组诗以至元十四年(1277)春,元廷命右丞相伯颜帅军征西,平叛昔里吉之乱为背景,歌颂了征西将军的神威,斥责了叛军的叛国行径。《奇兵》极言元廷平叛军队的所向披靡,使贼寇望风而溃。《沙幕》正面描写元军在沙漠中镇压叛军的激战场面。注云:"时大将北讨,偏师云繁,敌于大漠。"《枭将》歌颂了右丞相伯颜等平叛将军的枭勇善战,威名远播。注云:"《张良传》:诸将皆与上定天下,枭将也。《汉高纪》:燕人来致枭骑助汉。应劭曰:枭,健也。张勇曰:枭,勇也,若六博之枭也。愚以为六博得枭者胜,故以《枭将》命篇。"耶律铸在这里引用了古人对"枭将"的注释,并说明此诗以《枭将》名篇的原因。《翁科》交代了叛军在元军的压迫下,乞求投降以保性命的狼狈之状。《崞舍》交代了元军与叛军在和阗交战的结果,叛军投降,元军大获全胜。注云:"我军与敌阵于崞舍,未鼓敌溃,投降者什五六。《冯奉世传》将军有叛敌之名。注曰:不敢当敌攻战,为叛敌也。崞舍,地名,在和林西南。"清人李文田案:"今案崞舍与斡端二字系双声,以《元史》合之,当即斡端。惟《西北地附录》,又作忽炭,即今和阗也。"①《降王》言元军大败叛军,生擒叛军首领,重挫叛军锐气。《科尔结》写元军骑兵轻取叛军辎重部队。注云:"我军轻骑取敌辎重于科尔结,盖河南地也。后周韩果北征,敌人惮其劲勇趫捷,号为着翅人。"据李文田案:"今俄国亚速海西北,有地名格烈吉,疑即科尔结。"②《露布》交代平叛战争取得节节胜利,众将齐集大都万宁宫领赏受封。《烛龙》以唐代烛龙军之典来喻指元朝平叛的军队,赞美其克敌制胜的赫赫战功。注云:"遣敌出奔西北大荒,唐烛龙军之边地也"。李文田案云:"唐《地理志》:北庭大都护府,本庭州,贞观十四年平高昌,以西突厥泥伏沙钵罗叶护阿史那贺鲁部落置,长安二年,为北庭大都护府。有瀚海军,本烛龙军。长安二年置,三年更名。"③组诗以朝廷平叛昔里吉之乱事件进程为线索,对重要节点、影响巨大的战役作了详细描述,清晰地再现了那段历史。

　　《凯乐歌词曲九首》是另一组征战题材的叙事诗,序、注详细,完整地再现了事件的背景与过程。序中"圣上恭行天讨,北服不庭,命将问罪,南举江表。国家盛事不可不述,拟唐《凯歌》体,敢作凯乐凯歌云"④,交代了组诗的创作背景。组诗以"题下注""夹注""诗后注"的形式,交代了征战背景、路

①　(元)耶律铸撰,(清)李文田笺:《双溪醉隐集》卷二,金毓绂:《辽海丛书》,辽沈书社1984年版,第1891页。
②　同上。
③　同上。
④　杨镰:《全元诗》,第4册,中华书局2013年版,第6页。

线和征战的结果。《征不庭》注云:"大驾北征也"。"不庭"原指那些不按时朝贡、不驯服的藩国,用指是忽必烈北征阿里不哥之事。诗中赞美了大元帝国人才济济,平定边乱如日驱云,威慑遐迩。《取和林》注云:"恢复皇居也"。诗以元军收复故都和林之事为核心,赞美太祖太宗皇帝开疆拓土的不朽功绩。《下龙庭》注云:"戡定北方也"。诗后注云:"《东汉书》燕然铭:凌高阙,下鸡鹿,经碛卤,绝大漠。逾涿邪,跨安侯,乘燕然,至龙庭。以前后诸传事迹考之,又以出塞三千余里校之,龙庭和林西北地也。"诗中歌颂元军平定北方之叛的不朽功绩。《金莲川》注云:"驾还幸所也"。诗中注:"子史所载黑山不一。北中黑山,又多皆非子史中所见者。"金莲川在今内蒙古锡林郭勒盟南端的正蓝旗。诗人通过对金莲川与青海边的对比,歌颂了元帝运筹帷幄之中决胜千里之外的雄才大略。《析木台》注云:"兵取败之战所也"。诗后注曰:"上亲击败西北弄兵藩王于上都之地北,析木台之西。"析木台在元上都北地,诗中赞颂了析木台战役的重大意义。中统元年(1260)十一月,忽必烈在析木台再次与阿里不哥进行了激烈的交战。在天子的威严下,敌人望风退避,敌人经过这一场沉重的打击先锐尽失,使西北边陲再次划入了元朝的版图。《益屯戍》注云:"诏诸王益戍兵也"。在赞美天子增益屯戍防边的万全策略时,表达了对大元王朝辽阔疆域的自豪感。《驻跸山》注云:"驻跸所也"。"驻跸所"指帝王出行时停留或暂住处。诗歌通过鼓角震天、旌旗漫卷场景的描绘,再现了天子驻跸受降的雄伟气势。《恤降附》注云:"优诏存恤降附也。"诗歌从存恤降附、恩加草民角度歌颂了"圣元天子"的恩泽。《著国华》注云:"西北诸王称藩,继有平南之捷也。"指平南之捷后,全国都接受了元廷的教化。赞美忽必烈平定边患的成就和元朝统一给百姓带来的福祉。整个组诗歌完整地再现了征战地点及进程,以"注"的形式,揭示了诗歌的背景和主题,并将特定的历史事件固化于特定的空间,增强了诗歌的纪实特征。这种"纪实"方式对清代边塞组诗影响甚大。

《后凯歌词九首》题下注云:"诏发诸军,有事于朔方也。"[1]可知其是一组平叛"朔方"征战组诗。由《战卢朐》《区脱》《克夷门》《高阙》《战焉支》《涿邪山》《金满城》《金水道》《京华》组成,勾勒了征战的进程和战争结果。卢朐,肯特山附近,今克鲁伦河。区脱,指汉时与匈奴连界的边塞所立的土堡哨所。夷门,开封的别称。高阙,今内蒙古乌拉特后旗呼和温都尔镇那仁乌布尔。焉支又称燕支山、胭脂山(今甘肃省永昌县西,山丹县东南)。涿邪

---

① 杨镰:《全元诗》,第 4 册,中华书局 2013 年版,第 8 页。

山一作涿涂山,在古代高阙塞北千余里(今蒙古国境内满达勒戈壁附近一带)。金满城,北庭都护府附近。诗中展示了将士齐心协力夺取城郭的景象。金水道、玉门关是元代以前西北边防要塞,是通往内地的重要关口。京华,是元代的大都。诗人通过地点的转换,记录了元军平叛与统一征战的历程和班师回朝的场景。以"注"的方式补充史实,使得当年那场战争的风烟历历在目,具有鲜明的纪实特征。

《凯乐歌词九首》有一篇长序,罗列了"宋食言弃好"的事实,阐明了元廷南征以"出师问罪"①的背景。《南征捷》以游鱼戏鼎引喻南宋不知天高地厚,交代南征背景,以惩戒南宋不讲信义。《拔武昌》《战芜湖》《下江东》《定三吴》《克临安》《江南平》诸篇,拔、战、下、定、克、平等动词的使用,不仅渲染出元军势如破竹、所向披靡的气势,且将元军南征进程清晰呈现出来。《制胜乐辞》赞颂元军的英勇善战,《圣统乐辞》讴歌皇帝的英明神武,彰显了作者报效国家、实现江山一统的理想,并与《南征捷》首尾呼应。

《婆罗门六首》注云:"有索赋《婆罗门辞》者,时西北诸王弄边,余方阅《西域传》,因为赋此。"②所谓"时西北诸王弄边",当指昔里吉之乱。组诗描写了热海、青岭、雪海、黄草泊、弓月山、黑水六个古战场。诗后的"注",均出自新旧《唐书》,有案可稽。前三者在唐设安西都护府上,后三者在北庭都护府内。考其地理跨度,当为元代阿尔泰山至新疆盆地一带,这与昔里吉出兵行军路线相吻合。

耶律铸的征战组诗,全面反映了元初平叛与统一的战争史实。诗中既有对战争场面的描绘,对蒙古大军声威的渲染,对大元天子的煌煌武功、雄才大略的生动刻画,也有对蒙古将帅的机智勇猛的赞美,对大元帝国疆域辽阔、人才济济的歌颂,以及希望国家江山统一的壮志豪情的抒发,有很强的纪实性和时代感。耶律铸对西征战役的记录,能与史书记载相印证,有着鲜明的"以诗存史"作用。

谢翱《宋铙歌鼓吹曲十二首》通过对宋朝历史荣光的回忆,表达了重振宋初强壮国势的愿望,以激励士兵,彰显出其忠君恋阙之。自第三《征黎》至第十二《上之回》,分别赞颂了宋太祖"先南后北"的文统一领土的战争方略,削平李筠、李重进、周保权等割据势力,完成统一国家的伟大事业。每首诗前有"小序"后有"注",对征战的行程起到补充说明作用,或补充相关史实,对太祖、太宗历史功绩极力赞扬;或对诗句进行说明,形式灵活多变,增

---

① 杨镰:《全元诗》,第4册,中华书局2013年版,第2页。
② 同上,第15页。

强了诗歌的叙事色彩。"诗"则集中于对征战过程的描述,场面壮观,字里行间洋溢着自豪感,传达出必胜的信念。元人吴莱在《宋铙歌骑吹曲序》中评论道:"武夷谢翱,故庐陵文公客也,于是本其(宋太祖)造基立极,亲征遣将,东讨西伐,作为铙歌、骑吹等曲,文句炫煌,音韵雄壮,如使人亲在短箫、鼓吹间,斯亦足以尽孤臣孽子之心矣。"①另一组《宋骑吹曲十首》是礼赞战役胜利后班师还朝盛况的组诗,共十题十四首,包括《亲征曲第一》《回銮曲第二》(含《建隆亲征回銮二之一》《开宝亲征回銮二之二》《太平兴国回銮二之三》)《遣将曲第三》(含《平荆湖遣将三之一》《下剑门遣将三之二》)《归朝曲第四》(含《南平王归朝四之一》《吴越王妃归朝四之二》)《谕归朝曲第五》《李侍中妾歌第六》《孟蜀李夫人词第七》《南唐奉使曲第八》《伎女洗蓝曲第九》《邸吏谒故主曲第十》,内容与上一组相同,主要歌颂宋太祖、太宗平定战乱,开国定基的文治武功。四库馆臣称"翱诗文桀骜有奇气,而节概亦卓然可观"②,所言不谬。

汪元量《西湖旧梦十首》《醉歌十首》《越州歌二十首》《湖州歌九十八首》等纪实组诗,遵循"走笔成诗聊纪实"的创作原则,以独特视角记录着宋元更替时期的历史事件,形成了宋亡、北上、入燕、南归四大主题,表达出浓郁故国之思和亡国之悲。

德祐二年(1276)二三月间,元兵入侵临安城。朝廷百官或遁或降,毫无抵抗。《醉歌十首》则是追叙南宋覆亡的原由,汪元量对南宋统治者卑躬屈膝、不战而降的行径极为不满。对掌握南宋最高权力的谢太后,更是给予了无情地抨击,抒发自己的感慨和遗恨。诗云:

　　吕将军在守襄阳,十载襄阳铁脊梁。望断援兵无信息,声声骂杀贾平章。(其一)
　　援兵不遣事堪哀,食肉权臣大不才。见说襄樊投拜了,千军万马过江来。(其二)
　　淮襄州军尽归降,鞞鼓喧天入古杭。国母已无心听政,书生空有泪千行。(其三)
　　六宫宫女泪涟涟,事主谁知不尽年。太后传宣许降国,伯颜丞相到帘前。(其四)

① (明)程敏政:《宋遗民录》卷四,《四库全书存目丛书·集部》,第88册,齐鲁书社1997年版,第474页。
② (清)永瑢,纪昀等撰:《四库全书总目》卷一六六,下册,中华书局1965年版,第1413页。

乱点连声杀六更,荧荧庭燎待天明。侍臣已写归降表,臣妾佥名谢道清。(其五)

衣冠不改只如先,关会通行满市廛。北客南人成买卖,京师依旧使铜钱。(其六)

北师要讨撒花银,官府行移逼市民。丞相伯颜犹有语,学中要拣秀才人。(其七)

涌金门外雨晴初,多少红船上下趋。龙管凤笙无调韵,却挝战鼓下西湖。(其八)

南苑西宫棘露芽,万年枝上乱啼鸦。北人环立阑干曲,手指红梅作杏花。(其九)

伯颜丞相吕将军,收了江南不杀人。昨日太皇请茶饭,满朝朱紫尽降臣。(其十)①

《醉歌十首》题下注云:"此十歌,真江南野史。"所谓"江南"当指亡宋,"野史"当指正史所不载,实乃作者亲身经历或感受。其一,写吕文焕坚守襄阳十年,得不到朝廷的援兵,守城将齐声谴责祸国殃民的贾似道。其二,言襄阳孤立无援,在得到元军不屠城的保证后投降。元军渡过长江,鄂、黄、薪、江诸州相继陷落。其三,写宋军防线崩溃,元军逼近临安城,南宋已无力回天。其四,写谢太后请降场面,表达了对"国母"荒政误国的极度不满。其五,写侍臣写好降表,请太皇太后谢道清(宋理宗皇后)签名。其六,言临安城内市井安然,北方商人大量涌入,京师货币依旧流通。其七,写元军向南人无理勒索,要南宋给撒花银。其八,痛心临安人忘却亡国之恨,贪图游乐。讽刺昔日西湖歌舞盛况,指责朝廷荒淫腐朽。其九,写元兵入侵临安,烧杀淫掳,九重禁地变为一片荒芜。其十,讽刺南宋的亡国君臣,不知羞耻,耽于口腹之乐。组诗系统地叙述南宋灭亡的过程,从元兵进逼临安写起,到宋皇室投降为止,清楚地记录下了南宋灭亡的全过程。以"醉歌"标题,表达了作者"我欲不伤悲不能已"的情感。四库馆臣评曰:"以本朝太后,直斥其名,殊为非体。《春秋》责备贤者,于元量不能无讥。然元量以一供奉琴士,不预士大夫之列,而眷怀故主,终始不渝。宋季公卿,实视之有愧。其节概亦不可及。笔墨之间,偶然失检,视无礼于君者,其事固殊,是又当取其大端,恕其一眚者矣。"②在宋亡之际,南宋臣僚纷纷降元,而身为"供奉琴士"的汪元

① 杨镰:《全元诗》,第12册,中华书局2013年版,第5页。
② (清)永瑢等撰:《四库全书总目》卷一八八,下册,中华书局1965年版,第1413页。

量,却仍然"眷怀故主,终始不渝",构成了鲜明的对比。

《越州歌二十首》以元军入侵临安、祸害百姓为中心,揭露权臣误国的罪行,借对往事的回忆,传达了怀念故国之情。临安是南宋京城,古为越国之地,故组诗以"越州"为题名。《湖州歌九十八首》是一组描写其随南宋君臣北上大都纪行感怀组诗。从第一首至第六首,为第一部分,写了元军的进犯、南宋的投降、三军北迁几件重要事件,主题是写南宋灭亡的过程。第七首至第六十八首,为第二部分,主要内容是描写三宫赴燕的行程遭遇及诗人在途中的见闻,集中展示了北上的哀愁。第六十九首至第九十八首,是本组诗歌的第三部分,主要是写南宋三宫抵达燕京后的生活记录。宋三宫初至大都,元主尚以礼待宋人,"宠遇优渥"。诗人用七绝联章体形式,依次详细记叙了"杭州万里到幽州"的行程。对宋室君臣沦为阶下囚的地位变化及被迫离开南宋都城的愁绪作了重点渲染,同时,对自己行程的艰苦作了如实的描写,是其"诗史"的重要组成部分。刘辰翁《湖山类稿序》云:"其诗自奉使出疆,三宫去国,凡都人忧悲愤叹无不有……凡可喜、可诧、可惊、可痛哭而流涕者,皆收拾于诗。解其囊,南吟北啸,如赋史传。"①组诗以"湖州"为主题,不仅写亡国感受,还写了跟随三军北上燕京的经历过程。从"甲子正月十有三"到"杭州万里到幽州",从不同的角度,对南宋灭亡的过程和缘由作了多方面的展示。这种"多纪当时事,皆有依据"②诗歌形态,成为诗人反映社会重大事件、记录民生疾苦的主要手段。

涂渊《御寇纪事五首》是一组反映战乱的纪事组诗,诗人在元末战乱中与舒庆远、胡斗元等倡义军,拒敌红巾。在城市陷落后,召集遗民,重整家园。《元史》本传载:"潮海,扎剌台氏,由国子生入官,为靖安县达鲁花赤。至正十二年,蕲黄贼起,潮海与县尹黄绍同集义兵,为御贼计。未几,贼兵数万由武宁来寇,绍赴行省求援,潮海独率众与战于象湖,大破之。乃起进士胡斗元、涂渊、舒庆远、甘棠等谋画,而以勇士黄云为前锋。自二月至于八月,战屡捷,擒贼将洪元帅。而贼党益盛,黄云战死,我军挫衄,潮海遂被围,寻为贼所执,杀于富州。"③诗人以亲身经历再现了当年平叛战乱的历程。其一,再现了贼兵铺天盖地的嚣张气焰和烧杀淫掳、无恶不作的行径,致使民众深"受大难"。其二,写潮海与县尹黄绍同集义兵,为民作主。连续四个"哀民",反映了正义之师的替天行道的本质。其三,极写战事激烈悲壮,城

---

①　(宋)汪元量撰,孔凡礼辑校:《增订湖山类稿》附录一,中华书局 1984 年版,第 185 页。

②　(宋)陈岩肖撰:《庚溪诗话》卷上,丁福保辑:《历代诗话续编》,中华书局 1983 年版,第 167 页。

③　(明)宋濂等:《元史》卷一九五《忠义三·潮海》,中华书局 1976 年版,第 4424 页。

北城东,狼烟四起。义军将士,在黄云的带领下冲锋陷阵,生擒贼王,取得大捷。其四,写贼兵不甘心失败,再次聚集,气焰嚣张。平叛将领力战未解四塞之围,黄云战死,"舒君愤执死,胡君愤败亡",涂渊救援无果,内心充满悲凉。其五,写面对贼兵未除,民愤未消,内心不甘。"为救吾民"而大声疾呼,继续斗争,盼望承平时代的来临。

从上述"纪事型叙事"组诗可见,其对事件的起因、经过、结果,有清晰系统的演绎,具有鲜明的纪实痕迹,特别适合重大历史事件的书写。此外,"序""注"等散文化文字的大量使用,对历史背景、事件进程的详尽诠释与说明,进一步增强了组诗的叙事功能。

二是"感事型叙事"。感事型叙事兼有"抒"与"叙"的功能。陈伯海先生说:"'感事'视野中的'事',不单要显现为诗人抒情写景的事由或事脉,更常演进为具体事态的叙写,成为'感'的中心对象和诗篇所要表现的主要内容。……至于感事之作,由于立足于'感','事'要为'感'服务,故事态叙写上常只求提供最能引发情感体验的场景片断,不必定要组成完整的场面和情节。"①"事"是基础,"感"才是"中心"或"重点"。

事态的叙写往往通过组织"事象",构成一种叙事"情境",并以"卒章显志"的方式表达主体感受。"'事象'的核心特点在于,它不是单纯的形象,而是对事的要素的提取和捕捉,以呈现动态的、历时的行为和现象"②。无论是社会现象,还是个人经历,这些事实材料多有一定的典型性。"其重要特征是强调作者主体感情反应及价值评判及对于叙事过程的介入,即所谓'抒情与叙事的结合'也。这是将主体情感体验与价值评判凌驾于叙事之上,而不是将其'隐藏'于故事情节关系的叙述之中,并极力通过抒发感想与议论来推进叙述进程。"③

在这种叙事模式下,作者完全隐去,剩下一个无所不知的叙述者即"全知叙事"④,如此一来便可以突破时空的制约,记录"我"所不尽知的事件。如元好问《岐阳三首》,诗云:

突骑连营鸟不飞,北风浩浩发阴机。三秦形胜无今古,千里传闻果

---

① 陈伯海:《"感事写意"说杜诗——论唐诗意象艺术转型之肇端》,《上海师范大学学报(哲学社会科学版)》2014年第2期,第35页。

② 周剑之:《从"意象"到"事象":叙事视野中的唐宋诗转型》,《复旦学报(社会科学版)》2015年第3期,第51页。

③ 参见拙著《唐代组诗研究》,凤凰出版社2011年版,第329页。

④ 陈平原《中国小说的叙事模式》一书,将叙事角度分为全知叙事、限制叙事和纯客观叙事三种,可资参考。北京大学出版社2003年版。

是非。偃塞鲸鲵人海涸,分明蛇犬铁山围。穷途老阮无奇策,空望岐阳泊满衣。(其一)

　　百二关河草不横,十年戎马暗秦京。岐阳西望无来信,陇水东流闻哭声。野蔓有情萦战骨,残阳何意照空城。从谁细向苍苍问,争遣蚩尤作五兵。(其二)

　　耽耽九虎护秦关,懦楚羸齐机上看。禹贡土田推陆海,汉家封徼尽天山。北风猎猎悲笳发,渭水潇潇战骨寒。三十六峰长剑在,倚天仙掌惜空闲。(其三)①

组诗以蒙古军攻破岐阳为背景,控诉蒙古军残害无辜的暴行。其一,极写出关中地势雄险,却为蒙古军队所围困,自己苦无救国良策。诗人借阮籍"穷途之哭"的典故,反映了诗人内心巨大的悲哀。其二,写蒙古军队攻入岐阳,屠杀百姓的惨景。山河破碎,生灵涂炭,诗中溢满着国破家亡的悲愤。其三,感慨今昔盛衰之变,指责金统治者腐败无能,抗敌不力。诗末"穷途老阮无奇策,空望岐阳泊满衣""从谁细向苍苍问,争遣蚩尤作五兵""三十六峰长剑在,倚天仙掌借空闲"集中表达了诗人的情感态度,"卒章显其志"的用意十分明确。诗人虽未经历这场屠城,但二十多年的"丧乱"经历,令其对百姓的苦难有感同身受的体验。

岐阳失守后,次年正月,蒙古军包围了汴京,时元好问任左司都事,于围城中写下了《壬辰十二月车驾东狩后即事五首》。题中"车驾东狩",指的是开兴元年壬辰十二月(1232),蒙古军围攻汴京,金哀宗弃城东突,退守归德事。诗人眼见亡国之祸迫在眉睫,以满腔悲愤写下此诗,控诉金统治者的无能和蒙古军的残暴。蒙古军的入侵,人民死亡殆尽。金哀宗草菅人命,以决黄河之堤来阻止元兵,导百姓深受灾难。诗人以精卫之冤屈、申包胥之哭秦庭,来表达亡国之痛,十分真实。诗末"并州豪杰今谁在,莫拟分军下井陉"(其二)句②,更道出了诗人无限的凄惶。

汴京沦陷后,困于城中的元好问被俘成为阶下囚。他目睹了蒙古统治者任意践踏故国大好江山的现实,义愤填膺,写下《癸巳五月三日北渡三首》这组最凄惨的哀歌。其一写诗人于被羁管北渡聊城途中,亲睹金皇室男女五百余人被驱北去,红粉佳人"一步一回头"的场景令人心酸。其二写蒙军抢劫汴京城中的木佛、大乐编钟等珍宝器物,排列满地,堆积如山,尽数被大

① 杨镰:《全元诗》,第2册,中华书局2013年版,第116页。
② 同上,第118页。

船装载而去。其三写"河朔"一带生灵涂炭,尸横遍野,字里行间渗透着诗人的血泪和无尽的悲愤。

蒙古窝阔台汗九年(1237),诗人从冠氏回忻州,途经卫州,有感于卫州溃败,金朝灭亡事作《卫州感事二首》。所谓"神龙失水困蜉蝣"喻指哀宗离京,为鼠目寸光的蒲察官奴、完颜白撒等人所困。导致决策失误,帝国由从前繁华的转瞬即逝。当年为进取功名经行卫州赴京应试,然旧地重游国已不国,诗人以江淹还家、屈原去国之典衬托自己的离合兴亡之感,传递着无法言说的悲伤。

《出都二首》写于蒙古乃马真后二年(1243)秋,应耶律铸之邀,两度前往燕京(今北京)。三十年前,即大安元年(1209)曾在此应试,那时燕京还是金朝的中都。睹物兴情,不无感慨。其一,写昔日燕京的繁盛与眼下燕京的凄凉,诗人用"秋风客""春梦婆"喻指富贵之梦转瞬即逝。以"荆棘卧铜驼"意象,来写繁华落尽的凄凉和黍离之悲。其二写诗人凭吊燕京遗迹,默然伤怀。"历历兴亡败局棋,登临疑梦复疑非"①,回顾金朝兴亡历史,历历在目,如坠梦中,透露出浓郁的梦幻感。"断霞""落日""老树""遗台""西山"等意象所渲染的暮气、衰飒,衬托着"尽泪垂"的诗人不尽凄惶。

舒岳祥作为由宋入元的遗民诗人,其诗或感时伤世,或以纪实笔法记录、评判种种事件,呈现着忠愤感激、幽忧切叹之意。德祐元年(1276),元军顺江而下,宋廷沿江州城多望风降遁。次年十月,元军入台州宁海,旋即进尚义里,屯舒岳祥宅。为避丙子兵祸,诗人于岁末携家入剡地。时至冬至,元代太史院将新历进献皇帝,并供朝廷各衙门使用。作为文化一统的象征,颁新历自然是一件重大的政治事件。《新历未颁遗民感怆二首贻王达善曹季辩胡山甫戴帅初诸君皆避地客也》因此而作。作为宋代遗民,其诗中"故国山河成断绝,孤城江海自飘零""兵甲纵横满天地,衣冠颠倒走风尘"②,呈现出鲜明地亡国之痛,传达出对宋代"新年未赐王春历"的遗恨,并以"古今历数归仁义"来抨击元廷的"不义",并借此表明拒绝元朝"新历"的态度。正如郝经所言:"宋有天下,文治三百年,其德泽庞厚,膏于肌肤,藏于骨髓。民知以义为守,不为偷生一时计。其培植也厚,故其持藉也坚。"③

《归故园二首》创作背景相同,序云:"余避难明越,五迁至版坑。棠溪袁仲素兄弟邀馆其家,己丑六月十六日始就之。明年三月,归阆风,寓于凤

① 杨镰:《全元诗》,第2册,中华书局2013年版,第139页。
② 杨镰:《全元诗》,第3册,中华书局2013年版,第341页。
③ (清)顾嗣立:《元诗选》,初集上,中华书局1987年版,第407页。

栖塘田舍。行视篆畦故物,无一存者,惟咸平故松及瑶池无恙耳。作《归故园二首》,遗正仲。"①至元十四年(1277)冬,元军屠仙居。诗人为"避兵避寇走他方",数次迁徙,舒备尝艰辛。兵后回归故里阆风,目睹家园皆成废墟,"瓦砾成滩无鸟雀,荆蒿如杖有狐狸",不禁有"千家桑梓兵余痛,十世松楸火后悲"的凄凉感和浓郁的黍离之悲。"百醉与君同出处,五穷随有共行藏"一句绾合作者与袁氏兄弟,传达出"同是天涯沦落人"的感慨。家园的凄凉衰败,成为抒情的导火索。

遗民诗人方回,在经历过战乱之后,登临之余,常常有千古兴亡如梦的感慨。"涌金门"是南宋首都临安(今杭州市)的西城门,是当年赵宋王朝繁华之地,极具象征意义。其《涌金门城望五首》诗云:

> 萧条垂柳映枯荷,金碧楼空水鸟过。略剩繁华犹好在,细看冷淡奈愁何。遥知堤上游人少,渐觉城中空地多。回首太平三百载,钱王纳土免干戈。(其一)
>
> 左看城阙右看湖,辗翠蹄红路欲芜。君子颇闻梁上有,丽人何至水边无。他时公论谁良史,往日虚名几腐儒。地下西施应冷笑,不缘红粉解亡吴。(其二)
>
> 天回地转事云轮,湖葑山榛色渐陈。坠珥遗钿如隔世,敧楼倾榭最愁人。一钱物变千钱直,十户民惊九户贫。犹有沙河塘上路,卖花声作旧时春。(其三)
>
> 曾向西湖醉写诗,衰年六十叹飙驰。一毫无补承平世,万事俱非老死时。三竺禅窗猿已化,八梅吟冢鹤应悲。花秾月艳今如梦,卧听长桥笛夜吹。(其四)
>
> 风入松词万口传,翻成余恨寄湖烟。难寻旧梦花阴地,剩放新愁雪意天。战罢闲堤眠老马,宴稀荒港泊空船。此心拟欲为僧去,政恐袈裟未惯穿。(其五)②

诗人站在涌金门城楼上,心中感慨万千。此地曾是南宋君臣宴游享乐之所,当年游人如织,时人谓其"销金窝"。可惜赵宋三百年"太平"基业毁于一旦,昔日的繁华不再。其一,回忆吴越钱王臣服于宋,开和平统一之先河。其二,以西施忍辱负重,以身救国的故事,反思宋朝亡国的不堪。其三,写元

① 杨镰:《全元诗》,第3册,中华书局2013年版,第361页。
② 杨镰:《全元诗》,第6册,中华书局2013年版,第171页。

朝治下杭州百姓生活的艰辛生活。其四,叹老感衰,对自己"无补"于世非常惭愧。其五,写兵革之后,故国非复畴曩,物是人非,人生虚幻。组诗以西湖之景的今昔盛衰对比,融入宋代亡国的史实,折射出沉重的兴亡之感。

在"感事"组诗中,有相当一部分是反映社会时政与民生疾苦主题的。《毛诗正义》云:"诗人览一国之意,以为己心,故一国之事系此一人,使言之也。……言己独劳从事,则知政教偏矣,莫不取众之意以为己辞。"①作为元初由金入元的主要诗人,刘因回顾了金末北方的动荡时局,再现了百姓挣扎于丧乱之中的痛苦,并表达了对最高统治者的不满。其《书事五首》组诗为感叹宋亡而作,刘因试图总结国运兴衰的规律以供后人借鉴。以辛辣的口吻嘲讽赵匡胤的不肖子孙,断送了赵宋王朝数百年的基业。从表现手法上看,《书事》多用典故,使得叙事抒情更加含蓄,且富有历史底蕴。

元末王逢留下的感事型组诗最多,《感宋遗事二首有引》是一组以南宋王朝灭亡为背景的组诗。引云:"至元十三年正月,伯颜丞相入杭。二月起宋三宫赴上都,五月见世祖皇帝。寻命幼主为检校大司徒,封瀛国公。十二日,内人安康朱夫人,安定陈夫人,二侍儿失其姓,浴罢,肃襟闭门焚香于地,并雉经死。衣中有清江纸书云:'不免辱国,幸免辱身。不辱父母,免辱六亲。艺祖受命,立国以仁。中兴南渡,逾三百春。躬受宋禄,羞为北臣。大难既至,守于一贞。焚香设誓,代书诸绅。忠臣义士;期以自新。丙子五月吉日泣血书。'"②引文中交代了所感"何事",奠定了悲壮慷慨的基调。组诗以宋三宫北上为背景,通过瀛国公安康朱夫人、安定陈夫人"并雉经死"的典型场面,表达了诗人对二人"忠烈"气节的崇敬之情,也寄寓了对南宋王朝的覆灭的不满。

《感宋遗事二首并引》是另一组赞人孝行、贤德的组诗,其一引云:"支渐,资阳县民。元丰间母丧,躬负土葬赖锡山中。庐于墓侧,布素粝食而已。日三时号恸,有白黑雀各双,巢坟松间。斑狸、白蛇、兔,每自山下不顾视渐,久之方去。又有白鸦及五色雀千万余围绕。县令以闻,敕特赐粟帛。"其二引云:"高处士名绎,长安人,有古人绝行。庆历中,召至京师,欲命以官,固辞归山,特赐安素处士。家贫,妻子寒馁。乡人或馈以财,终不以困受。闭门读书而已。昔王霸怜其子蓬发投耒,愧卧不起。前贤之所难,处士蹈之有余裕也。尝见古老说,种放隐终南山,召拜起居舍人,赐告西归。有一高士,

---

① (汉)毛亨传,(汉)郑玄笺,(唐)孔颖达疏:《毛诗正义》卷一,北京大学出版社1999年版,第17页。
② 杨镰:《全元诗》,第59册,中华书局2013年版,第38页。

隐居三世,以野蕨一盘、诗一篇赠放云:'接得山人号舍人,朱衣前引到蓬门。莫嫌野菜无多味,我是三追处士孙。'放,《国史》有传。若夫志意修则忘富贵,惟安素可以无惭矣。南安庞元英《文昌录》中所纪如此。英尝为神守仪曹官。"①从引文中可知,支渐、高绎,一为资阳县民,一为长安人。一以为母尽孝感动地方官员而"敕特赐粟帛",一有古人绝行,面对"乡人或馈以财,终不以困受"。事故不相同,但品格同样令人感动。

《杭城陈德全架阁录示至正十一年大小死节臣属其秃公以下凡十三人王侯以下凡九人征诗二首并后序》是一组赞美死节之臣诗歌。诗云:

> 累朝承泰运,四海构兵屯。报国谁谋主,输忠独远臣。苍梧愁思竭,青竹汗痕新。少赐当时姓,华风接后尘。(其一)
>
> 王臣名在目,野史泪沾襟。榛棘生周道,梗楠减邓林。乾坤英气合,河海湛恩深。尚有诸新鬼,瞻天嗣玉音。(其二)②

史载:"辛亥,颍州妖人刘福通为乱,以红巾为号,陷颍州。初,栾城人韩山童祖父,以白莲会烧香惑众,谪徙广平永年县。至山童,倡言天下大乱,弥勒佛下生,河南及江淮愚民皆翕然信之。"③组诗以"至正十一年"天下大乱,起义蜂起为背景,歌颂了官军镇压起义军过程中的英勇行为。在镇压起义过程中"大小死节臣属其秃公以下凡十三人王侯以下凡九人"而作,赞扬他们赤诚报国之心,表达了崇敬和缅怀之情。诗后"序一""序二"有近900字的篇幅,诗人所以一序、再序,其用意十分明显,即通过对事件背景、死节臣属的英雄事迹的详细说明,目的是让死节者家喻户晓、英名永存。"呜呼!殉死者大传,偷生者大愧也!"面对英雄的逝去,面对偷生者苟活,诗人感慨万端。

《题龚行可逃荒别后二首》也是一组感事诗,序称"丁未大侵,殍殣蔽野。当斯时,虽抱道之君子,励志之丈夫,靡有不困厄者。若予里胡氏妇,举室危亡之际,情有可矜者,因纪以诗。"这组诗歌与上文一样,也是典型的"长序短诗"。从序中可知,诗人有感于龚行可《逃荒别》而题。赞其"庶仁者之存心也",并"遂题二诗,期以并传焉"④。诗中歌颂的对象"胡氏妇",在大饥之年,"五口相枕饿",为使一家五口能生存下去,作出"孰与鬻妾身,仓卒

---

① 杨镰:《全元诗》,第59册,中华书局2013年版,第89—90页。

② 同上,第66—67页。

③ (明)宋濂等:《元史》卷四二《本纪四十二·顺帝五》,中华书局1976年版,第891页。

④ 杨镰:《全元诗》,第59册,中华书局2013年版,第268页。

乃得资"大义之举。以自己的"失节"换得"得资籴官米,可救姑儿饥"。诗人以奉粥黔敖、开仓汲黯之典来衬托胡氏"自鬻"品格,令人尊敬。

元代末年,由于统治阶级内部争权夺利,导致政治腐败,土地兼并加剧,社会矛盾和民族矛盾空前尖锐,农民起义此起彼伏。史载:"元失其政,所在纷扰,兵戈并起,生民涂炭。"①频繁的战乱,给百姓带来了巨大的创伤。诗人一改此前冲和闲雅之风,变得了哀伤愤激。刘崧《兵乱二首》诗云:

> 兵乱连三载,年荒余几家。久闻人食草,仍报盗如麻。忧国愁心死,伤时泪眼斜。平田栖白骨,千里见飞鸦。(其一)
> 群盗犹相煽,官军且未来。四山烟雾塞,一水道途开。近郭多豺虎,春田半草莱。时时消息异,呜咽壮心哀。(其二)②

其一,感叹战火不断,盗贼并作,致使农田空荒,饿殍遍野。其二,写群盗蜂起,官军却迟迟未见踪影,百姓处于水深火热之中。诗人悯时伤乱,传递着对黎民百姓的深切同情。"自东南祸变,世之作者,往往有感于杜陵天宝以后之作,而诗道一变矣。"③(《萧子所诗序》)诗人对时局的关注,正基于此。对元末兵乱盗起的原因,《壬辰感事六首》其一云:"四方绝争斗,兵寝城亦隳。积薪而厝火,治道乃日亏。理乱自相乘,谁欤启猖披。"④其从儒者立场认为战乱是因元末邪说大兴所致,"理乱自相乘",只要恢复儒道,行宽仁之政,世乱将止,大治格局将再现。虽说理由有些牵强,却也表达了一位儒者"穷年忧黎元"的仁爱情怀。

至正十二年(1352),徐寿辉部将邹普胜率起义军占领武昌。丁鹤年安置好生母冯氏后,奉嫡母至镇江,后又转徙漂泊于东南。"避地转徙,郁伊易感,怆怏难快,于云林、铁崖外自张一军,然多乱离愁苦之音。"⑤明洪武十二年(1379),丁鹤年回到了阔别28年的故乡武昌,有感而作《兵后还武昌二首》。"避乱移家大海隈""乱定还家两鬓苍"交代离家、归家的情形,突出了"兵乱"的背景。诗中借陶渊明"五柳"和杜甫"百花"之典,再现了战乱后家乡的满目疮痍,昔日的家园面目全非,充斥着衰飒凄凉的氛围。诗人借庾信

---

① (明)董伦、王景彰等:《明太祖实录》卷四,台北"中央研究院"历史研究所1962年校印本,第42页。
② 杨镰:《全元诗》,第61册,中华书局2013年版,第88页。
③ (明)刘崧:《刘崧诗话》,吴文治主编:《明诗话全编》,第1册,江苏古籍出版社1997年版,第159页。
④ 杨镰:《全元诗》,第61册,中华书局2013年版,第329页。
⑤ 刘达科注评:《辽金元诗选评》,三秦出版社2004年版,第310页。

《哀江南赋》中"魂兮归来哀江南"之典传达出故国沦丧的愁怨之情。

在元代感事组诗中,有一部分为"同题共咏"题材,如"胡氏杀虎歌""月氏王头饮器歌""拂郎献天马""芦花被诗""雁足帛书""本斋王公孝感白华""青枫岭王节妇""水德妇李氏""泉南陈节妇"等等。从某种意义上说,在理学背景下忠孝节烈事件屡屡发生,诗人咏赞此类事件,顺应了朝廷对社会道德的重建需要。"同题集咏代表元代文人群体的价值理念,达到建构伦理,弘扬道德的目的,从而影响社会舆论,体现的是诗歌的政教功能。"①

元代感事组诗大体可分为两类:一是述事感思型,主要集中于过于的事件一种表达方式。此种事件或为历史事件、民间故事、人生经历等,集中于历史上真实发生过且影响重大的事件,主要是以古衬今、借古讽今,上文所论遗民述事感思之作,即是此类;二是即事感怀型,主要是现时生活中所发生事件的一种感发方式。这些事件或是政治事件,或是军事行动,或是自然灾害,攸关国家命运和民众生活。诗人身处事件之中,即事兴怀,具有较强的现实针对性。与叙事诗强调完整地叙事不同,感事诗的事态描述着眼于典型场景片断,据此展开特定情感的抒发。

围绕特定的情感去"讲述"历史事件,或借助现实事件来表达自己的情感,是感事类叙事组诗的本质特点。"当诗人把具体的历史事件拉到'后景',而把个人的主观感受推到'前景'时,'诗史'便由注重'纪事'转为'感事'了。"②无论感遇、伤时,还是怀古、悼亡,都是感事寄情、述事兴慨,始终离不开情与事。"叙事与抒情珠联璧合,成为中国诗歌文本创构的基本路数事,不同的叙述视角在细节互补中发展了元诗的叙事能力。"③

三、元代组诗的对话语体

"对话"语体具有鲜明的情节性特征,富于动作性、性格化,是古代叙事诗中最有意味的形式。汉乐府叙事诗几乎都有"对话"情境,生动地诠释了此种语体的风格特征。元代"对话"语体表现为两种形态:一是独自创作时,设置一定的对话"情境",如以"自和""代言""问答"等方式,来展开叙事或抒情。二是群体书写中,人们通过唱和、赠答、同题共咏,营造出对话"语境",以表达同声相应同气求。后者有专章论述,兹不赘述。

---

① 李文胜:《元代咏事诗同题集咏析论》,《新疆大学学报(哲学·人文社会科学版)》2020 年第 2 期,第 100 页。

② 参见拙著《唐代组诗研究》,凤凰出版社 2011 年版,第 332 页。

③ 李桂奎:《中国传统诗论中的"情""事"互济观念》,《文艺理论研究》2018 年第 6 期,第 146—147 页。

"自和"是诗人与另一个"自我"之间的"对话"。张雪在《对话体语篇分析》一文中指出："独白体语篇的对话便是在现实存在的一方和假象存在的另一方之间展开的，是一种潜对话。从这个意义上来说，独白体语篇也可以看作对话体语篇的一种。"①这种"对话"往往反映着诗人复杂的内心活动、微妙难言的情感和无可奈何的处境，是诗人"晤言用自写"的产物。

元世祖至元十三年（1276），舒岳祥与王达善、戴表元、胡三省等人因避兵祸而聚于马岙，舒岳祥作《新历未颁遗民感怆二首贻王达善曹季辩胡山甫戴帅初诸君皆避地客也》，拒不承认元朝新朝，表达了遗民群体对赵宋王朝的眷恋之情。《自和前韵答达善二首》是因戴表元附元而去，诗人"唏嘘言之"，有感而发，"自和前韵"，借以称赞王达善忠贞不渝的品格。王达善是舒岳祥好友，为宋代官宦世家，宋亡后，家族败落。诗中赞美了王达善的诗艺，对其刚正不阿、眷恋故国的品格，更表达了由衷的敬仰。但"自和"真正的目标却是指责戴表元屈膝仕元，诗人不便明言，只好明褒暗贬，王顾左右。《再和前韵答达善季辩二首》是"再和"《自和前韵答达善二首》而来，诗人以"江山不改英雄泯"（其二）自励，表达对新朝的不合作态度。借"布裘知我涕痕零"②（其一）形象地再现了对故国的眷恋之情。两组"自和"诗，不仅一韵到底，而且情感如一。作为宋代遗民，舒岳祥十分重视气节，这与戴表元明显不同。"舒岳祥有很强烈的遗民情结，并在诗中对元兵之残暴多有明确的斥责，是反映时事较多的诗人。尽管很多遗民也有故宋之情怀，但为自身的安全及故宋诗祸的警示，一般所写元军之事较为含蓄，而舒岳祥则于此事之记载最详，其性情刚直，直言无忌。而戴表元则于此语焉不详，有意回避，可以看出二人于此事立场的不同。"③此种微妙难言的情绪，只能以"自和"的方式来表达。

方回《次韵志归十首》是"自和"其《虚谷志归十首》而作。从诗中"歙睦频来往，何时永定居"可知，此诗是方回从建德回歙县老家后所作，诗云：

> 远望舒长啸，幽踪发永叹。能诗今不少，得句古云难。涉世颠毛白，希贤寸腑丹。他乡仍故国，何处可求安。（其一）
> 老不任时栋，穷犹宅士乡。端能甘澹泊，未觉厌荒凉。古井深泉冷，闲庭异草香。田翁来问字，略为说偏傍。（其二）

---

① 张雪：《对话体语篇分析》，博士学位论文，华东师范大学 2006 年，第 13 页。
② 杨镰：《全元诗》，第 3 册，中华书局 2013 年版，第 342 页。
③ 杨亮：《宋元易代之际南方文士心态蠡测——以舒岳祥、戴表元为例》，《元史及民族与边疆研究集刊》第 25 辑，2013 年第一卷，第 36 页。

痴与狂皆有,贫兼病亦应。屡尝三斗醋,不梦一条冰。买药凭船贾,分茶谢冢僧。短衣射猛虎,老矣竟无能。(其三)

还家五月初,倏忽又旬余。凉剂医赢马,尘编碟蠹鱼。小迟延客饮,作急报儿书。歔睦频来往,何时永定居。(其四)

添竹复添花,清阴一倍加。病身思灼艾,暑节近浮瓜。晚景今如许,初心岂有他。甘贫仍守拙,肯羡五侯家。(其五)

解语莺能巧,交飞蝶许狂。苔纹深碧毯,榴靥竞红妆。粗已成幽圃,犹当筑小堂。未妨无暑药,熟水紫苏香。(其六)

楸局堪谁对,铜壶拟共投。高轩能坐致,浊酒岂难谋。林鸟供歌吹,园蔬当馔羞。谓无忧不可,聊以此消忧。(其七)

谯国资深入,彭门纳晚成。至今为癖习,自幼有常程。朽老宁孤瘦,飞扬勿剽轻。悬知千载士,肯竞一时名。(其八)

书盍多多读,诗须细细评。后生才染指,半道遽寒盟。直取珊瑚出,宁争熠耀明。伯牙弦已绝,举世喜筝声。(其九)

近城一耕叟,仅有使牛能。人似愚偏寿,家由俭故兴。不知求仕宦,未省结交朋。笑我儒冠误,今如退院僧。(其十)①

方回休官闲居故里,生活较为窘迫,但精神生活却异常富足。"穷居而闲处,升高而远望,坐茂树以终日,濯清泉以自洁。采于山,美可茹;钓于水,鲜可食。黜陟不闻,理乱不知。起居无时,惟适之安。"②诗人引韩文公语描述了"天地一闲人"的生活方式和平淡心境。其一,言晚境漂泊他乡,优游山水,写诗为乐。"予自桐江休官闲居,万事废忘,独于读书作诗,未之或辍也。客或过于庐,见予之无一时不读书,无一日不作诗也。"③(《虚谷桐江续集序》)其二,感慨时移世易,壮志消磨。独处穷乡僻壤,过着澹泊宁静的生活,为的是摆脱官场的纷扰。其三,回忆自己错综复杂的人生,年少痴狂,晚境贫病。用"三斗醋""一条冰"之典,表明晚年"固穷"的生活态度。其四,交代其从建德回歙县的经过,以及渴望结束漂泊定居家乡的愿望。其五,写晚境贫寒,但初心不改,以"甘贫"的态度"守拙",享受着田居的清闲。其六,写家园春夏之景和诗意生活,乐以忘忧。其七,写田园生活中期待友人的造访,以浊酒消解内心的孤独寂寞。其八,言自己对儒家道德情操的坚守,不

---

① 杨镰:《全元诗》,第6册,中华书局2013年版,第78—80页。
② (元)方回选评,李庆甲集评校点:《瀛奎律髓汇评》卷二三《闲适》,中册,上海古籍出版社1986年版,第929页。
③ (元)方回:《桐江续集》,上海古籍出版社1989年版,第664页。

以世人毁誉为念。"悬知千载士,肯竞一时名",既是对世人评价的回应,也是诗超越纷争回归淡泊的写照。其九,勉励自己读书求学,摆脱欲望禁锢,求得内心平衡。并以"寒盟"之典谕世人勿要急功近利、背弃或忘却盟约,感慨知音凋零、人心不古。其十,借"耕叟"力耕田园,暗喻自食其力的生活,以"退院僧"的心态概括其晚年的淡泊宁静。组诗以"志归"为题,有二意焉:一是游子回归故里,二是退出官场回归田园,其情感与《虚谷志归十首》基本一致。由于仕元的经历,方回的人格一直为士林所耻。其内心的痛苦无人可诉,"自和"正是其摆脱"内心孤独"的一种重要手段。

遗民身份与"率城降元"的经历,所激起的社会反响,使方回深感人生如梦,万事虚幻。《怪梦十首》是一组以"梦"为中心的记梦诗。通过《自和》《再和》《三和》《四和》《五和》《六和》《七和》《八和》《九和》连续的"自和",以纾解梦中被活埋的恐惧。"三月十二五日,晓梦有人擒二士生纳棺中,寻有长大人欲胁予以此,以求金带,谢无之。"从注中可知,其在梦中被人"生纳棺中",反映了诗人在沉重的思想压力下内心的纠结与痛苦。其诗云:

　　高枕非难就,深杯未易谋。可须疑噩梦,久已惯穷愁。老矣何嫌死,归欤岂愿留。晓梁数声燕,搔首倚吾楼。(《怪梦》)

　　倜傥千金尽,艰难斗酒谋。有生谁不死,惟醉暂无愁。彭泽先生去,周南太史留。谁家锦步障,还坠绿珠楼。(《自和》)

　　休官二十载,丝发不身谋。肯顾江淹恨,焉知庾信愁。但当思反鲁,何必望封留。闭目常危坐,胸中百尺楼。(《再和》)

　　身谋曾不暇,何况子孙谋。我老宜多病,痴人岂识愁。管窥天谓小,绳挽日难留。将骑言何猥,苍茫下白楼。(《三和》)

　　勤能将拙补,命辄与仇谋。尚有江湖债,终无世俗愁。已衰犹未死,欲去又还留。万事鹅儿酒,诸公燕子楼。(《四和》)

　　文宗韩吏部,诗学杜参谋。余子焉能浼,吾徒别有愁。潮阳宁远谪,补阙肯中留。往事惊棋局,余生付酒楼。(《五和》)

　　子午参同契,春秋类是谋。生前焉用学,死外别无愁。岂料犹穷健,胡为此滞留。客怀谁可比,王粲赋登楼。(《六和》)

　　三朝前谷雨,寒甚过时谋。夜短鸡声早,春阑燕语愁。独行仍独坐,难去又难留。粗守持身法,坚城护百楼。(《七和》)

　　万变观时事,谁其肉食谋。乾坤一儒腐,今古两眉愁。白首生何益,青春逝不留。孤灯夜夜坐,晓角动军楼。(《八和》)

　　昔日颛朝柄,何人误庙谋。渐惊吾辈尽,谁识向来愁。忠鲠芳香

在,奸邪臭秽留。一时穷富贵,蜃气结成楼。(《九和》)①

组诗以"怪梦"为背景反思自己的一生,传达出"见怪不怪"感慨。其一,以"老矣何嫌死,归欤岂愿留"写出暮年生活的穷愁潦倒,表达了生无可恋的消极情绪。《自和》中借助陶渊明、司马迁、石崇等典故传达了齐生死、等荣辱的淡然情怀,劝慰自己看淡一切。《再和》写罢官归隐后对自己降元行为的反思。舆论的压力、内心的矛盾、幻想的破灭,使其内心充满凄凉酸辛。《三和》言晚年生活的落魄。"身谋曾不暇,何况子孙谋",由于失去经济来源,晚年方回过着十分窘迫的生活,生病了经常无钱买药,有时甚至连买酒钱都没有。《四和》对自己努力作为却似乎总被命运捉弄的处境,内心充满着不甘。"在方回看来,选择投降是'国亡主迁'的必然结果,而且可以使地方百姓获救,尤其可以从经史义理中找到所遵循的依据,这就显示出'以道学缘饰'的陈腐。"②《五和》写自己嗜诗如命,以韩愈、杜甫为榜样,勤勉不辍。步入人生晚境,仍以诗酒自娱。《六和》反思自己当年出仕朝廷,客居他乡,壮志难酬的尴尬。家国沦亡之痛,年华迟暮之悲,孤身独处之苦,壮志难骋之愤,不时袭上心头。《七和》言春寒料峭之际自己孤独难捱的情愫。将"持身"之道与"保土全民"相连,在"失身"与"保民"的痛苦抉择中,声誉尽毁。认为"君子之进也,出以泽物。君子之退也,处以洁身。达有所不可苟就也,穷有所不可苟避也"③,表明进退去就的处世原则。《九和》中对自己步入暮年,来日无多,胸中愁绪无人可识,倍感孤独。但自己始终坚信"忠鲠芳香在,奸邪臭秽留",公道自在人心。"在宋元易代的大变局之中,虽然方回以去无道就有道的'委屈出处'原则解释自己的降元行为,但是'夷夏之辨'又使他自相矛盾,进退失据。虽然寄希望于'后世之公论',但是'失身'之感始终缠绕着他。"④

这组以"怪梦"为题的组诗,虽有些荒诞,却真实地记录了方回晚年穷愁潦倒的生活和错综复杂的心态。"方回率郡降元并在元朝继续作官,身为贰臣,这在封建社会是一严重失节的行为,受到后人严厉指斥。方回尝援三国霍弋、罗宪事为自己的投降行为辩护,但也感到于心有愧。他在《重至秀山售屋将归》诗中写道:'全城保生齿,终觉愧衰颜'。又在《送男存心如燕》诗

---

① 杨镰:《全元诗》,第 6 册,中华书局 2013 年版,第 480—482 页。
② 罗超:《方回降元之文化诠释》,《殷都学刊》2001 年第 2 期,第 57 页。
③ (元)方回:《送周幹臣归泰山序》,李修生主编:《全元文》卷二〇九,第 7 册,江苏古籍出版社 1999 年版,第 49 页。
④ 罗超:《方回降元之文化诠释》,《殷都学刊》2001 年第 2 期,第 59 页。

中自白：'苟生内心愧，一思汗如浆。焉得挂海席，万里穷扶桑。'这些，正是其晚年时时流露之悔恨心境写照。"①由宋入元文人所具有的循规蹈矩、进退失据的文化心态，是导致方回内心痛苦的根源。

张养浩是元代创作"自和"组诗最多的诗人，共 10 组。从至治元年（1321）辞参议中书省事退隐还乡，到天历二年（1329）再次出仕，历时 8 年，期间悠游山水田园之间，读书自娱，吟咏不断。张养浩以"自和"的方式与"自我"频繁对话，反映出其"全身远害"的意识和田居生活的闲适心态。

《读史有感自和十首》《寄省参议王继学诸友自和十首》两组，当在回归云庄之初。据《归田类稿》卷二二《咏史序》载："至治元年，余辞官归乡里。日以文籍山水自娱，因观秦汉至魏晋事，若有感于中者，遂为咏史诗四十六首，以见意云。"②既有对明君贤臣的赞颂，也有对昏君侯臣的批判。《读史有感自和十首》是一组针对这 46 首咏史诗的"自和"之作，与前者不同的是，它不以单一的历史人物为对象，泛论历史兴亡以讽时事。虽说诗人已离开官场，但仍心系世事，借褒贬历史来讽喻元朝的现实政治。

《寄省参议王继学诸友自和十首》是"自和"《我爱云庄好九首》而作，方式是"和其意而不同韵"。从诗中"曩昔尘奔为悦亲，而今云卧复天真"（其一），"笔砚琴书素所亲，利名常巩汩吾真"（其三），"鹿豕同游木石亲，家山归卧伪耶真"③（其九）等诗句看，"云庄"已然成为世俗生活的对立面，被诗人赋予了淳、真、静的品格，是诗人灵魂栖息的处所。《山中拜除自和十首》《云庄遣兴自和十首》《绰然亭落成自和十首》《田居自和十首》《书半仙亭壁自和十首》《翠阴亭落成自和十首》《遂闲堂独坐自和十首》等，同属此类。如《田居自和十首》诗云：

> 萍蓬一世百无功，转首俄成六十翁。往事锬舟求坠剑，虚名影彀悟悬弓。展开明月清溪阔，吹断香风锦树空。托意莼鲈归故里，始知张翰是英雄。（其一）
>
> 茭蕖山堆毕岁功，殷勤不负荷锄翁。荒村人静泉鸣佩，远汉云高月挂弓。鼎镬江湖鱼苦乐，枕帏园圃蝶虚空。躬耕谷口君休笑，自是沉冥一世雄。（其二）
>
> 自愧明时无寸功，归来甘作富家翁。廉颇身老遗三矢，陶令田荒不

---

① 詹杭伦：《方回的唐宋律诗学》，中华书局 2002 年版，第 9 页。
② （元）张养浩：《归田类稿》卷二二，《文渊阁四库全书》，第 1192 册，上海古籍出版社 1987 年版，第 656 页。
③ 杨镰：《全元诗》，第 25 册，中华书局 2013 年版，第 53—54 页。

数弓。且喜休休闲度日,何须咄咄怪书空。半窗风月山房夜,卧听松声万壑雄。(其三)

幽居文史有新功,岂止名成田舍翁。六载身闲惊迅弩,百年谁谓挽强弓。捣残斜照春声急,摇碎浮云水影空。岁晚茗溪恣吟啸,不妨长作布衣雄。(其四)

新花结子树成功,旧笋添孙竹亦翁。鱼泳波心深避饵,鸿飞天外远防弓。鸣琴欲使众山响,咏景须令万象空。弹压莺花战风月,未应韬略下韩雄。(其五)①

山居环境清新幽静而又充满生机,令人留恋;幽人雅趣,亦与污浊喧嚣,钩心斗角的官场形成鲜明对比。其一,感慨时光易逝,转瞬已过六旬。诗人在对"往事""虚名"的反思之中悟到生命短暂、人生虚幻,借对晋人张翰的颂赞,表达出对辞官"归故里"的肯定。其二,写躬耕田园的惬意。诗人"殷勤"荷锄,虽不无辛劳,但可欣赏田园风光的宁静与优美,身心两忘。其三,表面写因"无寸功"而有愧于"明时",实写其精神生活的富足与自得。以廉颇、陶令之典相衬,传达归得及时、归得惬意和"甘作富家翁"的态度。其四,实写晚年的耕读生活。不仅是一个称职的"田舍翁",更是痴迷于诗,吟咏不辍,且于"文史有新功"。其五,以"新花结子""旧笋添孙"写春天的生生不息。借宋文宗善琴书好游之典,传达优游田园山水之乐。其鱼泳"避饵"、鸿飞"防弓"意象,又暗含着对现实的警觉。整组诗歌以"自和"的方式"独白",展示出诗人错综复杂的情感。这其中既有亡国亡宗的痛苦与酸楚,也有失节的忏悔和难以言说的孤独与凄惶,更有退隐田园的无奈和对时局的担忧。在甘于平淡生活的背后,我们看到了另一个真实的"诗人"。正如戴伟华先生所言:"更多情况下,知识层由无助转向内省,他们重视对自我意识经验和举止行为的体察和反思,体现出明显的私人化倾向和个性特征。"②

《云庄遣兴自和十首》十组"自和"诗,不仅再现了云庄的美景,更反映了张养浩复杂的内心世界。云庄的亭台楼阁、池石草木都是令其陶醉的对象。"伊谁知我此时闲,笔领白云入座间"(其二),"中年才过即归闲,好在河汾屋数间"(其四),"非是幽人酷爱闲,无穷佳思水云间"(其五),"鸡犬衡门竟日闲,挟书移榻坐花间"(其六),"归来心迹两俱闲,日日春生几案间"(其七)③;

---

① 杨镰:《全元诗》,第25册,中华书局2013年版,第58—59页。
② 戴伟华:《独白:中国诗歌的一种表现形态》,《中国社会科学》2003年第3期,第155页。
③ 杨镰:《全元诗》,第25册,中华书局2013年版,第56—57页。

"人间万事老无味,林下一身闲自高"(《书半仙亭壁自和十首》其一),"丘园
投老谢麾招,相与无非莫逆交"(其二),"天际闲云坐可招,墙头山色淡相
交"(其四)①;"一退愁城万里降,从今按堵乐吾邦"(《翠阴亭落成自和十
首》其一),"豪气消磨壮气降,更无忧思到家邦"(其三),"酒令诗筹众所降,
虚名谁说可安邦"(其九)等句②,集中展示了隐居生活的悠闲自在,其崇尚
自由、质性自然的生命情怀,在这里得到彻底的释放、融化。诗人与樽酒琴
书相伴,植花养卉,玩石豢鹤,晨吟夕咏,其乐融融。吴师道《归田类稿序》评
道:"翛然云庄之居,悠然山泉禽鱼之乐,沉潜乎经史百氏,益肆于词。和平
冲淡之中,错以奇崛藻丽。"③其散淡的情结,与白居易的闲适诗极为相似。

　　三十多年官场经历,特别是武宗朝监察御史任上《时政书》指谪时弊,被
罢官夺职事件,令张养浩胆战心惊、刻骨铭心。英宗朝,张养浩在参议中书
省事任上《谏灯山疏》,英宗大怒,虽说此事最终转祸为福,但令其惊出一身
冷汗。正是怵于对朝廷内斗的危机感和官场的险恶认知,或是对元廷政策
的不满,他在归隐期间,面对朝廷的数次征聘,均以各种原因坚辞不起。如
《山中拜除自和十首》其一"深山传诏自天来,万壑云随喜气开。仰报赐环
元有志,俯思夺锦奈无才"④,《田居自和十首》其三"自愧明时无寸功,归来
甘作富家翁。廉颇身老遗三矢,陶令田荒为数弓"⑤,《书半仙亭壁自和十
首》其五"去留心定任相招,叔夜何须著绝交。徂岭有诗怀六逸,华峰无路方
三高",其九"邻家往来不须招,吾辈宁同世道交。鹬蚌何心争胜负,鷃鹏无
意鹖高低"⑥,张养浩在自谦之中明确地表达了辞诏不就的态度,间接地反
映出其对官场绝望的心理。除官场掣肘、难有作为外,促其归隐的另一重要
原因,是官场的猜忌防范、尔虞我诈。张养浩自称"性迂才拙,自幼知其不能
谐俗。加以内无城府,枢机不密,谓人之心,一皆己若,饵焉而辄欣,鼓焉而
辄奋。善人与处,犹或见容,一值奸黠,败不旋踵"(《处士庵记》)⑦。从这
个意义上看,张养浩的辞官归隐既关乎政治环境险恶、理想得不到实现,也
关乎自身的性格局限。

---

①　杨镰:《全元诗》,第25册,中华书局2013年版,第64页。
②　同上,第65—66页。
③　(元)张养浩:《归田类稿》序,《文渊阁四库全书》,第1192册,上海古籍出版社1987年版,
　　第474页。
④　杨镰:《全元诗》,第25册,中华书局2013年版,第54页。
⑤　同上,第59页。
⑥　同上,第65页。
⑦　(元)张养浩:《归田类稿》卷六,《文渊阁四库全书》,第1192册,上海古籍出版社1987年
　　版,第530页。

天历二年（1329），张养浩应征为陕西行台中丞，积劳成疾，死于任上，结束了充满矛盾的一生。危素在《张文忠公年谱序》中感慨道："呜呼！观公之去就大节，从容得宜，非所谓有志之君子者耶？使公得君而行乎国政，所至又何可量耶？"①张养浩之去就，无不以苍生为念，呈现出"君子"的风范。有人认为"张养浩的复出，既不是为君，也不是为己，而完全是为了拯济百姓，这种人溺己溺的精神境界是具有超时代意义的，仍然足以感动崇尚普世价值的现代人"②。出处虽有差别，其揆道实质如一。

"代言"是一种特殊的"对话"方式，既包括代他人立言，也包括代他物（禽言）立言。站在他人（物）立场上，以他人（物）的心境、口吻来"对话"，富有情节性和动作感。"这种代言从作者角度说，又有以他'我'言自我胸中块磊与以他'我'言他人境遇两种情况，后者已几近于戏曲中人物的唱白。"③

代言萌芽于先秦，发展于两汉乐府，成熟于魏晋南北，到唐代达到顶峰。钱锺书先生说："设身处地，借口代言，诗歌常例。貌若现身说法（Ichlyrik），实是化身宾白（Rollenlyrik），篇中之'我'，非必诗人自道。假曰不然，则《鸱鸮》出于口吐人言之妖鸟，而《卷耳》作于女变男形之人痾也。"④所谓"设身处地，借口代言"即指作者"代"诗中人物抒情表意。此后，《九歌》及汉乐府，为后世代言体最直接的源头。唐代之后，代言体呈现出对象多样化、虚拟化、个性化的趋势，成为诗人在特定场景中抒情的手段。

孙蕡《代内赠别二首》"代内"赠别，是元代诗坛为数不多的"男子作闺音"组诗，诗人代妻子抒发了离别之情，道出了对妻子的深情。诗云：

> 君之去也，青骊之驷不可追。妾之留也，凌波之袜不可随。仆夫仓黄戒往路，断柳错莫留残晖。玉觞行酒和泪血，问君此去何时归。何时归，乱心曲，春风看尽长安花，莫道新人如美玉。（其一）
>
> 君不行兮夷犹，长风飒飒林木秋。岁云暮矣白日晚，君之行也不可以久留。山川悠悠靡终极，独立空闺长叹息。临歧不得逐行踪，别后相思复何益。水中摸月那得轮，镜中照影那得真。百年长是远离别，魂梦

---

① （元）危素：《张文忠公年谱序》，李修生主编：《全元文》卷一四六九，第48册，凤凰出版社1999年版，第189页。

② （元）张养浩著，李鸣、马振奎校点：《张养浩集·前言》，吉林文史出版社2008年版，第6页。

③ 廖群：《"代言"、"自言"与"刺诗"、"淫诗"——有关〈国风〉的两种阐释》，《文史哲》1996年第6期，第57页。

④ 钱锺书：《管锥编》，第1册，中华书局1979年版，第87页。

相逢那得亲。(其二)①

其一,写丈夫远行,妻子设宴饯行。以"玉筋行酒和泪血"的细节,道出了妻子的不舍。其二,以妻子的视角写丈夫爱恋妻子,步履蹒跚,举步维艰。并以"水中月""镜中影"极言"远离别"之苦味。整组诗歌,完全站在"内人"的角度,揣摩其心理、语气,传达了对丈夫的深情。其实质是"借宾陪起",与杜甫的《月夜》无别,传递的是"一种相思,两处闲愁"。

在元代,代言的对象更为广泛,既有内人、亲人、朋友,也有动物、植物。所代对象不同,语境不一,情感内涵也各异,但都能曲尽其态。"'代'一般是代人抒写心声,所代之人不一定是诗人,甚至可能是没有作品也不会写作的人。'代'也有所拟,但模拟的是所代之人在特定境遇中的思想情怀。"②刘诜《代挽文母欧阳夫人二首》代挽文天祥妻子欧阳夫人,其所"代"对象不确定,可能是普天之下同情欧阳夫人不幸遭遇的人们。欧阳夫人是庐陵大族,与文天祥育有三子六女。经历坎坷,遭遇悲惨。三个儿子两个死于军旅,一个于战乱中失散。定娘、寿娘在战乱中病死,监娘、奉娘死于五坡岭战败。后与柳娘、环娘同被房送到大都,在宫中为奴,过着囚徒般的生活。文天祥被害后,欧阳夫人为夫收尸葬庐陵故里。作者对这位同乡充满敬意,故而有此"代挽"之作。宋僖《代人挽汪太守二首》所挽汪太守,用意相同。

政治性题材因其复杂的关系与敏感的内容,常以"代言"形式呈现,显得含蓄蕴藉。舒岳祥《寓言二首》便是这方面典范。其一"代妾"立言,运用传统的比兴手法,以男女之情以喻君臣之义。其二"代鹤"立言,介绍鹤的来历、生活习性、高洁品格,以及与作者的依恋关系。实质是诗人以鹤自喻,托物言志,表达了高蹈尘外的遁世意识和。

禽言是"代言体"另一种形态,通过"模拟"禽言,以批评时政。如刘将孙《禽笑八首》分咏鹦鹉、鼠鸠、鹧鸪、白鹇、乌鹊、饥蛇、鸭子、野鸡,以物喻人,借物言志,表达了对现实政治的不满:

> 鹧鸪悲啼瘴云黑,一马南来一马北。深林丛薄自相呼,水远山迢正无极。南人断肠北人笑,故家兄弟嗟何极。近来海外也堪行,只有山中行不得。(其三)

---

① 杨镰:《全元诗》,第 63 册,中华书局 2013 年版,第 285—286 页。
② 涂光社:《汉魏六朝的文学模拟——从六朝文学的"拟""代"谈起》《辽宁大学学报(哲学社会科学版)》2006 年第 1 期,第 37 页。

白鹇毛羽文且泽,条疏缕密分黑白。如图如画远可观,不鸣不啼百无益。主人以冗多见弃,童仆得闲时恶剧。信知文采无补人,故可人间作闲客。(其四)①

鹧鸪"行不得也哥哥"的叫声及"南人断肠北人笑"的境遇,表达了作者对元廷民族政策的不满。白鹇的羽毛虽然漂亮,却百无一益,成为童仆捉弄的对象。百无一用的书生,"故可人间作闲客",其命运与白鹇何其相似!在看似达观的背后隐含着深深的绝望,令人心酸。作者借鹧鸪、白鹇之口来婉曲地传达着对现实的反思。比起单纯运用比喻、比拟、象征等代言方式,效果更好。

李俊民《蚁战图二首》是一组寓言体诗歌,作者借"蚂蚁"间的争斗,喻指现实中为了些许蝇头小利争得不可开交的行为。最后以"南柯一梦"的典故,暗示人生虚幻,告诫人们止讼息纷。作者从"观战"角度,既表现出对这些"战争"的厌恶,也传达出对宁静生活的向往。绵里藏针,具有皮里阳秋之效。

"问答体"在元代组诗中数量不多,仅见几组。王恽《农里叹十首》是一组与"老农问答"的诗歌。"至元二十八年秋九月,检视水灾。赵之东偏,自平丘至刘村渡,凡一十一处,因老农问答集为十绝句,庶以见农家有终岁作苦,卒至于无成者,可哀也哉!作《农里叹》。"②从序中可知,至元二十八年(1291)秋九月,王恽以少中大夫、福建闽海道提刑按察司身份检视水灾,期间"因老农问答集为十绝句"。《农里叹十首》以考察水灾时见闻为背景,反映了王恽对根治水患的思考。他认为只要朝廷要派位高权重的"分司"督修水利,解决水患并非难事。站在农民的立场上,向朝廷进言献策,折射出王恽的一贯以来"重农"思想和"悯农"情怀。从形式上看,诗并未见出"问答"的对话形态,但从序中"因老农问答"语推测,诗歌内容就是按诗人"问",农民"答"的逻辑关系来组织的。这是一种"隐性的对话",表达了诗人对农人"终岁作苦,卒至于无成者"的同情。

虞集《戏作试问堂前石五首》和《代石答五首》是"我"与"石"的对话,写于翰林院为官期间。诗人以视草堂前的"鳌峰"石为对象,以"我问""石答"方式展开吟咏。"鳌峰者,国史院庭中石名也。伯宁御史为仆言,自其先

---

① 杨镰:《全元诗》,第 18 册,中华书局 2013 年版,第 220 页。

② 杨镰:《全元诗》,第 5 册,中华书局 2013 年版,第 570 页。

公时，与诸老名胜赋诗者，盖数百篇"（《题鳌峰石并序》）①。视草堂是翰林国史院文人的办公之所，这些文臣们，虽官居清要之职却是异常清闲。堂前"鳌峰"石作为历史的见证人，阅尽了沧桑之变，看穿了人间冷暖，寄托了翰林文人太多的期待。诗人问石，如晤知己。一问一答，妙趣横生。《戏作试问堂前石五首》中，诗人一连五问：一问堂前石来此几十年？二问堂前石何年别太湖？三问堂前石何无藤蔓缠？四问堂前石谁赋最流传？五问堂前石独立与谁邻？《代石答五首》是诗人代鳌峰石对五问的"回答"。一答无劳问岁年，二答还度几重湖，三答神物须清鉴，四答寂寞竟谁传，五答嗟哉白发人。与其说是诗人代"石"立言，不如说"石"代诗人立言。上问下答，一一对应。诗人以石喻人，托物抒情，借石的迁徙喻人的飘零，寄托了一个远离故土的南人坎坷的人生。"我问""石答"浑然一体，抑或自问自答，其实质都是诗人内心活动的"独白"，反映了诗人内心深处的孤独。

以上对元代组诗中"对话"语体的几种特殊形态作了分析。这里的"对话"双方，或是诗人自己，或是诗人与所"代"之人、之物，构成"对话"的情境。这些是元诗对话语体中的"小众"，元代大量唱和、赠答组诗才是"对话语体"的"大众"（后文有论）。相比戏剧的"对话语体"的情节性、动作性和性格化，组诗"对话"语体的特征也许不那么突出，但依然存在。

元诗、元曲、元杂剧有着共同源头，但"对话体""代言体"的使用并不平衡。据王毅《元代"代言体"散曲论略》一文统计，元曲"代言体大约有四百多首，占整个元代散曲的十分之一"②，数量远超元诗。元杂剧几乎是"代言体"的天下，"代言"体运用更加充分。或是"剧作家'代'人物立'言'"，或是"表演者扮演人物'现身说法'"，或是"'行当''代'剧作家'言'"，或是"剧中人物'代'剧作家'言'"，或是"剧作家巧借'内云''外呈答云'等形式'代'剧场观众'言'"③，要求作者、表演者、剧中角色、观众等必须超越"自我"局限，融入剧情中去，设身处地"对话"或"代他人立言"，将"代言"艺术推向顶峰。

戏剧在情境"对话"和人物"代言"上，较之诗歌有更多的优势，加之许多诗人又身兼剧作家，故而将此种语体集中于戏剧中呈现出来，也影响了组诗中"代言体""对话体"的运用。王国维先生说："独元杂剧于科白中叙事，而曲文全为代言。虽宋金时或当已有代言体之戏曲，而就现存者言之，则断

①　（元）虞集撰，王珽点校：《虞集全集》，上册，天津古籍出版社 2007 年版，第 97 页。
②　王毅：《元代"代言体"散曲论略》，《中国文学研究》1992 年第 3 期，第 42 页。
③　陈建森：《戏曲"代言体"论》，《文学评论》2002 年第 4 期，第 50 页。

自元剧始,不可谓非戏曲上之一大进步也。此二者之进步,一属形式,一属材质,二者兼备,而后我中国之真戏曲出焉。"①将"代言体"视作元杂剧进步的标志,奠定了后代戏曲舞台的表演模式。随着元杂剧兴盛,"性别反串"(代言)及"对白"表演艺术的广泛使用,诗中"代言体""对话体"便日渐式微,到明清时,组诗中"代言体"已大为减少,这与戏曲"代言体"的强盛不无关系。

① 王国维:《宋元戏曲史》,上海人民出版社2014年版,第52—53页。

第五章　元代组诗的体式

组诗在外在形态上有着明显的特征,从总分标题,到总(分)序、引、注、跋等,共同构成了组诗独特的体式——"诗序体"。王辉斌先生认为:"诗序体的诞生,不仅拓展了诗歌的形式领域,丰富了诗歌的表现功能,而且融散文与韵语为一体,使两种文体美在同一作品中互为辉映,开创了诗歌审美的新格局。"①相对于单体诗歌,组诗的创作背景、主题内涵、情感体验更为复杂多元,诗序体的出现为组诗起到了很好的补充、说明与解释作用。

第一节　元代组诗的标题

诗歌从无题到有题,是民间创作向文人创作转变的标志。乔亿《剑溪说诗》卷下称:"魏、晋以前,先有诗,后有题,为情造文也;宋、齐以后,先有题,后有诗,为文造情也。"②战国时期楚国诗人屈原开启了文人诗创作的新纪元,其"题文相连"的诗歌命题方式,一直为后世所遵守,影响深远。

古代诗歌标题经历了一个从无到有、由简单到复杂、由纯粹的文学功能到兼顾传播与接受的演变过程。正如吴承学先生所言:"诗题形式的成熟大约是在西晋时期,此时诗题已经成为诗歌整体形式的不可或缺的有机部分,诗人完全有意识地利用诗题来阐释其创作宗旨、创作缘起、歌咏对象,标明作诗的场合、对象,比如在诗题中大量出现明确标明赠答唱和、'应诏''应教''应令'之作,从诗题中不但可以窥见诗歌在当时社会交际中的重要作

---

① 王辉斌:《蔡邕与东汉诗序体考论》,《贵阳学院学报(社会科学版)》2009 年第 1 期,第 68 页。
② (清)乔亿:《剑溪说诗》卷下,郭绍虞选编,富寿荪点校:《清诗话续编》,上册,上海古籍出版社 1983 年版,第 1103 页。

用,也不难看出诗人们对于诗歌的传播和接受的关注和努力"①。

元代在继承前代经验的基础上,形成了几种命题方式:一是因意命题。使诗歌标题与内容相表里,起着统摄全篇的作用。清人庞垲在《诗义固说》中说:"赋诗命题,即射之的、军之旗也。近日诗家,亦知立题,而莫解诠题,滥填景物,生插故事,章法次第,漫不讲焉。譬若箭发不指的,军行不视旗,其不为节制家所消者几希矣!"②二是标体于题。即将诗歌体裁、篇幅等要素,悉数标于题,让人一目了然。三是"总题分述"的形态。"总题"揭示吟咏对象或范围,"分题"具体展开,在内容上与"总题"保持着逻辑关系。四是以乐府旧题衍生新题。当乐府完全脱离音乐成为诗体时,这种以乐府旧题为基础衍生的"新题乐府"便大量出现。

一、"总题分咏"的子母题形态

"总题"交代范围、对象,揭示主题,"分题"具体展开。"分题"既独立表意,又从属于"总题",这是组诗"总题分咏"的基本形态。最早的"总题分咏"组诗当属上古时期的"葛天氏之乐",这是一组乐歌,共分《载民》《玄鸟》《遂草木》《奋五谷》《敬天常》《建帝功》《依地德》《总万物之极》八章,传达着不同的内容,奠定了后世组诗"总题分咏"的基本形态。

据笔者统计,《全元诗》中用"总分"标题创作组诗的共计228人,计293组(见附录五)。其形态有三:一是有"总题",无"分题",这在元代组诗中占多数。如杨奂《录汴梁宫人语十九首》、元好问《论诗三十首》《俳体雪香亭杂咏十五首》、张昱《辇下曲一百二首》等,均由数量不等的诗歌组成。各诗从不同角度对"总题"内容展开吟咏,但并无"分题"来区别。二是有"总题"和"虚化"的分题。如耶律楚材《和景贤十首》以"一"至"十"来区分所咏,分题并不标明所咏内容,只显示次序,这是一种"虚化"分题。蔡哲《武夷九曲棹歌十首》、林锡翁《武夷九曲棹歌次朱文公韵十首》、王克恭《武夷九曲棹歌次朱文公韵十首》、赵孟頫《题耕织图二十四首奉懿旨撰》、吴文寿《十二月乐章》、李昱《十二月辞十三首》、孟昉《十二月乐词十三首》、吴景奎《拟李长吉十二月乐辞》、吾衍《十二月乐辞并闰月》、胡助《拟唐人十二月乐章并闰月》等,堪为代表。三是"总题分咏"。"总题"概述创作对象、范围,"分题"释名彰义、逐一展开。如释明本、冯子振《梅花百咏》,在"梅花百咏"

① 吴承学:《论古诗制题制序史》,《文学遗产》1996年第5期,第12页。
② (清)庞垲撰:《诗义固说》下,郭绍虞选编,富寿荪校:《清诗话续编》,上册,上海古籍出版社1983年版,第738页。

总题下,分咏庭梅、官梅、江梅、溪梅、岭梅、野梅、早梅、古梅、忆梅、梦梅等不同类型、品名的梅花。揭傒斯《题王山仲所藏潇湘八景图卷走笔作》中的"潇湘夜雨""远浦归帆""烟寺晚钟""洞庭秋月""平沙落雁""渔村晚照""山市晴岚""江天暮雪"等分题,是对总题"潇湘八景"具体展开。许有孚《圭塘杂咏二十四首》中"作乐导水""携妓落成""柳下听莺""舟中对鹭""荷觞酌酒"等二十四题,都是具体阐释"圭塘杂咏"总题的。相对前两种形态,此种"总分"标题最为规范,因而最能体现组诗标题的文体学价值。

从使用频次看,元代组诗"总分"标题多见于纪游、写景、状物、咏史、叙事等题材。因时空跨度大,情况复杂,需要作系统、多元地展示,"总题分咏"正好满足了这种需求。

纪行、叙事类组诗中,"分题"通常用以详细记录行程、事件内容,以彰显"总题"的内涵。方回《上南行十二首》、陈栎《和方虚谷上南行十二首》均按照"行程"来叙写,将所经历的古航渡、分流岭、南山、双桥、岑山渡、杏村、牛矢岭、叶有岭等景点,以及参观敬斋先生曹元会画像、宿曹清父宅夜话、饭刘子文宅等事件组织一起,详细记载了"上南行"的行程及途中发生的事情。黄溍《上京道中杂诗十二首》记录了扈从上京途中的见闻,从"发大都"起,沿途经历刘蒉祠堂、居庸关、榆林、枪竿岭、李老谷、赤城、龙门、独石、檐子洼、李陵台,最后抵达"上都分院",行程清晰完整,路途所见所闻尽附其中。耶律铸的西征组诗,均以"征战进程"来贯穿,将征战活动、具体路线及作者感受,一一罗列其中,构成一严谨叙事体系。

"总题分咏"在纪游组诗中更多见,将所见景观一一罗列,具有极大的包容性。如,杨奂《游嵩山十三首》分咏轩辕坂、太室、少室、启母石、少姨庙、卢岩、龙潭、五渡水、测影台、箕山、颍水、卓锡泉、巢翁冢十三处景观;孟宗宝《洞天纪胜十六首》分咏九锁山、龙洞、凤洞、大涤洞、栖真洞、归云洞、仙人迹、云根石、飞玉亭、丹泉、翠蛟、来贤崖、石壁、石室、无骨箬、捣药禽十六处景观。吕同老《九锁山十咏》分咏大涤洞、栖真洞、鸣凤洞、蜕龙洞、来贤岩、仙迹岩、翠蛟亭、丹泉、石壁、云根石十处景观;赵孟頫《天冠山题咏二十八首》分咏龙口岩、洗药池、炼丹井、长廊岩、金沙岭、升仙台、逍遥岩、灵湫、寒月泉、玉帘泉、长生池、道人岩、雷公岩、学堂岩、石人峰、老人峰、月岩、凤山、仙足岩、鬼谷岩、凤洞、钓台、礤潭、一线天、馨香岭、三山石、五面石、小隐岩二十八处景观。在这类组诗中,"总题"只交代景观总名,"分题"具体描述景观内涵,并依诗人游踪来串联。

元代数量庞大的八景诗,是"总题分咏"的典范之作。如贡师泰等人的《静安八咏》分为赤乌碑、陈桧、虾子禅、讲经台、沪渎垒、涌泉、芦子渡、绿云洞等展开吟咏，展示了静安寺中八大著名景观；张经、杨公远的《潇湘八景》分咏潇湘夜雨、洞庭秋月、远浦归帆、平沙落雁、烟寺晚钟、渔村夕照、山市晴岚、江天暮雪等八景，构成一幅完整的潇湘景观图；张政《汝州八景》分咏岘山叠翠、妙水春耕、春日桃园、汝水横舟、温泉晓霁、玉羊晚照、龙泉夜月、崆峒烟雨；凌说《彰南八咏》分咏天目晴雪、渚溪夕照、北庄梅花、樊坞梨园、梅溪春涨、独松冬秀、浮玉晚娇、石埭夜航；林弼《汶江八景》之咏蕉寺晨钟、吕桥夜月、黄村晚照、阮浦春潮、球浦烟帆、浪湾雪网、棠堤春雨、橘坞秋霜；潘士骥《黄岩八景》之咏委羽寻仙、壕头吊古、铁筛古井、利涉浮梁、东浦暮帆、西桥秋月、九峰夕照、十里早春等，无不如此。这些八景诗，是组诗"总题分咏"标形态规范化、普及化的重要推手。

"总题分咏"满足了状物组诗对不同品类描述的要求，将组诗的"文件夹"功能发挥极致。谢宗可《咏物诗》一卷，分咏睡燕、睡蝶、纸帐、纸衾、茶筅、酒旗、诗瓢等，共105题，分成植物、动物、器物、自然现象及社会生活等不同类型。这些诗，拆开看即是一单体咏物诗，然当其组合在一个"总题"下时，便具有了规模效应。"总题"概括所状之物属性，"分题"按类详列不同物品，构成一个自足的系统，具有强大的整体功能。张逢辰《菊花百咏》、董嗣杲《静传翁百花诗》等"百咏诗"都属此类。

"总题分咏"在叙事组诗中表现出"时间序列"的优势，能系统再现事件的完整过程。如许衡《编年歌括二十八首》除"总数""号记"外，其他各诗如唐虞、夏、商、周、秦、西汉、新室、东汉、蜀、魏、吴、西晋、东晋、宋、齐、梁、陈、后魏、东西魏、北齐、后周、隋、唐、五代、大辽、大金等，均以朝代先后为线索串联史实。宋无《嚖吠集》分咏禹鼎、讲武、鲁世家、闻韶、夷齐、郑庄公、范蠡、豫让、毛遂、王蠋、留梦炎等101位历史人物。徐钧《史咏集》按周、秦、西汉、后汉、续后汉、曹魏孙吴、晋、宋、齐、梁、西魏、东魏、北齐、北周、隋、唐为顺序，分咏人君、后妃、诸王、人臣、忠义等类计1 530位历史人物，同样体现出"以时间为经，以人物为纬"结构艺术，体系严谨。如果没有"总题分咏"的标题形态，这些数量众多的单体诗搁在一起，会显得杂乱无章，而非井然有序。

二、"标体于题"的制题方式

"标体于题"指将诗歌体裁、句式，乃至篇幅等要素，悉数在诗题中标出，让人一目了然。吴承学先生称"六朝人作诗还有一个新风气，便是喜欢在诗题中标明所作的诗歌体制和形态特点。……这类诗题标志着当时人们对于诗歌形式的重视与自觉的态度。大约自晋代的陆机开始,在诗题中出现'拟'字,表明学习某诗或某诗人之体制风格"①。后世相沿不绝。

元代组诗标题"标体于题"较此前有了更大的范围,逐渐扩展到乐府、楚辞、联句、补亡、寓言、古体、绝句、俳谐体、佛经偈体、六言、三言、四言、骚体、玉台体、阮公体、陶潜体、齐梁体、柏梁体、徐庾体、五杂俎、白少傅体等各体,或言字数,或言风格,或言体裁,或言创作方式,种类繁多,在制题艺术上呈现出"集大成"趋势。如元好问《俳体雪香亭杂咏十五首》《内相杨文献公哀挽三首效白少傅体》、刘秉忠《春日效宫体二首》、王恽《庆赵汲古八秩之寿效乐天体三首》、王祎《拟唐凯旋歌四首》、方回《俳体戏书二首》、汪梦斗《思家五首竹枝体》、丘葵《七歌效杜陵体》、谢翱《效孟郊体七首》、黄庚《闺情效香妆体四首》、谢翱《宋铙歌鼓吹曲十二首》《宋骑吹曲十首》、袁桷《旧春花下与东嘉周子敬联诗有人到中年始忆家之句余坐舟中五十日因忆此诗作俳谐体奉寄四首》、洪炎祖《韵答天台杨景羲拟杜陵曲江体五首》、唐元《舟行书事古体五首》、范梈《次韵古体二首》、叶衡《上京杂体十首》、李孝光《效玉台体二首》、杨维桢《吴子夜四时歌效刘琨体作》《嬉春体五绝句》《无题效商隐体四首》、吴莱《秋夜效梁简文帝宫体二首》、贡师泰《杂体八首》、张以宁《衢州咏烂柯山效宋体二首》、舒頔《寄王和夫五章仿骚体》《七歌效工部体纪乱离时事》、周巽《拟古乐府五十四首》《效乐未央体咏梅二首》、吴会《客有索赋香奁体者用窝子韵戏成春兴十首》、郭钰《秋夜读刘昕宾旭子夜歌因效其体赋三章》、唐桂芳《病中辱周彦明吴彦冲下顾荒寂长篇短句间见层出懒拙不即奉答姑述唐律十解以谢》、叶懋《古乐府十四首》、秦约《夜集联句》、刘崧《宫体四时词答和欧阳原之四首》《余以官满赴京十一月十四日出北平顺承门赋六言绝句八首》等,都明确标"体"于题,显示出诗人的创作动机与创作方式。

一些组诗虽未标体于题,但在"序"与"跋"中有明确交代,如方回《赠程君以忠杨君泰之二首》序云:"予归紫阳下半年余,诗筒往来,多年长或敌己,未见后生之隽。……因赋近体二首,寓敬叹之意云。"②《拟咏贫士七首》序云:"渊明有《咏贫士》诗七首,前二首自谓,后五首引古贤士七人,亦借以自谓也。……姑以江淹《杂拟》体赋之。"③前者用"近体",后者用"江淹杂拟

---

① 吴承学:《论古诗制题制序史》,《文学遗产》1996 年第 5 期,第 12 页。
② 杨镰:《全元诗》,第 6 册,中华书局 2013 年版,第 357 页。
③ 同上,第 164 页。

体"。吴浚《和韵王彝斋诗二首》序云:"彝斋眷长以陶体自况,语高意古,绰有靖节之风,且辱示予,足佩。不鄙勉尔倚歌而和,所谓响瓦釜于黄钟之场,不自知其愧也。可笑可笑。通斋、□机翁二先生同加审笔,幸甚。"①从这段话可知,吴浚的和诗也是以"陶渊明体"创作的,只是自己觉得写得不够好,不敢自标"效陶"于题耳。艾性夫《人名诗戏效王半山二首》注云:"此体,权德舆已有。如'半纪信不留,齿发良自愧'之类,皆勉强凑合,不浑成。惟半山诗,云'莫嫌柳浑青,终恨李太白'之句,过权远甚,但'青'字亦外来,似未纯美耳。"②可见该二首所用仍是"王安石体"。

标"体"于题,其"体"的含义有二:一是指诗体,如古体、乐府、绝句、联句、集句、骚体、歌行、俳体等;二是指风格,如陶体、乐天体、刘琨体、玉台体、宫体、杜工部体、竹枝体、未央体、商隐体、唐体、宋体、香奁体、王半山体等。值得注意的是,元代诗坛在宗宋或宗唐问题上,有明显的温度差。相对而言,对唐代诗人的仿效占据主导地位,这与元诗"宗唐"的格局一致。

三、以序为题,追求情境化长题

先秦时期的诗题初为短题,六朝长题开始明显增多。吴承学先生说:"六朝不少诗人借助于较长的诗题以标出引起诗兴之本事……当时诗人们已经巧妙地在抒情诗的题目中融进富有诗意情致的叙事性。"③诗歌标题加长,弥补了短标题所带来的局促,使得叙事更加完整。

受此影响,唐代组诗中长题开始涌现,《剑溪说诗》卷下称"唐人间作长题,细玩其诗,如题安放,极见章法"④。在宋代,因科举考试对诗赋的贬抑及诗人自身欲寻求诗歌艺术的突破等原因,诗歌创作往往随性而发,表现之一就是诗题冗长。苏轼、黄庭坚是这方面的典型。其"诗题也反映出宋代以文为诗的倾向,它们不仅简单叙述作诗缘起,而是详细介绍创作故事的来龙去脉,这种诗题已经小序化或者小品文化了"⑤。受宋人影响,元诗长题数量、规模屡创新高,很多组诗直接"以序为题",追求情境化长题成为一种时尚。

元代组诗中运用长题,字数在 40 字(不含标点)以上者,见下表 1:

---

① 杨镰:《全元诗》,第 53 册,中华书局 2013 年版,第 359 页。
② 杨镰:《全元诗》,第 19 册,中华书局 2013 年版,第 147 页。
③ 吴承学:《论古诗制题制序史》,《文学遗产》1996 年第 5 期,第 12 页。
④ (清)乔亿:《剑溪说诗》卷下,郭绍虞选编,富寿荪点校:《清诗话续编》,上册,上海古籍出版社 1983 年版,第 1103 页。
⑤ 吴承学:《论古诗制题制序史》,《文学遗产》1996 年第 5 期,第 12 页。

表1　元代组诗长题汇总表

诗题＼作者	40—49字诗题数	50—59字诗题数	60—69字诗题数	70—79字诗题数	80—89字诗题数	90—99字诗题数	100字以上诗题数	总计
杨奂							1	1
段克己							1	1
段成己				1				1
舒岳祥					1		1	2
王恽	2	2	2	1	1			8
滕安上			1					1
金履祥		1						1
元淮					1			1
张伯淳				1				1
刘敏中			1					1
戴表元	1	1		2				4
仇远	1		1		1			3
方夔		1						1
程钜夫	1							1
黎廷瑞		1						1
陆文圭		1	1	1			1	4
徐瑞				1				1
曹伯启							1	1
陈孚	1							1
艾性夫							1	1
汪炎昶			1					1
袁桷	3	2	2					7
董寿民				1				1

续　表

诗题　作者	40—49字诗题数	50—59字诗题数	60—69字诗题数	70—79字诗题数	80—89字诗题数	90—99字诗题数	100字以上诗题数	总计
刘诜		1	1		1			3
唐元	1	2						3
陆厚			1					1
柳贯			1		1		1	3
虞集	1		1					2
朱思本		1	1					2
丁复	1			1				2
黄溍	1						1	2
周权					1			1
叶衡	1							1
李存	1							1
宋本		1						1
洪希文				1				1
欧阳玄	1		1					2
张雨	1							1
李孝光	1							1
岑安卿		1						1
张翥		1						1
许有壬		2						2
陈旅			1					1
成廷珪	1							1
刘鹗		1						1
宋褧	1		1					2

诗题 作者	40— 49字 诗题数	50— 59字 诗题数	60— 69字 诗题数	70— 79字 诗题数	80— 89字 诗题数	90— 99字 诗题数	100字 以上 诗题数	总计
谢应芳	1		1					2
吴当		2						2
贡师泰	1							1
周伯琦	1	1	1					3
钱惟善	1							1
唐桂芳				1				1
叶颙	3							3
倪瓒		1						1
吴皋	1							1
胡翰	1							1
袁士元		1						1
释良琦	1							1
邵亨贞		1	1					2
顾瑛	1							1
王建中			1					1
倪中	1							1
潘牧				1				1
陈善		1						1
宋禧				1				1
周砥				1				1
李士瞻		1			1			2
陶安	1							1
袁华				1				1

诗题 作者	40—49字 诗题数	50—59字 诗题数	60—69字 诗题数	70—79字 诗题数	80—89字 诗题数	90—99字 诗题数	100字以上 诗题数	总计
王逢	1	1						2
释来复	2	2				1		5
刘崧	2		2	2	1	2		9
谢肃							1	1
唐肃	1							1
总计	39	30	23	17	9	3	9	130

资料来源：杨镰《全元诗》，中华书局 2013 年版。

从表 1 统计可知，元代组诗长题 40 字以上（含 40 字）共有 74 人创作了 130 题。长题数量排名依次是刘崧 9 组，王恽 8 组，袁桷 7 组，释来复 5 组，戴表元、陆文圭各 4 组，仇远、刘诜、唐元、柳贯、周伯琦、叶颙各 3 组，舒岳祥、虞集、朱思本、丁复、黄溍、欧阳玄、许有壬、宋褧、谢应芳、吴当、邵亨贞、李士瞻、王逢各 2 组，余 49 人各 1 组。人均 2 组以上者，占总数的 33.8%，人均 1 组占 66.2%。如果以 30 字以上（含 30 字）为"长题"，那么这个数据还要大得多，这充分反映出元人对"长题"的钟爱程度。

元代组诗"长题"之最，当属舒岳祥《丙子兵祸，台温为烈，宁海虽经焚掠，然耕者不废。丁丑，粗为有秋，但种秫者少，以醉人为瑞物。吾亦似陶靖节，时或无酒，雅咏不辍也。八月初九日，连日雷雨，溪路阻绝。山房岑寂，此夕初霁，浊酒新漉，数酌，竟步秋树阴，潭鱼可数。望前峰老枫数十株，已无色。白鸟飞翻去来，是中有惠崇大年笔。家人遣两力来迎，因倒坐篮舆而归。人或问之，戏答曰："吾日莫途远，故倒行也。"记以三绝》，诗题长达 146 字，详细交代了兵荒马乱的社会背景下，为避战乱，欲仿效陶公退隐田园，过着饮酒、赏景、雅咏的生活。时间、地点、人物、事件、诗歌体裁，各要素一应俱全，简直就是一篇叙事完整的散文。杨奂《陶君秀，晋人，尝为司竹监使。因祖渊明尝游五柳庄，为立五柳祠。在县东西原方，见有祠堂诗碑。向禹城侯先生司竹时，与扶风张明叙、六曲李仲常、凤翔董彦材从之学，如白云楼、海棠观，所谓胜游也。兵后，吾弟主之，亦西州衣冠之幸。感今慨昔，不能不惘然也。握手一笑，知复何年。敢先此以为质，兼示鄠亭赵秀才四首》，诗题长达 123 个字，详细交代了陶公的姓名、仕履、诗人与友人游览及仰慕陶公为人而作诗种种情形,情节十分丰富。曹伯启《王仲通宰公自东吴别去十载,甲寅秋,会于鄂渚,乃知尚在七品常调中,使人有"郁郁遗才"之叹。谈论平生,相对如梦,历数海内诸友,离合升沉之状,悲欢良久,有不能自已者。既而,仲通有欲为道,隐求奉一祠之语,诘难未能服。俄为借骑所催,复归行馆。翌日,缀诗二章奉呈,兼简钦甫金司士、元使君、君平察推》,诗题长达119字,交代了时间、地点、人物、创作背景及赋诗目的。刘鹗《广寒殿,殿在万岁山上。山在水中,高数十丈。怪石古木,蔚然如天成。殿在山两旁,稍下,复建二亭,正当山半。又有殿紫然竹石间,山下积石为门。门前有桥,桥有石栏如玉。前有石台,上建圆殿,缭以黑粉墙,如太湖石状。台东西皆板桥,桥东接皇城,西接兴圣宫。水光云影,恍惚天上。喜而遂赋二首》,诗题长112字,全面介绍了广寒殿的位置及景观群体。艾性夫《"轻柔杨柳挟春妍,孤梗梅花结雪缘。此是乾坤大消息,相逢切莫说流年。"此予三十年前赠先见赵太史二绝之一,予亦不复记忆矣。后三十五年,太史访予山中,恨诗不存,惟为予诵此而亦忘其一,竟莫省为何等语也。既征补之且告予以五星之将聚,因作二首奉笑》,诗题长103字,交代了时间、人物、事件及赋诗的目的。元代组诗中60字至100字之间的长题数量更多,兹不赘述。

这些长题像一篇简短的散文,涵盖了时间、地点、人物、事件、文体等叙述要素,拓展了标题的容量,构成系统、完整的叙事情境,对诗歌抒情起到很好辅助作用。然而这种"漫题"的消极效果也是不言而喻。在几十字甚至上百字的标题下面,诗歌正文即只是数首近体诗而已。这种"以序为题"的方式,使得"诗"与"题"的重心本末倒置。"长题短诗"现象的出现,使"长题"成为焦点,而诗歌正文却被边缘化了。乔亿《剑溪说诗》批评"元人诗题太细碎,殊欠浑雅"①,不无道理。

古诗从无题到有题,再到长题,与"读者因素"密切相关。"长题"详细叙述了创作背景,揭示创作主旨,营造真实的情境,方便了读者的阅读。从这个意义上讲,长题扮演了"诗序"的角色。许多长题简直就是一篇"日记",详细交代了事件、人物、地点、时间等要素,构成情境化叙事。检视元代组诗"长题"即会发现一个有趣的现象,除诗歌外均不再有"序""引""注"等诗序体,这是因为长题在某种程度上代行了其叙事职能。

宋代崇尚"以文为诗",是长题蔓延的重要推手。有研究者指出:"从唐至宋,诗歌的长题和题序倾向于陈述作为个体经验的日常生活,具有纪实性

---

① （清）乔亿:《剑溪说诗》卷下,郭绍虞选编,富寿荪点校:《清诗话续编》,上册,上海古籍出版社1983年版,第1103页。

和干预现实的特征,反映了创作者'以诗为史'以及重视读者期待的创作追求。这是一种更广泛意义上的'以文为诗'。"①认为诗歌创作的"纪实性和干预现实"趋势,导致了唐宋长题的繁荣,结论可信。此外,"诗的赋化"也是影响长题形成的要素之一。徐公持先生认为,诗歌借鉴赋的"铺采摛文",在标题中详细交代创作时间、地点、对象、背景、旨意,构成了情境化叙事,即是此种影响的结果。据此他认为,六朝后诗歌长题的大量涌现与"诗的赋化"②不无关联。

　　组诗长题折射出的"漫与"风格也影响了人们对它的评价。清人方南堂在《辍锻录》中说:"立题最是要紧事,总当以简为主,所以留诗地也。使作诗意义必先见于题,则一题足矣,何必作诗? 然今人之题,动必数行,盖古人以诗咏题,今人以题合诗也。"③这种看法在传统批评家中很有代表性。除了影响诗歌趣味外,长题的"细碎"也影响了诗歌传播,"诗的题目太长,看似对诗篇的背景交代得很清楚,但在很大程度上影响了整首诗被人们广为传诵的程度"④,导致尾大不掉,弄巧成拙。

第二节　元代组诗的序、注、引、跋

　　序、注、引、跋,皆为组诗的附属文体,主要以散文化语言交代组诗创作背景、揭示主题,以提示读者阅读。吴讷《文章辨体序说》将"序""题跋"各列一类。徐师曾《文体明辨序说》将"序""小序""引""题跋"各分一类,可见其差异。

　　据笔者统计,元代组诗中有序、注、引、跋等诗序体的共有 602 组,计4 303 首,占组诗总数 12.39%(见附录六)。这意味着元人所创作的组诗每十首中就有一首加了序、注、引、跋等文字,使用频率之高、范围之广,远超前代。这与元代绘画艺术的发达、"题跋"风气的盛行不无关系,是诗画融合、互相渗透的又一例证。在这些"诗序体"中,单独出现的,"序"占据大多数,

---

①　黄小珠:《论诗歌长题和题序在唐宋间的变化——以杜甫、白居易、苏轼为中心》,《江海学刊》2014 年第 6 期,第 192 页。

②　徐公持:《诗的赋化与赋的诗化——两汉魏晋诗赋关系之寻踪》,《文学遗产》1992 年第 1 期,第 22 页。

③　(清)方南堂:《辍锻录》,郭绍虞编选,富寿荪校点:《清诗话续编》,上册,上海古籍出版社1983 年版,第 1942 页。

④　张鹏宇:《宋诗中的长题对其诗歌接受的影响研究——以苏轼诗歌为中心》,《江西社会科学》2018 年第 11 期,第 108 页。

共计306组,占50.83%;"注"共计224组,占37.21%;"引"共21组,占3.49%;"跋"数量最少,只有12组,占1.99%;以组合方式呈现的,"序(注、记)跋"有7组;"序(引)注"有31组;"序、注、跋"有1组。就作家而言,最喜运用序、注、引、跋标识的是王恽,共有55组诗,其次是方回的38组,又次为宋褧的30组;标序、注、引、跋10组以上者,尚有王逢的21组,顾瑛的16组,虞集的13组,耶律铸的13组,杨维桢的13组,刘敏的11组,林景熙的10组,袁桷的10组;至于10组以下的数量更多(参见附录六)。

从功能上说,组诗的序、注、引、跋等诗序体(散文)与诗歌(韵文)之间的关系大致有如下几种:或是展示事情缘起,交代创作背景;或是释名以彰义,揭示诗歌内容;或是阐述创作动机,提供观察视角;或是诠释诗歌主题,揭示创作宗旨,为诗歌主题、内容起到诠释、深化作用,方便读者阅读。

一、序类

"序"亦作"绪",言其善叙事理、次第有序也,用以交代背景、解释动机、阐释诗题等。刘知幾《史通·序例》云:"序者,所以叙作者之意也。窃以《书》列典谟,《诗》含比兴,若不先叙其意,难以曲得其情。故每篇有序,敷畅厥义。降逮《史》《汉》,以记事为宗,至于表志杂传,亦时复立序。文兼史体,状若子书,然可与诰誓相参,风雅齐列矣。"①吴讷《文章辨体序说》也指出:"序之体,始于《诗》之《大序》,首言六义,次言《风》《雅》之变,又次言《二南》王化之自。其言次第有序,故谓之序也。"②序体源于经史,受上古赋序、书序及汉人解《诗》的影响,与诗歌结合一起,成为一种固定的形态。吴承学先生也认为"诗序是对于诗题的补充,是读者了解作品的重要依据"③。韩格平先生根据《全元文》统计,"共有三百余位元代文人撰有近二千篇诗序文(尚有五百余篇与诗歌创作相关的跋文、题记未统计在内)"④,可见元人使用序文"辅助"诗歌是非常普遍的。

在元代组诗中,"序"的比重最大,《全元诗》中单独标"序"的组诗就有298组。"序"的位置与数量常常依表达需要而定,或置于组诗标题下方("前序"),或置于诗末("后序")。有"总序"(总题之下),也有"分序"(分

---

①　(唐)刘知幾著,(清)浦起龙通释,王煦华整理:《史通通释》卷四《序例第十》,上海古籍出版社2009年版,第80页。

②　(明)吴讷、徐师曾著,于北山、罗根泽校点:《文章辨体序说　文体明辨序说》,人民文学出版社1962年版,第42页。

③　吴承学:《论古诗制题制序史》,《文学遗产》1996年第5期,第16页。

④　韩格平:《元人诗序概说》,《中国文化研究》2012年春之卷,第277页。

题之下)。多数情况下单独出现,特殊情况下或"前序""后序",或"前序""后跋",或"序""注"组合。

"总序"是组诗总题下的说明性文字,大部分组诗都只有"总序"而无"分序"。这是组诗序文的常见形态。其功能主要是揭示组诗的创作背景、主旨内涵或写诗动机。如曹文晦《新山别馆十景》序云:

> 耳目所得者为景,性情所得者为乐。景常多乐常少者,何也? 今夫樵牧农夫之处于山野也,云峰雪岭,清泉茂林,日当其前,身劳于斧斤犁锄而不知所以为乐。富贵之人,心醉于声色势利,虽有凉风佳日,异卉名花,亦不暇顾以为乐。间有高世绝俗之士,归田园而见南山,拄手版而抱西爽者,噫,可数也夫! 余家东北麓,作考妣祠堂,题曰"新山别馆"。直赤城之阳,乌岗之右,陇势北走而中断,屋临山北,缭以修垣,牵连冈陇。前挺高竹,后被群松,上下杂遝,苍翠如织。东偏为门,登石阪,陟垄上,旁通支径,弯环花竹,间入馆中。西翼小亭,坐可五六人。有圆峤却立其前,树气青郁,禽语浏亮,皆若效奇以出,映带后先。余以耳目所接,次其景物,性情所得,发为韵语,虽不足以鼓吹风雅,然必著之篇什者,志吾乐也。吾之乐,异乎前所闻,非徒乐是山之景,而乐吾亲之所遗我者何如也。同志之士,一唱三和,吾蚤莫诵之馆中,以乐吾之所乐,亦仁人永锡尔类之心。至正庚寅夏五。①

这篇近 350 字的长序,不仅交代了"至正庚寅夏五"的写作时间,也交代"新山别馆"名称的所由,更"以耳目所接,次其景物",将别馆周边的景观提示于前,婉如一幅导游图。序末的"志吾乐也","乐吾亲之所遗我者何如也",揭示了组诗写作动机,也回顾了友人间的"一唱三和"的盛况,彰显出诗人山水之乐的审美趣味。与组诗所绘桃源春晓、赤城栖霞、双涧观澜、华顶归云、螺溪钓艇、南山秋色、清溪落雁、琼台夜月、石桥雪瀑、寒岩夕照等景观相呼应。

交代组诗创作背景,是"序"的基本职责。吴澄《题赵氏先德碑六首》是一组赞赵氏先人功德的组诗,其序云:

> 赵氏,魏人也。今御史中丞简之曾大父讳藻,金末为元城令,有惠政,卒于官。吏民怀思,为营冢墓,至今号县家冢云。大父讳琛,潜德弗耀,以孙贵,为赠资善大夫、司农卿、上护军,追封魏郡公,谥安僖。初娶

---

① 杨镰:《全元诗》,第 37 册,中华书局 2013 年版,第 415 页。

李,生一子。再娶袁,亦生一子。不偏所爱,视李之子犹己。外值有寇惊,以二子寄逃邻之窟室。邻恐儿啼,拒不纳,弃己之子于草间,携李之子以匿。寇退,草间儿幸无恙。众议而贤之,追封魏郡夫人。父讳楫,魏郡夫人所生也。仕至承事郎、织染司提举,以子贵,赠荣禄大夫、司徒、上柱国,追封魏国公,谥敏惠。娶李,追封魏国夫人。中丞,魏国长子也。既封赠其祖与父,明年有旨立碑,命翰承旨程钜夫为文,翰林学士承旨赵孟頫书丹,集贤大学士郭贯篆额。临川吴某读碑文,为作诗六章。①

序中将赵氏家族成员组成、辈分、功业品德、御赐立碑原因、众人奉旨立碑等经过,描述得详尽明了。

傅若金《清明日游城西诗五首并叙》序文详细交代了作者清明出游城西的背景:"予资嗜幽澹,所遇名山水,兴至辄翛然径造,兴尽即休,无留滞之意。客京师三年,闻西山之胜,未至焉。乃元统二年二月二十五日,为清明节,风和景舒,卉木妍丽。金华王叔善父,四明俞绍芳,同里范诚之,与予,从一小苍头,载酒肴共出游城西,遂至先皇帝所创大承天护圣寺,纵观行望寿安、香山而还。先是约信宿遍历山麓诸寺乃止。至是谓三子曰:'是行适意尔,即一诣而穷其胜,岂更有余兴哉!'相与登高丘,藉草而坐,酒数行,约赋古诗五言六韵五章,道所得之趣,书二十字乱器中,人探五字以为韵。时诚之止酒,予又性不饮,叔善、绍芳脱冠纵酌,旁若无人,予亦吟啸自若,都人士游者车服声技相阗咽,金壶玉盘罗列照烂,意若甚薄余数子者。而又有若甚慕者焉。既夕罢归。所赋诗各缮写一卷,明日会余于杜氏馆中。夫予在同游间年最少,而好任意兴,三子不以予年少而夺之。诚之与余俱不举酒,而能从二子之饮,不厌其醉,是游不已乐哉。叙以识之。"②"叙"(序)中首先交代了自己"资嗜幽澹,所遇名山水,兴至辄翛然径造"的喜好;接着交代具体出游时间、地点、节侯,"元统二年二月二十五日,为清明节,风和景舒,卉木妍丽";再者交代同游者、游览路线,"金华王叔善父,四明俞绍芳,同里范诚之,与予,从一小苍头,载酒肴共出游城西,遂至先皇帝所创大承护圣寺,纵观行望寿安、香山而还。"最后,交代改变游程的原因、叙写登高感兴、探题赋诗及缮写结集的经历。整个过程清晰可见,宛如一篇游记,详细地介绍了组诗的游城西的背景及陶醉山水之中的心情。

---

① 杨镰:《全元诗》,第14册,中华书局2013年版,第245页。
② 杨镰:《全元诗》,第45册,中华书局2013年版,第9—10页。

　　揭示组诗主题、内容,注明体式,提示读者阅读,是"序"的价值所在。方回《次韵汪以南闲居漫吟十首》序云:"以南广文见教十咏,其一'闲居观元工',阅往古而厌世故也。其二'太白真天才',望黄山而怀谪仙也。其三'采采芙蓉花',借芳卉以谕养心也。其四'大雅久不闻',思古文而美昌黎也。其五'为诗必知道',泝骚雅叹近作也。其六'团团木兰树',想甘露而咽华池也。其七'三才具方寸',求诸内而养黄庭也。其八'圣门大于海',言圣门之无弃人也。其九'仙都著两翁',谓康使君为文章伯,一翁可也,以予并称两翁,未也。其十'百川必归海',悟夫运世变之代谢,而从心以自适也。谨依韵和呈,而意或有不能必同者焉。"①序中依次对汪以南《闲居漫吟十首》的来诗题旨逐一作了点评,诗人声明"意或有不能必同者",然其和诗仍然步韵而作,且主题极其相似。又,《拟咏贫士七首》序云:"渊明有《咏贫士》诗七首,前二首自谓,后五首引古贤士七人,亦借以自谓也。东坡迁惠州一年,九日无酒,乃追和渊明诗以寄意。夫以侍从偃藩,谪仅一年,已云'衣食渐窘''樽俎萧然',且有'典衣作重九'之句,况予多历患难、休官五年者乎? 不敢如东坡和渊明韵,姑以江淹《杂拟》体赋之,非于贫者有憾也,以贫为悦而甘之者也。乙酉九月八日,方回序。"②序中对其和陶公《咏贫士》诗歌的宗旨作了交代:"非于贫者有憾也,以贫为悦而甘之者也",可见其"咏贫士"非感于贫士潦倒的生活,而是表达对"君子固穷"坚守。"贫"而能"悦",有颜回之贤。同时对"不敢如东坡和渊明韵",只能仿效"江淹《杂拟》体"的原因作了交代,因为诗人"多历患难、休官五年",不敢与苏轼"谪仅一年"比肩。这是诗人的自谦之语,表达了对苏轼的敬重。

　　马臻《至节即事十首》序云:"癸酉岁长至节,效王建体偶成绝句十首。予年始二十,即一时之事,寓一时之意,故沦落不复收。今于故箧中得其旧稿,青灯三复,如对故人。乐天云:'欲留年少待富贵,富贵不来年少去。'乃知年少承平之乐,诚不易逢。三十余年,恍一梦寐。吁,予老矣! 满簪华发,投迹空林,情之所来,不觉涕下。故录于卷末,以重感慨云。"③"长至节"即冬至节,民间素有"冬至大于年"的说法。"王建体"指唐代王建乐府诗体,善于选择典型的人、事和环境加以艺术概括,集中而形象地反映现实,揭露矛盾。多用比兴、白描、对比等手法,常在结尾以重笔突出主题。序中除了交代了时间("癸酉岁长至节")、创作方式("效王建体")和创作动机("于

────────────

① 杨镰:《全元诗》,第 6 册,中华书局 2013 年版,第 137 页。
② 同上,第 164 页。
③ 杨镰:《全元诗》,第 17 册,中华书局 2013 年版,第 70 页。

故箧中得其旧稿""三十余年,恍一梦寐")外,在"年少"与"予老矣"的对比中,表达了时光流逝的迁逝之悲,奠定了组诗的情感基调。

"分序"是分题下的序文,有鲜明的针对性。王逢《山行二首》有"分序"而无"总序"。序一曰:"庚子十月二日,董竹林居士邀予出吴城,西游十余里,舍舟循花鹿、白鹤等山,度凤凰岘,观紫牛洞,遂登宋张监遒观亭故基。断岗残陇,四顾蔓草。五世孙天祐,读书力稿其下,忻然接予曰:'自兵兴来,学士大夫罕有至此者。'因题诗壁间。"序中交代写诗的背景,游览的历程,介绍了景观的历史背景及题诗方式。诗云:

> 水送山迎风满衣,莽花栀子散林扉。紫牛一去洞云合,白鹤重来人世非。亭倚高寒瓴甋在,仙游长夜佩环辉。诸孙为具蒸藜饷,自笑登临不当归。

序二云:"是午,由牛圈坞南行数里,得觉林院少憩,既西折登□□百余步,林楚就暝,遂止兴教寺。僧源、肃吾二人具酒馔,沾醉乃寝。五夜惊闻雨点声甚繁,载听之,盖钟振木叶坠露耳。徐起盥栉,源备汤供,延坐小轩。轩面苍峭,壁泉玉色,潴壁下仅寻墨。许指笑曰:'是足供千百众,然未有名。'予名曰'咸泉',取泽在山也。移时过竹院饭。偕眺尤美亭,巇崿斗绝,扪萝茑而上。仰莲华峰,殊神秀,乱石虎搏人立,杉楠榆枫相参错,为丹崖翠壑,天风泠泠,迥见鸟背,使人作凌虚想。源云:'亭右垂有石扉,侧开陋隘才容身,中侧宽广。'时云气上齐,若葆盖羽车然,意必灵异所宫。欲下烛幽隐辞,姑名曰'灵云之洞'。又言峰绝顶,俯太湖洞庭,光爽满面,宜吾二人者老此,或与飞仙接。二人者,董竹林居士其一也。居士吴产,累迁儒官,晚慕晋七贤,用是号潜,其名云源,爱儒文章。因居士首倡四韵,恳求和,并纪泉洞得名自予始。"序中"游踪"承接上序,详细介绍了游览的行程,暝止兴教寺,与僧源、肃吾二人酒话,夜游赏景、诗歌唱和之事。诗云:

> 袖中诗卷杖头钱,十里云山一宿缘。曙钟响振珠林露,天供香分石壁泉。葆盖羽车灵岫出,丹崖翠壑小亭连。拟吸具区三万顷,颉颃飞上大青莲。①

从序、诗篇幅可见,属于典型的"长序短诗"格局。长篇序文显然是一篇完整

---

① 杨镰:《全元诗》,第59册,中华书局2013年版,第116页。

的山水游记,很好地诠释了诗歌内容。因为分序已对每诗歌的背景已有清晰的交代,故"总题"下便不再设"总序"了。

另一组《杭城陈德全架阁录示至正十一年大小死节臣,属其秃公以下凡十三人,王侯以下凡九人,征诗二首并后序》同样如此,也是有"分序"无"总序",且序长诗短。诗人用"后序"名之,显然是"先诗后序"的结果,并非"跋"文。"后序一""后序二"中用大量篇幅补充交代了至正十一年22位死节之臣的忠烈行为,介绍了其姓名、仕宦履迹及谥号。传达了"殉死者大传,偷生者大愧也!"①的写作宗旨。

元代八景组诗中,"分序"常常被用来介绍景观名称、地点及历史文化内涵。如周巽《螺川八景》也是无"总序"而有"分序",《题洗耳亭》序云:

> 泉绕青原山前,琮琤镜彻,寒声袭人。山中人枕流其间,而作亭其上,以洗耳名之。乡衮文信公大书"洗耳亭"三字犹存。

《读书台》序云:

> 读书台,在永和凤冈之阳,乡衮周文忠公尝读书其上。松阴郁郁,盛夏常寒。盖庐陵擅山水之胜,斯台又尽揽庐陵之胜也。

《白鹭洲》序云:

> 洲绵亘吉州六七里,江水分流,萦回此州,宛然金陵二水中分一洲之势,因以"白鹭"名之。丞相文忠公建书院其上,种竹万竿。公卿大夫多出此焉,由是白鹭洲之名闻天下。

《鲁公祠》序云:

> 唐颜鲁公为郡别驾时,以兴起斯文为己任,益广学舍,聘贤士以淑我吉人。自此庐陵声名文物,卓为江表冠。吉人德之,建祠螺川驿东,以永去思之意焉。

《青螺峰》序云:

---

① 杨镰:《全元诗》,第59册,中华书局2013年版,第67页。

青螺峰在庐陵郡东北,亭亭如青螺,上有金螺子,故名。旁临大江,水光山色,映带城郭,郡之望山也。①

周巽是吉安人,"螺川"即其家乡螺山,在江西吉安县北十里,南临赣江,因其委宛如螺。"分序"对洗耳亭、读书台、白鹭洲、鲁公祠、青螺峰等景观,均有详细说明,或交代方位,或阐明古事,或指出特点。类似的例子还有多,特别是人文景观类的八景诗,此种"分序"使用得更广泛。

"他序"往往是元人唱和的产物,所作诗歌汇编成集,由他人作序。如顾瑛等人同题唱和组诗《渔庄欸歌二首》共二十首,由陆仁作序:"至正辛卯秋九月十四日,玉山宴客于渔庄之上。芙蓉如城,水禽交飞,临流展席,俯见游鲤。日既夕,天宇微肃,月色与水光荡摇桯槛间,遐情逸思使人浩然有凌云之想。玉山俾侍姬小琼英调鸣筝,飞觞传令,酣饮尽欢。玉山口占二绝,命坐客属赋之。赋成,令渔童樵青乘小榜倚歌于苍茫烟浦中。韵度清畅,音节婉丽,则知三湘五湖,萧条寂寞,那得有此乐也。赋得二十章,名曰《渔庄欸歌》云。河南陆仁序。是日诗成者十人。"②序中不公交代了集会时间、宴饮唱和活动盛况,还有"飞觞传令"的娱乐活动。作为玉山雅集的老朋友,陆仁不仅参与了诗歌写作,了解与座各位的创作心理,由其作序,当然能切中肯綮。替主人作序,也更彰显出彼此间的友情之深厚。

"前序""后序"并存的情况较为少见,创作时间较早的为"前序",较晚的为"后序"。分两种情况,一是他序,一是自序。正如吴曾祺所言:"卷端已有序,更以所作附于其后,故有后序之称。前后各自为篇,或出自两人,或出自一人,均无不可。"③顾瑛等3人所赋《柳塘春口占四首》的前、后序,均为他人所作。"至正十二年正月下澣,春雪方霁,饮酒柳塘上。水光与春色相动荡,因咏王临川'鸭绿鹅黄'之句,各口占四绝,以纪时序。嗟乎!世故之艰难,人事之不齐,得一适之乐如此者,可不载诸翰墨,以识当时之所寓。况南北东西,理无定止,焉知后之会者谁欤?席上赋诗者三人,主则玉山顾君,客子英袁君,余匡庐于立彦成也。"④"前序"是好友于立所作,序中交代了写作时间、乱世背景、及时行乐的主题,记录了顾瑛、于立、袁华在柳塘春赏景赋诗的情形。"后序"为袁华所作,为后期重编诗卷时所加。"柳塘春者,顾君仲瑛玉山佳处之一馆也。仲瑛为中吴世家,读书绩文,日从四方贤

① 杨镰:《全元诗》,第48册,中华书局2013年版,第420页。

② (元)顾瑛辑,杨镰、叶爱欣整理:《玉山名胜集》,上册,中华书局2008年版,第246页。

③ 吴曾祺:《涵芬楼古今文钞·文体刍言》,吉林文史出版社1988年,第5页。

④ (元)顾瑛辑,杨镰、叶爱欣整理:《玉山名胜集》,上册,中华书局2008年版,第224页。

士大夫游。凡一亭一馆,必觞咏以纪,日累月增,共若干卷。丙申春正月,兵入草堂,俱发箧取去。后全归于通守冯君秉中,诗内此卷不存。仲瑛命娄江朱珪临九霄篆匾,予录前诗复装为卷以补其失,于以见玉山好事之勤,秉中尚义之笃。微玉山之好事,岂能动秉中之心?微秉中之尚义,岂能以归玉山之旧物?二公可谓豪杰之士矣。复读于匡庐序《口占诗》中语,所谓'南北东西,理无定止',后之会者谁欤?今于君栖于会稽,烟尘复隔。卷中诸君子虽近在百里,皆星散云流。旧客则余一人而已,慨时世之变迁,嗟友朋之暌离,予于君之言重有感,遂书以记。是岁十月既望,昆丘袁华书于可诗斋。"①序中回忆了当年玉山雅集的盛况、唱和诗卷失而复得的过程及重录旧作以补"此卷不存"之事,对"诸君子虽近在百里,皆星散云流"的现实,表达了"友朋之暌离"的感慨。"前序"写于至正十二年(1352)正月,"后序"写于丙申即至正十六年(1356)十一月既望,前后共5年时间,时移世易,物是人非,睹物思人,能无感乎?

周伯琦《扈从集》的前、后序则为自己所撰。前序云:"至正十二年,岁次壬辰,四月,予由翰林直学士、兵部侍郎拜监察御史。视事之第三日,实四月二十六日,大驾北巡上京,例当扈从。……以是月十九日抵上京,历巴纳凡十有八,为里七百五十有奇,为日二十四。大抵两都相望,不满千里,往来者有四道焉:曰驿路,曰东路二,曰西路。东路二者,一由黑谷,一由古北口。古北口路东道御史按行处也。予往年职馆阁,虽屡分署上京,但由驿路而已,黑谷辇路未之前行也。因忝法曹,肃清毂下,遂得乘驿,行所未行,见所未见。每岁扈从,皆国族、大臣,及环卫有执事者。若文臣,仕至白首,或终身不能至其地也,实为旷遇。所至赋诗,以纪风物,得二十四首。惜笔力拙弱,不能尽述也,虽然,观此亦大略可知矣。鄱阳周伯琦自叙。"②序中将扈从上都的时间、路线、场景、躬逢盛世的心情及赋诗二十四首"以纪风物"之事,作了详尽说明,给人身临其境之感。

后序云:"车驾既幸上都,以是年六月十四日大宴宗亲、世臣、环卫官于西内棂殿,凡三日。七月九日,望祭园陵。竣事,属车辕皆南向,彝典也。遂以二十二日,发上都而南。……遂以八月十三日至京师,凡历巴纳二十有四,为里一千九十又五,此辇路西还之所经也。北自上都至白海,南自居庸至大口,已见前序。故得而略,独详其所未经者耳。国制,凡官署之幕职掾

---

① (元)顾瑛辑,杨镰、叶爱欣整理:《玉山名胜集》,上册,中华书局2008年版,第226—227页。

② (元)周伯琦:《扈从集前序》,李修生主编:《全元文》卷一三八七,第44册,江苏古籍出版社1999年版,第530—531页。

曹当扈从者，东西出还，甲乙番次，多不能兼，惟监察御史扈从，与国人、世臣、环卫者同，东西之行，得兼历而悉览焉。昔司马迁游齐、鲁、吴、越、梁、楚之间，周遍山川，遂奋发于文章，煜耀后世。今予所历，又在上谷、渔阳、重关大漠之北千余里，皆古时骑置之所不至，辙迹之罕及者。非我元统一之大，治平之久，则吾党逢掖章甫之流，安得传辂建节，拥侍乘舆，优游上下于其间哉！既赋五言古诗十首，以纪其实，复为后序以著其概，不惟使观者得以扩闻见，抑以志吾生之多幸也钦！鄱阳周伯琦述。"①序中表达了对"元统一之大，治平之久"的讴歌，表达作为馆阁之臣参与扈从的自豪，及作诗"以纪其实"，以使"观者得以扩闻见"用意。

诗序作为说明性的文字，具有交代作诗时间、目的、地点、场合、原因等因素的作用，没有诗序，将会大大增加读者接受诗歌的难度。吴承学先生说："优秀的诗序与诗歌，宛如珠联璧合，不可或缺。而从艺术表现技巧来看，诗序翔实的叙事，交代写作背景和意图，有益于诗人在诗中集中笔墨来抒情言志（中国古诗以抒情为主），使诗歌兼叙事与抒情于一身，同时又保持凝练、含蓄之美。这其实是文体上的一种创造。"②

二、注类

"注"主要用于交代组诗写作时间、地点、对象、人数，解释物名、诗体等提示性文字。"注"的运用有多种方式：一是单独运用，或"总注"，或"分注"；二是组合运用，或"前注""后注"，或"总注""分注"，或"序""注"结合；三是位置多样，或在总标题之下（"前注"），或在分标题下（"分注"），或中在诗歌中间（"夹注"），或在诗尾（"后注"），较为灵活。

"前注"（总注）运用较为常见，《全元诗》中共170组，且均为"总注"。如耶律楚材《再用前韵二首》注云："景贤爱弹《雉朝飞》，作是诗戏之。蒙庞和，有'若有余阴乞一枝'之句，予再用前韵以拒之。"③姜彧《晋溪留题四首》注云："至元十八年三月中瀚日，太中大夫、河东山西道提刑按察使姜彧文卿，因视水利，敬谒祠下，少道目前之胜概。从行者前岚州知州、平晋尹魏章，书吏王中子中、权秉中伯庸，簿尉史彦英。"④舒岳祥《器菊田诗老二首》

① （元）周伯琦：《扈从集前序》，李修生主编：《全元文》卷一三八七，第44册，江苏古籍出版社1999年版，第532—534页。
② 吴承学：《论古诗制题制序史》，《文学遗产》1996年第5期，第18页。
③ 杨镰：《全元诗》，第1册，中华书局2013年版，第308页。
④ 杨镰：《全元诗》，第3册，中华书局2013年版，第229页。

注云："君诗序自谓,由翁卷,徐照而渐趋唐人□。翁、徐永嘉人。"①王恽《感兴诗三首》注云："中丞子初过访,悯及生事,述此以见志,亦古人感遇意云。"②《辞长乐先垅二首》注云："己丑岁秋九月二十六日,将赴任福唐,拜辞长乐先垅,归宿野竹赵氏田舍,且喜闻村之故名,因有是作。"③魏初《奉答廉公劝农三首》注云："廉君以御史弘道六言二诗见示,因次其韵。又作二十八字,奉送吾同僚太原之行。"④汪元量《醉歌十首》注云："此十歌,真江南野史。"⑤《杭州杂诗和林石田二十三首》注云："此数诗,老杜秦州诗。"⑥戴表元《东门行二首》注云："时鄞城火,第宅遭毁,故有此作。"⑦《吴姬曲五首》注云："庚寅冬作。"⑧这些"注"与"序"并无根本区别,多以说明时间、地点、人物及背景为主。相对而言,序文偏长,叙述详尽;而注文较短,介绍简略。

方回非常善于用"注",其组诗用"注"频次在元代诗人中名列前茅。其《虚谷志归后赋十首》注云："夏五月初一,自溧城还家,赋《虚谷志归》十首。冬十二月二十一日,自钱塘还家,赵达夫见和前韵,予续为《志归后赋》云。"⑨从注中可知,诗人以《虚谷志归》为题,前后共赋诗二十首,时间、地点分别为"夏五月初一,自溧城还家""冬十二月二十一日,自钱塘还家",相比前赋,后赋还增加了"赵达夫见和前韵"的细节,这样的注释对诗人了解组诗产生的背景、动机便有了清晰的了解。《次韵恢大山拟古三首》注云："一曰遗荣,二曰达生,三曰矫俗。"《再用恢大山韵三首》注云："一曰甘贫,二曰惩忿,三曰乐饮。"⑩诗注中均清晰展示了不同的创作主题。《西斋不寐三首》注云："八月二十二日夜五更。"⑪交代创作时间,与标题中"不寐"呼应。《题徐子愚道悦堂十首》注云："师颜。继母年七十三。分教信州,归作是堂,予为作记。"⑫注中对"道悦堂"由来、主人名字、身份、经历等均作了简要说明。《怪梦十首》注云："三月二十五日,晓梦有人擒二士生纳棺中,寻有

① 杨镰:《全元诗》,第 3 册,中华书局 2013 年版,第 312 页。
② 杨镰:《全元诗》,第 5 册,中华书局 2013 年版,第 38 页。
③ 同上,第 186 页。
④ 杨镰:《全元诗》,第 7 册,中华书局 2013 年版,第 380 页。
⑤ 杨镰:《全元诗》,第 12 册,中华书局 2013 年版,第 5 页。
⑥ 同上,第 6 页。
⑦ 同上,第 112 页。
⑧ 同上,第 113 页。
⑨ 杨镰:《全元诗》,第 6 册,中华书局 2013 年版,第 105 页。
⑩ 同上,第 359 页。
⑪ 同上,第 187 页。
⑫ 同上,第 189 页。

长大人欲胁予以此,以求金带,谢无之。"①交代了时间、梦因。《道山座主先生平章吕公挽歌辞五首》注云:"庚寅九月初三日生,辛丑七月十六薨。"②点明了所挽对象及离世时间。

　　"后注"通常在组诗结尾处,用以对诗歌内容、主题进行注释、说明。元好问《临汾李氏任运堂二首》注云:"北山翁,彦仁之伯祖。泰和间,以高道提点天长。胥华公赠诗有百世清规之语,故及之。""黄土陌,见《初学记》奴仆门。"③后注分别对诗中"北山翁""黄土陌"作了说明。张雨《二君咏赠南康黄虞尚德二首》诗末分别对"黄征君"和"皮将军"作了注:"征君字伯庸,宋文懿公诸孙,隐居教授。尚德,其长子也。""将军字小山,星子里人。虞太史称其好贤乐士,筑醉石书院于栗里。"④让读者明白了标题中所咏的"二君"的真实所指。陈祐《琴堂书事三首》后注云:"予按部东鲁,及于此州,作是四诗,以实所见云。嘉议大夫、山东东西道提刑按察使、赵郡陈祐庆父,题于北城之琴堂。偕行者,历下士人李衍侃甫、张斯立可与。至元六年夏五月十有三日也。"⑤交代了写作时间、写作方式和同行人员。陈杰《和叶宋英三绝句》后注云:"宋英学长吉体。"⑥点明模仿李贺诗风而作,以与叶宋英唱和。仇远《畅师同玉上人游茅阜二首》后注云:"怀中砥。"⑦点明了创作动机。

　　虞集《次韵陈溪山红梅三首》后注云:"来章末句有嘱幼儿之意,先生屡言先君手植紫薇于堂前,赋诗属望小子,时人不之许也。俯仰五十年,委身田野,莫称先志,感叹成赋。"⑧"和作"因陈溪山"嘱幼儿之意"而起,注明创作动机。陆居仁《题鲜于枢自书诗卷二首》是一组题卷诗,其一是赞美"昭文"的品格,淡泊明志,孤坐清修;其二是伤悼"省幕"。后注云:"阅伯机省幕雪庵昭文赞,辞翰具美,把玩不忍释手,因用韵二章。一赞昭文,一悼省幕。观者毋以狗尾续貂为诮。时岁在辛亥暮春十有八日,吴东野人陆居仁为范寅中书于张隐君之水竹轩。"⑨注文将写诗的时间、地点、事件的背景及作诗动机交代的完整清晰,方便读者对组诗题旨的领悟。

①　杨镰:《全元诗》,第 6 册,中华书局 2013 年版,第 480 页。
②　同上,第 515 页。
③　杨镰:《全元诗》,第 2 册,中华书局 2013 年版,第 29 页。
④　杨镰:《全元诗》,第 31 册,中华书局 2013 年版,第 275 页。
⑤　杨镰:《全元诗》,第 4 册,中华书局 2013 年版,第 149 页。
⑥　杨镰:《全元诗》,第 12 册,中华书局 2013 年版,第 410 页。
⑦　杨镰:《全元诗》,第 13 册,中华书局 2013 年版,第 144 页。
⑧　杨镰:《全元诗》,第 26 册,中华书局 2013 年版,第 135 页。
⑨　杨镰:《全元诗》,第 40 册,中华书局 2013 年版,第 211 页。

宋无《啽呓集》是一部咏史组诗集,大量使用"后注",成为元代组诗使用"后注"最为突出的典型。在总共 101 首咏史组诗中,"有诗无注"的共 35 篇,"先诗后注,诗注结合"的共 66 篇,占全集近三分之二。涉及宋金辽三代 27 首诗,"无注"的仅有《王安石》《秦桧》两篇,诗注相属的比例远远高于相对其他朝代。尤其值得关注的是,宋无对咏宋代史事的自注较长,其字数约占全集的五分之二。特别是那些和南宋灭亡息息相关的人物,如文天祥、岳飞、陆秀夫、张世杰、谢枋得等历史人物,是其重点介绍的对象。从《啽呓集》中相关资料分析,上述人物中"自注"最长的依次是《文天祥》近 1 400 字,《岳飞》1 194 字,《贾似道》943 字,《张世杰》500 多字,《陆秀夫》《谢枋得》也有 300 多字。这些注文以散文的形式,详细地记载了所咏人物的生平事迹,与作为韵文的诗歌构成了互补。"先诗后注,诗注结合"的结构形态使诗的内涵得到了充分开掘,有利于揭示历史人物的性格特征,也有利于展现作者鲜明的爱憎之情。

文天祥宁死不屈,从容赴义,生平事迹被后世称许,与陆秀夫、张世杰被称为"宋末三杰"。《文文山》"后注"写道:

> 文山讳天祥,字履善,宝祐乙卯与弟璧同登廷试,理宗擢第一。会父革斋先生卒,还里。开庆己未五月,临轩策士,除承事郎、佥书宁海军节度判官。九月,江上有变,吴潜再相,都知董宋臣主议迁幸。文山上疏乞斩董宋臣,以一人心,以安社稷。建团甲、用人数事。书奏不报,还里。景定庚申,佥书镇南军节度判官,乞祠主管仙都观。辛酉,除秘书省正字。五月,殿试考官,进校书郎。董宋臣复出为都知,上疏论其恶,不报。将去,除知瑞州。甲子,除江州提刑。乙亥春,报渡江,诏诸路勤王。奉诏起兵,除右文殿修撰、枢密都承旨、江西安抚副使、知赣州兼江西提刑。四月,领兵下吉州,除擢兵部侍郎。兵发吉州,至道,除权刑部尚书。八月至阙下,除浙西江东制置使兼江西安抚大使,知平江。陛辞,乞斩某人衅鼓。不报。除端明殿学士,解围常州。朝廷以独松事急,趣入卫,进资政殿学士、浙西江东制置大使兼江西安抚大使,守独松。诣阙陈大计,不得见。伯颜至皋亭山,除枢密使、右丞相,恳辞。奉旨诣北军讲解,见伯颜,陈大谊。留营中不遣。次日,宰相吴坚、贾余庆以下以国降。文山责伯颜留使失信,骂某人逆贼引兵陷国,求死北营。北置兵守之,驱与吴坚等赴北。至京口,亡去。七日自通州遵海而南,至温州。景炎福安登极,以观文殿学士侍读召赴行在,授通议大夫、右丞相、枢密使,都督诸路军马。章辞,改枢密使同都督诸路军马。至南

剑聚兵,授银青光禄大夫。入赣,战雩都,捷,号令通于江淮。复兴国县,遣兵攻赣州,诸县皆复。前京尹吴浚以北兵说降天祥,集将吏责以大义,斩之。六月,天祥兵至吉州,战于终步,不利。战于永丰,又不利。战于空坑,大败。攻赣军,又败。天祥妻欧阳氏并男女、二妾皆被执,幕僚张汴等皆死。天祥与长子道生、客杜浒,以数骑免。趋永丰,收散兵。自惠州行朝入觐,授少保信国公,封母曾氏魏国夫人。引兵至潮阳,张元帅弘范以水路兵奄至,天祥被执,服脑子二两,不死。越七日,见张元帅,天祥踊跃请剑曰:"此吾死所也。"张必欲以礼见,天祥曰:"吾不能跪。吾尝见伯颜、阿术,长揖而已。"或曰:"何不拜?"天祥曰:"吾为国死,何拜尔为?"张知不能屈,遂揖见。至崖山,张元帅令作书招张世杰。天祥曰:"我不能救父母,乃教人背父母,得乎? 有死而已,不能从也。"乃作诗复命云:"人生自古谁无死,留取声名照汗青。"张元帅谓天祥曰:"国亡矣,政使杀身为忠,谁复书之?"天祥曰:"商非不亡,夷齐自不食周粟。人臣各尽其心,何论书与不书?"张为之改容,遂拘北。船道经吉州,痛愤,八日不食。不死,乃复食。至燕,与枢密院官博罗等语,不屈。庚辰、辛巳、壬午在狱作赞,拟临终时书衣带间云:"吾位居将相,不能救社稷,正天下,军败国亡,辱为囚虏,当死久矣。被执以来,欲引决而无间,今天与之机,谨南向百拜以死。"赞曰:"孔曰成仁,孟云取义。惟其义尽,所以仁至。读圣贤书,所学何事? 而今而后,庶几无愧。宋宰相文天祥绝笔,壬午岁十二月九日。"竟受刑于燕。友人张毅甫负公首并骨归葬之日,母夫人之枢同日自广至,人谓忠孝所感。天祥年四十七而殁,为人丰下,两目炯然,善谈论,有忠孝大节。自起兵勤王以至皋亭引见,议论不屈,忠肝义胆出于至诚,闻之莫不兴起。驱之北行,京口脱去,间关万死,由海道还国。赤手起兵经三年,江西之举,大事几集。英雄无用武之地,卒以困败。所居对文笔峰,自号文山。为文未尝属稿,引笔滔滔不绝。尤长于诗,《指南》《吟啸》等集行于世。①

　　这段"自注"文字长达近 1 400 字,创元代组诗"注"文之最。注中对文天祥的家世经历,如廷试第一,上疏责罚董宋臣,拟诏讽贾似道,起兵勤王,苦战东南,义使元营,江西抗元,战败被俘,从容殉国等,主要事迹的描述几与《宋史》本传无异。其中与董宋臣的会晤及与元帅张弘范的对话,尤为详尽,在话语的交锋中,充分展示了文天祥的英雄气质和义不失节的品格。须

---

①　杨镰:《全元诗》,第 19 册,中华书局 2013 年版,第 444—446 页。

眉毕现,传神写照,深得太史公刻画历史人物的精髓。"自注"末端,宋无效仿"太史公曰"的笔法,对文天祥"忠孝大节"给予直接的颂赞,对其"英雄无用武之地,卒以困败"的结局表达了深深的同情。尤其别于正史所载,宋无对文天祥的文学地位也给予了很高的评价:"为文未尝属稿,引笔滔滔不绝。尤长于诗,《指南》《吟啸》等集行于世。"这对文天祥留给后人以文韬武略、智勇双全的人物原型提供了非常有力的支撑,则为后人保留了弥足珍贵的史料,可补正史之阙。

"分注"多见于组诗"分题"的下方,用来解释各诗内容。这在八景组诗、纪行组诗、咏物组诗中较为常见。如柳贯《浦阳十咏》各题下均有"分注"。如《仙华岩雪》:"县北有仙华岩,翠掌浮空,雪景尤奇。"《白石漱云》:"白石龙漱在县东南,能出云为雨。"《龙峰孤塔》:"在县东,龙峰古塔实为苍龙左角。"《宝掌冷泉》:"宝掌山,唐千岁和尚道场,有看经行道洞。岩窦出泉,极甘寒。"《月泉春诵》:"县西有泉,随月盈亏。泉上精舍,祠文公、成公。"《南江夕照》:"南江桥西望,原麓返照,如画图中。"《潮溪夜渔》:"去县五十里溪流始大,有鱼蟹之产。"《东岭秋阴》:"县东东山岭,平林广野,秋常多阴。"《深裹江源》:"浦阳江源出深裹山,在县西三十里。"《昭灵仙迹》:"昔黄帝少女于仙华岩上升,山下有昭灵庙,水旱祷之辄应。"①这些注文很好地诠释了地理位置、景观特征及历史传说,这对读者了解"八景"之美及人文底蕴不无帮助。

胡助《东湖十咏》同样如此,"分注"详细介绍了"东湖十景"的内涵、位置。如《东湖秋月》:"东湖者,纯白老人世家之所居也。"《岩山苍翠》:"岩山者,逸老堂南望诸峰是也。地连永康,俗名十二岩,山多异迹。"《南浦春流》:"南浦者,纯白老人家前之水也。其源出大盆山,春涨弥漫,极可观也。"《禅悦白云》:"禅悦者,白衣大士道场也。昔延名僧居之,今废。"《陈庄水亭》:"陈庄者,东阳宅仁氏仓廪也。因起小亭,临于池上,一境可观。"《葛圃花竹》:"葛圃,界轩先生故居也。其孙梦贤善葺理,花竹可爱。"《秋堂湖石》:"秋堂者,纯白老人从诸孙寿朋之庐也。昔买乔氏太湖石,运至西园,真奇观也。"《秀野沙洲》:"秀野者,纯白老人旧园池也。尽坏于狂澜,近年水还故道,沙涨复洲,今开为田矣。"《西丘夕照》:"西丘者,东湖之西小丘坞也。自昔农人丘氏世居,竹篱茅舍,鸡鸣犬吠相闻,有古风焉。"《五度朝晖》:"五度者,逸老堂东北望见大山是也。不知五度之名何说,其下居民多

---

① 杨镰:《全元诗》,第 25 册,中华书局 2013 年版,第 187—189 页。

富者。"①"分注"对东湖十景的命名、方位、特征、历史传说与作者家族的渊源等进行了全面的诠释,极大地方便了读者的阅读。

"前注""后注"并置形态,最早见于耶律铸《过无定河三首》。前注云:"无定河在龙河,唐绥州理龙泉县,隋曰上州。"后注云:"是余前此三年过无定河,因附之于此,故前篇有'仍依旧'之说。"②前者解释无定河地名,后者回忆往事,各司其职。金履祥《北山之高寿北山先生》前注云:"北山之高,美咸淳天子也。天子能继志师贤,而聘何夫子焉。"后注云:"右《北山之高》十二章。二章八句,四章四句,三章九句,二章八句,一章十二句。"《华之高寿鲁斋先生七十》前注云:"华之高,美王子也。于是子王子七十,而献是诗也。"后注云:"右《华之高》十九章,章四句。"《郑北山之玄孙扁其楼王适庄为书北山之英四字求跋为作诗》前注云:"北山之英,吉甫美郑公也。因以勉其子孙焉。"后注云:"右《北山之高》十四章,章四句,四言。"③这三组祝寿组诗中"前注"用于解释题名,揭示"祝寿"主题及对象;"后注"用于注释诗歌的体式。陈杰《春日三首》前注云:"念本也。民为邦本,有土此有民。端平以来作。"后注云:"《春日》三章,二章章五句,一章六句。"《江永三首》前注云:"初泛大江,瞻言禹迹,而有无穷之思。"后注云:"《江永》三章,章六句。"《明月四首》前注云:"思古人也。古人不可得见,而见其人之天。"后注云:"《明月》四章,二章章三句,二章章四句。"④这三组诗歌同样如此,"前注"或言"民本"主题,或言"怀古"主题,"后注"说明诗体。

刘诜《挽文母欧阳夫人二首》前注云:"文丞相夫人留北,子学山学士迎归。"宋景炎二年(1277)四月,文天祥入江西,收复吉赣诸县。后元兵增援,文天祥兵败兴国。文妻欧阳夫人、次子佛生皆见执。"文丞相夫人留北",指的就是其被俘一事。诗人站在文山角度,迎母亲灵柩回家。后注:"书血,用朱寿昌事,言学山求母之切。穿冢,用田横事,言文山死节。表垅,用欧公事,言学山自为圹志。"⑤诗人借用朱寿昌、田横和欧公的典故,表彰文天祥之子的忠孝之行。

"总注""分注"形式,以宋褧《登第诗五首》最为典型。总注云:"泰定元年甲子。"交代写作时间。"崇天门唱名""恩荣宴""同年会""赐章服""上表谢恩"五题,按及第活动次序表达了作者中举后的喜悦心情。除《崇天门

---

①　杨镰:《全元诗》,第29册,中华书局2013年版,第121页。

②　杨镰:《全元诗》,第4册,中华书局2013年版,第95页。

③　杨镰:《全元诗》,第7册,中华书局2013年版,第324页、第325页、第327页。

④　杨镰:《全元诗》,第12册,中华书局2013年版,第356页、第357页。

⑤　杨镰:《全元诗》,第22册,中华书局2013年版,第321页。

唱名》记载皇帝宣布登第进士名次的典礼无注外,其余均有"分注"。《恩荣宴》是皇帝招待新科进士而专设的宴会。"四月二十六日",用以注明设宴时间。此宴始于唐之曲江会,元代改称恩荣宴,赐宴于翰林院。《同年会》描述的是同榜及第者的聚会。"四月二十九日,海岸之万春园。"标明聚会时间、地点。宋代赵升《朝野类要》卷五载:"诸处士大夫同乡曲并同路者,共在朝及三学,相聚作会,曰乡会。若同榜及第聚会,则曰同年会。"①《赐章服》写的是皇帝赐章服事。"自是年始,幞头、袍带、靴、银木简皆具,简上仍刻御赐字,金填之,五月一日皆除书同授。"说明及第后皇帝亲赐章服等相关事宜。《上表谢恩》写的是登第受赐后,新科进士向皇帝上表谢主隆恩。"五月二十一日,时驾已北幸。"②交代登第后上表谢恩的时间。组诗系统地反映了从科举发榜、皇帝宴请、同第聚会、御赐章服、进表谢恩五大环节。对于怀抱理想的文人而言,寒窗十载的最终目标便是入得高堂,成就理想,组诗反映了新科举人及第后喜悦的心情。

耶律铸《行帐八珍诗五首》是一组状物组诗,题下"总注"云:"往在宜都,客有请述行帐八珍之说,则此行厨八珍也。一曰醍醐,二曰麆沆,三曰驼蹄羹,四曰驼鹿唇,五曰驼乳糜,六曰天鹅炙,七曰紫玉浆,八曰元玉浆。"注中交代了"行帐八珍"之说的由来和名称。接下来对醍醐、麆沆、驼蹄羹、驼鹿唇、软玉膏等五珍使用了"注",具体如下:

《醍醐》尾注云:

> 《周礼》八珍第一曰"淳熬"。注曰:煎醢加于陆稻上,沃之以膏,曰淳熬。时予号四痴子,寻又号独醉道者。

《麆沆》分注云:

> 麆沆,马酮也。《汉》有挏马,注曰:以韦革为夹兜盛马乳,挏治之味酢,可饮,因以为官。又《礼乐志》大官挏马酒,注曰:以马乳为酒。言挏之味酢则不然,愈挏治则味愈甘。挏逾万杵,香味醇浓甘美,渭之麆沆。麆沆,奄蔡语也,国朝因之。奄蔡,《西汉·西域传》无音。《大宛传》宛王昧蔡,师古曰:蔡,千葛切。《书》二百里蔡,毛晃韵。蔡,桑葛切。《广韵》亦然。奄蔡,蔡,千葛切为是。今有其种,率皆徙事挏马。

---

① (宋)赵升:《朝野类要》卷五"同年乡会"条,中华书局2007年版,第107页。
② 杨镰:《全元诗》,第37册,中华书局2013年版,第250—251页。

尾注：天乳星，主降甘露。一作"要知天驷流膏乳，天许分甘与酒仙"。

《驼蹄羹》分注云：

  康居南鄙，伊丽迤西，沙碛斥卤地，往往产野驼，与今双峰家驼无异，肉极美。蹄为羹，有自然绝味。

《驼鹿唇》分注云：

  驼鹿，北中有之。肉味非常，唇殊绝美，上方珍膳之一也。尾注：世号猩唇，冠八珍之首。《吕氏春秋》伊尹说曰：肉之美者猩猩之唇。

《软玉膏》分注云：

  软玉膏，柳蒸羔也。好事者名之。往寓六盘，羊多来自熙河。用梁吴均"枹罕赤髓羊"之说。尝有此作，顷阅旧稿见之，因录之于此。①

  从上述"分注"的内容看，无论是"题下注"，还是"尾注"，均围绕五珍的内涵、来历而展开，将醍醐、麎沆、驼蹄羹、驼鹿唇、软玉膏等"八珍"的神奇来历、绝美之味、稀罕程度渲染到极致，令人叹为观止、垂涎欲滴。

  "分注"，在元代八景组诗中最为多见。钱惟善《定山十咏》每一个分题下均有"注"，解释景观位置、内涵与历史掌故。如《风水二洞》："洞在定山南，稚川尝炼丹于此。东坡与李节推同游唱和，见集中。方玄英、许郢州、林和靖皆有诗。"《凤凰双髻》："凤凰，山名，在定山西，其顶有两峰，俨然如髻形。"《朱梁夜泊》："在定山北，江船抵暮或避风，俱泊桥下。"《定山早行》："谢灵运《富春渚诗》有曰'定山缅云雾'，即此也。"《六和观月》："在定山北，山名月轮，寺临大江，遇月尤奇古。钱唐令张君房曾宿月轮寺，月中桂子下塔，如牵牛子，咀之无味。"《五云赏雪》："在定山北，梁普觉禅师道场。宋故事：每岁腊前，主僧奉表以雪进，黎明城中霰犹未集，盖其地特高寒云。"《龙门晓雨》："在定山西，两峰壁立如门，上有龙潭，能兴云雨，岁旱祷之辄应。"《渔浦春潮》："与定山相对，谢灵运《富春渚诗》有曰'宵济渔浦潭'者，是也；丘希范亦有《旦发渔浦潭作》。"《浮屿藏鱼》："在定山侧，浮江如盘石，

---

① 杨镰：《全元诗》，第4册，中华书局2013年版，第120—121页。

下有潭,聚鱼玲珑可观。潮出海门中,分为两派,东派沿越岸向富春,西派则直抵兹山而回,谚谓之'回头浪'。"《浙江耀武》:"将坛在定山北,每岁春秋,万夫长分翼江上,帅士卒习水战于此。"①另一组八景诗《奉和太常博士柳公浦阳十咏诗》同样如此。

这些"注"文具体介绍了景观的名称、来历、位置、特征、历史传说和古人题咏,使得地方八景既呈现出优美的自然风光,也呈现着浓郁的人文气息,令人心旷神怡。

三、引类

"引"是"序"的别体或衍生体。最早将两者并提的是刘勰《文心雕龙》卷四:"铨文,则与叙引共纪。……序者次事,引者胤辞。"②认为"序"和"引"这两种文体是一致的。"序"就是按次第顺序申说内容;"引"就是引申的话。从与内容的关联度看,"序"要强于"引"的。徐师曾《文体明辨序说引》云:"按唐以前,文章未有名引者;汉班固虽作《典引》,然实为符命之文,如杂著命题,各用己意耳,非以引为文之一体也。唐以后始有此体,大略如序而稍为短简,盖序之滥觞也。"③徐师曾认为"引"并非另一类文体,而是"序之滥觞",并列举柳宗元《霹雳琴赞引》、刘禹锡《送元暠南游诗引》为例说明。姚鼐《古文辞类纂》称"苏明允之考名序,故苏氏讳序,或曰引,或曰说"④。以"引"代"序"的原因中,还有避讳的功能。

"引"的文体功能与序"本同而末异",仅有篇幅长短之别。元代组诗"引"的运用较为广泛,有"总引""分引"之差异。

"总引"居于总题下方和诗歌之间,简明说明创作情况,其功能与"序"相类。家铉翁《赠隐者忘机二首》引云:"动静互根,此一机也。时行物生,此一机也。机者乃大化流行之妙处,虽欲忘之,不可得而忘也。若非庄生、列子之忘机,只是小小勾当。"⑤引文阐释了"忘机"之义并交代创作动机。元淮《赠星命徐竹亭二首》引文云:"竹亭徐君携诗二篇过我,议论星命,诱予赴功趋事,进以超猎。噫!功名富贵,乃金枷玉锁,北邙汉家,乌江楚庙。水镜识破此理,不直掩鼻一笑耳。予所爱者,弃置人间事,卧云眠月,钓雨耕

---

① 杨镰:《全元诗》,第41册,中华书局2013年版,第28页。
② (梁)刘勰著,范文澜注:《文心雕龙》卷四《论说第十八》,人民文学出版社2001年重印,第326页。
③ (明)吴讷、徐师曾,于北山、罗根泽校点:《文章辨体序说 文体明辨序说》,人民文学出版社1962年版,第136页。
④ (清)姚鼐:《古文辞类纂·古文辞类纂序目·赠序者类》,中国书店1986年版,第11页。
⑤ 杨镰:《全元诗》,第3册,中华书局2013年版,第102页。

烟,以乐天年而已。岂羡区区一品,而自取驰驱拘缚耶? 挈笔奉酬二韵,以赠竹亭之行。"①引文交代了徐君携诗劝诗人"赴功趋事"事及诗人不为名缰利锁所缚的态度。刘敏中《和傅君实张公子园赏花二首》引云:"去岁,张公子秀实邀赏红药,爱其盛丽,醉中有分植之言,秀实果以四本见遗,植之野亭。今春枝叶茂遂,而皆不作花,意其新作植也,良亦缺然。适君实将军见示张公园赏花之作,辄用其韵,一以寄张公子,一以酬君实佳篇之贶。今并录呈,一笑可也。"②交代了"和诗"产生背景及与君实深厚的情谊。另一《无名亭诗四首》引云:"相下韩云卿,筑亭私第。适有以陈无名帖见遗者,因扁其亭名曰'无名'。求诗,为书四绝句。"③道出了"无名亭"的由来,及求诗、作诗的过程。廉惇《题吉安佑圣观山水胜处二首》引云:"馆友竹所李君,携诸彦题山水胜处篇什梓已成集,复诿予诗其上。且予未到其处,不识所谓山水主人独清炼师者,而获观其诗数首,瞻淡闲适,足人吟玩。盖犹龙氏之魁伟者欤! 因为寓二绝句。"④引文交代这组题图诗产生的背景和作者观诗印象。

胡助《京华杂兴诗二十首》引云:"余待选吏部,贫不能归,尘衣垢面,憧憧往来,盖亦莫自知也。于是以日所闻所见,感触于中者,辄形为诗。五言五韵凡二十章,题之曰《京华杂兴诗》。率然而作,曾无吕律之次,譬如候虫之鸣,不能自已。姑亦偶寓其一二微意焉。他日南归,将以夸示田夫野老,俾略知京华之风云尔。"⑤引中将组诗形成的背景、内容及"偶寓其一二微意"的题旨解释得清清楚楚。《和桂坡李宅仁甫山园八咏》引云:"仆归自京师,僵卧空山,人事殆绝。李宅仁甫,寄示《山园八咏》,句清景胜,乐意超然,高蹈之风,益可仰也。辄次严韵以谢,殊愧不工,胡助再拜。"⑥引文交代了这组八景诗是"和"李宅《山园八咏》而作,反映了诗人高蹈尘外的林泉之趣。张复《呈运使复斋十绝》引云:"诏颁福地,正阳春布德之时;人对寿山,有松岳降神之瑞。聿来仙麓,咸仰使星。廿有四考在中书,维君子使;千二百年谈至道,为帝者师。谨述斐章,切祈台览。"⑦引文隐含两幅工整的寿联,不仅概括了郭公的生平经历,且传达了作者对郭公崇高威望的敬仰之情。顾瑛《三体心经偈二首》引云:"予友朱君伯盛,精字法,悟空相。故濮

① 杨镰:《全元诗》,第10册,中华书局2013年版,第159页。
② 杨镰:《全元诗》,第11册,中华书局2013年版,第299页。
③ 同上,第392页。
④ 杨镰:《全元诗》,第28册,中华书局2013年版,第134页。
⑤ 杨镰:《全元诗》,第29册,中华书局2013年版,第2页。
⑥ 同上,第7页。
⑦ 杨镰:《全元诗》,第37册,中华书局2013年版,第114页。

阳吴孟思为书三体《心经》以赠。前有淮海张叔厚白描观世音象引首。久欲题识,而难其人,适与予同访了庵禅老。伯盛出此卷,一见而了庵言下意会,即拈笔一一重为指出。信当世之三绝也。伯盛又欲予证明,予以久交不能固辞,强于心上加一转语,制成二偈云。"①交代了诗人拜访了庵禅老,受点拨后为好友朱伯盛三体《心经》题诗的经过。

　　元代组诗用"引"最多的是王逢,共有8组。《感宋遗事二首》引文以宋三宫北迁上都,朱夫人、陈夫人自缢免辱事为背景,表达了对忠臣义士的期待和敬仰之情。《和戍妇归陈闻雁有感四首》引中交代陈妇因"兵乱隶军籍",戍边闻雁有感,作诗题于"华亭戍壁"②,以寄思夫之情。友人张洙和诗一首,谢嘉维拟答陈妇二首,诗人有感和作四首,传达出对陈妇守节的颂赞之情。《莱亭四咏并引》引文交代"莱亭"名称由来、所寓之意和诗人隐退后的生活。《送兵部使贾彦彬北还二首》引中交代贾彦彬"押兵部马安丰"③事,诗人嘉其志并作诗以赠别。《哭信州总管靳公二首》引中交代哭送对象为信州总管靳仁、靳义、靳智兄弟三人,褒扬他们守节而终的美德。《马头曲六首》引中解释了"马头"所指内涵,介绍了其离奇经历和撰写此诗的背景。《六歌六首》引中介绍六歌的缘起,实为诗人"自鸣"之词。

　　刘鹗《浮云道院诗二十二首》引文创元代之最,引云:

　　　　泰定丁卯,予自河南考满,归于所居鸡山之阳。辟五亩园,植花竹茶橘之属。筑室三楹,置图书、设枕簟,以为读书之所。宾至,则相与饮酒赋诗,投壶雅歌以终日。或焚香读书,登山临水以自乐。翛然物表,直欲轻世而肆志焉。因窃取吾夫子"富贵于我如浮云"之语,扁之曰"浮云道院"。呜呼!吾岂真外富贵,薄功名,果于忘世者哉?诚欲因是以养吾心耳。苟此不力,则凝冰焦火,渊沦天飞,人欲炽,天理亡,三纲沦,九法斁。命义之不知,廉耻之道丧,沉陷没溺,颠倒眩瞀,而莫知所极矣!孟子曰:"君子之所以异于人者,以其存心也。"盖必存心而后可以践形;必视富贵如浮云而后可以存心。风雩之咏归,鸢鱼之飞跃,箪瓢陋巷之无忧,衣缊袍而不耻。以至于风月无边,庭草交翠,风轻云淡,花柳皆春。其所以流动充满,极天人之乐者,是皆有得于夫子之意,在我重,在物轻也。仆窃慕而愿学焉。但有志向道,而萍踪靡定,日涉风

　　①　杨镰:《全元诗》,第49册,中华书局2013年版,第140页。
　　②　杨镰:《全元诗》,第59册,中华书局2013年版,第123页。
　　③　同上,第162页。

尘,歧路兴悲,则栖栖者将何所底焉。因创道院为藏修之所,朝夕于斯,惕然知惧。庶几乎熏陶渐染,岁改月化,冀有以窥圣贤之万一,使不至离道之远,为名教之罪人也。且崎岖更尝之余,人情世故,末理薄俗,翻云覆雨,其可歌、可感、可惊、可痛者,倾耳洞目,已觉淡然。于是浮云之思愈深矣。因成数语以写予怀。①

这篇 432 字长引,将创建"浮云道院"的背景、所赋予的内涵、诗人在其中的饮酒赋诗的生活及对人生的思考悉数展现出来,简直是一篇首尾完整的抒情散文。

相对"总引",元代组诗中"分引"数量不多,仅见于王逢《感宋遗事二首》(与上文所引为同题组诗,所咏各异)。其一引云:"支渐,资阳县民。元丰间母丧,躬负土葬赖锡山中。庐于墓侧,布素粝食而已。日三时号恸,有白黑雀各双,巢坟松间。斑狸、白蛇、兔,每自山下来顾视渐,久之方去。又有白鸦及五色雀千万余围绕。县令以闻,敕特赐粟帛。"其二引云:"高处士名绎,长安人,有古人绝行。庆历中,召至京师,欲命以官,固辞归山,特赐安素处士。家贫,妻子寒馁。乡人或馈以财,终不以困受。闭门读书而已。昔王霸怜其子蓬发投耒,愧卧不起。前贤之所难,处士蹈之有余裕也。尝见古老说,种放隐终南山,召拜起居舍人,赐告西归。有一高士,隐居三世,以野蕨一盘、诗一篇赠放云:'接得山人号舍人,朱衣前引到蓬门。莫嫌野菜无多味,我是三追处士孙。'放,《国史》有传。若夫志意修则忘富贵,惟安素可以无惭矣。南安庞元英《文昌录》中所纪如此。英尝为神宗仪曹官。"②"分引"中交代了"宋遗事"的背景和故事内容。在宋元交替之际,支渐、高绎的忠孝品德被赋予了特殊的时代内涵,诗人以遗民身份弘扬二人的"美质",意在为忠孝之人树碑立传、垂于后世。

这些"引"文或交代组诗创作背景,或揭示主题,或阐释所咏对象名称及来历,虽然无法判断元人用"引"不用"序"的动机,但从文体功能言其与"序"并无二致。

四、跋类

"跋",源于古人对金石书画所作的说明性文字。吴讷《文章辨体序说》对"跋"这样定义:"跋者,随题以赞语于后,前有序引,当掇其有关大体者以

---

① 杨镰:《全元诗》,第 36 册,中华书局 2013 年版,第 74—75 页。
② 杨镰:《全元诗》,第 59 册,中华书局 2013 年版,第 90 页。

表章之，须明白简严，不可堕入寠臼。"①徐师曾《文体明辨序说》也说："按题跋者，简编之后语也。凡经传子史诗文图书之类，前有序引，后有后序，可谓尽矣。其后览者，或因人之请求，或因感而有得，则复撰词以缀于末简，而总谓之题跋。"②组诗中的"跋"常常处于诗歌的结束处，用以对诗歌内容作概括性评价，显示作者的态度。

今见杨允孚《滦京杂咏一百首》序，实乃同乡罗大巳所题"后跋"："杨君以布衣从当世贤士大夫游，袚被出门，岁走万里。耳目所及，穷西北之胜。具江山人物之形状，殊产异俗之瑰怪，朝廷礼乐之伟丽，与凡奇节诡行之可警世厉俗者，尤喜以咏歌记之。使人诵之，虽不出井里，恍然不自知其道齐鲁、历燕赵，以出于阴山之阴，蹛林之北，身履而目击，真予所谓能言者乎？……今得杨君是集，又为增益所未见，俯仰今昔，又一时矣。君其尚有可言者乎？而君固已杜门裹足，归老故山，方日与田夫野叟相尔汝，求以自狎。兵燹所过，莽为丘墟，回视曩游，跬步千里，吾知君颓檐败壁之下，涤瓦楳、倒邻酿，取旧编，与知己者时一讽咏，未必不为之慨然以永叹，悠然而暇思。"③元顺帝时，杨允孚由江南前往大都，以布衣与当时士大夫游，后又以宫廷尚食供奉之官扈从上京，得以"穷西北之胜"。后来明朝代元，杨氏返回江西吉水老家，目睹故园"兵燹所过，莽为丘墟"，感慨万端，"回视曩游"，写下了《滦京杂咏》。可见，此序是乡党罗大巳"得杨君是集"后所题"跋"，当于成书之后。

元代组诗中使用"跋"文的数量不多，"跋"及"序"并存者共计27组，主要分布在中后期诗坛，且多与画家有关。倪瓒《追和苏文忠公墨迹卷中诗韵八首》后跋云："右苏文忠公真迹一卷，公之书纵横邪直，虽率意而成，无不如意。深赏识其妙者，惟涪翁一人，圆活遒媚或似颜鲁公，或似徐季海，盖其才德文章溢而为此，故缊缊郁勃之气映日奕奕耳。若陆柬之、孙虔礼、周越、王著非不善书，置之颜鲁公、杨少师、苏文忠公之列，则如神巫之见壶丘子矣。癸丑八月八日倪瓒。"④"跋"中对苏轼书法呈现出"缊缊郁勃之气映日奕奕"大为赞赏，认为真正读懂苏轼的只有黄庭坚，并将其与唐代书法家颜真卿、五代书法家杨凝式之出神入化相提并论，同时对唐人陆柬之、元人孙虔

① （明）吴讷、徐师曾著，于北山、罗根泽校点：《文章辨体序说　文体明辨序说》，人民文学出版社1962年版，第45页。
② 同上，第136页。
③ （元）罗大巳：《滦京杂咏后跋》，（元）杨允孚：《滦京杂咏》卷首，《景印文渊阁四库全书》，第1129册，台北商务印书馆1986年版，第627页。
④ 杨镰：《全元诗》，第43册，中华书局2013年版，第195页。

礼、宋人周越、王著等人书法艺术也作了点评。又《题松坡平远图三首》后跋云："至正十年九月，因过郡中，留学之掾郎宅五日。其子思诚温粹勤俭而好学，已能持家，具甘旨之奉，今年十有七岁矣，仆既写此为赠，并赋绝句其上，东海倪瓒。"①此跋是题《题松坡平远图》而作，赞友人子"温粹勤俭而好学"。交代了写诗的背景，又揭示了题诗的宗旨。

韩奕《斋居五咏》跋云："奕所居仅一室，而名曰'蒙'，因目眚，筮得'蒙'卦，自养其正也。曰'四时佳兴'，因程伯子诗'睹夫良辰，人有其乐'也。曰'吟白'，因魏公所取'醉吟先生'之号，奕窃其余，少摅其怀也。曰'雪蕉'，因王维所画，叹是物柔脆，当此岁寒，自保其全也。曰'一沤'，因佛氏有生之喻，顾身世俄顷，有何累于外物？庶几乘化，自尽天命，以无疑也。嗟夫，人生所居，随所适以寓夫名，名岂有尽哉？作者必有以尽，余之所志也。因书以求焉。"②"跋"文对斋中"蒙""四时佳兴""吟白""雪蕉"和"一沤"等五物，一一作注，起到了释名彰义的效果，感慨所居贵"所适"之志。

释来复《诗五章寄上蜕庵承旨先生首章奉答来诗之贶其四章少寓久别之怀并简太朴中书先生一笑》跋云："先生往年尝奉旨刊辽金宋三史，留钱塘。一日，诣上竺北峰行香，会仆灵隐，煮茶冷泉亭上，读欧阳承旨赠仆之文，因谓仆曰：'吾与欧阳公同朝，相知最厚。公尝议事馆阁，吾辨析甚至。公大喜，执吾手曰：斯文属诸子矣，斯文属诸子矣！'继与仆同登莲花峰，访旧所题名处，且为赋《豫章山房》诗，竟日乃还。临别谓曰：'吾此行，当乞浙省提学之余，欲营菟裘为归老武康之计，期与师往来湖间，第未知能遂此愿否？'仆佩服斯言有年矣。兵兴以来，南北梗绝。山云海月，不能无感今怀昔之私也，故系诸篇末云。至正癸卯五月望日来复识。"③题中解释了组诗创作的目的及五章用意的不同，结合"后跋"内容，此诗前因后果甚是明了。

王逢《游仙词十首》跋云："至正壬寅春三月五日，过昆山，雨留清真观。主者俞复初出示句曲张外史、遂昌郑先生及郭羲仲、陆德中所和《游仙词》。诵再过，神气超然，殆与诸游仙答鸾凤相下上碧寥间也。因记忆早岁侍先君库使在信州时，尝和郡经历张率性《游仙词》四首，今廿年矣，人事变迁，城池墟莽，虽欲如曩昔赓歌之乐不可得，矧敢觊游仙乐之万一者。然句曲仙去矣，而其词存。则出尘之句有足发予之清兴，是亦一乐也。复初因征次韵，就书旧作于后。冀来者同赏鉴云。"④从跋文可见，王逢所作《游仙词》共十

---

① 杨镰：《全元诗》，第43册，中华书局2013年版，第204页。
② 杨镰：《全元诗》，第64册，中华书局2013年版，第257页。
③ 杨镰：《全元诗》，第60册，中华书局2013年版，第185页。
④ 杨镰：《全元诗》，第59册，中华书局2013年版，第403页。

四首,实为"先后"所作,后来编辑在一起。《全元诗》在诗后所按:"明赵琦美《铁网珊瑚》卷九,原书作《游仙词》十四首,一至十首,是至正壬寅春所作,十一至十四首,是'就书旧作',已见《梧溪集》卷二,题为《和张率性推官小游仙词四首》。"①王逢由张雨的《游仙词》的"出尘之句"引出"清兴",触景生情,连写十首,加之此前与张率性的和作,并抄录于后,构成《游仙词共十四首》。跋文将其《游仙词》的"前世今身"及供"来者同赏鉴"的期盼和盘托出。

顾德璋《题宋杨补之雪梅三首》跋云:"余性爱梅,梦寐想见,故家园林水竹之居多种梅花,玩其清也。每雪霁月明,冲寒独往,心与景合,则悠然吟哦以自乐,恍若孤山云水间。噫!梅产江南,标且尚矣。然非近水傍石,映竹横枝,则其神不丽。非雪晓月霄,携琴抱鹤,则其清不足。故广平感丛棘而作赋,和靖乐水月以搜吟,亦有君子小人之各有党类焉,其趣深矣。此卷乃士安御史见赠,雅惬素怀,披图增慨,想见其人,因题小诗以纪之。时届至正癸巳季夏之五日。书于海津寓。"②跋中交代了所题之《雪梅》画的由来,并标明写诗的时间、地点。诗人睹物思人,不仅表达了对故人的思念,也在"玩其清"中传达出对梅花清幽高洁品格的欣赏,及对宋璟、林逋的敬重。

顾瑛《题伯盛朱隐君方寸铁五首》是一组品题书法、篆刻作品的组诗。跋云:"伯盛朱隐君,予西郊草堂之高邻也。性孤洁,不佞于世。工刻画,及通字说,故与交者皆文人韵士。予偶得未央故瓦头于古泥中,伯盛为刻金粟道人私印。因惊其篆文与制作甚似汉印,又以赵松雪白描《桃花马图》,求刻于石,精妙绝世,大合松雪笔法。惜其不得从游松雪之门,使茅绍之专美于今世。因题四绝于卷末以美之。伯盛勿以予言为誉,后必有鉴事者公论也。至正十七年中秋日书于玉山草堂,金粟道人顾阿瑛。"③从跋中可知,诗人对这位性格"孤洁"的高邻甚是赏识,"惊其篆文与制作甚似汉印",惜其未能游书画大师赵孟𫖯门下,故题四绝"以美之",并预言此公"定品他年合出神"。

除了上述所论序、注、引、跋单独使用外,元代组诗中还有不少综合运用此四种"诗序体"的事例。或"注""序"结合,或"注""引""序""跋"相连,或"序""注""跋"搭配,形式灵活,强化了诗序体与组诗的互补关系。

第一种是"注""序"结合。此种形态数量最多,可分两类:一是先"注"后"序",以徐玿《五有吟》最为典型。注云:"丙申,寓浮梁潘村作。有序。"交代了组诗的写作时间、地点和序文,为读者阅读提供引导。序云:"先生不

---

① 杨镰:《全元诗》,第59册,中华书局2013年版,第404页。
② 杨镰:《全元诗》,第53册,中华书局2013年版,第257页。
③ 杨镰:《全元诗》,第49册,中华书局2013年版,第133页。

知何许人也,性好学,喜为文,经史相传莫不广览。直而无娇,谦而无谄。尝以孝友为世所推重,以文行为孝友者所宾礼。与人交辄退谦,授生徒有博约,诚好德乐道者也。其年弥高,其志弥笃。值时异事殊,室为灰烬,田为草莱,不免流离颠沛而道不行,困泥陈辙,无所不至。横遭摽掠,行李萧然,其幸免而仅存者五,因潜其姓名,自号五有先生。自歌自咏,遂积为《五有吟》,聊以坚其固穷之志云耳。"①序文解释了"五有先生"的内涵,指先生家的一张琴、三尺剑、千年镜、行丈松、一顷田,并交代了"五有先生"的由来,展示了先生的"好德乐道"的品格,其意如陶渊明《五柳先生传》。

谭景星《与田推官十首》注云:"名泽,字君泽,居延人,宗理学。"交代了组诗颂赞对象——田推官的姓名、籍贯及思想倾向。序云:"习斋阁下,心潜理窟,萃拔文林,贰政潭湘。允矣。尚宽而为治,一诚濂洛;居然以习而名斋,有能声于其邦。以使事至吾郡,曰:廉而正,惟又是图。当为政以德之时,自然教化;于折民惟刑之际,罔不哀矜。辄修声律之十章,莫补治功之一效。"②序中对田推官"心潜理窟""尚宽为而治"的学品、官品给予了高度的褒扬,这为读者理解本诗的主旨起到了引领作用。

王逢《俭德堂怀寄凡二十二章》分咏了23位品德高尚的友人,除彭素云、郭梅岩为"一诗二人"外,其余都是"一诗一人"。题注云:"各有小序。""序"以介绍咏赞对象,"诗"以抒发赞美之情,形成"先序后诗"的结构形态。如:"李一初,名祁,茶陵人。由进士累官南台御史,会乱归隐。""完哲清卿,江阴上万户,赠都元帅丑厮公之弟。泰州不守,以材谞擢万户,累迁福建参政。乱后归养吴中。""买住昂霄,以江阴副万户,累迁中政院判官,福建宪佥。会乱,遂航海归隐,以孝闻。"③凡此,共二十二篇"小序"。从序文可见,此中人物多由进士或门荫进身,混迹官场。不管是汉人,或是西域人、蒙古人,大都因兵乱最终或辞官归隐,或任教书院,或寄迹佛门道观,其洁身自好的品德令人敬佩。元明之际,王逢曾避兵祸隐于松江,拒张士诚征辟,组诗间接地表明了自己的处世态度。

此外,舒頔《祀事效古诗五章》注云:"五章。四言五章,章六句。"序云:"祀事,国家之崇敬也。离乱后不睹兹典久矣。乃今山川社稷风雷肇置,坛、壝、斋、庭、庖、湢,列以位次,春秋祭拜,非升平之幸与!华阳山人舒頔欣见盛典,声诸诗歌曰。"④注文交代了"古诗"的体式及数量,序文则揭示了"欣

---

① 杨镰:《全元诗》,第33册,中华书局2013年版,第183页。
② 杨镰:《全元诗》,第22册,中华书局2013年版,第171页。
③ 杨镰:《全元诗》,第59册,中华书局2013年版,第329—333页。
④ 杨镰:《全元诗》,第43册,中华书局2013年版,第257页。

见盛典"的宗旨。另一组《双桧七章》注云:"七章。三章章六句,四章章八句。"序云:"昔宣圣手植双桧,今五十五世孙谦夫之父,再植于东鲁斋,复为图为文。岂惟昭厥美,所以示不忘也。华阳舒顿声诸诗歌曰。"①其格式、形态与前者如出一辙。"注"用来释名彰义,交代组诗数量;"序"用来交代背景,阐释"不忘"旧恩的动机。

二是先"序"后"注"。元好问《临汾李氏任运堂二首》序云:"彦仁从军久,厌于事物之累,念欲脱去之而不可得也。故尝郁郁不自聊,求予发药之。予名其居曰任运堂,且为赋诗。"序中交代写作动机,为"从军久"的李彦仁而作,意在劝其居安思危、及时行乐。其一"君家北山翁,百世留清规"句,勉其踵武前辈,知天乐命。后注云:"北山翁,彦仁之伯祖。泰和间,以高道提点天长。胥华公赠诗有'百世清规'之语,故及之。"其二"重泉青云梯,平地黄土陌"句,用典故告诫其当及时行乐,莫要迟疑。后注云:"黄土陌,见《初学记》奴仆门。"②后注所指人物、地名均紧扣组诗主题展开。

姚畴《昌江百咏诗》尤为典型。序云:"《淇奥》之美武公,《泮水》之颂僖公,皆邦人歌其君之善也。有善则歌,有过则规。言之者无罪,而闻之者足以戒,诗之义也。皇庆壬子,复斋郭侯来尹吾州,公明廉惠之政,洋溢乎耳目,铭镂乎心肝。同僚和衷以治,邦人乐而歌之,纪善政为民谣,目曰《昌江百咏》。辞不尚文,事纪其实,以俟观民风者得焉。"序中引用《诗经》歌善政之传统,叙写郭郁来"尹吾州"的"廉惠之政"及"邦人乐而歌之"的背景。每诗后以"注"的形式"事纪其实",诠释了郭公"德政"的内涵。如,其一后注云:"公初至,谒文庙。见殿宇损漏,即劝诱儒生随力乐助,或修或造,栋宇一新。"其二后注云:"浮梁古以浮桥得名。归附后桥废。皇庆壬子,有以竞渡致杀人者,公悉拘管。属龙舟六十余只,横江为桥,名以济众。既革竞渡之扰,因成济川之功。"其三后注云:"公廉知豪强侵渔小弱,故因事痛惩之。虽关节百端不为动,于是豪强敛迹。"其四后注云:"前政欲营三皇殿,久而未能。公营建,不日而成,而后医学有所宗仰。旧日惟就学宫行礼而已。"其五后注道:"养济院旧不庇风雨,公恻然新之,鳏寡孤独有养矣。"其八后注云:"奸吏虚走金粮七十余硕,盖纳金者不得免粮,而不输课者反获其利。公命发其箧,得其情,遂用旧籍征,金粮额始复。"③凡此等等,无不如此。

廼贤《南城咏古十六首》序云:"至正十一年秋,八月既望,太史宇文公、

---

① 杨镰:《全元诗》,第43册,中华书局2013年版,第257页。
② 杨镰:《全元诗》,第2册,中华书局2013年版,第29页。
③ 杨镰:《全元诗》,第27册,中华书局2013年版,第147—148页。

太常危公,偕燕人梁处士九思、临川黄君殷士、四明道士王虚斋、新进士朱梦炎与余,凡七人,联辔出游燕城,览故宫之遗迹。凡其城中塔庙楼观、台榭园亭,莫不裴徊瞻眺,拭其残碑断柱,为之一读,指其废兴而论之。余七人者,以为人生出处聚散不可常也。邂逅一日之乐,有足惜者,岂独感慨陈迹而已哉!各赋诗十有六首,以纪其事,庶来者有所征焉。河朔外史廼贤序。”序中记录了此次南城出游诸友人姓名、时间及“岂独感慨陈迹而已哉”的写诗动机。除《铁牛庙》《白马庙》外,其余诗题下皆有“注”文,如《黄金台》注:“大悲阁东南,隗台坊内。”《悯忠阁》注:“唐太宗悯征辽士卒阵亡而建。”《寿安殿》注:“殿基今为酒家‘寿安楼’。”《圣安寺》注:“寺有金世宗、章宗二朝像。”《大悲阁》注:“阁榜虞世南书。”《云仙台》注:“金之望月台。”《长春宫》注:“全真丘神仙处机之居。太祖尝召至西域之雪山讲道,屡劝上以不杀。”《竹林寺》注:“金熙宗驸马宫也。寺僧云:一塔无影。”《龙头观》注:“头悬一牙籤,刻曰:建隆元年。”《妆台》注:“李妃所筑,今在昭明观后。妃尝与章宗露坐,上曰:‘二人土上坐。’妃应声曰:‘一月日边明。’上大悦。”《双塔》注:“安禄山、史思明所建,在悯忠寺前。”《西华潭》注:“金之太液池。”《万寿寺》注:“寺有许道宁画屏。”《玉虚宫》注:“大道教以供薪水之劳,为其张本。宫主张真人,其貌甚清古。”①这些“注”文对南城古迹的位置、当年所发生的历史事件及景观的位置作了解释,增强了组诗的历史感。

第二种是“注”“引”或“序”“跋”结合。先“注”后“引”,如张复《呈运使复斋十绝并引》题下注云:“为复斋闽漕使郭公寿。”明其赠诗对象及身份。引云:“诏颁福地,正阳春布德之时;人对寿山,有崧岳降神之瑞。聿来仙麓,咸仰使星。廿有四考在中书,维君子使;千二百年谈至道,为帝者师。谨述斐章,切祈台览。”②引文中表达了作者对这位闽漕使的歌颂赞美之情。先“序”后“跋”,以杨翮《贞寿堂诗四首》最富典型性。序云:“贞寿堂者,番阳杨彝奉其母太夫人吴氏之堂也。彝父早丧,太夫人方盛年而嫠居,其志确不可夺。以能教育,其诸子皆克有成。彝以材胥发身,从事于时,仕日达。其弟宜亦腾躐仕途,廪廪向用。太夫人春秋益高,安享荣养。当世之巨公显人,名其所居堂‘贞寿’,复记以文。士大夫往往托之辞华为章侈之。太夫人之卓节懿行,遂闻遐迩。彝,字好德。今自吴县尹超迁知吴江州事。翮因与之友善,则为之颂诗美贞寿焉。”序中交代了贞寿堂的名称及背景,是作者为潘阳杨彝“母太夫人吴氏”而作,赞美其“贞寿”。除去“与之友善”个人原因

---

① 杨镰:《全元诗》,第48册,中华书局2013年版,第39—42页。
② 杨镰:《全元诗》,第37册,中华书局2013年版,第114页。

外，还因其事所孕育着"忠孝"大节。吴氏早年霜居，"其志确不可夺"，"以能教育，其诸子皆克有成"，名闻遐迩，令人敬佩。跋云："至正廿有六年龙集丙午夏五月初九日，作于吴门之寓。复以隶古书之。上元杨翮。"①交代了赋诗的时间、地点、作者及镌刻的方式，以补序中所未言。

　　第三种是"序""注""跋"三位一体。在元代组诗"诗序体"中最为完备，也最具典范性。"序"交代背景、阐释动机；"注"注明时间、地点及背景；"跋"揭示主旨，各要素及功能，相得益彰，与诗歌构成一个完美的系统，极具文体学意义。前文"南城咏古"《全元诗》于诗后载廼贤"后跋"称："是月廿日，辱梦炎进士再访余于金台寓舍，索书前咏，为书之。"②显然，此跋是事后因留梦炎造访索诗而作。又，韩奕《支硎山古迹十二咏》序云："一名报恩山，南峰、东峰皆其山之别峰，有楞伽、天峰、中峰三院。楞伽在山下，支遁庵在焉。自庵前西南登山，可数百步，林中一径入中峰院。自径前南行，其登弥高，又数百步，乃至天峰北僧院。其依一山，而道周有石盘礴平广，泉流其上，清泚可爱。乐圃先生云：楞伽院在山下，白乐天、刘梦得尝游而赋诗，白诗所谓'好是清凉地'者也。钱俨以为即晋高僧支遁所建支硎寺，唐景隆中名报恩，大中中毁；宋乾德中名观音院，后名楞伽院。"序文总体介绍了支硎山风景概况和人文胜迹。每一古迹后均有"注"文，以解释位置和内涵，如，《南池》："在楞伽院，皮日休、陆鲁望、穰嵩起于此联句，有水阁，皮、陆尝宿其上。"《石室》："支遁常居焉，世称支公庵。"《八隅泉池》："楞伽院中峰之下，古报恩惠敏律师塔当池上，有古碑。"《寒泉》："泉流石上，乐天诗'净石堪跌坐，清泉可濯巾'是也。"《石门》："在山中，危然相对，夹山径，游南峰从此而上焉。"《马迹石》："支遁飞步马处，石纹如马足者四，刘梦得诗'石纹如马足'。"《南峰》："天峰院在焉，院枕此岩腹，跻攀幽峻。山中石壁耸立，山半石门夹道。院旁有西庵院，旧名南峰，裴休书额。宋龚济民读书南峰，有书房。"《待月岭》："天峰之旁。"《碧琳泉》："待月岭之下。"《放鹤亭》："支遁放鹤处，人因建亭以识焉。"《牛头峰》："天峰之南，梦得诗'峰势耸牛头'，皮、陆联句'翠出牛头耸'是也。"跋云："支硎山去吴城甚迩，泉石清秀，晋唐来诸名人乐居而喜游之，遗迹尚多焉。奕之先茔在山下，往来无虚岁。展省之余，得以访诸名人遗迹，因托为图写而咏歌之。独庵公尝同而赋焉。高风远韵，相去千百载，纵不可以攀其逸驾，而清芬只尺，犹可以相像而仰挹之也。洪武丁丑识。"③

---

① 杨镰：《全元诗》，第46册，中华书局2013年版，第165—166页。
② 杨镰：《全元诗》，第48册，中华书局2013年版，第42页。
③ 杨镰：《全元诗》，第64册，中华书局2013年版，第258页。

后跋交代了题跋时间，以及图画支硎山的用意，并供后人瞻仰。

从表达功能看，"序"对支硎山的别名进行了诠释，并对整体山峰分布、山中寺院概况及行走路线，一一作了交代。末尾处引晋代名僧支盾、唐代诗人陆龟蒙、皮日休、刘禹锡等佚事来丰其神韵。"注"点明了遗迹的位置、历史渊源和文人墨客的佚事。"跋"揭示了诗人的创作动机：一是支硎山是"晋唐来诸名人乐居而喜游之，遗迹尚多焉"，很有吸引力；二是韩奕的"先茔在山下"，因祭祀先祖而常来此处。为便于后人游览，诗人"托为图写而咏歌之"，并署名创作时间。整组诗歌由序、诗、注、跋共同构成，韵散间行，完美地演绎了不同文体之间交相辉映的艺术魅力。

虞集《题蔡端明苏东坡墨迹后四首》是一组题蔡襄、苏轼书法《天际乌云帖》诗。序云："'天际乌云含雨重，楼前红日照山明。嵩阳道士今何在，青眼看人万里情。'此蔡君谟梦中诗也。仆在钱塘，一日谒陈述古，邀余饮堂前小阁中。壁上小书一绝，君谟真迹也：'绰约新娇生眼底，侵寻旧事上眉尖。问君别后愁多少，得似春潮夜夜添。'又有人和云：'长垂玉箸残妆脸，肯为金钗露指尖。万斛闲愁何日尽，一分真态为谁添。'二诗皆可观，后诗不知谁作也。杭州营籍周韶多蓄奇茗，尝与君谟斗胜。韶又知作诗，子容过杭，述古饮之，韶泣求落籍。子容曰：'可作一绝。'韶援笔立成曰：'陇上巢空岁月惊，忍看回首自梳翎。开笼若放雪衣女，长念观音般若经。'韶时有服衣白，一坐嗟叹，遂落籍。同辈皆有诗送之，二人最善，胡楚云：'淡妆轻素鹤翎红，移入朱阑便不同。应笑西园旧桃李，强匀颜色待春风。'龙靓云：'桃花流水本无尘，一落人间几度春。解佩暂酬交甫意，濯缨还见武陵人。'固知杭人多慧也。"序中不仅对蔡襄"天际乌云"诗的背景作了解释，而且交代了苏轼、蔡襄、陈述古与歌妓周韶间一段佳话。其一诗后有注："白乐天、蔡君谟、陈述古、苏子瞻皆杭守也。"诗用"钱塘守""宿画船"意象点明《天际乌云帖》诗出现的背景。组诗即事感兴，既表达了对苏轼的崇敬之情，也诠释了诗人与柯九思的深厚友谊。后跋云："丹丘柯敬仲多蓄魏晋法书至宋人书，殆百十函，随以与人，弗留也。他日，独见此轴在几格间，甚怪之。及取观，则吾坡翁书君谟梦中诗及守居阁中旧题也。第三诗以为不知何人作，其轩辕弥明之流与？陈太守放营妓三诗，亦辱翁翰墨流传至今，亦有缘耶？卷后多佳纸，敬仲求集作诗识其后，赋此四首。是日试郭畀墨，但目疾转深，不复能作字。又知年岁后虽若此者，亦尚能作否，临楮慨然。至顺辛未二月望日，蜀人虞集书。"[1]从跋中可知，除了对苏轼、蔡襄书法的推崇外，好友柯九思的

① 杨镰：《全元诗》，第26册，中华书局2013年版，第181—183页。

邀请及文人与歌妓间的诗酒风流,也是促使其创作这组题画诗的根本原因。组诗中"序""注""跋"各司其职,相映成趣。

　　元代组诗中广泛使用序、注、引、跋等诗序体,与元文人交往密切、集会活动频繁有关。集会诗歌,因人因事而作,有了某种规定性和指向性。作者运用序、注、引、跋等诗序体,目的在于阐释集会创作的时间、地点、人物、事件、体式、用韵、心境、创作方式等要素,便于后世读者阅读。有研究者指出:"基于对传播的期待,作者开始关注读者的反映,为了能够被更好的理解与接受,给以阐释是非常必要的,长题、诗序和自注就是诗人对自己诗歌进行阐释的手段。"①此外,受传统"尊体"与"破体"观念影响,文体渗透、融合,也拓展了诗序体存在的空间。限于自身短小的形制和凝练含蓄的美学特质,诗歌不得不借用序、引、注、跋等为辅助手段,以诠释主题、交代创作背景及创作方式。元代组诗中大量运用长题、序、引、注、跋等散文性文字,便是这种"破体"的典范。它是元人试图打通文体界限、追求"新变"的表现,并真正实现了组诗叙事与抒情的完美结合。

---

①　熊海英:《题、序、注、诗四位一体——论集会背景下宋诗形制的变化》,《江汉大学学报(人文科学版)》2008 年第 4 期,第 66 页。

第六章　元代组诗的生成方式

"独白"与"对话"是诗歌生成的两种方式。"独白"是自我抒写,具有私密性、个体性特点。"对话"则是一种互动性、群体性书写,有鲜明的交际功能。从《全元诗》可见,"元代'对话'组诗多于'独白'组诗,这也反映了文会雅集对组诗创作的深刻影响"①。元人文会雅集活动的频繁,是推动"对话"组诗兴盛的关键。

第一节　"独白"组诗——独自沉吟状态的书写

"独白"是指诗人在"独自沉吟"状态下围绕一个核心事件、复杂经历或体验所作的系统性的表达,是一种"自说自话",具有鲜明的主体性、排他性。戴伟华先生说:"正因为独白是个体情感的自我交流,有很大的自由度,所以在体制上,可以是单篇,更多的是组诗;在写作时间上,组诗可以是写在某一具体时间,更多的是不同时间;在写作地点上,可以是同一地点,更多的是不同的地点;内容上因为是写给自己看的,不必十分明白清楚,可以含蓄隐晦;在空间上不受限制,纵谈古今,神话现实杂糅。"②元代组诗中除集会和非集会场合的唱和、赠答、次韵等具有"对话"的性质外,其余都应该归入"独白"类,包括那些标有"自和"字样的组诗。在"独白"组诗中,以诗人情感体验与表达为重心的抒情诗最具典型意义。

诗以言志,直写乱世中的经历与体验,是"独白"组诗兴盛最重要的原因。大多数情况下是诗人感兴于物或事,围绕一个中心来系统地呈现。方回的《虽然吟五首》以其亲身经历道出了饥荒给百姓生活造成的影响。序云:"机织声、春碓声、鸡鸣声、犬吠声,非异声也,予行四百里无所闻。吟其

---

① 周建忠:《从历史文化视角研究元诗》,《中国社会科学报》2020年6月12日,第7版。
② 戴伟华:《独白:中国诗歌的一种表现形态》,《中国社会科学》2003年第3期,第156页。

一。沽酒店、牧牛儿,何所不有,画家之常笔也,亦无所见。吟其二。向来店家迓客,一弛担即汤茶瓶盏捷出,今则无之。吟其三。妇人淘洗采掇,田里之常,而阒不一遇。吟其四。昼则屋屋有烟,夜则家家有灯。井之所在,具汲器,听人自饮,亦常理也,而又不然。至于烟、灯皆无。吟其五。"诗云:

> 林下机声复碓声,时时犬吠又鸡鸣。虽然此是寻常物,村落闻之即太平。(其一)
> 沽酒人家短竹篱,门前三两牧牛儿。虽然此是寻常物,军马才过不见之。(其二)
> 桑柘阴阴间苎麻,店前下马便斟茶。虽然此是寻常物,乱后空村没一家。(其三)
> 大妇银钗小绿裙,采茶洗菜踏溪云。虽然此是寻常物,一旦无踪为过军。(其四)
> 屋上炊烟屋下灯,客来汲井具瓶绳。虽然此是寻常物,不是承平见不能。(其五)①

组诗记录了南宋末年宁国路太平县,在经历战乱后又遭遇水灾所造成的凄惨景象。其一,从声音来写,鸡鸣狗吠本是和平安宁生活的写照,现在这一切都没有了,说明安宁的生活不复存在了。其二,侧重从农村常见的"沽酒店、牧牛儿"着手,以它们的消失极言农村生活的反常。其三,以"小店"为对象,写乱世之中没有一家小店开门迎客,原先热闹的农村一派萧条景象。其四,写农村刚刚"过军",村中的采茶妇、洗菜妇为避祸而躲藏起来了。其五,以"屋上无炊烟""屋内无灯光"细节,极写战争中农村的荒凉、死寂。组诗中反复强调"此是寻常物",是承平之际常见景象,但现在都不存在,说明经过饥荒和"过军"后,百姓被洗劫一空,落荒而逃,只剩下空荡荡的村庄。通过对比反衬,以"寻常物"的失踪,揭示社会秩序的"反常"。字里行间流露出方回对底层民众的关心与同情,对朝廷政策的不满。

宋恭帝德祐元年(1275)元兵破临安,江西儒士王奕在南宋亡国后选择隐居,弃官入玉斗山,结屋授徒,吟啸终身。十四年后,即至元二十六年(1289),王奕东游齐鲁,拜谒阙里。明人陈明州称"斗山愤至元乱华,作《义约》,倡率一时名士东奠孔林,当时从者不知几百十人"②。王奕此行从玉斗

---

① 杨镰:《全元诗》,第 6 册,中华书局 2013 年版,第 50 页。
② (元)王奕:《玉斗山人集》附录一《斗山先生文集义约》,钞本,京都大学人文科学研究所藏。

山启程,由鄱阳湖入长江,过扬州循古运河北行进入山东。沿途凭吊了望岳台、采石矶、镇江北固楼、九江陶靖节祠、狄梁公祠等历史遗迹,祭拜了孔庙、孟庙、颜园陋巷等"圣所之所"。历时二载,行程六千里,所过陵寝故迹,各吊以诗。《金余元遗山来拜祖庭有纪行十首遂倚歌之先后殊时感慨一也》记载这次"朝圣"之行。组诗以元好问《曲阜纪行十首》为韵,依次唱和,传递着故国沦丧的兴亡之感、弘扬儒学的使命感和安贫乐道的守节意识。其一、其二、其三、其四、其八、其十如下:

鲁桥卸淮舸,淖涂历蓁芜。翠峰倚天末,髣髴东南隅。薄暮曲纪城,三清敞仙居。平原积礓砢,灵河鸣泉珠。小径斗折上,行与狐兔俱。循崖索斯篆,恍惚东封书。丛巅集莲瓣,岩岩瞰青徐。正途尽茅塞,正尔宜羊车。蚌珍不蔽美,岂峣到枌榆。南门肃孟庙,冠袚先抠趋。气大夙有配,郏少不必都。盥既觌慈靖,择师谁复如。(《和元遗山一首》)

高垣门十一,云是鲁城基。浮浮化荆榛,孔庙存威仪。奎门出浩荡,杏坛历逶迤。古今帝王所,形仆影即随。人间此天阙,可望不可跻。诗书寿老壁,孙子绵遗规。杲杲不可尚,百世当前知。(《和元遗山二首》)

圣人与天游,择地岂必巧。袤延十里林,老翠镇盘绕。斧斤不可寻,兵劫不能燎。翁仲俨冠带,麟虎峙强矫。书生拜风木,起立九肠搅。筑室今不多,驰眸古应少。春秋泉壤幽,日月天地晓。洙桥一线流,渗正入万沼。入陵见金碗,公相计不早。父乾兮母坤,白骨无寿夭。衔冤绝归鹤,谁复诉华表。九原信可作,两观事未了。(《和元遗山三首》)

西偏颜乐园,屋角接圣境。想当坐忘时,聪明尽黜屏。上植松数株,下种麻千顷。蛛网结秋丝,绵密藏废井。东连胜果寺,元此诞庄颖。象教剥床肤,所事终不永。兴亡有定在,虽帝不可请。缅想书云时,五色垂灿炳。三家浚深井,录讫水亦冷。卓卓正宪祠,蒸尝犹定省。金縢宗老心,复辟直要领。照影吊伯禽,抱渴空望缳。(《和元遗山四首》)

荒荒望鲁甸,姬孔庙邾邾。允祚五十代,颜孟东西邻。旁求侍坐翁,草莽迷城闉。岂应发肤体,竟此成湮沦。铿尔续道韵,垂此天伦亲。犁锄供子职,犹裕耕凿民。可能百世祀,不庙三省身。亦必有坛壝,尚稽廓荆榛。五贤配西序,余沥波杨荀。肥马视轻服,此景良清新。微言苟不及,往迹亦易陈。安得沂水上,菊泉荐斯人。(《和元遗山八首》)

人惟君与师,得在天地间。蜂蚁失所主,生息决不蕃。逐日渴未死,顾影悲余年。平生东鲁心,皓首瞻圣贤。上下二千载,历历观遗镌。

惜哉数墨子,想象成虚传。十章纪大略,尽和遗山篇。忠肠搅葵漆,喉棘不忍言。持归刻琊石,何用勒燕然。(《和元遗山十首》)①

王奕率众东赴邹鲁,拜孔林、登岱岳,目的就是为了申"华夷之辩",以正人心,有着鲜明的现实针对性。蕲春化雨《征君斗山公东行斐稿叙》云:"一歌一叹,无非恫瘝以思主,慷慨以伤华。其情真,其义壮,邦之遗直也。"②其一,写在邹县城南瞻仰孟里,拜谒孟庙、孟母庙和子思教孟子的旧地——邹县关王庙,感受到了圣人故居"气大夙有配"的崇高。题下注云:"自南而北,故先邹而后鲁。孟庙在峄山下,去曲阜七十余里。"其二,交代由曲邹县而北,抵达圣地曲阜的情况。鲁国古城门,巍然屹立。城内孔庙"威仪"可感,奎门、杏坛等遗迹历历在目,令人生出"人间此天阙,可望不可跻"的感叹。其三,交代拜谒孔林的感受。曲阜城北孔林是孔子及其家族的墓地,墓冢累累,碑碣林立,石仪成群。神道旁古木参天,夹道侍立。洙水在此流过,桥北不远处即为享殿。气象庄严肃穆,令人起敬。其四,以对颜园陋巷遗迹描绘,赞美"复圣"颜回"安贫乐道"的品德。题下注云:"颜园陋巷在夫子庙之西偏。"其八,表达对"圣所之所"不设曾子父子庙、无由祭祀的遗憾。题注云:"鲁国惟曾点父子无庙,此欠事也,故及之。"曾子列"儒家五圣"中第三位,是孔子嫡孙子思的老师,14岁便师从孔子,深得先师所授之道。后世尊为"宗圣"。其十,强调"人惟君与师,得在天地间"在天地间的统摄作用。"平生东鲁心,皓首瞻圣贤"句交代了东游齐鲁,拜谒阙里是自己的平身宿愿。诗末以"十章纪大略,尽和遗山篇",道出和元好问作纪游诗的初衷。

作为遗民,王奕家以儒业相传,以风节自励。在拜谒孔林后,原先观念有些转变。其《奠大成至圣文宣王文》云:"维至元二十六年,岁在己丑,八月丁未朔,越三日己酉,江南儒生王奕等幸际天混图书,气通南北,不远数千里,谨袖瓣香,致奠于先圣至圣文宣王。"③王奕不仅用了"至元"年号,甚至自称"至元逸民"。正是"天混图书,气通南北",才使拜谒孔林成为可能。《呈申屠御史忍斋二首》所呈申屠御史,即申屠致远,拜江南行台监察御史。诗人与元廷官员唱和往来,也在一定程度上表明其对元政权的接受。"千载

① 杨镰:《全元诗》,第14册,中华书局2013年版,第196页。
② (元)王奕:《玉斗山人集》附录一《征君斗山公东行斐稿叙》,钞本,京都大学人文科学研究所藏。
③ (元)王奕:《奠大成至圣文宣王文》,李修生主编:《全元文》卷三五八,第10册,江苏古籍出版社1999年版,第600页。

幸逢皇极运,两生端为圣门来"(其一)①,更是表达了恭逢盛世、得偿所愿的欢欣。"一方面,故国沦亡之悲情在登临吊古中得以抒发;另一方面,在南北一统的局面下得以拜谒圣贤教化之地,又有庆幸与兴奋。一方面结交元廷的部分官员,另一方面又作继续隐居的打算。一方面感叹历史兴亡的无奈,另一方面又坚定了传承儒家文化的决心和使命感。"②虽说王奕心态是多色调的,但坚守文化遗民的立场却是底色。从其东游齐鲁的诗文中,不难窥出其思想变化的端倪。这里既有对旧生活的回顾与告别,也有对新生活的开始与展望。虽说其终身并未迈出"仕元"这一步,但他对元廷的态度从抗拒到认同并接受却是不争的事实。

谢翱对赵宋王朝充满着忠诚,其诗中多故国之思、亡国之痛。《五言近体二首》写于宋亡后流亡两浙间,表达了故国倾覆所带来的巨大悲痛。诗云:

> 南雁去来尽,音书不可凭。应过蛮岭瘴,闻拊楚臣膺。沧海沉秦璧,愁云起舜陵。可堪魂梦在,回首旧舻棱。(其一)
>
> 月离孤嶂雨,寻梦下山川。野冢埋鹦鹉,残碑哭杜鹃。妓收中使客,民买内医田。到此闻邻笛,离情重惘然。(其二)③

其一中"南雁"二句,写国破家亡、孑然一身的沉痛与孤独体验。诗末"可堪魂梦在,回首旧舻棱",以对"舻棱"的魂牵梦绕,传达其故国之思。其二中"月离"二句,以月为喻,借景言情,展示了故都在外族铁蹄下的萧条冷落。"到此"二句借嵇康、向秀闻笛之典,怀念南宋故人,暗写自己的流亡生涯。全诗以"独白"的形式刻画了山河破碎、生死离别的场景,充满着凄迷萧条之情。

在谢翱眼里,杭州代表着赵宋王朝,见旧都如见故国。《过杭州故宫二首》写路过杭州故宫的感受,通过"落花""归燕""朝元阁""紫云阁""残照"等极具象征意味的形象,揭示了南宋灭亡后临安城萧条与凄凉。"一切景语皆情语",谢翱通过这意象的展示,表达了对故国衰亡的浓重的感伤情绪。悲凉之感一如杜甫《春望》,陈衍评此首"翻用老杜诗意"④,所言不谬。《故园秋日曲四首》同样如此。

---

①　杨镰:《全元诗》,第14册,中华书局2013年版,第205页。

②　黄二宁:《宋元之际江南儒士的文化心态管窥——以驳正四库馆臣"王奕食元禄"说为中心》,《扬州大学学报(人文社会科学版)》2016年第1期,第115页。

③　杨镰:《全元诗》,第14册,中华书局2013年版,第367页。

④　(清)陈衍编:《宋诗精华录》卷四《谢翱》,上海古籍出版社2008年版,第191页。

抒写人生特定阶段状态，是诗人"独白"常见的话题。王恽《老境六适七首》是一组对人生晚境生活状况写实诗歌。其序云："夫人生百岁，如驰驷过隙，能几七十者又复几人，所谓倘来外物，犹浮云过日，亦何足道哉。因感壮年所行，多轻生之事：趋前太猛一也，读书过分二也，饮酒无量三也，妄虑坐驰四也，喜谈耗气五也，战艺多劳六也。不肖今年已逾六旬，念此六失，觉五十九年之间，何趑是耳。而惊而愕，且畏且怖，岂胜既哉。故养生之念，蹶然生于中，盖其势有不得不然者。因作《老境六咏》，庶几与吾同疢者闻之不无少有所戒，亦老者安之之意也。至于直达性情，以救往失，初不以工与拙为计也，幸观者无谤。至元二十四年冬十一月一日秋涧老人谨白。"其诗云：

饭饱即步

残书读罢午餐余，信步徐行当泽车。接武径过通德里，谈玄时到故人庐。老便步稳靴无袜，静爱深璙佩有琚。相送归时灯已上，到床一枕即华胥。

目倦忘书

辛苦双明六十强，满前花黑理应常。酒杯纵对甘无分，书卷相看任久忘。虚室靖深便默坐，午窗晴烂怯余光。悠悠未了三千牍，吟讽从今付窟郎。

言慎养气

聚首闲谈足是非，到头赢得小人归。属垣有耳当扪舌，守口如瓶慎动机。珍惜无先吾气浩，坐忘深识道心微。客来客去俱恬静，克己存诚恐庶几。

食甘戒饱

食前方丈肉如陵，莫遣分毫胃气胜。百斛尽从中所过，微躯能不病相仍。已饥便饫甘能止，过软虽鲜热即乘。此是老坡真圣乐，免教携杖去腾腾。

寤寐绝思

梦神依例到残更，目似鳏鱼了不瞑。正为胆寒增展转，不缘身老惜伶俜。涤除玄览归安静，宰制心君入杳冥。昨旦早兴襟韵足，不知青镜鬓星星。

息艺休心

辞笔纵横更老成，只来虚誉不根经。风云满眼嗟何有，月露盈箱笑未停。肆口成章终妄作，忘言休思是颐龄。子渊直在心斋妙，一字何尝及性灵。

坐倦即眠

坐暖团蒲倦自然，梦归先到蝶飞边。脊寅痴绝凝盘石，肩井斜倾似堕鸢。香散余馨栖翠被，烛摇寒影掩残编。老来境界无多昧，饥即思餐困即眠。（其一）

香冷灯残静枕帷，竹窗幽思独依依。时情久与诗情淡，锐气今从夜气归。空控孤膺坚鹘坐，渐惊缝掖拥腰围。黑甜滋味虽同体，未分甘从朽木讥。（其二）①

从序中可知，这组养生七律写于元世祖至元二十四年（1287），是年王恽61岁。同年二月二十七日，妻推氏去世，王恽以《推氏卒哭祭文》伤悼。妻子的离去对其打击很大，"因感壮年所行，多轻生之事"，对身体状况和养身之道的关注促使他创作了这组诗歌。《饭饱即步》针对壮年"趋前太猛"而发。描述饭后漫步徐行，途经故人宅，相谈甚欢。辞友回家后，倒头便睡的场景。"华胥"指梦境，典出《列子·黄帝》。《目倦忘书》针对壮年"读书过分"而发。言年老昏花，面对美酒、书卷也无太多的兴致。虚室静坐，内心满是凄惶。《食甘戒饱》针对壮年"饮酒无量"而发。诗人告诫自己，一切的疾病都缘自过"甘"过"饱"。《寤寐绝思》针对壮年"妄虑坐驰"而发。诗人告诫自己，要知天命，勿妄思妄动。《言慎养气》针对壮年时"喜谈耗气"而发。诗人告诫自己要养气慎言，莫论"是非"，"克己存诚"。《息艺休心》针对壮年时"战艺多劳六"而发。在诗人看来大半辈子的"辞笔纵横"只换来"虚誉"，这种劳神费力实非养身之道，只有"忘言休思"才是"颐龄"之举。《坐倦即眠》二首，进一步描述了老境"无多昧"情形，告诫自己要学会放下，顺其自然，"饥即思餐困即眠"。组诗以"独白"的方式，展现了诗人暮年身体状态及心态。这里有对前半生的反思，也有对未来的期待，更多的是不得不放下的"无奈"，准确地反映了诗人暮年生活状态。丧偶之痛彻底改变了诗人生存状态，此前积极事功的王恽变得淡泊自守了。

忧谗畏讥，传达难以言说的人生体验，是"独白"的重要内容。方回《重阳吟并序五首》借古人重阳日诗句，以抒发乱离之感。序云："兴有不同，而皆极天下之感，君子以之冥心焉。陶渊明曰'闲居爱重九之名'，此闲寂之极感也；苏长翁曰'菊花开时即重阳'，此旷达之极感也；潘邠老曰'满城风雨近重阳'，此衰谢之极感也；吕居仁曰'乱山深处过重阳'，此羁旅之极感也。予不肖，何足以跂前人？尝有诗曰'干戈丛里见重阳'，此亦离乱之极感也。

① 杨镰：《全元诗》，第 5 册，中华书局 2013 年版，第 295 页。

世人徒赏邠老之句,窃意其未必得斯句之意,姑随声附和耳。予癸未之岁,适遇闲居重九,私念平生,五感俱集,遂吟为五解,而吊影以歌之。重九前五日,方回序。"①每年农历九月初九日,是中国民间传统中的重阳节,民间有拜神祭祖、登高祈福、饮宴祈寿等习俗。因日与月皆逢九,故又称"重九"。序中总结了古人因处境不同,"重阳"感怀各异。陶渊明回归田园,谢绝官场交游,故有"闲寂之极感";苏轼被贬岭南,看淡人生坎坷,故有"旷达之极感";吕本中北宋亡后,流寓江左,家国沦亡之痛极其深沉,面对菊花故有"羁旅之极感"。潘大临(字邠老)适遇满城风雨之时,却遇催租上门,故有"衰谢之极感"。方回生逢干戈动乱之秋,家国兴亡、亲知离世、人生毁誉集于一身,故有"离乱之极感"。组诗以"菊花""重阳"意象贯穿古今,迭现不同的环境,演绎了诗人错综复杂的情感世界。"衣冠南渡紫微郎,流落天涯事可伤",正是诗人生涯的生动写照,道出了诗人内心的"凄怨"之情。

宋德祐二年(1276)二月初六日,方回率官员以郡迎降归元,至元十八年(1281)六月解任,前后五年时间。在降元一事上,方回屡遭世人非议,他也一直都耿耿于怀,直到晚年都无法解脱。顾嗣立称其"晚而归元,终以不用,乃益肆意于诗"②,有不为人知的隐衷,算是"知音"之言。其《七十翁五言十首》《七十翁七言十首》《七十翁吟五言古体十首》《七十翁吟七言十绝》等系列"七十翁"组诗,正是这种精神状态的反映。詹杭伦《方回的唐宋律诗学》中说"五十六岁至八十一岁,是方回闲居终老时期"③,作为一个离开江湖的老人,其内心并非真的宁静。如《七十翁五言十首》,诗云:

岂谓真成老,元来总堕虚。它乡身似雁,永夜眼如鱼。未觉知几早,惟嫌料事疏。纵无三阁馔,犹有五车书。(其一)

愁与忧全异,欢于乐尚遥。百年元易度,一日却难消。玉匚圭中必,桐犹爨下焦。襟怀殊郁郁,纵目却飘飘。(其二)

五月炎歊早,冰盘未荐瓜。客中如许热,林下岂无家。体炙巾缯火,肤斑点铁砂。一杯庆七十,汗滴暮楼霞。(其三)

瘴疬金蚕毒,干戈铁马群。一生逃万死,百岁仅三分。遑恤恒饥子,姑留自祭文。醺醺人笑我,方寸不醺醺。(其四)

七堠长亭路,前程已不多。最欺吾老者,绝奈后生何。去晚陶弘

① 杨镰:《全元诗》,第 6 册,中华书局 2013 年版,第 20 页。
② (清)顾嗣立:《元诗选》,初集上,中华书局 1987 年版,第 188 页。
③ 詹杭伦:《方回的唐宋律诗学》,中华书局 2002 年版,第 12 页。

景,迷凶马伏波。幸逢黄菌耦,且赋紫芝歌。(其五)

只影兼孤喙,攒眉更结喉。一生无大喜,万种有闲愁。冠豸羞言路,凭熊齿郡侯。休官十六载,不报破家仇。(其六)

故人书见问,近况复如何。酒病沉绵剧,诗愁感慨多。胫枯全似鹤,髻小仅如螺。更许十年活,渔矶破几蓑。(其七)

父母嗟难报,乾坤荷曲成。居然生寿相,颇亦窃诗名。箕子九畴范,太公三略兵。老身宁坎止,时彦或流行。(其八)

诗家自有律,高处在平中。能使生为熟,何愁拙不工。严祠七里濑,汉鼎一丝风。敢谓方虚叟,还如陆放翁。(其九)

紫阳山下住,问字足儒生。鲜果枝头熟,新醅瓮面清。学师朱仲晦,诗友许宣平。焉得孟能静,沧浪共濯缨。(其十)①

组诗再现了方回晚年隐居生活及闲适心境。其一,言年近老暮,漂泊他乡,心中始终萦绕着故乡的情怀,难以忘却。其二,言七十年的人生酸甜苦辣,滋味淆杂,难以言说。虽有报国之志,最终却走投无路。其三,言他乡的五月酷暑难耐,诗人浊酒一杯庆七十生辰,感慨生存不易。其四,言自己生逢乱世,多次出生入死,遭他人误解,但内心坦然。其五,言年事已高,雄心不再,已无马援之志,思效陶弘景归隐田园。其六,言罢官后,已远离政治,内心泯灭了报国豪情。"一生无大喜,万种有闲愁",隐约概括了降元直罢官的人生。其七,言暮年诗酒生涯,穷愁潦倒,恐怕撑不过十年。其八,言年逾七旬"居然生寿相,颇亦窃诗名"的欣然,只可惜难报父母养育之恩,只得依环境的逆顺确定进退行止。其九,言自己一生以诗为伴,自信文学成就不输宋代大文豪陆游。其十,言晚年罢官后回归紫阳山下,以乡贤朱熹为榜样,勉励自己。过着诗酒风流、怡情山水的生活。整组诗歌,从不同层面揭示了方回晚年复杂的内心世界。在宋末交替之际,济世安民的理想无从实现,且背负着身仕贰朝的骂名,方回不得已罢官闲居,其内心的痛苦又有谁知? 正如戴伟华先生所言:"独白诗的产生与诗人的性格和际遇有相当大的联系。独白诗常常产生于诗人情绪震荡、心灵躁动不安之时,他们以诗为手段,抒写内心的痛楚,坚定自我人格的信心,表达对时局的担忧和对政治的评价。"②诗人唯有对酒当歌,寓情于诗,通过与"自我"的对话,来摆脱内心的孤独,宣泄内心的郁闷。

---

① 杨镰:《全元诗》,第6册,中华书局2013年版,第399—400页。
② 戴伟华:《独白:中国诗歌的一种表现形态》,《中国社会科学》2003年第3期,第154页。

纪梦、游仙是披露心迹常用手段，也是"独白"组诗钟情的领域。林景熙的《梦中作四首》反映了诗人隐晦而炽热的爱国情感。引云："元兵破宋，河西僧杨胜吉祥行军有功，因得于杭置江淮诸路释教都总统，所以管辖诸路僧人，时号杨总统。尽发越上宋诸帝山陵，取其骨渡浙江筑塔于宋内朝旧址。其余骸骨弃草莽中，人莫敢收。适先生与同舍生郑朴翁等数人在越上，痛愤乃不能已，遂相率为采药者至陵上，以草囊拾而收之。又闻理宗颅骨为北军投湖水中，因以钱购渔者求之，幸一纲而得，乃盛二函，托言佛经葬于越山，且种冬青树志之。在元时作诗，不敢明言其事，但以梦中作为题，下篇《冬青花》亦此意也。"诗云：

> 珠亡忽震蛟龙睡，轩敝宁忘犬马情。亲拾寒琼出幽草，四山风雨鬼神惊。（其一）
> 一抔自筑珠丘土，双匣犹传竺国经。独有春风知此意，年年杜宇泣冬青。（其二）
> 昭陵玉匣走天涯，金粟堆前几吠鸦。水到兰亭转呜咽，不知真帖落谁家。（其三）
> 珠凫玉雁又成埃，斑竹临江首重回。犹忆年时寒食祭，天家一骑捧香来。（其四）①

元世祖至元二十一年（1284），江南总摄番僧杨琏真伽发掘宋帝陵寝，引起南宋遗民极大震动。谢翱、林景熙、郑宗仁遗民诗人等暗中将宋帝的骸骨搜集、合埋在一起。组诗即有感于此而作。托言"梦中作"，乃曲笔之意。其一，是记叙皇陵被掘，作者等人搜集宋帝骸骨的情形。其二，以"杜鹃啼血"比作宋帝，言先朝皇帝在九泉之下的哀伤。其三，是写南宋遗民们对先帝的怀念之情。"金粟堆前几暮鸦"是形容宋帝诸陵被掘之后的残破荒凉。借兰亭真帖的失踪之典，暗指宋帝遗骸的失散引起遗民的怀念之情，笔法隐晦，而喻意妥帖。其四，借二妃哭舜的典故，抒发作者的亡国之痛。组诗名为"纪梦"，实乃"纪实"。南宋的覆灭，惚若梦中。其用意不过是像宋无名其集为《哼呓集》一样，借"梦呓"以逃避元廷的迫害而已。此类"纪梦"组诗，还有家铉翁《纪梦三首》、杨载《纪梦二首》、朱德润《十二月七日夜纪梦四绝》、杨维桢《梦游海棠诗卷二首》、王冕《闰七月二十三夜记梦诗二首》、秦约《纪梦柬陈检讨五首》、刘叔远《山中梦母二首》等，无不以"梦境"以来诠

---

① 杨镰：《全元诗》，第 10 册，中华书局 2013 年版，第 453 页。

释深藏于内心的真情实感。

郑思肖作为一位激烈型遗民,其《写愤三首》抒发了因亡国而生的愤懑之情,序云:"偶一夕,枕上苦吟不就,忽于梦中吟得五字云'翻海洗青天'。正属对间,为人唤觉,则天已大明矣。今足之于后。"由夜梦"翻海洗青天"而未足,"为人唤觉",至白天"足之于后",因果关系清晰。诗云:

> 自许志颇大,频歌慷慨辞。攒眉无说处,仰面独行时。豪杰心犹檗,生灵命若丝。当今欲平治,舍我则云谁?(其一)
> 开眼看不得,愁来只自颠。六年万忧苦,四海一腥膻。叹命巧相值,观时痛可怜。却惭深夜月,犹忍照胡天。(其二)
> 朝廷罹祸乱,民物苦颠连。晋帝渡江谶,唐皇幸蜀年。剖云行白日,翻海洗青天。办得大事了,胸中即泰然。(其三)①

这组以"梦吟"为线索的自吟体诗,反映了郑思肖沉积于内心的孤独与苦闷。其一,以"自许志颇大志"来形容自己"恢复"之志的坚定与持久,传达出"舍我则云谁"的霸气。宋朝覆灭了,他满腔愤气,把复国作为自己义不容辞的责任,大有屈原"九死未悔"之气概。其二,言大宋灭亡后的现实惨不忍睹,"六年万忧苦,四海一腥膻"一句,表达了对蒙元少数民族政权的不满,隐含着对故国的思念。其三,以晋帝渡江,唐皇幸蜀的典故申诉国破家亡的剧痛和三宫北上的悲哀,表达了郑思肖"剖云行白日,翻海洗青天"豪情。三首诗歌都是郑思肖的"自言自语",从不同侧面展示了他的心路历程。其《中兴集》自序云:"今八荒翻沸,山枯海竭,身于是时,能无动乎?……我虽无知,实不敢与贼走而俱化。故哀痛激烈,剖露肝胆,洒血誓日,期毋渝此盟。五六年来,梦中大哭,号叫大宋,盖不知其几。此心之不得已于动也!夫非歌诗,无以雪其愤,所以皆厄挫悲恋之辞。我之所谓诗者,非空寄于言也,实终身不易之天也,岂徒诗而已哉!"②从序中"五六年来,梦中大哭,号叫大宋,盖不知其几"的描述中可见郑思肖对故宋的深沉眷恋之情。

借游仙以咏怀是古诗传统,也是诗人"独白"常选的路径。"游仙,即在意识和观念中虔信仙界的存在和仙人之无虚,在日常生活和行动中努力超越生命极限,达到永生永恒,就是古代中国人渴望突破有生,进入无验的一

---

① (宋)郑思肖撰,陈福康校点:《郑思肖集·中兴集一卷》,上海古籍出版社1991年版,第61页。
② 同上,第43页。

个极好的例证。"①从历史上看,游仙诗的发展有两条路径:一是以曹植开启的虚构传统,即"列仙之趣",以虚构的仙境体验为主要内容,是后代游仙诗的主流。二是以郭璞为代表的现实传统,即"坎壈咏怀",借游仙以咏怀,以反映现实遭遇为主,与仙境体验无关,乃游仙诗之变调。朱自清《诗言志辨》认为游仙诗是"比体"诗,"后世的比体诗可以说有四大类:咏史、游仙、艳情、咏物",并认为"游仙之作以仙比俗,郭璞是创始人"②。

传统中国文人的人生轨迹,往往遵循着少年游侠、中年仕宦、晚年游仙的路子。游仙活动常发生在人生的老熟阶段,进而迸发出悠远酿厚的文化气息。虞集《客有好仙者持唐人小游仙诗求予书之恶其淫鄙别为赋五首》便是这样的一组游仙诗,反映了虞集晚年的人生态度。诗云:

> 东海转上白玉盘,满天风露桂花寒。方平欲来共今夕,微闻洞箫过石坛。(其一)
>
> 偶过松间看弈棋,松枯鹤老忘归时。山前酒熟不中吃,自有金盘行五芝。(其二)
>
> 关关雎鸠在河洲,锦幄春温吁可愁。六合清凝海天碧,木公金母坐优游。(其三)
>
> 衣垂烟雾冠晨晖,雪色鬌毛风外稀。何事酒垆眠不去,尘中醉里或忘机。(其四)
>
> 老妇扶儿休笑侬,不肯学仙蚕已翁。东家木公合辟谷,但汝护田祈岁丰。(其五)③

从标题中可知,起因是"客有好仙者"请虞集手书唐人曹唐《小游仙》,虞集感于曹氏游仙诗"淫鄙",愤而"别为赋五首",以示区别。其一,写设宴待客的场景,明月初升、风露清凉为背景,以"微闻洞箫"暗写对方赴约,避开了酒食音乐等感官享乐的描写。其二,写松下观弈忘归的场景,借王质观弈之典,写"洞中方一日,世上已千年"的恍若隔世之感,突出仙俗之异。其三,借《诗经》"关关雎鸠"之典,写仙境之中木公金母的爱情。其四,写醉酒的场景,不写醉酒的沉酣之乐,而以"忘机"上升到精神体验层面。其五,借仙界的"辟谷"与凡尘的"护田祈岁丰"对照,凸显仙人生活与凡人的不同。组诗除第三

---

① 汪涌豪、俞灏敏:《中国游仙文化·引言》,复旦大学出版社 2005 年版,第 3 页。
② 朱自清著,邬国平讲评:《诗言志辨·赋比兴通释》,凤凰出版社 2008 年版,第 89 页。
③ 杨镰:《全元诗》,第 26 册,中华书局 2013 年版,第 231 页。

首直写男女之情外，其余四首均是对仙人日常生活场景的描述，重心较曹唐有极大差别。虞集从"嗜欲淡泊，思虑安静"的角度出发，回避对仙界物欲享乐的渲染，认为其不符合"情性之正"①。从这个意义上说，虞集游仙诗所体现出"雅正"的审美趣味，与曹唐游仙诗之"艳情"低俗有着天壤之别。

到了元末，虞集游仙诗的"雅正"格调已不合时宜，被杨维桢为代表的奇丽险怪所取代。其《小游仙二十首》对曹唐《小游仙》有明显的仿效痕迹，诗云：

> 素华殿上玉垂帘，羿家妇来为可嫌。河上剑翁肝胆露，电光一道落妖蟾。（其四）
> 麻姑今夜过青邱，玉醴催斟白玉舟。莫向外人矜指爪，酒酣为我擘箜篌。（其五）
> 道人得道轻骨毛，飞渡弱水能千遭。明朝挟至两浮岛，卧看沧洲戏六鳌。（其七）
> 日落海门吹凤匏，须臾海水沸如炮。船头处女来相唤，知是洞庭千岁蛟。（其十一）
> 曾与毛刘共学丹，丹成犹未了情缘。玉皇敕赐西湖水，长作西湖月水仙。（其十四）
> 西湖仙人莲叶舟，又见石山移海流。老龙卷水青天去，小朵莲花共上游。（其十七）②

其四，写玉宇琼楼的月宫和宫中仙女嫦娥。以"电光一道落妖蟾"来形容澄澈明净的明月，其奇险新异令人惊讶。其五，写仙女麻姑邀"我"饮酒、酣歌。与麻姑平等相待，足见诗人的桀骜不驯。其七，写道人修炼得道后的逍遥自在，从"飞渡弱水""卧看沧洲"描绘中，可见出诗人自由无羁的性格。其十一，写海门日落，凤匏之声响起，顿时"海水沸如炮"的场景，随后洞庭湖"千岁蛟"化成船头"处女"呈现眼前。场景突兀诡谲，形象险怪荒诞，令人咋舌。其十四，言"学丹"不以仙界为归宿，而是尘缘未了，留恋于世间的美好。这与杨维桢"遂放浪钱唐，与道士张雨游西湖南山，穷日夜为乐"③的生活极为相类。其十七，极写西湖仙人乘莲叶舟遇风升空的奇异场景。将"老龙"

---

① （元）虞集：《盱江胡师远诗集序》，（元）虞集著，王颋校点：《虞集全集》，上册，天津古籍出版社2007年版，第475页。
② 杨镰：《全元诗》，第39册，中华书局2013年版，第84—85页。
③ （元）贝琼著，李鸣校点：《贝琼集》卷二《铁崖先生传》，吉林文史出版社2010年版，第11页。

意象与"小朵莲花"意象并置,视觉冲击力极强。在这组游仙诗中,诗人以"情性"为出发点,"写出了一种以仙境体验为表层内容、以个人情性为精神内核的新型游仙诗,使得游仙诗在内容属性上呈现出一种虚与实、真与幻的共融,这也是杨维桢对游仙诗传统的最重要的革新。"①这种以情性体验为旨归,又保留游仙诗固有的虚无缥缈感,不仅强化了诗人"独白"的力度,更提升了游仙诗艺术表现力。

元末道教盛行,杨维桢虽曾批评过道家崇尚虚无、灭绝礼乐的思想倾向,但道家"自然"论对他的影响是显而易见的。仕途的坎坷,对现实世界的失望,使其把理想寄情于非现实世界中,营造一个"神仙世界"作为精神寄托。其游仙诗中扑朔迷离、摇曳多姿的神仙境界,正是此种心理的折射。清人翁方纲《石洲诗话》卷五评:"小游仙,以廉夫之艳彩为之,自有奇情,迥非唐人之滥可比。"②这种"奇情"是其《大人词》中的"大人"(即"仙人")那种超越时空、摆脱世俗羁绊,追求绝对自由情愫的集中展示。

寓情于物,借"物语"抒"人情",是诗人"独白"又一范式。徐孜《五有吟》是一组乱世励志诗,以"独白"方式赞美了"五有先生"的品格,传达了诗人身逢乱世的人生态度。序云:"先生不知何许人,性好学,喜为文,经史相传莫不广览。直而无骄,谦而无谄。尝以孝友为世所推重,以文行为孝友者所宾礼。与人辄退谦,授生徒有博约,诚好德乐道者也。其年弥高,其志弥笃。值时异事殊,室为灰烬,田为草莱,不免游离颠沛而道不行,困泥陈辙,无所不至。横遭摽掠,行李萧然,其幸免而仅存者五,因潜其姓名,自号五有先生。自歌自咏,遂积为《五有吟》,聊以坚其固穷之志云耳。"诗曰:

先生家有一张琴,弦歌曾鼓缁帷林。远来渔火挐舟听,悠悠千载传至今。风急天高穷猿啸,月明海底苍龙吟。浮云飞絮不到处,高山流水声难寻。吁嗟子期今已矣,弦间指下空留心。惟有渊明得真趣,无弦曾不求知音。(其一)

先生家有三尺剑,风胡欧冶精煅炼。自是次山金铁英,铸出锋芒光掣电。夜夜紫气横斗牛,刚亦不吐柔不咽。弹铗可簇天下车,伐敌可息天下战。云胡韬晦入匣中,不为苍生救时变。慎勿见水化为龙,起舞有德待天眷。(其二)

① 朱曙辉、霍美丽:《论杨维桢对古典游仙诗传统的突破创新》,《宜春学院学报》2017 年第 5 期,第 89 页。

② (清)翁方纲:《石洲诗话》卷五,郭绍虞选编,富寿荪点校:《清诗话续编》,上册,上海古籍出版社 1983 年版,第 1460 页。

先生家有千年镜，光莹隐隐中盘龙。万里晴天悬皎月，一团秋水生芙蓉。频看勋业频拂拭，门阃不遣尘埃蒙。孤光一发见肝胆，区区岂独能照容。更解鉴今复鉴古，媸妍邪正填心胸。兴亡治乱道不得，何时进入蓬莱宫。（其三）

先生家有千丈松，昂霄耸壑如苍龙。盘根入地几千尺，偃蹇蔽日常重重。四时不改青青色，笑傲霜雪排严冬。劲节自守君子操，虚名宁受大夫封。丝苓不为世所采，栋梁当为时所崇。剪伐岂是大早计，大材瓠落难为容。（其四）

先生家有一顷田，洞洞属属承世传。不忧水旱不种谷，东阡西陌常丰熟。以笔为耒以舌耕，长年何劳耕牛犊。由来经训是菑畬，插架何啻三万轴。取之无禁用无竭，个中自有千钟粟。时乎时乎何异然，顿使广文忧不足。（其五）①

标题下有注："丙申，寓浮梁潘村作。"从诗"注"与"序"可知，这组《五有吟》是诗人在至正十六年（1356）辗转于浮梁潘村时所作。诗中所赞颂的"五有先生"与阮籍笔下的"大人先生"、陶渊明笔下的"五柳先生"一样，是诗人远离尘俗、高尚人格的象征。所谓"五有"指"一张琴""三尺剑""千年镜""千丈松""一顷田"。除末者指"以笔为耒以舌耕"的"书田"，非指农家种之田外，其余所论皆为实物。以"五有"写物质生活贫乏，彰显其"固穷之志"，正所谓"以乐景写哀"。面对"何异然""道不得"的时局，诗人表达了"劲节自守君子操"的信念。"慎勿见水化为龙，起舞有德待天眷"，以剑自喻，实现"弹铗可簇天下车，伐敌可息天下战"的人生目标。他想化作一面镜，"更解鉴今复鉴古，媸妍邪正填心胸"，鉴古知今，裨补时阙。"惟有渊明得真趣，无弦曾不求知音"，引钟子期及陶公之典，传达出知音难寻的苦闷。诗人"以笔为耒以舌耕"，竟然"取之无禁用无竭，个中自有千钟粟"，充满着自我解嘲式的戏谑。组诗以"先生家有×××"起首，反复吟咏，强化了乱世中的生存现状，是诗人内心的真情"独白"。

朱德润是元代一位诗人、画家，隐居苏州近三十年，周伯琦称其"秀异绝人，读书一过辄能记。每以诗文自喜，善书札，尤工画山水人物，有古作者风，天得也。当延祐之末，年廿五，游京师。……既归，杜门屏处，讨论经籍，增益学业，不求闻达。垂三十年，声誉弥著。"②其晚年的诗歌创作，既有对

①　杨镰：《全元诗》，第33册，中华书局2013年版，第183—184页。

②　（元）周伯琦：《有元儒学提举朱府君墓志铭》，李修生主编：《全元文》卷一三八九，第44册，江苏古籍出版社1999年版，第640页。

隐居生活闲逸的描写,也有对孤独与寂寞心境刻画,反映着诗人痛苦而矛盾的内心世界。《赓龚子敬先生十清诗》是一组唱和诗书画家龚璛的组诗,分咏无弦琴、魂石砚、藜藿盘、竹几书、萧瓮冰、磁瓶粥、鱼油灯、榾柮火、茅屋霜、柴门月等田园生活常见器物,表达了对"清境"的向往。如《柴门月》:"团团荆扉月,影转如镂金。夜深启门坐,清光满长林。"①这种以"清"为特征的审美趣味,是其淡泊心志和高洁情怀的写照,虽不无离群索居的落寞,但也有着孤芳自赏的高傲。有研究者指出:"官场的腐败和社会的黑暗,使他认识到了仕途的凶险,他不愿依附权势自毁人格求得自保,又不愿因坚持自己的人格理想而受到迫害,所以在青云直上的当口,归隐田园,也是他自律自适自由自在的人生观使然。也许在蒙元时代,这是一个既忠直守正又向往自由的儒者的必然归途。"②朱德润在无法实现"兼济"理想后,转而追求"独善",背后隐藏着难以言说的无奈与孤独。

杨载《东阳十题》、黄潘《和吴赟府斋居十咏》所咏十物同为蠹简、焦桐、破砚、残画、败裘、旧剑、尘镜、废檠、断碑、卧钟,这些物品被批冠以"蠹""破""败""旧""废""断""尘"之类表示衰败的词,以见诗人的悲悯之心,更见诗人托物言志的用意。前文已论,兹不赘述。

借古讽今,"借他人酒杯,浇自己块垒",是"独白"使用频率最高的题材。元代组诗中那些《咏怀》《古风》以及拟乐府诗、拟古诗,其实质都是诗人自我情感的表达,只不过是以"咏古"面貌伪装而已。诗人借与古人"对话"来实现"自言自语",其本质是另一种形式的"独白"。

张宪《琴操十九首》借用蔡邕《琴操》旧题,分《闵周操》《怀燕操》《观光操》《西日操》《禹迹操》《风雷操》《高山操》《涉秦操》《望陵操》《春江操》《怀耕操》《惜逝操》《山鬼操》《狐兮操》《鸟失巢操》《山君操》《咋骨操》《吓腐操》《怀旧隐操》来吟咏"干戈不息,殆且十年"的遭遇与感受,是一组写实诗。对照《琴操》古题可以发现,张宪这组名为《琴操》的诗并未拘泥于原题,而是像唐代新乐府作家一样"自创新题",这就使其有利于摆脱诗题本事的束缚,便于抒写其狂放不羁的个性才情。关于创作目的,其《琴操序》有明确交代:"干戈不息,殆且十年。余流连江湖间,幽忧愤奋。不见中兴,涯际四方。又无重耳小白之举,思欲终老深山大泽中,且所不忍。将欲仗剑军门,而可依者何在?作琴操十二,以寄意焉。俾能琴者寻声而鼓之,余倚歌

---

① 杨镰:《全元诗》,第 37 册,中华书局 2013 年版,第 119 页。
② 陈才生:《朱德润文化思想初探》,《殷都学刊》2019 年第 4 期,第 98 页。

而和之,或者可以少泄于梗梗云。"①《闵周操》借自然界中潺潺的流水和茂盛的庄稼起兴,引出了对古圣贤的追思。张宪生活在元末,当时兵变不断,战祸无休,人民流离失所,他为自己不能救民于水火而深深自责。《怀燕操》与《禹迹操》通过"黄金台""大禹治水""侯伯牧守"等典故,含蓄婉转地表达了悯时丧乱的思想感情。《西日操》以"日薄西山"起兴,暗示出诗人因政治理想无法实现而产生郁闷的心情。《望陵操》用了铜驼荆棘意象和曹孟德被称为汉贼的故事,告诫后人"毋披猖兮恃强力",讽谏之意明显。《春江操》以"春江兮潺潺"起兴,以春江浪急形容世道不宁,表达了对"王室之不安"的担忧。《怀耕操》言乱世之中风雨失调,百姓无以为生,诗人感慨"田实祸余",因无力改变现实而哀伤。《惜逝操》以蟪蛄短暂一生与漫长宇宙相比较,来感叹时光流易逝,功业未竟的忧伤。《鸟失巢操》以"鸟儿失巢"为喻,揭示乱世中百姓流离失所。面对"朝不得食"且"暮无所归"处境,诗人满怀愤懑。组诗以历史事件或人物为中心,将史实与现实结合在一起,借古讽今。诗中大量使用魑魅、夔龙、妖孽、山鬼、鬼蜮等怪异意象,同样是表达对现实的不满。张宪生于元明易代之际,"志不获伸,才不克售,伤时感物,而泄其悲愤于诗者如是,使其生当熙皞之世,所以歌咏泰平之化,当复何如哉?"②四库馆臣评曰:"宪学诗於杨维桢,维桢许其独能古乐府。今集中乐府《琴操》凡五卷,皆颇得维桢之体。其他感时怀古诸作,类多磊落肮脏,豪气坌涌。"③以"磊落肮脏,豪气坌涌",赞其古乐府品格,足见气象不凡。

　　廼贤《读汪水云诗集二首》借对汪元量的凭吊,表达了自己忠君报国的情怀。"水云汪元量,字大有,钱塘人。以善琴受知宋主。国亡,奉三宫留燕甚久。世祖皇帝尝命奏琴,因赐为黄冠师。南归时幼主瀛公、福王、平原郡公赵与芮、驸马右丞杨镇、故相吴坚、留梦炎、参政家铉翁、文及翁、提刑陈杰、青阳梦炎、与宫人王昭仪清惠以下,二十有九人,分韵赋诗,以饯其行。水云之诗多纪其国亡时事与文丞相狱中倡和之作。文丞相又与马丞相廷鸾,章丞相鉴,邓礼部光荐,谢国史枋得,刘太博辰翁序其诗集。刘公又为批点。余问闻危太史言曰:水云长身玉立,修髯广颡,而音若鸿钟。北归,数往来匡庐、彭蠡之间,若飘风行云,世莫能测其去留之迹。江右之人以为神仙,多画其像以祠之,像至今有存者。其诸公所赋墨迹,尝见于临川僧舍云。

①　杨镰:《全元诗》,第57册,中华书局2013年版,第61—65页。
②　(明)张宪:《玉笥集》序,丛书集成初编,第2265册,中华书局1985年版,第1页。
③　(清)永瑢等撰:《四库全书总目》卷一六五,下册,中华书局1965年版,第1455页。

及余至京师,因徐君敏道得《水云集》,读而哀之。偶成二律,以志其后。"序中对汪元量的生平、交友及故国之思有清晰交代,其忠君爱国之情令人感动。诗曰:

> 三日钱塘海不波,子婴系组纳山河。兵临鲁国犹弦诵,客过殷墟独啸歌。铁马渡江功赫奕,铜人辞汉泪滂沱。知章喜得黄冠赐,野水闲云一钓簑。(其一)
>
> 一曲丝桐奏未休,萧萧笳鼓禁宫秋。湖山有意风云变,江水无情日夜流。供奉自歌南度曲,拾遗能赋北征愁。仙人一去无消息,沧海桑田空白头。(其二)①

其一,交代元军攻入杭州,南宋君臣举城称降。诗中以"秦王子婴素车白马,系颈以组,封皇帝玺符节,降轵道旁"②之事,暗讽南宋君王的俯首称臣。又以"金铜仙人辞汉宫"之典,来形象地展示汪元量在宋亡后奉三宫北上的心境。其二,以"一曲丝桐奏未休,萧萧笳鼓禁宫秋"点明汪元量宫廷乐师的身份。所谓"湖山有意风云变,江水无情日夜流"隐指其诗集《湖山类稿》中的情感基调。四库馆臣称"其诗多慷慨悲歌,有故宫离黍之感。于宋末诸事,皆可据以征信"③。李珏《湖山类稿跋》称:"纪其亡国之戚,去国之苦,间关愁叹之状,备见于诗。微而显,隐而彰,哀而不怨,欷嘘而悲,甚于痛哭。其《泣血录》所可并也? 唐之事记于草堂,后人以诗史目之。水云之诗亦宋亡之诗史也。"④所谓"南度曲""北征愁"正是指这类反映南宋亡国惨状的诗歌。有研究指出:"廼贤对这位前朝诗人,没有出于夷战胜夏的民族敌对情绪,他描述宋亡之际的汪元量是'兵临鲁国犹弦诵,客过殷墟独啸歌',他的隐居生活是'供奉自歌南度曲,拾遗能赋北征愁'。廼贤欣赏的是诗人坚持为历史吟唱心声的诗歌,至于诗人自己无法选择的时代、民族等等,已无关紧要。"⑤对廼贤而言,这种情感已经超越了民族的界限,具有了普世意义。

针对汪元量《水云集》的同题共咏,是元代诗坛引人注目的文学现象。

---

① 杨镰:《全元诗》,第48册,中华书局2013年版,第50—51页。
② (汉)司马迁:《史记》卷八《高祖本纪第八》,中华书局1963年版,第362页。
③ (清)永瑢等撰:《四库全书总目》卷一六五,下册,中华书局1965年版,第1413页。
④ (宋)李珏:《湖山类稿跋》,(宋)汪元量撰,孔凡礼辑校:《增订湖山类稿》附录一,中华书局1984年版,第187页。
⑤ 段海蓉:《元代诗人廼贤的本土化及其诗歌创作》,《民族文学研究》2011年第1期,第73页。

据《增订湖山类稿》附录一《诗词之属》载,当时有开先长老、赵炎、胡斗南、刘师复、刘志仁、孙鼎、彭淼、廼贤等48人作《题汪水云诗卷》①同题共咏诗,凭吊汪元量,寄托故国之思,表达了对这位爱国英雄的敬佩。

谢翱《续琴操哀江南四首》是借用乐府旧题,来凭吊汪元量、文天祥等忠义之臣。序云:"宋季有以善鼓琴见上者,出入宫掖间,汪姓,忘其名。临安不守,太后嫔御北,汪从之,留蓟门数年。而文丞相被执在狱,汪上谒且勉丞相:'必以忠孝白天下,予将归死江南。'及归,旧宫人会者十八人,酾酒城隅,与之别。援琴鼓再行,泪雨下,悲不自胜,后竟不知所在。嘻!汪盖死矣!客有感之者,为续琴操曰《哀江南》,凡四章。"其诗云:

我赴蓟门四之一

我赴蓟门,我心何苦。我本南人,我行北土。视彼翼轸,客星光光。自陪辇毂,久涉戎行。靡岁不战,何兵不溃。偷生有戚,就死无罪。莽莽黄沙,依依翠华。我皇何在,忍恤我家。

瞻彼江南四之二

瞻彼江汉,截淮及楚。起兵海隈,亡命无所。枕戈待旦,愤不顾身。我视王室,谁非国人。噫嘻昊天,使汝缧绁。奸党也寒,健儿胆裂。黄河万里,冰雪峨峨。尔死得死,我生谓何。

我操南音四之三

我操南音,爱酌我酒。风摧我裳,冰裂我手。薄送于野,曷云同归。自贻伊阻,不得奋飞。持此盈觞,化为别泪。昔也姬姜,今焉憔悴。山高水远,无相见时。各保玉体,将死为期。

兴言自古四之四

兴言自古,使我速老。麋鹿是游,姑苏荒草。起秣我马,徘徊旧乡。江山不改,风景忽亡。谁触尘埃,不见日月。梨园云散,羽林鸟没。吞声踯躅,悲风四来。尔非遗民,胡独不哀。②

从题中"哀江南"可知,这是一组遗民眷念故国的哀歌。谢翱模仿汪元量经历与感受,以"我"的口吻来抒情。其一,回忆汪元量随谢太后、恭帝北上,揭示了宋朝君臣沦为"阶下囚"的凄惶。"我皇何在,忍恤我家",表达了对故

---

① （宋）李珏:《湖山类稿跋》,（宋）汪元量撰,孔凡礼辑校:《增订湖山类稿》附录一,中华书局1984年版,第210—227页。

② 杨镰:《全元诗》,第14册,中华书局2013年版,第392—393页。

国沦丧的深沉眷恋。其二,颂了文天祥救亡图存的伟大精神。"尔死得死,我生谓何",谢翱因参与这场斗争,对生与死有着刻骨铭心的体验。在歌颂文天祥的慷慨就义时,也对自己的屈辱求生表达了不满。其三,言别离的悲伤和以死殉国的信念。在大都,宋丞相文天祥被拘于狱中,汪元量多次到狱所探望,援琴奏《拘幽》十操,文天祥亦倚歌和之。诗书互酬,激勉文天祥以忠孝白天下。"我操南音"点明了二人身份,强化了抒情效果。其四,抒发了国破家亡后的凄凉。"江山不改,风景忽亡",国家易主,此情此景怎不令人感伤。"吞声踯躅,悲风四来"所渲染的情调一如当年杜甫的《哀江头》。"尔非遗民,胡独不哀"句更是点出遗民诗人内心的悲伤。整组诗歌以庾信"魂兮归来哀江南"为基调,以宫廷乐师汪元量为典型,表达了遗民群体的深哀剧痛。"元量以一供奉琴士,不预士大夫之列,而眷怀故主,终始不渝。宋季公卿,实视之有愧。其节概亦不可及。"①汪元量虽然只是一位宫廷琴师,然其诗中充满着黍离之悲。在谢翱的心中,其地位与文天祥一样崇高。

受"诗言志"传统影响,"独白"组诗常与诗人复杂的人生及情感经历相关,是诗人抒写内心痛楚,悯时伤世等错综复杂情感的有效途径,具有系统性、多义性和晦隐性特点。从表达方式言,"独白"常有一个或多个潜在对话的对象,有时候是"我"与"另一个我"对话,如前文"自和"组诗,展现的是诗人多元复杂的心理;有时候为"我"与"虚拟人物"交流,如前文所论"我"与"五有先生"对话,道出了诗人心中的向往;有时候为"我"与"古人"对话,如前文所论的乐府组诗、拟古组诗等,表达出借古讽今的用意;有时候也表现为"我"与"物"的对话,托物言志,元代大量的禽言体组诗即属此类。从这个意义上讲,无论是咏物、叙事、抒情,甚至是议论,只要诗人处于"自言自语"状态下,写诗目的只用于个体情感的泻泄或自我心灵的交流,而不与"他人"发生联系,其性质均可以认定为"独白"。

第二节　集会与非集会场合的"对话"组诗

与"独白"组诗的自我抒写不同,"对话"组诗更注重群体诉求,是一种更具交际性、传播性的创作方式。戴伟华先生认为:"'独白'与'非独白'的区别在于诗人当时写作的目的是'给别人看'还是'给自己看'。至于'独白'而不'给别人看'的原因是多方面的,大概最重要的一点是不宜

---

① （清）永瑢等撰:《四库全书总目》卷一六五,下册,中华书局 1965 年版,第 1413 页。

'给别人看'．"①这里所谓的"非独白"即指"对话"，即诗人用诗歌与他人进行交往，作心灵的沟通。除"独白"诗中"不宜'给别人看'"之说值得商榷外，其从传播学角度对诗歌"独白"的分析甚精到，值得学界关注。

有关诗歌"对话"的研究，学术界已有了一批优秀的成果②。杨矗《对话诗学》说："'对话'概念是以语言活动中的'对话'为基础的，但又不限于纯粹的语言行为，而是还把它借用、扩张为作者与读者、作者与作者、读者与作者、读者与读者、作者与文本、读者与文本、文本与文本等之间的'对话'。这种'对话'就已经不是原来在语言范畴里的'对话'了，它们既可以是彼此间的相互影响、相互作用，也可以是一种理解、解释、重写、重建。"③其所认定的"对话"显然是更广泛背景下，包括作者、文本、读者等"多角色"的互动。本文所论仅涉及"作者与作者"之间的"对话"形态。

孔子的"兴观群怨"说，是对《诗经》社会价值与文化价值的全面概括，更是对《诗经》的政治属性及情感内涵的精辟展示。这里的"群"，是指文人间的诗酒风流、唱和赠答，它代表了文学的社交使命。周裕锴先生说："酬唱诗是儒家礼仪文化和人伦精神在诗歌领域的特殊表现形式，它在中国古代的社会交往中扮演着多种角色。……把'诗可以群'的功能推向极致，扩大了诗歌在社会生活中应起的积极作用。其在文学史上的最大价值，就在于将日常生活诗意化，即以艺术的竞技和应答来实现人的'诗意地栖居'。"④元代组诗中大量的"赠答""唱和""应诏""应教""应令""联句""送别"等组诗，正是诗歌在社交活动中留下的痕迹。

在元代，蒙古、色目士人与汉族文人之间由师生、同门、姻亲、同僚等社会关系，结成了"多族士人圈"⑤。这些形形色色的"圈子"经由文学活动相互连接，形成了覆盖面越来越广的士人社交网络，覆盖了元代各阶层。"多族士人在这样的网络中，经由文学与文化活动，步步融合，深度契合，很多士

---

① 戴伟华：《独白：中国诗歌的一种表现形态》，《中国社会科学》2003 年第 3 期，第 152 页、第 163 页。

② 参见孙明君《诗可以群——中国古代友情诗探论》，《社会科学辑刊》1999 年第 4 期；吴承学、何志军《诗可以群——从魏晋南北朝诗歌创作形态考察其文学观念》，《中国社会科学》2001 年第 5 期；周裕锴《诗可以群：略谈元体诗歌的交际性》，《社会科学研究》2001 年第 5 期。

③ 杨矗：《对话诗学》，人民出版社 2009 年版，第 241 页。

④ 周裕锴：《诗可以群：略谈元祐体诗歌的交际性》，《社会科学研究》2001 年第 5 期，第 129 页。

⑤ 参见萧启庆《九州四海风雅同——元代多族士人圈的形成与发展》，台北联经出版事业股份有限公司 2012 年版；刘嘉伟《元代多族士人圈的文学活动与元诗风貌》，人民出版社 2016 年版。

人之间的关系,达到了心灵与精神的契合,甚至建立了不间生死的友谊。"①以"多族士人圈"为依托而形成的广泛的雅集活动,为元代"对话"组诗的繁盛提供了适宜的环境。

元代早期的文人雅集以元世祖至元二十年(1283)的"雪堂雅集"为代表,参与者包括翰林文士商挺、李谦、王磐、徐世隆、王恽等19人,由雪堂和尚主持,这是至元馆阁诗人一次著名的集会,地点在大都城南天庆寺雪堂禅房。英宗至治三年(1323)由鲁国大长公主祥哥刺吉召集的"城南集会",地点同样在天庆寺。参与者有袁桷、赵世延、冯子振、柳贯、吴全节等14人,在中国书画鉴藏史上有着特殊的意义。② 元世祖至元二十三年(1286),王沂孙、周密、白珽、仇远等14人于杨氏池堂宴集唱和,留下了《杨氏池堂宴集诗》。至元二十三至二十四年间,"月泉吟社"的征诗活动,参与者达2 000余人,规模空前,集中展现了遗民群体的生存状况和普遍的精神诉求。元代科举的废黜后,政治上被"边缘化"的文人,需要一个较量才艺的场所与机会,各种形式的雅集满足了这种"竞技"的需要。

元代中期,雅集唱和风貌有了明显变化,由元初对故国的忧伤悲愤向讴歌新朝的太平盛世转变,"典雅平和"成为时代主旋律。台阁官僚代替了遗民故老,成为唱和的主体,元大都成为文人雅集活动的中心。揭傒斯《城南宴集诗后序》云:"京师天下游士之汇,其适然觏晤,为千载谈者之资。定百世通家之本,代有之矣。或以情附,或以义感,或以言求,其取友虽歧,苟轨于道,均可以著简书而托子孙也。城南兹集,得朋之义盖备焉。以仆愚戆,亦俾在列。肴核维旅,酒醴维旨,威仪有数,长幼有秩。举盏更属,以亲以久,比往风后,若劝若惩。弛以谈谐,终归雅则。残月既堕,白露在庭。觞酌未阑,赋诗斯举。"③序文揭示了名流荟萃的京师地区文人雅集的意义,它是文人"尚友"天下才俊的绝好平台。除大都以外,杭州也是文人雅集最为集中的地区之一。相对于大都雅集因官方背景而庄重有序,"以杭州为代表的东南地区的雅集活动,是南宋文人雅集活动的延续"④,人们更多的是追求情调,讲究清雅,呈现出轻松活泼的一面,因而是一种更为纯粹的文人雅集。

除了唱和内容与前期有异外,唱和群体也有了一些变化,许多蒙古、色

① 查洪德:《"华夷一体":元代文坛特征》,《民族文学研究》2017年第4期,第12页。
② 王进:《元代后期文人稚集的书画活动研究——以玉山雅集为中心展开》,博士论文,中国艺术研究院2010年,第14页。
③ (元)揭傒斯:《揭傒斯全集》文集卷三,上海古籍出版社1985年版,第290页。
④ 查洪德:《元代诗坛的雅集之风》,《安徽师范大学学报(人文社会科学版)》2013年第6期,第671—672页。

目人士进入汉族士人圈中。"元朝中期以后,一个人数虽不庞大,却是日益扩张的蒙古、色目士人群业已成立。此一异族士人群体并非孤立于汉族士大夫阶层之外,而是与后者声气相通,紧密结纳,相互间存有千丝万缕的关系。各族间共同的士人群体意识业已超越种族的藩篱,遂形成中国史上前所未见的多族士人圈。"①多族士人的广泛参与,改变了原有雅集的格局,进一步扩大了雅集活动的社会影响。

元代后期,雅集唱和活动达到了一个崭新的高度。唱和频率之高、活动规模之大与文人参与范围之广,较前期有了很大程度的提升,并涌现了大量的唱和诗集。雅集活动组织有序,体现了元代知识分子群体化加速的趋势。

元末文会雅集以"玉山雅集"最负盛名,无论是规模、持续时间,还是社会影响,均超过既往,成为元代文会雅集的巅峰。陈田在《明诗纪事》中说:"元季吴中好客者,称昆山顾仲瑛、无锡倪元镇、吴县徐良夫,鼎峙二百里间。海内贤士大夫闻风景附,一时高人胜流,佚民遗老,迁客寓公,缁衣黄冠,与于斯文者,靡不望三家以为归。"②参加雅集的人群,按身份分,有政府官员、地方士绅、各地僧道;按种族分,既有汉族人士,也有色目、蒙古族等少数民族士人。史载,"从后至元、至正之际开始(从摈弃旧习,折节读书开始),长达三十年间,顾瑛几乎与同时期在吴中活动的文人都有交往,曾与他唱和的,多达百人以上。"③顾瑛的热情好客和殷实的家境使得玉山雅集活动长盛不衰,文人间"对话"硕果累累,留下了《玉山名胜集》《玉山名胜外集》《玉山倡和》《玉山纪游》《玉山遗什》等唱和集,流传后世。四库馆臣评道:"考宴集唱和之盛,始于金谷、兰亭。园林题咏之多,肇于辋川、云溪。其宾客之佳、文词之富,则未有过于是集者。虽遭逢衰世,有托而逃,而文采风流,照映一世,数百年后,犹想见之。"④斯言信然。

在顾瑛主持下,从至元五年(1339)到至正二十六年(1366)的 27 年间,玉山草堂有记载的雅集活动就有 75 次之多,赴外地雅集者也不少,"对话"活动极为频繁。至正八年到至正二十年(1348—1360),是玉山雅集的鼎盛时期,唱和人数之多,达到了顶峰。至正戊子(1348)二月十九日,张渥作《玉山雅集图》,杨维桢写记,为后世留下了记录雅集活动盛况的珍贵文献。

---

① 萧启庆:《九州四海风雅同——元代多族士人圈的形成与发展》,台北联经出版事业股份有限公司 2012 年版,第 4 页。
② (清)陈田编:《明诗纪事》甲签卷二五"徐达佐条",上海古籍出版社 1993 年版,第 504 页。
③ (元)顾瑛辑,杨镰、祁学明、张颐青整理:《草堂雅集》,上册,中华书局 2008 年版,第 2 页。
④ (清)永瑢、纪昀等撰:《四库全书总目》卷一八八,下册,中华书局 1965 年版,第 1710 页。

表2 玉山雅集文人"对话"概况表

年号	日 期	地点	方 式	参 与 者
至正八年（1348）	二月十二日	虎丘	游历赋诗	顾瑛、杨维桢、张渥、于立
	二月十九日	玉山草堂	以"爱汝玉山草堂静"分韵赋诗	顾瑛、杨维桢、姚文奂、郯韶、李立、张渥、仲晋、于立、顾元臣
	二月二十一日	玉山草堂	游昆山联句	顾瑛、杨维桢、姚文奂、张渥、郯韶、于立
	三月三日	玉山草堂	宴饮赋诗	顾瑛、杨维桢、杨遵、陈贞
	三月四日	书画舫	以蚊字韵赋诗	顾瑛、杨维桢、李元珪、李廷臣
	三月十日	石湖	游石湖诸山	顾瑛、杨维桢、张雨
	三月	玉山草堂	集会	顾瑛、释良琦、郯韶
	六月二十四日	浣花馆	宴集联句	顾瑛、杨维桢、高智、于立、张师贤、袁华、陆仁
至正九年（1349）	六月十八日	芝云堂	宴饮赋诗	顾瑛、于立、吴克恭、释良琦、郯韶
	六月二十八日或之前	碧梧翠竹堂	以"暗水流花径，春星带草堂"分韵赋诗	顾瑛、吴克恭、于立、释良琦、刘起、张云、从序、高晋、郯韶、顾元臣
	十二月十五日	听雪斋	以"夜色飞花合，春深度竹深"分韵赋诗	顾瑛、旃嘉间、陈惟义、于立、陆逊、顾衡、虞祥、昂吉、章桂、王元珵
至正十年（1350）	正月十一日	玉山草堂	集会	顾瑛、陈基、于立、熊梦祥、陆仁、顾晋、顾元臣
	五月	玉山草堂	宴饮赋诗	顾瑛、锁住、殷子义、瞿荣智、顾权、秦约、于立
	五月十八日	昆山	宴饮赋诗	顾瑛、吴世显、李立、释良琦、于立
	五月十八日	湖光山色楼	口占	顾瑛、吴世显、释良琦、于立

续　表

年号	日　期	地点	方　式	参　与　者
至正十年（1350）	五月十九日	玉山佳处	联句	释良琦、于立
	七月五日夜	湖光山色楼	宴饮赋诗	顾瑛、于立、释良琦
	七月六日	芝云堂	以"风林纤月落"分题赋诗	顾瑛、吴世显、释良琦、李云山
	七月六日夜	秋华亭	以"天山秋期近"分题赋诗	顾瑛、吴世显、释良琦
	七月九日	秋华亭	和韵同赋	顾瑛、释良琦、于立
	七月十日	金粟池	以"荷净纳凉时"分韵赋诗	顾瑛、释良琦、于立
	七月十一日	渔庄	以"解钓鲈鱼有几人"分韵赋诗	顾瑛、释良琦、于立
	七月十二日	钓月轩	以"旧雨不来今雨来"分韵赋诗	顾瑛、释良琦、昂吉、于立、吴世显
	七月十三日	芝云堂	以"蓝田日暖玉生烟"分韵赋诗	顾瑛、于立、昂吉、释良琦、顾元臣、顾晋、徐彝
	七月十五日	芝云堂	以"高秋爽气相鲜新"分韵赋诗	顾瑛、于立、昂吉、郑元祐、陈基、释良琦
	七月二十一日	春晖楼	以"冰衡玉壶悬清秋"分韵赋诗	顾瑛、释广宣、郑元祐、于立、赵元
	七月二十五日	芝云堂	以"丹桂五枝芳"分韵赋诗	顾瑛、于立、王祎、袁华、释良琦
	七月二十九日	芝云堂	以古乐府分题作诗	顾瑛、于立、袁华、王祎、释良琦、赵元
	八月十九日	玉山佳处	以玉山亭馆分题赋诗	顾瑛、张翥、郑元祐、于立、郯韶、华翥、李元珪、释福初、释良琦
	八月二十二日	天平山	游历赋诗	顾瑛、释良琦、于立、萧景微、郯韶、郑元祐
	十一月十三日	春晖楼	宴饮赋诗	顾瑛、陈基、于立、沈右、释良琦、陆仁、郑元祐

续 表

年号	日 期	地点	方 式	参 与 者
至正十年（1350）	十二月一日	芝云堂	以"对酒当歌"分韵赋诗	顾瑛、于立、杨维桢、曹睿
	十二月十五日	湖光山色楼	以"冻合玉楼寒起粟"分韵赋诗	顾瑛、郯韶、张师贤、吴善
	十二月十九日	听雪轩	以"东阁官梅动诗兴"分韵赋诗	顾瑛、陈让、于立、陈汝言、郯韶、吴善
	十二月下旬	雪巢	饮茶赋诗	顾瑛、于立、陈基、郯韶、释良琦、吴善
	十二月二十二日	雪巢	煮雪烹茶赋诗	顾瑛、吴善、陈汝言、郯韶
	十二月二十八日	雪巢	煮雪烹茶赋诗	顾瑛、郯韶、释良琦、吴善、陈基、陆仁、瞿荣智、张师贤、袁华、于立
至正十一年（1351）	正月七日	虎丘	冒雪出游	顾瑛、郯韶、陈汝言、贤上人
	正月初九	剑池	赋诗作画	顾瑛、郯韶、陈汝言
	三月二十日	观音山	出游观音山（惠山）	顾瑛、郯韶、释良琦、陈浩然
	五月二十九日	西湖	以"山色空濛雨亦奇"分韵赋诗	顾瑛、顾元佐、袁华、冯郁、张渥、释良琦
	八月五日	玉山佳处	以吴中山水分题赋诗	顾瑛、郑同夫、陈基、张简、刘西邨、张田、郯韶、沈明远、释良琦、金翼、俞明德、周砥、袁华
	八月十三日晚	玉山佳处	宴饮赋诗	顾瑛、沈明远、释良琦
	八月十五日	湖光山色楼	以"银汉无声转玉盘"分韵赋诗	顾瑛、沈明远、释良琦、王濡之、从序、顾晋
	八月二十四日	锡山	访倪瓒同登惠山	顾瑛、倪瓒、郑守仁
	九月初	姑苏	游历赋诗	顾瑛、陈基、周砥、于立
	九月八日	观音山	出游观楞伽寺	顾瑛、陆仁、于立

续　表

年号	日　期	地点	方　　式	参　与　者
至正十一年（1351）	九月十四日	渔庄	宴饮赋诗	顾瑛、陆仁、袁嵒、周砥、秦约、袁华、于立、超珍、李赞、岳榆
	十月	玉山草堂	以"何以解忧，唯有杜康"分韵赋诗	顾瑛、赵奕、沈明远、杨祖成、释良琦、王濡之、于立、袁华
	十月二十三日	玉山草堂	以"夜阑更秉烛，相对如梦寐"分韵赋诗	顾瑛、王濡之、李赞、释宝月、袁华、郯韶、陆仁
至正十二年（1352）	正月下旬	柳塘	宴饮赋诗	顾瑛、于立、袁华
	八月十五日	玉山草堂	以"攀桂仰天高"分韵赋诗	顾瑛、熊梦祥、于立、袁华、张中
	九月八日	碧梧翠竹堂	以"满城风雨近重阳"分韵赋诗	顾瑛、袁华、卢震、陆仁、于立、岳榆、超珍
	九月十三日	玉山草堂	以"我有嘉宾，鼓瑟吹笙"分韵赋诗	顾瑛、秦约、袁嵒、袁华、陆仁、周砥、于立、岳榆
	九月二十三日	芝云堂	宴饮赋诗	顾瑛、顾元佐、顾元用、陆仁、于立、岳榆、袁华、秦约、顾咸
	九月	金粟影	宴饮赋诗	顾瑛、秦约、袁华、于立、岳榆、陆仁、张逊
	十二月三日	书画舫	以"春水船如天上坐，老年花似雾中看"分韵赋诗	顾瑛、郑元祐、李元珪、袁华、范基、释自恢、钱敏
至正十四年（1354）	十二月二十二日	可诗斋	可诗斋联句	顾瑛、秦约、于立、袁华、张守中
	十二月二十四日	西轩	西轩联句	顾瑛、姚文奂、秦约
至正十五年（1355）	八月十五日	盘关	赏月赋诗	顾瑛、诸葛崇、邾经、秦约、袁华、释良琦
	十月二十六日	读书舍	读书舍联句	顾瑛、袁华、释自恢、卢昭（或卢熊）

年号	日　期	地点	方　式	参　与　者
至正十六年（1356）	七月二十三日	玉山草堂	赏海棠	顾瑛、袁华、赵元
	七月二十八日	玉山草堂	赏花赋诗	顾瑛、袁华、陆仁、王楷、赵元
	十月二十九日	可诗斋	可诗斋赋诗	顾瑛、缪侃、袁华、范基、钱敏、赵元、马晋
至正十七年（1357）	二月二十二日	柳塘春	以"柳塘春水漫"分韵赋诗	顾瑛、释良琦、陆仁、袁华、葛天民
	闰九月	可诗斋	以"客从远方来，遗我双鲤鱼"分韵赋诗	顾瑛、顾元臣、袁华、缪侃、陆仁、释自恢
	冬	芝云堂	分柑赋诗	顾瑛、陆仁、谢应芳、袁华
至正十八年（1358）	四月	芝云堂	宴饮赋诗	顾瑛、岳榆、王蒙、卢熊、袁华
	八月七日	松陵	出游赋诗	顾瑛、释良琦、谢节
	九月	书画舫	以"江东日暮云"分韵赋诗	顾瑛、谢节、袁华、陆仁、朱珪
至正十九年（1359）	十一月十一日	桂子轩	饮酒赋诗	顾瑛、谢节、袁华、释元鼎、谢应芳、董昶、包明、孟昉、阮共辰
	十二月二十二日	西湖	西湖梅约	顾瑛、谢节、蔡行简、钟声远、孙用和、唐志大、夏思忠、张昱
	十二月二十五日	云间	联句分题	顾瑛、杨维桢、谢伯理、俞仲桓
至正二十年（1360）	四月十一日	春晖楼	以"红药当阶翻"分韵赋诗	顾瑛、岳榆、翟份、袁华、于立、赵元、朱珪
	八月十六日	金粟冢	宴饮赋诗	顾瑛、于立、倪宏、秦约、朱珪、谢应芳、翟份、陆仁、陆麒、殷奎、袁华
	九月九日	书画舫	以"对酒当歌，人生几何"分韵赋诗	顾瑛、谢应芳、愚隐禅师、释祺

续　表

年号	日　期	地点	方　式	参　与　者
年份 不详	五月三日	渔庄	以"巳公茅屋下，可以赋新诗"分韵赋诗	顾瑛、卢昭、秦约
	五月四日	湖光山色楼	以吴东山水分题赋诗	顾瑛、卢昭、秦约、释自恢、袁华
	正月初七	兴圣寺	联句	顾瑛、徐一夔、周棐、释良琦

资料来源：（元）顾瑛辑，杨镰、叶爱欣整理《玉山名胜集》，中华书局 2008 年版；谷春侠《玉山雅集研究》附录，博士学位论文，中国社会科学院研究生院 2008 年，第 182—207 页。

从表 2 中可见，参与"对话"活动 4 次以上的有 24 位诗人，分别是顾瑛、昂吉、陈汝言、陈基、陆仁、沈明远、顾元臣、秦约、释良琦、释自恢、郯韶、吴善、谢节、杨维桢、张师贤、于立、吴世显、谢应芳、袁华、岳榆、张渥、赵元、郑元祐、周砥。其中，顾瑛 75 次，于立 42 次，释良琦 32 次，袁华 31 次，郯韶 17 次，陆仁 17 次，秦约 11 次，杨维桢 7 次，陈基 7 次，岳榆 7 次，赵元 6 次，郑元祐 6 次，吴善 5 次，吴世显 5 次，陈汝言 5 次。参加雅集活动 2—3 次的有 21 位，分别是超珍、翟份、范基、顾晋、顾元佐、李立、李元珪、李瓒、卢熊、卢昭、缪侃、钱敏、瞿荣智、王祎、王濡之、吴克恭、熊梦祥、姚文奂、袁凯、张师贤、朱珪。许多文人成为玉山草堂的常客，出席了各种场合的雅集唱和活动。张雨、张昱、释宝月等 78 人各 1 次。

草堂雅集留下了大量"对话"组诗，从数量言，杨维桢、陈基、郑元祐、于立、郯韶、袁华、释良琦、秦约、陆仁、周砥、陆麒、姚文奂、谢节、李元珪、岳榆、昂吉、释自恢、沈明远等人，都在 10 首以上，有的甚至超过百首。① 李祁《草堂名胜集序》云："所谓'玉山草堂'，又其名胜处也。良辰美景，士友群集，四方之来，与朝士之能为文辞者，凡过苏必之焉，之则欢意浓浃。随兴所至，罗樽俎，陈砚席，列坐而赋，分题布韵，无问宾主。仙翁释子亦往往而在。歌行比兴，长短杂体，靡所不有。于是裒而第之，以为集，题之曰《草堂名胜》。凡当时之名卿贤士所为记、序、赞、引等篇，皆以类附焉。间尝取而读之，高者跌宕夷旷，上追古人，下者亦不失清丽洒脱，远去流俗。琅琅炳炳，无不可爱。吁，亦盛矣！"② 四库馆臣在评《玉山纪游》时亦说："元顾瑛纪游倡和之

① 参见谷春侠《玉山雅集研究》，博士学位论文，中国社会科学院研究生院 2008 年，第 89 页。
② （元）顾瑛辑，杨镰、叶爱欣整理：《玉山名胜集》，上册，中华书局 2008 年版，第 6—7 页。

作,明袁华为类次成帙者也。所游自昆山以外,如天平山、灵岩山、虎丘、西湖、吴江、锡山、上方山、观音山,或有在数百里外者,总题曰‘玉山’。游非一人,而瑛为之主;游非一地,而往来聚会悉归‘玉山堂’也。每游必有诗,每诗必有小序,以志岁月。”①这段话将雅集的参与者、雅集地点和《玉山纪游》编辑方式作了梳理,再现了当时文人雅集的盛况。除玉山草堂外,雅集活动延伸到天平山、灵岩山、虎丘、西湖、吴江、锡山、上方山、观音山等吴中风景名胜之地,社会影响巨大。

左东岭先生《玉山雅集与元明之际文人生命方式及其诗学意义》一文中对元代末文人雅集的意义作了深入剖析,认为雅集活动体现了江南文人的一种“文化优越感”。精美的建筑、高雅的匾额、布满奇花异草的园林、充斥山珍海味的饮食、歌儿舞女佐酒等,“均可构成其得以自我安慰的文化内涵”。其他如赏花观鱼、乘船戏水、挥洒翰墨、听曲品茗等,也都体现了文人“所追求的生活质量与文化品位”。这里不仅为文人“提供了一种躲避祸乱与休憩身心的理想场所”,还为“文人们施展才智、争奇斗胜提供了有效的手段”②。

一、集会场合“对话”组诗诸形态

文会雅集场合下的分韵赋诗、次韵唱和、即兴口占、分题赋诗、同题共咏等形态,反映了酬唱者们关注的视野与话题,体现了共时性的“同声相应”,非常契合文人间“对话”需要,将诗歌的交际、传播功能发挥到了极致。

(一)分韵赋诗

分韵赋诗是文人雅集活动的重要形式之一,兴起于唐代,常见于宴饮场合。与会者每人分得一韵字,依韵完成诗歌创作。由于所分之韵“字”往往是前朝著名诗人的诗句,故所赋诗歌以“韵”相承接,且咏同一事物,彼此间构成了具有内在逻辑关系的组诗形态。

早期分韵赋诗的“韵”字,并无严密的逻辑次序,首倡者安排好韵字后,“先书韵为钩,坐客均探,各据所得,循序赋之”③。赋诗时依次押韵,类似于后世的次韵诗。以古人诗句“分韵”相连,成为最有趣味的形式。“分题分韵自齐梁产生后,逐渐成为诗人们集体活动时一种颇有趣味的竞技性娱乐性游戏,经过隋唐诗人们频繁集会的创作探索,到了宋代,更随着唱和风气

---

① (清)永瑢等撰:《四库全书总目》卷一八八,下册,中华书局 1965 年版,第 1711 页。
② 左东岭:《玉山雅集与元明之际文人生命方式及其诗学意义》,《文学遗产》2009 年第 3 期,第 98—99 页。
③ (宋)程大昌:《考古编》卷七《古诗分韵》,上海古籍出版社 1992 年版,第 42 页。

的普遍深入,其游戏规则被发展得更有意味和意义。"①无论是哪种形态,都蕴含着"游戏"与"竞技"的成分,反映了文人游心于艺的审美趣味。

"分题"主要是指分选诗歌的题目,"分韵"则指分选韵字,前者属于内容方面的问题,后者属于诗歌形式方面的问题。然实际情况是,两者之间界限很模糊,存在着"以题为韵"的情况。"分题之'题',反映的是各个时代集会者们的表达情趣与群体时尚变化;分韵之'韵',从齐梁的随意无序走向宋代的有意有序;以题为韵,是唐宋诗人们寻找出的内容与形式的契合点;以韵点题,即以分韵之韵句点明集会之主题,无疑是宋代诗人们发掘出的最有意味、有意义的题韵结合形式。"②

纪游组诗所分韵字,常与游览时节、地点、内容、背景有关。据杨维桢《雅集志》载,至正八年戊子(1348)二月十九日,顾瑛、杨维桢、姚文奂、郯韶、李立、张渥、顾晋、于立、顾元臣9人,聚于玉山佳处。侍姬有翡翠屏、天香秀、丁香秀、小琼英,期而不至者有张雨、李孝光、倪瓒、陈基。"是日以'爱汝玉山草堂静'分题赋诗,诗成者五人'"③,分咏玉山佳处。显然,杨维桢《雅集志》中所说"分题赋诗",指的就是"分韵"。从形式上看,所赋诗歌除姚文奂为五言排律外,其余四人均为五律。于立诗是对玉山佳处风景和集会欢乐氛围的赞美;姚文奂诗则对雅集场面主客风流作了描绘,表达对"期而不至者"张雨、李孝光、倪瓒、陈基等友人的思念;郯韶诗除了展示玉山佳处的美景外,还表达了高蹈尘外之思;顾晋诗主要写雅集场合的诗酒风流和集会的歌儿舞女姿态,令人心往神驰;顾瑛诗主要写玉山佳处山水之清幽、亭台楼阁之美丽及文士之诗酒风流。虽然各人咏赞的内容不尽相同,按"爱汝玉山草堂静"分韵展开,字里行间却都洋溢着游宴愉悦的情绪。参加雅集者9人,杨维桢因撰《雅集志》"为诸集之冠";顾瑛之子顾元臣负责张罗,免罚;李立、张渥因"诗不成""各罚一觥"。

至正十一年辛卯(1351)十月二十三日,顾瑛与袁华、王濡之、李缵、释宝月等在玉山佳处饮酒正酣,忽遇郯韶、陆仁泛舟至,众人复畅饮,以"夜阑更秉烛,相对如梦寐"分韵赋诗,陆仁得"夜"字,释宝月得"阑"字,于立得"更"字,袁华得"相"字,李缵得"对"字,王濡之得"如"字,顾瑛得"梦"字,郯韶得"寐"字,各赋诗一首。李缵《宴集序》对此有详细描述:"至正十一年冬十月廿三日,玉山隐君宴其客王德辅、月伯明、袁子英、李缵。酒酣,忽郯云台、

① 吕肖奂:《论宋代分题分韵——更有意味和意义的酬唱活动形式》,《社会科学战线》2014年第3期,第121页。
② 同上。
③ (元)顾瑛辑,杨镰、叶爱欣整理:《玉山名胜集》,上册,中华书局2008年版,第47页。

陆良贵泛舸而来。隐君复呼酒尽欢。匡庐先生以'夜阑更秉烛,相对如梦寐'分韵赋诗。时坐客正八人,遂虚二韵。夫人生百年,忧患之日多,宴乐之日少,而况朋友东西北南无定居,则今夕之簪盍,夫岂偶然哉? 弋阳山樵李缵谨叙。是夕以'夜阑更秉烛,相对如梦寐'分韵赋诗,诗成者八人。"①参与这次集会者,除王濡之在《草堂雅集》中无传外,余皆有小传。陆仁诗再现了玉山佳处各界名流把酒赋诗的率性场景和诗人对后会无期的忧虑。释宝月诗前半描写了夜饮的热闹场景,后半感叹世道不宁,再聚不易。于立诗前半盛赞雅集高朋满座,诗酒风流,后半以"黄尘""海波"喻世道艰难、相聚不易。袁华诗以赞美李伯阳、杨维桢、俞合沙(不详何人)等仙释人士的非凡气度和郯韶、陆仁到来时热闹的场景。"后会知何乡"句,满含着乱世中别离的惆怅。李缵诗用"崔蔡""邹枚"典故,赞美雅集名流的杰出才华和"投笔""长啸"的生活态度。郯韶诗不仅赞美了玉山佳处的美景,更有对与友人鸿鹄之志的欣赏。王濡之诗言与友人叙谈"契阔",表达了"易地哀乐殊"的不同感受。顾诗既有乱世中"嘉会固难并"的感叹,更多的是"聚散恍春梦"的感伤。总而言之,这组以"夜阑更秉烛,相对如梦寐"的诗歌,除了"秉""烛"二字因人数不足无以成诗外,其余各韵皆有诗歌,形成一组五言排律。诗歌均围绕游宴活动展开,表达了"人生百年,忧患之日多,宴乐之日少"主题,除了抒发朋友间的契阔之情外,更表达了世道不宁、人生短暂、易别难聚的感慨。对于元末文人来说,玉山草堂是乱世中安定的乐土,与会者内心也呈现出由纵情山水到感时伤逝的转变。

郑元祐的《书画舫分韵赋诗序》记载了在书画舫分韵赋诗的情形,其序云:"久以物景艰棘,不到界溪。界溪之上,顾君仲瑛甫读书绩学,尊贤好士,当太平之时,无时不过从也。暌违几二年。近以嘉平之三日,扣君斋扉,荷君留连不忍言别。已而河东李君廷璧甫亦挐舟来访,遂置酒书画舫。夜参半,析'春水船如天上坐,老年花似雾中看'平声字为韵,人各赋诗。"②郑元祐得"春"字、李元珪得"船"字、顾瑛得"如"字、袁华得"天"字、范基得"年"字、释自恢得"花"字、钱敏得"中"字,诗成者七人,诗不成者一人,罚酒三觥觎。

"书画舫"为草堂一景,据杨维桢《书画舫记》载:"隐君顾仲瑛氏居娄江之上,引娄江之水入其居之西小墅,为桃花溪。厕水之亭四楹,高不逾墙仞,上篷下板,旁棂翼然似舰窗,客坐卧其中,梦与波动荡,若有缆而走者。予尝

---

① (元)顾瑛辑,杨镰、叶爱欣整理:《玉山名胜集》,上册,中华书局2008年版,第76页。
② 同上,第264页。

醉吹铁笛其所,客和小海之歌,不异扣舷者之为。中无他长物,唯琴瑟笔砚,多者书与画耳。遂以米芾氏所名'书画舫'命之,而请志于予。"①由于顾氏别墅叫"小桃源"和书画舫中的"长物"多为书画,故所分韵诗歌均围绕隐逸、书画主题展开。或表恭逢其时的欢欣,或畅隐逸之幽情,或赞书画之神奇,或言诗酒之怡乐。

　　类似的记载还有很多,如至正十年(1350),杨维桢"自淞泖过予溪上。适永嘉曹新民自武林至,相与饮酒芝云堂。明日,铁崖将赴任,曹君亦有茂异之举,同往武林。信欢会之甚难,而分携之独易。安可不痛饮尽兴,以洗此惯惯之怀? 因以'对酒当歌'为韵赋诗如左。"②杨维桢赋"对"字,曹睿赋"酒"字,于立赋"当"字,顾瑛赋"歌"字,诗成者四人。至正十二年(1352)秋十月,秦约、袁晏、陆仁等相聚于可诗斋,以"我有嘉宾,鼓瑟吹笙"分韵赋诗,秦约得"我"字,于立得"有"字,岳榆得"嘉"字,顾瑛得"宾"字,袁晏得"鼓"字,周砥得"瑟"字,袁华得"吹"字,陆仁得"笙"字。秦约为前序,周砥为后序纪之③。至正十七年(1357)秋,顾瑛与好友相聚于可诗斋,"座客皆能赋者,遂以'客从远方来,遗我双鲤鱼'以平声字循次分韵。"④袁华得"从"字,顾瑛得"方"字,缪侃得"来"字,陆仁得"双"字,释自恢得"鱼"字,诗成者五人。至正十八年(1358)九月,顾瑛置酒书画舫,"邀恢公复初、袁君子英、陆君元祥、朱君伯盛,以'江东日暮云'分韵同饯。"⑤谢应芳得"江"字,顾瑛得"东"字,陆麒得"日"字,释自恢得"暮"字,袁华得"云"字,诗成者五人。在玉山雅集活动中,以"分韵赋诗"形式实现集会文人间的"对话",达 29 次之多,几乎占全部 75 次雅集活动的一半。⑥

　　分韵赋诗时通常就地取材,因地制宜。参与者即景会心,紧扣主题吟咏。至正九年(1349)七月,玉山主人与客晚酌于草堂之中,"时暑渐退,月色出林树间,主人乃以'高秋爽气相新鲜'"⑦分韵。至正十年(1350)七月十一日,饮酒渔庄,"时雨初过,芙蓉时着数花,翡翠飞栏槛间。渔童举网得二尺鲈,于是相与乐甚,主人分韵赋诗。主则玉山隐君,客则琦龙门、于匡庐、行酒者小琼瑛。是日以'解钓鲈鱼有几人',分平声韵赋诗。"⑧同年七月,

① （元）顾瑛辑,杨镰、叶爱欣整理:《玉山名胜集》,上册,中华书局 2008 年版,第 260 页。
② 同上,第 112—113 页。
③ 同上,第 132 页。
④ 同上,第 139 页。
⑤ 同上,第 269 页。
⑥ 同上,第 255—287 页。
⑦ 同上,第 34 页。
⑧ 同上,第 244 页。

"夜坐金粟池上,凉雨初过,荷气浮动,秋思翛然,各分韵口占成诗以纪其事",遂以"'荷静纳凉时'平声字为韵赋诗,诗成者三人"①。十一年(1351)五月,泛舟西湖,以"山色空濛雨亦奇"分韵赋诗,无不如此。

分韵赋诗通常不限体例,如至正庚寅(1350)五月十八夜晚,顾瑛等人以"炯如流水涵青萍"分韵赋诗,所赋者全为七律。至正九年(1349),顾瑛、昂吉等人在听雪斋的分韵赋诗却是五古、七绝、五律、七律、五绝混杂。此外,分韵"对象"也是五花八门,从《诗经》到时人诗句,无所不包。据研究者统计,在玉山草堂29次"分韵赋诗"中,所分诗句最多的是杜甫诗,共有8次,分别是"暗水流花径,春星带草堂"(《夜宴左氏庄》),"爱汝玉山草堂静"(《崔氏东山草堂》),"风林纤月落"(《夜宴左氏庄》),"碧梧栖老凤凰枝"(《秋兴八首》之八),"天上秋期近"(《月》),"东阁官梅动诗兴"(《和裴迪登蜀州东亭送客逢早梅相忆见寄》),"攀枝仰天高"(《八月十五日夜》),"江东日暮云"(《春日忆李白》)。此外,"旧雨不来今雨来",化用杜甫《秋述》中"旧雨来,今雨不来"。居于次席的是苏轼诗,有4次;曹操诗有3次,其他诗人只有1次。② 雅集文人钟情于杜甫,有鲜明的"宗唐"印记。

文人雅集活动中,分题与分韵既可以分别单独举行,也可以合在一起同时举行。既分题又分韵的活动,更增加了创作难度和"以诗为戏"的属性。

(二) 次韵唱和

次韵,又叫和韵、步韵,即严格按照原诗的"韵脚"及用韵的"次序"来作诗。严羽《沧浪诗话》云:"古人酬唱不次韵,此风始盛于元、白、皮、陆,而本朝诸贤乃以此而斗工,遂至往复有八九和者。"③中唐以前,次韵唱和只是偶尔为之,至元和年间元稹、白居易等人出现,次韵唱和之风始盛。

吴乔《答万季野诗问》云:"和诗之体不一:意如答问而不同韵者,谓之和诗;同其韵而不同其字者,谓之和韵;用其韵而次第不同者,谓之用韵;依其次第者,谓之步韵。步韵最困人,如相殴而自縶手足也。盖心思为韵所束,而命意布局,最难照顾。今人不及古人,大半以此。严沧浪已深斥之,而施愚山侍读尝曰:'今人只解作韵,谁会作诗?'此言可畏。"④沈德潜《说诗晬语》也说:"古人同作一诗,不必同韵;即同韵,亦在一韵中,不必句句次韵也。

---

① (元)顾瑛辑,杨镰、叶爱欣整理:《玉山名胜集》,上册,中华书局2008年版,第255页。
② 曾莹:《文人雅集与诗歌风尚研究初探》,广东高等教育出版社2011年版,第108页。
③ (宋)严羽著,郭绍虞校释:《沧浪诗话校释·诗评》,人民文学出版社1983年版,第193页。
④ (清)吴乔:《答万季野诗问》,(清)王夫之等撰,丁福保辑:《清诗话》,上册,上海古籍出版社1978年版,第25页。

自元白创始,而皮陆倡和,又加甚焉。以韵为主,而以意相从。中有欲言,不能通达矣。近代专以此见长,名曰'和韵',实则趁韵;宜血脉横亘,句联意断也。有志之士,当不囿于俗。"①所谓"和韵",就是依照对方原诗中的韵脚来作诗。和韵有三种情况:一是依韵,就是依照原作所用的韵部押韵,具体的韵字不必与原作相同。二是用韵,就是必须使用原作的韵字,但不必遵循其韵字的次序。三是次韵,也称步韵,这是和韵里最严格的一种,即既要使用原作的所有韵字,还要依循其用韵的次序。据笔者统计,《玉山名胜集》次韵唱和共有 42 次之多,而《玉山纪游》《玉山倡和》中则全为和韵诗。

顾瑛《是日湖中口占四首》是与友人游西湖所感而作,依次为《值雨》《湖山堂观荷花》《题叔厚描素云小像》《戏赠杜姬》,同行袁华、张渥、释良琦依题"次韵唱和"。据释良琦《游西湖分韵赋诗并序》载:"至正辛卯夏五月,余与顾君仲瑛留钱塘廿八日。仲瑛具牲酒,要会稽杨廉夫、临川葛元哲诸公,致祭于故张贞居外史墓下。越明日,泛舟湖上,置酒张乐,以娱山水之胜。高荷古柳,水风郁如。于是主宾乐甚。酒数行,仲瑛以'山色空濛雨亦奇'分韵赋诗,以纪斯集。吁!自《伐木》诗废,交道久缺,而况于今时哉?仲瑛之于朋友,死生交情,能尽其义,可谓善与人交者也。仲瑛得'山'字,顾佐得'色'字,冯郁得'空'字,张渥得'濛'字,良琦得'雨'字,袁华得'奇'字。诗成,命良琦为之引云。"②在这次分韵赋诗后,宾客余兴未尽。顾瑛口占四绝,袁华、张渥、释良琦次韵。从上面唱和诗可以看出,顾瑛四首绝句中其一押"婷""听"韵;其二押"丫""家"韵;其三押"梳""图"韵;其四押"霞""花"韵;袁华、张渥、释良琦三人的次韵绝句四首,同样依此顺序押韵,围绕着"值雨""湖山堂观荷花""题叔厚描素云小像""戏赠杜姬"等景、事,次第展开,传达出同游西湖的美妙体验。

郯韶《送于彦成归越唱和诗序》云:"至正庚寅腊月下浣,予与琦元璞、吴国良同寓玉山,时大雪弥旬,日坐雪巢,听箫酌酒,煮茗赋诗。俄有他故,乘夜泛舟泊枫桥下。雪复大作,匡庐于彦成有越上之行,余赋是诗以送之。郯韶九成。"③从序中可知,至正庚寅(1350)腊月,时天大雪,于立有越上之行。参与此次"次韵唱和"者除郯韶外,还有释良琦、顾瑛、吴国良、陈基、陆仁、瞿智、张师贤、袁华等人,被送之人于立也有次韵和答之作。从数量上看,除郯韶、释良琦为二首外,其余均为一首。从"次韵"情况看,所有次韵诗

①　(清)沈德潜撰,霍松林等校注:《原诗·一瓢诗话·说诗晬语》,人民文学出版社 2005 年版,第 249 页。
②　(元)顾瑛辑,杨镰、叶爱欣整理:《玉山名胜集》,下册,中华书局 2008 年版,第 480—484 页。
③　同上,第 378—381 页。

歌均严格按原作"舟""流""鸥""游"步韵,都紧扣"雪景""孤舟""水流"
"归鸥"意象展开联想,寄托眼下的离别之苦与未来的同游之乐。

类似的例子在《玉山纪游》中还有许多,往往一人倡作,众人次韵。如顾
瑛作《许墅道中》七律一首,周砥、陈基、郯韶、于立、沈明远、释良琦各依原韵
和一首;顾瑛作《晚泊新安有怀九成》七律一首,于立、郯韶、沈明远依原韵和
一首;顾瑛作《登惠山》七律二首,于立、陈基、陆仁、释良琦、沈明远各依原
韵,和七律二首;顾瑛作《送惠山泉》七绝一首,周砥、陈基、于立、陆仁、沈明
远各次韵一首;顾瑛作《舟中作》七律一首,于立、周砥、释良琦次韵各一首;
释良琦作《承闻仲瑛征君有维扬之行中途兴尽而返会稽外史亦至玉山喜而
赋长律三首奉寄以写所思之意云九月五日山泽癯者良琦顿首书于娄东兰
若》,于立、王濡之各次韵三首,顾瑛则每韵各次二首共六首;顾瑛有《复游寒
泉》七律二首,陆仁、于立、周砥、释良琦各次韵七律二首。从这些"次韵唱
和"情况看,参与"对话"的各方严格遵照"次韵"规则,用同样的诗体"和
作",所作内容大体相同,格调相似,所不同的只是数量的差异。

这些数量庞大的"次韵"唱和组诗的出现,一方面是文人"逞才使气"、
获得成就感的重要手段;另一方面也带来了"自缚手脚"的弊端,导致诗艺受
损。顾炎武说:"今人作诗,动必次韵,以此为难,以此为巧,吾谓其易而拙
也。且以律诗言之,平声通用三十韵之中,任用一韵,而必无他韵可易;一韵
数百字之中,任押五字,而必无他字可易。名为易,其实难矣。先定五字,而
以上文凑足之,文或未顺,则曰'牵于韵尔',意或未满,则曰'束于韵尔'。
用事遣辞,小见新巧,即可擅场。名为难,实为易尔。"①严羽则干脆表达了
"和韵最害人诗"②的观点。

(三) 即兴口占

口占,又称口号,最早出现在汉代,有两层意思:一是指口授其辞,如
《汉书》卷九二载:"(陈)遵凭几,口占书吏,且省官事,书数百封,亲疏各有
意。"③二是指作诗或文不用起草稿,随口而成,多为即兴即景成诗。如《汉
书》卷八三载:"阁下书佐入,博口占檄文。"④

口占创作大多为即兴成诗,清王琦《李太白集注》之《口号吴王美人半

---

① (清) 顾炎武著,黄汝成集释,栾保群、吕宗力校点:《日知录集释》卷二一《次韵》,中册,上
海古籍出版社 2006 年版,第 1191 页。
② (宋) 严羽著,郭绍虞校释:《沧浪诗话校释·诗评》,人民文学出版社 1983 年版,第 193 页。
③ (汉) 班固撰,(唐) 颜师古注:《汉书》卷九二《游侠列传》,中华书局 1964 年版,第 3711 页。
④ (汉) 班固撰,(唐) 颜师古注:《汉书》卷八三《薛宣朱博传》,中华书局 1964 年版,第 3401 页。

醉》云:"口号即口占……乃席上口占。"①宋人周密在《齐东野语》中指出:"略不构思,即口占。"②阮阅《册府元龟》亦云:"阁下书佐入,博口占檄文(隐度其言口授之。占,之瞻反)。"③可见,口占者常常是脱口成章,不假思考。故"口号"在诗题中有两义焉:一是作名词,即口号诗,指诗体;一是作动词,平声,"随口号吟",指作诗的方式。

口号诗始于南朝,衍于李唐,盛于赵宋,元代承其遗绪。唐前以古体居多,唐后多用近体,且以绝句为常见。元好问、王恽、胡祇遹、董嗣杲、赵孟頫、揭傒斯、马祖常、释大䜣、张翥、周霆震、谢应芳、杨维桢、周闻孙、袁凯、顾瑛、契逊、释来复、吕诚等人均有数量不等的口号组诗。从创作方式与语言风格看,口号诗大都即兴而作,语言通俗晓畅。王昌会《诗话类编》卷一云:"曰口号者,或四句,或八句,草成速就,达意宣情而已也。"④清宫梦仁《读书纪数略》解释"口号"时云:"或四句,或八句,达意宣情而已,贵在明白条畅。"⑤有关口占诗文体特征的分析,阮竞泽《中国古代"口号诗"的文体特征》⑥一文有全面论述,可参考。

玉山雅集在分韵赋诗结束后,常常伴有即兴而作的"口占"。如顾瑛《湖光山色楼口占四首诗序》:"正至十年五月十八日,余与延陵吴水西、龙门僧元璞、匡山于外史,避暑于楼中。时轻云过雨,霁光如秋,各占四绝句云。"⑦从序中可见,这是一组"纪兴"诗。顾瑛与友人于立、释良琦、吴世显在"湖光山色楼"中避暑,忽然"轻云过雨,霁光如秋",惹得同游者雅兴大发,纷纷口号为诗。这组绝句既描绘了夏天楼前的湖光山色和吴地风情,更表达了超然世外的隐逸情怀。即兴偶感,语浅情深。

《柳塘春口占诗》是一组作于"柳塘春"即兴诗,据于立《柳塘春口占诗》序载,至正十二年(1352)正月雪后,顾瑛、于立、袁华三人,饮酒柳塘上。因感"水光与春色相动荡",口占四绝,即景抒情,传达出乱世相逢之不易。兹选录两组,诗云:

---

① (唐)李白撰,安旗主编:《李太白全集编年注释》,上册,巴蜀书社2000年版,第789页。

② (宋)周密撰,张茂鹏点校:《齐东野语》卷二〇《台妓严蕊》,中华书局1983年版,第375页。

③ (宋)王钦若等编纂,周勋初等校订:《册府元龟》卷六九〇《牧守·强明》,第8册,凤凰出版社2006年版,第7951页。

④ (宋)严羽著,郭绍虞校释:《沧浪诗话校释·诗体》,人民文学出版社1983年版,第78页。

⑤ (清)宫梦仁:《读书纪数略》卷三一,《四库类书丛刊》本,上海古籍出版社1994年版,第437页。

⑥ 阮竞泽:《中国古代"口号诗"的文体特征》,《厦门大学学报(哲学社会科学版)》2013年第6期,第41—49页。

⑦ (元)顾瑛辑,杨镰、叶爱欣整理:《玉山名胜集》,上册,中华书局2008年版,第201页。

于立《柳塘春口占诗》

江浦雪消杨柳春,槛下新水碧粼粼。嫁得东风最轻薄,吹荡柔条拂着人。(其一)

正月已尽寒未收,柳塘曲曲带平流。青丝银瓶送美酒,赤栏画桥横钓舟。(其二)

日落大堤杨柳明,栖乌也复可怜生。若待清明花似雪,风光多属上林莺。(其三)

嫩绿新生杨柳枝,轻风故故向人吹。春波不尽东流意,折得柔条欲遗谁。(其四)

顾瑛《柳塘春口占诗》

二月看看已过半,春雨尚尔不放晴。杨柳长堤飞鸟过,鸬鹚新水没滩平。(其一)

溪上草亭绝低小,春来有客日相过。便须对柳开春酒,坐看晴色上新鹅。(其二)

鸟啼残雨过平皋,鱼逐轻波趁小舠。独爱大堤杨柳树,又牵春色上柔条。(其三)

小亭结在瀼西头,况复春半雨初收。柳垂新绿枝枝弱,水转回塘漫漫流。(其四)

袁华《柳塘春口占诗》

横雨狂风二月余,柳塘犹未动春锄。花明兰渚宜垂钓,月暗芸窗好读书。(其一)

细雨初晴暖尚微,小亭帘幕护春晖。曲尘波动鱼初上,金缕条长燕未归。(其二)

漠漠轻风雨乍收,方塘生水不胶舟。慈乌将子避人去,返照正在柳梢头。(其三)

春塘杨柳未飞绵,已有清阴覆画船。好倩吴姬歌水调,不辞百罚酒杯传。(其四)①

组诗以早春二月为背景,描写了冬去春来的节候变化及诗人饮酒听歌的游春情怀。在这些诗句中,我们不难体会到雅集诸君内心那份陶然忘机的心情。袁华在《后序》中写道:"柳塘春者,顾君仲瑛玉山佳处之一馆也。仲瑛为中吴世家,读书绩文,日从四方贤士大夫游。凡一亭一馆,必觞咏以纪,日

---

① （元）顾瑛辑,杨镰、叶爱欣整理:《玉山名胜集》,上册,中华书局2008年版,第224页。

累月增,共若干卷。丙申春正月,兵入草堂,俱发箧取去。后全归于通守冯君秉中,诗内此卷不存。仲瑛命娄江朱珪临九霄篆匾,予录前诗复装为卷以补其失,于以见玉山好事之勤,秉中尚义之笃。微玉山之好事,岂能动秉中之心?微秉中之尚义,岂能归玉山之旧物?二公可谓豪杰之士矣。复读于匡庐序《口占诗》中语,所谓'南北东西,理无定止',后之会者谁欤?今于君栖于会稽,烟尘复隔。卷中诸君子虽近在百里,皆星散云流。旧客则余一人而已。慨时世之变迁,嗟友朋之睽离,予于于君之言重有感焉。遂书以识。是岁十月既望,昆丘袁华书于可诗斋。"①从袁华《后序》中"诗内此卷不存"可知,此组口占诗当是袁华"录前诗复装为卷以补其失"而存。对照当时口占热闹的场景,眼下的萧条凄惶令人感伤。

在玉山草堂中"可诗斋"是雅集赋诗最为集中的地方之一,留下了大量的同题集咏、联句、唱和及口占诗。顾瑛《可诗斋口占诗序》云:"五月三日,宴客于渔庄之上。是夕,宾客既散,遂与范阳卢伯融、淮海秦文仲张灯啜茗于可诗斋,以杜工部'巳公茅屋下,可以赋新诗'平声字分韵,因各口占一首,以纪岁月。余得'公'字,遂书于左。玉山顾瑛识。"②诗作于至正十年(1350)五月三日夜晚,顾瑛、卢昭、秦约三人在可诗斋张灯品茗,以杜甫《巳上人茅斋》中诗句,分韵口占一首七律。既有对可诗斋"一间雪屋翠竹裏""有径疑与桃源通"等对环境的描写,也有"云汉昭回差可拟,河岳英灵安足奇"等对诗坛创作风气的点评,更有对主人"性情陶写孰解及,莫讶虎头金粟痴"等对文采风流的赞赏。

至正十六年丙申(1356),可诗斋又有一次口占创作。据顾瑛《可诗斋口占诗序》载:"海虞山人缪叔正扁舟相过,以慰别后之思。予谓兵后朋旧星散,得一顷相见,旷如隔世。遂邀汝阳袁子英、天平范君本、彭城钱好学、莒城赵善长、扶风马孟昭,聚首可诗斋内。……缅思烽火隔江,近在百里,今夕之会,诚不易得,况期后无会乎?吴宫花草,娄江风月,今皆走麋鹿于瓦砾场矣,独吾草堂宛在溪上。予虽祝发,尚能与诸公觞咏其下,共忘此身于干戈之世,岂非梦游于巳公之茅屋乎!善长秉笔作图于卷,予索孟昭楷书以识。时丙申岁己亥月乙亥日。"③从序中可知,参与口占的有范基、袁华、缪侃、顾瑛等6人。时朱元璋率红巾军攻克集庆路,改称"应天府",自封"吴国公",元朝已处在风雨飘摇之中。身处乱世,参与雅集的文人已不复昂扬轻快,所

① (元)顾瑛辑,杨镰、叶爱欣整理:《玉山名胜集》,上册,中华书局2008年版,第226—227页。
② 同上,第137页。
③ 同上,第143页。

作组诗逐渐成了乱离板荡的哀鸣,弥漫着浓郁感伤情绪。

(四)分题赋诗

文人雅集常常有分题、探题赋诗活动。宋严羽《沧浪诗话·诗体》中列有"分题",自注道:"古人分题,或各赋一物,如云送某人分题得某物也。或曰探题。"①之所以又称"探题",盖以抓阄方式决出,某人拈出某题称探得某题。"即席分题"的娱乐性创作方式,早在南唐时期就已出现。如徐铉《赋石奉送德林少尹员外》诗序中就有"以风、月、松、竹、山、石寄情于赠别云尔"②分题作诗的记录,以咏物道离情。吕肖奂先生指出:"分题之'题',即诗歌的题目,而诗歌的题目标注的就是诗歌的题材或主题。集会所分之'题',表面上看,不过是游戏、娱乐的一种活动内容,其实反映的却是集会者的共同关注点、兴趣点,是文人的群体时尚,所谓集体情趣乃至集体意识、精神。"③将分题的内涵及其所反映与会者的心理期待,分析得极为透彻。

分题在六朝,以咏物为主,涉及玩器、乐器及生活日用器等,宋代后亭院、古玩、字画、古迹、乐府旧题等,进入"分题"范围。作为文人休闲娱乐生活的写照,雅集文人的分题赋诗,以状眼前所见,已然成为一种传统。元人集会时,一般会推举一个"盟主",其须具备深厚的文学修养且十分了解聚会目的、参与人数等情况,以安排相应的题韵。其"题"常涉及文玩字画等,符合与会者的兴趣,且满足人数的要求;其"韵"要有文献出处,并符合聚会目的或点明其主题。

"分题赋诗"在玉山雅集中出现的频次不高,在所有的 75 次雅集活动中仅有 3 次记载:至正十年(1350)七月,顾瑛在芝云堂雅集,诸友人以古乐府分题赋诗,以纪雅集之胜。袁华《芝云堂分题赋诗》序云:"至正庚寅秋七月二十九日,子与龙门山人良琦、会稽外史于立、金华王祎、东平赵元,宴于顾瑛氏芝云堂。酒半,以古乐府分题,以纪一时之雅集。诗不成,罚酒二觥。余汝阳袁华也。"④释良琦、赵元、王祎未成诗。袁华、顾瑛、于立所分《门有车马客行》《山人劝酒》《短歌行》,都是乐府旧题。除《山人劝酒》,吴兢《乐府古题解要》未见解释外,《门有车马客行》云:"曹植等皆言问讯其客,或得故旧乡里,或驾自京师,备叙市朝迁谢,亲戚凋丧之意也。"⑤《短歌行》属于

---

① (宋)严羽著,郭绍虞校释:《沧浪诗话校释·诗体》,人民文学出版社 1983 年版,第 74 页。
② (宋)徐铉:《赋石奉送德林少尹员外》,傅璇琮等主编:《全宋诗》卷六,第 1 册,北京大学出版社 1995 年版,第 85 页。
③ 吕肖奂:《论宋代分题分韵——更有意味和意义的酬唱活动形式》,《社会科学战线》2014 年第 3 期,第 122 页。
④ (元)顾瑛辑,杨镰、叶爱欣整理:《玉山名胜集》,上册,中华书局 2008 年版,第 110 页。
⑤ (唐)吴兢:《乐府古题要解》卷下,《丛书集成初编本》,中华书局 1991 年版,第 43 页。

《相和歌辞·平调曲》，"魏武帝'对酒当歌，人生几何'，晋陆士衡'置酒高堂，悲歌临觞'，皆言当及时为乐。又旧说'长歌''短歌'，大率言人命长短分定，不可妄求也。"①袁华的《门有车马客行》表面上写热闹喧嚣的祝寿场景，实则暗寓繁华落尽的"雕丧之意"。顾瑛的《山人劝酒》赞美龙门山人释良琦仙人之貌，以"山人劝酒"之典，传达出"归去来，莫迟迟"归隐主旨。于立的《短歌行》则表达了人生苦短，当及时行乐的主题。草堂文人用乐府古题来"分题作诗"，且避免使用华丽辞句与轻快格调，与杨维桢"铁崖古乐府"相关，从一个侧面反映了元诗复古倾向和动乱时局给诗坛带来的影响。有研究者指出："在玉山雅集，无论是分韵赋诗，抑或唱和，还是分题、同题赋咏，都多见五古、七古这样的体裁。在雅集宴饮的场合进行诗歌赋咏，优先选择古体而非近体，这本身就是一种复古心理的表现——毕竟近体诗（尤其是绝句一体）相对来说篇幅短小，更为适合杯筹交错间的口占与唱酬。"②这与元诗宗唐复古的基调相一致。

至正十年（1350）八月十九日，顾瑛在玉山为迎接张翥而设宴，席上以"玉山佳处"的亭馆分题赋诗。张翥作序云："至正十年苍龙庚寅之岁秋仲十九日，予以代祀归，至姑苏，顾君仲瑛延于玉山。时郑君明德、李君廷璧、于君彦成、郯君九成、华君伯翔、草堂主人方外友本元、元璞二公，酒半，欢甚，即席以玉山亭馆分题者九人。予以过宾，属为小引。未知昔贤梓泽兰亭如今之会也耶？"③从序中"玉山亭馆分题"可知，这次"分题赋诗"所用之"题"全部为玉山草堂中的景观。张翥《题钓月轩》、释良琦《题碧梧翠竹堂》、顾瑛《题金粟影》、于立《题芝云堂》、郯韶《题柳塘春》、郑元祐《分题湖光山色楼》、华翥伯翔《分题玉山佳处》、李元珪《题玉山草堂》、释福初《题渔庄》。此次分题赋诗，诗成者9人，另有4人无诗，姓名未详。雅集所作不仅展示了景观之美、宴饮之乐，且共同表达了远离尘世的隐逸之思。

至正十一年（1351）八月五日，顾瑛与友人在玉山佳处相聚，与会者以吴中山水分题赋诗赠别即将归豫章的郑同夫。郯韶乘兴作山水图，陈基作《送郑同夫归豫章分题诗》序。在这些分题诗中，除陈基《分题太湖》、张田《题沧浪池》用五古外，刘西村《题枫桥》、释良琦《题震泽湖》、郯韶《题虎丘》、顾瑛《题太湖》、张简《题姑苏台》、沈明远《题龙门》、袁华《题泰伯庙》、俞明德《题馆娃宫》、周砥《题百花洲》等皆用五、七言律，内容均紧扣题意，或描景

---

① （唐）吴兢：《乐府古题要解》卷上，《丛书集成初编本》，中华书局1991年版，第8页。
② 曾莹：《文人雅集与诗歌风尚研究初探》，广东高等教育出版社2011年版，第112页。
③ （元）顾瑛辑，杨镰、叶爱欣整理：《玉山名胜集》，上册，中华书局2008年版，第70页。

状物,写吴地山川之胜;或凭吊史迹,触景生情,发怀古之思;或回忆相聚之乐、别离之悲和他日重逢的期待。

还有两次时空不详的分题赋诗活动。一次是湖光山色楼雅集,据卢昭《湖光山色楼雅集以吴东山水分题赋诗序》称:"界溪顾君仲瑛有楼曰湖光山色,萧爽夷旷,殊快人意,凭高一览,吴东山水尽在几席下,予与诸文彦因得以适洞心骇目之观。遂即席用山水命题,各赋诗以纪事。时五月端阳前一日也。是日以'吴中山水'分题赋诗。诗成者五人。"①顾瑛《赋阳山》、卢昭《赋虞山》、释自恢《赋昆山》、秦约《赋傀儡湖》、袁华《赋阳城湖》,五诗皆长篇,虽然吟咏对象不同,但都紧扣"吴中山水"之题。各诗的胸襟气度也有差异,但都能将地方历史兴亡和个人际遇暗寓其中,呈现出浓郁的沧桑之感。

另一次是草堂雅集,具体地点不详。据《玉山名胜外集》"纪饯送"载,顾瑛有《余寓西郊草堂张希颜分姑苏诸题求诗送周仕宣南台典史余得芙蓉堂云》。顾瑛《分赋芙蓉堂》题作《分题送周仕宣南台曲史》,单列于后,释良琦《题放鹤亭》、释元净《题生公讲堂》、秦约《题三江》、马麐国瑞《题涵空阁》、殷奎《题季子祠》、沈明远《题彩香径》、文质《题吴王城》、庐昭《题春申君庙》、金翼《题响屧廊》、瞿荣智《题姑苏台》。②从顾瑛诗题中"分姑苏诸题"字样可知,这次文人"对话"的主题是"姑苏名胜",诗人们即景绘心,传达了思古之幽情。

值得注意的是,《玉山名胜集》中一些标有"分题赋诗"字样雅集所作实为"分韵赋诗"。如至正八年(1348)二月十九日,顾瑛、杨维桢等9人,"以'爱汝玉山草堂静'分题赋诗"③,实质上这是一组"以题为韵"的分韵诗。至正十年(1350)七月,释良琦、于立、顾瑛等4人相聚于芝云堂,以"酒酣,快甚,欲赋咏纪兴,以'枫林纤月落',分韵拈题"④,虽名"拈题",实质上仍是"分韵"。雅集场合的分题赋诗,实质是"命题赋诗",考的是才情和敏捷。文人领题后,结合现场情形,展开联想,敷衍成篇,以速度快、才情佳者为胜。

(五) 同题共咏

《玉山名胜集》中保存了雅集文人对玉山草堂等二十四处美景的同题共咏诗歌。顾瑛《绿波亭记》云:"余家玉山中,亭馆凡二十有四,其扁题书卷皆名公巨卿、高人韵士口咏手书以赠予者,故宝爱甚于古玩好。"⑤杨镰先生

---

① (元)顾瑛辑,杨镰、叶爱欣整理:《玉山名胜集》,上册,中华书局2008年版,第208页。
② (元)顾瑛辑,杨镰、叶爱欣整理:《玉山名胜集》,下册,中华书局2008年版,第392—398页。
③ (元)顾瑛辑,杨镰、叶爱欣整理:《玉山名胜集》,上册,中华书局2008年版,第47页。
④ 同上,第104页。
⑤ 同上,第303页。

在《草堂雅集·前言》中说，玉山草堂的景点"共二十六处"①，因其中两处同名并列，所谓"共二十六处"实为二十四处。四库馆臣评《玉山名胜集》八卷、《玉山名胜外集》一卷详列玉山佳处景点二十八处②，与杨镰先生并无二致，只是将重名景点分计罢了。

在元末动乱的时局下，顾瑛好客的性格、雄厚的资产，因之私家园林的宜人景色，为文人提供了理想的休闲环境。他们在这里游山玩水，享受着诗酒风流、轻歌曼舞的闲逸生活，逍遥世外。查洪德先生称玉山雅集"是决去功利之求和攀附之意的纯粹文人追求理想化、艺术化生命与生活方式的体现"③，可谓切中肯綮。诗酒之乐成为重要的生活方式，围绕玉山景点的同题共咏，成了"集体叙事"的典范。

表3　《玉山名胜集》同题共咏状况统计表

作者／景点	参　与　人　员	数量
玉山草堂	于立、释良琦、郯韶、陆仁、郭翼、张天英、陈基、王蒙、李缵、冯浚、杨维桢、袁华、秦约、华矗、王濡之、沈明远、郑元祐、善住、宗束庚、陆居仁、袁凯、宗束癸、朱熙、元本、卫仁近、张玉、泉澄、金翼、黄玠、全思诚、周砥	31
玉山佳处	吴克恭、释良琦、陆仁、卢昭、于立、袁华、郑元祐、张天英、曹睿	9
钓月轩	虞集、柯九思、张天英、于立、释良琦、袁华、陆仁、李缵、陈基、郑元祐、陈基(天台)、张矗、秦约、黄玠	14
芝云堂	张矗、吴克恭、于立、袁华、陆仁、郑元祐、顾敬、秦约、张久可、昂吉、黄玠、周砥	12
可诗斋	顾敬、陆仁、袁华、秦约、黄玠、王濡之、钱惟善、卢熊、聂镛	9
读书舍	袁华、陆仁、秦约、张天英、黄玠、周砥	6
种玉亭	释良琦、陆仁、袁华、黄玠、秦约	5
小蓬莱	虞集、杨维桢、陆仁、袁华、黄玠、秦约、陈基(天台)、顾达	8
碧梧栖竹堂	马琬、释良琦、于立、吴克恭、袁华、陆仁、顾达、张天英、冯浚、陈基、昂吉、郑元祐、郯韶、聂镛、秦约、李祁、瞿智、释元净、黄玠、顾达、卢熊、钱惟善、李祁	23

---

① （元）顾瑛辑，杨镰、叶爱欣整理：《玉山名胜集》，上册，中华书局2008年版，第4页。

② （清）永瑢等撰：《四库全书总目》卷一八八，下册，中华书局1965年版，第1710页。

③ 查洪德：《元代诗坛的雅集之风》，《安徽师范大学学报（人文社会科学版）》2013年第6期，第676页。

作者 景点	参 与 人 员	数量
湖光 山色楼	柯九思、陆仁、于立、郑元祐、释良琦、吴克恭、熊梦祥、郯韶、袁华、陈基、昂吉、杨维桢、秦约、吕恒、冯浚、姚文奂、黄玠、岳榆	18
浣花馆	柯九思、袁华、黄玠、张逊、陈聚、李元珪、顾达	7
柳塘春	郭翼、陆仁、袁华、陈基、昂吉、卢昭、郯韶、秦约、黄玠、岳榆、顾达、卢熊	12
渔庄	袁华、陆仁、李瓒、于立、陈基（天台）、郑元祐、郭翼、昂吉、卢昭、陈基、杨维桢、秦约、冯浚、黄玠、周砥	15
金粟影	张天英、屠性、陆仁、袁华、于立、释良琦、郑元祐、黄玠、秦约、顾达、彭罙	11
书画舫	姚文奂、黄玠、释良琦、卢熊	4
听雪斋	杨维桢、曹睿	2
绛雪亭	顾瑛、袁华、陆仁、王楷	3
绿波亭	于立、释良琦、袁华、僧法坚、释至奂、文质、陆仁、周砥、顾达、陈基（天台）	10
雪巢	郑元祐、陈基（天台）	2
君子亭	张天英、李瓒、吴克恭、陈基（天台）、郯韶、释良琦、黄玠、秦约	8
澹香亭	郭翼、卢昭、顾达、张㬋、余善、文质、殷奎、张士坚	8
春晖楼	于立、沈右、释良琦、郑元祐	4
来龟轩	顾瑛、诸葛崧、袁华、陆仁	4
寒翠所	顾瑛、袁华、郭翼、卢昭、顾权、秦约	6

资料来源：（元）顾瑛辑，杨镰、叶爱欣整理《玉山名胜集》，中华书局 2008 年版。

　　顾瑛所居玉山"池馆之盛，甲于东南。一时胜流，多从之游宴。因裒其诗文为此集，各以地名为纲"①。二十四处景点中除"春草池""秋华亭""白雪海""拜石坛"无同题共咏诗歌外（有词、铭、赋、记），其余景点均有数量不等的诗歌。从数量看，咏"玉山草堂"的人数最多，达 31 人；咏"听雪斋""雪巢"的人数最少，仅有 2 人。此外，《玉山纪游》中也保存了大量的同题共咏组诗。

　　至正十一年（1351）九月十四日，顾瑛在"渔庄"举行了一次同题共咏的

---

① （清）永瑢等撰：《四库全书总目》卷一八八，下册，中华书局 1965 年版，第 1710 页。

盛会。陆仁《欸歌序》云："至正辛卯秋九月十四日,玉山宴客于渔庄之上。芙蓉如城,水禽交飞,临流展席,俯见游鲤。日既夕,天宇微肃,月色与水光荡摇棂槛间,遐情逸思使人浩然有凌云之想。玉山俾侍姬小琼英调鸣筝,飞觞传令,酣饮尽欢。玉山口占二绝,命坐客属赋之。赋成,令渔童樵青乘小榜倚歌于苍茫烟浦中。韵度清畅,音节婉丽,则知三湘五湖,萧条寂寞,那得有此乐也。赋得二十章,名之曰《渔庄欸歌》云。河南陆仁序。是日诗成者十人。"①整组诗歌都是以渔庄美景和诗酒风流为主题,写文人雅集宴游之乐。"欸歌"即"欸乃"歌,又称《渔歌》。"欸乃"原指桨橹之声或渔家号子声,音调悠扬。其曲意来自唐柳宗元的《渔翁》中"欸乃一声山水绿",言山水之幽、渔樵之乐和诗人孤芳自赏之情。据柯九思《渔庄记》所载,渔庄在玉山佳处东面,"筑室于上,引溪流绕屋下。于是萦者如带,抱者若环。浏然而清,可斠可濯。悠然而长,可方可舟。枫林、竹树、兰苕、翡翠,夸奇而献秀者,尽在几格。渔歌野唱,宛然在苕霅间也。……昔太公之钓渭,将以大有为也。下而子陵、玄真、天随之流,浮游江湖,果于遗世者也。"②"遗世之乐"是这组《渔庄欸歌》的共同主题。

同题共咏还多见于纪游之作,《玉山纪游》于此有大量记载。据于立《与客游灵岩山中杂咏诗》序载:"至正庚寅八月廿二日,余与顾君仲瑛访龙门琦元璞于天平。翌日,萧君元泰、郑君明德、郯君九成复至,三君分岐往观天池,余独与仲瑛登灵岩,因得《山中杂咏》,书之左方,以纪岁月云。匡庐山人于立书。"③对此,顾瑛的序也有呼应:"予与匡庐山人登涵空阁眺远,寺僧某者延坐具茗,少顷,行者携酒肴登阁,款留谈诗。而匡庐山人杂咏既成,僧复举酒嘱余曰:'今日之游,匡庐与公耳。公若无诗,后之游者岂知公至此耶?'余乃随口成诗,用书于右。不自知予形秽也。顾瑛识。"④二人用五言、七言绝句分《涵空阁》《响屧廊》《八角井》《洗砚池》《琴台》《西施洞》各咏一首,以纪行踪。既描绘了灵岩山的美景,又将吴王夫差与西施的传说托寓其中。杨维桢在评价纪行之作时说:"幸而出乎太平无事之时,则为登山临水、寻奇拾胜之诗;不幸而出于四方多事、豺虎纵横之时,则为伤今思古、险阻艰难之作。"⑤诗人触景生情,睹物思人。杨氏谓太平之世多适意任情之趣,乱

① (元)顾瑛辑,杨镰、叶爱欣整理:《玉山名胜集》,上册,中华书局2008年版,第247页。
② 同上,第236页。
③ (元)顾瑛辑,杨镰、叶爱欣整理:《玉山名胜集》,下册,中华书局2008年版,第473页。
④ 同上,第474页。
⑤ (元)杨维桢:《云间纪游诗序》,李修生主编:《全元文》卷一三〇〇,第41册,江苏古籍出版社1999年版,第248页。

世当中则多伤今思古之情,所言不虚。

至正十一年(1351)九月,顾瑛、于立、陈基、周砥四人同游上方山。陈基《与客游上方纪游诗》序称:"玉山顾仲瑛甫由惠山还吴城,适匡庐先生于虚斋来自越,而梁溪周履道与余皆在坐。仲瑛以第二泉煮日铸茶饮客。时秋且暮,仲瑛慨然有登山临水之思,乃相与泛舟出阊阖门,过百华洲,转横塘,至石湖。水光浮空,新月始生,山光野色与明河倒景相混漾。樵歌水唱,远近相答。于是饮酒甚欢,遂舣舟新郭而宿焉。旦日,由行春桥观音岩历楞伽山宝积寺,肩舆而造上方。霜降气清,原野澄旷,丹霞翠霭,出没有无。而荒台废苑,隐隐吴宫之旧。有顷,过横山,登聚远亭,吊故人陆征君墓,读金华先生黄公所制碑。假浴僧舍,回宝积,访金上人,不遇而归。留连者二日,往返者数十里。所至各赋诗,凡若干首。至正十一年九月日颍川陈基序。"① 所题诗有《过姑苏台》《横塘寺》《行春桥》《观音岩》《石湖》《新郭》《上方》《拜杞菊先生墓》,四人各有同题共咏的纪游之作。

同年九月八日,顾瑛与陆仁、于立"同舟出阊阖门,登观音山,过小龙门,坐支公放鹤亭上。于时高秋气肃,慨古遐眺,神与意适,遂相与濯足寒泉。肩舆过山北,观盘松如春雷破蛰龙,鬼神变化,不可端倪。因入楞伽寺,寺僧昂天岸出速客,列坐大桂树下,摘银杏荐酒,赋诗乐甚"(于立《观音山纪游诗》序)②。三人均有同题诗《书昂上人房壁》《盘松》《寒泉》《放鹤亭》《洗马池》《飞龙关》《楞伽古桂》《石屋》《观音山》。从上文所引纪游诗序可知,诗人们"赋诗以纪实"的创作目的非常突出。这种鲜明"集体叙事"意识,确实为前代所不多见。

玉山文人在乱世当中诗酒相会,目的是追寻自由生活和精神超越。"元人这种政治的'边缘化'与自我的'中心化',在玉山雅集中完美地展现出来,这也是元代文人雅集休闲的突出特色。"③无论是雅集唱和,还是同行纪游,都呈现出鲜明"集体叙事"倾向,在现实生活中发挥着"可以群"的社交功能。昆山顾瑛如此,无锡倪瓒、吴县徐达左无不如此。

二、非集会场合的"对话"——"异地同调"

非集会场合的"同题共咏"指文人围绕同一主题或同一题名,通过书信方式展开的吟咏。这种"异地同调"超越了时空限制,可自由地与他人"对

---

① (元)顾瑛辑,杨镰、叶爱欣整理:《玉山名胜集》,下册,中华书局2008年版,第505—506页。

② 同上,第519页。

③ 王硕:《从玉山雅集看元代文人休闲活动的精神取向》,《宁夏大学学报(人文社会科学版)》2021年第1期,第44页。

话",形成了"嘤其鸣矣,求其友声"的群体效应。共咏之作或被编成专集,如《春日田园杂兴》《西湖竹枝词集》,或散见于诗人文集之中。

非集会场合的同题共咏,在唐宋即已出现。唐代白居易、元稹、崔玄亮,相互酬唱,留有《三州唱和集》。元和年间,白居易、张籍等十多位诗人相继唱和韦处厚的《盛山十二诗》,影响渐大。此风蔓延至宋,势头更猛。据朱刚、李栋《从个人唱和到群体表达》一文梳理,宋代有超然台、黄楼、颜乐亭、中兴碑等景观,《明妃曲》《题招题院静照堂》《千秋岁》《和陶〈归去来兮辞〉》等诗歌,受到追和,形成"同题共咏"热潮。文人之间"通过政治立场、文学趋尚等方面的互相认同,而走向公共化;从有意的邀约、组织,而走向众人的自发唱和;从偶然的情感共鸣,而走向多角度、多主题的自觉探讨"①,非集会场合的"对话"组诗影响与日俱增。

有关元代同题共咏现象,杨镰先生在《元诗史》中指出:"元代,诗人同题集咏的题目可以出自身边的一切诗料,比较有名的同题集咏有:咏梅('梅花百咏'),咏百花,题跋书法绘画,送别友人,官员赴任、离任,赠答友人,集会('补兰亭会'等等),咏史,咏物诗,宫词,上京纪行诗,西湖竹枝词,佛郎贡马,月氏王头饮器,题咏岳飞墓与岳庙,咏郑氏义门,咏余姚海堤,静安八咏,白燕诗,咏地方风物……题目广泛。"②此外,元代大量的"和陶"组诗,也属于此类。这些同题共咏之作,绝大部分都是非集会场合下产生的。

元初诗坛上"题汪水云诗卷",是一场声势浩大的同题共咏活动,刘师复、赵淼、开先长老、严日益、聂守真、张嵩老等43人参与了唱和。这其中既有方内之士,也有方外之士;既有汉族文人,也有少数民族诗人。其中彭森、萧㽞、刘渊、孙鼎等,都是宋遗民。这些人并未聚集一处,而是出于对汪元量的尊敬,在不同时间、不同地点,通过"题汪水云诗卷"方式,或咏赞汪元量南归的事实,或将汪元量比作身在北朝心系江南的庾信,或将汪元量视作心中的知音,表达了对爱国英雄的崇敬和浓郁的故国之思。

对赵宜诚《钱塘怀古题仙源云仍家谱三首》的同题共咏,同样是基于对赵宋王朝的眷恋。赵宜诚乃宋宗室之后,其诗序云:"我宋南渡,驻跸临安,主暗臣奸,偷安姑息。始则桧贼陷忠良之将,而仇耻莫伸,而失机恢复;终则贾贼绝樊襄之援,而藩屏既撤,遂至危亡。虽运祚之在天,亦奸邪之误国,千载之后,有遗恨焉。此麦秀黍离之所以作也。予虽不敏,而伤感之情其理一

① 朱刚、李栋:《从个人唱和到群体表达——北宋非集会同题写作现象论析》,《江海学刊》2012年第3期,第192页。

② 杨镰:《元诗史》,人民文学出版社2003年版,第624页。

也。因编家谱,遂成《钱塘怀古》律诗三章,以寄兴耳。仙源嗣孙宜诚顿首。"①刘琛、罗宜诚、赵由仁、聂琚、黄鲤、王复、胡东皋、甘渊、李叔钧、彭卓、周友德10人均有《钱塘怀古题仙源云仍家谱》的同题共咏之作,这些诗保存在元人赵景良所编《忠义集》卷七之中。② 这些诗歌均产生于非集会场合,因同声相应同气相求而成,抒发了兴亡之感。月泉吟社的《春日田园杂兴》所以能形成声势浩大的"遗民大合唱",情形亦如此。"遗民们希望借助同题集咏来含蓄地表达集体抗节的政治意愿,用同题集咏可以有效地发挥诗歌的群体功能,通过同一题目的诗歌交流,引起集体共鸣,以达到一定的政治目的。同题集咏是元初遗民团结起来守住儒家道德底线的一种有效的政治手段。这是其他唱和形式无法达到的社会效果。"③

针对"拂郎献天马"的同题共咏,是元廷彰显"海宇混一"盛世豪情的重要手段。史载,至正二年(1342)七月,"拂郎国贡异马,长一丈一尺三寸,高六尺四寸,身纯黑,后二蹄皆白"④。"拂郎"又作"佛郎""弗林""富浪",是对欧洲人的称呼。此事一时间震惊朝野,"天马"成了竞相题咏的对象。据刘嘉伟先生统计,现存元人咏"拂郎献天马"之事的诗作有17题18首之多,赋1篇,表1篇;另有题画诗7首,题画跋文1篇⑤。参与者身份多元,遍布四大族群,五大宗教,但在文化情感上却亲密无间。元人对于"拂郎天马"的描述,所折射出来的盛世文化心理,依旧是"华夷之辩"所彰显出的大中华心态。

"义门同居"是古代社会的一种特殊的家庭结构。家族管理尚义重礼,以孝为先,兄弟雍睦,深孚封建纲常礼教,倍受历代统治者器重。在元代,浙江金华浦江县的郑氏家族是"孝义之门"的典型。"浦江郑氏家族史称'九世同居'之'郑义门',为唐以来史家古称累世同居家族之专有名词""郑氏家族的精神支柱主要是孝和礼。这种观念来源甚久,对家族的影响甚深,可谓根深蒂固、深入骨髓"⑥。据《元史·孝友传一》载:"郑文嗣,婺州浦江人。其家十世同居,凡二百四十余年,一钱尺帛无敢私。至大间表其门。"又,"文嗣殁,从弟大和继主家事,益严而有恩,家庭中凛如公府,子弟稍有过,颁白者犹鞭之。每遇岁时,大和坐堂上,群从子皆盛衣冠,雁行立左序下,以次

① 杨镰:《全元诗》,第8册,中华书局2013年版,第279页。

② (元)赵景良编:《忠义集》卷七,上海古籍出版社1993年版,第224—226页。

③ 李文胜:《元初诗歌与同题集咏》,《暨南学报(哲学社会科学版)》2014年第10期,第107页。

④ (明)宋濂等:《元史》卷四〇《顺帝本纪》,中华书局1976年版,第864页。

⑤ 刘嘉伟:《元人"拂郎献天马"同题集咏刍议》,《晋阳学刊》2016年第2期,第29页。

⑥ 毛策:《孝义传家:浦江郑氏家族研究》,浙江大学出版社2009年版,第18页、第82页。

进。拜跪奉觞上寿毕,皆肃容拱手,自右趋出,足武相衔,无敢参差者。见者嗟慕。谓有三代遗风。状闻,复其家。部使者余阙为书'东浙第一家'以褒之。"①《浦江志略》称其家族"自宋建炎到明初,合族而居十三世","阖族殆千余指,合族聚食而雍睦恭谨,不殊乎父子兄弟之至亲,宋元国朝屡旌其门"②。郑氏因其十世同居、一门孝义的治家事迹,曾受朝廷两度旌表。

"咏郑氏义门"是元代同题共咏的热点题材,这与理学影响下所形成的社会价值观有着极大的关系。傅野《咏郑氏义门五首》、黄景昌《我行其野四首》、杨俊民《咏郑氏义门六首》、赵必菘《咏郑氏义门三首》等堪为典型。如傅野《咏郑氏义门五首》,诗云:

> 南山有嘉树,逢春发华滋。本根既已固,枝叶巧相扶。只缘一气生,何处有亏盈。春秋虽代序,同荣复同枯。如何兄弟间,休戚遽尔殊。功缌且不保,遄恤到本初。(其一)
>
> 所以孝义家,旌门正渠渠。溹河尽东垂,中有郑公乡。北阙赐旌书,高门何煌煌。煌煌定何如,白璧饰明珰。曷以能致之,六世共一堂。不知燕雀中,见此朱凤翔。(其二)
>
> 人生百年中,奄忽若尘飞。朝闻金谷歌,暮闻薤露悲。既有令兄弟,中堂共徘徊。何不日鼓瑟,何不日高歌。彼哉悁悁徒,割户各骋私。骋私纵有得,奈此大义乖。(其三)
>
> 遥遥汉星光,鸿雁忽南翔。鸣声一何悲,万里有凝霜。凝霜虽苦寒,顾影自成行。感物有如此,中心如沸羹。愿为双飞龙,勿作参与商。兄弟同一身,此语安可忘。(其四)
>
> 海水黑沉沉,白石白如脂。白石不可移,海水无竭时。愿此旌义家,千载以为期。不比春园花,飘摇随尘泥。我恨无羽翮,莫逐晨风来。仙山有神药,翠实方蓁蓁。(其五)③

据《李觏集》之《直讲李先生门人录》"傅野"条载:"傅野,字亨甫,南城人。学于先生,其先上饶人。父垂范,先生为志其墓。野学于先生,蚤有立操,与陈次公俱为门人称首。熙宁中,郡以高材淹滞闻,旨赐粟帛充军学教授,历明州定海尉,归隐于沙溪之东岩。有文集,名《通稿》。先生《后集》,乃野所辑也。"④傅野

---

①　(明)宋濂等:《元史》卷一九七《孝友传一》,中华书局1976年版,第4451—4452页。

②　毛凤韶:《浦江志略》,上海古籍书店1966影印天一阁藏明嘉靖刻本。

③　杨镰:《全元诗》,第24册,中华书局2013年版,第207—208页。

④　(宋)李觏撰,王国轩点校:《李觏集·外集卷第三》,中华书局2011年版,第534页。

是一个很注重品德节操的人,作为宋代理学家李觏的学生,其对郑氏义门的"孝义"有感而发也在情理之中。其一,借南山嘉树"本根既已固,枝叶巧相扶",喻赞郑氏兄弟孝义相随、休戚与共,为世楷模。其二,赞美郑氏孝义持家,朝廷"旌书"嘉奖其"六世共一堂"的优良门风。其三,感慨人生百年,生命短暂,告诫世人要共享孝悌,不可乖违"大义"。其四,感时叹物,触景生情,告诫世人要兄弟同心,"勿作参与商"。其五,以海水不竭、磐石不移为喻,赞美郑门所代表"孝义"美德永存。同治《新城县志》载,"傅垂范,野之父也。李觏为志其墓曰:君少笃学,见称其侪。父陨,兄落欲进不谐。……君之事母,室为便户。夜再三起,即讯安否。君之事兄,兄尝病苦,医需人肉,爰割其股。族有斗死,将质于官,碍君其间,缩不忍言。闻善己若,见恶愀然。教子与孙,居如师门,维孝维悌,于君罔愆。"①傅野之父傅垂范入地方志"孝友"中,是当地孝友品行的典范。生活在这样的家庭,耳濡目染,自然注重孝悌友善。

黄景昌,字明远,晚号田居子,浦江人。"景昌事亲孝,亲没,哀泣之终丧。遇孤姊甚恋恋,怀乡人有恩。"②作为浦江著名学者,其与浦江郑氏后裔的交往颇为频繁,宋濂《浦阳人物志》将其列入"文学篇"。其咏郑氏义门的乐府组诗《我行其野四首》诗云:

> 我行其野,瓜瓞何累累。我行其野,瓜瓞何累累。君子有庐,君子居之。谁无裳衣,我则共施。谁无飧糜,我则同炊。歌以言之,瓜瓞何累累。(其一)
>
> 雝雝将将,八世莫与京。雝雝将将,八世莫与京。厥声大以长,覃及四方。帝曰嘉只,我国之祥。旌命自天,为龙为光。歌以言之,八世莫与京。(其二)
>
> 世教沦胥,百事非良图。世教沦胥,百事非良图。我体我肤,即亲之躯。我服我羞,敢遂吾私。如何德色,生忧稷鉏。借曰不知,不见慈乌。歌以言之,百事非良图。(其三)
>
> 河水可竭,岩石可倾。河水可竭,岩石可倾。惟明德之宗,可缵可承。长合尔疏,愧比弟昆。弟昆愧矣,聿莫不兴。歌以言之,子孙当薨薨。(其四)③

① (清)刘晶岳修,(清)邓家祺纂:同治《新城县志》卷一〇《人物志七》,台北成文出版社有限公司 1976 年版,第 1557—1558 页。
② (明)宋濂:《宋濂全集·浦阳人物记》下卷,第 6 册,浙江古籍出版社 2014 年版,第 2053 页。
③ 杨镰:《全元诗》,第 20 册,中华书局 2013 年版,第 39—40 页。

其一,引用《小雅·我行其野》和《大雅·绵》起兴,以"瓜瓞何累累"比喻郑氏义门子孙枝繁叶茂,以"谁无裳衣,我则共施。谁无飧糜,我则同炊"句赞美郑氏义门同居共财,同爨合食,尚义重礼优良传统。其二,引《邶风·匏有苦叶》和《周颂·清庙之什》之句,形容朝廷旌表郑氏义门热闹非凡,声名远扬,成为国家的祥瑞。其家族荣光传承八世,没有什么家族可与之相比。字里行间透露出作者的敬意。其三,引《小雅·雨无正》和《汉书·叙传上》之语,表明当世的正统思想、正统礼教沦丧,诸多事情都还能妥善的谋划。以"慈乌反哺"之典,来赞颂郑氏义门的对长辈的纯孝。其四,以河水可竭,岩石可倾的意象,表明郑氏义门的孝义传统将千载传承。引"螽斯羽,薨薨兮"(《周南·螽斯》)和"虫飞薨薨,甘与子同梦"(《齐风·鸡鸣》),来形容郑氏义门将枝繁叶茂,兴旺发达。整组诗歌,以乐府古风的形式,配以《诗经》式的古奥语言,反复吟咏,以呼唤郑氏家族这个"三代遗风"在元代社会重现。组诗每章开始处的"我行其野,瓜瓞何累累""雝雝将将,八世莫与京""世教沦胥,百事非良图""河水可竭,岩石可倾"等的重叠,也强化了诗歌的主题。"作者以'出入经史'的视角,咏叹郑氏之古风古貌,乃其学术专攻在诗作上的反映。而郑氏之先人即从浦江经学开山人朱临、朱栓学,黄氏之学正是朱氏之后继人。"①以诗证史,以经考史,正是黄景昌学术专长,毛策所评不谬。

再如杨俊民《咏郑氏义门六首》,诗曰:

> 往年承诏侍宣文,滦水秋风始识君。顾我山人多鄙野,禁林趋步赖陶熏。(其一)
> 共列经筵侍冕旒,每蒙陪食太官羞。一时相契惟君厚,分手那堪作恶愁。(其二)
> 身衣手线念尊慈,唯恐升堂定省迟。鹤发鱼轩正康健,春风吹喜入瑶卮。(其三)
> 彩衣辞别绣衣归,寸草恩承万丈晖。浙水东西尽繁庶,一门佳庆似君稀。(其四)
> 东南富庶冠坤舆,倥偬勖勤十九虚。毕竟乱基果何在,救时无惜万言书。(其五)
> 暂出神京按浙西,奇书妙典向谁稽。明年四月南薰便,定望文星北聚奎。(其六)②

---

① 毛策:《孝义传家:浦江郑氏家族研究》,浙江大学出版社 2009 年版,第 195 页。
② 杨镰:《全元诗》,第 42 册,中华书局 2013 年版,第 324 页。

据王德毅等人编《元人传记资料索引》载,杨俊民,字士杰,真定(今河北正定)人。早年曾从学于安熙,至顺元年(1330)登进士第,授翰林应奉。与苏天爵同门学,都是元初著名理学家刘因的再传弟子。从诗中内容上看,杨俊民在大都曾官国子司业,迁集贤馆直学士,后任国子监祭酒等官。与郑氏族人(姓名不详)交往甚深,结下了深厚友谊。其一,回忆当年与友人相遇于大都宣文阁中的情形,并以"山人"自谦,表达了对友人的敬重。其二,回忆在京城中共同的经筵侍讲经历,二人从相知到相契,情同手足,短暂的离别也令彼此满怀思念。其三,歌颂友人对待慈母做到昏定而晨省,老人身体康健,精神愉悦,褒扬了郑氏家族的孝义。其四,赞美友人仕途顺利,功名有成,然总觉得父母恩情深重,难以报答。其五,江南虽富冠天下,但天下却战乱不宁。为救天下民众,友人向朝廷进万言书,将一门之孝推向天下。其六,交代自己将要离开京城赴浙西按察,期待四月回京后再与友人切磋学问、交流诗艺。整组诗歌以回忆从与友人的交往着手,间接地表达了对郑氏义门的敬重与颂扬之意。

以上三组所咏"郑氏义门"诗,都属于"异地同调",是非集会场合的同题共咏。时人咏"郑氏义门"都聚焦于郑氏的"孝"与"义"上。在元代,随着郑氏家族的扩大,与理学名士交往增多,理学精神直接渗透到其治家理念之中。《郑氏规范》第一百三十四条载:"吾家既以孝义表门,所习所行,无非积善之事,子孙皆当体此。不得妄肆威福,图胁人财,侵凌人产,以为祖宗植德之累,违者以不孝论。"[①]郑氏义门的孝义行为,在当时确有典范意义。这对社会伦理教化与民风民俗的淳化作用非凡,对维护封建社会的长治久安不无裨益。

对廉干有为、政绩卓著官员朝廷褒表,也是统治者"激扬风化、敦率人伦"的重要工具。《全元诗》中留下了大量赞美地方官员德政的同题共咏组诗。如王昭德《江西宪使郭文卿德政诗二首》《又绝句十二首》、戴熙《江西宪金郭公德政诗七首》、陈宗文《江西宪金郭公德政诗三首》等,均赞美江西宪使郭郁的德政。姚畴《昌江百咏诗》的出现,更是将此风推向极致。

此外,苗子方、刘伯寿、郭余庆、许炎、万士元、饶拯、虞尧臣、赵良偁、熊文渊、黎庶、樊炫、陈樟、晏咏通、连元寿、夏玘、陈景常、黄约、黄润、黄文海、黄极立、刘开孙、汪允文、郑尧心、倪洪、宜起霖、邓茂生、岳天祐、吴某某、李

---

① 毛策:《孝义传家:浦江郑氏家族研究》附录《郑氏夫范》,浙江大学出版社 2009 年版,第 281 页。

守中、艾天瑞、王辰、方仁卿等33人①,这些人有的是郭文卿的属下,有的是昌江贤能,有的是闻说者,大部分均属于"字里不详"的仰慕者,他们均以《江西宪佥郭公德政诗》为题共咏,表达了对郭文卿德政的景仰和对清明政治的期盼。这些诗均收录在《编类运使复斋郭公敏行录》中。

元代非集会同题共咏,以题画参与人数最多、规模更加空前。明人张丑称"元人最尚题咏,而于画本尤甚,有多至三四十人者"②。据李文胜《元诗同题集咏中的诗文图共存及其文学史意义》一文统计:"题画同题集咏是元诗同题集咏的一个重要门类,在元代发生次数达500多次,占元诗同题集咏总数的一半以上。"③题画同题共咏已然成为元人维系情感的纽带,是文人关注现实生活、传播共同价值观念,进而改变社会风气的重要工具。

元代题跋成风,不管是自题,还是他题,对画境无疑都是一种新的阐释和不断完善。一幅画题跋越多,画之蕴藉就越丰厚。随着画轴辗转迁徙,经过多人之手,留下了数量不等的题画诗。一些名画少则数人、多则十数人,甚至数十人同题共咏,这在中国绘画史上极为罕见。如赵孟頫的《水村图》、王蒙的《听雨楼图卷》《破窗风雨图》《云林小隐图》、倪瓒的《耕渔轩图》等画卷,都是这方面的典型。

对《听雨楼图》《破窗风雨图》的题画活动,成为元末吴中文人的诗歌盛宴。元代先后有18位文人为《听雨楼图》题诗,包括倪瓒、王蒙、张雨、饶介、苏大年、钱惟善、周伯温、马玉麟、张绅、赵俶、鲍恂、道衍、张羽、王谦、高启、韩奕、陶振、王宥等,形成了《听雨楼图卷》。题《破窗风雨图》的文人墨客更多,包括杨维桢、陆居仁、钱鼐、张翌、王国器、钱惟善、李绎、易履、张庸、张昱、张端、徐一夔、金絅、朱武、牛谅、钟虞、杭琪、钱岳、韩元璧、张羽、徐汝霖、杨基、董存、高子仪、李江汉、赵俶、冯恕、沈庭珪、龙云从、丘思齐、李讷、雅安、岳榆、孔思齐、何恒等37人,形成了《破窗风雨卷》。这两幅图的题咏,参与人数众多,规模盛大。周海涛说:"《听雨楼图卷》、《破窗风雨卷》展示的是元末吴中文人的一场诗歌盛会。它们的形成是元末吴中文人雅集结社的变相延续,是继'玉山雅集'、'北郭诗社'后又一次大规模的文人题咏活动。但和前二者'同时同地'的方式相比,它又呈现出了新的特点——异时、异地、同题题咏,即'异地同调'。这种题咏方式的出现,既折射了时代变迁下吴中文人雅集方式的新变,也表征了吴中文人心态的新变,以及不同心态影

---

① 杨镰:《全元诗》,第33册,中华书局2013年版,第259—290页。
② (明)张丑:《清河书画舫》"王蒙"条,上海古籍出版社2011年版,第574页。
③ 李文胜:《元诗同题集咏中的诗文图共存及其文学史意义》,《江西社会科学》2017年第7期,第98页。

响下文学思想的变迁,具有独特而丰富的诗学意义与审美内涵。"①这些题画诗的出现,反映了乱世之中文人同题共咏方式的变化,将非集会场合的同题共咏推向了顶峰。

在元大德六年(1302)十一月,赵孟頫为好友钱德钧所作《水村图》,在元明清三代流传很广,仅元代就有邓椿、吴延寿、顾天祥、林宏、叶齐贤、陆桂、束从大、黄肖翁、束南仲、孙桂、俞日华、黄介翁、陆祖凯、束巽之、赵骏声、赵由祚、束复之、赵承孙、束同之等19人参与了同题共咏。此外,《胡氏杀虎图》题诗文者达27人,《林屋佳成图》(又名《黄氏林屋山图》)题诗文者达21人,《秀野轩图》题诗文者达44人,《耕渔轩图》题诗文者达39人,其中大部分都是元代文人。借诗传画、以画传诗,是铸成诗画经典的重要途径。

元代因遗民社团对岳坟、岳庙(祠)等的同题共咏,使此类题材成为诗坛热点。蒲道源《读宋四将传并序》序云:"余读宋四将传,刘锜、李显忠死皆得正命。魏胜战没,亦可无憾。独岳飞功业于诸将中尤卓然者,竟毙于秦桧、张俊之手。重作二诗以哀之。"②这是一组读史感悟诗,蒲道源对岳飞的英雄失路、蒙冤受屈的不幸遭遇给予了深刻的同情,并对造成其不幸的朝廷的昏聩、同事的冷漠、奸党的凶残,给予尖锐的讽刺和辛辣的鞭笞。蒲氏此作,与咏赞岳坟、岳庙(祠)等同题共咏诗一样,折射出其对民族英雄的景仰之情。

至正六年(1345),西湖僧释可观,收录了柯履道《重兴岳忠武王祠宇二首》、杨九思《题岳坟褒忠寺》、释元翁《咏岳忠武墓》、吴子华《咏岳忠武王庙墓》、吴子善《题岳忠武王庙墓》、吴溥泉《咏岳忠武王》、沈叔敬《咏岳忠武王庙墓二首》、周越道《题岳忠武王庙墓》、姚黼《悼岳王》、高子谊《咏岳忠武王庙墓》、张源《咏岳忠武王》、陈政德《岳忠武王重兴祠宇作》、铁穆尔《题岳坟褒忠寺》、郑元《岳王墓》、郑希道《咏岳忠武王》、霍宾阳《岳忠武王庙墓》、瞿宗仁《咏岳忠武王二首》、彭瑛《岳鄂王庙》、程正辅《咏岳忠武王庙》、叶文中《咏岳忠武王庙二首》、邹士表《咏岳忠武王庙》、杨天显《咏岳忠武王庙》、赵天有《咏岳忠武王庙》、闻益明《咏岳忠武王庙》、臧湖隐《咏岳忠武王庙》、杨维桢《咏岳鄂王二首》、释成《咏岳忠武祠》、释大觉《咏岳忠武王》、释若溪《咏岳忠武庙》、陈秀民《岳鄂王庙墓二首》,连同其《咏岳忠武王庙》同题共咏诗歌,编成《岳忠武王庙名贤诗》,再一次将岳飞事迹的传播与接受推向新

---

① 周海涛:《元明之际吴中文人雅集方式与文人心态的变迁——以〈听雨楼图卷〉〈破窗风雨卷〉为例》,《山西师大学报(社会科学版)》2010年第1期,第78页。

② 杨镰:《全元诗》,第19册,中华书局2013年版,第310—311页。

的高峰。

　　班惟志《重兴岳忠武王祠宇后作三首》是一组追悼岳飞事迹的诗歌，诗云：

　　　　四将中兴独处危，垂成恢复只天知。专征既已心遥寄，明见因何面受欺。光弼拥兵几错脱，令公就道不迟疑。死当自分遭非罪，对簿难堪佞万俟。（其一）

　　　　威名震主自全难，高第纶巾未许闲。空使旄头奸胆破，不容马革裹尸还。新亭人泣山河异，古冢鹃啼草树殷。当日韩张徒共事，竟无一语劝天颜。（其二）

　　　　父子捐躯百战余，忠怀卞壶智穰苴。赤心报国忠难泯，白面和邻计本疏。万里长城空自坏，千年良史要人书。光辉武庙终登殿，图像灵台合上居。（其三）①

　　组诗歌是诗人在重修岳忠武王祠宇后的感兴之作。其一，对南宋中兴四将独木难支的困局作了陈述，指责朝廷统治者是才导致统一大业功败垂成的罪魁祸首。其二，指责宋高宗始昏聩无能，狭隘自私，密谋处置武将，不能容忍岳飞功高盖主。同时，对张俊、韩世忠面对于危局不能挺身相救的自保行为给予了批评。其三，诗人用卞壶和司马穰苴的典故，来赞美岳飞父子忠勇与智慧，并表达"千年良史要人书"的悯忠情怀。对岳庙落成，"图像灵台合上居"，表达了深深的祝福。

　　又如陈秀民《岳鄂王庙墓二首》，诗云：

　　　　鄂王英武不复见，香火厘余湖上僧。中国久非金社稷，北邙谁扫宋山陵。庙前白日旗影下，冢上黄昏剑气升。恨不当时枭桧首，载瞻遗像哭中兴。（其一）

　　　　英灵不死孤忠在，二顷祊田自合归。寒食清明春澹澹，落花游絮晚霏霏。乾坤世道有隆替，城郭民人嗟是非。安得岳家军十万，中原一战解戎衣。（其二）②

　　诗歌从清明时节岳坟周边的环境着手，营造出浓郁的凭吊"英灵""孤忠"氛

---

① 杨镰：《全元诗》，第32册，中华书局2013年版，第125页。
② 杨镰：《全元诗》，第44册，中华书局2013年版，第197页。

围,诗人在喟叹"鄂王英武不复见"后,对其未能实现"中兴"理想表达了极大的遗憾。"恨不当时枭桧首,载瞻遗像哭中兴""安得岳家军十万,中原一战解戎衣"两句,更是画龙点睛,借古言今,寄托了对蒙元政权的不满,隐含着作者的故国之思。

对岳飞悲剧的同情、对奸臣误国的斥责、对专制昏君的批判,以及对故国的追思,促成了文人异地同题共咏的根源。自南宋投降以来,历代文人缅怀岳飞事迹的诗文便不绝于书。"宋亡后,元初诗社迅速建立起来,元初文人群体意识高涨,群体性交流互动规模空前,当时所结诗社多为遗民诗社,结社的目的性极强,出于表达亡国之悲,保持民族气节和互相激励的需要,诗成了他们达到这一目的的重要手段。"①据史料记载,当岳飞遇害时,李安期作"表忠诗百二十首吊之"②。明代嘉靖时,仅"岳坟诗集无虑千首"③。从这个意义说,元代有关岳飞的同题共咏所呈现出文化意义对后代有着深远的影响的。同样,文天祥在大都柴市就义,再次引发了南宋遗民们抗节守志、同题共咏的热潮。

元末"静安八咏"是一场弘扬佛教文化的盛会,推动了非集会同题共咏活动的深入发展。静安寺住持释寿宁,以赤乌碑、陈桧、虾子禅、讲经台、沪渎垒、涌泉、芦子渡七处古迹,连同自方丈室,自号"绿云洞"之景,为"静安寺八景",作《静安八咏》诗,并征召天下人唱和。并将收到的贡师泰、成廷珪、杨瑀、郑元祐、王逢、释寿宁、韩璧、唐奎、马弓、顾瑛、钱岳、释如兰、赵觐、余寅、释守仁、陆恫、孙作、张昱、吴益、钱惟善、张紘 21 位诗人的咏"静安八咏"组诗,编成《静安八咏集》一卷,由杨维桢作序。钱霔《八咏诗后序》载:"《静安八咏》者,松江无为师之所编辑也。师自昔处名刹,归静安,目其寺之古迹者凡七,而寺有绿云洞,足而八之,求题咏于时之长于诗者,凡十年。……会稽铁崖先生首为序之,而命霔述八咏之事迹。"④从"后序"可知,静安主持释寿宁以"静安八咏"为题,向天下"长于诗者"征诗,历时近十年。最终由释寿宁编选成册,由钱霔述静安八景故事,杨维桢作序。随着"静安八咏"活动全面铺开,静安寺的影响力得到了极大的提升。

贡师泰《静安八咏》在《静安八咏集》中排在首篇。因当时隐居于吴松

---

① 李文胜:《元初诗歌与同题集咏》,《暨南学报(哲学社会科学版)》2014 年第 10 期,第 103 页。
② (明)邢址修,(明)陈让纂:嘉靖《邵武府志》卷一四《隐士》,《天一阁藏明代方志选刊》,上海古籍出版社 1964 年版。
③ (明)田汝成辑撰,刘雄点校:《西湖游览志余》卷七,上海古籍出版社 1958 年版,第 127 页。
④ (元)释寿宁辑,(明)钱霔撰:《静安八咏诗集一卷附事迹一卷》,齐鲁书社 1997 年版,第 397 页。

江，诗人就地取材，因景赋诗，对"静安八景"从外形到内涵，进行了全面的概括，给人身临其境之感。将静安八景的演变历史，与元末动乱的现实相结合，赋予八景诗深刻的文化内涵和忧时悯世之情。"深惭十州牧，恢复未有时"（《赤乌碑》），"自怜非槁木，忧世常悄悄"（《虾子禅》），"人生固大梦，天地余劫灰"（《讲经台》），"深惭盛时守，无策正邦纪""世道苦变更，形势总蹽圮""尚想白登围，无言泪如水"（《沪渎垒》），"元气倾地脉，汩汩不暂停"（《涌泉》），"永怜澄清志，嗒然欲销魂"（《芦子渡》），"还知人间世，黄尘十年倾"（《绿云洞》）等句①，表达出对国家的命运的担忧。《全元诗》于诗后评曰："非此老无此言，忠义之气郁然动人。"②诗人作为汉臣，在元末战乱中能为国事奔波，虽不能如好友余阙以忠义殉国死节，但在风雨飘摇的朝廷中也算得上是中流砥柱了。

杨维桢首倡的"西湖竹枝词"，掀起了元末诗坛一次规模宏大的非集会同题共咏热潮。其《西湖竹枝集》序云："余闲居西湖者七八年，与茅山外史张贞居、苕溪郯九成辈为唱和交。水光山色，浸沉胸次，洗一时尊俎粉黛之习，于是乎有《竹枝》之声。好事者流布南北，名人韵士属和者无虑百家。道扬讽喻，古人之教广矣。是风一变，贤妃贞妇，兴国显家，而《烈女传》作矣。采风谣者，岂可忽诸？"③序中对竹枝词酬唱的背景及用意作了说明。和维《西湖竹枝集序》亦称"一时从而和者数百家"④。至正八年（1348）秋，杨维桢将唱和诗汇编为一册，并取名为《西湖竹枝集》并作序。

由杨维桢发起的"西湖竹枝酬唱"，不仅参与者众多，且名家汇萃，虞集、萨都剌、李孝光、揭傒斯、杨载、倪瓒等人，皆名列其中。据王辉斌先生《杨维桢与元末西湖竹枝酬唱》一文考证，元代共有 122 位诗人参与这次"西湖竹枝词"酬唱。其中有少数民族诗人，也有佛门人士，更有"铁门弟子"，甚至连曹妙清、张妙静等女性诗人也参与其中。"'西湖竹枝酬唱'在当时所扮演的，实际上是一场各民族诗人同题集咏的大型创作活动。而杨维桢作为'铁崖乐府诗派'领袖的地位，也即因此而得以确立。"⑤无论是"西湖竹枝酬唱"的同题共咏活动，以及《西湖竹枝集》的集结，对元末乐府诗的繁荣产生了积极的影响。元明之际，吴景旭所附编《西湖竹枝集续集》、明人徐士俊所

① 杨镰：《全元诗》，第 40 册，中华书局 2013 年版，第 336—337 页。
② 同上，第 337 页。
③ （元）杨维桢：《西湖竹枝集序》，王利器等编：《历代竹枝词》，第 1 册，陕西人民出版社 2003 年版，第 67 页。
④ 同上，第 66 页。
⑤ 王辉斌：《杨维桢与元末西湖竹枝酬唱》，《重庆教育学院学报》2011 年第 1 期，第 98 页。

编《西湖竹枝集续集》，同在社会流布，进一步扩大了《西湖竹枝词》的社会影响力。

从集会现场的分题、分韵、即口占，到非集会场合的同题共咏，它标志着元人唱和方式的改变。正如李文胜所言："由唐宋时期的分题分韵、联句为主转为以同题集咏为主，这是文学史上唱和方式的一次重要变革，在中国文学史上具有重大意义。"①主流诗人的同题共咏，始于馆阁。"雪堂雅集"肇其始，19 位名公就雪堂和尚之不凡而共咏；周砥致仕归里，魏初、胡祗遹、张之翰、赵孟頫等馆阁文士以送别为共咏诗题；胡祗遹卒，哀挽诗歌集为诗卷，王恽《秋涧集》卷四三有《紫山胡公哀挽诗卷小序》；王恽七十寿辰，诸名公贺寿诗亦集为诗卷，李谦有《寿七十诗卷序》；尚书柴庄卿、李两山出使安南，阎复、董文用、胡祗遹、国子博士王载等各有诗送别；在袁桷诗集中，有一首题为《玉堂合欢花初开郑潜昭率同院赋诗次韵》，是翰林院诸公的同题共咏。以馆阁文臣为主体的"上京纪行诗"更是同题共咏的杰作，受到当时各族诗人的广泛关注，成为元代诗坛一道独特的风景。

集会与非集会场合的同题共咏，对诗歌流派的形成作用明显。"因为原作与唱和诗在题材与体裁等方面，往往是比较相近甚至相同的，这种创作形态对于诗人们来说，既可以文会友，在艺术上起一种切磋促进作用，也是潜在的竞赛和优劣的比较，甚至对于文学集团与文学流派的形成都有一定的促进作用。"②元末以杨维桢核心的"铁崖派"的形成，正是此种唱和影响的最直接证明。据黄仁生《铁崖诗派成员考》一文考证③，铁崖诗派成员共计91 人，主要成员 30 人，包括杨维桢、李孝光、顾瑛、张雨、郯韶、夏溥、叶广居、陈樵、倪瓒、陈基、陆仁、钱惟善、王逢、张简、刘炳、袁凯、释良震、于立、释福报、释行方、郭翼、章木、宋禧、张宪、袁华、吕诚、吴复、杨基、金信、贝琼。而在这 30 人中，参与玉山雅集的成员就占到 18 席，且其中核心成员都在玉山。玉山草堂也成为铁崖诗派活动的场所，这必定使期间的"同题共咏"染上浓厚的铁崖色彩。

---

① 李文胜：《元诗同题集咏中的诗文图共存及其文学史意义》，《江西社会科学》2017 年第 7 期，第 103 页。
② 吴承学、何志军：《诗可以群——从魏晋南北朝诗歌创作形态考察其文学观念》，《中国社会科学》2001 年第 5 期，第 167 页。
③ 黄仁生：《铁崖诗派成员考》，《中国文学研究》1998 年第 2 期。

第七章 元代组诗的结构形态

组诗以内容的包容性、结构的系统性及抒情的独特性，突破了单体诗歌凝固于特定时空的局限，使诗人曲折坎坷的生活经历、复杂微妙的人生体验以全面呈现。作为一种富有民族特色的诗歌形态，"组诗的'组合'不是随意拼凑，而是诗人心灵的'聚合'。'聚合'的线索或是叙事的进程，或是景物的转换，或是心路的历程等。"从表达效果上看，"组诗的次第展开，多元显现以及反复吟唱，都构成一种音乐的旋律美，引起欣赏者情感的回旋激荡和想象的驰骋飞越"①，其文体功能是单体诗歌所不具备的。

第一节 以时空转化来经纬

清人方东树在《昭昧詹言》中强调了组诗章法的重要性："一首有一首章法，一题数首，又合数首为章法：有起有结，有伦序，有照应，若缺一不得，增一不得，乃见体裁，陈思《赠白马王》、谢家兄弟酬答、子美《游何将军园》之类是也。又有随所兴触，一章一意，分观错杂，总述累累，子昂《感遇》、太白《古风》、子美《泰州杂诗》之类是也。"②方氏所列举组诗，其章法结构堪称楷模，为后世组诗结构艺术确立了表率。就文体特征而言，章法之妙是组诗的魅力所在。

以"时空转化"来经纬，是元代组诗常见的章法。古人对时间的认知，表现为朝代、年份、四时、月份、朝夕、五更等。对空间的表述，常常包括共时性与历时性的地点。所谓"时空转化"即将存在于不同时空中的事物、活动组合在一起，构成一个自足表意的"新时空"，来系统演绎诗人的情感活动。

---

① 李正春：《论组诗文体特征与表达功能》，《学术交流》2007 年第 10 期，第 150 页、第 153 页。

② （清）方东树撰，汪绍楹点校：《昭昧詹言》卷二一《附论诸家诗话》，人民文学出版社 2006 年版，第 521 页。

以"时间流程"结构组诗,在文人拟古组诗中广泛存在,其源头是民歌中的"四季调""十二月歌""五更体"。六朝民歌《子夜四时歌》,作为"四时行乐之词"①之祖,多以女子口吻抒写相思别离之情。元代组诗中,如何中《高困四时歌》、汪珍《仆射山人山中四时词》、虞集《东家四时词四首》、姚琏《四时野人辞四首》、胡布《四时四首》、郭钰《四时词四首》、梅颐《四时词四首》、周巽《子夜四时歌》、杨维桢《吴子夜四时歌》、胡奎《吴宫子夜四时歌八首》、方夔《四时宫词四首》、萨都剌《四时宫词》、曹文晦《四时宫词四首》等,均以此结构,所表达的情感更加丰富多彩。梁人钟嵘《诗品》称:"气之动物,物之感人,故摇荡性情,行诸舞咏。……若乃春风春鸟,秋月秋蝉,夏云暑雨,冬月祁寒,斯四候之感诸诗者也"②。作者感物起情,将特定遭遇与春夏秋冬四时景象融为一体,即景抒情,奠定了后世"四时体"的抒情范式。

胡布《四时四首》即是按照四季变化来写景抒情的。《全元诗》小传载:"胡布,字子申,号五岳樵人。盱江(江西南城)人。元至正间尝为闽帅参谋军事。不遂其志。入明隐居不出。据胡布诗,可知在'乙卯(洪武八年)十一月初十日'曾'罹难',原因是'以高蹈有忤时政',致使打入'理问所',在监狱中度过了丙辰(洪武九年)元夕。'丙辰十月初五以龙江',被遣戍。"③这组《四时四首》便是其隐田园时所作。其一,写"青阳畅萌达,万物日滋长"的春天景象,展现出隐逸之趣。其二,写夏天"炎天日益长,我屋青山下"的清凉,观瀑手谈,十分惬意。其三,写秋天"金风荡嚣暑,高天散余凉"的气象,与友人相谈甚欢。其四,写冬天的雪景,诗人眺望远山,鸿蒙一片。诗中以"和风""青阳""炎天""松涛""飞瀑""金风""高天""干霜""凄冽""虚白"等四时意象,暗寓一年时光的流逝,描绘了四季气候与景观特征,表达了忘怀世事、隐逸田园的生活志趣。然"以高蹈有忤时政",入明时系狱,实在冤屈。

贡性之《题四季画为王金宪作》是一组六言绝句题画诗,其诗云:

春山烟雨

柳带轻烟澹澹,花含宿雨深深。鱼乐新添晓涨,鸟啼越觉春阴。

长夏云林

雨过溪流交响,树凉暑气潜消。不是谢公别墅,定应杜老西郊。

---

① (唐)吴兢:《乐府古题要解》卷上,《丛书集成初编》本,中华书局1991年版,第33页。
② (梁)钟嵘:《诗品序》,(清)何文焕:《历代诗话》,上册,中华书局1981年版,第2—3页。
③ 杨镰:《全元诗》,第50册,中华书局2013年版,第340页。

湖山秋霁

第一江南风景,四时湖上笙歌。山鸟不惊儒服,沙鸥惯识鸣珂。

江天暮雪

一色水天上下,半篷风雪西东。占卜无烦太史,征书已兆非熊。①

从题目看,同样按春夏秋冬时序安排。"春山烟雨"着重从烟雨迷蒙,传春山之精神,似真似幻,具有朦胧之美。"长夏云林"言居处林深茂密,遮天蔽日,凉意习习,暑气全消。"湖山秋霁"写秋天的湖光山色,风景如画。"江天暮雪"以水天之际、"上下""东西"翻飞的冬雪,表达了美好的愿景。这是一组题画诗,也是一组状物写景诗。作者依照"烟雨""云林""秋霁""暮雪"等四季景观展开联想,融诗情画境为一体,生动地再现了江南旖旎的风光和作者的隐逸之思,这与诗人崇尚隐逸的处世哲学及元代题画诗崇尚自然的审美理想相吻合。

舒岳祥《春日山居好十首》《夏日山居好十首》《秋日山居好十首》《冬日山居好十首》等描写山居生活的组诗,分别以"春日山居好""夏日山居好""秋日山居好""冬日山居好"开头,描述了一年四季山居生活的静谧、安好。凌云翰《春日十二首》《晚春十二首》《夏日十二首》《秋日十二首》《冬日十二首》、张养浩《拟四季归田乐》等组诗,也是按时序更替来安排结构。这是文人向民歌"四季调"学习的产物。

拟民歌"十二月歌",早在唐代就出现。"十二月歌"以《乐府诗集》卷四九《清商曲辞》并录《月节折杨柳歌》为最早,分一月歌、二月歌、三月歌、四月歌、五月歌、六月歌、七月歌、八月歌、九月歌、十月歌、十一月歌、十二月歌、闰月歌,共十三首。唐代李贺《十二月乐词》继承了南朝乐府的体式,开创了后代文人拟"十二月歌"的先河。

元人模仿唐人"十二月歌",主要有吴文寿《十二月乐章》、吾衍《十二月乐辞并闰月》、吴景奎《拟李长吉十二月乐辞》、胡奎《拟唐人十二月乐章并闰月》、孟昉《十二月乐词》、李昱《十二月辞》等。这些组诗以"一月"至"十二月"(含闰月)时序来贯穿,再现一年四季的气候特征、各项活动,以表达丰富的情感内涵和人生经历。如孟昉《十二月乐词》序云:"凡文章之有韵者,皆可歌也。第时有升降,言有雅俗,调有古今,声有清浊。原其所自,无非发人心之和,非六德之外别有一律吕也。汉魏晋宋之有乐府,人多不能晓。唐始有词,而宋因之,其知之者亦罕见其人焉。今之歌曲比于古之词,

---

① 杨镰:《全元诗》,第58册,中华书局2013年版,第283—284页。

有名同而言简者,时复亦有与古相同者,此皆世变之所致,非固求异乖诸古而强合于今也。使今之曲歌于古,犹古之曲也;古之词歌于今,犹今之词也。其所以和人之心、养性情者,奚古今之异哉!先哲有言,今之乐犹古之乐,不其然欤!尝读李长吉《十二月乐词》,其意新而不蹈袭,句丽而不惜淫,长短不一,音节亦异,旁构冥思,朝涵夕咏。谐五声以摊其腔,和八音以符其调。寻绎日久,竟无所得,遂辍其学以待知音者出,而余承其教焉。因增损其语而隐括为《天净沙》。如其首数,不惟于尊席之意,便于宛转之喉,且以发长吉之蕴藉,使不掩其声者,慎勿曰侮贤者之言云。"①序中交代了创作《十二月乐词》的原因是"以发长吉之蕴藉,使不掩其声者",以弘扬李贺的乐府精神,体现了元人"宗唐复古"的观念。

吾衍《十二月乐辞并闰月》也是这方面的代表。《全元诗》"小传"称其"多才多艺,工诗能文,长于书法,精通韵律。甘于身居陋巷教授学生。为人清高简傲。"②其模仿李贺的十二月歌辞,正基于"精通韵律"的律学功底。从内容看,组诗再现了一年十二个月的景色变化、气候特征和日常生活感受。无论是立意构思,还是意象营造、遣词造句,均表现出"宗李"的特征。四库馆臣称:"其诗颇效李贺体,不能尽脱元人窠臼。然胸次既高,神韵自别,往往于町畦之外,逸致横生。所谓王谢家子弟虽不复端正者,亦奕奕有一种风气也。"③

赵孟頫《题耕织图二十四首奉懿旨撰》是一组题《耕织图》组诗,从题中"奉懿旨撰"可知,这是一组劝农诗。元廷为了维护政权稳定,设立了劝农制度和劝农官,用于强化对农业的管理。赵孟頫此组诗主要是劝课农桑和宣明教化,围绕农民的耕织活动,分"耕""织"两部分,各以正月、二月、三月、四月、五月、六月、七月、八月、九月、十月、十一月、十二月为题,每月耕、织各一首,共二十四首。每首八韵十六句,八十字,展现了农耕生活背景下农民一年四季的劳作与生活。如《正月》诗:

耕·正月

田家重元日,置酒会邻里。小大易新衣,相戒未明起。老翁年已迈,含笑弄孙子。老妪惠且慈,白发被两耳。杯盘且罗列,饮食致甘旨。相呼团栾坐,聊慰衰暮齿。田硗借人力,粪壤要锄理。新岁不敢闲,农事自兹始。

① 杨镰:《全元诗》,第54册,中华书局2013年版,第387—388页。
② 杨镰:《全元诗》,第22册,中华书局2013年版,第179页。
③ (清)永瑢等撰:《四库全书总目》卷一六六,下册,中华书局1965年版,第1427页。

织·正月

正月新献岁，最先理农器。女工并时兴，蚕室临期治。初阳力未胜，早春尚寒气。窗户当奥密，勿使风雨至。田畴耕耰动，敢不修耒耜。经冬牛力弱，相戒勤饭饲。万事非预备，仓卒恐不易。田家亦良苦，舍此复何计。①

正月为一岁之首，所谓"一岁之计在于春"。《耕》诗言正月里农家欢庆新春之余，便开始计划一年的农事活动了。"田硗借人力，粪壤要锄理"，农人十分重视地力的培养。提升土壤的肥力是确保粮食丰产的基础，这一点已得到了时人的普遍认可。《织》诗写农人趁着早春时光，修理耒耜，治好蚕室，饲好冬牛，以备一年的耕织所需。"万事非预备，仓卒恐不易"，告诫民众凡事要早作准备，不能仓卒应对。赵孟頫把"耕""织"并提，统一安排，反映了当时农事生产的实际，显受《诗经·豳风·七月》的叙事风格影响而来。

按"时间流程"组合，能清晰勾勒出历史发展的轨迹，具有纪实功能，这在咏史组诗中最为充分。如许衡《编年歌括二十八首》，题目分别为：总数、唐虞、夏、商、周、秦、西汉、新室、东汉、蜀、魏、吴、西晋、东晋、宋、齐、梁、陈、后魏、东西魏、北齐、后周、隋、唐、五代、大辽、大金、号记。除首尾"总数""号记"两首外，各诗均以历史朝代的先后"编年"，故曰"编歌年"，分别咏不同朝代的史事。张养浩《咏史四十三首》按朝代顺序，先后吟咏了齐威王、左师触龙、庞涓、茅焦、李斯赵高、吕后、彭越、周勃、武帝、霍光、汲黯、公孙贺、主父偃、苏武、韦贤、丙吉、萧望之、京房、杨恽、王章、谷永、息夫躬、彭宣、梅福、龚胜、刘歆、王莽、王皓王嘉、韩歆、马援、刘昆、桓荣、黄宪、杨震、李固杜乔、魏桓、范滂、朱震、陈容、祢衡、袁闳、庞德公、司马懿、蔡邕43人，人物排列同样遵从"秦汉至魏晋"顺序，传达了对朝代更迭、兴亡成败的感慨。正如其引所云："至治元年，余辞官归乡里，日以文籍山水自娱。因观秦汉至魏晋事，若有感于中者，遂为《咏史》诗四十余首，以见意云。"②宋无《啽呓集》所咏101位历史人物，徐钧《史咏集》所咏1 530位历史人物，虽然人数多、跨度大，但都按照人物所在朝代先后安排，体现出严谨的结构艺术。

一些组诗虽未标明"时间流程"，但前后章之间有着"前后衔接"的时序关系。如，王旭《明月歌三首》分以"明月出兮东方""明月皎兮中天""明月落兮西极"贯穿，以月亮运行的轨迹，来暗示出时间的变化。方回《虚谷志归

---

① 杨镰：《全元诗》第17册，中华书局2013年版，第201—207页。
② 杨镰：《全元诗》，第25册，中华书局2013年版，第74页。

十首》与《虚谷志归后赋十首》亦如此。题注云:"夏五月初一,自溢城还家,赋《虚谷志归》十首。冬十二月二十一日,自钱塘还家,赵达夫见和前韵,予续为《志归后赋》云。"①从序中可知,《虚谷志归十首》与《虚谷志归后赋十首》存在着"先后衔接"的时序关系,前者写于五月,后者写于十二月,均展示了回归故里的情怀。有时这种"前后衔接"还会表现为一组诗歌的内部,如,耶律铸的《结袜子二首》中的《前结袜子》和《后结袜子》亦如此。刘因《九日九饮九首》则以一饮、二饮、三饮、四饮、五饮、六饮、七饮、八饮、九饮的"秩序"排列,时序关系依然清晰可见,这与民歌"五更体"章法相同。

按"空间转换"来结构,在景观组诗中运用最为频繁。胡助《和桂坡李宅仁甫山园八咏并小引》所咏李宅仁甫"山园",分咏草台春意、竹径秋声、冰壶避暑、雪峤寻春、石坛夜月、花嶂夕阳、翠屏薇露、土锉茶烟八景。"小引"云:"仆归自京师,僵卧空山,从事殆绝。李宅仁甫,寄示《山园八咏》,句清景胜,乐意超然,高蹈之风,益可仰也。辄次严韵以谢,殊愧不工,胡助再拜。"②这组和诗紧扣春、夏、秋、冬四时变化,将不同空间的草台、竹径、雪峤、冰壶、石坛、花嶂、翠屏、土锉等罗列有序,并置于四季变化之中,构成一诗意空间。"夕阳""夜月""薇露""茶烟"等意象的点染,更突出了园主人的"高蹈之风"。

至正十七年(1357),许有壬"以老病,力乞致其事,久之,始得请,给俸赐以终其身"③。以朝廷赐金购得康氏废园,砍伐园中灌莽,使其廓然一新。据陈水根考证④,许氏于园中开凿一池塘,因形如桓圭,故名为圭塘。引水入池,有双洲,有桥,池水清澈见底,水中之鱼清晰可数。池塘内外广栽芙蕖、杨柳、枣栗、桑榆、梅榴、桃杏、苍松、翠竹、繁花、丰草。园内花木葱郁,四季常青,生意盎然。许氏兄弟、父子会常与同宾客在此圭塘内,觞咏赋诗,后集为《圭塘欸乃集》。"欸乃"为行船摇橹声,当为棹歌集。

许有孚《圭塘杂咏二十四首》序云:"圭塘亭台浚筑之役经始及落成,有孚实皆与闻。吾兄时一来游,虽乘兴忘返,而芳春长夏,秋晴冬燠,有孚独得赏玩竟日,不敢孤兄之赐,谨取日所为事,各成小诗,题曰《圭塘杂咏》。用发长者一笑,塘之可咏者不止此,又当别撰拜呈。"⑤在这座名为"圭塘"的私家园林中,景观设置尽显匠心。组诗以作乐导水、携妓落成、柳下听莺、舟中对

① 杨镰:《全元诗》,第6册,中华书局2013年版,第105页。
② 杨镰:《全元诗》,第29册,中华书局2013年版,第7—9页。
③ (明)宋濂等:《元史》卷一八二《许有壬传》,中华书局1976年版,第4203页。
④ 参见陈水根《圭塘欸乃集简论》,《赣南师范学院学报》2003年第2期,第74页。
⑤ 杨镰:《全元诗》,第36册,中华书局2013年版,第50页。

鹭、荷觞酌酒、蕉叶题诗、荷净纳凉、开窗看雨、松阴独酌、与客泛舟、日夕观山、西堤晚眺、雨中移竹、月下观梅、倚槛观鱼、绕堤种菊、竹间开径、水口听琴、独坐投壶、登台纵目、调白莲始花、调木芙蓉不花、调湖石、听筝为题，展开吟咏，一景一诗，共24首，再现了圭塘园林之美与诗人怡然自得之情。它反映了"贵族庄园里的太平盛世"，是"文人士子优雅生活的真实写照"①。

　　王毅《园林与中国文化》一书中说："在中国古典园林中，众多景观间的组合艺术比某一局部景观的塑造占有更重要的地位，所以造园艺术通常又被称为'构园'。……那么从盛唐时期王维的辋川别业则可看出这种组织艺术在士人园林中的成熟。"②以文人宅院、别业为代表的元代私家园林，有着丰富的景观层次和人文底蕴。显然景点不大，却显现着构园者的匠心和"壶中天地"的造园艺术，因而更具"写意性"。

　　此外，袁凯《邹园十咏》、胡布《胡永年兄弟石庄八咏》、袁华《顾玉山园池十有六咏》、李谦亨《奉和从兄宅仁先生山园八景》、柳贯《赋黄氏新安岭南山居十咏》等，无不如此。虽然所反映的私家园林大小不一、景观各异，却都有着相同的结构艺术。文人悠游其间，移步换景，即景赋诗，展现了园林之美和游园者怡然自乐的心境，凸显了隐逸之风与造园艺术对元人生活的巨大影响。

　　元代大量的八景诗是"空间转换"艺术的典范。为了集中展示某地的景观群，诗人不惜通过"嫁接"手法，将其他地方的景观"集中"在一起，以展示地方文化的独特魅力。如元好问《方城八景》之松陂烟雨、大乘夕照、莲塘夜月、炼真春暮、仙翁雪霁、落川云望、罗汉晴岚、堵阳钓矶；张经《潇湘八景》之潇湘夜雨、洞庭秋月、远浦归帆、平沙落雁、烟寺晚钟、渔村夕照、山市晴岚、江天暮雪；尹廷高《西湖十咏》之平湖秋月、苏堤春晓、断桥残雪、雷峰落照、柳浪闻莺、花港观鱼、曲院荷风、南屏晚钟、三潭印月、两峰插云等八景或十景，都是按重要程度来罗列。这种"序列呈现"，使景观之间关联化了，形成了一个新"景观空间"，被后人以文化的方式接纳和欣赏，成为地方八景的典范。

　　八景的组合方式有两种：一是依赖于中国传统绘画对景观的表现形式组织。八景画的长卷中各个景观，一般按由左向右顺序组合。如宋迪所作的《潇湘八景图》即是按此顺序构建，陈汝言的《虎丘十景图》同样如此。二是按照景观的重要程度或优美程度进行的排序。不论是"八景"还是"十

---

① 唐朝晖：《元人选元诗总集基础上的诗歌嬗变》，《求索》2010年第8期，第202页。
② 王毅：《园林与中国文化》，上海人民出版社1990年版，第121—122页。

景",一定不是当地自然与人文景观的全部,而只是其中最美或最有意义的部分,文人总结出来,从前到后依次排列,从而为人们所接受。景物组合方式反映了"文化精英"的文化感知方式对大众景观体验的深刻影响。无论是自然景观,还是园林景观,当其景观被以一定方式组合成"八景"后,其人文的属性便大大加强了,它已不再是纯粹意义上的自然景观了。"作者通过游踪来'组构'景观——这是一个带着美好追求对景物进行'筛选'或'框景'的过程,有利于展示诗人对景观的审美感悟,使其成为既有自然性又兼具人性的'诗意的空间'。"①著名的"潇湘八景"正是以此方式构建而成,陈蒲青先生说:"'潇湘八景'是泛指湖南湘江流域的比较典型的景色。其中除了'洞庭秋月'是确指洞庭湖以外,其他七景都不限于某个具体地点。"②可见,这些数量繁多的"××八景"都是经过作者"加工"过的"景观空间",并非天然地存在。

以"空间转换"方式记录移步换景的感受,常用于纪游组诗。文人在别业、私家园林,或是隐居之处,其景观组诗基本上是按照空间布局排列。至于更大空间中的景观组合,往往以"游踪"来串联。如胡助、赵孟頫、王士熙、林传、虞集、杜本、郑芳叔、王奎、祝尧的《天冠山二十八咏》等同题共咏组诗即是典型。据祝尧《天冠山二十八咏》跋云:"元统乙亥,余自洪校文还,吾宗丹阳师出示《天冠山二十八咏》,皆朝贵手笔,余何敢下注脚。然以宗谊重,师请不能辞。它日见者必曰:何物小子,敢污此卷。则知罪矣。祝尧。"③从跋中可知,《天冠山二十八咏》是"朝贵"们游天冠山时的同题共咏之作,因其师请题,祝尧才有此作。龙口岩、洗药池、丹井、玉帘泉、长廊岩、金沙岭、飞升台、逍遥岩、灵湫、寒月岩、长生池、道人岩、雷公岩、老人峰、月岩、仙足岩、鬼谷岩、风洞、石人峰、学堂岩、凤山、馨香岩、钓台、礁潭、三山石、五面石、小隐岩、一线天这28个景点构成了天冠山"景观群"。这个"景观群"以游踪来贯穿,并非天然布局,呈现了游览者的精心"剪接",以突出天冠山深厚的人文底蕴和风景之美。

杨奂《游嵩山十三首》是一组纪游组诗,同样按照游踪来组构。嵩山是五岳之一,雄峙中原,群峰耸立,层峦叠嶂。北瞰黄河、洛水,南临颍水、箕山,地处古都汴、洛之间,自古为文人荟萃之地。诗人选择其间的十三个景

---

① 李正春:《论唐代景观组诗对宋代八景诗定型化的影响》,《苏州大学学报(哲学社会科学版)》2015年第6期,第169页。

② 陈蒲清:《八景何时属潇湘——"潇湘八景"考》,《长沙大学学报(哲学社会科学版)》2008年第1期,第2页。

③ 杨镰:《全元诗》,第35册,中华书局2013年版,第351页。

点,以"游踪"串联。"太室山"为嵩山东峰,传说大禹妻子涂山氏之女生启于此,山下建有启母庙。"少室山"又名"季室山",是嵩山的西峰。"五渡水"源出嵩山东谷,流经东南入颍水。因河水盘旋曲折,溯者五涉,故名。"轩辕坂"即以轩辕黄帝与神农炎帝的"坂泉之战"为名,炎黄部落成为华夏民族的共同祖先。"箕山"山巅有许由墓,传说尧当年曾将皇位让给许由,许由坚辞不受。"颍水"即颍河,是中华文明最重要的发祥地。"启母石"是夏启诞生地,"少姨庙"传说因禹妻涂山氏之妹栖于此,山下建少姨庙。"卢岩"指唐代诗人卢鸿一隐居嵩山所居处,曾筑草堂讲学,为一时之盛。"龙潭"在嵩山东麓九龙潭瀑布下,为唐武则天的行宫,后改名龙潭寺。"卓锡泉"为四眼井,在二祖庵,相传达摩禅师以禅杖扎井而成,见证了二祖修禅的历程。"巢翁冢"的主人翁巢父,是唐尧时的隐士,筑巢而居,时人号曰巢父。传说尧帝以天下让给巢父,巢父不肯受。"测影台"又叫"周公测景台",位于登封市告成镇,是周公创立了"天地之中"学说之地。这些景观因附着了历史的风云,诗人以游踪将其联结在一起,凸显了嵩山深厚的人文底蕴。

金履祥《洞山十咏》序交代了游览洞山的背景与路线:"金华为东南佳山,而洞山最其奇胜。清赏之士,固尝憩椒庭,航双龙,探冰壶,窥朝真。而此山之胜,所遗尚多也。思诚子张君,少游金华,揽奇选胜,晚好愈极。丁丑、戊寅之间,避地是山,有桃源之心焉。朝夕游处其中,始尽其美。尝谓洞山之胜有十景焉,暇日邀余相与观之。……其于此山,表微择胜,诸所品题,终为山中故事。不鄙谓予,各课一绝。自惟鄙拙,未必能为此山轻重,而思诚子之命不容辞也。勉缀左方,思诚子其幸教之。"①从序中可知,这组游洞山组诗是金履祥应好友思诚子所托而作,本着"表微择胜"的原则一一品题。序中对高石岩、朝真洞、冰壶洞、双龙洞、椒庭、中涧、小龙门、五叠泉、老梅岩、中峰这"洞山十景"的方位、行进路线、景观特点及相关传说,一一作说明。循着作者的游踪,移步换景,欣赏着洞山美景,品味着古老的传说,令人流连忘返。显然,这里的洞山景观空间是被诗人"剪接"过的,"为此山轻重"的寓意是明显的。

以行程为线索,将原本分散的"空间"贯穿在一起,形成一个整体,这在上京纪行组诗中尤为突出。如黄溍《上京道中杂诗十二首》,分别以《发大都》《刘蕡祠堂》《居庸关》《榆林》《枪竿岭》《李老谷》《赤城》《龙门》《独石》《檐子洼》《李陵台》《上都分院》为题,将作者扈从上京的行程、沿途风光、民俗民情融汇其中。始于《发大都》,终于《上都分院》,记录了沿途不同空间

---

① 杨镰:《全元诗》,第7册,中华书局2013年版,第343—345页。

的景观与活动,有很强的纪实性。这些景观与活动肯定不是扈从所见的全部,但却是最令作者印象深刻的部分。吴师道《题黄晋卿应奉上京纪行诗后》说:"居庸北上一千里,供奉南归十二诗。纪实全依太史法,怀亲仍写使臣悲。牛羊野阔低风草,龙虎台高树羽旗。奇绝兹游陪禁从,不才能勿愧栖迟。"①柳贯《上京纪行诗三十二首》、胡助《上京纪行诗七首》、迺贤《上京纪行三十一首》等,同样以扈从上京的经历为线索,展示不同空间的情事。

董寿民《季真入闽刊易回途有纪行廿三诗索和次韵》是一组纪行唱和诗。作者依据季真入闽返程逐一记录,除"七程"不详外,均以"初程""次程""三程""四程""五程""六程""八程""九程""十程""十一程""十二程""十三程""十四程""十五程"为序,详细交代返程所经过"空间"(地点)。这是一组唱和诗,作者严格按照季真"索和次韵"要求,一一对应季真入闽刊易回途有纪行廿三诗,按照先后顺序,将特定空间(地点)发生的事件,一一组织在一起,构成一个叙事整体。

作者根据表达的需要,可以将不同时空中的事物组合在一起。"作者在回忆或想象状态下,依照意识中景观呈现的次序来组合,构造出一种'情景合一'的空间处理方式"②,来凸显情感指向。吴师道《十台怀古》分咏姑苏台、章华台、朝阳台、黄金台、戏马台、歌风台、望思台、铜雀台、凤凰台、凌歊台等十景,便是此方面的典型。"友人自杭来,示及济南王君《十台怀古》诗,读之感慨不已。夫江山故宫,歌舞遗迹,千载之上,英雄游焉;千载之下,狐兔行焉。俯仰废兴,孰能无情。而诗人尤甚。发为咏歌,词虽不同,而意总合。若物之鸣,以类而应。余安得亡言哉! 余生好游,尝闻司马子长、杜拾遗,览观四方山川之胜,以壮其文,心窃慕之。异时浮江淮,泝湘沅,上巴峡,过秦汉故都,历燕赵齐鲁之场,所见如十台尚多,访遗老,询故实,足以发一时之兴,快宿昔之愿。归而读马、杜之诗文,以证其所得焉耳。"③"姑苏台"在苏州城西南的姑苏山上,是公元前492年吴王夫差自战胜越国之后所建,是其荒淫无度的蓬莱仙境,长生逍遥之地。"章华台"亦称"细腰宫",是楚灵王六年(前535)修建的离宫。"朝阳台"之名取自于宋玉《高唐神女赋》,言神女与楚襄王亲近却最终未能如愿事。"黄金台"亦称招贤台,战国时期燕昭王筑,为燕昭王尊师郭隗之所。"戏马台"位于徐州市城南的南山上,为项羽观戏马、演武和阅兵之地。"歌风台"在江苏沛县,汉高祖刘邦平

---

① 杨镰:《全元诗》,第32册,中华书局2013年版,第86页。
② 李正春:《论唐代景观组诗对宋代八景诗定型化的影响》,《苏州大学学报(哲学社会科学版)》2015年第6期,第169页。
③ 杨镰:《全元诗》,第32册,中华书局2013年版,第24—27页。

归故里,置酒沛宫,邀家乡父老欢宴,把酒话旧,因歌"大风"而名。"望思台"即征和三年(前90)汉武帝为其子刘据在湖县所建的"思子宫"。"铜雀台"位于河北省邯郸市临漳县城西南(古称邺),为曹操打败袁绍时所修。"凤凰台"在南京中华门内西南的凤台山上。凤台山地势高耸,有东晋名臣谢玄之墓和"竹林七贤"之一阮籍的衣冠冢。"凌歊台"为南朝宋武帝刘裕所筑离宫(遗址在安徽当涂县)。凌歊,谓涤除暑气。此台南望青山、龙山、九井诸峰,如在几席。"十台"建造于不同时空,每台背后都有一段历史故事。作者以"观古今于须臾,抚四海于一瞬"的方式,打通时空界限,将"十台"捏合在一起,作"集中展现",突出了兴废成败、亘古不变的主题。其"所营造的景观空间浸染着浓郁的历史兴亡感,体现了'自然空间'与'心理空间'的高度融合。"①岑安卿《予观近时诗人往往有以前代台名为赋者辄用效颦以销余暇九首》之咏姑苏台、章华台、朝阳台、黄金台、戏马台、歌风台、望思台、铜雀台、凤凰台;叶懋《十台怀古》之咏姑苏台、章华台、朝阳台、黄金台、戏马台、歌风台、望思台、铜雀台、凤凰台、凌歊台等,其组合方式与前者如出一辙。

景观组诗、纪行组诗所呈现的景观既是独立个体,也是一个完整的景观序列。"这些组合景观,它们彼此间或在时间上,或在地点上,或在方位上,或在形态上,都能建立起非常明显的对应与对称关系。而这种对应与对称,充分表现了中国人追求完美、追求和谐的整体意识,进一步则反映了上下俯仰、八方顾瞻的思维模式和宇宙概念。"②

第二节　以事件的进程来贯穿

以"事件进程"来贯穿,可以系统地展现事件的起因、演变历程,从而成为元代叙事、纪行题材组诗的常用手段。特别是有关重大历史事件的叙事,更为详尽,有"补正史之阙"之效。

戴表元《吴姬曲五首》这是一组杂言乐府诗。题下注云:"庚寅冬作。"以"吴姬来""吴姬歌""吴姬舞""吴姬醉""吴姬归"为分题,详细描述了歌妓吴姬由"来"而"归"的全程,重点记录了载歌载舞、与文人诗酒相谑的场景。诗云:

① 李正春:《论唐代景观组诗对宋代八景诗定型化的影响》,《苏州大学学报(哲学社会科学版)》2015年第6期,第169页。

② 张廷银:《传统家谱中"八景"的文化意义》,《广州大学学报(社会科学版)》2004年第4期,第43页。

　　　　吴姬来，吴船荡漾湖花开。隔堤迎笑欲飞举，不用少年多桨催。问君青春得几许，看取架上红玫瑰。（其一）

　　　　吴姬歌，歌声宛宛歌情多。当尊一阕且呼酒，酒遍余声无奈何。春风颠狂亦如我，坐见花外摇湖波。（其二）

　　　　吴姬舞，朝看成云暮看雨。偶然欲笑一回眸，录段金钱落如土。谁家学取野鸳鸯，终日痴迷弄沙浦。（其三）

　　　　吴姬醉，浓花烂蕊春憔悴。当筵赌令讳空拳，忘却拈三并数四。坐中痴客尽偷看，翠鞞云翘欹不坠。（其四）

　　　　吴姬归，潮光烛影红辉辉。中心有语不敢吐，安得作月生汝衣。明朝花下更须醉，放取后园莺燕飞。（其五）①

组诗按时吴姬"来而复去"的顺序记录不同的场景。其一，交代了吴姬的到来，并点明其歌妓身份。"吴船荡漾湖花开"既交代其经常卖唱的地点，又点明了其到来给那些听客所带来的喜悦。"湖花开"何尝不是听客的"心花开"。其二，写吴姬婉转的歌声充满着浓情蜜意，使得在场以歌佐酒的食客神魂颠倒。所谓"春风颠狂亦如我"，借物喻人，暗写吴姬歌声的魅力。其三，以沙浦鸳鸯戏水意象来写吴姬舞姿，如彩云追月，梦幻迷离，令众人陶醉。其四，以"浓花烂蕊春憔悴"写吴姬佐酒醉意，"忘却拈三并数四"则刻画了其划拳行酒令的憨态可掬。无论是"歌""舞"还是"醉"，均反映了元代文人与歌妓之间的密切关系。其五，写吴姬将归，听者恋恋不舍，愿作明月相伴。以"花下醉"表达了自己的心愿。

　　元代"狎妓"之风的盛行推动了文人对"品妓"活动的热爱，对歌姬声腔、容貌与聪慧的赞美以及对歌姬命运的同情，从另一角度反映了元代末期文士的精神的需求。他们大多对入仕失去了兴趣，通过咏妓、赠妓、怜妓、赏妓等活动，醉心于与精通琴棋书画的名妓交往，沉迷于这些女子的美色以及才艺，以滋润自己枯燥的生活。王冕《吴姬曲六首》同样也是一组以描述"吴姬"佐酒歌舞的活动的组诗。从内容看，较前者多了一首"吴姬美"，这首诗从正面刻画了吴姬的美貌，既再现其"含秋水"的神态，又展示了其弱柳临风的身姿，更借"骑马郎"和"楼上闲人"的颠狂神态来言其美艳惊人。其余五章内容与戴表元的《吴姬五首》并无不同。

　　有关文人赏曲的记载，在元代文献中不绝如缕。贡师泰称"予家江东，方七八岁时，见牧庵姚公、疏斋卢公，按治之暇，辄率郡士大夫携酒肴歌妓，

出游敬亭、华阳诸山,或乘小舟直抵湖上,逾旬不返"①。诗酒妓乐,几乎成为文人雅集的必备节目。玉山雅集中歌妓小琼花、南枝秀,几乎每会必在,可证。

方夔是宋代方逢辰之孙,宋末尝从何潜斋游,屡举进士不第。宋亡后退隐山林,筑室于富山之麓。入元后,于石峡书院授徒讲学以终。其《田家四事》以"耕""种""耘""获"为题,吟咏了自己一年四季的农事劳动:春耕、夏耘、秋收、冬藏,严格按农事活动的进程来组织,真实地反映了其长期生活在农村、以种田养家的境况,其情感与农民并无二致。诗云:

> 古人以农仕,仕即为公卿。未仕有常业,安得不躬耕。我耕常及时,破块当初晴。坟垆土性异,勤惰人力并。泥涂淹手足,雾露沾裳缨。妇子挈午饷,劳苦宽我情。罢耕巫放牧,吾牛亦饥鸣。投耒重回首,深山空月明。(《耕》)
>
> 我生古扬州,田下异梁雍。山田种荒菜,水田种浮葑。地力肥瘦兼,农器有无共。及时撒新谷,抟黍递幽哢。生意日夜长,移秧趁芒种。未嫌豚酒祝,自乐鸡黍供。落日竹枝歌,犹是豳原颂。(《种》)
>
> 良苗已入土,田间水沄沄。昨夜苗根发,翳叶如云烟。草生害我苗,匝月一再耘。是时人苦热,出门天未昕。郁蒸体流膏,爬捽手生皲。手茶拥根节,腰草驱蝇蚊。青青衿佩子,从事哀我勤。哀我勤自乐,尔非沮溺群。(《耘》)
>
> 凉风入衣襟,斜日照墟落。我稼将登场,筑杵声槖槖。宵征备寇盗,日行呀鼠雀。腰镰赴田间,是处竞秋获。刘疾笑翁健,负重惭儿弱。山炊杂戎菽,野草配场藿。人生累衣食,计较一饷乐。已矣何复言,吾生老耕凿。(《获》)②

"耕"诗中交代了农事与仕途之间的关系。在他看来,人生不过二途:要么务农,要么入仕。"未仕有常业,安得不躬耕"句,指出既然未入仕途,便不可避免地要从事劳作。"我耕常即时""罢耕巫放牧""妇子挈午饷,劳苦宽我情"等句,着重展示了诗人耕、牧活动的艰辛。"种"诗介绍了诗人所在的扬州山田、水田不同种类的植物,及农人根据田地"地力肥瘦"的程度不同

---

①　(元)贡师泰:《跋王宪使朱县尹倡和诗卷》,李修生主编:《全元文》卷一三九九,第45册,江苏古籍出版社1999年版,第199页。

②　杨镰:《全元诗》,第14册,中华书局2013年版,第66—67页。

施种不同,所有谷物都要赶在芒种前完成的生产经验。在一切都忙完后,农人"自乐鸡黍供""落日竹枝歌",其乐融融,令人有"羲皇上人"之感。"耘"诗交代了春播后随之而来的夏耘事务繁杂。种子下地后,辛勤的耕耘工作就开始了。随着种子的萌发,草害便需要趁早清除,否则势必影响庄稼的生长。"是时人苦热""郁蒸体流膏",不仅气候炎热,且备受蚊蝇叮咬,工作异常艰辛。诗人借此告诫天下那些"青青子衿"们,虽然劳作艰辛,但自己的"沮溺"之心不会因此而有任何的改变。"获"诗说的随着秋天的到来,农村进入了收获的季节。"宵征备寇盗,日行呀鼠雀",在丰收在望的季节,农人不仅要担心寇盗的抢夺,也要当心鼠雀的损害。"我稼将登场""腰镰赴田间"句描述得是农人腰别镰刀到田间收割庄稼的辛苦劳作的情形。"人生累衣食,计较一饷乐"传达的是诗人对人生意义的感悟和对安贫乐道生活的坚守。组诗把农民一年生产劳动的全部过程真实地展示出来,朴实感人。其农事诗与范成大田园诗最大的不同之处在于:方夔终身未仕,隐居田园,是一个地道的农民,其农耕诗让人真切地感受到了农耕生活的艰辛。而后者对农事的描写更多的是从隐居者角度来观察,充满着闲逸的情调。

宋度宗咸淳六年(1270),元军占领襄阳,南宋国势危殆,谢翱的《宋铙歌鼓吹曲十二首》,借当年宋祖开疆拓边、所向披靡的气势鼓舞士兵的斗志。组诗由序、诗、注"三位一体"构成。以"序"为题,交代历史背景,以"诗"展开抒情,以"注"说明诗体、句数。诗云:

太祖尝微时歌日出其后卒平僭乱证于日为日离海第一

日离海,青瞳眬。沃以积水,涵苍穹。神光隐,豹雾空。气呼吸,为蛇龙,赤云衣,紫霓从,吹白众宿,歌大风,天吴遁,清海宫。右《日离海》十四句,十二句句三字,二句句四字。

宋既受天命为下所推戴惩五季乱誓将整师
秋毫无所犯为天马黄第二

天马黄,产异方,龙为马,白照夜。气汗云,声彗野。备法衣,引宸驾。腾天垠,倏变化。闰之余,剧以霸。阅八姓,瞬代谢。驱祥灵,入罟擭。皇上帝,监于下。誓无哗,出既祸。市日中,不易贾。坐明堂,朝诸夏。赍万方,锡纯嘏。右《天马黄》二十六句,句三字。

宋既有天下李筠怀不轨据壶关以叛王师讨平之为征黎第三

黎之野,弥苍莽。迤壶关,属上党。有雄矫健,曰余宿将。于故之思,泣示厥像。倚孽狐,势方张,辨臣献议,劝下太行。趋怀孟虎牢,计之上。争洛邑,以东乡。王师奄至,扼其吭。帝授方略,中厥状。兽穷骇突，死卒以炀。胁从已逮，孳肆放。凯歌回，皇威畅。右《征黎》十二六句，十四句句三字，十一句句四字，一句句五字。

上亲征李重进至广陵临其城拔之为上临墉第四

上临墉，戈耀日。靯韦指顾，流电疾。皋止其魁，不及卒。其魁则顽，曰予虢自出。坐于辕门，斧以率归。子往谕，泣股栗。语中其肝，至毕述。待不及屏，沮回遹。鞠投于燎，甘所即。皇仁闵下，焉止眸。貔貅彻灶，归数实。获其棘矢，纳世室。右《上临墉》二十四句，十二句句三字，十一句句四字，一句句五字。

湖湘乱命将拯之至江陵周保权已平贼出军澧南
以拒卒取灭亡为军澧南第五

军澧南，溃飞鸟。鹰隼北来，龙蛇夭矫。帝有初命，奉致讨。临于荆，妖孽既扫。胡驱而孕雄，入苍莽以保。王旅长驱，飒振槁。以仁易暴，戒击剽。惟荆衡及郴，士如林，磔其节蟊。春葩秋阴，我有造于南，式敷德音。右《军澧南》二十句，七句句三字，九句句四字，四句句五字。

王师拯湖湘道渚宫高继冲惧出迎悉以其版籍来上为邻之震第六

邻之震，震于户。戒登陴，彻守御。神威掩至，不及拒。沿楚以南，菁茅宿莽。献于王吏，奉厥土。天子有诏，侯西楚。自南北东，皆我疆。龙旗虎节，拜降王。秦戈巩甲，期韬藏。冕旒当中，垂衣裳。右《邻之震》二十句，十一句句三字，九句句四字。

蜀主昶惧阴结太原获其谍六师征之昶至以母托上许归母数日
昶卒母以酒酹地因不食亦卒为母思悲第七

母思悲，母于归。母闻帝语，妾归无所。妾生并土，蜀野芒芒，奄失其疆。初帝谓母，子昶来，小者侯，大者王。有瘼其肌，载粟于创。毕有下土，方归母于乡。天不女夺，朕言不忘。右《母思悲》十六句，五句句三字，十句句四字，一句句五字。

刘鋹乱岭南为象陈以拒王师象奔踶反践俘鋹
以献为象之奔第八

象之奔斯，惟迹蹶蹶。鱼丽驾空，云鸟溃。南草浮浮，顺于貔貅。焚其帑实，弃厥陬。皇风播，平瞽霿。星辰起，皆北走。唐季以来，逆维来味。岭海肃清，无留后。于汴献囚，凯歌奏。右《象之奔》十八句，八句句三字，十句句四字。

上命将平南唐誓城陷毋得辄戮一人众咸听命为征誓第九

帝命将臣，誓师于征。伯牙于庭，曰无刘我人。曲阿惟唐，以及豫章。孽于南国，楚粤是疆。我师孔武，聿禽其王。始怒颔颔，将臣不怿。

日如上命，即起予疾。弓韬于衣，刃以不血。收其石程，焚其侈淫。视于丁宁，箮羽不饮。取其镈磬，以献于京。于庙告成，垓埏既平。右《征誓》二十四句，二十三句句四字，一句句五字。

钱氏奄有吴越朝会贡献不绝于道至是以版图
归职方为版图归第十

版图归，归职方。昔服跗注，备戎行。帝锡之旆，龙鸟章。酬献命与胥，今上及秦王。外臣拜稽首，笑领帝色康。毕同轨，来于梁。皥灵奕奕，敶重光。愿止剑履，觐带裳。四海臣妾，配虞唐。右《版图归》十八句，九句句三字，五句句四字，四句句五字。

陈洪进初隶南唐崎岖得达于天子至是籍其国
封略来献为附庸毕第十一

清源无诸邦，力弱臣秣陵。间道遣进表，九门望日旌。愿齿邹与郳，自达天于庭。四邻雕霸业，国除洗天兵。皇灵畅遐外，蛮俗迩声明。归其所隶州，乞身奉朝请。帝命得陪祀，汤沐在王城。从兹附庸毕，歌以颂河清。右《附庸毕》十六句，句五字。

太祖征河东班师以伐功遣太宗卒成其志为上之回第十二

上之回，舞干戚。鸣鸾在镳，士饱力。桴鼓轰腾，罕山北。余刃恢恢，军容肃穆。王畿主辰参，后服神。继圣伐功，卒扼以偏，师断北狄。矢菆鸣房，猬集的。质子援绝，亲衔璧。并俗嗁嗁，附于化，以安得。其屈产，归帝闲。四夷君长，来称藩。龠节夷乐，示子孙。右《上之问》二十六句，十三句句三字，十二句句四字，一句句五字。①

从《宋铙歌鼓吹曲十二首》内容看，诗认旨在用历史事实说明，当年赵宋开创者威猛无比，所向披靡，想以此激励南宋统治者，坚定信念，鼓舞士气，共同抗击元军的入侵。吴莱《渊颖吴先生集》卷十一《宋铙歌骑吹曲序》云："本其造基、立极、亲征、遣将、东讨、西伐，作为《铙歌》《骑吹》等曲，文句炫煌，音韵雄壮，如使人亲在短箫鼓吹间，斯亦是尽孤臣孽子心矣。"②诗题以"第一"至"第十二"安排，足见是一组意义关联的征战组诗，"以序代题"形式，交代创作背景，赞颂对宋太祖的历史功绩。十二首诗歌，以北宋建国历史为中心，对宋太祖在创业过程中所经历的大事逐一描述，充满着神奇色彩。特别是有关御驾亲征，驰骋沙场的部分，更是气势雄壮，充满历史自豪

---

① 杨镰：《全元诗》，第14册，中华书局2013年版，第332—336页。
② （宋）吴莱：《渊颖吴先生集》卷一一《宋铙歌骑吹曲序》，《四部丛刊初编》本，上海商务印书馆1963年版，第112页。

感,足见诗人的"孤臣孽子心"。

徐瑞《余自入山距出山五十五日竹屋青灯山阴杖屦忘其痴不了事矣随所赋录之得二十首》题下注云:"庚寅",当为元世祖至元二十七年(1290),时诗人46岁。从诗题可知,诗人从"入山"到"出山",历时共"五十五日",其间留下了《入山》《解包》《看云》《对雪》《听雨》《听泉》《听箫》《听笛》《论诗》《煮茶》《兰》《老梅》《苦菜》《芹》《刘郎菜》《黄精》《鹰爪菜》《石洼》《出山》等诗,记录了山中生活与见闻,集中呈现了诗人"痴"迷于林泉生活的审美情趣。据《全元诗》徐瑞小传载:"南宋咸淳间,曾如杭应举,不第。入元,居于乡里,延祐四年,以明经行修推为本邑书院山长,未几,归隐于家,巢居松下。"①

陈基是元末江南著名文人,受业于当时著名学者黄溍,随之游京师,被授以经筵检讨一职。尝为人起草谏章,几获罪。引避归吴中凤凰山河阳里,以教授诸生度日,颇有声名。元末大乱,群雄纷起,割据于吴地的张士诚闻其名,召为江浙右司员外郎,授内史之职,后迁学士院学士。其纪行组诗有不少是随张士诚征战期间写下的,《上塘道中八首》《中塘道中四首》《下塘道中五首》三组诗歌可代表。"上塘道中"所及尹山、吴江、垂虹桥、平望、嘉禾、石门、崇德、长安八地,"中塘道中"所及凤口、东塘、大麻、包家堰四地,"下塘道中"所及谢村、塘西、东阡、南浔、荷叶浦五地,均以行程"串连",形成一完整的体系,记录了征战的历程及当地的民风民俗。

另一组《淮南纪行诗》记录了陈基随张士诚出兵淮南,讨伐淮南守使史椿。《元诗选》在《发吴门》诗题下注道:"以下皆辛丑岁张士信出镇淮安,敬初以左右司员外郎往参其军事而作也。"②期间留下了《发吴门》《狼山》《通州》《如皋县》《泰州》《高邮》《宝应》《淮安》《自淮安使江南舟次通州寄同幕诸公》等诗,记录了征讨途中的见闻和感受。戴良《淮南纪行诗后序》称:"《淮南纪行诗》者,临海陈基先生所赋也。淮安告变,浙省平章帅师讨之。……先生于是时由左司郎中在选,亦既参枢要,赞戎机,以克成厥勋。其纪行诸诗,盖其军中所赋者。携至吴门,既请宣君伯裴缮写成卷,且俾余序诸首简。……其为体长于本人情、状风物,纵横开合,动荡变化,而洒然之音、悠然之思,可喜可骇可悲可叹,三读之不知手足之将舞也。"③

顾瑛《铙歌十章并小序送董参政》主要记录元末红巾军起义的事件,组

① 杨镰:《全元诗》,第16册,中华书局2013年版,第332页。
② (清)顾嗣立:《元诗选》,初集下,中华书局1987年版,第1882页。
③ (元)戴良:《淮南纪行诗后序》,李修生主编:《全元文》卷一六二八,第53册,江苏古籍出版社1999年版,第242页。

诗也是按照事件发生地点和进程,完整地再现了这一历史事件的原貌。序云:"至正十有二年,狂贼梗化,红帕首者动数十万。所在蜂起。广平董公,参政江浙行省,由淮西率兵复杭城,平诸属邑,战昱岭,歼群丑。十四年春,诏开水军都府于娄上,公领帅事,平海寇也。是年夏,复诏判枢密院,将大用矣。海隅鲰生,敢拟鼓吹饶歌十曲,谨书隆茂宗描曹弗兴所画黄帝兵符图后,以寓颂美之万一矣。"①诗的"注"清晰地展示了事件的进程:

克淮西言光蔡贼犯淮西。公率兵转战,所向克捷。
继诏班师,复杭城并属邑也。第一。

克淮西,法嬴越。阵堂堂,火烈烈。介士奋,逋贼灭。杭城屹,长江撤。将用良,兵用捷。赵用牧,东胡子。汉用广,匈奴慴,有永斯世垂勋业。

入昌化言既定杭州城,复入昌化,殄群寇,遂参中书也。第二。

入昌化,群蛮降。旗整整,鼓逢逢。凯歌还,民乐康,走马报入中书堂。

克复于潜贼众惧罪,我师尚未集,公徕,许自新,贼犹豫持两端,
公乘怠,卷甲疾趋枭贼,降众也。第三。

克复于潜推尔铃,尔发尔机协尔占。短兵既接奇兵连,击其怠兮渠魁歼。武功烈烈民物恬,繄立尔祠正议佥。乐兹土,永永年。

定安吉贼据千秋关袭我军。公令凭险投石发矢。
贼莫能支,追数十里,俘馘而还。遂定安吉也。第四。

定安吉,扬威灵。市肆不易,民不惊。戢艰难,致太平。致太平,屼嵼未数燕然铭。

攻昱岭贼败,遁徽饶,复集众攻昱岭。
公法八阵图,为长阵,亘百里,遂歼群贼也。第五。

攻昱岭,鏖三关,何物小子肆凶奸。公赫斯怒八阵颁,天冲地轴居两间。白刃霜积,火旗朱殷,十有八战歼群蛮。龙章来,虎旅班,凭关号呼毋以我公还。我公其还,四海永无患。

水军开殄海寇也。海寇公肆,暴焚城邑,绝粮道。
帝命开水军府,公领帅事,三逾月而功成,海宇乂宁也。第六。

帝命开大府,军兴若云雷。鹅鹳激中流,蛟鼍潜海隈。万弩洪涛平,金戈白日回。国储数万艘,飞越龙之堆。洋洋大东海,下视不盈杯。成功两期月,内诏从天来。行人毋遮留,要见皇业恢。君王寿万岁,我

---

① 杨镰:《全元诗》,第49册,中华书局2013年版,第8—11页。

公位三台。

> **巡大洋**言公开府率水军,耀武海洋,涛风迅发,
> 千艘并举,鲸鲵遁逃。不十日,抵京师也。第七。

巡大洋,略榑桑。雷矢发,火旗张。列缺使翼海若藏,万夫虎虓千艘骧。不十日,达帝京。圣皇悦,惟汝功,尔德尔辅靖四方。

> **驱海獠**海寇既平,遗党袭暴,民罢市。
> 公发令,驱诸海外。民情乃悦,祠以祀公也。第八。

驱海獠,奠吴民。群獠肆暴,吏不敢嗔。公怒赫,心令申。獠惴惴,民忻忻,请罪乞自新。公威以武抚之仁。吴民尸祝,报德无有垠。

> **海之平**贼匿海岛,肆劫掠,麾水军擒之,
> 沉其舟,尸诸市门,海以宁也。第九。

海之平,海以宁。挟长戈,批奔鲸。鳞角摧,毒雾腥。膏鸟卤,波不惊。我公开府,公告成。挽海水,洗甲兵。

> **趣入朝**贰枢府将大用也。第十。

趣入朝,四牡騑騑,赤舄几几。帝曰俞安,汝止锡,汝斧钺。用辅我皇子,公拜稽首,受帝之祉。我土我民,尔安尔牧。粤千万年载诸史。

组诗写于至正十四年(1354),时顾瑛奉命协助董抟霄镇压义军、漕运粮草。《铙歌十八曲》本是汉乐府中的郊祀歌,顾瑛按平叛的历程一一写来,歌颂了元朝海军作战威猛,借以赞颂广平董公平叛之功。从题目看,顾瑛根据战事发生的地点与进程,依次记录,具有纪实性。"克""入""克""定""攻""巡""驱""平""趣"等字眼,则鲜明地揭示了战事的结果,既宣扬了朝廷的声威,也表达了顾瑛的喜悦之情。"序"交代历史背景,"注"展示事件进程,"诗"用来抒发顾瑛对董抟霄的赞美之情,三者各司其职,相辅相成。从结构看,从"克淮西"写起,到"趣入朝"止,首尾连贯,构成一个完整的叙事系统。标题中"第一""第二"一直到"第十"的串行化数字,更鲜明地突出了组诗叙事的内在逻辑性。

元朝末年,朝廷对江浙地区的盘剥不断加重,导致农民苦不堪言。至正十一年(1351),以刘福通为首的红巾起义爆发,随即张士诚也加入反抗元朝暴政的行列。连年的战争与动乱,改变了人们的生活。袁华《甲午岁丹阳道中即事十首》《至正乙巳纪兴十首》《丁未纪事六首》等诗记录了战乱给百姓生活造成的伤害。《甲午岁丹阳道中即事十首》写于至正十四年,袁华途经丹阳道中,目睹战争造成的萧条,感慨系之。历史上吴王季札,为躲避王位之争而隐居吴中,躬耕田园,息讼止争。吴国名将吕蒙,虽战功赫赫,却让家

园变为废墟,让百姓流离失所。孰是孰非,谁对谁错,自有公论。诗人在"何日事春耕"的反问中,表达了对战争的不满和对平宁静生活的向往。

以"事件进程"来贯穿,较适合一些重大历史事件的系统性展示,呈现出宏大叙事的风格,有鲜明的"纪实"的特征。元初耶律铸的西征乐府组诗、汪元量的"北上"纪实组诗等,都是以事件进程组合的典型。前文已论,兹不赘述。

第三节　以情感发展为脉络

组诗可以完整地记录诗人在特定时空中的心理活动和错综复杂的情感体验,使其心路历程得到系统地展示。

戴良是元末明初的著名遗民文人,其《客中写怀六首》是一组"北投"回归途中所作的一组思乡念亲之作。早在朱元璋攻占婺州时,他就开始了避难的生涯。后来,他又曾离妻别子,渡海欲投归元将扩廓帖木儿(王保保)军队。他自南而北,颠沛一路,与家人相隔使得念家思乡成了其一生无从摆脱的痛楚。诗中以"寄妇""忆子""念妹""思弟""示侄""怀友"为题,可见故乡每一个亲朋好友都让他萦绕于怀,难以忘却。足见其内心的孤独、内疚。元廷在戴良出奔的途中灭亡了,这使得其北归没有了意义。戴良选择坚持遗民节操,即就意味着只能忍受孤独与寂寞。四库馆臣称"良诗风骨高秀,迥出一时。眷怀宗国,慷慨激烈。发为吟咏,多磊落抑塞之音"[1]。从形式看,组诗先"寄妇""忆子",再"念妹""思弟",再"示侄""怀友",现出由亲而疏、由内而外的结构原则。

汪元量《浮丘道士招魂歌九首》是在燕京监狱探视南宋丞相文天祥后有感而作。诗后注云:"诗题,成化《杭州府志》卷六十三作'浮丘道人招魂九歌',有诗题注:'时文山在燕狱,自号浮丘道人。'"[2]文天祥被俘期间,元世祖诱降以高官厚禄,不为所动,从容赴义。组诗分别对文天祥、其母、其弟、其妹、其妻、其子、其女,展开吟咏,表达了对文氏家族悲惨命运的同情和对爱国之士忠烈品格的敬仰。诗云:

　　　　有客有客浮丘翁,一生能事今日终。啮毡雪窖身不容,寸心耿耿摩

---

① (清)永瑢等撰:《四库全书总目》卷一六八,下册,中华书局1965年版,第1458页。
② 杨镰:《全元诗》,第12册,中华书局2013年版,第58页。

苍空。睢阳临难气塞充，大呼南八男儿忠。我公就义何从容，名垂竹帛生英雄。呜呼一歌兮歌无穷，魂招不来何所从。（其一）

有母有母死南国，天气黯淡杀气黑。忍埋玉骨崖山侧，蓼莪劬劳泪沾臆。孤儿以忠报罔极，拔舌剖心命何惜。地结苌弘血成碧，九泉见母无言责。呜呼二歌兮歌复忆，魂招不来长叹息。（其二）

有弟有弟隔风雪，音信不通雁飞绝。独处空庐坐缧绁，短衣冻指不能结。天生男儿硬如铁，白刃飞空肢体裂。此时与汝成永诀，汝于何处收兄骨。呜呼三歌兮歌声咽，魂招不来泪流血。（其三）

有妹有妹天一方，良人去后逢此殃。黄尘暗天道路长，男呻女吟不得将。汝母已死埋炎荒，汝兄跣足行雪霜。万里相逢泪滂滂，惊定拭泪还悲伤。呜呼四歌兮歌欲狂，魂招不来归故乡。（其四）

有妻有妻不得顾，饥走荒山汗如雨。一朝中道逢狼虎，不肯偷生作人妇。左披虞姬右陵母，一剑捐身刚自许。天上地下吾与汝，夫为忠臣妻烈女。呜呼五歌兮歌声苦，魂招不来在何所。（其五）

有子有子衣裳单，皮肉冻死伤其寒。蓬空煨烬不得安，叫怒索饭饥无餐。乱离走窜千里山，荆棘蹲坐肤不完。失身被系泪不干，父闻此语摧心肝。呜呼六歌兮歌欲残，魂招不来心鼻酸。（其六）

有女有女清且淑，学母晓妆颜如玉。忆昔狼狈走空谷，不得还家收骨肉。关河丧乱多杀戮，白日驱人夜烧屋。一双白璧委沟渎，日暮潜行向天哭。呜呼七歌兮歌不足，魂招不来泪盈掬。（其七）

有诗有诗吟啸集，纸上飞蛇喷香汁。杜陵宝唾手亲拾，沧海月明老珠泣。天地长留国风什，鬼神护呵六丁立。我公笔势人莫及，每一呻吟泪痕湿。呜呼八歌兮歌转急，魂招不来风习习。（其八）

有官有官位卿相，一代儒宗一敬让。家亡国破身漂荡，铁汉生擒今北向。忠肝义胆不可状，要与人间留好样。惜哉斯文天已丧，我作哀章泪凄怆。呜呼九歌兮歌始放，魂招不来默惆怅。（其九）①

组诗以"浮丘道士招魂"的形式，以"有×有×"起，以"呜呼一歌兮×××，魂招不来×××""呜呼二歌兮×××，魂招不来×××""呜呼三歌兮×××，魂招不来×××""呜呼四歌兮×××，魂招不来×××""呜呼五歌兮×××，魂招不来×××""呜呼六歌兮×××，魂招不来×××""呜呼七歌兮×××，魂招不来×××""呜呼八歌兮×××，魂招不来×××""呜呼九歌兮×××，魂招不来×××"起结，反复吟咏，

① 杨镰：《全元诗》，第 12 册，中华书局 2013 年版，第 57—58 页。

既强化了对逝者的哀悼,也寄托了英雄忠义品格的赞扬。"有客有客浮丘翁""有官有官位卿相"均指文天祥。诗人拟代文天祥口吻,表达对文母、文妻、弟妹及子女的愧疚与牵挂。诗末的"长叹息""泪流血""心鼻酸""泪盈掬""默惆怅"正是这种情感的流露。字里行间流露着诗人对英雄的崇敬和对文氏家族成员不幸命运的悲伤。清人潘耒说其诗"声情凄惋,悲歌当泣"①,这与其兼具琴师、文人身份所形成的"以歌为诗"创作理念相关。文天祥英勇就义后,他模仿杜甫《乾元中寓居同谷县作歌七首》作《浮丘道人招魂歌九首》,长歌当哭,一唱三叹,将"歌体"抒情性发挥到了极致。

丘葵《七歌效杜陵体》同是模仿杜甫"同谷歌"而作。组诗以"呜呼一歌兮歌已衰,天日不见惟阴霾""呜呼二歌兮歌未休,潸然出涕滂沱流""呜呼三歌兮歌三发,天翻地覆纲常灭""呜呼四歌兮歌始宣,悲风为我吹尘寰""呜呼五歌兮歌未足,末世由来多反覆""呜呼六歌兮歌愈悲,天下太平竟何时""呜呼七歌兮歌曲罢,猿啼清昼虫鸣夜"②七诗层转直下,其词哀以迫,既表达了对乱世中百姓流离失所的同情,也表达了对赵宋王朝投降派的不满和对蒙元统治者政策的批判,更有对自身遭遇的慨叹。宋元文人多仿"同谷歌"体,文天祥首开其端,汪元量继和,丘葵也是其中代表之一。

伯颜是元代高昌畏兀人,元末明初回族诗人。据朗瑛《七修类稿》卷一六载:"伯颜,字子中,世家西域,其祖父宦江西,因家焉,遂为进贤人。幼读书,即通大义,稍长,无所嗜好,唯耽玩典籍,手不释卷,从钓台夏溥习进士业……洪武己未秋,朝廷方搜求博学老成之士,江西布政使沈本立闻伯颜名,遣从事张希颜、训导胡以中以礼来征,语之曰:'尔偕进贤知县亲造其庐,若不起,尔毋来见也。'伯颜闻使者将至,慨然曰:'是不可以口舌争也。'先一夕,具牲醴,作《七哀诗》,祭其先与昔时共事死节之士,复手书短歌一篇寄别熊钊,以后事嘱之。夜漏尽,望北再拜,饮药而卒。"③作为元末明初著名的遗民诗人,伯颜义不仕明的壮举,得到后人敬仰。其《七哀诗七首》是一组杂言感怀诗,以"有客""我祖""我母""我师""我友""我子""鸩"开头,表达了对自己、祖父、母亲、老师、朋友、儿子、鸩药的悲哀之情。诗云:

> 有客有客何累累,国破家亡无所归。荒村独树一茅屋,终夜泣血知者谁? 燕云茫茫几万里,羽翮铩尽孤飞迟。呜呼我生兮乱中遭,不自我

① (宋)潘耒:《书汪水云集后》,(宋)汪元量撰,孔凡礼辑校:《增订湖山类稿》附录一,中华书局1984年版,第190页。
② 杨镰:《全元诗》,第12册,中华书局2013年版,第238—239页。
③ (明)郎瑛撰:《七修类稿》卷一六《伯颜子中传》,上海书店出版社2009年版,第167页。

先兮不自我后。(其一)

我祖我父金天精,高曾累世皆簪缨。岁维丁卯吾已生,于赫当代何休明。读书愿继祖父声,白头今日俱无成。我思永诀非沽名,生死逆顺由中情,神之听之和且平。呜呼祖考兮俯歆假,笾豆失荐兮毋我责。(其二)

我母我母何不辰,腹我鞠我徒辛勤。母氏淑善宜寿考,儿不良兮负母身。肴羞维时酒既醇,我母式享毋悲辛。呜呼母兮母兮莫远适,相会黄泉在今夕。(其三)

我师我师心休休,教我育我靡不周。五举滥叨感师德,十年苟活贻师羞。酒既陈兮师戾止,一觞再奠兮涕泗流。呜呼我师兮毋我恶,舍生取义未迟暮。(其四)

我友我友兮全公海公,爱我敬我兮人谁其同。维公高节兮寰宇其空,百战一死兮伟哉英雄。呜呼我公我公兮斯酒斯酌,我死我魄兮维公是托。(其五)

有子有子娇且痴,去生存殁兮予莫汝知。汝既死兮骨当朽,汝苟活兮终来归。呜呼汝长兮无我议,父不慈兮时不利。(其六)

鸩兮鸩兮置汝已十年,汝不我违兮汝心斯坚。用汝今日兮人谁我冤,一觞进汝兮神魂妥然。呜呼鸩兮鸩兮果不我误,骨速朽兮肉速腐。(其七)①

《七哀诗》是中国传统诗歌体裁,所谓"七哀",谓"哀之多",起自汉末王粲。其出现往往与战争、兵燹、祭祀和死亡相关。伯颜子中《七哀诗》仿此而作,因朝代更迭的因素,哀痛之情过之。其一,是哀自己,通过荒凉颓败的景象,写出累累羁客的"终夜泣血"和孤独无依。其二,是哀祖辈,哀叹自己无法延续祖辈"累世皆簪缨"的荣光,甚至"笾豆失荐",愧对先人。其三,是哀慈母,对"腹我鞠我"的母亲无以为报,但以樽酒祭享,望母"毋悲辛",期待黄泉路上母子相见。其四,是哀恩师,对"心休休""教我育我靡不周"的吾师,满怀崇敬之情,将以自己的"舍生取义"来回报师德。其五,是哀义友,表达了对好友全公海公的敬仰之情,赞美"维公高洁兮寰宇其空,百战一死兮伟哉英雄"。其六,是哀幼子,展现了伯颜对身为人质的幼子的怜爱与愧疚。其七,是哀鸩药,"鸩"是作者随身携带的毒药,用以殉节。所谓"哀鸩"是哀"鸩"之无用。李军先生说:"这里的鸩是一个符号,是伯颜坚贞意志的实践

① 杨镰:《全元诗》,第63册,中华书局2013年版,第95页。

者、监督者和验证者……伯颜子中以鸩自随、随时准备殉元并最终付诸实践的刚烈行为，受到后世士大夫的高度赞扬。”①整组诗歌围绕“哀”展开抒写，表现诗人在家国之间悲壮而艰难的选择——舍小家为大家！王礼《伯颜子中诗集序》曰：“子中既断发自废为民，忠愤邑郁，仰屋浩叹，付之无可奈何。而心不能自平，时时以其慷慨之情，憔悴之色，一寓于诗。”②清人翁方纲称其《七哀诗》“仿少陵《七歌》调，而沉痛郁结，令人不忍卒读”③，揭示出其艺术上的感人力量。

言为心声，诗歌语言是诗人情感表达的重要手段和载体。为了强化情感表达的力度，常常借助语言意象的重复来突出组诗的“主旋律”。其形态有四：一是借助古人诗句，拆分吟咏，如盐入中，浑然无迹，而味自醇厚。二是以相同字句开头，承转而下，反复吟唱，强化抒情效果。三是重复字句收结，反复呈现，突出主旋律。四是以固定的语言起首、作结，首尾呼应，前点后染，深化主题。

第一种形态，借助古人诗句来结构组诗，这些诗句犹如一根“红线”，贯穿组诗始终。“明者”标明韵脚，“暗者”揭示诗人情感，一明一暗，互为表里。如戴表元《六月十三日寿陈子徽太博十首以无官一身轻有子万事足为韵十首》，从标题中“寿”字看，这是一组祝寿诗。“无官一身轻，有子万事足”出自宋代苏轼《贺子由生第四孙》诗中，联系组诗的创作背景和表达主题，可知它不仅是一根“韵脚线”，规定每诗的押韵，更是一线“情感线”，成为组诗的“灵魂”，将诗人辞官归隐、享受天伦之乐的题旨诠释得淋漓尽致。

张丁《寄桃源郑征士十四首》序云：“予往山中时，赋诗寄桃源郑征士，有云：‘桑麻别境仍鸡犬，晓夜空山自鹤猿。’今来江左，每怀旧趣而不可得，乃以二句析之为韵，赋古体十四首，首六句，觅便寄之，且以表予之思云尔。”④从序中可知，组诗是因怀念旧友而作。当年诗人山居时曾赋诗寄桃源郑征士，有“桑麻别境仍鸡犬，晓夜空山自鹤猿”诗句，“今来江左”，思念之情郁勃，故析诗为韵，以寄老友。诗题分《桑字》《麻字》《别字》《境字》《仍字》《鸡字》《犬字》《晓字》《夜字》《空字》《山字》《自字》《鹤字》《猿字》，将形式上的“韵脚”与内容上的“情感”绾合一处，营造的正是一种浓郁

① 李军：《末世悲歌　堪比文山——论伯颜子中其人其诗》，《民族文学研究》2017 年第 1 期，第 82 页、第 85 页。

② （元）王礼：《伯颜子中诗集序》，李修生主编：《全元文》卷一八四九，第 60 册，江苏古籍出版社 1999 年版，第 540 页。

③ （清）翁方纲：《石洲诗话》卷五，郭绍虞选编，富寿荪点校：《清诗话续编》，上册，上海古籍出版社 1983 年版，第 1468 页。

④ 杨镰：《全元诗》，第 62 册，中华书局 2013 年版，第 442—443 页。

的林泉之趣。从结构上言,组诗各章之间运用了"顶真"手法——前章的尾句与次章的首句完全一致,承转而下,形成一气呵成之感,增加了组诗的整体感,达到了"踵其事而增华,变其本而加厉"①的艺术效果。

耶律楚材《次韵黄华和同年九日诗十首》,以陶渊明诗"采菊东篱下,悠然见南山"为韵,分嵌句中,以叙思归之心和参玄之志;元好问《九日读书山用陶诗露凄暄风息气清天旷明为韵赋十诗》,以陶渊明"露凄暄风息,气清天旷明"句为韵,置于句中、句尾,表达身处乱世的感伤之情;段成己《余懒日甚不作诗者二年矣间者二三子以歌咏相乐请题于吾兄遯庵遂以岁月坐成晚命之因事感怀成五章以自遣志之所之不知其言之陋也览者将有取焉五首》,以苏轼诗"岁月坐成晚"为韵,置于诗尾,写隐逸生活的闲逸;方回《以读书破万卷下笔如有神为韵赋十诗送赵然然如大都》,以杜甫诗"读书破万卷,下笔如有神"嵌在句中,传达惜别之情和对友人良好祝愿;马臻《客夜不寐偶成短句十首用渭北春天树江东日暮云为韵》,以杜甫诗"渭北春天树,江东日暮云"为韵,置于句尾,表达了彼此的思念;仇远《予久客思归以秋光都似宦情薄山色不如归意浓为韵言志约金溪诸友共赋寄钱唐亲旧十首》,以苏轼诗"秋光都似宦情薄,山色不如归意浓"嵌在句中,传达了思友之情;凌云翰的《送赵永贞改丞德化县以万水千山路孤舟几日程为韵十首》以唐人贾岛诗"万水千山路,孤舟几日程"置于诗尾,表达惜别之意。凡此等等,无不如此。

前人诗句除了规定了组诗的韵脚,也传递着相同的情感,强化了组诗之间的逻辑关系。周巽《昔昔盐》仿唐人赵嘏《昔昔盐二十首》,依隋代薛道衡《昔昔盐》诗句为题,承转而下。《全元诗》于《水溢芙蓉沼》题下按道:"集中分咏薛道衡《昔昔盐》诗,盖仿唐人赵嘏之体。惜阙佚其半,今就现存者,依薛诗章句厘其前后。"②这是一组"仿唐人赵嘏之体"的拟古乐府《昔昔盐》诗,虽然"阙佚其半",尚能窥见端倪。对照薛道衡《昔昔盐》原诗,周巽所拟除《垂柳覆金堤》《蘼芜叶复齐》《花飞桃李蹊》《采桑秦氏女》《长垂双玉啼》《彩凤逐帷低》《那能惜马蹄》外,其余皆存。《水溢芙蓉沼》借春末夏初景物起兴,引出思妇的怨情。以"双鸳"与"孤凤"的意象,突出思妇孤独之感,以"茴"(莲子)心苦,暗喻相思之苦。《织锦窦家妻》借苏若兰与丈夫窦滔的《璇玑图》典故,表达了对丈夫的刻骨铭心的思念。《关山别浪子》《风月守空闺》二诗,进一步写离别与相思。其后的《恒敛千金笑》《盘龙随镜隐》《飞魂同夜鹊》《倦寝听晨鸡》《暗牖悬蛛网》《空梁落燕泥》《前年过代北》《今岁

---

① （南朝梁）萧统编,（唐）李善注:《文选·序》,上海古籍出版社 1986 年版,第 1 页。
② 杨镰:《全元诗》,第 48 册,中华书局 2013 年版,第 428—430 页。

往辽西》八诗,以景衬情,借景言情。将"塞外"与"闺中"对照来写,既展现了浪子生活的艰辛,也写出了思妇的深情苦态。《一去无消息》诗,自问自答,将思妇内心的怨恨之情表露无遗。对照《昔昔盐》"原作"和"拟作",除亡佚者外,两诗浓郁的闺怨情调如出一辙。四库馆臣评云:"巽诗格不高,颇乏沉郁顿挫之致。然其抒怀写景,亦颇近自然,要自不失雅则。集以《性情》为名,其所尚盖可知也。"①

第二种形态,以相同句式或意象开头,将组诗联结成为一个有机整体,强化了抒情力度。如方回《丙申重九前后得今日都无病一句成诗十首》,每诗首句均以"今日都无病"起句,既表达了晚年对"康强百不忧"(其二)、"誓将全晚节"(其三)的期待,更传达出"空行万里路,枉读一生书"(其九)、"不为一己计,宁受百人欺"(其十)的悔悟与凄凉②。陆厚《村北老人亡是公也晨起诸生来前讽诵嘈杂适有念于田园自乐者因赋村北老人家小诗一绝已而共成四诗兴未止复用行住坐卧为韵八首》是一组反映隐士生活的诗歌。标题中"村北老人亡是公也",点明了其无名隐士的身份。组诗分别以"村北老人园""村北老人庐""村北老人斋""村北老人家""村北老人住""村北老人坐""村北老人卧"为起句,将"村北老人"的居住环境与生活起居作了全景式展示,洋溢着浓郁的田园生活气息和闲适自在情调。陆厚家世儒业,曾在官府作吏目,主要以授徒、卖文为生。诗中"村北老人"实际上就是作者自喻。"那知乡下侬,却是村中大"③句,暗示了这位"村北老人"不同寻常之处。

谢应芳《慈亲年八十四首》是一组祝寿诗,因是八十大寿,故以"慈亲年八十"起句,承上启下,反复吟咏,再现了慈母安乐祥和的晚年生活场景,表达了对慈幸福安宁的美好祝愿。"老此太平世,宴然安乐窝"(其二)④,既是对慈亲的美好祝愿,也是表达了生逢盛世的幸福与满足。

丁鹤年《岁晏百忧集二首》以"岁晏百忧集"开始,反复吟咏,传达出其忧时悯世的情怀。原诗题下有注云:"海滨避兵时所作。"诗题中"岁晏",既可指"年终",也可指"元末";"百忧集"既包含时序的迁逝之感,也含有易代之际的家国情怀。作为元代遗民,丁鹤年对元廷怀有深沉眷恋之情。其《自咏九首》集中地展现了对故国、旧主的怀恋和强烈的复元渴望。《明史》本

---

① (清)永瑢等撰:《四库全书总目》卷一六八,下册,中华书局1965年版,第1461页。
② 杨镰:《全元诗》,第6册,中华书局2013年版,第410—411页。
③ 杨镰:《全元诗》,第24册,中华书局2013年版,第51—52页。
④ 杨镰:《全元诗》,第38册,中华书局2013年版,第6页。

传称"鹤年自以家世仕元,不忘故国,顺帝北遁后,饮泣赋诗,情词凄恻"①。除了国家之外,对故乡及亲人的眷恋也令其难以忘怀。诗人足迹遍及江苏、江西、浙东,曾漂泊在外整整 27 年,其思乡之情尤为强烈。"岁晏百忧集,独坐弹鸣琴"(其一),"有家不可归,无家将奈何"(其二)②,故乡的存亡,亲人的安危令其寝食难安。从这上意义上看,组诗所反映的内容既是丁鹤年个人的遭遇,更是乱世中百姓生活的缩影。

第三种形态,组诗每一首诗都以相同字句或意象作结,以强化情感力度。如方回《重阳吟五首》借对"岁岁重阳今又重阳"主题的描述,表达了"五感俱集"的复杂情怀。组诗则以"闲居无酒对重阳"(其一),"菊花开日即重阳"(其二),"满城风雨近重阳"(其三),"乱山深处过重阳"(其四),"干戈丛里见重阳"(其五)收尾,首尾呼应,突出了"重阳"主题,强化了抒情的力度,也揭示了重阳之于诗人的非同寻常意义。其序称"予癸未之岁,适遇闲居重九,私念平生,五感俱集,遂吟为五解而吊影以歌之。重九前五日方回序"③。方回一生跌宕起伏、仕途不顺,尤其是其"率郡降元"的事情,使其人生蒙上了一层阴影。尽管方回当时有不得已的苦衷,但仍然得不到世人的谅解。多年的负重前行,令其身心俱疲。方回将内心想法借助古人对"重阳"的吟咏发泄出来,耐人寻味。以"重阳"收题,展示了"乱离之极感"。虽说前四诗是依陶渊明、苏轼、潘大临、吕本中等人重阳诗境赋诗,但何尝又不是方回不同"重阳"所感。

段克己《仲坚见和复用韵以答四首》反映了晚年的隐居生活。组诗因封仲坚和诗而"复用韵以答"而作,"儒冠三十载,转觉此身孤"(其一),"悠悠身外事,目断塞云孤"(其二),"缇萦真孝子,犹足慰茕孤"(其三),"我穷君更甚,此德未全孤"(其四)④,无论是"身孤""云孤",还是"茕孤""全孤",都透露出浓郁的孤独意识,集中展示了诗人隐居生活的艰难和抗志守节的自许。

第四种形态,组诗以相同的字句或意象起、结,前呼后应,以强化抒情氛围。相对于第二、第三种形态,其情感力度更强,令人印象更深。如陈舜道《春日田园杂兴十首》以"春来非是爱吟诗,诗是田园××时"起头,末句均为"春来非是爱吟诗",照应开篇。中间分别用"漫兴""乐兴""饮兴""懒兴""引兴""寄兴""乘兴""遣兴""尽兴""感兴"串起,展开对田园生活的吟咏。其诗云:

---

① (清)张廷玉:《明史》卷二八五《丁鹤年传》,中华书局 1974 年版,第 7313 页。
② 杨镰:《全元诗》,第 64 册,中华书局 2013 年版,第 355 页。
③ 杨镰:《全元诗》,第 6 册,中华书局 2013 年版,第 20 页。
④ 杨镰:《全元诗》,第 2 册,中华书局 2013 年版,第 284 页。

春来非是爱吟诗,诗是田园漫兴时。无事花边翻兔册,有时桑下课牛医。乍随父老看秧去,还共儿童斗草嬉。偶物兴怀浑不奈,春来非是爱吟诗。(其一)

春来非是爱吟诗,诗是田园乐兴时。清入吟怀花月照,红生笑面柳风吹。村声荡耳乌盐角,社酒柔情玉练槌。闲闷闲愁侬不省,春来非是爱吟诗。(其二)

春来非是爱吟诗,诗是田园饮兴时。草酌乍舒情眊瞛,花生陡觉眼迷离。才呼枌社人同醉,又问杏村家有谁。长日作劳无不得,春来非是爱吟诗。(其三)

春来非是爱吟诗,诗是田园懒兴时。放草地牛眠易熟,听花村鸠起来迟。蚕桑辛苦从渠妇,稼穑勤劳任我儿。疏散情怀收不起,春来非是爱吟诗。(其四)

春来非是爱吟诗,诗是田园引兴时。闻布谷声惊绿野,听提壶语忆青旗。曾因斗草争心起,每为看花乐意随。景物撩人禁不定,春来非是爱吟诗。(其五)

春来非是爱吟诗,诗是田园寄兴时。稼穑但凭牛犊健,阴晴每付鹑鸪知。托寻花去将予乐,借卷桐吹写所思。抚景寓言良不浅,春来非是爱吟诗。(其六)

春来非是爱吟诗,诗是田园乘兴时。得暇分畦秧韭菜,趁晴樊圃树棠梨。山烟青笠等闲去,沙地乌犍和醉骑。一片野情羁不住,春来非是爱吟诗。(其七)

春来非是爱吟诗,诗是田园遣兴时。行傍山翁驱犊父,坐观邻妪试鹅儿。看秧时测水深浅,行菜闲占春早迟。白日渐长消不去,春来非是爱吟诗。(其八)

春来非是爱吟诗,诗是田园尽兴时。蓐食出门天欲曙,荷鉏归路月相随。踏青漫有心情在,耕绿宁甘体力疲。个段工夫偿不足,春来非是爱吟诗。(其九)

春来非是爱吟诗,诗是田园感兴时。草地耕牛才有犊,花村吠犬那生牦。麦青未必三时粥,桑绿其如二月丝。触物兴怀言不尽,春来非是爱吟诗。(其十)①

至元二十三年(1286),月泉吟社以咏《春日田园》征诗,陈舜道以陈绍

---

① 杨镰:《全元诗》,第 20 册,中华书局 2013 年版,第 334—335 页。

希之名入选为第31名。组诗以"春来非是爱吟诗"起始,又以"春来非是爱吟诗"作结,中间以"诗是田园×兴时"穿插,将十诗首尾相连,间述各"兴",前点后染,反复铺陈,充分展示了田园风光之美、田园生活之逸及诗人诗兴之浓,字里行间洋溢着轻松愉悦的情绪。《全元诗》诗后引《月泉吟社诗》评曰:"此卷首尾吟十篇,题上生题,摹写各尽其妙,与其他画蛇添足者不同,姑置诸此,以为手抄之冠,纸价当为高矣。"①

陶安《首尾吟六首》是一组七律人生杂感诗,诗题中"首尾吟",便揭示了组诗的结构特征:首尾相连,前呼后应,突出重心。前二首为一层,以"人生何苦走西东"为首尾,表达了空怀报国志向无法施展的苦闷。中间二首为一层,以"祸福皆由自己为"为首尾,强调无论是个人还是国家,如果怠于修持、不以宽厚为本,即会陷入危险。后二首为一层,以"报应随心理最真"②为首尾,认为善恶有源,应宅心仁厚,否则报应即至。"人生何苦走西东""祸福皆由自己为""报应随心理最真",这三句话,何尝不是其真实而略带宿命的人生写照! 此外,陶安还有《首尾吟二十首》《首尾吟七首》两组诗歌,前者是一组七律组诗,以"达观万象付评量"为首尾,传达了对人生的诸多感悟;后者以"人于物外莫容心"首尾,强调修身养性的重要性,推崇儒家圣贤之道。陶安《首尾吟》无论是从组诗形态,还是思想倾向,都是效仿宋代理学名家邵雍《首尾吟一百三十五首》而来。其一云:"尧夫非是爱吟诗,为见圣贤兴有时。日月星辰尧则了,江河淮济禹平之。皇王帝霸经褒贬,雪月风花未品题。岂谓古人无阙典,尧夫非是爱吟诗。"③组诗以"尧夫非是爱吟诗"为首尾,反复吟咏,强化主题。两者间承传之迹十分鲜明。

梁栋《四禽言四首》分咏"不如归去""行不得也哥哥""脱却布裤""提壶芦"四禽,同样在开头、收尾处反复强调,表达了乱世之中的复杂情感。

　　不如归去,锦官宫殿迷烟树。天津桥上一两声,叫破汴京无住处。不如归去。(其一)
　　行不得也哥哥,湖南湖北春水多。九疑山前叫虞舜,奈此乾坤无路何。行不得也哥哥。(其二)
　　脱却布裤,贫家能有几尺布。间机织尽无得裁,可人不来廉叔度。脱却布裤。(其三)

---

① 杨镰:《全元诗》,第20册,中华书局2013年版,第335页。
② 杨镰:《全元诗》,第56册,中华书局2013年版,第458—459页。
③ 傅璇琮等主编:《全宋诗》卷三八〇,第7册,北京大学出版社1999年版,第4674页。

提壶芦,提壶芦,年来酒贱频频沽。众人皆醉我亦醉,哀哉谁问醒三间。提葫芦,提葫芦。(其四)①

组诗写于宋亡之后,分别以杜鹃、布谷、鹧鸪、提葫芦的鸣声起兴、收结,前点后染,抒发感慨。其一,化用杜鹃啼血之典,慨叹中原沦落,民众居无定所。其二,以布谷鸣声唤起,慨叹百姓生活艰辛,世无良吏。其三,慨叹家贫无布,追怀古代贤君虞舜,隐喻宋室已亡,在元代统治下,汉族知识分子无路可走。其四,慨叹自己报国无门,只能随波逐流,"众人皆醉我亦醉"。这是正话反说。元人蒋子正《山房随笔》评此诗道:"寓意甚远,诸作不及。"②虽然"不如归去""行不得也哥哥""脱却布袴""提壶芦"只是禽声,但何尝又不是梁栋身处乱世的"心声"。以"禽言"首尾呼应,正是其"心声"的凸显,强化了抒情效果。

第四节 按人物类型来架构

元诗中有大量的咏赞人物的组诗,这些人物往往按不同属性、类别加以区分,以展示人物的共性特征,形成了不同的"主题系列"。

郝经《金源十节士歌十首》是一组咏宋金节义之士的组诗,分咏王子明、移刺都、郭虾蟆、合答平章、陈和尚马、乌古逊道原、仲德行院、绛山奉御、李丰亭、李伯渊等历史人物。郝经以"节士"目之,表达了对他们的敬仰之情,其目的是"可以兴起末俗,振作贪懦"。"金源氏播迁以来,至于国亡,得节义之士王刚忠公等十人,皆死事死国,有古烈士之风。可以兴起末俗,振作贪懦。其名字官阶,始终行业,自有良史。其大节之岳岳磊磊,在人耳目,虽耕夫贩妇,牛童马走,共能称道者。作歌以歌之,庶几揄扬激烈,由其音节,见其风采云。天兴诸臣,国亡无史,不能具官。故皆只以当世所称者,如郭虾蟆、仲德行院等书之。俟国史之出,当为厘正云。"③在郝经看来,宋金以德治国,涵育数百年才有忠臣义士肯为国殉节誓死报效。这既是对历史的总结,也是对元代统治者的忠告,其思想源于他所坚持的儒家之道。虽说其自谦"俟国史之出,当为厘正",其"以诗存史"的用意是清晰明了的。另一

---

① 杨镰:《全元诗》,第 11 册,中华书局 2013 年版,第 73—74 页。
② (清)陈衍辑,李梦生校点:《元诗纪事》卷三一《梁栋》,下册,上海古籍出版社 1987 年版,第 721 页。
③ 杨镰:《全元诗》,第 4 册,中华书局 2013 年版,第 272 页。

组《武昌词三首》,咏赞"梅溪主人张素英""武昌恭人""汉阳教授之妻"三位节妇,在国难当头时"义不受辱",以生命捍卫了贞节与尊严的故事,表现了对元朝忠贞不渝的信念。

林景熙《妾薄命六首》借赞颂历史上忠烈女子事迹,表达对南宋王朝的忠诚。前注云:"取古者烈女不更二夫之义,以寄吾忠臣不事二君之心。不然则王昭君、蔡文姬非不薄命也,而其所以舍彼取此者,其意盖有攸在。"诗曰:

> 盈盈梁家姝,奕奕晋朝使。斛珠不论赀,得备巾栉侍。一笑金谷春,列屋俱敛避。岂知锦步温,已复为愁地。念主惠妾深,缘妾为主累。楼头风雨深,残花抱春坠。(其一)
>
> 繁华随逝水,日暮朱楼空。哀哀徐州妾,事主不及终。空房辍膏沐,明妆欲谁容。春风燕子来,秋风燕子去。去来影常双,孤鸾抱颙顑。回首醉娇时,百花不敢媚。(其二)
>
> 二八入宫掖,一笑空三千。云阶渺何许,步步生金莲。绣鸳不胜春,飘若凌波仙。荣华一回首,荆棘森我前。君恩花上露,妾心井中泉。井泉誓不波,下照青青天。(其三)
>
> 夫君仕虢州,不幸早岁折。负骸归青齐,道远囊复竭。投栖不见容,落日人烟绝。高义无展禽,辱身顾岂屑。野露杂涕洟,皇天见孤孽。肯惜一臂残,浣此全体洁。(其四)
>
> 陌上桑欲稀,室中蚕正饥。妾心知采桑,安知使君谁。结发为人妇,几年守空帏。妇义不移天,相邀何乃痴。老姑倚门久,不待盈筐归。为妾谢使君,风化关庭闱。(其五)
>
> 国难义当驰,送君远行役。黎明别江郊,更上北山脊。江云妾眼迷,江风妾衣坼。魂去形独留,兀然化为石。化石君倘知,勿复念衾席。愿持如石心,为国作坚壁。(其六)①

其一后注:"此篇言绿珠也。"咏西晋石崇宠妾绿珠不嫁赵王司马伦跳楼殉情之事。其二后注:"此篇言盼盼也。"咏唐代关盼盼为丈夫张愔死后守节之事。其三后注:"此篇言潘妃也。"咏齐废帝萧宝卷被杀后其妃潘玉奴自缢身亡之事。其四后注:"此篇言王凝妻也。"咏五代王凝妻子断臂示贞之事。其五后注:"此篇言罗敷也。"咏民女罗敷拒绝使君调戏之事。其六后注:"此

---

① 杨镰:《全元诗》,第10册,中华书局2013年版,第399—400页。

篇言望夫石也。"咏古代贞妇望夫从役而化为立石之事。作为宋代遗民的诗人，选择绿珠、关盼盼、潘妃、王凝妻、罗敷、望夫石等坚贞守洁本事展开吟咏，其用意不言而喻。纵观元代诗坛，在宋元、元明之际，忠孝节烈题材的诗歌的风起云涌，其所反映的正是宋元理学价值观对社会的影响。"元代忠德观继承了宋代忠德至上性、神圣性的特点，并发展了宋代出现的愚忠苗头，在元末涌现出很多以死效忠、阖门忠死的群死群忠、愚死愚忠的事例，开了明清时期愚忠死节、满门忠烈的先河，成为中国传统忠德变迁史上一个重要的承前启后时期。"①元代尽君臣之义、不仕二姓的价值观，正是理学思想熏陶的结果。

赵景良《忠义集》是一组著名的咏史组诗，其所咏历史人物和事件都有一个共同特点——"忠义"，呈现出鲜明的"昭忠"意识。清人顾嗣立《元诗选》二集"如村先生刘瑞麟"小传称："至治间，尝以暇日追惟宋末仗义死节之士，搜讨遗事，赋五十律，题曰《昭忠逸咏》。邑人赵景良秉善合水村《补十忠诗》为一编，附以汪水云、方虚谷诸君子伤时悼事之什若干首。总谓之《忠义集》云。"②《忠义集》所录多南宋保家卫国的将士，以及持节不辱、舍生取义的普通人，前者为"忠"，后者为"义"，这正是作者以"忠义"名集的初衷。

刘埙《补史十忠诗》包括《知潭州湖南安抚使李公(芾)》《四川制置使知重庆府张公(珏)》《池州通判权州事赵公(卯发)》《少傅枢密使张公(世杰)》《丞相都督信国公文公(天祥)》《枢密闽广宣抚使陈公(文龙)》《前左丞相江文忠公万里弟(万顷)》《参政行丞相事陆公(秀夫)》《淮东制置使知扬州李公(庭芝)》《江西制置司使都统密公(佑)》等，每诗主咏一"忠"，共"十忠"。关于选录的目的，诗后注云："右襄围以来，死忠者不止此，然多所不知，知其详且显者，莫如此十公。故先赋此十诗，尚俟续书以著大节。噫，十诗存，即十忠不亡；十忠不亡，吾十诗亦永存矣。是未易与俗子言之，儿辈深藏之。非深于诗，精于理者，勿轻示之云。"③刘埙作《补史十忠诗》的意图，与柳宗元当年写《段太尉逸事状》一样，都是"恐尚逸坠，未集太史氏"，担心时间一久，文天祥、陆秀夫、江万里等舍身殉节之事，将会失传，"将无复知有斯人者"了。为了弘扬"忠义"之风，他以"忠义"为题，存诗十首，以纪史实，备他日之资。

---

① 桑东辉：《元代忠义精神探析——兼论民族融合中儒家伦理的渗润与影响》，《内蒙古师范大学学报(哲学社会科学版)》2019 年第 4 期，第 95 页。
② (清)顾嗣立：《元诗选》，二集上，中华书局 1987 年版，第 108 页。
③ (元)赵景良编：《忠义集》卷一，四库文学总集选刊，上海古籍出版社 1993 年版，第 189 页。

　　刘垎子刘麟瑞在元至治(1321—1323)年间,追思宋末仗义死节之士,搜讨遗事,赋五十律,题曰《昭忠逸咏》,"惜乎材疏笔弱,无能发扬姑志,其概以彰节义,俾死封疆、死社稷者含笑九地,曰'吾名不泯矣',宁不少慰忠魂于千载乎? 宁不为明时风化之一助乎? 于是乎书。"①其所咏历史人物大致可归为两种类型:一是英雄人物,主要是阵前的将士、守土一方的官员和朝廷要员,赞美英雄人物的功绩,抒发自己敬仰之情,如《西和知州陈公(寅)守将杨公(锐)》《枢密张公(世杰)》《丞相陆公(秀夫)》《广西经略马公(墍)》《江东制置使谢公(枋得)》《少主纳款》等43篇;一是忠烈百姓,赞美那些生活在宋元之际的普通百姓的忠烈事迹,如《大社吴公(楚才)》《儒士王公(士敏)》《建宁儒士朱公(浚)》《处士林公(同)》《美人朱氏》《孺人林氏》《死节诸公》等,彰显这些"平凡人物"的不平凡之处。组诗由题、诗、注三部分构成。"题"介绍所咏之人的官爵、姓名,或相关地名历史沿革的注释。"诗"名为咏史,实乃咏怀,展示诗人沉痛之感与景仰之情。"注"对所咏之人、事或详或略说明,是诗歌史料价值所在,诠释了"以诗证史"的创作方法。②

　　陈孚《野庄公与孚论汉唐以来宰相有王佐气象得四人焉命孚为诗并呈商左山参政谢敬斋尚书四首》是一组七古咏史组诗,所咏宰相都是汉唐间"有王佐气象"者,诗云:

　　　　当涂哮吼健于虎,卯金一脉如寒土。民间只有大耳儿,真是高光宗祐主。南阳笑脱青萝衣,出试乌林万火炬。永安受遗辅太子,汉贼未诛忠胆苦。峨眉山高锦江寒,白旄一麾招摇怒。出师两纸流涕书,三代而下无此语。中营若不坠长星,何止逆雏衅征鼓。定知盛事继苍姬,礼乐光华曜千古。(《诸葛孔明》)

　　　　典午叔世失纲纽,紫髯老奴垂涎久。谢公笑麾九锡文,姑熟一夜骨已朽。继以草付臣又土,九十六万狄貐吼。白羽从容别墅棋,破贼只在一尊酒。长淮西风夜鹤鸣,坐阅兵车见云母。自古医国到危殆,始见擎天活人手。谁能白刃在颈时,正色毅然以死守。如公信是社稷臣,定论要期千载后。(《谢安石》)

　　　　唐自天宝藩臣强,关东割地尊犬狼。宪皇赫怒思贤佐,十载始得绯衣郎。六龙夹日升黄道,魑魅谁敢争天光。惟有蔡州煽逆焰,假钺一指

①　(元)赵景良编:《忠义集》卷一,四库文学总集选刊,上海古籍出版社1993年版,第190—191页。

②　参见拙著《元代组诗论稿:以历史文化为视角的考察》,凤凰出版社2019年版,第301—321页。

孤臣亡。瘦骨昂昂五尺长,四夷闻名惊欲僵。垂绅搢笏坐台席,隐然一身佩巨唐。唐家太常纪勋烈,后有西平前汾阳。谁如公探皇王秘,笑睨伊召跻羲黄。(《裴中立》)

熙宁误相老安石,恶政变尽法三尺。头会箕敛祸尚可,动驱赤子陷锋镝。端明相君从西来,大梁草木亦动色。紫帷中坐女尧舜,甘雨一洗大地赤。平生受用惟忠贞,妻无完裙面如腊。十年布衾二顷田,走卒儿童服至德。谁将诬语仆魏碑,丹心自有苍苍识。至今涑水一卷书,尚为乾坤立人极。(《司马君实》)①

组诗对蜀国诸葛亮、东晋谢安、唐代裴度、北宋司马光 4 人的功业进行了咏赞,多发人之未发,反映出诗人识见敏锐、见解独到,颇具思想和艺术性。《诸葛孔明》诗赞颂了诸葛亮兴复汉室、辅佐刘禅尽忠竭力的品格。一纸《出师表》,展示了功业未竟的悲凉。《谢安石》诗赞颂谢安尽心王事,在淝水之战中建立不朽功勋,为东晋得几十年的和平。《裴中立》诗赞美裴度支持宪宗削藩,先后平淮西吴元济叛乱、扫平淄青节度使李师道,为维护和巩固李唐王朝的统治建立了丰功伟业。《司马君实》诗赞美司马光反对王安变法,着力于废除免役法、青苗法等,为民谋利,其温良谦恭、刚正不阿、廉洁奉公、勤俭节约的品格,深受后人敬仰。四库馆臣称其"以诗兼兴趣,有感慨调笑,风流脱洒处"②。史载,至元三十年(1239)九月,陈孚以副使身份随梁曾使安南还,得到了元世祖赞赏,被任命为翰林待制,兼国史院编修官,后因"廷臣以孚南人,且尚气,颇嫉忌之"③,被迫外放任职。此事对陈孚影响甚大,组诗借对前朝贤相的敬仰,间接表达了对元廷用人的不满。

宋濂《东阳十孝子十首》是一组咏东阳历史上孝子事迹诗,分别咏赞了秦人颜乌(乌伤人)、三国吴人斯敦(东阳人)、晋人许孜(东阳人)、唐人冯子华(东阳人)、唐人应先(东阳人)、唐人唐君佑(东阳人)、唐人陈太竭(浦江人)、宋人董少舒(兰溪人)、宋人金景文(兰溪人)、宋人贾南金(金华人)。序称"十孝子者,皆东阳人,其事载于郡乘为详。予读书之暇,因探其昊天罔极之思,而为是赞,以风世之为人之子者"④。作者撷拾东阳史上以"孝"著称的乡人,赞其孝行,目的是淳朴世风,裨补时阙。

赵孟頫《咏逸民十一首》分咏沮溺、鲁仲连、邵平、严光、黄宪、徐孺子、庞

---

① 杨镰:《全元诗》,第 18 册,中华书局 2013 年版,第 400 页。
② (清)永瑢等撰:《四库全书总目》卷一六六,下册,中华书局 1965 年版,第 1434 页。
③ (明)宋濂等:《元史》卷一九〇《儒学》,中华书局 1976 年版,第 4339 页。
④ (明)宋濂:《宋濂全集》辑补三,第 7 册,浙江古籍出版社 2014 年版,第 2355 页。

德公等"逸民"的高风亮节。正如其序所言:"自古逸民多矣,意之所至,率然成咏,聊与同好时而歌之耳。"①张雨《东汉高士咏十四首》分咏了刘翊、封君达、梁鸿、严光、左慈、向长、费长房、范丹、庞公、蓟子训、王乔、韩康、矫慎、法真14位"东汉高士",突出其遗世独立的品格。"八月十五夜,风雨凄其,慨念东汉诸逸民,取大苏公'中秋冷坐'一联,赋小诗十四首,韵其下。"②序中交代了创作背景与动机。袁桷《次韵庐山黄伯玉东汉名士十咏》也以"东汉名士"为吟咏对象,分咏仲叔、南州彦、叔度、郭公、幼安、庞公、康伯等10人,嘉其志,慕其行。王恽《题竹林七贤诗十二首》咏赞嵇康、阮籍、山涛、向秀、刘伶、王戎、阮咸等名士。丘葵《义方堂瞻先贤遗像七首》分题濂溪先生、康节先生、横渠先生、韦斋先生、晦庵先生、忠简先生、怡园先生。丘葵早年曾有志于朱熹之学,故对"理学先贤"敬重有加,以此组合当在情理之中。综上所述,标题中"逸民""高士""名士""先贤"所揭示的人物类型,正是组诗结构的内在依据。

　　杨维桢《女史咏十八首》是一组咏史上"才女"的诗歌。"女史"是对有才能女子的美称。"注"对此有详细说明,"李夫人:李延年歌'北方有佳人'事""钩弋夫人:汉武帝宫人,生昭帝者""伏生女:伏生年九十余,以女口授尚书""班婕妤:前汉成帝宫女""赵昭仪:前汉成帝后""王氏后:前汉元帝后""贾南风:西晋惠帝后""绿珠:石崇以珠三斛,买梁氏女""冯小怜:北齐穆后爱衰,侍婢冯小怜大幸""独孤后:隋文帝后""武后:唐高宗后""杨太真:唐玄宗妃""王凝妻李氏:唐王凝字叔恬,王通弟也""盼盼:唐张建封节制武宁,纳妓盼盼于燕子楼,公薨,不他适""韩蕲王夫人:宋韩世忠妻""宋度宗女嫔""青峰庙王氏:天台王氏,宋末兵掳至剡之青峰涧,啮血题诗,投水死。比胡笳则优,律之巴陵则劣矣。余因过此,见陈长卿诗而美之,遂题诗于石壁上。长卿诗云:'宁死标名不愿存,洁身如水凛贞魂。青峰岭上题诗句,犹沁当时指血痕。'""女贞木杨氏:余从父女弟子名宜,既笄,许陆氏子。娶一夕,陆卒。后达官聘之,宣誓不嫁。母逼之,闭重户自尽。余表墓曰'女贞'。"③这十八位"女史"的身份、地位不尽相同,但身上都有一股令诗人敬佩的才气与品格。作者上溯千年,精心组织而成,为的是展现她们的"才情"以及巾帼不让须眉的"气质"。

　　陶安《咏史十五首》是一组咏赞历代豪杰的组诗,其序云:"风尘不息有

---

① 杨镰:《全元诗》,第17册,中华书局2013年版,第215页。
② 杨镰:《全元诗》,第31册,中华书局2013年版,第322页。
③ 杨镰:《全元诗》,第39册,中华书局2013年版,第91—93页。

年,生民肝脑涂地,弗见援而止息者。闭户忧思,古之豪杰,自汉以下,张留侯等十五人,又莫知何在。慨叹之余,爰按传考实,每为赋一绝,以寓思仰之忱,亦望梅止渴之意云尔。"①从序中可知,陶安以张留侯、淮阴侯、邓禹、诸葛武侯、祖逖、谢安、刘弘基、李靖、房杜、郭令公、李光弼、曹武惠、韩世忠、岳武穆、虞允文这15位历史人物的本事为基础,展开吟咏,歌颂他们为所在的朝代、国度建立了不朽的业绩,有经邦纬国之功。这些人都是陶安心目中的"豪杰",故才被他串联咏赞。一来"以寓思仰之忧",二来借以寓"望梅止渴之意"。元至正初年(1341),陶安举江浙乡试,授明道书院山长,避乱家居。"今海内鼎沸,豪杰并争,然其意在子女玉帛,非有拨乱、救民、安天下心。"②面对元末乱局,他真心希望有英雄豪杰出现,力挽狂澜,救民于水火之中。

元代咏赞历史人物,以由宋入元的徐钧《史咏集》为最,由1 530首七绝组成。"取通鉴所载君相诸臣,疏其为人大较相与商略,既定其得失,从而长言之名之曰史咏。"③从序中可知,《史咏集》所咏历史人物、事件都取材于《资治通鉴》,按时间先后或人物尊卑分门别类,吟咏自周至唐的历史人物,始于周威烈王,终于唐崔祐甫。如周朝、西汉人物分类如下:

> 周:人君类(威烈王、安王、烈王、顾王);诸侯王类(三晋、魏文侯、韩昭侯、齐威王、魏惠王、赵武灵王、齐宣王、燕照王);诸儒类(卜子夏、田子方、段干木、孟轲);诸子类(荀子、屈原);刑名类(卫鞅、申不害、韩非);纵横类(鬼谷子、苏秦、张仪);兵家类(吴起、孙膑、廉颇、李牧、乐毅、田单、赵奢、赵括);人物类(蔺相如、郭槐、孟尝君、平原君、春申君、毛遂、信陵君);节义类(豫让、鲁仲连);刺客类(聂政、燕丹、荆轲)
> 西汉:人君类(汉高祖、武帝);后妃类(吕后、孝武陈皇后、钩弋夫人、王昭君);人臣类(张良、萧何、项伯、陈平、郦食其、纪信、樊哙、周勃、滕公、王陵、周昌、叔孙通、陆贾、四皓、季布、贾谊、周亚夫、董仲舒、李陵、苏武、司马相如、文君、朱买臣、倪宽、夏侯胜、龚遂、刘向、韦贤子元成、郑子真、扬雄)

《史咏集》所咏历史人物,前后跨两千余年,涉及君主、诸王、臣子、后妃、列女五类。依次为周44人、秦10人、西汉35人、后汉59人、续后汉2人、曹

---

① 杨镰:《全元诗》,第56册,中华书局2013年版,第470页。
② (清)张廷玉等:《明史》卷一三六《陶安传》,中华书局1974年版,第3925页。
③ (宋)徐钧:《史咏集·序》,《宛委别藏》本,江苏古籍出版社1988年版。

魏孙吴 4 人、晋 29 人、宋 6 人、齐 5 人、梁 7 人、陈 6 人、魏 1 人、西魏 1 人、东魏 4 人、北齐 1 人、北周 3 人、隋 10 人、唐 67 人。每一朝代按人君、人臣、后妃或其他类顺序排列,将几千年的历史风云尽展眼前,排列井然有序。作为一组大型的史论组诗,徐钧希望通过对历史的诠释、总结,发挥其对现实政治的垂戒、资治作用。阮元评《史咏集》云:"钧取通鉴所载君相事实,人为一诗,总一千五百三十首。……意存劝戒,隐发奸谀之旨,溢于言表,中残阙之余,犹为士林所重也。"①这种史学意识在宋前即已表现出来,而《资治通鉴》的出现则将此推向顶峰。

此外,元代组诗还有以"组曲套式"来结构的,呈现出音乐章法独特艺术魅力。开文人创作《九曲棹歌》先河的是南宋大理学家朱熹。其歌共十首,第一首为小引,交代写作的原因。其后从"一曲"到"九曲",每曲一景,将武夷山的奇秀山水如画卷般展示在读者眼前。因朱熹巨大的影响力,此歌在南宋仿作者甚多,元代也留下不少。如,王克恭《武夷九曲棹歌次朱文公韵十首》、蔡哲《武夷九曲棹歌十首》、余嘉宾《武夷九曲棹歌十首》、林锡翁《武夷九曲棹歌次朱文公韵十首》、曹文晦《九曲樵歌十首》、郑潜《建南九曲棹歌十首》等,均依此来组织。"昔考亭朱夫子作《武夷九曲棹歌》,予少小爱之,诵甚习。近登桐柏,岭路盘回,亦有九折,因仿之赋《桐柏九曲樵歌》。固不敢较先贤之万一,是亦效颦而忘其丑也。"②组诗以一曲、二曲、三曲、四曲、五曲、六曲、七曲、八曲、九曲来编排,展示桐柏一带山势的萦回磅礴。由"棹歌"而"樵歌",曹文晦的序文揭示了时人仿作朱熹《九曲棹歌》的原因。郑潜《建南九曲棹歌十首》是一组船歌,同样如此。"余卜居建南梨山之阳,川原夷旷,如在故乡,心实悦而安之。始至龙池山下,僦田庐以居。亡何,复迁游川詹氏别墅。秋日,与客临眺,穷山水之胜,虽兵燹之余而人烟夹岸,参差相望。清流九曲萦带,前后村墟隐显如郊郭。白鹭集于犹慕,紫芝产于庆源。气和土腴,嘉祥斯应,相与濯清泉,憩芳树,分鸥鸟之晴沙,让渔樵之行路。因放武夷,沿流而咏,步月而归。富贵浮云,何有于我。思昔忠穆郑公,节义表表,至今里名将相,人怀犹慕,岂偶然哉? 予也淹于此,何敢追踪先达,姑以识其景仰之意云尔。"③同样以一曲至九曲的顺序排列,以反映建南一带山水风光、民俗风情和诗人的闲逸之趣。

---

① (清)阮元:《四库未收书目提要》,商务印书馆 1955 年版,第 79 页。
② 杨镰:《全元诗》,第 37 册,中华书局 2013 年版,第 420 页。
③ 杨镰:《全元诗》,第 48 册,中华书局 2013 年版,第 479 页。

第八章　元代组诗的传播与接受

诗歌从创作到消费,需要经过传播环节,借助各种传播媒介来实现。尚永亮先生说:"文学作品从产生到其价值的最终实现,必须经过创作—传播—接受三个阶段。"①传播与接受,既是元代组诗由"小众"走向"大众"的必由之路,也是不断挖掘前代经典、传达当代声音的重要手段。元代的诗社、书会及"多族士人圈"是元代组诗创作与传播的集散中心,雕版印刷术的普及,导致诗集选编的便利,极大地提高了传播效率。传播效果看,元人对前代组诗的接受与阐释,同样折射出现实政治、社会思潮及文人生活方式的巨大影响力。

第一节　元代组诗的传播

现代传播学认为,人们传播意识的自觉、传播手段的多元化、社会舆论对传播活动的评价,都直接或间接地制约着传播活动的范围和质量。元人一生中离散聚合所留下的寄赠唱和,随着诗人向上都、大都的聚积而涌入京都,又随着受任外放而流向四方。《全元诗》标题中有"寄""赠""呈""示""答""送""忆""和""次韵"等字样的组诗众多,这是诗人通过亲朋好友向外传播留下的印记。

一、诗社、书会、朋友圈与人际传播

元代初期诗社大量出现,文人雅集活动呈集团化、定期化、规范化趋势,致使诗歌传播呈现出集群化特征。据欧阳光考证,在元代初期的一二十年内,杭州的杭清吟社、白云社、孤山社、武林社、武林九友会,浙东的越中诗

---

① 尚永亮:《传播与接受:文学史研究的另两个维度》,《江海学刊》1998 年第 3 期,第 142 页。

社、山阴诗社、汐社,浙西的月泉吟社,江西的明远诗社、香林诗社及熊刚申、陈尧峰等在龙泽创作的诗社,纷纷出现,蔚为壮观。① 诗社以同门唱和、师友唱和为主,并向其他诗社辐射,如月泉吟社的连文凤、越中诗社的黄庚,分别同时参加越中诗社、杭清吟社和武林社、山阴诗社的吟咏活动。诗社成员常常以诗酬唱,并定期举行征诗活动。分散在各地的诗社成为地方诗歌集散中心,促进了诗歌创作与传播。

　　元代书会是一个足以与诗社匹敌的文人集团,在创作、传播诗歌与戏曲方面发挥着独特的功用。孙楷第先生说:"宋元间文人结社,有所谓书会者,乃当时民间社会之一。其社虽亦以较论文艺为宗旨,而其讲求范围不外谈谐歌唱之词,所尚者风流而非风雅,故与诗社文社异。"②这段话指出了书会与诗文社在活动内容上的不同。由于资料的匮乏,元代书会可考者不多,较著名的有玉京书会、元贞书会、武林书会、古杭书会、九山书会等。元人钟嗣成所编的《录鬼簿》《录鬼簿续编》共收录杂剧、散曲作家 223 人,其中有 182人为书会中人,占其绝大多数。这些书会中人"大抵风尘倦游,或以一艺自隐,既非达宦,又异师儒,在学与不学有名与无名之间……有位者为名公,无位为才人"③。由于科举的长期停止,文人们才智无由施展,一些文人出于谋生需要进入书会,参与杂剧等通俗文学创作。随着书会文人占比的大大提高,书会也逐渐由民间艺人团体转变为一个文人集团了。书会因此成为诗歌走向社会大众的桥梁,并影响着元杂剧的形态。

　　在元代"海宇混合,声教大同"的背景下,出现各种类型的朋友圈,提升了元诗的人际传播效率。"多族士人圈"的出现是元代诗坛一个引人注目的现象。萧启庆先生指出:"士人群体意识的凝聚,即是各族具有共同的意识、信仰、价值观与行为准则。蒙古、色目士人往往以仲尼之徒自居,而以儒生伦理为行为规范……显然各族士人之群体意识已凌驾于族群意识之上。"④师生、同门、姻亲、同僚等社会关系,构成了庞大的、覆盖全国的人际关系网络,扩大了元诗的传播范围。特别是同僚关系,因其政治属性而对当时的文坛影响甚大。如文宗时奎章阁学士院,汇集了欧阳玄、虞集、黄溍、揭傒斯、马祖常、元明善、孛术鲁翀、贯云石、赡思、雅琥、赵世延、盛熙明、斡玉伦徒、康里巎巎、甘立、沙剌班等,形成了一个多族文人集团。文宗受汉文化熏陶甚深,能诗会文,雅好翰墨,"非有朝会、祠享、时巡之事,几无一日而不御于

　　① 参见欧阳光《宋元诗社研究丛稿》,广东高等教育出版社 2011 年版,第 60 页。
　　② 孙楷第:《也是园古今杂剧考》附录《元曲新考·书会》,山西人民出版社 2018 年版,第 388 页。
　　③ 同上,第 394 页。
　　④ 萧启庆:《内北国而外中国:蒙元史研究》,下册,中华书局 2007 年版,第 507 页。

斯。于是宰辅有所奏请,宥密有所图回,争臣有所绳纠,侍从有所献替,以次入对,从容密勿,盖终日焉"①。文宗流连奎章阁的艺文活动,"很重要的一个目的是借此彰显自己的汉学修养及儒化倾向,以提高在汉人臣民中的政治威信和合法性"②,以笼络人心。客观地说,大量文人聚集奎章阁也推动了诗歌唱和活动和文化品鉴活动的兴盛。

除大都文人圈子外,杭州也是遗民文人聚集的中心。周边的吴中,文人雅集活动更是声势浩大。"元季吴中好客者,称昆山顾仲瑛、无锡倪元镇、吴县徐良夫,鼎峙二百里间。海内贤士大夫闻风景附,一时高人胜流,佚民遗老,迁客寓公,缁衣黄冠与于斯文者,靡不望三家以为归。"③特别是玉山雅集,几乎汇聚了当时全国的各界名流,形成了庞大的交友平台。

文人雅集活动留下了大量的唱和诗集,如《乐府补题》《淇奥唱和诗》《杨氏池堂燕集诗》《月泉吟社诗》《经筵唱和诗》《雪堂雅集诗》《长春宫雅集诗》《圭塘唱和》《玉山雅集》《西湖竹枝词》《至正庚辛唱和诗》《续兰亭诗会诗集》《唱和诗集》《荆南唱和诗》《金兰集》《静安八咏诗》等,被雅集召集人结集刊印,并随着参与者流向他方,扩大了组诗传播的范围。较之诗人个体之间的唱和赠答,集会现场的这种"群唱群和"极大地提高了传播的效率。

文人间频繁的酬赠唱和,切磋诗艺,有利于形成一代文风。《元诗纪事》卷一一引《蜀中诗话》云:"虞伯生先生、杨仲弘先生同在京日,杨每言伯生不能作诗。虞载酒请问作诗之法,杨酒既酣,尽为倾倒,虞遂超悟其理。继有诗《送袁伯长先生扈驾上都》,以所作诗介他人质诸杨先生,先生曰:'此诗非虞伯生不能也。'或曰:'先生尝谓伯生不能作诗,何以有此?'曰:'伯生学问高,余曾授以作诗法,余莫能及。'又以诣赵魏公,诗中有'山连阁道晨留辇,野散周庐夜属橐'之句,公曰:'美则美矣,若改山为天,野为星,则尤美。'虞深服之。尝有问于虞先生曰:'仲弘诗如何?'先生曰:'仲弘诗如百战健儿。''德机诗如何?'曰:'德机诗如唐临晋帖。''曼硕诗如何?'曰:'曼硕诗如美女簪花。''先生诗如何?'笑曰:'集乃汉廷老吏。'盖先生未免自负,公论以为然。"④此段话记录了赵孟頫、虞集、杨载、范梈、揭傒斯等切磋诗艺的故事。其中虞集、杨载、范梈、揭傒斯为"元诗四大家",是延祐"盛世

---

① (元)陶宗仪:《南村辍耕录》卷二《宣文阁》,中华书局 1959 年版,第 28 页。
② 杨德忠:《奎章阁学士院与元文宗的政治意图》,《艺术探索》2018 年第 3 期,第 11 页。
③ (清)陈田编:《明诗纪事》甲签卷二五《徐达佐》,上册,上海古籍出版社 1993 年版,第 504 页。
④ (清)陈衍辑撰,李梦生点校:《元诗纪事》卷一一《虞集》,上册,上海古籍出版社 1987 年版,第 229 页。

之音"最主要的体现者,这与他们相互学习、取长补短不无关系。美国社会学家黛安娜·克兰说:"一个社会系统的成员彼此在进行传播的时候,在接受了创新的个人要去影响那些还没有接受创新的个人的社会系统中,就发生了个人之间的'传染'作用。"①群体唱和无疑是其中最具影响力的形式,极大地推动了组诗的创作与传播。

人际传播是诗歌走向社会重要的、最为便捷的形式。诗社、书会、朋友圈中的文人来自全国各地,期间所作诗歌也随着其行踪或书信而传向四面八方。在元代诗歌史上,同题共咏是元诗的显著特色,持续时间之长、规模之大,堪称诗歌史上的奇观。杨镰先生在《元诗史》在"同题集咏"下曾列咏梅、咏百花、题跋书法绘画、送别友人、官员离任、赠答友人、集会、咏史、咏物、宫词、上京纪行、西湖竹枝词、佛郎贡马、月氏王头饮器、题咏岳飞墓与岳庙、咏郑氏义门、咏余姚海堤、静安八咏、咏白燕、咏芦花被、咏地方风物等题材。② 每一次的"同题共咏"都是一次诗歌创作与传播的盛会,加速了诗歌的社会化进程。

二、刊刻印刷是元诗传播效果最为长久、受众面最大的传播方式

发达的印刷业是组诗传播由"小众"(文人社团)进入"大众"(社会)的重要媒介。元代书坊刻书较之宋代更为发达,官刻、家刻繁盛,印刷传播成为主流,极大地提高了传播效率。郭英德先生认为,元代文学的传播方式主要有三种渠道:书籍的借阅和传抄、书籍的抄刻、买卖及戏剧演出和说书活动。相对于后两者,"书籍的商业传播,指使用印刷手段广泛、迅速而大量地传播书籍的方式。它与书籍的人际传播相比较,是一种公开的、正式的传播渠道,具有较强的影响力和较大的覆盖面。"③元代书坊刻书较之宋代更为发展,这为元诗集束化传播提供了便利。

文学传播与接受的社会效应与朝廷的文教政策和统治者态度相关。仁宗是元代皇帝中下令刊印颁行图书最多的皇帝。早在武宗朝,"时有进《大学衍义》者,命詹事王约等节而译之。帝曰:'治天下,此一书足矣。'因命与《图象孝经》《列女传》并刊行,赐臣下。"④至大四年(1311),仁宗"览《贞观政要》,谕翰林侍讲阿林铁木儿曰:'此书有益于国家,其译以国语刊行,俾蒙

---

① (美)黛安娜·克兰著,刘珺珺等译:《无形学院——知识在科学共同体的扩散》,华夏出版社1988年版,第23页。
② 参见杨镰《元诗史》,人民文学出版社2003年版,第624—657页。
③ 郭英德:《元明的文学传播与文学接受》,《求是学刊》1999年第2期,第78页。
④ (明)宋濂等:《元史》卷二四《仁宗纪一》,中华书局1976年版,第536页。

古、色目人诵习之。'"①至顺三年(1332),"命奎章阁学士院以国字译《贞观政要》,镌板模印,以赐百官。"②虽然元统治者下令刊刻的主要是治国备览书籍,纯粹的文学作品并不在其中,然通过刊印书籍可以扩大传播范围与效率已成时人的共识。大量书籍的刊刻,促进了雕刻、造纸、制墨、印刷等手工技艺的发展。元大都"湛露坊自南而转北,多是雕刻、押字与造象牙匙箸者"③,可见雕刻业之发达。杭州城内"邑人率造纸为业,老小勤作,昼夜不休"④,已然成为造纸中心。这些都为诗歌别集、总集的刊印奠定了坚实的基础。

朝廷对刊刻书籍极为重视,专门设立兴文署、广成局隶属于秘书监与艺文监,掌管刻书,余风所及,一大批民间书坊应运而生。清人叶德辉在《书林清话》卷四载:"元时书坊所刻之书,较之宋刻尤夥。盖世愈近则传本多,利愈厚则业者众,理固然也。"⑤元代刻书业,北方以大都为中心,承袭金代刻书传统。南方以杭州最为兴盛,福州地区则承袭两宋之遗,一些著名书坊仍在继续。元代"见有传本者"的刻书坊,有刘锦文日新堂、高氏日新堂、平阳张存惠堂、燕山窦氏活济堂、建安陈氏余庆堂、建安朱氏与耕堂、建安同文堂、建安万卷堂、麻沙万卷堂、董氏万卷堂、云衢会文堂、积庆堂、德星堂、万玉堂、胡氏古林书堂、日新书堂、梅隐书堂、妃仙陈氏书堂、叶曾南阜书堂、敬德书堂、李氏建安书堂、富沙碧湾吴氏德新书堂、桃溪居敬书堂、庐陵泰宇书堂、积德书堂、双桂书堂、一山书堂、妃仙兴庆书堂、秀岩书堂、云庄书堂、麻沙刘氏南涧书堂、三衢石林叶敦、书市刘衡甫、闻德坊周家书肆、建阳刘氏书肆、建阳书林刘克常、建安虞氏务本书堂、建安郑天泽宗文书堂、杨氏清江书堂等40余处。⑥民间坊刻几乎遍及全国各地,这与元廷的扶植与促进相关。数量众多的刊刻社,其刊印数量一定不是小数。这些分布在全国的刊刻社,就是一个个星罗棋布的诗歌集散地,促进了包括诗歌在内的书籍的广泛传播。

元代私人藏书之风盛行,据莎日娜《元代图书出版事业述略》一文考证,元代应伯震的"花臣书院"、胡三省的"南湖藏书窨"、杨维桢的"藏书铁崖岭"、阔里吉思的"万卷堂"、吾衍的"生花坊"、张雨的"藏书石室"、张雯的"西湖蓄书"等私人藏书楼,均有大量藏书。庄肃、季模、裴居敬、申屠致远、何中、同恕、

①　(明)宋濂等:《元史》卷二四《仁宗纪一》,中华书局1976年版,第544页。
②　(明)宋濂等:《元史》卷三六《文宗纪五》,中华书局1976年版,第803页。
③　(元)熊孟祥:《析津志辑佚·风俗》,北京古籍出版社1983年版,第208页。
④　(清)龚嘉儁等修,陆懋勋等纂:光绪《杭州府志》卷七四《风俗》,民国八至十一年铅印本。
⑤　(清)叶德辉著,李庆西标校:《书林清话》卷四《元时书坊刻书之盛》,复旦大学出版社2008年版,第92页。
⑥　同上,第92—99页。

段直、段思温等人藏书都在万卷以上。袁桷藏书更是"甲于浙东"。① 大量的民间藏书为元代私家印书与坊刻提供了更多的资源。藏书风气的兴盛和书肆等图书交易市场的发达对雕版印刷传播起到了极大的促进作用。

元代活字印刷的使用,助推了官方与民间刊刻事业的兴盛。早在北宋庆历年间就由毕昇发明了胶泥活字印刷技术,但未得到推广。直到元代农学家王祯在印刷其《农书》时,使用了"木活字"印制,大大地提高了印刷效率。《农书》之末附上了《造活字印书法》,从刻字、造轮、取字等方面系统介绍了活字印书法。另据洪荣华《活字印刷源流》一书考证,元统元年(1333),选印了蒙古、色目人13个进士的殿试策,制成《御试策》(又名《御制策》),这是世界上现存最早的铜活字板所印成的书籍②。元代将宋代的活字印刷技术进行了改进,将套色印刷技术成功地运用于书籍印刷,为明代多色套印技术的发明奠定了基础。印刷技术扩散到少数民族地区,进一步促进了印刷业的繁荣。

元刻元人著述理所当然地以该书最早刻本的身份,与宋刻宋人集媲美。如日新堂刻《伯生诗续编》便是虞集诗集最早版本,元至元五年(1339)花溪沈伯玉家塾刻《松雪斋文集》十卷《外集》一卷,也是现存赵孟頫诗文集的最早刻本。汪桂海《元版元人别集》(上、下)一文中对元版别集作了梳理、辑录③,对我们了解元代刊刻元人别集状况很有帮助。兹汇录如下:

表4　元版元人别集统计表

别　集　名	朝代	编撰者	编撰时间	刻　本	序　跋
知常先生云山集五卷	元	姬志真	泰定二年(1325)	李怀素	章钰跋
赵子昂诗集七卷	元	赵孟頫	至正元年(1341)	虞氏务本堂刻	傅增湘跋
筠溪牧潜集七卷	元	释圆至	大德三年(1299)	大德刻本	杨绍和跋
静修先生文集二十二卷	元	刘因	至顺元年(1330)	宗文堂刻本	

---

① 莎日娜:《元代图书出版事业述略》,《内蒙古大学学报(哲学社会科学版)》1995年第2期。
② 洪荣华等编:《雕版印刷源流》,印刷工业出版社1990年版,第94页。
③ 参见汪桂海《元版元人别集》上、下,《文献》季刊2007年第2期、第3期;沈津《元代别集》,《文献》1991年第2期。

别　集　名	朝代	编撰者	编撰时间	刻　本	序　跋
存悔斋诗一卷	元	龚璛	至正五年（1345）	俞桢抄本	俞桢跋
汉泉曹文贞公诗集十卷	元	曹伯启	至元五年（1339）	曹复亨刻本	
清容居士集五十卷	元	袁桷		元刻本	
蒲室集十五卷	元	释大欣		至元刻本	
梅花字字香二卷	元	郭豫亨		至大刻本	杨绍和跋
雍虞先生道园类稿五十卷	元	虞集		元刻本	耿文光跋
伯生诗续编三卷 题叶氏四爱堂诗一卷	元 元	虞集、 吴全节	至元六年（1340）	刘氏日新堂刻本	黄丕烈跋
揭曼硕诗集三卷	元	揭傒斯	至元六年（1340）	刘氏日新堂刻本	傅增湘跋
渊颖吴先生集十二卷	元	吴莱		元末刻本	
顺斋先生闲居丛稿二十六卷 附录一卷	元	蒲道元	至正十年（1350）	元刻本	
陈众仲文集十三卷	元	陈旅		至正刻明修本	黄丕烈跋
师山先生文集十一卷	元	郑玉		至正刻明修本	
梧溪集七卷	元	王逢	景泰七年	至正刻明修本	陆贻典跋
梅花百咏一卷	元	韦珪		元至正刻本	黄丕烈跋
新刊丽则遗音古赋程式四卷	元	杨维桢		元刻本	黄丕烈跋
金华黄先生文集四十三卷	元	黄溍		元刻本	缪荃孙跋

资料来源：汪桂海《元版元人别集》上、下，《文献》季刊 2007 年第 2 期、第 3 期。

　　从表 4 统计看，元人编辑出版元人诗集自觉性很高，所编印诗集数量不小，这一切都反映了时人自觉传播的意识。这些珍贵的元刻本别集，沾溉当代，恩泽后人，在元诗的保存与传播中起到了不可估量的作用。

三、"采诗编诗"之风炽盛，促进了组诗的结集

据元代官修政书《经世大典》所载，元朝政府在全国设置驿站达1 500多处（不包括西北诸汗国在内的驿站）。《元文类》卷四一《驿传》载："国家驿传之制，有府寺，有符节，有次舍，有供顿。驿传之在汉地者，兵部领之。在北地者，莅以通政院。郡邑之都会、道路之冲要，则设托克托和斯之官，以检使客，防奸非。驿各有主者，以典其事。"①这些驿站为往来使者提供交通工具及食宿，畅通公文传递，或检查使者身份，维护着国家安全。驿站功能主要用于军事和行政目的，后期也有宗教祭祀、捕猎、采办珠宝、采诗等活动的记录，呈现多元化趋势。某种意义上说，遍布全国各地的驿站所构成的便捷交通网络，方便了文人游走和文化传播。

元代统一的国度、便利的交通使得"采诗编诗"之风盛行，推动了诗歌由属地向全国的扩散传播。刘将孙说："近年不独诗盛，采诗者亦项背相望，宁非世道之复古，而斯文之兴运哉！"②虞集《葛生新采蜀诗序》载葛生语称"天下车书之同，往昔莫及。吾将亲历都邑山川之胜，人物文章之美，使东西南北之人，得以悉周而互见焉。……缘古者采诗之说而索求焉。"③全国各地兴起了"采诗编诗"的热潮，傅若金在《邓林樵唱序》中记录了元代江西庐陵地区采诗、结集活动：

> 自《骚》《雅》降，而古诗之音远矣。汉、魏、晋、唐之盛，其庶几乎？时之异也，风声气习，日变乎流俗，陵夷以至于今，求其音之近古，不已难哉！庐陵邓或之，尝采诗至岳阳，得临湘邓舜裳所著集曰《邓林樵唱》者，来长沙以示余。古体幽澹闲远，有自得之趣；近诗亦皆清畅可诵，特异乎流俗，斯殆古音之近者欤？吾闻湘江之滨，楚放臣屈子之所游，其文词之被兹土者，山巅水涯之居人，必有得其遗音者矣。然屈辞多悲愤邑郁之音，而舜裳所谓樵唱者不类乎是。呜呼！余得之矣，"盛世之音安以乐，亡国之音哀以思"，《邓林樵唱》其盛世之音乎？吾于是庆舜裳之遭治世，而悲屈子之不幸也。④

---

① （元）苏天爵等：《元文类》卷四一《经世大典·礼典总序·驿传》，上海古籍出版社1993年版，第545—546页。

② （元）刘将孙：《送彭元鼎采诗序》，李修生主编：《全元文》卷六二〇，第20册，江苏古籍出版社1999年版，第153页。

③ （元）虞集：《葛生新采蜀诗序》，李修生主编：《全元文》卷八二〇，第26册，江苏古籍出版社1999年版，第108页。

④ （元）傅若金：《邓林樵唱序》，李修生主编：《全元文》卷一五三〇，第49册，江苏古籍出版社1999年版，第270页。

序中交代了他如何采集《邓林樵唱》的，这种自觉传播同好作品的行为俨然成为士林风尚。戴良《皇元风雅序》中称丁鹤年晚年穷处海隅"乃取向所积篇章之富，句抉字摘，编集类次之，而题以今名，良窃溯其有合于圣人删诗之大端者为之序"①。郭友仁编《诗珠照乘》时"以采诗自名而行四方。诗有可取，必采以去锾之木而传之人"②。何尧《鳌溪群贤诗选序》记录的是何尧采编本乡前贤诗作的情况，吴澄《诗府骊珠序》亦是此类采诗编诗活动的反映。凡此不一而足，这些事例足以说明元代采诗之风盛行，这对传播元诗是十分有益的。

编选诗文集，是提高传播效率的又一渠道。元人编选诗文别集或总集大致有两种情形：一是官编（又叫诏编），一是私编。"官编"是指由帝王、官府下令编集当代著名诗人集子或藏秘府或备御览。"私编"指诗人自己或亲友编定，私人出资刊印。从现存元人别集看，绝大多数由私人编定，只有极少数是由官方编定。据统计，在《四库全书》著录的 169 部元人别集中，官方参编或刊行的仅有等 3 部。郝经因"其生平大节，炳耀古今"③，其《陵川集》由官方编纂并刊板。刘因《静修集》由门人编定，"至正中，官为刊行，即今所传之本"④。程钜夫《雪楼集》由"门人揭傒斯校正之。此本并作三十卷，乃至正癸卯其曾孙潗所重编。明太祖洪武甲戌诏取其本入秘阁。盖十数年后，已隔异代，犹重为著作典型云"⑤。

元人别集成书，绝大多数是由家人、亲属、门人、故旧等编成，少数由自己编定。如杨公远《野趣有声画》由汪元锡在"明嘉靖丙申"中"始得本于其族子瀚，乃复传抄"⑥。吴澄《吴文正集》因其孙吴当编辑，绝大部分多数诗文著述得以保留。戴表元《剡源集》到明初才被人呈于史馆，宋濂主持刊刻并作序。四库馆臣称"表元所著《剡源集》，明初上于史馆，宋濂曾序而刻之，凡二十八卷，其版久佚。此本乃嘉靖间四明周仪得其旧目，广为搜辑，厘为三十卷，表元后裔洵复梓行之"⑦。张伯淳《养蒙集》乃"其子河东宣慰副使采、长孙武康县尹炯，访求遗逸，厘为十卷"⑧而成。

---

① （元）戴良：《皇元风雅序》，李修生主编：《全元文》卷一五三〇，第 53 册，江苏古籍出版社 1999 年版，第 194 页。

② （元）吴澄：《临川吴文正公集》卷一三，乾隆二十一年万璜刊本，第 6 页。

③ （清）永瑢等撰：《四库全书总目》卷一六六，下册，中华书局 1965 年版，第 1422 页。

④ 同上，第 1430 页。

⑤ 同上，第 1434 页。

⑥ 同上，第 1424 页。

⑦ 同上。

⑧ 同上，第 1425 页。

　　由集主自行编定别集者,如胡助《纯白斋类稿》"是集乃助所自编,本三十卷。历年既久,残阙失次。明正德中,其六世孙淮掇拾散佚,重编此本"①。柳贯《待制集》是其四十岁后始集其《容台稿》《蜀山稿》《西雍稿》《静俭斋稿》《钟陵稿》《西游稿》等稿而成。张养浩《归田类稿》、甘复《山窗余稿》、王义山《稼村类稿》等,均以此方式辑成。

　　除了自选集外,"入选"他人别集,可实现"借道"传播。顾瑛将参与玉山雅集唱和者的诗歌择其要者汇编《草堂雅集》,共收录 80 位诗人的 3 369 首诗,是存诗数量最多的元人编选的元诗总集。四库馆臣评云:"瑛早擅文章,又爱通宾客,四方名士,无不延致于玉山草堂者。因仿段成式《汉上题襟集》例,编唱和之作为此集。自陈基至释自恢,凡七十人。又仿元好问《中州集》例,各为小传,亦有仅载字号里居,不及文章行谊者。盖各据其实,不虚标榜,犹前辈笃实之遗也。其与瑛赠答者,即附录已作于后。其与他人赠答而其人非与瑛游者,所作可取,亦附录焉。皆低书四格以别之。盖虽以草堂雅集为名,实简录其人平生之作。元季诗家,此数十人括其大凡。数十人之诗,此十余卷具其梗概。一代精华,略备于是。"②从"其与瑛赠答者,即附录已作于后"可见,以此种形式进入《草堂雅集》者,其诗获得了除自己编集外的另一种传播渠道。如王士熙《竹枝词十首》其一:"居庸山前涧水多,白榆林下石坡陀。后来才度枪竿岭,前车昨日到滦河。"《元诗选》诗后注曰:"此首与第四首刻入杨铁崖《西湖竹枝词》,序云:'竹枝本滦阳所作者,其山川风景,虽与南国异焉,而竹枝之声则无不同矣。'"③胡助《滦京十咏》入选《草堂雅集》也是如此。胡助将诗歌誊写寄送给顾瑛,最终顾瑛为了扩大该诗传播范围而收入《草堂雅集》。顾瑛云:"右《滦京十咏》,古愚亲写以寄,虽已刊于《上京纪行》集中,人不多见。今再附于此,庶以见皇元典章文物之盛事云。"④有关借助他人别集传播作品相关资料,目前尚无精确统计,但"借船出海",也表明了元人强烈的传播意识。

　　元人别集编纂少数在作家生前,特别是一些著名作家,生前就已结集,如方回《桐江续集》即罢官后所编,大多数在去世后。四库馆臣评道:"此《桐江续集》皆其元时罢官后作。……二十五卷末题'古杭徐芝石宅沧浪山房刊行'。二十七卷末题'学生徐编次',而佚其名。则后人所增益,非其旧

---

① (清)永瑢等撰:《四库全书总目》卷一六七,下册,中华书局 1965 年版,第 1448 页。
② (清)永瑢等撰:《四库全书总目》卷一八八,下册,中华书局 1965 年版,第 1710—1711 页。
③ (清)顾嗣立:《元诗选》,二集上,中华书局 1987 年版,第 554 页。
④ (元)顾瑛著,杨镰、祁学明、张颐青整理:《草堂雅集》,下册,中华书局 2008 年版,第 1023 页。

也。此本犹元时旧刻,有玉兰堂印,又有季沧苇藏书印。"①如周伯琦将《上京纪行诗》结为《扈从集》,其门生乡贡进士海昌蒋祥麒题词道:"预以是集锓梓传播,以备史氏纂一代之雅颂,职方为全书者有所稽焉。"②胡祗遹《紫山大全集》二十六卷本,编于元代,"是集为其子太常博士持所编。前有其门人翰林学士承旨刘赓序,称原本六十七卷,岁久散佚"③。大多数的元人别集,在身后数十年,甚至上百年后才编定刊印。如杨奂《还山遗稿》,"此本乃明嘉靖初南阳宋廷佐所辑,以掇拾残剩,故名之曰《遗稿》"④。许衡《鲁斋遗书》同样费尽周折,自至嘉靖年间,"山阴萧鸣凤校刊于汴,自为之序",别集才得以刊行。其稿原名《鲁斋全书》,"窃谓先生之书,尚多散佚,未敢谓之全也。故更名《遗书》"⑤。由于易代战乱或人事变迁,即使许多为后人编集而成。张昱《可闲老人集》因元末战乱而散佚,后杨士奇偶得残帙,授于梁县丞时昌刊刻之。"旧版久佚,流传渐寡。国初金侃得毛晋家所藏别本,改题曰《庐陵集》。"⑥值得注意的是,元代书坊职责也因社会需要而发生功能性改变,已不再是单纯的刻书坊,而是集编、刻、售为一体,极大地促进了刻书业的发展和书籍传播的效率。

元人生前自编别集,旨在求精。如元人柳贯四十余岁后始集其稿,"至正十年,余阙得稿于贯子卣,以濂及戴良皆贯门人,属其编次。凡得诗五百六十七首、文二百九十四首,勒为二十卷。阙及危素、苏天爵各为之序,濂为之后记。"集中诗文,"以数计之,诗仅存十之四,文仅存十之六,宜其简择之精矣"⑦。何中的《知非堂稿》,按其《自序》称有十七卷,如今仅存六卷,"是编佳制具存,而芜词较少,可谓刊糟粕而存菁华"⑧。甘复《山窗余稿》,篇幅不大,"疑复当日自择其最得意者,手录此帙,故篇篇率有可观"⑨。李存"少博涉典籍,喜为文章,后从上饶陈立太传陆九渊之学,遂尽焚所著书"⑩,其别集《俟安集》为其子集其诗文而成。丁复"平生所作不下数千篇,脱稿即

① (清)永瑢等撰:《四库全书总目》卷一六六,下册,中华书局1965年版,第1423页。
② (明)陆心源编,许静波点校:《皕宋楼藏书志》卷一〇四《周翰林近光集三卷扈从诗一卷》,浙江文丛,第6册,浙江古籍出版社2016年版,第1836页。
③ (清)永瑢等撰:《四库全书总目》卷一六六,下册,中华书局1965年版,第1427页。
④ 同上,第1430页。
⑤ 同上。
⑥ (清)永瑢等撰:《四库全书总目》卷一六七,下册,中华书局1965年版,第1463页。
⑦ 同上,第1443页。
⑧ 同上,第1438页。
⑨ 同上,第1457页。
⑩ 同上,第1447页。

弃去,故多所散佚。其婿饶介之及其门人李谨之各据所得,搜辑成帙"①。凡此种种,足见元人自编别集,并非有作必录,这恐怕也是惜誉若金之故。

与自编不同的是,大多数他编的元人别集则是有存必录,求全责备。如揭傒斯《文安集》为其门人锡喇布哈编纂,"所编虽不足尽傒斯之著作,然师弟相传,得诸亲授,终较他本为善"②。虞集门人李本编集其遗稿《学古录》时,"已有泰山一豪芒之叹,则云烟变灭者不知凡几",辑成《道园学古录》五十卷;后由虞集从孙虞堪"续加蒐访,辑缀成编,纵未能片楮不遗,要其名篇隽制,挂漏者亦已少矣"③,遂成《道园遗稿》十六卷。如贡奎所著有《云林小稿》《听雪斋记》《青山漫吟》《倦游集》《豫章稿》《上元新录》《南州纪行》,凡一百二十卷。四库馆臣评《云林集六卷》时说:"明永乐间征入秘府,家无副本,遂绝不传。惟《云林小稿》宋濂所序者,尚存其曾孙兰家。洪熙中福州陈崶复序而传之。宏治间其裔孙元礼复采诸书所载奎诗及遗文二篇,附益成编,是为今本。"④

表5　元人辑刻总集汇总表

总 集 名 称	朝代	编撰者	编撰时间	刻 本	序 跋
中州集十卷 中州乐府一卷	金	元好问	至大三年	平水曹氏进德斋刻递修本	傅增湘跋
古乐府十卷	元	左克明		至正刻明修本	黄丕烈跋
皇元风雅六卷	元	傅习、孙存吾		元刻本	
皇元风雅后集六卷	元	孙存吾		李氏建安书堂刻本	
国朝风雅不分卷杂编三卷	元	蒋易		元刻本	黄丕烈跋
皇元风雅三十卷	元	蒋易		建阳张氏梅溪书院刻本	黄丕烈跋
精选名儒草堂诗余三卷	元	题凤林书院		元刻本	

资料来源:汪桂海《元刻总集提要》,《文献》季刊2007年第4期。

---

① （清）永瑢等撰:《四库全书总目》卷一六七,下册,中华书局1965年版,第1442页。
② 同上,第1441页。
③ 同上,第1440页。
④ 同上,第1438页。

　　上表 5 据《四库全书总目》和汪桂海《元刻总集提要》一文统计而成。从数量上看,元人辑刻总集只有 7 部,似乎不多,其实与"总集"性质有关。因"总集"是多人的合集,取舍标准,选编范围需要精心考虑。王兆鹏先生说:"别集重在求全,旨在全面完整地传播作家的作品,重在客观性;总集特别是选集,旨在选择传播精品名篇,带有编选者、传播者的主观性选择和评价,它能够彰显作品,强化和延续所选作品的生命力。"①当然,上述这 7 部元人辑刻总集并非全部。据唐朝晖《简谈元代诗歌总集与诗歌流变》一文统计,"元人所选元代(包括元前)诗歌总集约 157 部"②。初期有谢翱《天地间集》、房祺《河汾诸老诗集》、陈永《苏台四妙集》、吴渭《月泉吟社诗》、杜本《谷音》等,作者多为遗民群体,多写黍离之悲。中期有释统仁《雪堂雅集》、蒋易《元风雅》、周南瑞《天下同文集》、宋褧《同年小集诗》、虞集《长春宫雅集诗》、汪泽民《宛陵群英集》、赖良《大雅集》、苏天爵《元文类》、冯子振《梅花百咏》、傅习《元风雅》、许有壬《圭塘欸乃集》等,多歌咏盛世文治。晚期有郁遵《至正庚辛唱和诗》、顾瑛《草堂雅集》《玉山名胜集》《玉山纪游》、周砥等《荆南倡和诗》、魏士达《敦交集》、徐达左《金兰集》、杨维桢《西湖竹枝集》、释来复《澹游集》、释寿宁《静安八咏诗》、孙原理汇辑《元音》、赖良《大雅集》等,或宴饮唱和,或纪游,或同题共咏,反映了乱世文人的复杂心态。数量众多的元诗总集的出现,除了与元人自觉的传播意识有关外,更与元代发达的印刷术密不可分。

　　诗文集的大量刊印,推动了诗歌的社会化。总集的刊印,使诗歌以"集束"的方式传播,大大地提高了传播的效率。书籍印刷所带来的商业利润,成为这种传播的内生动力。李氏建安书堂、古杭勤德书堂在刊刻《皇元风雅》说:"本堂今求名公诗篇,随得即刊,难以人品齿爵为序。四方吟坛多友,幸勿责其错综之编。倘有佳章,毋惜附示,庶无沧海遗珠之叹云。"③除雅集组织者的传播意识、刊印者的逐利驱动外,元末"旋得旋录""反复编刊"元诗总集的现象,也与元人"以诗存史"的观念相关。

四、遍布各地的书院成为组诗的传播中心

　　元代书院数量庞大,遍布全国各地,是元代人才流动的集散地和文化交流中心。据邓洪波《中国书院史》一书统计:有元一代,承南宋蓬勃之势,共

①　王兆鹏:《中国古代文学传播方式研究的思考》,《文学遗产》2006 年第 2 期,第 15 页。
②　唐朝晖:《简谈元代诗歌总集与诗歌流变》,《甘肃社会科学》2012 年第 4 期,第 233 页。
③　王重民:《中国善本书提要》,上海古籍出版社 1983 年版,第 470 页。

有 406 所书院。其中 282 所是新建书院，124 所是兴复旧有书院。分布 16
个省区，其中直隶 22 所、河南 18 所、山西 15 所、陕西 8 所、山东 23 所、江苏
23 所、安徽 32 所、浙江 58 所、江西 91 所、福建 31 所、湖北 23 所、湖南 31
所、广东 18 所、广西 4 所、四川 7 所。① 这些书院星罗棋布，不仅有力地推动
地方教育的发展，也为文学的发展培养了后备力量。

元代书院大量兴起与宋遗民不愿出仕新朝有关，"元朝灭掉南宋后，南
宋的儒家学者大多不愿在元朝政府做官，也不愿到元朝的官学中去任教，他
们便建立书院，自行讲学"②。如金履祥建仁山书院以授弟子，汪维岳在歙县
建友陶书院并讲学，裴元润建临清书院以教乡党子弟，熊朋来倡建宗濂书院授
徒等，都是其中的典型。朝廷为了顺应民意，下令凡"先儒过化之地，名贤经行
之所，与好事之家出钱粟赡学者，并立为书院"③，助推了书院的兴盛。

元代书院教学，是官学教育体系的组成部分之一，除传播程朱理学外，
"还担负着传播文学的功能，其集吟诵、传抄、碑刻等传播手段于一体"④，成
为组诗传播的又一重镇。由于"书院是知识分子聚集的地方，学者讲学、生
徒学习都离不开书籍。为了适应这种需要，许多书院在讲学之余刻过不少
书，书院成为封建社会刻书事业的一支重要力量"⑤。贾秀丽在《宋元书院
刻书与藏书》一文中，将宋代与元代书院刻书情况作了对比，宋代书院共有
8 家，而元代却有 19 家之多。"刊刻图书，是很能反映书院经济实力的一个
重要指标。只有较多的学田、一定的盈余，才能从事这项工作。"⑥一些卷帙
繁富图书，往往需要多方组织，集多所书院之力以成其事。如苏天爵的《国
朝文类》由浙江行省统一调度，由西湖书院领衔，由浙江儒学协助分担相关
经费。《玉海》则由浙东书院与浙东郡县儒学共同出资完成。

书院刻本中，以来院讲学者著述居多，同时也经常刊刻一些诗文集。如
兴贤书院在至元二十年（1283）刊刻的《漳南遗老集》四十五卷；广信书院在
大德三年（1299）刊刻的《稼轩长短句》二十卷；梅溪书院（古邢张氏）在后至
元三年（1337）刊刻的《皇元风雅》三十卷、杂编三卷；梅溪书院（平江刘氏）
刊刻郑思肖《郑所南先生文集》一卷《百二十图诗》一卷、郑起《清隽集》一
卷；东山书院在大德九年（1305）刊刻的《六臣注文选》；西湖书院在至正二

① 参见邓洪波《中国书院史》（增订版），武汉大学出版社 2017 年版，第 201—202 页。
② 李良品：《试论元代书院的特征》，《黑龙江民族丛刊》2005 年第 1 期，第 48 页。
③ （明）宋濂等：《元史》卷八一《选举一》，中华书局 1976 年版，第 2032 页。
④ 李光生：《书院语境下的文学传播——以朱熹〈白鹿洞赋〉为考察对象》，《山西师范大学
（社会科学版）》2011 年第 3 期，第 35 页。
⑤ 贾秀丽：《宋元书院刻书与藏书》，《图书馆论坛》1991 年第 2 期，第 81 页。
⑥ 徐梓：《元代书院研究》，社会科学文献出版社 2000 年版，第 113 页。

年(1342)刊刻的苏天爵《国朝文类》七十卷目录三卷、程文《蛟雷小稿》《师意集》《黔南生集》;宗文书院在至顺元年(1330)刊刻的刘因《静修先生文集》二十二卷、欧阳询《艺文类聚》一百卷;虚谷书院在大德三年(1299)、大德九年(1305)分别刊刻了释园至《筠溪牧潜集》《笺注唐贤三体诗法》二十卷;临汝书院在至正初年(1341)刊刻《临汝书院兴复南湖诗》;建阳书院在至正八年(1348)刊刻《千家诗分注杜工部集》二十五卷;屏山书院在至正二十年(1360)刊刻的刘学淇《方是闲居士小稿》二卷、陈傅良《止斋先生文集》五十二卷、刘子翚《屏山文集》;安正书院在后至元六年(1340)刊刻的萧士赟《分类补注李太白诗》二十五卷、陆九渊《象山先生文集》二十八卷外集四卷;兴贤书院在至元二十年(1283)刊刻的王若虚《滹南遗老集》四十五卷;广信书院在大德三年(1299)刊刻的辛弃疾《稼轩长短句》十二卷;九峰书院在至大年间(1308)刊刻的元好问《中州集》十卷、乐府一卷;圭山书院在至正八年(1348)刊刻的《集千家注分类杜工部诗》二十五卷、文二卷;豫章书院在至正二十五年(1365)罗从彦《豫章罗先生文高》十七卷;化龙书院刊刻的刘燧《云庄刘文简公文集》十二卷;鳌溪书院刊刻的《鳌溪群诗选》;石峡书院刊刻的《石峡书院诗》等①。虽然有些书院刊刻的诗文集未见于其他史籍,有的甚至是借书院之名行私刻之实,"以元时讲学之风大昌,各路各学官私书院林立,故习俗移人,争相模仿。"②所刻诗文集,或用于教学,或用于收藏,或用于传播,成为书坊外的又一集散中心。

元代书院藏书丰富,不乏善本、足本,能为书院刻书提供好的底本,确保了刻书的质量。加之元代书院山长多由名师硕儒担任,他们有极深的造诣,重视藏书、刻书,且精于校勘,有效地保证了所刻书籍的质量。相对于民间刊刻社,书院刊刻精于校勘,且刻印考究,是元刻本中的精品。元代书院当时所采用的活字印刷,在当时也是领先于世界的。"元代的书院在印刷技术方面,已经普遍采用了木制活字'转轮排字盘',人们可以坐着推动轮盘拣字。由于技术一流,所以元代书院刻印的典籍,雕刻精致,印刷清晰,皆为历代刻本之上乘。"③活字印刷术的推广,极大地提高书院刊刻的效率和质量。

五、传统传播方式如手抄、题壁、传唱等重获新生

"手抄"书籍,是古人阅读的重要途径,也是也印刷业不发达时期书籍传

① 参见徐梓《元代书院研究》,社会科学文献出版社 2000 年版,第 114—119 页。
② (清)叶德辉著,李庆西标校:《书林清话》卷四《元私宅家塾刻书》,复旦大学出版社 2008年版,第 87 页。
③ 王凤雷:《元代书院考遗》,《内蒙古社会科学》1994 年第 4 期,第 78 页。

播首要途径。史载,元末宋濂,少时家贫,"每假借于藏书之家,手自笔录,计日以还。天大寒,砚冰坚,手指不可屈伸,弗之怠。录毕,走送之,不敢稍逾约"①,终成大家。最著名的手抄本莫过于柳贯《上京纪行诗》,其序云:"延祐七年,贯以国子助教分教北都生……龙光炳焕,照耀后先,山川闳奇,振发左右,则夫纪载而铺张之,有不得以其言语之芜拙而并废也。今朝夕俟汰,庶几退藏田里,以安迟暮,而诸诗在稿,惧久亡去。吾友薛君宗海雅善正书,探囊中得旧纸数板,因请宗海为作小楷,联为卷。"②柳贯因为惧怕上京纪行诗年久亡佚,就请友人薛汉手写小楷录为诗卷。薛汉,字宗海,永嘉人。仕为青田教谕,以荐累迁国子助教,诗律书楷严缜有法。这属于典型的手抄传播,与结集刊刻流传有所不同。想必书写后的诗卷精美可观,柳贯十分喜爱珍视,妥善保存。有人来访,他还会拿出与客共赏。该诗卷由柳贯之孙保存,并请宋濂题跋。宋濂《跋柳先生上京纪行诗后》载:"濂以元统甲戌伏谒先生于浦江私第,出示《上京纪行诗》卷,乃永嘉薛君宗海所书。时先生自江西儒台解印家居,上距分教滦阳赋诗之年,实延祐之庚申,已历十五春秋。"③可见,宋濂所跋柳贯《上京纪行诗卷》乃十五年前由薛宗海所亲手抄本。

在元代,手抄传播已非主流。作为非主流的传播手段,手抄因其人工成本过高,导致了对世人对文学作品接受趋于精细化选择,一些经典作品更易受追捧。"民间的借阅和传抄活动与文学接受的互动关系,至少表现在两方面:第一是强化了经典著作的流传,第二是促进了文学秘籍的流传。"④由于传抄依赖财力和精力,人们不能不对传抄的书籍有所选择,这就造就了接受对象的经典性,即经典著作在传抄中频率最高,名人名作更易为人所接受。

元代组诗中,有不少是题写在驿站、石壁、洞壁、亭台、寺庙、道院、行院、书院,甚至是官厅、官舍的墙壁之上。随着人员的流动,传向四面八方。如丘处机《一日至故宫中遂书凤栖梧桐词于壁又诗二首》、王义山《题何氏山阴道院二首》、方回《题松江下砂瞿氏园壁十绝》、卢挚《壁鲁洞二首》、刘敏中《清明前一日水寨比寺访僧不遇题壁三首》、汪炎昶《陪诸公携酒山家用壁间韵三首》、王士熙《题玩芳亭五首》、袁桷《再次韵二首》《元复初学士旧

①　(明)宋濂:《送东阳马生序》,《宋濂全集·朝京稿卷第三》,第6册,浙江古籍出版社2014年版,第1877页。

②　(元)柳贯:《上京纪行诗序》,李修生主编:《全元文》卷七六八,第25册,江苏古籍出版社1999年版,第138页。

③　(明)宋濂:《跋柳先生上京纪行诗后》,《宋濂全集·芝园前集卷第五》,第4册,浙江古籍出版社2014年版,第1429页。

④　郭英德:《元明的文学传播与文学接受》,《求是学刊》1999年第2期,第77页。

岁同官集贤会于上都改除翰林学士见其饮酒数十觚倍常时今年以疾卒不起睹行院旧壁为四韵以挽》、陆厚《寓嘉禾题馆壁二首》《寓吴门题馆壁二首》、张养浩《书半仙亭壁自和十首》、虞集《书上京国子监壁》、吴师道《题官舍壁三首》《题赵守云壁振衣二亭二首》、许有壬《雕窝驿次伯庸壁间韵四首》、程文《书留守司西壁五首》、成廷珪《题上海天妃宫因见王元吉壁间所题诗次韵二首伤今感昔情见于辞》、刘鹗《题南雄府壁二律》、周伯琦《次韵王师鲁待制史院题壁二首》、倪瓒《六月十一日题吉祥庵壁二首》、舒頔《题田家壁二首》、周闻孙《次署丞归谌阳题壁二首》、袁凯《大雨书寓所壁二首》《书寓所西斋二首》、赵偕《题梅书于周砥道宅壁间三首》、刘仁本《题青山寺书楼画壁二首》、沈梦麟《再用前韵题陈敏道壁二首》《杨原英招饮和壁间韵二首》、郭钰《访罗仁达不遇留题楼壁二首》、王逢《题杉溪老人家壁六言四首》《凰村黄氏庵书壁二首》、刘永之《题匡山石壁四首》、范晞禹《题张隐君壁二首》、乔坚《题河尾驿二首》、张谦《题崇圣书院二首》等,都以题壁方式流入社会。

　　在元人题壁组诗中,以王恽数量为最。其《解州厅壁题示三首》题下注云:"至元癸酉夏五月二十三日,奉宣明诏至于解梁,因得王黄州壁间所题《解池诗》。序云:盐池之大,自唐以来凡临莅者无一辞以纪胜概,观览之际,愤然成章,或继之者实自予始。仆窃有所感矣,因勉成三诗,以附骥尾之末,庶几因公而使天下知有恽云。偕来者府兵曹解桢,子公孺侍行。承直郎平阳总判汲郡王恽题。"①除上诗外,题中有"题壁"字样的还有《题柯山宝岩寺壁二首》《至元十六年蕤宾前二日同贾汉卿游上方光教寺谒相上又不遇因贾往年留题五诗清新婉丽烦襟为洒然也亦留诗壁间仍用其韵为监堂一笑五首》《题孝感圣姑庙壁三首》《继司毅夫韵题野堂壁二首》《题天庆观壁四首》《题王明村老黄店壁八绝壬辰岁三月廿五日葬曲山回作》《题日者壁五首》《华岳庙留题五首》8 组,足见其对"题壁"传诗的喜爱程度。

　　还有一些题壁组诗,在序或注显示其"题壁"属性。如陈祜《琴堂书事三首》,其后注云:"予按部东鲁,及于此州,作是四诗,以实所见云。嘉议大夫、山东东西道提刑按察使、赵郡陈祜庆父,题于北城之琴堂。偕行者,历下士人李衎侃甫、张斯立可与。至元六年夏五月十有三日也。"②许有壬《游青山十首》序云:"至顺癸酉七月三日,避暑青山高武肃公祠坟,其孙江西省掌

---

①　杨镰:《全元诗》,第 5 册,中华书局 2013 年版,第 418 页。
②　杨镰:《全元诗》,第 4 册,中华书局 2013 年版,第 149 页。

故篾竹楼暨湘乡别驾高昌海朝宗从游,率尔成诗十首,书其壁。"①宋褧《送张尚德还长沙四首》诗后注云:"泰定乙丑秋,予以馆伴安南回使宿获港驿,赋棹歌数阕题壁上。尚德尝见之,及来京师,往往对人传诵。"②无不如此。

　　元朝统治时期,驿站遍设辖境,形成以大都为中心四通八达的驿路交通网。据《经世大典·站赤》载,元朝建立了遍及全国的驿站(又称"站赤")制度,以大都为中心,沿着几条交通干线,一直通达各边疆地区。这些驿站除了用作通达边情,宣布号令,有明显的军事功能外,在促进经济、文化交流方面,也起了很大的作用。这些星罗棋布的驿站,构成了纵贯东西、南北的发达的交通网络和文化传播通道。胡祗遹说:"朝廷之发号施令,诞告万方,云行雨施,电掣星驰,不旬日而际天所覆,罔有不及。万方之禀命朝贡,轮蹄络绎,辐辏京师。山行水宿,饮食车马,盘薄休息,所至如家。亿万里之远,不知其劳,此驿传舍馆不可阙者也。圣天子神武仁圣,混一六合,往古不臣之国,书传地志不载之异域,来享来庭。"③出除了官方用途外,行走在驿路的文人以"题壁"的方式留下他们的诗歌,驿站作为"大众传播"的平台,随着南来北往的人员的流动,使得诗作快速地流向全国。范梈的《怀京城诸公书崖州驿四首》是一组书写在崖州驿墙壁上的诗歌,抒发了对京城好友虞集等人的思念之情。此种事例在《元诗纪事》中有不少记载。四通八达的驿道,拓展了人们的活动范围,间接地推动了诗歌的传播。王士熙曾将《柳枝词十首》书写在馆阁的墙壁之上,引发唱和狂潮。吴当《王继学赋柳枝词十首书于省壁至正十有三年扈跸滦阳左司诸公同追次其韵十首》④,题中对唱和王士熙诗的背景作了明确交代,正是因为前者"书于省壁"引起王士熙的题诗。袁桷有《次韵继学途中竹枝词》组诗,并邀请虞集一起唱和。这种"蝴蝶效应"直接推动了竹枝词的繁荣,形成当时文坛的热点。大量的《上京纪行》组诗即是行走在驿站间的扈从文人创作与唱和,并随着驿路的延伸而传播开来。

　　除驿站外,题壁在风景名胜处较常见,也易引起文人墨客"共鸣"。当年李白登黄鹤楼,有"眼前有景道不得,崔颢题诗在上头"之叹,称赞崔颢《登黄鹤楼》写得极好,自己不敢下笔。但大部分诗人恐怕不会就此作罢,傅若金《登石鼓山》有"也拟题岩记行迹,诗成只恐万人看"之句,正是此种心理

---

① 杨镰:《全元诗》,第34册,中华书局2013年版,第273页。
② 杨镰:《全元诗》,第37册,中华书局2013年版,第297页。
③ (元)胡祗遹:《济南新驿记》,李修生主编:《全元文》卷一五一,第5册,江苏古籍出版社1999年版,第321页。
④ 杨镰:《全元诗》,第40册,中华书局2013年版,第170—171页。

的真实反映。题壁活动在元代翰林院似乎更为热闹,作为"清要"之地的文人,诗歌唱和本是家常便饭。马祖常《丁卯上京四绝》云:"持稿词垣已赐金,对衣侍拜更恩深。何如坐索长安米,只有歌诗满翰林。"①"歌诗满翰林"一句再现了翰林院墙壁上到处题诗的盛况。题壁本身既是一种传播,也是一种召唤,期待他人回应。许有壬《和虞伯生学士壁间韵》、周伯琦《次韵王师鲁待制史院题壁》、李裕《次祭酒虞伯生先生壁间韵》等,均是对题壁诗的回应。目睹友人题诗于壁时,往往激发起思友之情,虞集《题上都崇真宫壁继复初参政韵》诗云"故人一去宿草寒,而我几度南屏山。琳宫素壁见题字,辄堕清泪如洄湾"②,有友情如此,也不辜负题壁之诗了。艾性夫《题止庵四首》是一组自题草庐墙壁诗,序云:"渊明诗云:'坐止高荫下,步止荜门里。好味止园蔬,大欢止稚子。'四事适与予同,因以'四止'名吾之草庐,而为之咏。"③另一组《题索庵壁间六首》同样如此。此种题壁因位置偏僻,更多的是"自娱自乐",不为"发表"。还有一组题壁诗则不然,《丫头岩诗载墙壁间无虑数十百首形容盖有尽之者矣辄复寄兴以俟采者择焉二首》标题中,明确表达"以俟采诗者择焉"的心理。

在元代,文人宴集必有歌妓清唱佐酒,乃至与歌妓诗文唱酬。"呜呼!我朝混一区宇,殆将百年,天下歌舞妓,何啻亿万……庶使后来者知承平之日,虽女伶亦有其人,可谓盛矣!"④歌妓数量之多,令人咋舌,其中著名者如连枝秀、梁园秀、顺时秀、刘婆惜、金莺儿、张怡云、珠帘秀、刘燕歌、张玉莲等,活跃诸如大都、杭州、扬州等大都市,与文人交往过密。如张怡云:"能诗词,善谈笑,艺绝流辈,名重京师。赵松雪、商正叔、高房山,皆写《怡云图》以赠,诸名公题诗殆遍。"⑤吴景旭《历代诗话》卷七〇载:"阿瑛好事而能文,当时杨廉夫、郑明德、张伯雨、倪元镇皆其往还客也。尤密者为秦约、于立、释良琦。有二妓,曰小琼花、南枝秀,每会必在焉。"⑥贡师泰《跋王宪使朱县尹倡和诗卷》亦云:"予家江东,方七八岁时,见牧庵姚公、疏斋卢公按治之暇,辄率郡士大夫,携酒肴歌妓,出游敬亭、华阳诸山,或乘小舟,直抵湖上,逾旬不返。二公固不以为嫌,而人也不以此议论二公也,其流风余韵,至今江东

---

① 杨镰:《全元诗》,第29册,中华书局2013年版,第373页。
② 杨镰:《全元诗》,第26册,中华书局2013年版,第248页。
③ 杨镰:《全元诗》,第19册,中华书局2013年版,第159页。
④ (元)夏庭芝撰,孙崇涛等笺注:《青楼集笺注》,中国戏剧出版社1990年版,第44页。
⑤ 同上,第64页。
⑥ (清)吴景旭:《历代诗话》卷七〇,《景印文渊阁四库全书》,第1483册,台北商务印书馆1986年,第712页。

人能言之。"①类似的记载,在元代社会上层的名公显宦中有很多。《全元诗》中保存了赵孟頫、王士熙、王恽、卢挚、胡祗遹、冯海粟、杨基、杨维桢等数量不等的赠妓诗。这种风流雅趣的赏曲活动,是文人追求精神享受的重要手段之一。"诗酒雅会,不能没有伎乐,一曲清词酒一杯,又可呈才较艺。"②文人与歌妓在宴席上赋诗、题字、作画,或在私下以词曲赠答,互诉衷肠,成为一时风尚。歌妓传唱,无疑是元诗传播的重要渠道之一,扩大了诗歌的社会影响力。

这种情况,在上京纪行诗中也有体现。马祖常《车簇簇行》诗云:"李陵台西车簇簇,行人夜向滦河宿。滦河美酒斗十千,下马饮者不计钱。青旗遥遥出华表,满堂醉客俱年少。侑杯小女歌竹枝,衣上翠金光陆离。"③其中"侑杯小女歌竹枝,衣上翠金光陆离"一句相当明确而形象地写出了在上京存在女声歌竹枝佐酒助兴的情况。黄二宁说"歌唱竹枝词在上京已然是一种相对普遍的酒席间娱乐"④,不无道理。许有壬《竹枝十首和继学韵》其十有"大安阁是广寒宫,尺五青天八面风。阁中敢进竹枝曲,万岁千秋文轨同"⑤的诗句,当是此场景的再现。由于歌妓的传唱传播带有表演性质,更容易为受众所接受,加速了《竹枝词》的传播。

第二节 元代组诗对前代文学的接受

元诗发展离不开对前代诗歌的学习与借鉴,除了自创外,元人根据环境或有选择地接受前人的诗歌,留下大量的补亡、续作与拟古之作,或者是集中对某位诗人、某一题材、某一文体作群体性唱和,以期与原作者产生灵魂深处的"共鸣"。这种独特的文化现象,反映出元人自觉传承的用意,也生动地诠释着元诗发展独特内涵。

一、元人尊陶与"和陶"组诗

后人尊陶进而"和陶",始于其"不为五斗米折腰"的人格魅力,后延至

---

① (元)贡师泰:《跋王宪使朱县尹倡和诗卷》,(元)贡奎、贡师泰、贡性之著,邱居里、赵文友点校:《贡氏三家集:贡奎集、贡师泰集、贡性之集》贡师泰集卷八,吉林文史出版社2010年版,第358页。

② 查洪德:《元代文人的赏曲之风》,《武汉大学学报(人文科学版)》2016年第3期,第36页。

③ 杨镰:《全元诗》,第29册,中华书局2013年版,第391页。

④ 黄二宁:《论元代上京纪行诗在元代的传播》,《内蒙古大学学报(哲学社会科学版)》2016年第3期,第24页。

⑤ 杨镰:《全元诗》,第34册,中华书局2013年版,第428页。

其诗歌主题及风格,过程极为曲折。在陶诗接受史上,苏轼是实现"渊明文名,至宋而极"①的第一人。其晚年几乎遍和陶诗,倾其精力学陶、崇陶,开启了诗歌史上蔚为壮观的"和陶"热潮,并为后世奠定了兼具文学与文化双重意义的"和陶"范式。苏辙在《追和陶渊明诗》"引文"云:"古之诗人有拟古之作矣,未有追和古人者也,追和古人,则始于东坡。"②郝经《和陶诗序》亦称:"赓载以来,倡和尚矣。然而魏晋迄唐,和意而不和韵,自宋迄今,和韵而不和意,皆一时朋俦相与酬答,未有追和古人者也。独东坡先生迁谪岭海,尽和渊明诗,既和其意,复和其韵,追和之作自此始。"③苏轼将古人对陶渊明的模拟与追和区别开来,其追和陶诗是一种自觉的文学接受活动,"既和其意,复和其韵",引领了一代风气。

元代诗坛大量的"和陶"组诗,是元人接踵前贤的结果。元初即有李公焕《笺注陶渊明集》十卷,拉开了元人尊陶、"和陶"的序幕。名士如赵秉文、方回、王恽、许有壬、刘因、郝经、牟巘、戴表元、安熙、吴莱、张养浩、汪克宽、杨维桢等,均有数量不等的"和陶"诗。杨镰先生说"元代文人最推重的前代诗人是陶渊明,而陶渊明是隐逸的象征"④,指出了元人尊陶已是社会普遍现象,士人借尊陶、"和陶"表达了处世态度。

元人因尊陶而"和陶",与元代社会环境密切相关。处于新旧易代之际,因之科举制度的废除,文人仕进之路受阻,进而效仿陶公"怀道而隐",以求心灵解脱。有研究者指出:"对陶渊明的接受出现了异于前代的方式,主要表现在三个方面:一是在被动归隐中寄托了深切的无奈与哀思;二是深刻挖掘陶渊明的忠义形象,为无法正面反抗的士人塑造出一种精神寄托;三是赋予陶渊明隐以待时、胸怀天下的卧龙情怀。"⑤元人在"和陶"创作中,挖掘了陶公"精神"新内涵,借此表达自身的诉求,有着鲜明的时代印迹。

方回《和陶渊明饮酒二十首》序云:"和陶,自苏长公始。在扬州和《饮酒》二十诗,又为和陶之始。是二十诗者,苏子由、晁无咎、张文潜相继有和。然长公典大藩,子由居政府,无咎时通判扬州,皆非贫闲之言。惟文潜所和,乃在绍圣丙子罢郡宣城、奉祠明道、闲居宛丘之时。近世,严陵滕元秀家贫嗜酒,亦尝和焉。予以严陵旧守,复至秀山,甲申九月九日屡饮之后,因亦用

①　钱锺书:《谈艺录》二四《陶渊明诗显晦》,中华书局1984年版,第88页。

②　袁行霈:《陶渊明集笺注》,中华书局2003年版,第621页。

③　(元)郝经撰,秦雪清点校:《郝文忠公陵川文集》卷六《古诗和陶》,山西人民出版社2006年版,第66页。

④　杨镰:《元诗史》,人民文学出版社2003年版,第300页。

⑤　李旭婷:《宋遗民诗视野下的陶渊明》,《中国韵文学刊》2019年第4期,第58页。

韵赋此,有文潜之闲,而又有元秀之贫,感兴言志宜也,庶几好事者鉴之。"序中交代了历代和《饮酒二十首》盛况,自己和陶背景和"感兴言志"的期待。兹录数首如下:

> 黄雀啐野田,见人辄惊飞。飞飞一不早,恐有虞罗悲。睒目饕餮子,缪谓得所依。岂不知必尔,甘往终无归。志士馁欲死,未觉劲气衰。手口自斟酌,勿令心事违。(其四)
>
> 羊车一失驭,天地兵甲喧。中国不自正,王业东南偏。运甓有贻厥,卧龙康庐山。使处王谢位,大物岂不还。千载饮酒诗,醉吻谣醒言。(其五)
>
> 高台翳榛棘,荷锸冈路开。振衣陟云端,朗然豁秋怀。言念半死树,类我晚节乖。风雷劈半腹,叶落禽不栖。幸不为薪樵,烧之化尘泥。谓可材为琴,于调恐不谐。醉抱作此感,暝色南北迷。下山不可急,小僮扶我回。(其九)
>
> 早省宦径恶,荷锄宁带经。岂不尝守郡,生涯百无成。一夕偶不饮,鳏枕听遥更。残灯暗虚牖,落叶锵空庭。鼠啮叱不止,呼奴效猫鸣。孰与醉卧熟,万事忘吾情。(其十六)
>
> 气豪心未平,三已复三仕。毫发志不伸,所至但屈己。屡触灸眉怒,讵管折腰耻。七年困江国,脱身走故里。欲著藏山书,实录立传纪。往事邈难问,毫简遽云止。不如一杯酒,此亦焉足恃。(其十九)①

其四,通过对比,表达了对陶渊明固穷守节的人格的向往。其五,在方回看来,身处王、谢之位,或许能够力挽狂澜,心系故国却只能借酒浇愁。其九,将人生的"晚节乖"喻作"半死树",充满着无限的凄凉与悔恨,不如"烧之化尘泥"。自以为是可造之材,雕琴也照样"于调恐不谐"。其十六,歌颂了陶公辞官归隐柴桑的明断,写自己老境的凄惨,虽然二人晚年生活都清贫,但方回却承受着"失节"事带来的沉重的精神压力。其十九,宦海沉浮一辈子,非但没能兼济天下,最终也未独善其身。只落得个"毫发志不伸,所至但屈己"的结局。从这些诗句可见,方回晚年对自己很是不满,写《和陶饮酒二十首》的目的是借酒疗伤,或粉饰标榜,为自己不安的灵魂寻找一个安息之所。

在陶渊明诗中,"菊花"享有崇高的地位。陶公爱菊有多方面的原因:一是审美的意义。文人爱菊始于屈原,范成大《菊谱序》中说:"名胜之士未

---

① 杨镰:《全元诗》,第6册,中华书局2013年版,第96—99页。

有不爱菊者,到陶渊明成甚爱之,而菊名益重。"①二是健康的原因。自古及晋都有食菊、饮菊水、菊酒以延年益寿的习俗。《西京杂记》载:"九月九日,佩茱萸、食蓬饵、饮菊花酒,令人长寿。菊花舒时,并采茎叶,杂黍米酿之,至来年九月九日始熟,就饮焉,故曰菊花酒。"②渊明常以菊、酒对举:"酒能祛百病,菊能制颓龄"(《九日闲居》)。三是比兴意味。"三径就荒,松菊犹存"(《归去来兮辞》),这里的菊花被赋予了"质性自然""凌霜傲雪"的高洁品格。方回《读陶集爱其致意于菊者八因作八首》以"咏菊"而和陶诗,诗云:

一曰"秋菊盈园,而持醪靡由"

陶公爱菊满园秋,甚欲持醪竟靡由。世事重华那复尔,无钱更觉少陵愁。

二曰"空服九华"

金英足可换君骨,绿醑宁当腐我肠。空服九华无九酝,帝乡何似醉为乡。

三曰"菊为制颓龄"

自性不随黄落去,始能为尔制颓龄。涪翁具眼曾拈出,我为重吟换鬼听。

四曰"尘爵耻虚罍,寒华徒自荣"

杯空无酒非瓶耻,耻在虚罍敢怨嗟。想见此翁不憔悴,天寒犹自有荣花。

五曰"芳菊开林耀,青松冠岩列。怀此贞秀姿,卓为霜下杰"

人间红叶去无踪,膏沐谁为百草容。霜杰同时谥贞秀,抗衡惟许老蟠龙。

六曰"采菊东篱下,悠然见南山"

采采东篱迹易寻,悠然见处孰知心。也曾目送飞鸿否,谁不能挥叔夜琴。

七曰"秋菊有佳色,裛露掇其英"

饮酒成诗二十篇,诗成多在菊花边。秋英掇取枝头露,想见朝朝起卯前。

---

① (宋)范成大等撰:《梅兰竹菊谱·菊谱》,中华书局 2010 年版,第 202 页。
② (汉)刘歆撰,(晋)葛洪集,向新阳、刘克任校注:《西京杂记校注》卷三《戚夫人侍儿言宫乐事》,上海古籍出版社 1991 年版,第 138 页。

八曰"松菊犹存"

种松今世见松老,种菊常年见菊开。十一月霜花欲槁,巾车岂可更迟回。①

自古重阳节有饮菊花酒以祈延年益寿的习俗,陶渊明诗中常有"菊花"意象。方回"爱其致意于菊",以陶诗为题,展开吟咏。其一,"秋菊盈园,而持醪靡由"取自陶公《九日闲居》序文"余闲居,爱重九之名。秋菊盈园,而持醪靡由",以杜甫晚年贫病交加,喻重九爱菊无人共饮之愁;其二,"空服九华"也取自《九日闲居》序中"空服九华,寄怀于言"句。诗后注云:"'世短意恒多,斯人乐久生。'佳句也。九月而九日,久之又久之义,人生所乐,故举俗爱重九之名。""九华"即重九之花,指菊花。所谓"空服九华"即独自面对菊花,表达有菊无酒无友的苦闷;其三,"菊为制颓龄"取自《九日闲居》诗中"酒能祛百虑,菊解制颓龄"句,意指菊花酒既可让人身心放松,忘却烦恼,又可强身健体、延年益寿。诗借黄庭坚之典,突出师承陶公咏菊之意;其四,"尘爵耻虚罍,寒华徒自荣"取自《九日闲居》诗句,积灰的酒樽也感到羞耻,表达了"无酒("此翁")堪作伴,独面菊花寒"的凄凉;其五,"芳菊开林耀,青松冠岩列。怀此贞秀姿,卓为霜下杰"取自陶公《和郭主簿》其二,诗歌赞美菊花傲霜斗雪,坚贞挺秀的品格令人敬佩;其六,"采菊东篱下,悠然见南山"取自陶公《饮酒》其五,原指诗人之意和自然之境浑然契合的状态,此处反用其意,借嵇康"目送归鸿,手挥五弦"之典,揭示"采菊东篱"易得,"悠然"之境难验的现实;其七,"秋菊有佳色,裛露掇其英"取自陶公《饮酒》其四,感慨陶公和露采菊泡酒,边饮边吟,留下了《饮酒二十首》;其八,"松菊犹存",取自陶公《归去来兮辞》中"三径就荒,松菊犹存"句。诗后注云:"渊明官彭泽八十余日。仲秋出,十一月归,岁在乙巳。"表达了对陶公以"晚节黄花"自励的崇敬之情。组诗中菊花与陶公一样,被赋予人格的内涵,即"晚节黄花"之意。

另一组诗《咏贫士七首》序云:"渊明有《咏贫士》诗七首,前二首自谓,后五首引古贤士七人,亦借以自谓也。东坡迁惠州一年,九日无酒,乃追和渊明诗以寄意。夫以侍从偃藩,谪仅一年,已云'衣食渐窘''樽俎萧然',且有'典衣作重九'之句,况予多历患难、休官五年者乎?不敢如东坡和渊明韵,姑以江淹《杂拟》体赋之,非于贫有憾也,以贫为悦而甘之者也。乙酉九月八日,方回序。"②从序中可知,方回这组"和陶"诗并非咏古代的贫士,而

① 杨镰:《全元诗》,第6册,中华书局2013年版,第409—410页。
② 同上,第164—165页。

是借题发挥,表达自己晚年"士当察时命,固穷心所安。何至挟长铗,特为无鱼弹"(其三)的心态。

刘因一生有着浓厚的陶渊明"情结",他推崇陶公"不为五斗米折腰"的气节和不为虚名所系的人生境界。写下了《和归园田居五首》《和饮酒二十首》《和咏贫士七首》《和移居二首》《和拟古九首》《和杂诗十一首》《和咏二疏》《和咏三良》《和读山海经十三首》等组诗。"他在以隐逸方式对抗异化世界的同时,努力寻求自我价值与人格的统一,从而完成了对自我的超越。"①陶公已然成为其心中抗拒现实、实现自我超越的英雄。

刘因出身于世为儒学的家庭,"以道自任"的参政意识、使命感、进取精神,使其与陶渊明一样有过"大济苍生"的梦想。"愿清黄河源,一洗万里流"(《和读山海经》其三),"就引明河清,为洗昆仑泥"(《和饮酒》其九),"致身青云间,高飞举六翮。整顿乾坤了,千古功名立"(《秋夕感怀》),诗中少年的"猛志"是何等的豪迈与激越! 无不彰显着济苍生、安社稷的用世之心。

然而,刘因用世之心并未维持多久,至元十九年(1282)应召入京拜官,授承德郎、右赞善大夫之职。"未几,以母疾辞归。明年,丁内艰。"②对此,徐子方先生认为,其辞官或以存"道"之故。"从出仕以行'道'庇民到拒聘以保持'道'之尊严,对于刘因来说是一个痛苦而又难以避免的心理转换过程。"③刘因拒聘与元廷奉行歧视性的民族政策相关,当理想破灭后,刘因选择了归隐以存"道",以此来维护"道"的尊严。其回避政治的隐逸文化人格,在元代历史中具有典型意义。《和咏贫士七首》云:

　　陶翁本强族,田园犹可依。我惟一亩宅,贮此明月辉。翁复隐于酒,世外冥鸿飞。我性如延年,与众不同归。孤危正自念,谁复虑寒饥。努力岁云暮,勿取贤者悲。(其一)

　　王风与运颓,一轻不再轩。消中正有长,冬温见瓜园。人才气所钟,亦如焰后烟。寥寥洙泗心,千载谁共研。龙门有遗歌,三叹诵微言。意长日月短,持此托后贤。(其二)

　　饮酒不为忧,立善非有干。偶读形神诗,大笑陶长官。伤生遂委

① 高文:《刘因和陶诗及其隐逸文化人格探论》,《湖南科技学院学报》2007 年第 8 期,第15 页。

② (明)宋濂等:《元史》卷一七一《刘因传》,中华书局 1976 年版,第 4008 页。

③ 徐子方:《人格自尊与文化尊道——刘因心态剖析》,《徐州师范大学学报(哲学社会科学版)》2003 年第 4 期,第 20 页。

运,一如咽止餐。参回岂不乐,履薄心常寒。天运安敢委,天威不违颜。庄生虽旷达,与道不相关。(其五)①

组诗展现了晚年贫寒生活和"君子固穷"的心态。其一后注云:"'独正者危,至方则碍,尔实愀然,中言而发,违众速尤,迕风先蹶。'此渊明规颜延年语也。见延年《诔公文》。"刘因虽然仅有"亩宅",然而宅中却蕴藏着可与明月争辉的"美志",明确表现出甘守贫贱、意存高远的心愿。其二慨叹命运不济,但依然坚守儒学"兼济天下"的使命。"洙泗"指孔子在洙、泗之间聚徒讲学事,后世以"洙泗"代称孔子及儒家。其五交代饮酒的目的并非有忧,"参回岂不乐,履薄心常寒",虽处贫寒,却甘之如饴,较之浅薄多变的官场要好上百倍。"庄生虽旷达,与道不相关",对老庄的出世思想给予了讽刺,间接道出了其所尊之"道"的差异。其在清苦环境中依然坚守高洁情操的行为,颇有安贫乐道的意味。反映了刘因在"有道则见,无道则隐"处世方式与"修齐治平"的人生理想之间选择的艰难。

郝经是继刘因之后的又一位创作大量"和陶"诗的人。其《陵川集》中有和陶诗118首,在整个"和陶"诗史上不多见。其《和陶诗》序交代了"和陶"的缘由:"陶渊明当晋宋革命之际,退归田里,浮沉酒杯,而天资高迈,思致清逸,任真委明,与物无竞,故其诗跌宕于性情之表,直与造物者游,超然属韵。……庶几颜氏子之乐,曾点之适,无意于诗,而独得古诗之正,而古今莫及也。顾予顽钝鄙隘,踯躅世网,岂能追怀高风,激扬清音,亦出于无聊而为之。去国几年,见似之者而喜,况颂其诗,读其书,宁无动于中乎? 前者唱喁,而后者和讹,风非有异也,皆自然尔,又不知其孰倡孰和也。"对陶渊明人格的仰慕,是其和陶不辍的根本原因。因之"自庚申年使宋,馆留仪真,至辛未十二年矣"的现实遭遇,"每读陶诗以自释。是岁,因复和之"②,留下《形神影三首》《归园田居六首》《移居二首》《和郭主簿二首》《庚子岁五月中从都还阻风于规林二首》《癸卯岁始春怀古田舍二首》《饮酒二十首》《拟古九首》《杂诗十二首》《咏贫士七首》《读山海经十三首》等和陶组诗,共"得百余首"。

《饮酒二十首》是一组较有特色的和陶诗,写于郝经羁留真州(今江苏仪征)期间。内容主要描写饮酒的场面、醉乡的美好、饮酒的方式等。他借饮酒以表达对自由、率真、快意生活的欣赏,同时表达了对时光流逝、羁押生

① 杨镰:《全元诗》,第15册,中华书局2013年版,第38—39页。
② (元)郝经撰,秦雪清点校:《郝文忠公陵川文集》卷六,山西人民出版社2006年版,第66页。

活的慨叹及对古代贤达之士的向往,从不同角度阐释了陶诗的"真醇"。醉乡是平等的,可以泯灭彼此的界限:"好酒无恶客,合席语喧喧"(其五),"快意无町畦,纵衡不比次"(其十三),"醉乡万事和,悠悠无盛衰"(其四);醉乡令人放浪形骸、飘飘欲仙:"痛饮忘形骸,物我两不疑"(其一),"忘情释重负,适己乃为贵"(其十三),"一饮便成仙,御风凌八表"(其十);酒乡又是和谐、永恒的:"醉乡万事和,悠悠无盛衰"(其四),"醉人卧花间,陶然亡云为"(其七),"胸次含春元,顼洞和万国"(其十八);酒乡又是充满着愤懑和苦闷的:"醉乡总直道,世路曲如弓"(其十六),"强饮终无欢,忘力徒自恃"(其十九)。① 郝经着力渲染豪饮痛饮场景,展示醉乡"真乐""深趣""真味",将"现实"的艰难与"醉乡"的自由、轻松相对照,以"醉乡"的美好反衬"现实"的丑恶,传达出对现实处境的不满。

在漫长的囚禁生活期间,他无日不祈盼着能重获自由,早日回家。但现实却是无情的,"输平内交"的使命使他不能归国,只能将这种渴望深藏于心,借着"和陶"诗,以排解对故国的思念。"百年都几何? 不饮安用生"(其六),"不饮彼何得? 只自强拘羁"(其七),酒精的麻醉是身在苦难中的郝经追求快意人生的重要手段。只有在酒的世界中,他那痛苦的灵魂才能获得些许安宁。"荣名身后事,美酒樽中宝"(其十),"世上多虚名,樽中有真味"(其十三),他虽看淡了个人的得失成败,却将国家民族利益置于首位。"嗟嗟絷羁人,劳劳失此生。自著徽墨缠,仍因宠辱惊"(其三),在失去了自由后,他依然坚守气节,这就是郝经守节十六年的信念所在。

对陶渊明率真生活方式、高洁人格和诗意人生的向往,是郝经"和陶"的核心所在。"饮酒有运数,生平酒常余。赐田总种秫,终傍渊明居。"(其九)"种柳复艺菊,即是陶潜宅。眼中总杯杓,门外无辙迹。"(其十四)"陶潜岂乞食? 有酒即问津。门首佳客至,快漉头上巾。"(其二十)其对宁静优美的田园生活和自由自在的人生的描写,带有浓厚的理想主义色彩,这在宋元之交动荡时局中尤为突出。

戴良的"和陶"组诗包括《和陶渊明饮酒二十首并序》《和陶渊明杂诗十一首》《和陶渊明移居二首并序》《和陶渊明拟古九首》《和陶渊明咏贫士七首并序》等。自萧统在《陶渊明传》中提出"自以曾祖晋世宰辅,耻复屈身后代。自宋高祖王业渐隆,不肯复仕"②后,以陶公为"遗民"者代不乏人。其不事二姓、坚贞不屈品格,给宋元、元明之际的遗民诗人提供了强大的精神

① 杨镰:《全元诗》,第4册,中华书局2013年版,第220—223页。后文未标出处者,同此。

② (晋)陶渊明著,王瑶编注:《陶渊明集》,作家出版社1956年版,第3页。

力量。戴良作为其中的一员,其"和陶"诗推崇陶渊明的忠义气节。

以"和陶"表达了对回归的渴望。陶渊明身处乱世,与戴良所处的元末战乱格局相仿,两人对安定与和平都有着强烈渴望。其《和陶渊明归去来兮辞》序云:"余客海上,追和渊明《归去来词》。盖渊明以既归为高,余以未归为达,虽事有不一,要其志未尝不同也。"①此"志",即是不事新朝之志。在渊明以晋臣自居耻事桓温,在戴良以元臣自居耻事明朝。其"归",既有结束客居回归故园之意,也有效陶公回归田园之意。《和陶渊明杂诗十一首》其二云:"忆昔客吴山,门对万松岭。松下自行游,况值长春景。揭来卧穷海,时秋枕席冷。还同泣露蛩,唧唧吊宵永。岂无栖泊处,寄此形与影。行矣临逝川,前途无由聘。以之怀往年,一念讵能静。"②古代文人、士大夫总是在出与处之间徘徊,戴良欲效仿陶公,回归林泉以寄余身。

戴氏常常借"和陶"以遣黍离之悲、知音难觅之愁、生命沉沦之忧。其《和陶渊明饮酒二十首》序云:"余性不解饮,然喜与客同倡酬。士友过从,辄呼酒对酌,颓然竟醉,醉则坐睡终日,此兴陶然。壬子之秋,乍迁凤湖,酒既艰得,客亦罕至。湖上诸君子知余之寡欢也,或命之饮,或馈之酒。行游之暇,辄一举觞,饮虽至少,而乐则有余。因读渊明《饮酒》二十诗,爱其语淡而思逸,遂次其韵,以示里中诸作者,同为商榷云耳。"③他借酒寄意,或排遣黍离之悲,如"伊洛与瀍涧,几度吊亡国。酒至且尽觞,余事付默默"(其十九),"惟于酣醉中,归路了不迷。时时沃以酒,吾驾亦忘回"(其九);或借酒唱和,表惺惺相惜之意,如"四海皆兄弟,可止便须止。酣歌尽百载,古道端足恃"(其二十);或借酒浇愁,表达对生死思考,如"此生如聚沫,忽忽风浪惊。沉醉固无益,不醉亦何成"(其三)④,凡此等等。

激励自己固穷守节、委运自然,是戴良"和陶"的又一核心。其《和陶渊明咏贫士七首》序云:"余居海上之明年,适遭岁俭,生计日落。饥乏动念,况味萧然。"⑤戴良的生活十分清贫,"我无半亩宅,三旬才九餐。况多身外忧,有甚饥与寒"(其五),较之陶公,戴良有过之而无不及。其贫穷不仅体现在物质层面上的贫乏,更有精神层面上孤独,"介然守穷独,富贵非所思。岂不瘁且艰,道胜心靡欺。恨无史氏笔,为君振耀之。谁是知音者,请试弦吾诗"

①　(元)戴良著,李军、施贤明点校:《戴良集》卷二四,吉林文史出版社2009年版,第271页。
②　同上,第272页。
③　同上,第274页。
④　同上,第275—276页。
⑤　同上,第278页。

（《和陶渊明拟古九首》其六）①，诗中展示了其心怀忠贞，矢志不移的品格和不为人知的苦闷。"醉乡固云乐，犹是生灭处。何当乘物化，无喜亦无惧"（《和陶渊明杂诗十一首》其五）②，其诗对陶公"委运自然"，同样有着深切的体验。

谢肃在《和陶诗序》中，将戴良与历史上的"和陶"高手作比时说："韦苏州学之于憔悴之余，柳柳州效之于流窜之后。仿之而气弱者非王右丞乎？拟之而格卑者非白太傅乎？而苏长公又创始和之，自谓无愧于靖节矣。然以英迈雄杰之才率意为之，故无自然之趣焉。有自然之趣，而无柳、白、黄、苏之失者，其为先生是集乎？当与陶诗并传于后无疑矣。"③戴良以和陶诗彰显忠义之情，有着独特的现实功能。谢文虽不无谀辞，但总体公允恰当。

元代"和陶"队伍远不止上述这些诗人。"和陶"作为一种特殊的文学现象，在宋元之际、元明之际的出现并非偶然。元人尊陶、"和陶"热背后折射出士人的共同价值取向，或推崇陶公率真适意的生活态度，或颂扬其不仕二姓，持节不辱的风骨，尤其是后者，已然成为遗民诗人的精神支柱。袁行霈先生《论和陶诗及其文化意蕴》一文称，元人"和陶"的本质"在一定程度上代表了对某种文化的归属，标志着对某种身份的认同，表明了对某种人生态度的选择"④，斯言信然。

二、补亡、续作与拟古

元代诗坛中出现了一批标有"补亡""续作""拟古"字样的组诗，这是元代自觉接受前人影响而留下的标志，也是元人寻找一种符合时代要求的写作模式。这些补作、续作、拟作虽与原作内容、风格不尽相同，但所传达出的"接受"意识是清晰而强烈的。

"补亡"有两层意思：一是补原有之失，二是原无后补，所谓"补亡"实质是"补阙"。最早作"补亡"诗的是西晋束皙《补亡诗六首》，其目的是补《诗经》中六首"有目无辞"的"笙诗"。束皙将真实感受融入诗中，借古言今，深化了诗的主旨。萧统《文选》将其置于众体之首，欲以继三百篇之绪，倍加推崇。"补亡"传统经《文选》而流传至今，代不乏作，折射出特定时代的社会思潮。

---

① （元）戴良著，李军、施贤明点校：《戴良集》卷二四，吉林文史出版社 2009 年版，第 274 页。
② 同上，第 272 页。
③ （元）戴良著，李军、施贤明点校：《戴良集》附录《唱和》，吉林文史出版社 2009 年版，第 371 页。
④ 袁行霈：《论和陶诗及其文化意蕴》，《中国社会科学》2003 年第 6 期，第 149 页。

一般来说,乱世之际,人们就会怀念古代的礼乐制度,以古辞入乐,或增损其文,成为一种趋势。张丁《补牛尾八阕乐歌辞》序云:"葛天氏之世,人民康乂,乐由此兴。始教三人操牛尾,投足而歌八阕。考《吕氏春秋》,颇载八阕之名,然而乐辞不传。后世间有拟作,率以今辞敷古题,虽多昌明之气,终鲜邃穆之风,乃按其时代以补为歌辞。"诗云:

一曰载民

彼民之初生兮靡愿,彼熙载兮不知不识。彼一人兮,操要会以首立。

二曰玄鸟

鹕之来,民迎祺兮。鹕之归,民阜财兮。相甲历以制宜,之子兮勤施。

三曰遂草木

而萌肇茁,而汇弥概,乃攘乃剔蕃其质。中我宫室,中我琴瑟。

四曰奋五谷

种之嘉,播乃畬。出而作,赵其铸。仓斯千,祝百年。乃昭率育,乃游鼓腹。

五曰敬天常

聿康回自神兮,彼天折其柱。维民彝傲乱兮,畴日监而在兹。乃维其敫,乃安其度。

六曰达地功

若掘大象兮调太鸿,乘精拱默兮耳目内通。维率九寰以承流兮,顺轨从风。亮天工兮,一人斯隆。

七曰依地德

彼奠而靡骧兮惟厚,取财而勿匮兮惟有,耕者余饩宿陇首。俾我不忒,法其阴德。

八曰总万物之极

眷群生,气莫阔。芸万有,一何辖。应不求兮聚必夺,绍物开智兮,一物分达。①

"葛天氏之乐"因时间久远,而"有目无辞"。面对遥远的洪荒世界,张丁借助文献,按照对乐曲题目的理解,"乃按其时代以补为歌辞""以今辞敷古

---

① 杨镰:《全元诗》,第62册,中华书局2013年版,第448—449页。

题"。虽然难以评说"补作"是否与原作精神吻合,但至少在形式上实现了"补亡"功能。对儒家"大同"的理想的认可,是乱世之中礼乐教化思想在诗歌中的必然要求。从这个意义上讲,这种的"补亡",其实质是一种"复古"。

宫词创体于唐代王建,主要内容是描述宫廷生活。宋无的《唐宫词补遗四首》以"补遗"为题,所咏围绕李杨情爱故事展开。诗云:

> 海内升平服四夷,远邦贡物尽珍奇。近颁手诏尽停罢,独许南方进荔枝。(其一)
> 罢朝轻辇驻花边,催唤黄门住静鞭。三十六宫人笑语,上前争索洗儿钱。(其二)
> 昭阳仙仗五云中,遥听笙箫起碧空。夜半月明人望幸,君王自在广寒宫。(其三)
> 宫娥随驾蜀山回,春日还从内苑来。闻道上皇忧寝食,御前休报海棠开。(其四)①

这组"补遗"诗再现了当时宫廷生活的实景。其一,赞唐帝国强大,四夷臣服,番邦进贡奇珍异宝无数,南方荔枝因贵妃喜爱而受特别厚待。其二,唐玄宗朝后与贵妃日夜相厮守,贻误朝政。杨贵妃认安禄山为儿,安禄山生日后三日贵妃洗儿作乐,唐玄宗曾赐以金银钱。后因用为唐宫秽闻之典。其三,写杨贵妃宫中娇歌曼舞,歌声笛韵,如敲秋竹,成就了《霓裳羽衣曲》万世美名。其四,写杨贵妃在"马嵬兵变"中被玄宗赐死,玄宗回宫后因思念杨贵妃而寝食难安。从实际效果看,这组"补遗"诗,在李杨爱情故事上并无新意,其实质是借古讽今,以告诫当代统治者勿要荒淫误国。元末"天宝宫词热"的真正用意即在此。

周巽《补古乐歌十首》同为"补亡"之作,其序云:"唐元次山《补乐歌》序曰:自伏羲至于殷,凡十代,乐歌有其名亡其辞。考之传记,义或存焉。采其名义以补之,凡十篇,命之曰《补乐歌》。余读次山之作,爱其辞旨渊古,宛然若当时之制,难可仿效。遂考传记,所载上古圣人,制作功德,如伏羲结网罟以教畋渔,神农作耒耜以教耕稼,轩辕造律吕以审阴阳,尧观蓂荚以正历象,舜绥陶冶以陟帝位,大禹之疏河,成汤之祷旱,成王之卜洛,皆历代圣人制作功德之大,因以名篇,亦谓之《补乐歌》云。"其诗曰:

① 杨镰:《全元诗》,第19册,中华书局2013年版,第398页。

代结绳兮古庖牺，网罟设兮取象于离。张万目兮举维，以佃以渔兮随所施，龙马出兮河之涯。(《网罟》)

嶰竹生兮凤凰鸣，协阴阳兮制凤笙。箫十二兮和五声，奏云门兮天下平，帝乘龙兮游太清。(《律吕》)

历山之下兮河之滨，陶元气兮冶大钧。博埏埴兮淬清泠，器不苦窳兮资吾民，元德升闻兮韶音以成。(《陶冶》)

素车白马兮来桑林，六事责己兮感天心。天心回兮霈雨霖，苏万物兮恩泽深，大濩作兮流遗音。(《祷旱》)

假神龟兮建东都，定宝鼎兮开皇图。武功成兮文德敷，白雉在庭兮凤在梧，历世历年兮垂远谟。(《卜洛》)①

《全元诗》诗案云："《耒耜》《冀莱》《疏河》三篇，《永乐大典》原阙。"除了三首亡佚外，这组《补乐歌》是据"上古圣人制作功德"而作：《网罟》歌颂了伏羲氏教民畋渔的功绩；《律吕》赞美了轩辕帝"造律吕以审阴阳"的伟业；《陶冶》歌颂了舜帝教陶冶的功绩；《祷旱》赞美了成汤为民"祷旱"美德；《卜洛》颂扬了周成王迁都的英明。从序中可知，周巽所以要"补乐"，原因是唐代元结所作《补乐歌》十首"有其名亡其辞"了，故而努力"考之传记，义或存焉。采其名义以补之"。周巽曾编过《历代乐府诗辞》，书虽不传，但其宗古、复古宗旨与《补古乐歌十首》如出一辙。

杨维桢《义鸽三章》也是一组"补亡"诗。"予读康里相家《义鸽志》，为之喟曰：嗟乎！通文史如卫仲道妻，而有不鸽如者。彼忍于不义，不忍于死尔。蕞尔鸽，非有伦理之教诏也，又岂识有一醮终身之义乎？而托以死答所配，非其所恶有甚于死者乎？於乎！人之所以异于禽兽者，义尔。而义反灭之，则物性反优于人乎？嘻！吾不知之矣。抑予闻鸽之不止义也，养其子也，鸤鸠之仁；其托书也，鸿雁之信。爰赋三章，以补前人之缺云。"从序中可知，杨维桢是感于鸽之"义"而"补作"。

肃肃兮飞奴，好尔匹兮哺尔雏。吁嗟尔德兮，均慈爱于鸤鸠。(《右一章》)

肃肃兮飞奴，离尔俦兮别尔家。吁嗟尔劳兮，比鸿雁兮将书。(《右二章》)

肃肃兮飞奴，欻相失兮妇夫。死者兮已矣，生谁适兮与娱。朝不粒

---

① 杨镰：《全元诗》，第48册，中华书局2013年版，第406—407页。

兮无与呼,莫不室兮无与居。岂无他俪兮,我俪不如。阅七日以死兮,矢一节而弗渝。吁嗟尔烈兮,继比兴乎关雎。(《右三章》)①

组诗为禽言体,以"肃肃兮飞奴"起句,反复咏赞义鸽。其一,赞美义鸽之"仁",其"好尔匹兮哺尔雏",其养子之慈爱不亚于鸤鸠。其二,赞美义鸽之"信",当其离傅别家时,托书也如"鸿雁之信"那般准时。其三,赞美义鸽之"义",当其妇夫相失时,以"而托以死答所配"。组诗借赞美义鸽之"仁""义""信"讽刺人类之不仁、不义、不信。从序中可明确杨维桢"补前人之缺"的创作动机。

《白翎鹊辞二章》,同样是基于"补亡"初衷。其序云:"客有弹四弦,有《白翎鹊调》。鹊盖能制猛兽,尤善禽驾鹅也。为作《翎鹊词》。"杨维桢闻声有感,"补作"《白翎鹊词》。《全元诗》于诗后注道:"按国史,脱必禅曰:世皇畋于林柳,闻妇哭甚哀。明日,白翎鹊飞集于朵上,其声类哭妇。上感之,因令侍臣制《白翎鹊词》。鹊能制猛兽,尤善禽驾鹅者也。为作《白翎鹊词》二章,以补我朝乐府。"②组诗因"旧词未古"而作,以"白翎鹊"起,以"西极来""来西极"承,反复吟咏,赞美白翎鹊勇猛无畏的形象,"以补我朝乐府"。

汪炎昶《次韵补柳子厚八愚诗》借"补亡"唐代柳宗元"八愚诗"来表明自己的人生态度。"同郡胡敬存,赋《八愚诗》以补柳集之亡,意谓子厚以愚触罪遭谪,其放情丘壑,虽若自得,然于去乡怀土之思,殆有不能免者。予则以为子厚固诚愚矣,而于愚溪一序,卒能大悟其愚,良由得是泉石以澡雪其胸襟故也。因次韵以寄意云。"③从序中可知,"同郡胡敬存,赋《八愚诗》以补柳集之亡",汪炎昶同感于此,既以此诗与友人次韵唱和,也借此诗表达对柳宗元的景仰。这是一组五律写景抒情组诗,具体分咏愚溪、愚丘、愚泉、愚沟、愚池、愚岛、愚堂、愚亭八处景观,均出自唐代文人柳宗元的《愚溪诗序》一文。作者即景赋诗,以"泉石以澡雪其胸襟",表达出遗世独立、坚守气节的人生追求。生逢朝代更迭之际,诗中之"愚",何尝不"智"?如果说柳宗元的放佚永州是被动,而汪炎昶的遁迹原野则明显带有主动色彩。汪炎昶早年受学于孙嵩,得程朱性理之要,不求仕进。宋亡后,与同里江凯隐于婺源山。这也是他"卒能大悟其愚"的原因。

---

① 杨镰:《全元诗》,第39册,中华书局2013年版,第61页。
② 同上,第63页。
③ 杨镰:《全元诗》,第20册,中华书局2013年版,第2—3页。

王灼《碧鸡漫志》卷一《自汉至唐所存之曲》载："大抵先世乐府,有其名者尚多,其义存者十之三,其始辞存者十不得一,若其音则无传,势使然也。"①因为保存的原因,古乐府中"有声无辞"或"有义无辞"者甚多,这为后世的"补亡"留下了空间。由于"补亡"是"有目无辞"或"有声无辞"情况下的创作,想要在音乐与歌辞协合、内容与题目关联上完全与原作一致,存在着极大的难度。

"续作"是元人接受前人影响的又一渠道。"续作"是在原文基础上作进一步的发挥。白珽《续演雅十诗》是元代"续作"典型。诗云:

> 海青羽中虎,燕燕能制之。小隙沉大舟,关尹不吾欺。(《海青》)
> 草食押不芦,虽死元不死。未见涤肠人,先闻弃箦子。(《押不芦》)
> 谁令珠玉唾,出彼藜藿肠。仁人不为宝,良贾宜深藏。(《和林》)
> 婴啼闻木枝,羝乳见茅茹。何如百年身,反尔无根据。(《种羊角》)
> 西狩获白麟,至死意不吐。代北有角端,能通诸国语。(《角端》)
> 才脱海鹤啄,已登方物舆。仰面勿啾啾,我长非侨如。(《小人》)
> 羯尾大如斛,坚车载不起。此以不掉灭,彼以不掉死。(《羯》)
> 八珍肴龙凤,此出龙凤外。荔枝配江姚,徒夸有风味。(《八珍》)
> 滦人薪巨松,童山八百里。世无荆轲勇,惆怅渡易水。(《巨松》)
> 两驼侍雪立,终日饥不起。一觉沙日黄,肉屏那足拟。(《两驼》)②

《演雅》之名是取"演述《尔雅》"之义,最早写作《演雅》的是北宋诗人黄庭坚。这是一组颇为奇特的组诗,引发了诗坛仿效《演雅》的热潮。据周裕锴先生考证:"今存《尔雅》共十九篇,其中释虫、释鱼、释鸟、释兽、释畜五篇是有关动物之名的训诂,而《演雅》的内容只涉及释鱼、释鸟、释虫三篇。尽管黄诗所演述的只是《尔雅》中的一小部分,但《演雅》的取名却以少总多,以偏概全。"③黄庭坚创作《演雅》的动机,除了"格物""讽谕"之意外,还与时人"以诗为戏"的观念有关。

元人白珽《续演雅十诗》正是这样的模仿之作,组诗分咏了海青、押不芦、和林、种羊角、角端、小人、羯、八珍、巨松、两驼十物。诗后有注:"海青,俊禽也。而群燕缘扑之,即坠。物受于所制者,无大小也。""漠北有名押不

---

① 彭东焕、王映钰:《碧鸡漫志笺证》卷一《自汉至唐所存之曲》,巴蜀书社 2019 年版,第 24 页。
② 杨镰:《全元诗》,第 14 册,中华书局 2013 年版,第 160—161 页。
③ 周裕锴:《宋代〈演雅〉诗研究》,《文学遗产》2005 年第 3 期,第 39 页。

芦,食其汁立死。然以他药解之即苏。华佗洗肠胃攻疾,疑先服此。""和林有尼,能吐珠玉杂实。""漠北种羊角能产羊,其大如兔,食之肥美。婴啼木枝,见《山海经》所载。""角端,北地异兽也。能人言,其高如浮图。""小人长仅七寸,夫妇二枚,形体毕具。""西漠有羯,尾大于身之半,非车载尾不可行。""谓迤北八珍也。所谓八珍,则醍醐、麞沆、野驼蹄、鹿唇、驼乳糜、天鹅炙、紫玉浆、玄玉浆也。玄玉浆,即马奶子。""取松煤于滦阳,即今上都。去上都二百里,即古松林千里,其大十围,居人薪之,将八百里也。""沙漠雪盛,命两驼趺其旁,终夜不动,用断梗架片毡其上,而寝处于下,暖胜肉屏,且不起心兵也。"这些诗后"注"重点在于尽物之性,穷物之理,并将动物本性作伦理性的比附。只因海青、押不芦、角端、羯、迤北八珍、驼等非《尔雅》所载之物,故后世读者只将其当作博物学的资料来引用,悖离了"闻者亦有所劝勉"的创作意图。从这个意义上说,无论是、黄庭坚的《演雅》诗,还是白珽的《续演雅十诗》,均反映着文人"以诗为戏"的创作倾向。

滕斌《灵泉翀举自有诗十八章留人间今止存五遂续之》,从标题可知,因翀举自有诗十八章"止存五",故有此十三章"续作"。滕斌曾任翰林学士,出为江西儒学提举,后弃家入天台为道士。这组"续作"共十三章,既有对"道"的理解,如"万法一心""道本自然";也有对道士生活的体验,如"本无尘埃,何事乎浴""玉鸾何许,盍归去来";更有"我为此山,此山为我"哲理感悟。[①] 灵泉翀举为何人,现已无从考证,其诗十八章(止存五章)也无从知晓,但可以确认的是,他与滕斌一定同道中人,滕斌的"续作"反映了二人的相知之深。

元代诗坛"拟作"现象,非常普遍,间接反映了宗唐复古的思潮。有关拟作的动机,王瑶先生在《中古文学史论·拟古与作伪》一文中有中肯的分析:"前人的诗文是标准的范本,要用心地从里面揣摩、模仿,以求得神似。所以一篇有名的文字,以后寻常有好些人底类似的作品出现,这都是模仿的结果。"[②]通过模仿古人的风格、题材、体裁,既可以表明追随者的心迹,亦可以借此与古人一较短长。

对《古诗十九首》的拟作,在元末成为焦点。"宗唐复古"以救宋季金末之弊,成为元初乃至整个元代诗坛的风气,元人大量拟作《古诗十九首》正是在这样的背景展开的。作为文学史上"从未有过的生命的悲歌",《古诗十九首》贯穿着对生命无常的悲吟,反映着汉末文人在政治黑暗、战乱迭起时

---

① 杨镰:《全元诗》,第 29 册,中华书局 2013 年版,第 411—412 页。
② 王瑶:《中古文学史论·拟古与作伪》,北京大学出版社 1986 年版,第 200 页。

代的生存状态及对人生的思考,其情形与元末文人相类。

王炼师,名字生卒年不详。早年出家为道士,长期住持金华赤松山冲和道院,以诗鸣于方外,有《竹林清风集》。其《行行重行行十九首》以《古诗十九首》首句为题,展开"续作",表达了对人生的诸多感慨。其诗云:

明月皎夜光,照我室生白。寥寥知音人,寸步千里隔。相思复相思,无言空脉脉。惠然一晤言,空中闻打麦。(其一)

冉冉孤生竹,渭川千亩中。惊雷露头角,玉板参春风。化龙陂尚在,击竹僧悟空。瑟僴赫咺兮,得美卫武公。虚心君子操,岁寒当与同。(其二)

庭前有奇树,密叶常青青。日照光不漏,风来韵尤清。读书坐树下,交际古人情。其中有至乐,难与冯异论。暝色不能去,月出心愈明。(其三)

迢迢牵牛星,终岁不服箱。皎皎河汉女,机素不成章。双星谁见会,万古遥相望。东西不得语,各在天一方。何事柳柳州,抱拙徒感伤。(其四)

回车驾言迈,云行八极周。追逐赤松子,举手招浮丘。玄圃炼精魄,昆仑气高浮。相与凌倒景,得契逍遥游。大千集一尘,起灭等浮沤。萋斐成贝锦,战争聚貙貅。上挽天河水,一洗万古愁。(其五)

东城高且长,百万森画戟。亭亭小楼西,歌吹喧朝夕。中有婵娟女,绝代表独立。一笑倾人国,倾国人难得。手挥五弦琴,万里动秋色。倏忽迫迟暮,念此见月易。已矣无奈何,叹息复叹息。(其六)

驱车上东门,萧萧白杨路。杳杳泉下人,长眠竟不寤。当时争意气,力排山为仆。安知闭幽宫,草木与俱腐。长生九还丹,神仙不肯度。石髓出神山,化石叹不遇。达人当大观,生死犹旦暮。(其七)

去者日已疏,来者日已亲。来去既异路,今人送古人。今古更相送,贤愚同一尘。水流花自开,山空草自春。九原不可起,千载难再晨。生死理一贯,何必怀苦辛。(其八)

行行重行行,出门天地宽。千里始足下,山海务伟观。只恐日月失,毋辞道路难。邂逅友莫逆,推食劝加餐。一朝秋风起,念我衣裳单。慎勿勿顾返,毋令芳岁残。(其九)

青青河畔草,依依堤上柳。天涯万里心,岁岁征人手。草色几春风,柳长忽生肘。索居无所亲,念我平生友。对酒且当歌,少年成白首。(其十)

青青陵上柏,郁郁涧底松。岁寒色不改,云气长濛濛。深根盘厚地,直干撑晴空。耻彼秦大夫,绰有古人风。欲荐明堂用,材大未可供。(其十一)

今日良宴会,满座皆激烈。浩气塞乾坤,精衷贯日月。欢聚一阛间,长筵终当歇。何贵复何贱,何巧复何拙。胡为歌大风,壮士倏屠灭。永怀商山翁,高卧自怡悦。(其十二)

西北有高楼,可仰不可上。亭亭耸浮空,十二楼同敞。中有古仙人,焚香披鹤氅。矫首招我来,一举凌万丈。空阔浩无边,钧天发空响。掣水置玉壶,沆瀣承金掌。相与访安期,瓜枣奉清响。(其十三)

涉江采芙蓉,将以遗所爱。所爱在远方,独立气盖代。欲语招不来,良辰不我在。常恐歇芳鲜,愿言以为佩。(其十四)

生年不满百,强作无穷期。生铁作门限,每为识者嗤。不如安一壑,居易以候之。岂北山泽癯,辟谷怕苦饥。幸有紫霞杯,可闭白板扉。万事聊复尔,乐天复奚疑。(其十五)

凛凛岁云暮,呼童拾荆薪。延客地炉坐,一室回阳春。举世慕显达,胡为长隐沦。垂头笑不答,静定全我真。纷纷夸毗子,直登要路津。荣华荡其心,驰骛捐其神。一朝天夺魄,鹊玉灭其身。千古有许由,尧让不肯君。(其十六)

孟冬寒气至,凝冻沍冰柱。门前北风恶,兀坐不出户。良朋久别离,会面苦不语。虑澹心自和,情真意愈古。居山幸少安,行路诚良苦。关河多雪霜,欲去更延伫。(其十七)

客从远方来,赠我古锦囊。囊中何所有,天门龙虎章。一读心目明,再读笙鹤翔。珍藏石室久,上冲牛斗光。治道贵清静,吾将献明堂。(其十八)

明月何皎皎,泠然洗我心。我心本如月,皎皎难比伦。月有云雾蔽,心有利欲昏。要当复其初,万古明太清。清光长不灭,三五娟娟盈。矫首谢形字,翳鹤登蓬瀛。(其十九)①

组诗名《行行重行行》,十九首诗也未标分题。其一,以月光的皎洁写心情的黯淡,感慨知音难觅、相思无处倾诉的苦闷。其二,借对孤竹的赞美,表达了"虚心君子操,岁寒当与同"美好期待。其三,以"庭前有奇树"起兴,写庭中读书之乐。其四,以牵牛织女之典,表达对有情人应成眷属的祝福,对柳宗

---

① 杨镰:《全元诗》,第24册,中华书局2013年版,第92—94页。

元被贬柳州表达了同情。其五,再现了"追逐赤松子,举手招浮丘"的道士生涯,展现出"得契逍遥游"的美妙。其六,以"中有婵娟女,绝代表独立"言容颜易逝、人生苦短。其七,以泉下人"长眠竟不寤"起兴,表达了对世事纷争的达观态度。其八,以"去者日已疏"与"来者日已亲"相对照,表明虽来去异路,但生死同理,贤愚同尘,没有必要辛苦一生。其九,告诫人们走出家门,见识世界,珍惜友人,勿令时光流逝。其十,以堤上柳"依依"之状来表离别之情形和独居的苦闷,借以传达对亲友的思念和珍惜年华之意。其十一,以"陵上柏""涧底松"未受重用,感叹怀才不遇之情。其十二,从宴会场合的慷慨激昂写起,感悟人生短暂,贵贱巧拙终归灰烬,不如遗世独立,永享太平与安宁。其十三,以道士焚香披鹤氅闲逸生活告诫世人,要超越世事的纷争,享受仙境的美好。其十四,以"涉江采芙蓉"起兴,传达了对远行恋人的思念之情和对青春不再的隐忧。其十五,告诫世人对短暂生命中的苦难要有达观的态度,强调以安贫乐道姿态以尽其生。其十六,将世俗的荣华与隐士隐逸作了对比,直言"荣华荡其心,驰骛捐其神",有害养生之道,不如隐士的静定"全真"。其十七,以冬季气候寒冷来衬托友人造访的温暖,末尾表达出对友人远行的牵挂。其十八,以客赠龙虎章起兴,表达对治道"贵清静"的推崇。其十九,以明月的皎洁形容内心的纯洁,晓喻世人勿为利欲蒙蔽双眼,保其初心。整组诗歌与《古诗十九首》的"生命悲歌"相通,也有不同之点。作者以道士身份写诗,充满道家机理,留下鲜明的遗世色彩。折射出易代之际,社会动荡不安情况下文人的无可奈何的心态。

孙辙《拟古四首次杨志行韵》分别模拟《古诗十九首》中"涉江采芙蓉""孟冬寒气至""青青河畔草""明月皎夜光"等篇而作。诗曰:

> 涉江采芙蓉,江水何澄鲜。朱华映朝旭,窈窕薰风前。相望不盈咫,风波良独艰。揽之置怀袖,抚玩空长叹。春荣众所慕,泯默无复言。(其一)
>
> 孟冬寒气至,眂彼庭中树。忽得故人书,中有相思句。故人隔异县,相望良独苦。候虫鸣广除,落叶被衢路。凄其对摇落,登高讵能赋。白发生镜中,荏苒流年度。故人岁寒姿,亦有济胜具。相期佩飞霞,共饮金茎露。(其二)
>
> 青青河畔草,春至不复腓。延缘被陂坂,饱彼牛羊饥。荏苒时序迁,王孙终未归。西风一萧瑟,楚客空伤悲。安知壮士心,金石乃不移。阴阳无停运,垂柳生金丝。鸟鸣百花关,回首乃尔为。丈夫贵自勖,千载以为期。(其三)

　　　　明月皎夜光，出自河汉东。众星烂以繁，牵牛正当中。永怀乘槎
　　人，上与河源通。溯游往从之，杳杳将安穷。至人凌倒影，千载幸一逢。
　　愿言揽其祛，一洗尘埃空。乘风游汗漫，历历天九重。有志未能就，忧
　　心徒冲冲。（其四）①

　　组诗借古诗十九首游子思妇题材，表达了对友人的思念之情，同时申诉了才
华难展的苦闷。其一，以"涉江采芙蓉"意象，传达出对故人的思念。其二，
言"孟冬寒气至"，收到故人的书信，由"中有相思句"引发出"白发生镜中，
荏苒流年度"的感慨。其三，以"青青河畔草"起兴，表达节序流逝之悲，并
以"丈夫贵自勖，千载以为期"来勉励自己。其四，以"明月皎夜光"反面渲
染，衬托作者心境的黯淡，折射出"有志未能就"的隐忧。无论是情感，还是
表达方式与汉末《古诗十九首》都非常接近，形神俱佳。
　　朱晞颜《拟古十九首》立意与《古诗十九首》完全相同，每诗以《古诗十
九首》相应诗的首句为始。《全元诗》小传引牟巘《瓢泉吟稿序》评其诗云：
"读之愈出愈奇，《拟古》则不失古人作者之意。"②所谓"不失古人作者之
意"，即指"拟作"与原作大体相同，只不过是换了一种说法而已。无论是游
子思妇题材，还是沉郁悲凉的格调，均与原作相类，此种"拟作"则有"泥古"
之嫌了。
　　"拟古"而不"泥古"，借拟古以创新，方为"拟作"的正道。钱宰《拟古十
九首》，虽然每首诗没有标题，却依然是拟《古诗十九首》而作，并在立意上
有所创新。序云："古诗十九首，有风雅之遗音焉。或者谓其未能一于雅正
也。余尝拟之。其一，《行行重行行》，贤者不得于君而作，然但祝之以努力
加餐而已。今拟曰'愿言崇明德，无为终弃捐'，庶几有规谏之意焉。其二，
《青青河畔草》，刺轻于仕进而不能守节者，然但结之以'空床难独守'，则滥
已甚矣。今拟之曰'褰裳竟何为，日夕终风暴'，庶几有警戒之意焉。《今日
良宴会》，美士之不苟进也。然结之以'无为守贫贱'，若劝之使苟进矣。今
拟曰'无为受羁绊'。《回车驾言迈》，自伤不见用于时也，然结之以'荣名以
为宝'，若急于仕矣。今拟曰'荣名何足言'。《东城高且长》，自伤不得仕
进，而惟'燕赵多佳人'之比。今拟曰'邹鲁多哲人'、'束带升其堂'。《生年
不满百》，勉人及时宴乐，而惟'仙人王子乔'之慕。今拟曰'重华何人哉，还

---

　　① 杨镰：《全元诗》，第20册，中华书局2013年版，第116—117页。
　　② 杨镰：《全元诗》，第18册，中华书局2013年版，第314页。

可与等夷'。皆勉之使归于正云。诸篇皆然。"①钱宰以《古诗十九首》为本事,并根据具体情况,对其"未能一于雅正"之处,提出改变,而"勉之使归于正"。个中原因,黄才伯称"博士病近代新声太繁,刻意古调拟汉魏而下诸作,补其未驯者,词林称之"②。所谓"雅正",应是诗歌语言的雅驯,内容的淳正。钱宰从此着手,显示出"拟古"而不"泥古"的创新意识。

孙蕡《拟古诗十九首》也是这方面的典范。《全元诗》分散收录,但诗题与《古诗十九首》一一对应。从十九首拟诗内容看,无论是从语言形式,还是诗歌结构均自出机杼,与原诗存在很大不同。如《青青原上柏》,"原诗"述宴酣之乐,继而陷入时光流逝的忧思;"拟诗"写游历洛阳时所见所闻,表达了盛衰之变的沧桑感。又如,《今日良宴会》,"原诗"为失意之士的不遇之歌,"拟诗"写待嫁女子的闺愁。尽管孙蕡的拟作内容未脱游子、思妇题材,但在诗歌主旨和表达技巧方面呈现出"求新求变"的意识。其拟诗或雄浑豪迈,或清圆流丽,整体风格与魏晋相类。正如黄才伯所评:"仲衍诗初若不经意,而气象雄浑,兴喻深致,骎骎乎魏晋之风。"③"仲衍"是孙蕡的字。从黄氏评价可知,孙蕡《拟古诗十九首》已登堂入室达到"神似"层面,非寻常人可比。元末文人拟作《古诗十九首》,除了"宗唐复古"的因素外,混乱的时局恐怕是主要原因,文人在拟作中与古人"对话",呈现出悲凉基调下的自我疏解的用意。

元代中期以来文化观念上的复古倾向,直接导致元末古乐府运动的兴起,文人"拟作"古乐府成为热潮,王祎的《拟唐凯旋歌四首》堪为典范。"按《唐书·乐志》,凡命将出征,有大功献俘馘,其凯乐用铙吹二部,乐器有笛、筚篥、箫、笳、铙,吹歌七种,迭奏《破阵乐》等四曲。一《破阵乐》,二《应圣期》,三《贺圣欢》,四《君臣同庆乐》。初,太宗平东都,破宋金刚,其后苏定方执贺鲁,李勣平高丽,皆备军容凯歌以入。贞观、显庆、开元礼乃无仪注,而太常旧有《破陈乐》《应对期》两曲歌辞。至太和三年,始具仪注,又补撰二曲,为四曲。今观其辞,语意凡近,无足取者,乃因用其曲名,别撰歌辞,以备采择云。"④从序中可知,王祎对《破阵乐》《应圣期》《贺圣欢》《君臣同庆乐》四曲歌辞"语意凡近,无足取者",堪是不满,"因用其曲名,别撰歌辞",故有此作。《破阵乐》歌颂元廷扫荡一切对手的浩大气势。《应圣期》歌颂元代的盛世气象,夷夏一统,天降祥瑞。《贺圣欢》歌颂圣君贤臣,创建亘古

① 杨镰:《全元诗》,第41册,中华书局2013年版,第176—177页。
② (清)朱彝尊:《明诗综》卷八《钱宰》,上海古籍出版社1993年版,第133页。
③ (清)朱彝尊:《明诗综》卷一一《孙蕡》,上海古籍出版社1993年版,第192页。
④ 杨镰:《全元诗》,第62册,中华书局2013年版,第224—225页。

未有之"太平"世界。《君臣同庆乐》描写普天同庆的场景,君臣同心同德,共享欢乐时光。较之唐代的凯旋歌,王祎的"拟作"展示了元廷开疆辟土的不朽功绩及"海宇混一"的非凡气象,充满着巨大的震撼力。

叶懋《古乐府十四首》所拟对象是"古乐府",诗序交代了写作的动机:"古骚人韵士身处乱离,未尝不寓情于篇翰,以发其悲惋愁郁之气,情激于中不能自已,殆犹霜钟候管,时至而声气自相鸣应者也。余尝读屈原《九歌》《怀沙》,阮籍《咏怀》诸诗,及杜少陵、李太白《秋风》《出塞》《远别离》等作,千古令人堕泪。信乎! 声诗之好,其感于人心之深者如此。余生逢兵革,今渐老矣。适丁其时,顾思前贤,经心阅目,若合一契,因取古题作乐府一十四章歌之,以寄其意。或取其义于彼而发兴于此,或感古以嗟今,或咏歌其事而慷慨忧伤有不能自已者,虽词意工拙,不敢以拟古人,而其悲惋愁郁之气,则不以今昔之殊而有异也。辑而录之,以识岁月云耳。鄱阳叶懋谨序。"①组诗分《九疑山行》《双剑行》《古长城吟》《天马歌》《鸿门宴》《滹沱河吟》《清渭吟》《吴江铁马行》《金铜仙人辞汉歌》《牧羝行》《华亭曲》《秦楼曲》《鸡鸣度关曲》《淮阴词》等题,借古人酒怀,浇自己块垒,以写"身处乱离"的遭遇,一洗"悲惋愁郁之气",目的便是"感古以嗟今"。

沈贞《乐神曲十三章》是一组反映吴地"尚鬼好祀"风俗的骚体诗。其序云:"乐神曲者,拟《楚辞·九歌》而作也。吴人尚鬼好祀,祀必以巫觋作乐、歌舞、迎送、登献,至有亵嫚者,禳灾徼福,不知其分,滋黩至矣。甚者,又不知阴阳人鬼之义,则其燕昵沉溺之心,无所不至。且祭也,有淫乐而无正辞,有野歌而不发其旨。故为此。每章以明其鬼神之理,祛其荒淫之志,立其祷祠之意。"②这组诗因原作"有淫乐而无正辞,有野歌而不发其旨",故沈贞重新"改作",分《城隍祠》《风伯》《雨师》《社神》《湖神》《境上神》《五圣》《野鬼》《兵伤》《乡厉》《青苗神》《迎神》《送神》十三章,中间十一章,各祀一神,末二章为迎神、送神的乐章。

元代拟古乐府最多的当属周巽,其《拟古乐府一百五十四首》序云:"余读太原郭茂倩所辑乐府诗,上自唐虞三代歌谣,下逮汉魏晋宋齐梁陈隋唐,君臣所拟诸体乐曲歌辞凡百卷,渊乎博哉。服膺岁久,粗会其意。因以汉鼓吹、横吹、相和、清商舞曲、琴曲、杂曲并近代新乐府辞,仿其体制,杂以平昔见闻,积成百有五十四篇。第学识浅陋,音节舞调未能合乎古作之万分。然于刍荛之言,或有可采。暇日令丘彬编次为二卷,以俟知音者相与正焉。岁

---

① 杨镰:《全元诗》,第47册,中华书局2013年版,第181—182页。
② 杨镰:《全元诗》,第51册,中华书局2013年版,第21页。

在丙辰九月望日,龙唐耄艾周巽谨识。"①由序文可知,周巽所以拟古乐府与郭茂倩《乐府诗集》影响有关。他模仿其中的旧题与新题,而"积成百有五十四篇",并统称为"拟古乐府"。无论是乐府古题,还是自创新题,笔触都指向现实,表现了诗人的忧患意识。

元人拟古乐府,一方面是补元诗于古乐府之阙,另一方面也是纠正当下乐府之弊,突出"风雅"之旨。这种诉求,婉如一条红线,贯穿元代诗坛始终,并在"铁崖乐府诗派"主张中得到体现。王辉斌先生说:"元末以杨维桢为首的'铁崖乐府诗派',以'力复唐音'与'宗唐复古'为己任,使得'古乐府'的创作在当时成了一种风气,并于明初诗坛产生着深远影响。"②

在"宗唐复古"思潮影响下,元人拟唐代李白、杜甫、白居易、李商隐、王健、韩偓、寒山等成为热点。如,王恽《拟韩子秋怀十一首》《至元辛未岁八月十二日拉马都事才卿游韩氏南庄归效乐天体得诗十绝皆书目前所见觉信手拈来也》、马臻《至节即事十首》(效王建体)、释行端《拟寒山子诗六首》《拟寒山子诗二首》、黄庚《闺情效香奁体四首》、袁桷《马伯庸拟李商隐无题次韵四首》、洪炎祖《次韵答天台杨景羲拟杜陵曲江体五首》、薛汉《和马伯庸御史效义山无题四首》、杨维桢《无题效商隐体四首》、郑元祐《出塞七首效少陵》、吴景奎《李长吉十二月乐辞》、周霆震《复愁十二首》(拟杜甫《复愁十二首》)、段天祐《追和唐询华亭十咏》、曹文晦《效老杜出塞九首》、唐桂芳《伏读高昌金宪公唐律十有二首爱其清新雄杰殆本天成非吟哦造次可得韩退之慕樊宗师文苏子瞻拟黄鲁直体惟其有之是以似之区区虽欲效颦第恐唐突西施耳》《效唐律二解兼寄弘甫夏君二首》、郭翼《拟杜陵秋兴八首》、华幼武《拟比红儿赋解语花三首》、胡奎《拟唐人十二月乐章并闰月》等,大多数以唐人为"拟作"对象,"尊唐"倾向十分明显。

对唐人的拟作,沿袭了六朝以来的两种不同的模式:一是拟其体式,"往往沿题而作,既拟原作之声韵字句,也拟其意象和题旨。……文人模拟前人之体式而抒发一己之情志,往往能促成某种文体惯例或文类形式的形成。"二是拟其体貌,"借前人旧题、体制、意象、声律、事典进行创化以抒发自我情志,他们的作品虽然迭相祖述,但作者颇能运法于心,得鱼忘筌,夺胎换骨,点铁成金而创作出独具风貌并足以与前作媲美的拟作佳品。"③前者亦步亦趋,不脱前人窠臼;后者若即若离,离形得神。不管是哪种模式,"拟作"

---

① 杨镰:《全元诗》,第48册,中华书局2013年版,第390页。
② 王辉斌:《论元代的诗派及其宗唐复古倾向》,《江淮论坛》2012年第4期,第165页。
③ 贾奋然:《六朝文体批评研究》,北京大学出版社2005年版,第182—184页。

与"原作"都存在着某种程度的"一致性",这正是元人"宗唐复古"的全部意义所在。

三、"天宝宫词热"与元末文人的诉求

元代后期,诗坛出现了"天宝宫词"创作热潮。主要有顾瑛《天宝宫词十二首寓感》、马祖常《拟唐宫词十首》《翰林故事莫盛于唐宋聊述旧闻拟宫词十首》、张昱《唐天宝宫词十五首》、贡师泰《和马伯庸学士拟古宫词七首》、冯玉麟《拟宫词二首》、胡奎《唐宫行乐词二首》等,他们通过对天宝年间李杨故事的反思,表达了"谁与苍生致太平"的呐喊,推动着元代宫词风格的转变。

元末文人争作天宝宫词的原因,与元末的社会现实相关。"元朝统治者的骄奢侈靡亦愈演愈烈,各级官吏卖官鬻爵,贿赂成风。虽然元中期恢复了科举取士,在一定程度上给知识阶层提供了传统的从政出路,但是文人在短暂的狂热进取之后,得到的却是对现实更清醒的认识。于是一些作家开始绝意仕进,自觉转入市井生活。"①元人大量创作天宝宫词,并非留意于李杨爱情故事的凄美,而是借古讽今,将乱世的责任指向当下的最高统治者。

顾瑛《天宝宫词十二首以寓所感》(一作《唐宫词次铁崖先生无题十首》,又作《和杨铁崖唐宫词十首》)即是这一背景下的产物,其诗云:

> 天宝鸡坊宠贾昌,不教蝴蝶上钗梁。锦绷昼浴天骄子,绛节朝看王大娘。芍药金栏开内苑,蒲萄玉盏酌西凉。月支十万资胭粉,独有三姨素面妆。(其一)
> 五家第宅近天家,侍女都封系臂纱。池上桃开销恨树,阁中香进助情花。风回辇道鸾铃远,日射龙颜雉扇斜。韩虢并骑官厩马,醉挼丞相踏堤沙。(其二)
> 莲花池畔暑风凉,玉竹回文宝簟光。贪倚画屏巢翡翠,误开金锁放鸳鸯。轻绡披雾夸新浴,堕髻敧云衒晚妆。笑指女牛私语处,长生殿下月中央。(其三)
> 五色卿云护帝城,春风无处不关情。小花静院渝吹笛,淡月闲房背合筝。凤爪擘柑封钿合,龙头泻酒下瑶罂。后宫学做金钱会,香水兰盆浴化生。(其四)

---

① 涂小丽:《元诗中的一朵奇葩——论元代的天宝宫词》,《民族文学研究》2011 年第 3 期,第 42 页。

龙旂孔盖拥鸾幢，步辇追随幸曲江。鸟道正通天上路，羊车直到竹间窗。桃花柳叶元无恨，燕子莺儿各有双。中贵向人言近事，风流阵里帝先降。（其五）

秘阁香残日影移，灯分青玉刻盘螭。琵琶凤结红文木，弦索蚕缫绿水丝。金屋有花频赌酒，玉枰无子不弹棋。传宣趣发明驼使，南海今年进荔支。（其六）

近臣谐谑似枚皋，侍宴承恩得锦袍。扇赐方空描蛱蝶，局看双陆赌樱桃。翰林醉进清平调，光禄新呈玉色醪。密奏君王好将息，昨朝马上打围劳。（其七）

虢国来朝不动尘，障泥一色绣麒麟。朱衣小队高呵道，粉笔新图遍写真。宝雀玉蝉簪翠髻，银鹅金凤踏文茵。一从羯鼓催春后，不信司花别有神。（其八）

十三女子擘箜篌，选作梨园第一流。却道荷花真解语，岂知萱草本忘忧。红鸾不照深宫命，翠凤常看破镜羞。舞得太平并万岁，五年谁赐锦缠头。（其九）

五王马上打球归，赢得宫花献贵妃。乐起阁门边奏少，祸因台寺谏书稀。侍儿随掌皆颁紫，骰子蒙恩亦赐绯。姊妹相从习歌舞，何人能制柘黄衣。（其十）

新制霓裳按舞腰，笑他飞燕怕风飘。玉蚕倒卧蟠条脱，金凤斜飞上步摇。云母屏前齐奏乐，沉香火底并吹箫。只因野鹿衔花去，从此君王罢早朝。（其十一）

宫衣窄窄小黄门，踯躅初开赐缥盆。夜月不窥鹦鹉冢，春风每忆凤皇园。爱收花露消心渴，怕解金珂见爪痕。只有椒房老宫监，白头一一话开元。（其十二）

组诗除其二、其九《玉山名胜集》卷下不载外，其余与《全元诗》一样。杨镰先生按："组诗后，明万历刻本《玉山名胜集》有注：廉夫评曰：'十诗绵联缛丽，消得锦半臂也。'"①意指其诗与锦半臂一样华美，相得益彰。其一，以贾昌斗鸡获宠事，极写开元、天宝间宫廷斗鸡之风，批判上层社会的奢靡。其二，写杨国忠兄妹骄纵荒淫，揭露出统治者的昏庸和朝廷腐败。其三，写唐玄宗与杨贵妃在长生殿里长相厮守，不理朝政，埋下"长恨"的种子。其四，写春天宫女日常生活，宫女借音乐排遣寂寥时光。其五，极写唐玄宗与杨贵

_____

① 杨镰：《全元诗》，第49册，中华书局2013年版，第39—41页。

妃游幸曲江的场景,讽刺唐皇的"风流"误国。其六,以"南海今年进荔支"极写杨贵妃骄奢淫逸的生活。其七,写君臣唱和的场景,讽刺朝廷上下,耽于安乐,不思进取。其八,讽刺虢国夫人来朝飞扬跋扈的嚣张气焰。其九,写少年宫女的歌舞生活和难捱的忧愁。其十,讽刺唐玄宗"五王"兄弟邀功取宠,讨杨氏姐妹欢心。其十一,讽刺唐玄宗耽于享乐,不理朝政。其十二,借白头宫女回忆唐朝开元天宝间事,道出沧桑之变。顾瑛对前代史书杂录中有关唐天宝年间故事进行了系统梳理,其目的就是警示当朝统治者,借此抒发内心的无奈与痛楚,这正反映了元末乱世文人惶恐不安的心态。

马祖常《拟唐宫词十首》同样以反映宫廷生活为内容,其诗云:

> 华清水殿绣夫容,金鸭香消宝帐重。竹叶羊车来别院,何人空听景阳钟?(其一)
> 银床井冷露溥溥,半臂熏衣钏辟寒。不恨长门冬夜永,小奴休报袜罗单。(其二)
> 长门月转漏声催,自熨寒衣减带围。休怕官家嫌体弱,细腰曾是楚王妃。(其三)
> 合宫舟泛濯龙池,端午争悬百彩丝。新赐承恩脂粉砲,上阳不敢妒娥眉。(其四)
> 茧馆缫丝湿翠翘,夫人纤指织龙绡。罗襦双佩清晨响,只恐君王有晏朝。(其五)
> 八姨粉翠锡千缗,脂盝新妆百宝匀。白发上阳宫女老,补衣重拆绣麒麟。(其六)
> 卯酒微微解宿酲,催花羯鼓报新声。君王好锡承恩宴,辛苦边头百将营。(其七)
> 露兰研粉寿阳妆,衾内新烧百刻香。圆舌教成鹦鹉语,偷将玉笛送宁王。(其八)
> 银河七夕渡双星,桐树逢秋叶未零。万岁君王当宁立,妾身不愿命如萍。(其九)
> 花气蒸霞淑景明,望仙楼上看弹莺。李謩吹笛宫墙外,学得梨园第几声?(其十)①

组诗继承了唐以来宫词多取宫怨题材的传统,在描绘后宫嫔妃日常生活的

---

① 杨镰:《全元诗》,第29册,中华书局2013年版,第396—397页。

同时,又着力书写了她们的深宫怨情。其一,写一位在华清宫中绣花的女子,以"金鸭香消宝帐重"交代宫中环境。第三句化用典故,"竹叶羊车"典出《晋书·胡贵嫔传》:"时帝多内宠,平吴之后复纳孙皓宫人数千,自此掖庭殆将万人。而并宠者甚众,帝莫知所适,常乘羊车,恣其所之,至便宴寝。宫人乃取竹叶插户,以盐汁洒地,而引帝车。"①史书中所记为晋武帝司马炎,其后宫佳丽近万人,因不知如何选择,常常任羊车自由行进,据车停方位决定宠幸何人。宫女们在自己住处插竹叶、撒盐水,以吸引拉车的羊前来,故"竹叶羊车"暗指嫔妃渴望得到皇帝宠幸的心情。"何人空听景阳钟"中的"空"字,道出了失宠宫女的空虚与寂寥,真可谓几家欢乐几家愁。其二、其三抒写失宠宫妃的哀怨之情。《汉书·孝武陈皇后传》载:"擅宠骄贵,十余年而无子,闻卫子夫得幸,几死者数焉。上愈怒。后又挟妇人媚道,颇觉。元光五年,上遂穷治之,女子楚服等坐为皇后巫蛊祠祭祝诅,大逆无道,相连及诛者三百余人。楚服枭首于市。使有司赐皇后策曰:'皇后失序,惑于巫祝,不可以承天命。其上玺绶,罢退居长门宫。'"②陈皇后因施行巫蛊之术被打入长门冷宫,据说还曾掷重金托司马相如作《长门赋》抒发怨情,然其真实性尚有待考证,陈氏最终在长门宫内郁郁而亡,自此长门宫便成了冷宫的代名词。诗人化用"长门"典故,来传达深宫嫔妃的失意之情。"冷""寒"二字,更显意境凄凉,强化了宫娥缠绵悱恻的心理。其四,先写端午时节宫中的热闹景象和帝王对宠妃的宠爱。与前三首借景写怨相比,此处"不敢妒"心理表达更为直接。其六,极言宫女得宠、失宠两重境界。前二句写皇帝派人送来翡翠、妆具等宝物,并御赐铜钱千贯,可谓恩宠有加。后两句刻画了失宠多年、容颜已老的宫女形象,前"热"后"冷",有着天壤之别。元稹《上阳白发人》题解云:"白居易传曰:天宝五载已后,杨贵妃专宠,后宫无复进幸。六宫有美色者,辄置别所,上阳其一也。贞元中尚存焉。"③唐代上阳宫宫女内心的凄凉悲切,在元代后宫同样如此。其九,抒发了妃子对命运无常的感慨与自怜,"妾身不愿命如萍",传达出宫女对不幸命运的抗争。马祖常通过对得宠与失宠者的并置对比,将宫女的快乐与悲伤包蕴其中,强化了宫词的表现力。除了上述这几首带有明显情感倾向的诗歌外,其余部分则以相对客观的笔触再现了宫廷生活:其五写巧手嫔妃从事纺织,其七写君王

---

① (唐)房玄龄等撰:《晋书》卷三一《后妃上·胡贵嫔传》,中华书局1974年版,第961页。
② (汉)班固撰,(唐)颜师古注:《汉书》卷九七上《外戚传上·孝武陈皇后传》,中华书局1964年版,第3948页。
③ (宋)郭茂倩编撰、聂世美、仓阳卿校点:《乐府诗集》卷九六《新乐府辞》,上海古籍出版社1998年版,第1016页。

赐宴慰劳将士,其八写闺中妃子的闲情乐事,其十写宫中的娱乐活动,将宫廷生活,尤其是宫女生活立体地展现出来。

《翰林故事莫盛于唐宋聊述旧拟宫十首》是另一组反映唐代天宝年间宫廷生活的组诗,其诗云:

> 禁钟初动趣传宣,衣袖薰香到御前。渐近官门扶下马,内官分引导金莲。(其一)
>
> 御笔圆封草相麻,龙笺香透拥金花。仪鸾敕设庭前候,赐酒方终更赐茶。(其二)
>
> 制草涂鸦未敢删,内珰宣引侍龙颜。已分笔格金蟾滴,更赐端溪紫砚山。(其三)
>
> 春帖分裁阁分多,宫娥争馈缬绡罗。春丝菜饼银盘送,幡胜新题墨旋磨。(其四)
>
> 文思如泉涌墨林,屏风院吏不须寻。旧时内相诸孙在,犹有当年扫阁金。(其五)
>
> 入院听宣席未温,赐金已向案头存。清晨上马还家去,内出黄麻付阁门。(其六)
>
> 清馥香温酒玉脂,祝文已撰报都知。夜来奉旨传丞相,五朵云浓押省咨。(其七)
>
> 天孙夜度玉潢清,内托银盘涌化生。秋思未多团扇在,拟题宫怨月分明。(其八)
>
> 盘雕晕锦是冬衣,鸽炭初生酒力微。闻道边臣风雪苦,口宣腊药布皇威。(其九)
>
> 赞书誊副节楼前,筐筐盈庭邸吏传。深恨胡芦陶学士,受渠犀玉索金钱。(其十)①

组诗以唐宋时期翰林学士的活动为描写对象。翰林院始设于唐代,一些擅长文词的官员被选入其中,负责替皇帝起草诏制。"御笔圆封草相麻,龙笺香透拥金花""制草涂鸦未敢删,内珰宣引侍龙颜""文思如泉涌墨林,屏风院吏不须寻""清馥香温酒玉脂,祝文已撰报都知""夜来奉旨传丞相,五朵云浓押省咨""赞书誊副节楼前,筐筐盈庭邸吏传",诸多文件,均须由翰林学士起草,他们于皇帝的重要性不言而喻。身居此般要职,丰厚的赏赐自然

---

① 杨镰:《全元诗》,第29册,中华书局2013年版,第393—394页。

是源源不断:"仪鸾敕设庭前候,赐酒方终更赐茶""已分笔格金蟾滴,更赐端溪紫砚山""春丝菜饼银盘送,幡胜新题墨旋磨""入院听宣席未温,赐金已向按头存",赏赐物不仅数量多,品种也很丰富,既有茶、酒、点心等食品,也有笔架、水盂、端砚等文房用具,有时还直接赏赐黄金(其六注云"故事:入院传旨毕,赐黄金十两,始草制"),由此也侧面反映出翰林院在国家机构中的显要地位以及皇帝对翰林学士的器重。通过这十首诗,较完整地展现了翰林学士的日常工作内容,并凸显了其在辅佐君主完成国家事务过程中所不可或缺的作用。

马祖常的宫词组诗描写内容不尽相同,既有宫女生活,亦有宫廷文人生活,反映了元代宫廷生活的方方面面,具有一定的史料价值。特别是以宫女题材,他将重点放在她们的情感刻画上,运用典故,借景抒情,凸显了失宠宫妃的深宫怨情和后宫生活的喜乐无常,具有借鉴意义。

张昱《唐天宝宫词十五首》在元末天宝宫词中占有举足轻重地位,其诗云:

> 寿王妃子在青春,赐与黄冠号太真。不是白头高力士,翠华那得远蒙尘。(其一)
>
> 彻夜宫中按羽衣,明朝册拜太真妃。凤凰阁里承恩后,从此君王出内稀。(其二)
>
> 兴庆池头芍药开,贵妃步辇看花来。可怜三首清平调,不博西凉酒一杯。(其三)
>
> 清源小殿合凉州,羯鼓琵琶响未休。为是阿瞒供乐籍,八姨多费锦缠头。(其四)
>
> 蓬莱前殿摘黄柑,一色金盘赐内官。拣得枝头合欢实,画图传与大家看。(其五)
>
> 玉笛当年是赐谁,可教妃子得偷吹。还家剪下青丝发,持谢君王意可知。(其六)
>
> 天子楼前百戏呈,大娘竿舞最惊人。贵妃独赏刘郎咏,牙笏罗袍色色新。(其七)
>
> 舁上儿绷满翠容,黄裙高髻一丛丛。君王入内闻欢笑,赐与金钱满六宫。(其八)
>
> 四海承平倦万几,只将彩戏悦真妃。不平最是弹双六,骰子公然得赐绯。(其九)
>
> 小部梨园出教坊,曲名新赐荔枝香。霓裳按舞长生殿,击碎梧桐夜

未央。（其十）

共指双星出殿迟，并肩私语有谁知？君王未出长安日，肯信人间有别离？（其十一）

香囊遗下佛堂阶，不使君王不怆怀。想着当年雪衣女，羽衣犹得苑中埋。（其十二）

勤政楼中夜正长，上皇西望转凄凉。侍儿惟有红桃在，一曲凉州泪万行。（其十三）

龙女殷勤道姓名，凌波池上乞新声。周公不入君王梦，谁与苍生致太平？（其十四）

天宝年中宠贾昌，黄衫年少满鸡坊。绛冠斗罢罗缠项，又得君王笑一场。（其十五）①

这组以唐代天宝年间历史事件为素材的宫词，内容与前者所写大同小异。其一、其二两首，写了杨贵妃从寿王妃变成尼姑太真，又由太真身份受宠变为皇上妃子的过程。"凤凰阁里承恩后，从此君王出内稀"句，讽刺唐玄宗自得到贵妃后，便"六宫粉黛无颜色"，一心只与贵妃玩乐，再不宠幸其他妃子。其三，写李白奉旨为贵妃写三首清平调的故事。李白却因此得罪佞臣，虽有一身才华，却得不到皇帝重用，无法施展。其四、其五两首，写杨贵妃在宫廷中歌舞升平的生活。其六，写唐玄宗宠信其他妃子，杨贵妃因妒便回了娘家。贵妃走后，玄宗思念不已。高力士将玄宗的思念告诉杨贵妃，贵妃听后剪下一缕青丝让他转赠玄宗表示自己的思念，玄宗见后将其迎回宫中，二人重修旧好。其七，写贵妃赔玄宗在天子楼前观看"百戏"情境。其八，写六宫粉黛，姹紫嫣红，玄宗逍遥自在的荒淫生活。其九，写承平之际，闲极无聊，玄宗以"彩戏"博取贵妃欢心。其十，写玄宗与贵妃一道在长生殿观赏梨园弟子奏乐起舞情景。其十一，写杨贵妃与唐玄宗在长生殿上共指双星、并肩私语的情景，字里行间透漏出绵绵的情谊。"君王未出长安日，肯信人间有别离"句，道出了世事难料的真理，此时二人并无法知晓日后分离的惨状。其十二、十三、十四三诗，写杨贵妃死后，唐玄宗独自思念故人的悲伤之情。看着往日一起游乐居住过的宫殿，眼前仿佛还有杨贵妃在面前着羽衣舞霓裳的婀娜姿态。然而昔人已不在，只留君王"一曲凉州泪万行"独自凄凉。"不使君王不怆怀""上皇西望转凄凉""周公不入君王梦"等句，尽写马嵬兵变、杨贵妃被赐死给唐玄宗留下的"长恨"。其十五，描述了唐代斗鸡之风

---

① 杨镰：《全元诗》，第44册，中华书局2013年版，第46页。

气。贾昌在七岁因为善于驯养斗鸡,得到了玄宗的宠信,升任五百小儿长。人称之"神鸡童",时谚"生儿不用识文字,斗鸡走马胜读书。"组诗以"又得君王笑一场"收结,极具讽刺意味。"谁与苍生致太平"既是对唐玄宗因情误国、愧对苍生的批判,更是对元末战乱、百姓遭殃的振聋发聩式呐喊。

张昱罗列开元天宝遗事,并非为了追忆开元天宝的奇闻轶事,而是着眼于"谁与苍生致太平"的现实感悟。诗中虽然看似描写杨贵妃与唐明皇的真挚爱情,却句句直指唐玄宗因为对杨贵妃的宠爱,沉溺于后宫美色,不理朝政,导致朝中奸佞横行,政治腐败最终爆发"安史之乱"。历史往事,娓娓道来,不便议论朝政,却把对人物的评价寓于叙事之中,鉴古知今。"谁与苍生致太平?"也因此成为元末文人与中晚唐文人跨时代的共同诉求。张宏生先生说:"反省的文学与人们的思想政治态度或出处取向关系不大,任何一个人,只要他心中有着'兴亡'二字,都不会回避这些客观问题。由于这一前提,这种反省被赋予了超越性,从而形成了整个时代的文学自觉。"[1]张先生将宋元之际的文学称为"反省的文学",很有见地,令人信服。元末诗人对"天宝宫词"的集中吟咏正是他们反省历史、借此向朝廷表达不满的利器。

四、八景文化与"潇湘八景"的接受

元诗在"宗唐"与"宗宋"中摇摆不定,折射出"复古"路径的选择问题。对此,查洪德先生指出:"主唐或宗宋,是元代诗论的重要内容。元人论诗,有主唐的倾向,但并非举世宗唐。元代诗论家的理想,是广学各家,兼取众长,在学唐宋中超越唐宋,形成既不同于唐也不同于宋的元人风格。"[2]

《全元诗》在标题中"标明"拟宋人的组诗,仅见艾性夫的《人名诗戏效王半山二首》,所拟对象为王安石,"半山"是王安石的字。诗题下注云:"此体,权德舆已有。如'半纪信不留,齿发良自愧'之类,皆勉强凑合,不浑成。惟半山诗,云'莫嫌柳浑青,终恨李太白'之句,过权远甚,但'青'字亦外来,似未纯美耳。"[3]联系上下文,则此诗所拟则又由宋上溯至唐了。

然而,对宋代"潇湘八景"的追捧却是例外。元代模仿"潇湘八景"而创作的八景组诗、组画数量众多,各地"八景"层出不穷,已演变成为一种文化现象。有关"潇湘八景"的最早记录,是宋沈括《梦溪笔谈》所载:"度支员外

---

①　张宏生:《宋诗——融通与开拓》,上海古籍出版社 2001 年版,第 202 页。

②　查洪德:《元代诗学"主唐""宗宋"论》,《晋阳学刊》2013 年第 5 期,第 138 页。

③　杨镰:《全元诗》,第 19 册,中华书局 2013 年版,第 147 页。

郎宋迪工画,尤善为平远山水。其得意者,有平沙雁落、远浦帆归、山市晴岚、江天暮雪、洞庭秋月、潇湘夜雨、烟寺晚钟、渔村落照、谓之'八景',好事者多传之。"①虽然有关"八景"的起源尚有争论,但这段文献对后世影响是不容置疑的。

在宋代,宋迪《潇湘八景图》一经问世,便产生了十分积极的影响。著名的书画家米芾给《潇湘八景图》每幅画题诗、写序,进一步扩大了"潇湘八景"的影响。李营邱《八景图》、宋迪《八景图》、孔宗翰《南康八境图》、庞籍《延州城南八咏》、苏轼《虔州八境图八首》《凤翔八观》等,描绘地方八景的诗画作品相继出现,带动了各地"八景"文化的勃兴。

元代大量拟作"潇湘八景"组诗正是元人对宋诗接受的结果,如杨公远《潇湘八景》、岑安卿《予读近时人诗有咏潇湘八景者辄用效颦以消余暇》、易昭《潇湘八景》、李齐贤《和林石斋尹樗轩用银台集潇湘八景韵》、张经《潇湘八景》、张镆《咏清湘八景》、戴良《题潇湘八景》、陈孚《潇湘八景》等,无不以"潇湘八景"为吟咏对象。虽说景观排列并不相同,但内容基本一致,沿袭了宋代"潇湘八景"的审美范式。如陈孚《潇湘八景》诗云:

> 月明水无痕,冷光泫清露。微风一披拂,金影散无数。天地青茫茫,白者独有鹭。鹭去月不摇,一镜湛如故。(《洞庭秋月》)
>
> 山深不见寺,藤阴锁修竹。忽闻疏钟声,白云满空谷。老僧汲水归,松露堕衣绿。钟残寺门掩,山鸟自争宿。(《烟寺晚钟》)
>
> 长空卷玉花,汀洲白浩浩。雁影不复见,千崖暮如晓。渔翁寒欲归,不记巴陵道。坐睡船自流,云深一蓑小。(《江天暮雪》)
>
> 昭潭黑云起,橘洲风卷沙。乱雨洒篷急,惊堕樯上鸦。鼋鼍互出没,暗浪鸣橹牙。渔灯半明灭,湿光穿芦花。(《潇湘夜雨》)
>
> 十里黄晶荧,菰蒲映原隰。乱鸿忽何来,影坠西风急。嘹唳三数行,欲起又飞立。水寒夜无人,离离爪痕湿。(《平沙落雁》)
>
> 日落牛羊归,渡头动津鼓。烟昏不见人,隐隐数声橹。水波忽惊摇,大鱼乱跳舞。北风一何劲,帆飞过南浦。(《远浦归帆》)
>
> 茅屋八九家,小桥跨流水。市上何所有,寒蒲缚江鲤。犬吠樵翁归,家家釜烟起。共喜宿雨收,霞明乱山紫。(《山市晴岚》)
>
> 雨来湘山昏,雨过湘水满。夕阳一缕红,醉眠草茵暖。渔罾晒石

---

① (宋)沈括撰,胡道静校证:《梦溪笔谈校证》卷一七《书画》,上册,上海古籍出版社1987年版,第549页。

上,腥风吹不断。野凫沉更浮,沙汀荻芽短。(《渔村返照》)①

　　这里所刻画的"潇湘八景"泛指潇湘一带八种景观。从题目来看,除"洞庭"和"潇湘"涉及地点外,"平沙""远浦""山市""江天""烟寺""渔村"等都没有确指。由此看来,"潇湘八景"极有可能是先有画而后得名。"洞庭秋月"之言洞庭湖月色无边,月光如泻,水平如镜。"烟寺晚钟"则写深山古寺的钟声杳杳,回荡在夜色之中,渲染着超尘脱俗般静穆。"江天暮雪"之写江雪茫茫,水天一色,钓船漂流。这位"迷航"的钓翁何尝又不是在现实生活中迷失自我的诗人!"潇湘夜雨"写潇湘风卷云涌,暴雨滂沱,江上渔明灭。点染着文人被流放遗弃的悲哀心声。"平沙落雁"言深秋之际,乱鸿飞度,传来数声嘹唳,刺破寒空。形单影只的孤雁与被放逐在外的游子,形神俱合,哀怨之情相类。"远浦归帆"写远航捕鱼的人们晚归,船舱中鱼儿跳舞,码头上人头攒动,人们脸上洋溢着收获的喜悦。暗寓文人渴望"回归"自然与故园之意。"山市晴岚"写是的山村中集市,生活此间的人们享受世外桃源般的宁静与自由。"渔村返照"写雨后湘江水量充盈,夕阳之下,微风拂面,渔民们晾晒着渔网的景观。整组诗歌摹神写照,曲折传情。将文人对现实生活的不满,对回归家乡的渴望,对归隐生活的留恋以及对前途的担忧等融汇在眼前的景色之中。

　　元代"潇湘八景"诗中有相当一部分是题"八景图"的题画组诗。程钜夫的《题仲经家江贯道潇湘八景图》、陈旅的《题陈氏潇湘八景图》、戴良的《题潇湘八景》、凌云翰的《潇湘八景图为镏养愚赋》、揭傒斯的《题王山仲所藏潇湘八景图卷走笔作》等,无不如此。如揭傒斯的《题王山仲所藏潇湘八景图卷走笔作》,诗曰:

　　　　渰渰暗江树,荒荒楚天路。稳系渡头船,莫放流下去。(《潇湘夜雨》)
　　　　冥冥何处来,小楼江上开。长恨风帆色,日日误郎回。(《远浦归帆》)
　　　　朝送山僧去,暮唤山僧归。相唤复相送,山露湿人衣。(《烟寺晚钟》)
　　　　灏气自澄穆,碧波还荡漾。应有凌风人,吹笛君山上。(《洞庭秋月》)
　　　　天寒关塞远,水落洲渚阔。已逐夕阳低,还向黄芦没。(《平沙落雁》)
　　　　定从海底出,且向平沙照。渔网未全收,渔舟还下钓。(《渔村晚照》)
　　　　近树参差出,行人取次多。板桥双路口,此世几回过。(《山市晴岚》)

　　孤舟三日住,不见有人家。昏昏竹篱处,却恐是梅花。(《江天暮雪》)①

　　这组五绝题画诗,是依王山仲所藏"潇湘八景图卷"即景创作,再现了潇湘一带山川河流、日月星辰、风雪烟雨以及春夏秋冬、晨夕光影等自然景观。对农耕渔樵,集市酒肆等民俗活动和宗教活动的呈现,也反映了文人所追求的宁静闲适的生活情调和田园牧歌式的审美心态。对自然的亲近,对隐逸生活的欣赏,使得元人笔下的"潇湘八景"诗呈现出浓郁隐逸文化气息。

　　自古以来,文人们都乐于悠游山水之中,自然景观既是文人审美的对象,也是"一种心理上的必要补充,一种情感上的回忆与追求"②。对特定景观的审美,导致了地方八景诗画的产生。周裕锴先生说:"所谓'潇湘八景'现象,其实包含两个向度,一个是绘画的向度,即一切以'潇湘八景'为题材的绘画作品。另一个是诗歌的向度,即一切题咏《潇湘八景图》之题画诗,以及以'潇湘八景'命名的写景诗。"③诗是"有声画",画是"无声诗",两者在主题内容和艺术效果方面有着共同的追求。

　　宋代八景诗画共生传统,或先画后诗,或先诗后画,或诗画结合,极大地深化了"诗画相生"的创作方式。无论是"潇湘八景"诗之于"潇湘八景图",还是"赣州八景"诗之于"虔州八境图",这些八景诗并非作者据实景而作,而是据画境而作。这一点,可从苏轼《虔州八境图八首》引中略知一二。"《南康八境图》者,太守孔君之所作也,君既作石城,即其城上楼观台榭之所见而作是图也。……后之君子,必将有感于斯焉。乃作诗八章,题之图上。"④其《虔州八景诗》便是据"虔州八境图"而作,直到绍圣元年(1094)他被贬谪岭南惠州,途经虔州登临八境台亲睹佳境,并感叹"前诗未能道其万一也"。同样的道理,八景图也非即景绘形,而是画家在传统诗文中构思而成。"'八景图'画题与其说是宋迪为潇湘实景所触动,毋宁说是他博览了历代潇湘诗文而谙熟潇湘风情神韵,由此衍生出潇湘八景的意象所致。因此,《潇湘八景图》更多的是受有关潇湘文学、诗赋华章的影响而涌动的创作激情所使然。"⑤以惠洪《石门文字禅》中两组"潇湘八景"诗为例:其一是《宋迪作八境绝妙》,这组七言古诗诗题的文字和先后顺序,与《梦溪笔谈》

①　杨镰:《全元诗》,第27册,中华书局2013年版,第177—178页。
②　李泽厚:《美的历程》,天津社会科学院出版社2013版,第279页。
③　周裕锴:《典范与传统:惠洪与中日禅林的"潇湘八景"书写》,《四川大学学报(哲学社会科学版)》2014年第1期,第71页。
④　傅璇琮等主编:《全宋诗》卷七九九,第14册,北京大学出版社1993年版,第9248页。
⑤　冉毅:《宋迪其人及"潇湘八景图"之诗画创意》,《文学评论》2011年第2期,第163页。

的记载丝毫不差。另一组七绝体《潇湘八景》的写作时间不详，则可能写于为演上人作"有声画"之后。这两组诗歌，确立了八景诗或作为题画诗或作为写景诗的基本模式。

"诗画相生"带来的变化，突破了诗画艺术自身的局限，最大限度地发挥了诗情画境的审美功能。诗歌可以描述绘画的内容，增强绘画的抒情性；绘画可提供更直观的形象，弥补诗歌形象的不足，两者相辅相成。受此影响，后代八景画十分兴盛，如宋代马麟《西湖十景册》、牧溪《潇湘八景图》、王洞《潇湘八景图卷》、喻良能《次韵陈侍郎李察院潇湘八景图》、叶茵《潇湘八景图》、宋宁宗时画院待诏作《山水十二景图》等，都是其中杰出代表。

大量的八景诗画出现，不是偶然现象，正是元人自觉接受宋代"潇湘八景"诗画所带来的结果。元代共有110人创作了154组八景诗（见附录三）。从诗歌史看，元代的八景诗，上承宋代，下启明清，其诗史价值和文化地位不可忽视。特别是大量的"城市八景"代替"自然八景"成为八景组诗的主流，是八景文化史上一次重要的蜕变。①

明清之际，八景诗画染上了浓郁的乡土情结和宗族色彩。各地文人墨客、乡绅仕宦将家园的景观艺术化，借群体唱和方式创造出大量的"桑梓八景"（"大八景"）和宗族"小八景"。"八景从最初的精英（文人墨客、乡绅仕宦）审美逐渐演化为一种集体意识，这在客观上又充当了地方认同和情感纽带的重要媒介，并酝酿和培育了以此为依托的深入人心的地方记忆。"②用八景诗画来赞美地方景观可以愉悦心志，显然有助消解寂寞，慰藉"乡愁"的功效。明代金文徵在《鄜州八景倡和》序中称："予官鄜州，去家五千里而强，大石穷谷，非有予江南之乐也。然予适而乐之，知寓之为寓也。州父老相传其地有八景之胜，披署颇暇，聊与之观焉。夫寓不期于寓而至寓，无借乐不期于乐而真乐，从之天地一水也，予与万物一舟也，水与舟相拍浮，浩乎不知所终拍，奚所往非寓也？奚所寓非乐也？予故又曰：至人无累，作八景诗咏。"③这位游宦鄜州的江南士人本有非常强烈的客居心态和思乡情结，在观赏了鄜州八景后，油然而生"与万物为一"的感叹，借以表达"直把杭州作汴州"的思乡情怀。

五、隐逸风气与"田园杂兴体"的接受

除"潇湘八景"外，对范成大《四时田园杂兴》的接受是元诗"宗宋"的又

---

① 李正春：《元代组诗文化论稿：以历史文化为视角的考察》，凤凰出版社2019年版，第158页。
② 赵夏：《我国的"八景"传统及其文化意义》，《规划师》2006年第12期，第90页。
③ 富县地方志办公室：《鄜州志校注》卷五《艺文部》，三秦出版社2009年版，第493页。

一典范。从创作方式言,《四时田园杂兴》继承了杂兴体组诗触物起情,即兴而作,渐次汇录而成的传统。范成大"广泛地继承了过去的农事诗、隐逸诗、乐府诗、山水诗、描写民俗的诗以及子夜四时歌、竹枝词、吴地民歌等诗歌的特点"①,全面反映了宋代石湖一带农村的四时风光、农事劳动和日常生活,具有鲜明的纪实特征。

宋末萧㤿曾作《江上冬日效石湖田园杂咏体》,这是文学史上首次将《四时田园杂兴》当作一种特殊"诗体"(风格)提出,在"石湖田园杂兴体"的传播史上有着重要地位。据刘蔚《论石湖田园杂兴体的艺术渊源》一文研究,其"体"有六大特征:一是"七绝组诗形式",二是"以季节为序联章",三是"在田园这一空间范围取材,内容、主题多样化",四是"语言风格雅俗相济、工拙参半",五是"触物起情,即兴而作,渐次汇总的日记体创作方式",六是"以笔记为诗,隐含志录土风的艺术旨趣"②。

南宋之后,效仿"石湖田园杂兴体"者层出不穷。如刘克庄《田舍即事十首》、萧㤿《江上冬日效石湖田园杂咏体》、毛珝《吴门田家十咏》、赵希逢《和田家八首》、叶茵《田父吟五首》(两组)、方岳《农谣五首》、华岳《田家十绝》等,不绝如缕,对范成大《四时田园杂兴》的接受已呈燎原之势。元代朱泽民曾仿作《山居杂兴四十首》,陈栎称其"寄我四十诗,四时分四类。石湖杂兴篇,清新无二致"③。杨公远《次金东园农家杂咏八首》《次金东园渔家杂咏八首》,与石湖杂兴体章法、风格极为相似。如《次金东园农家杂咏八首》诗云:

> 买酒割鸡祠社后,踏歌搥鼓闹清明。柔桑叶长蚕苗出,从此关门禁客行。(其一)
>
> 林下敧倾茅草屋,门前诘曲竹笆篱。数声清笛知何处,牛背斜阳牧竖吹。(其二)
>
> 迟日丽时秧刺水,午风暄处麦掀髯。一村桃杏红如锦,旋数青铜傍酒帘。(其三)
>
> 趁雨足时翻畎亩,插秧遍后便籽耘。愿天频把甘霖霪,伫看丰年万顷云。(其四)
>
> 尝稻翻匙夸白雪,腰镰荷担刈黄云。逢人谩说空辛苦,偿债输官费

① 钱锺书:《宋诗选注》,人民文学出版社 1989 年版,第 193—194 页。

② 刘蔚:《论石湖田园杂兴体的艺术渊源》,《文学遗产》2013 年第 1 期,第 72—74 页。

③ (元)陈栎:《定宇集》卷三《跋朱复斋山居杂兴四十首》,《文渊阁四库全书》,第 1205 册,上海古籍出版社 1987 年版,第 190 页。

九分。(其五)

四郊穮秠高低熟,几处连枷澎湃声。妇饷区区无寸暇,绩麻犹趁月华明。(其六)

战伐已闻初卸甲,耘籽却喜近添丁。明年小稔应堪望,雪后平畴宿麦青。(其七)

妇作生涯勤杼轴,夫营活计在桑田。老翁榾柮炉边坐,幼稚檐前负日暄。(其八)①

"金东园"其人不详。杨公远字叔明,是宋末元初的遗民诗画家,入元未仕,著有《野趣有声画》。吴龙翰序云:"杨君家松萝白岳下,园池林木蔚然,大类魏野之居,多所得趣,故其襟怀玉雪,不浼点尘。然天地间风月常新,烟云不断,君磨墨濡毫,画难画之景,以诗凑成。吟难吟之诗,以画补足。"②方回也称:"叔明能画能诗,笔愈老而须发如漆,独道貌犹未老矣,岂胸中有所养而然乎?"③这是一组次韵唱和诗,其一写农村买酒割鸡祠社的活动,其二借牧童短笛写出田园悠扬的情韵,其三写夏日田园风光和农家生活,其四写农忙耕种和祈盼丰收,其五写农民向官家交租税后所剩无几,其六写秋日妇女白天忙农活夜纺间忙纺织,其七写冬日雪后麦苗青绿来年丰收在望,其八写农民在"猫冬"中为春耕作准备。杨公远以"实录"的笔法,对农家一年四季的生活作了描述,既写出了农村四时的田园风光,也写出了农事的艰辛忙碌和日常生活的琐碎平淡,将农村生活镜像和盘托出,令人印象深刻。四库馆臣评曰:"其诗不出宋末江湖之格,盖一时风尚使然,一丘一壑,亦有佳致。"④

元代唱和范氏《四时田园杂兴》,以凌云翰《次韵范石湖田园杂兴诗六十首》最为典型。其序云:"予素有田园之趣,每观范石湖《杂兴诗》,欲尽和之,未能也。丁未岁,隐居于苕溪之梅林村,感与时并,事因景集,不能无动于衷。于是取石湖诗韵尽和之,以授诸童子,庶寓山歌野曲之意,览者必有以知予志之所存,避俗翁识。"⑤凌云翰闲居苕溪之梅林村,触物兴怀,将眼前田园之景、农村寻常之事及生活此间的杂感等,随意采撷,有如一篇篇田园生活日记,表达了隐居田园的乐趣。组诗分《春歌十二首》《晚春十二首》

① 杨镰:《全元诗》,第 7 册,中华书局 2013 年版,第 270 页。
② (元)杨公远:《野趣有声画》,(明)陆心源编,许静波点校:《皕宋楼藏书志》卷九五,浙江文丛,第 6 册,浙江古籍出版社 2016 年版,第 1694 页。
③ 同上,第 1695 页。
④ (清)永瑢等撰:《四库全书总目》卷一六六,下册,中华书局 1965 年版,第 1424 页。
⑤ 杨镰:《全元诗》,第 62 册,中华书局 2013 年版,第 337—338 页。

《夏日十二首》《秋日十二首》《冬日十二首》，共六十题，从用韵、结构到题材、风格，都严格承袭"范石湖体"，莫不平淡自然、真趣淋漓，集中展示了其"重真贵趣"的诗学思想。其《钱塘十咏并序》《雪中八咏次瞿宗吉韵》《林子山画二首》等组诗，无不如此。凌云翰生于元明易代之际，在历史的断层中，不得不将自己的政治热情隐藏起来，走进自然田园，以求自保。

传播《四时田园杂兴》，以元初遗民诗社"月泉吟社"的《春日田园杂兴》征诗活动最为著名。如陈舜道《春日田园杂兴十首》、叶颙《秋暮田园杂兴二首》可为代表。至元二十三年（1286）十月十五日，"月泉吟社"以《春日田园杂兴》为题，向各地社友征诗。四方吟士闻风响应，并以通信方式送往浦江，形成了元代诗歌史上一场规模空前的传播活动。据《送诗赏小札》载："月泉社吴清翁盟诗，预于丙戌小春望日以《春日田园杂兴》为题，至丁亥正月望日收卷，月终结局，收二千七百三十五卷，选中二百八十名，三月三日揭榜。"①四库馆臣对此有详细记载："首载社约、题意、誓文、诗评，次列六十人之诗，各为评点，次为摘句，次为赏格及送赏启，次为诸人覆启，亦皆节文。其人大抵宋之遗老，故多寓遁世之意，及'听杜鹃''餐薇蕨'语。"②

对于此次征诗的评选，吴渭在征诗时说，"所谓田园杂兴者，凡是田园间景物皆可用，但不要抛却田园，全然泛言他物耳。……此题要就'春日田园'上做出'杂兴'，却不是要将'杂兴'二字体贴"（《春日田园题意》）③，且艺术上要"形容模写，尽情极态，使人诵之，如游辋川，如遇桃园，如共柴桑墟里"（《诗评》）④。从事后《月泉吟社诗》一书的排名来看，体现了评诗的准则。有研究者称"'品评'接受是建立在'玩味'接受的基础上但又超越'玩味'接受而处于更高的层次上且包含有更多理性内容的一种文学接受范式"⑤。从征诗排名看，月泉吟社很好地贯彻了活动的宗旨。

元初这场声势浩大的征诗活动，杨镰先生称之为"另类科举"。"这一同题集咏活动的特别之处在于，当时已经没有了行之久远的科举制度，'诗社'主动负担起比试文人的艺技的任务。竞赛，夺标，是文人一生追求的目标。而能够主持这样的活动，其'满足感'难于替代；能参加这样的活动，对诗人的存在也具有特殊的意义。正是在这样的背景之下，月泉吟社和它的集咏'春日田园'才成了江南社会生活中的头等大事；才有一个空前绝后的

---

① （元）吴渭：《月泉吟社诗》，《丛书集成初编》本，第 1785 册，中华书局 1985 版，第 67 页。
② （清）永瑢等撰：《四库全书总目》卷一八七，下册，中华书局 1965 年版，第 1703 页。
③ （元）吴渭：《月泉吟社诗》，《丛书集成初编》本，第 1785 册，中华书局 1985 版，第 2—3 页。
④ 同上，第 6 页。
⑤ 邓新华：《中国古代接受诗学史》，上海人民出版社 2012 年版，第 283 页。

规模。"①

《诗评》明确表示"春日田园杂兴,此盖借题于石湖",交代了征诗活动的缘起。吴渭仰慕陶渊明的节操,又受范成大《四时田园杂兴》的启发,综合拟就了《春日田园杂兴》题目,既能写出田园风光,亦能展示隐逸志趣,更能反映出遗民心声。面对家国之变,除了杀身成仁、舍生取义的激烈反抗外,还多了一些儒家的"中和"色彩。

从传播学角度言,以《春日田园杂兴》为题的同题共咏对"田园杂兴体"的传播起到了极大的推动作用,创下了诗歌接受史上一个空前绝后的纪录。与范石湖《四时田园杂兴》相比,《春日田园杂兴》除在思想内容上有"差异"外,在且形式有别(范氏为组诗;征诗为单体诗;范为七绝体,征诗为五七言律诗),但这并不影响前者对后者巨大的影响力。

元代诗坛对前代诗歌经典的接受看似孤立的文学现象,其背后却有着内在的逻辑规定性。从"和陶"、拟作《古诗十九首》,再到争创《天宝宫词》、"潇湘八景"、《四时田园杂兴》,其背后既有现实政治的考量,也有文人生活方式与审美兴趣的影响,更有社会思潮的内在驱动。

第三节　元代组诗对其他文类的渗透

闻一多先生在《文学的历史动向》一文中说:"诗似乎也没有在第二个国度里,像它在这里发挥过的那样大的社会功能。在我们这里,一出世,它就是宗教,是政治,是教育,是社交,它是全面的生活。维系封建精神的是礼乐,阐发礼乐意义的是诗,所以诗支持了那整个封建时代的文化。"②作为文坛的天之骄子,诗在中国历史上享有崇高的地位,有着无比强大的渗透力。蒋寅先生《中国古代文体互参中"以高行卑"的体位定势》一文说:"文体互参是中国古代文学创作中的一个习见现象,古人很早就注意到诗词曲之间、古文和时文、辞赋和史传之间,甚至韵和散文两文类之间,普遍存在着互参现象,并且互参之际显示出以高行卑的体位定势,即高体位的文体可以向低体位的文体渗透,而反之则不可。"③有关中国文学的诗化传统及影响,身处"高位"的诗歌渗透到其他文体的必然性,二人所论有异曲同工之妙。

①　杨镰:《元诗史》,人民文学出版社 2003 年版,第 630—631 页。
②　闻一多:《闻一多全集》,第 1 册,生活·读书·新知三联书店 1982 年版,第 202 页。
③　蒋寅:《中国古代文体互参中"以高行卑"的体位定势》,《中国社会科学》2008 年第 5 期,第 149 页。

明人何良俊《曲论》称"夫诗变而为词,词变而为歌曲,则歌曲乃诗之流别"①。在由诗到词再到曲的嬗变过程中,深受着诗歌抒情性和表达方式的影响。追求诗化情趣,也成了元代文学的共同特征。吴晟先生说:"以往学术界将研究的注意力集中在曲牌联套这一明线上,而忽略了联章体组诗特别是民歌体联章组诗在体式上对戏曲联曲体启示这一暗线,这是不全面的。联章体组诗和组诗的研究,有助于我们对戏曲联曲体的形成来源于这两条线索的全面认识。"②考察元代联章词、重头小令、元曲套数、杂剧套数、明清组剧等形成的过程,即会发现组诗形态"以高行卑"的参透作用非常明显。

元代联章词受组诗影响,形成了普通联章、重句联章和定式联章三种形态。普通联章词指"不拘种种,只以词意一首未尽,遂而多篇相联者"③。如元好问《沁园春·除夕二首》以除夕为背景,申诉乱世之中的生存艰辛;《浪淘沙·为烟中树作二首》借春天桃李争妍,抒发迁逝之感。《鹧鸪天·宫词八首》《鹧鸪天·妾薄命辞三首》两组,则借宫体的香艳婉媚来表现黍离之悲与零落栖迟之感。《蕙风词话》卷三称其"《宫体》八首、《妾薄命辞》诸作,蕃艳其外,醇至其内,极往复低徊、掩抑零乱之致"④,极其准确。

普通联章词有三种情形:一是词牌相同、韵脚相同,内容相近,如冯子振《鹦鹉曲三十首》是一组"续"白贲〔鹦鹉曲〕而作的联章词,因"诸公举酒,索余和之,以汴、吴、上都、天京风景试续之"⑤。分咏"山亭逸兴""荣华梦短""愚翁放浪""农夫渴雨""故园归计""野渡新晴""渔父""市朝归兴""陆羽风流""顾渚紫笋""园父""野客""城南秋思""赤壁怀古""处士虚名""洞庭钓客""黄阁清风""夷门怀古""都门感旧""磻溪故事""兰亭手卷""庞隐图"等景观或遗迹。它们分布在大江南北,被作者以一"隐"字串连,以抒发其怀才不遇之情。虞集《苏武慢十一首》是"追和"全真教冯尊师《苏武慢二十首》而作,或道遗世之乐,或论修仙之事,前后历五六年,经数地而成。凌云翰《苏武慢十三首》是其"偶阅《道园遗稿》,欲尽和之","凡十又三篇",表达了"遗世独立羽化登仙之想"⑥。二是内容相连,词牌相同而韵脚不同,如王国器《踏莎行·为性初徵君赋十首》、沈禧《踏莎行·追次云间

① (明)何良俊:《曲论》,《中国古典戏曲论著集成》,第4集,中国戏剧出版社1959年版,第6页。
② 吴晟:《联章:中国古典诗歌的一种言说体式》,《文学前沿》2005年第1期,第226—227页。
③ 任二北:《敦煌曲初探》,上海文艺联合出版社1954年版,第316页。
④ (清)况周颐著,王幼安校订:《蕙风词话》卷三,人民文学出版社1982年版,第65页。
⑤ 唐圭璋主编:《全金元词》,下册,中华书局1979年版,第918页。
⑥ 同上,第1149页。

王德琏韵为施以和作香奁八咏》,虽押韵不同,数量不一,但都以女性身边琐事为中心,属于典型的"香奁体"。三是词牌、题材并不统一,但统摄于一主题之下。如邵亨贞《拟古十首》是一组拟古组词,分《河传·春日宫词》(拟花间)、《蝶恋花·夜宿西掖》(拟雪堂)、《凤来朝·汴堤送别》(拟清真)、《临江仙·水槛过雨》(拟无住)、《卖花声·早朝应制》(拟顺庵)、《杏花天·垂虹夜泊》(拟白石)、《小重山·尊前赠妓》(拟梅溪)、《鹊桥仙·中原怀古》(拟稼轩)、《浪淘沙·浙江秋兴》(拟遗山)、《唐多令·钱塘晓渡》(拟龙洲),所选用词牌、题材风格各异,但"拟古"形式一以贯之。

重句联章词是指词中某个位置"重复"某些词语或句子,成为联章的标志。"'重句'非指在同一辞内所有迭句,乃指不论齐杂言,凡在同一格调之同组多辞中,如已有五首以上或达全组之三分之二首以上,其同位置之某句或某数句文字首首相同者,始构成'重句联章体',简称'重联格'。"①如王喆《菊花天五首》以"此药神功别有×"②重复起调,分咏丹、风、眼、嗽、食五题,赞美神药之功。《西江月十首》以"堪叹××××"起,以"西江月里×××"③重复,感慨人生多艰。张翥《清平乐·酒后二首》均以"先生醉"④起,呈现酒后憨态和闲逸之趣。梵琦《渔家傲·娑婆苦十六首》以"听说娑婆无量苦"起,反思人生苦难。《渔家傲·西方乐十六首》以"听说西方无量乐"⑤起,申诉西方极乐世界之乐。许有壬《摸鱼子·明初赋摸鱼子寿予,既次其韵,而可行塘成,和之成什,衰病技痒,亦足为十首》以"买陂塘旋栽杨柳"⑥起调,既展示了圭塘美景,也抒发了隐逸之趣和友朋相得之情。弟许有孚、子许桢、友马熙均有《摸鱼儿》同题唱和联章词。

定式联章词又称定格联章词,是以一种固定形式结构而成的联章词,比如四事体、四时体、五更体、十二月歌体、百岁篇、八景体、十恩德等之限段数者曰特定格式。任二北先生认为,定格联章"根据其所咏内容之限制,与前人已表现之体裁,知其主曲皆必守一定之章数,不容增减(十二时于主曲外,有附加之曲,数则无定),有别于普通联章"⑦。四事体,如吴澄《谒金门·依

---

① 任半塘:《敦煌歌辞总编》卷四《重句联章·重句联章总说》,中册,上海古籍出版社 2006年版,第 1045 页。

② 唐圭璋主编:《全金元词》,上册,中华书局 1979 年版,第 199 页。

③ 同上,第 214—215 页。

④ 唐圭璋主编:《全金元词》,下册,中华书局 1979 年版,第 1021 页。

⑤ 同上,第 1162—1167 页。

⑥ 同上,第 962—965 页。

⑦ 任二北:《敦煌曲初探》,上海文艺联合出版社 1954 年版,第 53 页。

韵和孤蝉四阕》以"如何喜""如何乐""如何快""如何悟"①分领,揭示四种不同的生命体验。许有壬《太常引·圭塘四首》,分别咏莲藕、幽人、杨柳、白云"四事",折射出渔樵生活之乐。四时体,如丘处机《望江南·四时四首》以"山中好"起,展示山中四时佳景。长筌子《大官乐四首》《鹧鸪天四首》、许有壬《渔家傲·圭塘四时四首》,或分咏四时修炼体验,或再现圭塘四时美景,同样如此。

有关五更体的源头,《颜氏家训》称"汉魏以来,谓为甲夜、乙夜、丙夜、丁夜、戊夜;又云鼓,一鼓、二鼓、三鼓、四鼓、五鼓;亦云一更、二更、三更、四更、五更,皆以五为节"②,时序特征明显。元代五更体词集中于道家修炼生活,如王重阳《行香子》以"一鼓"到"五鼓"先后,《五更令》《川拨棹七首》中五首以"一更"到"五更"相连;《五更出郎舍七首》中间五首以"一更哩啰出郎舍"到"五更哩啰出郎舍"承接,都再现了"五更"中不同时间段的修道体验。马钰《无梦令·五更寄赵居士》《无梦令·五更》从"一鼓"到"五鼓",《两只雁儿五首》《挂金锁五首》从"一更里"到"五更里";杨真人《辊金丸五首》、无名氏《挂金索五首》《步步高五首》《梧桐树五首》从"一更"到"五更",情形与前同。

十二月歌体联章词,按十二月时序,每月一歌。若遇闰月,则有十三首。如欧阳玄《渔家傲·十二月鼓子词》,从"正月都城×××"一直到"十一月都城×××",只有十月、十二月将"都城"换成了"都人"③,逐月吟咏都城的节序更替、都人的风物习俗。明代杨慎《渔家傲·滇南月令词》,清代包其伟《渔家傲·句町十二月节词》和曹贞吉《蝶恋花·十二月鼓子词》,即受此影响。

八景体词主要以"八篇一体"的形态展现地方自然和人文景观。如张可久《霜天晓角·新安八景》分咏花屏春晓、练溪晚渡、南山秋色、王陵夕照、水西烟雨、渔梁送客、黄山雪霁、紫阳书声之"新安八景"。吴镇《酒泉子·嘉禾八景》模仿"潇湘八景"而作,呈现龙潭暮云、空翠风烟、春波烟雨、鸳湖春晓、杉闸奔湍、月波秋霁、武水幽澜、胥山松涛之"嘉禾八景"。李济贤《巫山一段云·潇湘八景》两组、《巫山一段云·松都八景》两组,其程式与前者无异。沈禧《渎川八咏为施以和填》,分为《浣溪沙·香径春游》《渔家傲·虹桥晚眺》《浣溪沙·美潭渔集》《阮郎归·山市樵歌》《清平乐·太湖月波》《菩萨蛮·灵岩岚翠》《鹧鸪天·锦峰晴雪》《渔家傲·□浦澄霞》,以不同词

① 唐圭璋主编:《全金元词》,下册,中华书局 1979 年版,第 795 页。
② (北齐) 颜之推著,王利器集解:《颜氏家训集解》卷六《书证第十七》,上海古籍出版社1980 版,第 451—452 页。
③ 唐圭璋主编:《全金元词》,下册,中华书局 1979 年版,第 868—870 页。

牌以咏"潩川八景",这在元代八景词中属于另类。

伴随着元词的衰落,元曲一跃而成为文坛的主流。其"同调"联章体制被散曲继承下来,表现为联章小令和套数。李昌集先生说:"联章体在元散曲中乃是一种通见体制,而此式极少见于宋文人词和宋代其它音乐曲艺样式中,有理由说:北曲的联章体乃是唐曲民间联章体的流传,只不过是其中间过程由于是'暗线'而被隐没了。"①认定元代散曲的联章体源于唐代,所言甚是。

联章小令,指围绕同一主题或题材展开,由同一调牌的若干支曲子组成的小令集合体。少则四支,多则可达十数支、几十支。李昌集先生说:"'联章'的纽带虽题材相同、相类,或者情境一致,但其每一首小令可独立存在,具有自身的完整性。这在写景、抒情、咏物等题材的联章体中尤为明显。"②据《全元散曲》统计,联章小令共计1 777首,占小令总数的近一半,体量巨大。这些联章小令,以"组曲"的形式,合咏一事或分咏数事,增强了小令的表达效果。

普通联章小令为同一主题或题材的若干小令的组合。如张可久〔中吕·上小楼〕《春思十五首》以"春思"为中心,展示了闺中女子的伤春的苦态;卢挚〔双调·蟾宫曲八首〕分咏了张丽华等八位"红颜薄命"女子,寄托了作者的深切同情;薛昂夫〔中吕·朝天曲二十二首〕分别对汉高祖等20多位古人逐一点评,借以表达对现实的不满;陈德和〔双调·落梅风〕《雪中十事十首》以雪为线索,将史上与雪有关的典故串联起来,传达出愤世嫉俗的情怀;张养浩〔双调·清江引〕《咏秋日海棠十一首》完整地现了海棠花开花落的全过程,传达了浓烈的迁逝之感;关汉卿〔中吕·普天乐〕《崔张十六事十六首》,分普救姻缘、西厢寄寓、酬和情诗、随分好事、封书退贼、虚意谢诚、母亲变卦、隔墙听琴、开书染病、莺花配偶、花惜风情、张生赴选、旅馆梦魂、喜得家书、远寄寒衣、夫妻团圆,系统反映了张生与崔莺莺相识相爱的过程,犹如情节完整的杂剧;徐瑛〔双调·蟾宫曲〕《青楼十咏》,从"初见"到"叙别",共十个场景,详尽描绘了约妓寻欢的全部过程。陈草庵〔中吕·山坡羊二十六首〕表达了作者对现实的反思,紧扣"叹世"与"归隐"主题展开;汪元亨〔中吕·醉太平〕《警世二十首》、〔中吕·朝天子〕《归隐二十首》、〔中吕·沉醉东风〕《归田二十首》、〔中吕·折桂令〕《归隐二十首》、〔双调·雁儿落过得胜令〕《归隐二十首》等五组联章小令,或叹世或归隐,几乎集前辈

---

① 李昌集:《中国古代散曲史》,华东师范大学出版社1991年版,第38页。

② 同上,第154页。

曲家叹世归隐主题之大成;冯子振〔正宫·鹦鹉曲四十二首〕是一组大型联章小令,主题各异,可视为另类联章小令。

重句联章小令,指小令不同位置重复相应的字词,以强化抒情效果。如元好问〔中吕·喜春来〕《春宴四首》、卢挚〔中吕·喜春来〕《陵阳客舍偶书二首》,同以"××喜春来"作结,传达出喜悦之情。张养浩〔中吕·朝天子十首〕《携美姬湖上四首》以"正好向灯前×"作结,均展示了怡乐的心境。〔双调·沉醉东风七首〕以"因此上功名意懒"收尾,表达了对功名的倦怠和对隐逸的渴望。汪元亨〔中吕·醉太平〕《警世二十首》以"老先生××"收尾,表达对世道的不满。关汉卿〔仙吕·一半儿〕《题情四首》、胡祗遹〔仙吕·一半儿〕《四景四首》、张可久〔仙吕·一半儿〕《寄情二首》,均以"一半儿××一半×"结尾,反复渲染,语俊联翩、艳情飞荡,或道相思情苦,或言四季孤独,或展娇羞之态。卢挚〔双调·湘妃怨〕《西湖四首》以"是个××的西施"作结,马致远〔双调·湘妃怨〕《和卢疏斋西湖四首》、刘时中〔双调·水仙操四首〕,以"××煞××的西施"结尾,与卢挚唱和,分咏西湖四季美景;滕斌〔中吕·普天乐〕《归去来十一首》以"归去来兮"结尾,徐再思〔双调·红锦袍四首〕以"那老子××××××"起,以"归去也"结,或言归隐之乐,或羡隐士之闲。这些重句联章小令,因意象的重复迭现,抒情意味甚浓。

定式联章主要集中于四事体、四时体、十二月歌体、八景体等领域,形成了固定的体式。四事体,如刘时中〔双调·折桂令四首〕、赵显宏〔中吕·满庭芳四首〕分咏农、耕、渔、牧四种生活;鲜于必仁〔双调·折桂令〕则咏琴、棋、书、画文人四艺;钟嗣成〔南吕·骂玉郎过感皇恩采茶歌十六首〕《四景四首》分咏风、花、雪、月四事;《四福四首》分咏富、贵、福、寿四福;《四情四首》分咏悲、欢、离、合人生四态,等等。四时体,如张可久〔中吕·卖花声〕《四时乐兴》分咏四时佳兴;关汉卿〔双调·大德歌四首〕写尽四季相思;马致远〔越调·小桃红〕《四公子宅赋四首》、张养浩〔中吕·朝天曲十首〕《咏四景》、〔越调·寨儿令四首〕、钟嗣成〔南吕·骂玉郎过感皇恩采茶歌〕《四时佳兴四首》、赵显宏〔黄钟·昼夜乐四首〕等,分咏春、夏、秋、冬景致,无不如此。

十二月歌体,如马致远〔仙吕·青哥儿〕《十二月》分一月、二月、三月、四月、五月、六月、七月、八月、九月、十月、十一月、十二月为题,展示了文人生活的悠闲自在。孟昉〔越调·天净沙〕《十二月词》是模仿李贺《十二月乐辞》而作,以表迁逝之悲。无名氏〔中吕·迎仙客〕《十二月》、〔商调·梧叶儿〕《十二月》,以代言体写就四季相思。所不同的是,前者在一月前、十二月后各有一首小令,相当"序曲"与"尾声"。

八景体,如盍西村〔越调·小桃红〕《临川八景》是元代最早的八景联章小令,分咏东城春早、西园秋暮、江岸水灯、金堤风柳、客船晚烟、戍楼残霞、市桥月色、莲塘雨声之"临川八景"。马致远〔双调·寿阳曲〕《潇湘八景》分咏山市晴岚、远浦归帆、平沙落雁、潇湘夜雨、烟寺晚钟、渔村夕照、江天暮雪、洞庭秋月,与宋代"潇湘八景"诗同题异趣。张可久〔越调·双角〕《新安八景》、鲜于必仁〔双调·折桂令〕《燕山八景》、徐再思〔中吕·普天乐〕《吴江八景》等,同样如此。

元曲套数是元曲特定的曲体名称,由同一宫调的若干支曲子组合而成,相对于杂剧的"四大套"而言,故称"散套"。从功能看,套数与联章体组诗都是通过多乐章展示更丰富的内容和情感;从形式看,联章体组诗的乐章(解)之间是简单的重复关系,而套数的引曲、过曲和尾声之间是有特定的组合原则的。

李昌集先生认为,北曲套数"基本的形态是由数支不同的曲子连缀成一个整体。与联章体所不同的是:联章体虽然亦由数曲组成篇,但只是一曲的循环反复,故联章体对只曲体只是外部形式的使用方法的丰富,在音乐结构上,只曲依然是独立的单元,所以,联章体并未使只曲产生新的乐式意义,因而联章体不可能直接地发展为套曲。套曲在音乐形式上是由不同曲调在声腔衔接的基础上构成的完整单元,它起码得包括两支以上不同调名的曲子"[1]。联章小令只是"只曲",而"套曲"需要同一宫调的两个以上曲牌的有机组合。这段话准确地区别了小令与套曲之间用乐的差异。

散曲的联套由同一宫调曲牌连缀而成,要考虑各曲牌间音乐的衔接、呼应、配合,使全套乐曲成为有机的整体。"所谓'套',有音乐与文辞两方面的要求。就音乐而言,'套'必须是数支不同曲调的有机结合;就言辞而言,套中各曲曲辞须围绕同一主题。但在此二要素中,音乐要素是第一位的,文辞不过是其用,而音乐才是体。"[2]固定的"曲组结构"即套式,是套数形成的重要依据。郑骞先生说:"北曲联套规律至为谨严,一套之中所用牌调,其数量之多寡,位置之先后,皆有一定法则,是即所谓套式。苟不遵套式而任意增减移动,即成纷乱之噪音而非美妙之乐歌。每一牌调,各有其高下急徐,依声协律,以类相从,自不能有所颠倒错乱也。"[3]套数中的"曲组"指各套类中稳定相连的数支曲子,其形态分两种:一是稳定曲组,如〔黄钟宫〕联套之

---

① 李昌集:《中国古代散曲史》,华东师范大学出版社 1991 年版,第 38—39 页。

② 同上,第 40 页。

③ 郑骞:《北曲套式汇录详解》,台北艺文印书馆 1973 年版,第 1 页。

〔醉花阴〕〔喜迁莺〕〔出队子〕〔刮地风〕〔四门子〕〔古水仙子〕,此六曲相连,后缀以尾声,七曲成套为基本定式;〔正宫〕联套常以〔端正好〕为首曲,〔滚乡球〕与〔倘秀才〕两曲常循环使用,可多至四五次,这是正宫联套的特点;〔仙吕宫〕联套常以〔点绛唇〕〔混江龙〕〔油葫芦〕〔天下乐〕〔那吒令〕〔鹊踏枝〕〔寄生草〕〔赚煞〕为基本态式,以〔点绛唇〕〔混江龙〕〔油葫芦〕〔天下乐〕四曲连用者居多。① 这些牌调在音律上互为勾联,起调行腔上自然衔接,不可错置与脱节。二是随机曲组,在一定的曲牌范围内,曲牌、位置随机组合。如〔正宫〕套中,〔上小楼〕〔石榴花〕〔斗鹌鹑〕〔满庭芳〕〔红乡鞋〕,可任选组合。〔越调〕套中,〔耍三台〕〔么〕〔雪里梅〕〔青山口〕〔古竹马〕〔东原乐〕,择其数支组成。相对而言,稳定曲组所用的基本曲牌数量少,且固定,随机曲组则充满着变化。有关套数“曲组”和套式,李昌集先生在《中国散曲史》附录《北曲各套类曲组群和套式综括》②,有详细论述,可参考。

联套还需考虑宫调所对应的“声情”。元人芝庵在《唱论》中说:“大凡声音,各应律吕,分六宫十一调,共十七宫调。”③对每种宫调的音乐风格与所对应的情感特征作了详细分析,以呼应古代的“乐感”说。虽说学术界对此尚有争议,但从实际运用看,大部分元杂剧是遵循“乐调声情”说来安排宫调的。作者选择何调开头,何调居中,何调结尾,都要根据剧情需要而设定。刘崇德先生在分析元杂剧“一本四折”的结构与宫调的“声情”配合的关系时指出:“元杂剧第一折为开场戏,对于戏剧为情节的开端,于音乐为起调。而元朝人认为〔仙吕调〕的特征是‘清新绵邈’,当然最适于第一折。第四折为末场戏,往往是戏剧的高潮所在,元朝人认为〔双调〕‘健凄激袅’,也就是慷慨激昂,这种声调适于将人们的情绪引向高潮。另外元朝人又认为〔中吕调〕‘高下闪赚’,也可以用于末场戏,即使人们在音乐的起伏变化不定中,不知不觉到了戏剧的结束,故而这两种宫调适于用在第四折。……一般看来,二、三场戏是情节的展开,随着剧情的复杂,其使用的宫调也多样化,所采用宫调当然也需视剧情的需要,或为‘惆怅雄壮’,则用〔正宫〕;或为‘陶写冷笑’,即用〔越调〕。这样看来,宫调在元杂剧中又是一种声腔程式。”④作为“清曲”的散套,不像杂剧那样富有故事性,抒情当为其最本质的要义,围绕抒情需要选择相应的曲牌,当在情理之中。

---

① 郑骞:《北曲套式汇录详解》,台北艺文印书馆 1973 年版,第 3—154 页。
② 李昌集:《中国古代散曲史》,华东师范大学出版社 1991 年版,第 187—194 页。
③ (元)芝庵撰,龙建国疏证:《〈唱论〉疏证·大凡声音》,江西教育出版社 2008 年版,第 76 页。
④ 刘崇德:《元杂剧乐谱研究与辑译》,河北教育出版社 2003 年版,第 62 页。

　　散套虽以抒情为主,但常常呈现出浓郁的"叙述体"色彩。如侯克中〔正宫·菩萨蛮〕《客中寄情》由〔月照庭〕〔喜春来〕〔高过金盏儿〕〔牡丹春〕〔醉高歌〕〔尾声〕7 曲组成,描述了作者客居他乡的孤寂与愁苦。杜仁杰〔般涉调·耍孩儿〕《庄家不识勾栏》〔六煞〕〔五〕〔四〕〔三〕〔二〕〔一〕〔尾〕8曲,以"农夫"的视角描绘了元代剧场演戏的热闹场景。马致远〔般涉调·耍孩儿〕《借马》〔七煞〕〔六〕〔五〕〔四〕〔三〕〔二〕〔一〕〔尾〕共 9 曲,以嘲讽笔触展示了现实生活中吝啬鬼的形象。不忽麻〔仙吕·点绛唇〕《辞朝》由〔混江龙〕〔油葫芦〕〔天下乐〕〔那吒令〕〔鹊踏枝〕〔寄生草〕〔村里迓鼓〕〔元和令〕〔上马娇〕〔游四门〕〔后庭花〕〔柳叶儿〕〔赚尾〕14 支曲子组成,把官场与山林作对比,表达了作者厌官场,向往林泉的隐逸志趣。白朴〔双调·乔木查〕《对景》由〔幺篇〕〔挂搭沽序〕〔么篇〕〔么篇〕〔尾声〕6 支曲子组成,以〔乔木查〕〔么〕〔挂搭沽序〕〔么〕为前部,写四时之景的变化,以〔么〕〔尾〕为后部,承上抒情言怀。刘时中〔正宫·端正好〕《上高监司》分前后两套,前套由〔滚绣球〕〔倘秀才〕〔滚绣球〕〔倘秀才〕〔滚绣球〕〔倘秀才〕〔滚绣球〕〔伴读书〕〔货郎〕〔叨叨令〕〔三煞〕〔二〕〔一〕〔尾声〕14 支曲子组成,赞美高监司开仓赈粮、救济饥民的德政;后套由〔滚绣球〕〔倘秀才〕〔滚绣球〕〔倘秀才〕〔滚绣球〕〔倘秀才〕〔滚绣球〕〔倘秀才〕〔滚绣球〕〔倘秀才〕〔鸿塞秋〕〔呆骨朵〕〔小梁州〕〔么〕〔十二月〕〔尧民歌〕〔耍孩儿十三煞〕〔十二〕〔十一〕〔十〕〔九〕〔八〕〔七〕〔六〕〔五〕〔四〕〔三〕〔二〕〔一〕〔尾〕32 支曲子组成,斥责元廷实施的"钞法"给民众带来的危害,揭露了官吏和商人层层盘剥的罪行。无论是短套,还是长套,"叙述体"特征明显,抒情隐含其中。

　　元杂剧中的"剧套"是其重要的文体特征之一。张庚先生在《北杂剧声腔的形成和衰落》一文指出:"元曲形成自己的套数结构,也是有一个过程的。元曲的形成是散曲略先于戏曲。首先是有了民歌小令,继而从诸宫调吸收了组成套数的方法,出现了散曲中的套数。……紧跟着就出现了戏曲作者,他们用北曲作为手段来创作杂剧。为了戏曲的需要不同于清唱散曲的需要,套数的组成也被改造了。"①这个论断大体符合北曲联套形成的实际。

　　剧套的出现同样是以音乐体制为基础,"从整体上看,一篇套数的组成部分一共有三项,一是有固定的首曲,二是有一定组合规律的过曲,三是有

----

① 张庚:《北杂剧声腔的形成和衰落》,张静主编:《中国戏曲史研究卷》,安徽文艺出版社2015 年版,第 152—153 页。

灵活繁富的尾声"①。剧套由相同宫调的曲牌连缀而成,同折之内必须一韵到底。杂剧每本四折即四套,不同折往往采用不同的宫调。如关汉卿《单刀会》第一折用〔仙吕调〕,第二折用〔正宫〕套,第三折用〔中吕宫〕套,第四折用〔双调〕套。剧套结构稳定,每一宫调的套曲,几乎只有一种排列形式。此外,剧套必须有尾声(或可以充当尾声的曲子),北曲大多由多支曲子加上尾声组成,南曲通常由引子、正曲和尾声组成。

元杂剧在发展过程中,逐渐形成了固定的套式组合,关乎音乐的风格和杂剧中情节的发展。杂剧联套通常以〔仙吕宫〕〔正宫〕套在前,〔双调〕〔越调〕套在后。当节奏转换时,需用合适的曲子来过渡,使整套曲子的旋律成为一个有机的整体。王守泰先生说:"在北曲套数基本形式中,各曲牌节奏演变递承的规律是非常整齐的,即:首先出现的是拖宕而节奏不均匀的慢曲——散板,后面跟随着的是节奏均匀的慢曲——三眼一板,再后面是节奏均匀的急曲——一眼一板,最后以拖宕而节奏不均匀的慢曲——散板结束。"②这是从音乐的角度分析杂剧联套的规则的。实际上这种节奏的变化,是配合杂剧的情节而设置,龙建国教授在《〈唱论〉疏证》中按道:"这是因为宫调——调式与声情有关。仙吕调的声情清新绵邈,适宜于放在开头。双调的声情健捷激袅,适宜于放在结尾。南昌感叹悲伤,中吕高下闪赚,置于剧中能够产生曲折多变、一唱三叹的美感。"③这说明杂剧宫调安排有章可循,与宫调所反应的声情相关。何调开头、何调居中、何调结尾,取决于剧情发展的需要。如《西厢记》第二本第四折〔越调〕便是典型,其"引曲""慢板""快板""过渡曲"及"慢板"的安排上很见章法。

宫调是杂剧"剧套"的组合重要因素,此外,其杂剧中联章诗的承接也起着重要的联章作用。吴晟先生在《戏曲歌词承接与联章诗关系探讨》一文说:"联章体诗这种既无比较完整的事件又具有某种叙述功能的亚叙述,正是戏曲一出或一折中歌词承接的鲜明特点。学界认为《元刊杂剧三十种》中的多数套曲,因无宾白,几乎难以详其所云。其实不然。如果我们仔细阅读就会发现,每一宫调,各支乐曲之间在情节上实际皆有某种显性或隐性的关联,都可寻绎剧情的发展线索,决非杂乱拼凑、随意组合。"④文中列举了大量剧套事例,阐释了这种关联性。在剧套中,这些围绕特定主题演唱的组

① 赵义山:《元散曲通论》(修订版),上海古籍出版社2004年版,第100页。
② 王守泰:《昆曲格律》,江苏人民出版社年1982版,第197页。
③ (元)芝庵撰,龙建国疏证:《〈唱论〉疏证·大凡声音》,江西教育出版社2008年版,第82页。
④ 吴晟:《戏曲歌词承接与联章诗关系探讨》,《学术研究》2001年第4期,第128页。

曲,都具备组诗联章的特征。其"章"都包含乐曲段落与歌词段落双重含义:
"一方面,由于联章体诗各章长度适中,比较适应戏曲演员的歌唱与表演;另
一方面,又因为联章体诗不像单篇叙事体诗内部结构那么严密,使得它可以
在各章之间自由地穿插一些宾白,共同构成戏曲完整的故事情节并规定演
员的动作性和推动剧情的发展。这是戏曲歌词承接容易接受诗歌联章形式
影响的一个充足理由。"①吴先生敏锐地指出了连章诗在杂剧情节发展中的
连贯作用,这是诗歌"以高行卑"的又一有力证据。

元杂剧现存有元、明两种刊本,明刊本是元刊本的改编本。以明刊《元
曲选》与元刊《元刊杂剧三十种》比照,可以发现,明刊本相同的剧目较元刊
本的篇幅增加了数倍,原因之一是加入了大量的"宾白"。上下场诗属"韵
白",异于说话的"散白"。有研究者统计,在《元曲选》《元曲选外编》保存的
近160种较完整的元杂剧中共有500多首上下场诗,平均每部杂剧就有4
首。② 这些上下场诗,大多以单体诗面貌呈现,交代人物的身份、年龄、处境
等,方便观众赏剧。每当角色下场、每折结束或全剧结束处,大多有一段下
场诗,或对前情总结和归纳,或提示后面的情节,以作铺垫。从整个杂剧看,
这些上下场诗,在揭示人物性格和推动剧情发展中起到了重要作用,因而具
有了联章诗的属性。

杂剧中外、净、冲末、丑等角色往往多次上下场,其上下场诗,贯穿全剧,
构成了"联章组诗"形态,更具有文体学意义。如无名氏《崔府君断冤家债
主》一剧,写张善友家财产被盗,其妻又吞没僧人财产,后盗贼和僧人相继而
亡,转世托生为张的两个儿子:一子勤俭持家,以偿前世盗债,一子好吃懒
做,散尽不义之财,目的在于劝善惩恶。崔子玉作为剧中的冲末角色,除第
二折未出场外,其余各折中的上下场诗对剧情的演绎起到引领作用。楔子
中上场诗称:"天地神人鬼五仙,尽从规矩定方圆。逆则路路生颠倒,顺则头
头身外玄。"交代了崔子玉审判官的身份,为后文审判张善友状告阎王作了
预叙。第二折上场诗云:"满腹文章七步才,绮罗衫袖拂香埃。今生坐享皇
家禄,不是读书何处来?"写崔子玉才华横溢、状元及第,除官福阳县令,为主
审案件作铺垫。下场诗云:"善友今年命运低,妻亡子丧两重悲。前生注定
今生业,天数难逃大限催。"简要概括前因后果,为善友状告阎王埋下伏笔。
第三折出场诗云:"冬冬衙鼓响,公吏两边排。阎王生死案,东岳吓魂台。"写
崔子玉升堂,审理张善友状告阎王索其妻及二子命案。下场诗:"方信道暗

① 吴晟:《戏曲歌词承接与联章诗关系探讨》,《学术研究》2001 年第 4 期,第 128 页。
② 参见魏明《元杂剧上场诗的类型化倾向》,《中华戏曲》2002 年第 1 期,第 218 页。

室亏心,难逃他神目如电。今日个显报无私,怎倒把阎君埋怨。"虽然案件跨阴阳两界,但崔子玉始终认定善恶终有报,站在公理一边。第四折出场诗云:"法正天须顺,官清民自安。妻贤夫祸少,子孝父心宽。"①以此告诫好友接受业报,并以此劝谕世人积德行善。剧中的上下场诗,内容关联,既交代崔子玉身份,也推动了故事情节的发展。

最典型的是郑光祖的《㑇梅香骗翰林风月杂剧》,剧写唐代裴尚书家侍女樊素撮合小姐裴小蛮与书生白敏中的婚姻。剧中白敏中扮演末角,共有8首上下场诗,依次为《楔子》2首(上下场各一)、一折2首(上下场各一)、二折1首、三折2首(上下场各一)、四折1首,形成了一组意义相连的"联章组诗":

　　黄卷青灯一腐儒,九经三史腹中居。试看金榜标名姓,养子如何不读书?

　　收拾琴书践路程,一鞭行色上西京。全凭玉带为媒证,锦片姻缘指日成。

　　半似明珠半似花,翠翘云鬓总堪夸。自从识得娇柔面,魂梦悠悠会楚峡。

　　寂寞琴书冷竹床,砚池春暖墨痕香。男儿未遂风流志,剔尽青灯苦夜长。

　　身躯如削骨如柴,怨雨愁云拨不开。沉沉不死如痴梦,每日佳期事未谐。

　　万籁无声自寂寥,一轮明月上花梢。庭阶伫立痴心望,盼杀姮娥下九霄。

　　才见开花骤雨催,团圆明月忽云迷。渔翁偶入荷花荡,打散鸳鸯各自飞。

　　宫锦宫花跃紫骝,夸官三日凤城游。不知结彩楼中女,若个争先掷绣球?②

这些上场诗将白敏中不同阶段的处境、心境逼真地再现了出来:楔子中出场诗写白敏中满腹经纶,壮志待发的情怀;下场诗写其收拾行囊进京赶考,顺道拜访裴府,拿出玉带说明定亲之事,对韩小蛮充满期待。第一折上场诗先写白敏中见裴小蛮华容欲罢不能,提亲遭婉拒的惆怅;下场诗写别后相思

---

① 王学奇主编:《元曲选校注》,下卷,第3册,河北教育出版社1994年版,第2853—2884页。
② 同上,第2890—2950页。

成疾、痛苦难捱。第二折中进一步写白敏中为爱憔悴，情事受阻的煎熬折磨。第三折上场诗写白敏中月上柳梢头，人约黄昏后。表达了对裴小蛮虔诚痴望与苦盼；下场诗写老夫人的突然出现搅黄了与韩小蛮的约会，白敏中收拾行装赶赴考场以博取功名。第四折写白敏中金榜题名，状元及第，官封翰林大学士，意气风发，爱情之路云雾顿开，一片光明。这些上下场诗对深化人物性格和串联故事情节意义不言而喻。孔杰斌认为，"在明刊本杂剧中，大多数剧中人物，尤其是主要人物，都配有上场诗""就下场诗而言，元刊本没有出现一首下场诗。明刊本往往在人物下场时增加下场诗，折末增加下场诗的情况更是常见"①。可见明人改编元杂剧，增加上下场诗，满足了明人的审美品位，也促进了杂剧的传播。

组诗形态对戏曲的渗透，直接导致了明清"组剧"的出现。组剧又称"套剧"，将若干杂剧集合一起，冠以一个总名，有别于元曲"散套"与杂剧"剧套"。近人张全恭在《明代的南杂剧》一文中率先提出了"套剧"概念②，台湾学者游宗蓉《明代组剧初探——以组剧界定与内涵分析为讨论核心》一文在此基础上提出了"组剧"概念，认为"组剧为杂剧创作之特殊合集形式，由数本剧作组成而冠以一个总名。个别剧作既各自独立完整，彼此间又於取材，内容或主题上有所关联，以之贯串为一整体"③。无论是"套剧"还是"组剧"，其文体属性来源于组诗或联章组诗。这一点毋庸置疑。明代组剧通常由数本杂剧构成，各剧既独立完整，又在题材、内容或主题上彼此关联，形成一个整体。现存（含残存）明代中后期杂剧计有169本，其中属于组剧范围者有82本，几近半数。

从现存文献看，沈采的《四节记》为明清两代最早的组剧，此剧虽佚，但《曲海总目提要》卷十七，分别著录为《曲江记》《东山记》《赤壁记》和《邮亭记》，以杜甫、谢安、苏轼、陶谷各占四季一景，开明清"四节体"组剧的先河。祁彪佳在《远山堂曲品·雅品》评道："一纪四起是此始。以四名公配四景。"④

徐渭的《四声猿》是我国戏剧史上最成功的组剧，历来被视为明杂剧抒怀写愤的典范。由《狂鼓史渔阳三弄》《玉禅师翠乡一梦》《雌木兰替父从军》《女状元辞凰得凤》4剧组成，各自独立，又彼此关联，构成一个整体。

---

① 孔杰斌：《论明人对元刊本杂剧的改编》，《求索》2012年第11期，第90页。

② 张全恭：《明代的南杂剧》，《岭南学报》第6卷第1期，广州岭南大学出版社1937年版。

③ 游宗蓉：《明代组剧初探——以组剧界定与内涵分析为讨论核心》，《东华大学人文学报》2003年第5期，第269页。

④ （明）祁彪佳：《远山堂曲品》，中国古典戏曲论著集成（第2版），第6集，中国戏剧出版社1979年版，第129页。

"这四个相对独立的小剧,在'四声猿'的名目之下就具有了作者上述情怀(即上文所指的悲愤之情)的连贯和主题思想的统一性,从而形成一个浑然的整体。"①剧作家通过特定的方式建构组剧,铺陈连续性的主题,强化了抒情效果。

明代组剧的组合方式多样,或在形式上关联,或在题材上相近,或在主题上相关。如来集之的《秋风三叠》由《冷眼》《英雄泪》和《侠女新声》3剧构成,反映了作家"面临家国衰亡时的凄凉、悲愤,乃至玩世不恭的心态"②。《两纱》包含《女红纱》《碧纱笼》2剧,皆写文人功名之路的颠踬险阻,寄寓了作者的深沉慨叹。傅一臣的《苏门啸》由《买笑局金》《卖情扎囤》《没头疑案》《截舌公招》《贤翁激婿》《死生冤报》《错调合璧》《人鬼夫妻》《蟾蜍佳偶》《钿盒奇姻》《智赚还珠》《义妾存孤》12个单剧组成,"其共同之处,在于其能够从不同的方面共同构成一幅社会图景。组剧中的每一个单剧,都是这一图景中的一部分,综合起来,才成为社会图景之全部"③。沈自征的《渔阳三弄》由《霸亭秋》《鞭歌伎》《簪花髻》3剧构成,通过对寒士的自负和对势利的鄙薄,表达了悲愤不遇的情感。黄方胤的《陌花轩杂剧》由《倚门》《再醮》《淫僧》《偷期》《督妓》《娈童》《惧内》7剧构成,极力摹写下层社会的众生相,充满着戏谑讥嘲的意味。沈璟的《十孝记》以10剧分咏10孝子的故事,《博笑记》由10剧组成,以诙谐之笔摹写世态人情,前者带有浓郁的教化色彩,后者寄寓讽劝之意。

受元代诗词曲四时体、四事体影响,明代出现了大量的"四节体"组剧。除前文所论《四节记》《四声猿》外,还有《四艳记》《四梦记》《大雅堂杂剧》《小雅四纪》《四豪记》《赛四节记》《四友记》《太和记》等,均"合四事为一剧"。如叶宪祖的《四艳记》包含《夭桃纨扇》《碧莲绣符》《丹桂钿合》《素梅玉蟾》4剧,以夭桃、碧莲、丹桂、素梅"四艳"为媒,各敷演一才子佳人爱情故事。吕天成《曲品》著录云:"选胜地,按佳节,赏名花,取珍物,而分扮丽人,可谓极情场之致矣。词调俊逸,姿态横生。密约幽情,宛宛如见,却令老颠复发耳。"④车任远的《四梦记》由《高唐梦》《南柯梦》《邯郸梦》和《蕉鹿梦》4剧构成,以"梦"贯穿,揭示人生如梦的虚幻。汪道昆的《大雅堂杂剧》包括《高唐记》《五湖记》《京兆记》和《洛神记》4剧,以"记"相连,蕴含着怅惘悲

---

① 冯俊杰:《谈〈四声猿〉杂剧的奇绝》,《中华戏曲》,山西人民出版社1986年版,第241—244页。

② 徐子方:《明代杂剧史》,中华书局2003年版,第345页。

③ 陈嫣:《明代组剧简论》,硕士学位论文,北京师范大学2008年,第47页。

④ (明)吕天成撰,吴书荫校注:《曲品校注》卷下,中华书局1990年版,第252页。

凉的意蕴。程士廉的《小雅四纪》，以四时为纪，写古人游赏宴乐之事。凡此等等。郑振铎在《四韵事跋》中说："《四韵事》，以各不相涉之四短剧组成之，有如汪道昆之《大雅堂》、徐渭之《四声猿》、叶祖宪之《四艳记》、车任远之《四梦记》、黄兆森之《四才子》。盖以四剧为一集。其习尚从来久矣。"，并认为"明清之际，剧作家多借故事以发泄一己之牢愁"①而已。这种"合四事为一剧"的四节体，对清初组剧的形成影响深远。

　　清代组剧约 200 种，远超明代，在艺术上也有突破。首先，以时令节序为线索者大为减少，以地域为关联者显著增多，集中凸显了作者的地方意识。如郑瑜的《郢中四雪》借郢中(楚地)四景，演绎屈原、吕洞宾、王勃、祢衡等人的故事，反映了作者对人生际遇的思考和对朝代兴亡的感受。周坦的《广陵胜迹》通过 8 个短剧，集中展现广陵(今江苏扬州)民间故事或历史轶事，旨在"表章胜迹，歌咏太平"。其次，才子佳人题材数量巨大，并融入时事因素。个中原因，"盖因清代组剧作家庶几出身文人，一则谙熟历代才子佳人之故实，二则欲借此类典故，伸张个人的名士情怀或道德主张"②。如洪昇的《四婵娟》分为《谢道韫咏絮擅诗才》《管仲姬画竹留清韵》《卫茂漪簪花传笔阵》《李易安斗茗话幽情》，写谢道韫、管道昇、卫夫人、李清照 4 位才女的故事。裘琏的《明翠湖亭四韵事》以唐代宋之问、狄仁杰、贺知章、王之涣等人韵事为蓝本，强化了怀才不遇的感伤和对知音的期待。最后，组剧规范化、案头化增强。"合四剧为一"，且单剧皆为一折，成为清代组剧的基本形态和构成方式。由于剧作家清高自赏，导致"重文本"而"轻舞台"现象出现，组剧逐渐离开剧场而走向案头。

　　清初"一剧四事"形态较突出，出现《续离骚》《四婵娟》《明翠湖亭四韵事》《续四声猿》《四色石》《四喜记》《四元记》等"四节体"组剧。如嵇永仁的《续离骚》写刘基退居后经历、杜默醉谒霸王庙、布袋和尚街头嘲笑今古名人、司马貌阴间断狱四事，表达了作者激愤不平的感情。张韬的《续四声猿》写杜默哭祭项羽、戴宗戏弄李逵、王播中举前后遭遇、李白醉作《清平调》四事，以抒发心中牢骚。桂馥的《后四声猿》写白居易晚年放走爱妓老马、陆游出游遇前妻、苏东坡谒陈希亮受屈辱、黄居投李贺诗于溷中四事，曲写文人的坎坷生涯。此外，曹锡黼的《四色石》、尤侗的《悔庵杂剧》、黄兆森的《四才子奇书》、蒋士铨的《西江祝嘏》、周元公的《破愁四剧》、静斋居士的《四愁吟乐》等"四节体"组剧也以文人际遇为中心，借古言今、托古讽今。

---

① 李修生主编：《古本戏曲剧目提要》，文化艺术出版社 1997 年版，第 716 页。
② 刘璐：《清代组剧研究》，硕士学位论文，江西师范大学 2016 年，第 26 页。

　　清中后期"单折剧"连缀为组剧成为主流,如蓉鸥漫叟的《青溪笑》和《续青溪笑》,前者 18 剧,后者 8 剧,共计 26 剧,以南京秦淮河为背景,展现了文士与妓女交往故事。石韫玉的《花间九奏》共 9 剧,取材于文人与才女故事,抒写了文人情怀。吴镐(荆石山民)的《红楼梦散套》共 16 剧,取材于红楼故事,演绎了缠绵悱恻的爱情。许善长的《灵娲石》共 12 剧,围绕古代十二位女子故事,从正反两方面宣讲教化之义。张声轨的《玉田春水轩杂剧》共 9 剧,无统一的题材与主旨,属于"另类"组剧。总之,此时组剧数量很多,规模也越来越大,然组合艺术反而有弱化趋势,组剧之间的联系却变得松散了。

　　有关诗歌对戏剧文学的影响,朱忠元在《从文体渗透交融看文人戏曲文学的诗性特征》一文中指出:"在中国文学艺术乃至于文化观念中,诗歌的影响无处不在,甚至有人说'戏曲实际上是一种有规范的歌舞型戏剧体诗,这是戏曲最本质的艺术品格'""诗性是中国传统戏曲重要的文体特征,也是重要的审美特征"[①]。这段话抓住了处于"高位"的诗歌,对"卑位"戏曲的影响本质,揭示了文体发展中的互相影响的规律。无论是元代联章词、联章小令与套曲、杂剧套数,还是明清组剧,其结构形态与诗意本质,都渗透着这种影响。

---

　　① 朱忠元:《从文体渗透交融看文人戏曲文学的诗性特征》,《中国古代小说戏剧研究》第 8 辑,甘肃人民出版社 2012 年版,第 141 页、第 149 页。

附录一　元代组诗汇总表①

年代	类型 姓名	五　言			七　言			杂言	数量	册数
		绝句	律诗	古体	绝句	律诗	古体			
元代初期	丘处机	30	1	41	119	11			202	1
	耶律楚材	2	23	/	36	266	12	/	339	1
	元好问	10	35	55	449	74			623	2
	段克己	5	13	4	30	5	2		59	2
	段成己		7	5	55	45			112	2
	许衡		8	38	13				59	3
	王义山	2	4		29	23			58	3
	刘秉忠		121		65	64			250	3
	舒岳祥	31	72	24	72	20		4	223	3
	耶律铸	5	3	/	165	18	/	/	191	4
	郝经	4	18	190	60	18	14		304	4
	释行海	2			34	54			90	4
	王恽	5	53	16	1 057	234			1 365	5
	方回	124	35	57	325	46	7	4	598	6
	胡祗遹	12	82	29	185	193			501	7

---

① 元代组诗数量及作者众多，本表只收录50首（含50首）以上的诗人。2首至50首之间人数太多，限于篇幅不再列入。有些诗人跨界，只计其主要生活时期。表中"册数"指诗人在《全元诗》中所在的位置。

年代 \ 类型 \ 姓名	五言			七言			杂言	数量	册数
	绝句	律诗	古体	绝句	律诗	古体			
杨公远		65		134	88			287	7
徐钧				1 530				1 530	7
金履祥		3	5	12	6		45	71	7
郭昂		15		55	35			105	8
张逢辰				102				102	8
郭豫亨					98			98	8
蒋民瞻				600				600	8
侯克中				8	60		10	78	9
姚燧			12	32	21	2		67	9
蒲寿宬	2	24	18	18	3			65	9
刘埙		35	5		22			62	9
萧㪺				63				63	10
董嗣杲	14	29		138	35			216	10
滕安上	2	11	8	23	8			52	11
张之翰	4	23		189	71			287	11
张伯淳	21	12	5		10		4	52	11
刘敏中	27	65	20	91	121		13	337	11
汪元量		23	7	155	13		13	211	12
丘葵	20	11	10	12	19			72	12
戴表元		90	17	76	22		8	213	12
赵必瑑	14	10		32				56	12
王旭	7	56	40	47	26		6	182	13

元代初期

续 表

年代 \ 类型 \ 姓名	五言			七言			杂言	数量	册数
	绝句	律诗	古体	绝句	律诗	古体			
仇远	30	42	10	57	67		4	210	13
尹廷高		14	2	34	15			65	14
方夔		32	115	32	70			249	14
吴澄	27	5	4	33	20			89	14
谢翱	6	2	17	16		10	16	67	14
刘因	16	8	74	107	21	2	2	230	15
程钜夫	27		14	71	12	3		127	15
黎廷瑞			12	42	16	2	4	76	15
陆文圭		15	9	56	14		2	96	16
徐瑞	38	14		50	3		13	118	16
马臻	14	21	2	253	27		12	329	17
曹伯启		17		51	17			85	17
赵孟𫖯	44	15	69	51	6		11	196	17
王祯		60	11	57	55	7	1	191	18
刘将孙	3		83	80	35		9	210	18
冯子振				118	7			125	18
朱晞颜		4	24	32	2			62	18
陈孚		24		43	15		2	84	18
黄庚		4	7	37	11			59	19
艾性夫	26	2	11	8	12		8	67	19
浦道源		16	7	25	50		2	100	19
宋无		2	2	115				119	19
汪炎昶	20	34	4	16	9		12	95	20

元代初期 (year column spanning rows)

年代 \ 类型 \ 姓名	五　言			七　言			杂言	数量	册数
	绝句	律诗	古体	绝句	律诗	古体			
元代初期 释德净	3	2		62	3			70	20
袁易		45		58	34			137	20
汪济		16		31	8			55	20
释明本				120	130			250	20
何中		40	53	26	6	9		134	20
共 65 人	597	1 381	1 136	7 692	2 394	70	205	13 475	
元代中期 王士熙	28	5		34	8	2		77	21
韩性		18		37	6			61	21
龚璛	6	18	4	31	5			64	21
袁桷	60	360	23	201	163	18	20	845	21
刘诜	8	35	63	86	76	2	17	287	22
刘麟瑞					50			56	23
贡奎		62	4	39	7			112	23
唐元	29	119	19	54	48			269	23
许谦		34	48	8	2			92	23
陆厚		15		60	2			77	24
郭居敬	24			103				127	24
马熙		32		81	2			115	24
张养浩	2	26	27	63	106			224	25
柳贯	10	67	30	47	43			197	25
杨载	6	43	6	24	22			101	25
程端礼	13	16	14		34		3	80	25
虞集	113	70	6	188	113	2	4	496	26

年代 \ 类型 \ 姓名	五言			七言			杂言	数量	册数
	绝句	律诗	古体	绝句	律诗	古体			
元代中期 范梈	3	36	11	38	25			113	26
释清珙		19	12	94	56	2	14	197	27
揭傒斯	72	20	20	17	25	8		162	27
丁复	2	25	3	20	13			63	27
廉惇	6	47		68				121	28
黄溍	7	60	30	43	2			142	28
陈樵	24	40	4	4	34			106	28
胡助	52	33	37	106	23	1	19	271	29
释善住	11	58		175	33			277	29
周权		23	9	6	20			58	30
吴镇	36	7	3	14	2			62	30
李存	1	19	3	11	18			52	31
欧阳玄	3			52	10			65	31
共30人	516	1 307	376	1 704	948	35	77	4 963	
元代后期 马祖常	79	50	26	177	44			376	29
萨都剌	23	38	3	93	12		3	172	30
宋本		1		64	6			71	31
张雨	32	26	53	77	19			207	31
吴师道	10	16	26	73	36	13	13	187	32
李孝光	15	17	17	47	23		25	144	32
王沂	3	17	40	123	24			207	33
释惟则			3	35	12		2	52	33
岑安卿		34	20		8	9		71	33

续　表

年代　　　类型　姓名	五　言			七　言			杂言	数量	册数
	绝句	律诗	古体	绝句	律诗	古体			
李齐贤	2	20		30	30			82	33
张翥		59	18	33	53		10	173	34
许有壬	27	119	2	128	94		4	374	34
黄镇成		27		52	10			89	35
黄玠	4	52	24					80	35
严士贞					62			62	35
程文		17	6	51	5		4	83	35
成廷珪	14	9	3	30	51			107	35
柯九思	1			78	9			88	36
许有孚		26		26	6			58	36
刘鹗		66	19	62	28			175	36
吴景奎		6		15	39	4		64	36
周霆震	12	3		64	9			88	37
朱德润	17	6	14	18	4			59	37
宋褧	4	15		238	13		11	281	37
曹文晦	11	9		26	32			78	37
谢应芳		42	11	144	72	2	16	287	38
释梵琦		54		76	45			175	38
杨维桢	34		46	143	63		30	316	39
吴莱	24	20	12		19			75	40
吴当	8	48		96	17		88	257	40
贡师泰	23	24	34	70	20		4	175	40

元代后期

年代 \\ 姓名 \\ 类型	五言			七言			杂言	数量	册数
	绝句	律诗	古体	绝句	律诗	古体			
元代后期 周伯琦		59		61	58			178	40
钱惟善	3	22	1	28	41			95	41
钱宰	6		43	8	17		5	79	41
唐桂芳		36	9	29	66			140	41
叶颙	42	33	14	195	66	4		354	42
张以宁	14		6	70	12	2		104	42
金元素	22	13		21	13		3	72	42
倪瓒	37	6	6	116	32			197	43
舒頔	13	66	3	37	7		13	139	43
张昱	14	6	16	219	36			291	44
梁寅	29		29	72	10		6	146	44
吴皋	10	6	60	3	22	2	4	107	44
韦珪				102				102	44
傅若金	30	65	24	98	71		19	307	45
袁士元	0	9	4	24	27			64	45
陈谟	16	15	5	25	21		6	88	45
周闻孙		16		7	67		4	94	45
郭翼	10		3	47	30	7	9	106	45
华幼武	15	27		47	34			123	46
许桢	24	34		2	2			62	46
袁凯	24	2	20	51	19	3	7	126	46
赵偕		3	6	28	9		24	70	47
释妙声	15	8	6	31	14		3	77	47

年代 \ 姓名 \ 类型	五　言			七　言			杂言	数量	册数
	绝句	律诗	古体	绝句	律诗	古体			
叶懋			27			24		51	47
释琮衍	14	25	17	11				67	47
邵亨贞		42	16	32	2	4		96	47
廼贤	8	16	37	34	34			129	48
胡奎	113	27	60	267	70		52	589	48
周巽	13	47	31				169	260	48
郑潜	5	18	11	28	10			72	48
顾瑛	19	17		118	67	2	10	233	49
刘仁本	15	23	19	52	34	3	14	160	49
王冕	15	164	42	81	49	11	3	365	49
答禄与权		40	7	4				51	49
朱希晦	17	27		2	9			55	50
胡布	14	73	157	51	45	2	9	351	50
谢宗可				211				211	51
陈镒	6	30	22	60	55			173	51
宋禧	41	18	2	37	8			106	53
平显	8	32		26	51			117	53
张庸		11		40	20			71	54
邓雅		14	14	14	9			51	54
沈梦麟	4	10		23	30		2	69	55
陈基	3	30	24	32	90	2		181	55
朱善		20		24	3		22	69	55
李晔		2	24	43	38			107	56

（行首合并单元格：元代后期）

年代 \ 类型 \ 姓名	五　言			七　言			杂言	数量	册数
	绝句	律诗	古体	绝句	律诗	古体			
汪广洋	16	12	7	108	15			158	56
陈高	11	48	43	41	24		7	174	56
陶安	2	78	13	90	58		20	261	56
张宪	6	18	30	14	8	24	26	126	57
吴会		6	38	92	63		18	227	57
袁华	31	14	31	74	57		3	210	57
郭钰	4		8	26	30		7	75	57
戴良	15	49	108	17	9		38	236	58
贡性之	8	6		160	4		2	180	58
释宗泐	8	29	16	19	25		2	99	58
契逊	9	9	8	26	2	4		58	59
王逢	12	90	34	117	54	8	54	369	59
赵汸		15		34	34			83	59
刘永之	12	4	13	48	18	2	2	99	60
释来复	23	28	17	72	218			358	60
乌斯道		43	10	30	24	3	2	112	60
杨允孚				100				100	60
吕诚	16	8	3	94	20		4	145	60
刘崧	157	133	59	240	58		26	673	61
王祎		54	42	36	2		8	142	62
凌云翰	56	8	10	153	58			285	62
林弼		13		48	32	6	3	102	63
叶兰		16		51	4			71	63

元代后期

年代	类型 姓名	五言			七言			杂言	数量	册数
		绝句	律诗	古体	绝句	律诗	古体			
元代后期	孙蕡		3	6	273	81	5		368	63
	谢肃	2	3		42	10			57	63
	唐肃	7	4		40				51	64
	殷奎	3	2	2	30	10		3	50	64
	李延兴	2	14		2	35			53	64
	丁鹤年	15	7	2	10	37			71	64
	韩奕	67	46		49	6			168	64
	郭奎	2	13	6	36	11			68	64
共 108 人		1 446	2 706	1 648	6 541	3 381	146	819	16 687	
总计 203 人		2 559	5 394	3 160	15 937	6 723	251	1 101	35 125	

资料来源: 杨镰《全元诗》,中华书局 2013 年版。

附录二 元代扈从组诗统计表①

作者	组 诗 题 目	数量	出处
陈孚	明安驿道中四首、寄上都分省僚友二首、上京次伯庸学士韵二首、至元壬辰呈翰林院请补外二首、雕窠道中二首、开平即事二首、咏神京(州)八景	22	陈刚中诗集
刘敏中	上都凉甚喜书四绝、上都长春观和安御史于都事陈秋岩唱和之什十首、次韵郑潜庵应奉鳌峰石往返二首、石曰鳌峰由翰林苑也春秋谓星陨为石安知此石非东壁之精乎然则石之至信有系于斯文矣顾余空疏老朽无补世用而日与石对有愧于石复和前韵三首、用鳌峰韵自遣呈潜庵二首	21	中奄先生刘文简公文集
王恽	夏日玉堂即事五首、甘不剌川在上都西北七百里外董侯承旨扈从北回遇于榆林酒间因及今秋大狝之盛书六绝以纪其事、再过居庸二首、朝谒柳林行宫二诗、二月廿八端门街观乘舆还宫四首、大都即事三首、燕都万寿宫有梅一株每岁移置荫中逮春仲方藏今年得花满枝虽冰姿之皑香色仿佛终强颜也戏题二绝以自况、甲午中秋日宴同签洪公东第宾僚集贤翰林两院而已将暮云阴四合既归月明如昼偶赋此诗且记盛筵三首、题竹林七贤诗十二首	39	秋涧先生大全集
叶衡	上京杂咏十首	10	元诗选补遗
汪元量	湖州歌九十八首(含十首)	10	湖山类稿
张养浩	上都道中二首	2	云庄类稿
贡师泰	上都诈马大燕五首、和胡士恭滦阳纳钵即事韵五首、明仁殿进讲五首、和马伯庸学士拟古宫词七首、滦河曲二首	24	玩斋集

---

① 此表所计仅为上京题材组诗(含上京纪行诗集),上京题材单体诗歌不在此列。

作者	组　诗　题　目	数量	出处
胡助	滦咏十首、京华杂兴诗二十首、上京纪行诗十四首、和袁伯长韵送继学伯庸赴上都四首、送王治书分台上都二首	50	纯白斋类稿
黄溍	上京道中杂诗十二首、丁亥春十月起自休致入直翰林夏四月抵京师六月赴上京述怀五首	17	金华黄先生文集
柳贯	同杨仲礼和袁集贤士上都诗十首、滦水秋风词四首、后滦水秋风词四首、自宗正府西移居尚食局后杂书二首、次伯长待制韵送王继学修撰马伯庸应奉扈从上京二首、次韵伯庸待制上京寓直书事四首因以为寄、上京纪行诗三十二首	58	柳侍制文集
马祖常	丁卯上京四首、和王左司竹枝词十首、和王左司柳枝十首、次韵王参议寄上京胡安常诸公二首、拟唐宫词十首、送王参政上京奏选二首、上京翰苑书怀三首、李陵台二首、史馆闲题二首、试院杂题五首、贡院次曹子真尚书韵二首、大明殿进讲毕侍宴得诗二首、上都翰林院两壁图二首	55	石田先生文集
廼贤	上京纪行三十一首、失剌斡耳朵观诈马宴奉次贡泰甫授经先生韵五首、宫词八首次契公远正字韵、京城杂言六首、塞上曲五首、南城咏古十六首	71	金台集
欧阳玄	试院偶题赠巽斋六首、京城杂咏七首、天历庚午会试院中马伯庸尚书杨廷镇司业及玄皆乙卯榜进士偶成绝句纪其事出院明日有敕督修经世大典又成小诗寄诸弟四首、试院唱和二首	19	圭斋文集
萨都剌	上京即事十首、奎章阁感兴二首、上京杂咏五首、四时宫词四首、题四时宫人图四首、忆观驾春蒐二首	27	雁门集
宋褧	登第诗五首、得周子善书问京师事及贱迹以绝句十首奉答	15	燕石集
宋本	上京杂诗十七首、大都杂诗四首	21	至治集
释梵琦	八月四日宫车晏驾二首、上都避暑呈虞伯生待制二首、上都十五首、开平书事十二首、漠北怀古十六首、燕京绝句六十七首	114	楚石大师北游诗
王士熙	竹枝词十首、上都柳枝词七首、上京次李学士韵五首、寄上都分省僚友二首、上京次伯庸学士韵二首、李宫人琵琶引九首	35	御选元诗卷五
王沂	上京十首、河东试院书事十首	20	伊滨集

作者	组诗题目	数量	出处
吴当	竹枝词和歌韵自扈跸上都自沙岭至滦京所作九首、王继学赋柳枝词十首书于省壁至正十有三年扈跸滦阳左司诸公同追次其韵、翰林上直次周伯温韵二首、大驾南归至龙虎台迎候者皆为昌平胄监岁馆旧县何氏至正九年八月监丞吴当独来馆人持祭酒司业旧题索赋二首、竹枝词和歌韵自扈跸上都自沙岭至滦京所作九首、青宫受宝朝贺日次韵十首	32	学言诗稿
许有壬	居庸道中韵二首、上京十咏、监试上都次柳道传途中韵二首、和闲闲宗师至上京韵二首、和谢敬德学士入关至上都杂诗十二首、和神保钦之御史监试上京韵二首、和神保钦之御史监试上京韵二首、雕窝驿次伯庸韵二首、雕窝驿次韵伯庸壁间韵四首、竹枝词十首和继学韵、柳枝十首	58	至正集
程文	和伯防观诈马八首	8	程礼部集
杨允孚	滦京杂咏	108	滦京杂咏
虞集	戏作试问堂前石五首、代答五首、代祀西岳答袁伯长王继学马伯庸三学士二首、次韵国子监同官二首、次韵马伯庸宝监学士见贻诗并柬曹子贞学士燕信臣彭允蹈待制二首、别国史院鳌峰石二首、触石坠马卧病蒙恩予告先至上京寄李溉之学士柯敬仲参书二首、次韵马伯庸少监四首、丁卯礼部考试次韵二首、次韵竹枝歌答袁伯长三首、进讲后侍宴大明殿和马伯庸韵二首	31	道园学古录
袁桷	送王继学修撰马伯庸应奉分院上都二首、送虞伯生降香还蜀省墓二首、伯庸开平书事次韵七首、玉堂合欢花初开郑潜昭率同院赋诗次韵二首、次韵马伯庸应奉绝句一十八首、次韵继学伯庸上都见寄二首、开平四集 227 首	260	清容居士集
揭傒斯	京城闲居杂言四首	4	秋宜集
吴澄	贡院校文用张韵四首	4	草庐集
范梈	怀京城诸公书崖州驿四首、秋日集咏奉和潘李二使君浦纪念词编修诸公十首、奉和王继学怀济南旧游四首	18	德机集
吴师道	德兴开化道中三首、留昌平四首、十台怀古十首、次韵张仲举助教上京即事六首、闻危太朴王叔善除宣文阁检讨四首	27	礼部集
唐元	扈从滦阳清暑四首	4	筠轩文集
贡奎	李陵台次韵畅学士三首	3	云林集

作者	组　诗　题　目	数量	出处
郑潜	入京二首、上京行幸词六首	8	樗庵类稿
周伯琦	过居庸关二首、次韵王师鲁待制史院题壁二首、宫词五首、上京杂诗十首、越五日别翰林诸友二首、过枪竿岭二首、九月一日还自上京途中纪事十首、是年五月扈从上京宫学纪事绝句二十首、水晶殿进讲周易二首、宣文下直四绝句、三月廿二日侍从圣上泛舟玉泉西寺护国寺行香作二首、驿途还至通州二首、闰二月八日入直宣文阁上命陈阁中前代礼器赐问制作之由具对称旨纪事二首、西内进讲即事二首、东便殿进讲赐酒时牡丹盛开作二首、河东试院即事三首、夏日阁中入直五首、五月八日升除崇文少监兼经筵官拜觐行殿二首、七月七日同宋显夫学士暨经筵僚属游上京西山纪事二首、仲春入直四首、明日慈仁宫进讲毕钦承特命改授崇文监丞参检校书籍事是日同僚邀复游西山举酒为寿赋二首简谢雅意、驿途还至通州二首、会试纪事四首、揭榜纪事三首、纪行诗二十四首	120	扈从集近光集
王逢	塞上曲五首、宫中行乐词六首、无题五首、后无题五首	21	梧溪集
张翥	上京秋日三首、上京睍陈渭叟寄友书声及鄙人赋以答之二首、前出军五首、后出军五首、予京居二十稔始置屋灵椿坊衰老畏寒始制青鼠袍且久乏马始作一车出入皆赋诗自志三首、宫中舞队歌词二首	20	蜕庵集
张昱	辇下曲一百二首、宫中词二十一首、塞上曲八首、次林叔大都事韵四首	135	庐陵集
柯九思	宫词十五首、汉长门词四首、宫词十首、春直奎章阁二首	31	丹丘生稿
吴元德	大明殿早朝听赦二首	2	
雅琥	拟古寄京师诸知己二首、寄南台御史达兼善二首、观祀南郊和李学士韵二首	6	正卿集
马臻	大德辛丑五月十六日滦都棷殿朝见谨赋绝句三首	3	霞外诗集
陈义高	庚辰春再随驾北行二首	2	秋岩诗集
张嗣德	滦京八首	8	
胡奎	次韵王继学滦河竹枝词十首	10	斗南老人集
涂颖	上京次贡待制韵四首	4	
共计	44 人 1 557 首		

资料来源：杨镰《全元诗》，中华书局 2013 年版。

附录三　元代八景诗汇总表

作者	名　称	属　地	内容／体裁	册－页
李俊民	平水八景①	山西临汾	陶唐春色、广胜晴岚、平湖飞絮、锦滩落花、汾水孤帆、姑山晚照、晋桥梅月、西蓝夜雨／七绝	3-273
元好问	方城（裕州）八景	河南方城	松陂烟雨、大乘夕照、莲塘夜月、炼真春暮、仙翁雪霁、落川云望、罗汉晴岚、堵阳钓矶／七绝	2-249
陈赓	蒲中八咏为师嵒卿赋	陕西蒲城	蒲津晚渡、虞坂晓行、舜殿薰风、首阳晴雪、东林夜雨、西岩叠巘、妫汭夕阳、王官飞湍／五绝	2-262
陈庚	题师嵒卿蒲中八咏	陕西蒲城	蒲津晚渡、虞坂晓行、舜殿薰风、首阳晴雪、东林夜雨、西岩叠巘、妫汭夕阳、王官飞湍／五绝	2-270
段成己	龙门八景	山西河津	禹门雪浪、云中暮雨、疏属晴岚、双峰竞秀、神谷藏春、仙掌擎月、姑山夕照、汾水秋风／七绝	2-348
	蒲州八景	山西永济	蒲津晚渡、虞坂晓行、舜殿薰风、首阳晴雪、东林夜雨、栖岩迭巘、妫汭夕阳、王官飞湍／七绝	2-349
家铉翁	鲸川八景②	河北沧州	东城春早、西园秋暮、冰岸水灯、沙堤风柳、戍楼残照、市桥月色、客船晚烟、莲塘雨声／七绝	64/39960
郝经	苏门八咏	河南辉县	百泉、涌金、梅溪、卓水、啸台、仙人迹、安乐窝、月台／七绝	4-321

---

① 薛瑞兆、郭志明编：《全金诗》卷九〇，第 3 册，南开大学出版社 1995 年版，第 273 页。
② 北京大学古文献研究所编：《全宋诗》卷二三四四，第 64 册，北京大学出版社 1990 年版，第 39960 页。

作者	名　　称	属　地	内容／体裁	册-页
王恽	东皋八咏为赵参谋题	浙江永嘉	匏瓜亭、李斋、东皋村、耘轩、退观台、清斯池、流憩园、归云台／七绝	5－410
	蒲中十咏为严卿师君赋	陕西蒲城	蒲津晚渡、舜殿薰风、虞坂晓发、首阳晴雪、鹳雀波声、东林夜雨、林亭夜月、王官飞湍、西岩叠巘、妫汭夕阳／七绝	5－421
杨公远	潇湘八景	湖南	远浦归帆、烟寺晚钟、平沙起雁、江天暮雪、潇湘夜雨、洞庭秋月、山市晴岚、渔村夕照／七绝	7－233
金履祥	洞山十咏	浙江金华	高石岩、朝真洞、冰壶洞、双龙洞、椒庭、中洞、小龙门、五叠泉、老梅岩、中峰／七绝	7－343
方凤	八景胜概	浙江浦江	华柱丹光、仙坛灵草、中峰啸月、深穴嘘风、剑峡迟鸾、卦尖望鼎、药壶闪影、龙门飞瀑／五绝	9－328
张经	潇湘八景	湖南	潇湘夜雨、洞庭秋月、远浦归帆、平沙落雁、烟寺晚钟、渔村夕照、山市晴岚、江天暮雪／五绝	13－434
尹廷高	西湖十咏	浙江杭州	平湖秋月、苏堤春晓、断桥残雪、雷峰落照、柳浪闻莺、花港观鱼、曲院荷风、南屏晚钟、三潭印月、两峰插云／七绝	14－7
程钜夫	题仲经家江贯道潇湘八景图	湖南	平沙落雁、烟寺晚钟、洞庭秋月、潇湘夜雨、渔村夕照、山市晴岚、江天暮雪、远浦帆归／五绝	15－222
	白云山八咏	不详	白云隐岫、绿野方春、古塔标峰、慤泉灌圃、楚山秋霁、石人晚照、棠店霜晴、菟村夜雪／五绝	15－290
胡炳文	星源八景	江西婺源	锦屏春色、绣水秋波、龙井晓云、仙岩夜月、北寺昏钟、西湖水榭、廖坞鹤烟、朱塘鸥雨／七律	15－330
韩信同	石堂八景	福建宁德	翠屏雾雪、石屋朝云、狮子笑天、蛟潭浸月、蓬莱飞峰、文峰卓笔、棋盘仙迹、双柱擎天／七古	16－162

作者	名 称	属 地	内容／体裁	册-页
徐瑞	次韵月湾东湖十咏	江西鄱阳	两堤柳色、双塔铃音、孔庙松风、颜亭荷雨、湖中孤寺、洲上百花、荐福茶烟、新桥酒旆、江城暮角、芝峤晴云／七绝	16-349
吴存	东湖十咏	江西鄱阳	两堤柳色、双塔铃音、孔庙松风、颜亭荷雨、湖中孤寺、洲上百花、荐福茶烟、新桥酒旆、江城暮角、芝峤晴云／七绝	18-137
陈孚	咏神京八景	北京	太液秋风、琼华春阴、居庸叠翠、卢沟晓月、西山晴雪、蓟门飞雨、玉泉垂虹、金台夕照／七律	18-364
陈孚	潇湘八景	湖南	洞庭秋月、烟寺晚钟、江天暮雪、潇湘夜雨、平沙落雁、远浦归帆、山市晴岚、渔村返照／五律	18-374
蒲道源	题八景	不详	古塔摽峰、憨泉灌园、棠店霜晴、石门晚照、白云隐岫、绿野方春、菟村夜雪、埜山秋霁／五律	19-308
袁桷	新安郡岭南十咏	安徽徽州	清江钓月、空谷耕云、苍峰卓笔、碧巘舒屏、枫林巢鹤、雪涧浮龟、峻岭扶车、圆岗揭斗、古寺垂虹、双溪合璧／五绝	21-284
董寿民	题张月潭栖亭十二景	不详	岁寒松柏、聚望云烟、西山暮雨、碧潭秋月、寒江钓雪、南亩耕云、山市楼台、天门泉石、远寺疏钟、斜阳归棹、竹外芹宫、葛坛丹灶／七绝	22-33
刘诜	庐陵十景同萧克有孚有诸公作	江西吉安	青原春嶂、神冈晚桥、螺峰残雪、鹭渚断烟、石砻飞瀑、西峰卧松、古城秋酿、小洲暮渔、平园衰柳、凤墅斜阳／七律	22-286
刘诜	丙辰岁晏无营友人有赋十题者戏效其体	江西吉安	冰港叉渔、雪林猎虎、竹外梅梢、水边柳影、侯邸春盘、山村腊酒、雪鼎烹茶、地炉拨芋、城角春声、江帆雪影／七律	22-299
叶可权	遂昌八景	浙江遂昌	东阆晓云、西明夕照、清华秋月、妙高晴岚、洗马寒泉、钓鱼清风、后墅春耕、长安晚渡／七律	24-341

作者	名　称	属地	内容／体裁	册－页
柳贯	赋黄氏新安岭南山居十咏	安徽徽州	清江钓月、空谷耕云、苍峰卓笔、碧巘开屏、松林巢鹤、雪涧浮龟、峻岭扶车、圆岗揭斗、双溪合璧、古寺垂虹／五绝	25－164
	浦阳十咏	浙江浦阳	仙华岩雪、白石湫云、龙峰孤塔、宝掌冷泉、月泉春诵、潮溪夜渔、南江夕照、东岭秋阴、深裹江源、昭灵仙迹／七律	25－187
揭傒斯	题王山仲所藏潇湘八景图卷走笔作	湖南	潇湘夜雨、远浦归帆、烟寺晚钟、洞庭秋月、平沙落雁、渔村晚照、山市晴岚、江天暮雪／五绝	27－177
胡助	和桂坡李宅仁甫山园八咏	不详	草台春意、竹径秋声、冰壶避暑、雪峤寻春、石坛夜月、花嶂夕阳、翠屏薇露、土锉茶烟／五律	29－7
	黄秋江耕钓山房十咏	安徽徽州	清江钓月、空谷耕云、苍峰卓笔、碧巘开屏、枫林巢鹤、雪涧浮龟、峻岭扶车、圆岗揭斗、双溪合璧、古寺垂虹／五绝	29－95
	越上宝林寺八咏	浙江绍兴	飞来峰、应天塔、灵鳗井、大布衲、罗汉泉、古铁钵、深竹堂、盘翠轩／五绝	29－99
	隐趣园八咏	浙江东阳	君子池、待月坛、蜀锦屏、天香台、香雪壁、晚香径、竹涧亭、岁寒亭／五绝	29－102
	东湖十咏	浙江嘉兴	东湖秋月、岩山苍翠、南浦春流、禅悦白云、陈庄水亭、葛圃花竹、秋堂湖石、秀野沙洲、西丘夕照、五度朝晖／七绝	29－121
张雨	阳德馆幽居八咏仍用韵	不详	得月轩、浴鹄湾、来鹤亭、拜石厅、蓬庐、药井、梓树坡、黄篾楼／五古	31－296
	玄洲十咏	江苏句容	菌山、罗姑洞、霞架海、鹤台、桐华源、玄洲精舍、紫轩、火浣坛、隐居松、玉像龛／五绝	31－320
	山居十咏用张率性韵	浙江杭州	登善庵、烟霞衢、玉钩桥、小龙泓、紫芝馆、开阳室、碉阿亭、半月池、凝云石、来鹤亭／五律	31－346

作者	名　称	属地	内容／体裁	册-页
杨珤	静安八咏	上海静安	赤乌碑、陈桧、虾子禅、讲经台、沪渎垒、涌泉、芦子渡、绿云洞／五绝	32－234
李孝光	灵隐十咏	浙江杭州	灵隐寺、冷泉亭、莲花峰、飞来峰、炼丹井、呼猿洞、水台盘、翻经台、高峰塔、龙泓洞／五律	32－277
	湖山八咏	浙江温州	沙头酒店、山顶樵居、秋江渔火、晓寺僧钟、竹池引泉、木檐蔽日、龟屿迎潮、石亭避暑／七律	32－303
	宝林八咏	浙江杭州	飞来峰、应天塔、罗汉泉、灵鳗井、大布衣、古铁钵、深竹堂、盘翠轩／五绝	32－357
	箫台八景	浙江乐清	云门福地、盖竹洞天、双瀑飞泉、箫台明月、白鹤晨钟、紫芝晚磬、东塔云烟、西岑松雪／七绝	32－359
张起岩	潍县八景（存六）	山东潍坊	东园早春、南溪垂钓、西山晴雪、孤峰夕照、麓台秋月、青杨晴眺／七绝	33－178
岑安卿	洞山十咏	浙江金华	松龙、蛙石、镜池、梅沼、将军石、乌石岭、豹关、透瓶泉、琴峡、桂轩／五律	33－202
	次雷子枢知事延平八咏韵	福建南平	龙津春浪、猿洞秋风、三寺云深、九峰月朗、梅山朝旭、演仙晴霞、中峰飞瀑、黯淡雄涛／五古	33－207
	予读近时人诗有咏潇湘八景者辄用效颦以消余暇	湖南	洞庭秋月、平沙落雁、潇湘夜雨、山市晴岚、渔村落照、江天暮雪、远浦归帆、烟寺晚钟／七律	33－217
李齐贤（高丽人）	忆松都八咏	高丽	鹄岭春晴、龙山秋晚、紫洞寻僧、青郊送客、熊川禊饮、龙野寻春、南浦烟蓑、西江月艇／七绝	33－347
	和林石斋尹樗轩用银台集潇湘八景韵	湖南	平沙落雁、远浦归帆、潇湘夜雨、洞庭秋月、山市晴岚、渔村落照、江天暮雪、烟寺暮钟／五律	33－351
	菊斋横坡十二咏	不详	太公钓周、四皓归汉、谢傅东山、子猷剡溪、庐山三笑、竹林七贤、孟宗冬笋、黄真桃源、燕寻玉京、犬救杨生、潘阆三峰、范蠡五湖／七绝	33－353

作者	名　称	属地	内容 / 体裁	册-页
许有壬	中都八景和王受益教授韵	北京	龙庭瑞霭、梵宇晨钟、天桥夜月、碑亭暮烟、闾山晚翠、兰水晴波、高岩异卉、荨川春色	34-414
陈旅	题陈氏潇湘八景图	湖南	洞庭秋月、烟寺晚钟、山寺晴岚、平沙落雁、渔村夕照、远浦帆归、潇湘夜雨、江天暮雪/七律	35-15
黄镇成	三华吴宜甫桃溪十咏	不详	本原楼、旦气轩、半月池、绿玉洲、濯缨泉、白云坞、钓鱼矶、纳稼亩、艺麻圃、怀济舟/五律	35-70
	樵阳八咏用陈教和周东圃韵	福建邵武	五曲精庐、万峰梵刹、石鼓松风、丹台梅月、北桥春舫、西塔暮钟、樵岚秋稼、熙春朝阳/七绝	35-97
	杭州八景	浙江杭州	君山雾雪、仙冈暮霭、九峰晴旭、七里春涛、云岩书灯、月庵钟鼓、乌洲渔唱、龙滩棹歌/七绝	35-101
成廷珪	静安八咏	上海静安	赤乌碑、陈桧、虾子禅、讲经台、沪渎垒、涌泉、芦子渡、绿云洞/七律	35-467
郑元祐	石湖十二咏	江苏苏州	石湖、新郭、拜郊台、行春桥、越来溪、观音岩、治平寺、茶磨峤、楞伽塔、越公井、御书亭、紫薇村/五绝	36-348
	静安八咏	上海静安	赤乌碑、陈桧、虾子禅、讲经台、沪渎垒、涌泉、芦子渡、绿云洞/七绝	36-371
	师子林八咏	江苏苏州	题目不详/七绝	36-373
吕思诚	桂林八景	广西桂林	尧山冬雪、舜洞秋风、西峰晚照、东渡春澜、訾洲烟雨、桂岭晴岚、青碧上方、栖霞真境/七律	37-88
俞远	澄江八景	江苏江阴	蓉城晓烟、巫门夜雨、海门宾日、孤山钓月、石湾春霁、扬子秋涛、沙屿晚渡、淮甸晴眺/七律	37-343
张嗣德	滦京八首	内蒙古锡林郭勒	凤阁朝阳、龙岗晴雪、敕勒西风、乌桓夕照、滦江晓月、松林夜雨、天山秋狝、陵台晚眺/七律	37-369

作者	名　称	属　地	内容／体裁	册-页
段天祐	追和唐询华亭十咏	上海华亭	顾亭林、寒穴、吴王猎场、柘湖、秦皇驰道、陆瑁养鱼池、华亭谷、陆机宅、昆山、三女岗／五律	37-381
曹文晦	新山别馆十景（天台十景）	浙江天台	桃源春晓、赤城栖霞、双涧观澜、华顶归云、螺溪钓艇、清溪落雁、南山秋色、琼台夜月、石桥雪瀑、寒岩夕照／七律	37-413
杨维桢	望云八景诗次韵八首	不详	思亭泉涌、灵岩飞雪、云谷晴曦、庐峰霁月、葛陂春雨、猴岭晚霞、东溪渔笛、古洞樵歌／七律	39-300
吴莱	浦阳十景	浙江浦江	仙华岩雪、白石漱云、龙峰孤塔、宝掌冷泉、月泉春诵、潮溪夜渔、南江夕照、东岭秋阴、深裹江源、昭陵仙迹／七律	40-41
吴当	天台玉汉桥道院八咏	浙江台州	玉溪桥、积果堂、十二区、梅竹庄、缑云亭、招隐亭、渊泉亭、外墅／七律	40-168
贡师泰	龙虎山十咏	江西鹰潭	金鸡山、石龟渡、象山、龙井、藐姑山、灵台山、双瀑洞、三石洪、白水磜／五绝	40-310
	静安八咏	上海静安	赤乌碑、陈桧、虾子禅、讲经台、沪渎垒、涌泉、芦子渡、绿云洞／五绝	40-336
钱惟善	定山十咏	浙江耀武	风水二洞、凤凰双髻、朱梁夜泊、定山早行、六和观月、五云赏雪、龙门晓雨、渔浦春潮、浮屿藏鱼／七律	41-28
	奉和太常博士柳公浦阳十咏诗	浙江浦江	仙华岩云、白石漱云、龙峰孤塔、宝掌冷泉、月泉春诵、南江夕照、潮溪夜渔、东岭秋阴、深袅江源、昭灵仙迹／七律	41-37
	静安八咏	上海静安	赤乌碑、陈朝桧、虾子禅、讲经台、沪渎垒、涌泉、芦子渡、绿云洞／五律	41-96
黄元实	瀤阳八景	福建邵武	洋背春烟、河潭秋月、东川梵宇、铙山晴雪、湖障夕阳、南郭渡船、长吉晓钟、迎鳌午磬／七绝	41-426
	春江十咏	福建泰宁	午窗山色、晚桡鸣月、晚渡撑烟、沙晴睡鸭、夹堤杨柳、斜阳牧笛（存六）／七绝	41-428

作者	名 称	属 地	内容／体裁	册－页
叶颙	戊申岁闲中清赏十景	不详	秋江明月艇、烟岫夕阳钟、丽浦横长笛、修林策短筇、篱边餐落菊、岭上抚孤松、开径延驯鹤、登楼数去鸿、朗吟黄叶寺、长啸白云峰／五古	42－35
	冬景十绝	浙江金华	鹭立寒江、寒江独钓、霜天晓角、江路梅香、板桥霜晓、茅檐曝背、书舍寒灯、梅下清吟、纸帐梅花、烟蓑钓雪／七绝	42－128
	丁酉仲冬即景	浙江金华	雪水烹茶、地炉煨芋、云巢鹤睡、月岭猿啼、玉楼吹笛、梅屋弹琴、冲寒贳酒、踏雪寻梅、梅梢月落、松径云深、雪夜乘舟、霜晨觅句、枯木寒鸦、孤松老鹤、书窗梅影、石鼎茶声／七绝	42－130
姚琏	渔梁八景	安徽徽州	渔梁钓隐、望仙怀古、紫阳烟雨、白水晴岚、龙井花香、乌聊翠拥、披云峰影、碎月滩声／五古	42－283
金元素	仙风八咏为王德昌赋	不详	佛洞晴岚、仙风雪洞、竹林避暑、梅垄寻春、溪桥听泉、石台望月、香岩秋桂、烟寺晚钟／五绝	42－362
倪瓒	和赵魏公张外史咏玄洲十景	江苏句容	菌山、罗姑洞、霞驾海、鹤台、桐叶源、玄洲精舍、紫轩、隐居松、玉像龛／五绝	43－61
	东吴十咏	江苏苏州	望洞庭、泛石湖、游灵岩寺、登姑胥山、泊横塘、怀甫里、过盘门、过独墅、过车坊漾、归阖闾浦／五绝	43－67
舒頔	惟扬十咏（存七）	江苏扬州	明月楼、皆春楼、骑鹤楼、嘉会楼、平山堂、琼花观、太平桥／七绝	43－308
张昱	静安八咏	上海静安	赤乌碑、陈桧、虾子禅、讲经台、沪渎垒、涌泉、芦子渡、绿云洞／七绝	44－187
陈谟	西林八景	上海西林	凤凰峰、琵琶洲、偃月岗、落星石、流虹岗、喷珠泉、藏蛟室、伏鸽冢／五绝	45－378
于立	次观镜中八咏韵	浙江绍兴	种山、三山、崇山、梅山、鉴湖、古城、缥碧楼、分陀室／五律	45－402

作者	名　称	属地	内容／体裁	册－页
辛敬	嘉禾八景诗	浙江嘉兴	空翠风烟、龙潭暮云、鸳湖春晓、春波烟雨、月波秋霁、杉闸奔湍、胥山松涛、武水幽澜／五律	45－495
周闻孙	和北山宜阳归咏之什	河南洛阳	秀水感兴、爱棠留题、北流移家、中秋抒怀、分宜纪事、宜阳叙别、皂口得鲙、虎头沽酒、渝川对景、临江忆昨／七律	45－552
袁凯	邹园十咏	上海	钓矶、柳堤、棋墅、瀑布、桃溪、鱼渊、濯清、蓼滩、松墅、杏坞／五律	46－346
迺贤	宝林八咏为别峰同禅师赋	浙江绍兴	飞来峰、应天塔、大布衣、铁钵盂、罗汉泉、灵鳗井、深竹堂、盘翠轩／五绝	48－52
胡奎	海昌八咏	浙江海宁	海门洪涛、五祠古桧、紫峡秋云、顾况书台、葛洪丹井、安国禅灯、张许双庙、虹桥夜月／七律	48－191
	雩阳十景	江西于都	川江秋月、三峡暮云、龙门夜雨、溪嶂晓烟、青山瀑布、紫阳甘泉、乌石砂图、罗岩曲水、胡僧竹、梁山古桧／七绝	48－305
	宝林八咏	浙江绍兴	飞来峰、应天塔、罗汉泉、鳗井、布衣、铁钵、竹深处、盘翠轩／五绝	48－358
	泰和八景	江西泰和	澧陂春涨、香炉紫烟、云源仙笛、圣容钟声、龙际晓岚、田东暮雨、甘峰飞瀑、天宝悬崖／五绝	48－377
周巽	螺川八景（存五）	江西吉安	洗耳亭、读书台、白鹭洲、鲁公祠、青螺峰／五律	48－420
顾瑛	游虎丘杂咏诗	江苏苏州	千顷云、小吴轩、剑池、试剑石、五台山、生公台、塔影、致爽阁、真娘墓、陆羽井／七绝	49－85
杨铸	师林八景	江苏苏州	题目不详／五绝	49－152
胡布	胡永年兄弟石庄八咏八首	不详	固陂九曲、响石曾标、永兴钟梵、古印云春、湖墟岚彩、流月虹桥、枣岭樵腔、双溪盘石／五古	50－366
	会稽夏衍宜阳八咏	浙江会稽	经畬堂、硕果轩、垂纶矶、大迁墩、丽泽池、鸣琴丘、容膝、林水／五古	50－370

作者	名 称	属 地	内容／体裁	册-页
顾彧	静安八咏	上海静安	赤乌碑、陈桧、虾子禅、讲经台、沪渎垒、涌泉、芦子渡、绿云洞/五古	51－228
唐奎	静安八咏	上海静安	赤乌碑、陈桧、虾子禅、讲经台、沪渎垒、涌泉、芦子渡、绿云洞/七律	51－477
吴益	静安八咏	上海静安	赤乌碑、陈桧、虾子禅、讲经台、沪渎垒、涌泉、芦子渡、绿云洞/七律	51－479
余寅	静安八咏	上海静安	赤乌碑、陈桧、虾子禅、讲经台、沪渎垒、涌泉、芦子渡、绿云洞/五绝	51－481
马弓	静安八咏	上海静安	赤乌碑、陈桧、虾子禅、讲经台、沪渎垒、涌泉、芦子渡、绿云洞/七律	51－483
陆侗	静安八咏	上海静安	赤乌碑、陈桧、虾子禅、讲经台、沪渎垒、涌泉、芦子渡、绿云洞/七律	51－487
钱岳	静安八咏	上海静安	赤乌碑、陈桧、虾子禅、讲经台、沪渎垒、涌泉、芦子渡、绿云洞/七律	51－490
韩壁	静安八咏	上海静安	赤乌碑、陈桧、虾子禅、讲经台、沪渎垒、涌泉、芦子渡、绿云洞/五绝	51－493
赵觐	静安八咏	上海静安	赤乌碑、陈桧、虾子禅、讲经台、沪渎垒、涌泉、芦子渡、绿云洞/五律	51－495
释如兰	静安八咏	上海静安	赤乌碑、陈桧、虾子禅、讲经台、沪渎垒、涌泉、芦子渡、绿云洞/五律	51－498
释守仁	静安八咏	上海静安	赤乌碑、陈桧、虾子禅、讲经台、沪渎垒、涌泉、芦子渡、绿云洞/七绝	51－501
释寿宁	静安八咏	上海静安	赤乌碑、陈桧、虾子禅、讲经台、沪渎垒、涌泉、芦子渡、绿云洞/骚体	51－509
陈镒	题湖山十景	不详	翠屏晚对、绿野春耕、月浦泛舟、雪溪垂钓、竹楼清眺、松岭早行、古寺钟声、平川雾色、西山牧笛、东岸渔灯/七绝	51－592
陶琛	师子林十二咏	江苏苏州	师子峰、含晖峰、吐月峰、小飞虹、禅窝、竹谷、立雪堂、卧云室、指柏轩、问梅阁、玉鉴池、冰壶井/五绝	52－158

作者	名 称	属 地	内容／体裁	册-页
周稢	师子林五言八咏	江苏苏州	师子峰、栖凤亭、飞虹桥、指柏轩、问梅阁、立雪堂、卧云室、玉鉴池／五绝	52－257
黄鲁德	武塘十咏	江苏扬州	景德泉、大胜塔、慈云寺、胥山、凤凰墩、陈贤良墓、吴氏义塾、爱山花圃、吴莹竹庄、吴仲圭墓／七绝	52－404
靳荣	新田八景	湖南新田	龙庙莲潭、神陂落雁、晋城春色、济溪梅月、景明飞瀑、乔岳晴岚、照殿冰岩、绛山晚照／七律	52－490
宋僖	秦川八咏为王景善作	陕西秦岭	桃源、柳桥、竹坡、菊径、药阑、橘圃、桐轩、芸窗／五绝	53－449
平显	寄题武当八景	湖北武当	天柱凌云、玉虚环翠、五龙披雾、九渡鸣泉、南岩削壁、紫霄层峦、雷洞发春、琼台霁晓／七律	53－515
程明远	山斗八景	安徽休宁	剑潭浸月、玉石生烟、清溪柳翠、黄浦荷香、燕谷樵歌、龙华钟韵、方塘活水、高嶂闲云／七律	54－1
	南山八景	安徽休宁	观云阁、听泉亭、弥陀石、仙人池、松径菊、柳塘莲、风林竹、雪谷梅／七律	54－3
曹志	拱和八景	浙江金华	东溪钓月、西山扫松、竹亭午梦、花圃春醅、南桥晚眺、北陇躬耕、云林樵唱、义塾书声／七律	54－37
	金华十咏	浙江金华	双溪明月、八咏清风、芙蓉晓色、积道晴岚、紫岩夕照、白沙春水、赤松羊石、智者神钟、丽泽书院、金钱佛塔／五绝	54－41
邓雅	玉笥十咏	江西玉笥	玉笥晴云、紫盖春雨、何君驾虹、石人玩月、双林莲社、孤山梅隐、绵峰瀑布、茧溪澄练、南祠梦阁、东岳行宫／七绝	54－310
沈梦麟	诚意伯刘公盘谷八景	不详	鸡鸣山晓、龟山春意、西岗稼浪、北坞松涛、双涧秋潭、三湾夜月、松矶钓石、竹径书斋／七律	55－74

作者	名　称	属　地	内　容／体　裁	册-页
王礼	霍山十二景	安徽霍山	回峦春早、介山秋色、绵岳雪晴、箭筶斜阳、龙洞白云、马迹晴岚、抱腹云梯、大岩冰柱、屏风叠嶂、玉峡飞泉、三清烟雨、禅房夜月／五古	55-322
朱善	题辽东八景	辽宁	古庙松风、手山擎月、西湖夜雨、龙湾晓雾、太河乘舟、莲池垂钓、香岩拱秀、千山积雪／七绝	55-347
张宪	古城八咏	浙江富阳	黄公洞、黄巢寨、金鸡石、骊珠石、栖鹘岩、栖鹤峰、黄天荡、来青阁／七律	57-95
吴会	唐氏中山八景为季雍赋	江西金溪	山中芸室、溪上苔桥、瑶岭朝岚、镜池夜月、崇山积雪、灵谷明霞、幕阜生云、笔峰过雨／五古	57-171
	西原十景	江西金溪	槐坞秋风、杏林春雨、日出凤岗、云生鳌水、急涧泉春、平塘雪钓、清湖琴馆、乔木书楼、古城行客、毁寺残僧／六绝	57-176
	别驾马合末公归省亲豫章以临川八景赋初唐六韵律诗为赠	江西临川	岘台春水、灵谷秋云、南湖夜月、瑶岭晴岚、金石寒泉、青云朝日、文昌丹桂、羊角蟠桃／五古	57-195
	皋山八咏	山东宁阳	三星岭、小云峰、茶园、桃坞、一泉、三谷、鹦鹉石、鹧鸪原／五古	57-213
戴良	和沈休文双溪八咏	浙江金华	登台望秋月、会圃临春风、秋至愍衰草、寒来悲落桐、夕行闻夜鹤、晨征听晓鸿、解佩去朝市、被褐守山东／五古	58-29
	题潇湘八景	湖南	洞庭秋月、潇湘夜雨、山市晴岚、渔村夕照、平沙落雁、远浦归帆、烟寺晚钟、江天暮雪／五绝	58-122
黄枢	题山口八咏	安徽休宁	剑潭浸月、犀玉生烟、清溪柳色、黄浦荷香、燕谷樵歌、龙华钟韵、方塘活水、高嶂闲云／五绝	58-244

作 者	名 称	属 地	内 容／体 裁	册－页
王逢	静安招提八咏为宁无为上人作	上海静安	赤乌碑、沪渎垒、陈朝桧、虾子禅、金经台、涌泉亭、芦子渡、绿云洞／五绝	59－125
凌云翰	潇湘八景图为镏养愚赋	湖南	潇湘夜曲、远浦归帆、烟寺晚钟、洞庭秋月、平沙落雁、渔村夕照、山市晴岚、江天暮雪／五绝	62－301
	剡西八景为开明空相寺僧华月江赋	浙江奉化	乌石卧云、南轩进月、梅林逗阴、竹窗挹秀、眺白凭栏、临清涤砚、双桂秋芳、孤松晚翠／五绝	62－303
	鉴湖八景为周履常赋	浙江绍兴	柳庄、桂林、兰渚、瓜田、芙蓉港、笕笃坡、按鹤亭、放鱼池／五律	62－346
	钱塘十咏	浙江杭州	东海朝暾、西湖夜月、浙江秋涛、北关夜市、孤山霁雪、两峰白云、九里云松、六桥烟柳、灵石樵歌、冷泉猿啸／七律	62－360
	雪湖八景次瞿宗吉韵	浙江杭州	鹫岭雪峰、冷泉雪涧、巢居雪阁、南屏雪钟、西陵雪樵、断桥雪棹、苏堤雪柳、孤山雪梅／七律	62－400
麦澄	古藤八咏	不详	东山夜月、石壁秋风、赤峡晴岚、剑江春涨、鸭滩霜濑、龙巷雾台、登崎从环、谷山列障／六绝	62－435
林弼	汝江八景	江西抚州	蕉寺晨钟、吕桥夜月、黄村晚照、阮浦春潮、球浦烟帆、浪湾雪网、棠堤春雨、橘坞秋霜／七绝	63－77
叶兰	东湖十景	江西鄱阳	孔庙松风、颜亭荷雨、双塔铃音、两堤柳色、洲上百花、湖中孤寺、荐福茶烟、新桥酒旆、松关暮雪、芝峤晴云／五律	63－146
张适	师子林十二咏	江苏苏州	师子峰、含晖峰、吐月峰、小飞虹、禅窝、竹谷、立雪堂、卧云室、指柏轩、问梅阁、玉鉴池、冰壶井／五绝	64－13
潘士骥	黄岩八景	浙江黄岩	委羽寻仙、壕头吊古、铁筛古井、利涉浮梁、东浦暮帆、西桥秋月、九峰夕照、十里早春／七律	65－435

作者	名　称	属　地	内　容／体　裁	册-页
张政	汝州八景	河南汝州	岘山叠翠、妙水春耕、春日桃园、汝水横舟、温泉晓霁、玉羊晚照、龙泉夜月、崆峒烟雨／七绝	66-347
张天锡	题岐山八景（存六）	陕西宝鸡	凤鸣朝阳、磻溪风月、太白晴雪、实相晨钟、资福烟霞、五丈秋风／七绝	66-362
释续溥	碧云十景诗	不详	环峰叠翠、碧云香霭、曲径通幽、危桥跨涧、池泉印月、洞府藏春、修竹欺霜、乔松傲雪、奇桧连阶、楼台萧洒／七绝	67-85
张金寅	咏清湘八景	湖南	柳山寸月、湘峡归云、盘石冰泉、华峰霁雾、龙洞清溪、砻岩飞瀑、合江晓涨、赤壁秋灯／七律	67-163
李谦亨	奉和从兄宅仁先生山园八景（存四）	浙江东阳	草堂春意、石坛夜月、花嶂夕阳、土锉茶烟／七律	67-190
凌说	彰南八咏	浙江安吉	天目晴雪、渚溪夕照、北庄梅花、樊坞梨园、梅溪春涨、独松冬秀、浮玉晚娇、石埭夜航／七律	67-411
王逢吉	淮阳八景（存六）	河南周口	太昊遗墟、卦台秋月、胡公铁墓、思陵暮霭、古宛晴烟、柳湖春晓／七律	68-44
易昭	潇湘八景（存三）	湖南	潇湘夜雨、平沙落雁、江天暮雪／七绝	68-223

资料来源：杨镰《全元诗》，中华书局 2013 年版。

附录四　元代咏物组诗汇总表

作 者	题　　　目	数量	册数
丘处机	夜深对月二首、春夜雨二首	4	1
元好问	梨花海棠二首、杏花二首、紫牡丹三首、杏花杂诗八首、惠崇芦雁三首、冠氏赵庄赋杏花四首、龙泉寺四首、同漕司诸人赋红梨花二首、赋瓶中杂花七首、浑源望湖川见百叶杏花二首、题石裕卿郎中所居四咏、同儿辈赋未开海棠二首、贞燕二首、同梅溪赋秋日海棠二章	47	2
段克己	梅花十咏、花木八咏	18	2
段成己	梅花十咏、花木八咏	18	2
家铉翁	墨梅二首、中秋日菊盛开二首、九日即事雪中见菊四首	8	2
王义山	小圃梅柳之争二首	2	3
舒岳祥	十虫吟、续十虫吟、樵童自故园来献海棠因赋二首、咏豆蔻花即词人所谓豆蔻梢头者也一名鱼袋牡丹以其叶相类也亦名含胎菊二首、次和正仲咏荷花月露二景二首、白雪词四首、家藏画鹊二轴其一棠梨结子青黄叶亦虫蚀尚带晚花有鹊眠枝上枝若垂垂不胜者其一作欹竹一茎有鹊把竹磔螳螂而食之叶若振振而动摇者笔意精妙非黄筌不能也二首、十一月初三日插梅花古罍洗中因成四绝、问信红梅二章、十村绝句	48	3
耶律铸	咏雪二首、松声四首、梅魂二首、题长春宫瑞应鹤诗二首、故宫对雪三首、十六夜月三首、双头牡丹二首、司春园五月五日梨花是日因事不果二首、杨妃菊二首、桃花马二首、五禽五首、行帐八珍诗八首、玉蕊花二首	39	4
郝经	甲子岁后园秋色四首、孟少保后园四题、刘房山方镜二首、张侯宅新竹四首	14	4
王恽	鹦鹉螺六首、秋栏四咏为仲略弟皆有和章时丁亥秋季也、欹器诗三首、异菊图一枝十花容色各异未之见也故赋二首、咏早梅四首、咏梅十首	29	5

作者	题 目	数量	册数
方回	花诗二十四首、秋日古兰花十首	34	6
胡祗遹	圣瑞八首、芝蟾砚滴四首	12	7
杨公远	梅花五首、旅寓岑寂中园丁送花四品因赋五绝、雪十首、春夜雪再用韵十首、蝶二首、次宋省斋菊花五绝、月下看白莲三首、梅花二十绝	60	7
张逢辰	菊花百咏	102	8
郭豫亨	梅花字字香九十八首	98	8
方凤	怀古题雪十首	10	9
蒲寿宬	梅阳郡斋铁庵梅花五首、蚊二首	7	9
董嗣杲	百花诗	94	10
萧斛	三月梅花四首	4	10
滕安上	忆京洛木芍药三绝	3	11
梁栋	四禽言四首	4	11
张之翰	芝蟾砚滴二首、读懒庵梅咏且以梅见许久而不至五绝征之、懒庵见和复次前韵五首、懒庵以绝句惠雪梅与水仙数枝依来韵五首、懒庵见和复次前韵五首、思承索二色菊诗同郭伯周赋二首、赋赵西湖宣慰红梅二首、牡丹图二绝	28	11
张伯淳	隐梅二首	2	11
刘敏中	和傅君实张公子园赏花二首、温石桃杯二绝、赋赵文卿温石瓢杯四首、赋张子京盆荷四首、汤叔雅墨梅二首、赋雪里梅魂二首、思兰吟二首、写生牡丹四咏	22	11
戴表元	陈公哲梅花百咏二首	2	12
丘葵	梅影二首、金樱子二首、石榴花三首	7	12
赵必瑑	戏题睡屏四首、南良县圃赏梨花呈长官四首、吟社递至诗卷足十四韵以答之为梅水村发也十四首	22	12
王旭	秋笋三首	3	13
仇远	小斋四花四首、题画竹四首、题叔夏水仙花四首、梅二首	14	13
尹廷高	梅花二首	2	14

作　者	题　　　目	数量	册数
方夔	药圃五咏、和东坡惠州梅花三叠、世之咏物者采春花而落秋实余欲矫其失作冬果十咏、木犀花四首、梅花五绝、秋花十咏、续梅花七绝、别梅二首	46	14
白珽	续演雅十诗	10	14
谢翱	梅花二首	2	14
刘因	学东坡小圃五咏、屏上草虫四首、饮山亭杂花卉八首	17	15
程钜夫	次韵肯堂学士冬日红梨花二首、题靖夫弟画屏折枝十二首、题画屏折枝十二首	26	15
黎廷瑞	禽言四首	4	15
陆文圭	洛中郑恝三伏之际率宾僚避暑于使君林取大莲叶盛酒以簪刺叶令与柄通屈茎轮困如象鼻焉傅吸之名碧筒杯故坡诗云碧碗犹作象鼻弯白酒时带莲心苦丙寅五月宜兴州赏诚以此为题为赋十一首	11	16
任士林	四雁图四首、四禽言四首	8	16
徐瑞	寻梅十首	10	16
马臻	二禽篇二首、和蜀僧明上人咏雪诗韵二首	4	17
赵孟𫖯	和黄景社雪中即事四首、题耕织图二十四首奉懿旨撰	28	17
王祯	《农器图谱》录农具诗二百四十首	240	18
吴存	山茶四首、次韵山中寻梅十首	14	18
陈仲仁	自题仿古画果十二首	12	18
刘将孙	禽笑八首、禽言六首	14	18
冯子振	梅花百咏	109	18
艾性夫	追和晦庵先生十梅韵、世言梅见外于离骚海棠不取于子美未有为解嘲者因作二绝	12	19
陈深	题钱舜举写生五首	5	19
浦道源	和薛秉彝冬菊诗二首、九月八日赋二种芙蓉二首、咏雪三首	7	19
汪炎昶	山园戏书三物	3	20

作　者	题　　　目	数量	册数
释德净	咏物次韵宏叟五十二首	52	20
汪济	竹六首	6	20
释明本	和冯子振《梅花百咏》百首（七绝、七律各百首）	200	20
何中	菊三首、雪四首	7	20
韩性	题竹二首、次郑景尹饯梅十首	12	21
袁桷	次韵张希孟凝云石十咏、次韵张秋泉盆梅三首、赋文子方筼筜亭竹影五首、玉堂合欢花初开郑潜昭率同院赋诗次韵二首、观闲闲斋红梅次苏公姿字韵四首、次韵田师孟咏牡丹三首、次韵郑景尹咏梅十首、次韵景尹酴醾二首、斋前海棠秋日着数花瑾首赋诗次韵二首、仲章以余赋琼花露因成阳台之句韵三首、墨竹四绝	48	21
龚璛	王宽斋送菊三首、玉茶二首、蕙花二绝答李翠璧二首、题兰花二首	9	21
刘诜	玉笥山中有白鹤花顶翅宛然类鹤王兰友作诗送至用韵二首、题墨梅二首	4	22
王士点	四爱题咏	4	23
安熙	杏花始开连日大风不获一赏晨起携筇往观之归而小酌得三绝句、友人西城探梅折一枝来赠求诗为赋二首	5	23
陆厚	衍卿二月七日见惠杏花复用韵谢之四首、观新安牡丹谱四首	8	24
郭居敬	百香诗一百三首	103	24
张养浩	惜鹤十首	10	25
柳贯	作枯木丑石因题二诗遗李辅之检校、水际见早梅题为漫兴六首	8	25
杨载	东阳十题	10	25
程端礼	海棠二首	2	25
虞集	戏作试问堂前石五首、代石答五首、别国史院鳌峰石二首、次韵陈溪山红梅四首、赋玉簪花四首、墨梅四首、墨兰四首、题杂画二十八首	56	26

续　表

作者	题　　目	数量	册数
朱思本	元洞丈室六咏	6	27
揭傒斯	题芦雁四首、题风烟雪月四梅图四首、题四梅图四首、析枝十韵	22	27
黄溍	和吴赞府斋居十首	10	28
陈樵	芦雁四咏飞鸣宿食四首、雨四首、次周刚善僧房牡丹韵二首	10	28
程端学	题史信父小梅四首	4	28
胡助	芦雁四咏	4	29
释善住	兰四首、梅花次韵三首、咏梅三首、幽兰三首	13	29
马祖常	移梅四首、初日八首、四爱图四首、吴宗师送牡丹二首、两头纤纤五首	23	29
萨都剌	升龙观九日海棠杏花开二首	2	30
吴镇	题竹二十二首、画竹十一首、画竹三首、题墨梅二首	38	30
洪希文	牡丹二首、芍药二首、瑞香花盛开二首	6	31
揭祐民	历溪书事五首	5	31
欧阳玄	题永清寺白岩清晖方池古松四首	4	31
张雨	服用杂咏四首、墨写四花、墨花四首	12	31
吴师道	追和坡翁松风亭梅花三首、江湖八境图、嘉定黄氏瑞竹二首、息斋竹三首	16	32
王沂	墨竹为萧生鹏汉题二首、墨竹为刘生以传题二首、芍药茶三首、墨梅二首、花光墨梅二首、洞连亭诗三首	14	33
徐孜	闻八禽言	8	33
贯云石	题陈北山扇五首、咏梅六首、题花光墨梅二首	13	33
李齐贤	朱泽民秀才见示美人屏风四诗次韵	4	33
许有壬	上京十咏、和胡安常廉使盆池红白莲韵十首、小园八咏	28	34
黄玠	梅花四首	4	35
程文	水仙花四首、次韵忆梅五首	9	35

作者	题　　目	数量	册数
刘鹗	水仙花二首	2	36
朱德润	赓龚子敬先生十清诗、大长公府群花屏诗十二首	22	37
王鉴	题梅二首	2	37
宋褧	雪竹白头翁横披二首	2	37
曹文晦	咏十器诗、梅魂二首	12	37
杨维桢	五禽言五首、义鸽三章、警鹏三章、白翎鹊辞二章	13	39
吴当	连句大雪二首	2	40
贡师泰	和杨德章监宪咏物诗二首、墨竹四首、水仙二首	8	40
周伯琦	咏西内芍药二首	2	40
李祁	咏鹤二首	2	41
张舜咨	题竹四首	4	41
叶颙	辛卯冬雪里寻梅三首、题丹井二首、题石羊二首、墨梅为陈羽士赋六首、延祐丁巳陈国宾出奇石数枚曰石羊石鱼石兔石雁石鸡石鸟石蟠桃时彦咸赋诗予亦为七绝、杜鹃二首、白莲花二首、示小儿阿真牡丹二首茶蘼春暮各一首、爆竹二首、梅影二首、梅魂二律	32	42
张以宁	次张仲举祭酒咏花五首	5	42
金元素	四养四首、四种四首、题叶仲刚都司钱吴兴四果、水仙花二首、墨梅二首	18	42
倪瓒	咏鹅三首	3	43
舒頔	石竹十绝为胡伯善题	10	43
张昱	题桂花仙子二首、荷花词次韵周伯温参政四首、柳花词五首、效唐僧无则咏物诗四首、梅花十绝	25	44
梁寅	题石树四首、题鹰四首、题竹二首、题梅四首	14	44
韦珪	梅花百咏	100	44
傅若金	题墨梅六首、题墨葡萄二首、题墨葡萄六首	14	45
黎应物	兰竹菊梅清意四首为胡一清赋	4	45

作　者	题　　　　　目	数量	册数
陈谟	哦松谢丞托兴于琴剑金玉各赋一章因赋答之四首、和指挥兰花韵二首、岁除大雪二首、题墨竹四首、次荔支韵赋四首	16	45
郭翼	天马二首、和李长吉马诗十二首、五禽言五首	19	45
周闻孙	桑扈飞二章	2	45
华幼武	题扇二首、咏玉绣球花二首、朱玄晖招鹤词四首、次韵元羣春雪六首、题画竹二首、养浩杂咏为彦弘赋五首	21	46
许桢	和叔记塘上草木二十四首	24	46
袁凯	因何彦明赋八新效其体八首、徐子厚宅赏牡丹二首、己未九日对菊大醉戏作四首、咏马九首	23	46
赵偕	题梅花为罗彦威作二首、题梅书于周砥道宅壁间三首	5	47
释妙声	题红梅墨梅二首、题画马四首	6	47
张天英	题温日观蒲萄四首、石蒲为子庭作二首	6	47
释琼衍	墨兰三首、红梅二首、石菖蒲二首	7	47
胡奎	题玉乡球花二首、题墨梅三首、题红梅三首、题白梅二首、画鹰四首、何伊宅牡丹二首、题梅竹二首、题梅二首、咏菊四首、题红桃白头翁鸟二首、题盆池白石号昆仑积雪二首、东园对竹五首、望夫石三首、题竹六首	42	48
周巽	效乐未央体咏梅二首、以和靖处士疏影横斜水清浅暗香浮动月黄昏两句为韵赋诗十四首、以露雾风烟月晴雨江山雪为题咏梅十首、青青水中蒲三首、梅花十首	39	48
刘仁本	水墨梅花七首	7	49
吕浦	次王说斋咏菊韵五首、梅边稿四十首、梅边稿三首	48	49
王冕	琴鹤二诗送贾治安同知、梅花五首、梅花十五首、梅花三首、素梅五十八首、墨梅四首、红梅十九首	106	49
胡布	再刻竹二首、题风烟雪月梅四首	6	50
山翁	次韵章伯强移梅五首	5	51
谢宗可	咏物诗一百零五首	105	51
黄复生	宫花二首	2	51

作 者	题 目	数量	册数
桂瑑	八禽言八首	8	51
张仲深	谢易之自京回遗余文物七品各赋律诗一首谢之如左	7	52
徐珪	咏梅四绝录示良夫贤弟	4	52
傅生	题琴棋书画美人图四首	4	52
金鼎实	东岳行宫二首	2	52
顾德璋	题宋杨补之雪梅三首	3	53
平显	题扇二首	2	53
曹志	梅二首、雪二首	4	54
张庸	梅六首、山中所见二首	8	54
胡天游	和禽言四首	4	54
沈梦麟	画竹四首	4	55
卢琦	蚊二首	2	55
李昱	秋宵七恨、画马二首、题梅四首、画鱼二首、梅花十绝句	25	56
汪广洋	朱伯徽自溪南携酒至婺源山中兼示垂丝海棠醉中求赋七言三首	3	56
陈高	题道原所作墨兰蕙四首、题梅二首、题花竹翎毛四首、题梅花二首、秋雨四首、咏雪三首	19	56
陶安	寓意四首、竹松二首、题范氏文官花二首	8	56
张宪	芙蓉花一首三解、赋松隐二操、天马二首	7	57
秦约	青青水中蒲二首、题金菊画屏二首	4	57
袁华	紫荆曲三首、春草词六首、题赵仲穆兰二首、顾玉山客嘉兴春晖楼前木芍药盛开因诵张平昌所和令狐祖公别牡丹诗曰平章宅里一阑花临到开时不在家莫道两京成远别春明门外即天涯因次韵别赋五首同寄、顾玉山园池十有六咏	32	57
郭钰	题扇二首	2	57
王沂	画兰二首、墨竹为刘生以传题二首	4	58

续 表

作 者	题 目	数量	册数
贡性之	雀二首、画梅二首、画马二首、题画竹四首、题梅四首、题画竹四首、题画梅十首、画葡萄松鼠二首、画莲二首、墨梅二首、题画花鸟二首、画兰二首、题梅七首、墨菊二首、红梅翠竹二首、题竹二首、枯木竹石二首、画梅八首、题菜二首、冻凫二首、题梅二首、题梅八首、画马二首、枯木图二首、题梅二首	81	
何孟舒	无弦琴二首	2	58
释宗泐	水仙梅二首	2	58
契逊	病中咏瓶梅二首	2	59
王逢	菜亭四咏	4	59
刘永之	写墨竹一枝并题与章子愚二首、题墨竹四首、题扇二首、题竹四首、墨竹二首、题墨梅二首	16	60
释来复	题迎风弄月墨梅二首、鹫峰对雪二首	4	60
乌斯道	咏梅花三首	3	60
虞堪	赋小瓶红白梅花四首、题柯博士竹二首、题日本僧所画青山白云三首	9	60
刘崧	过王氏南园看竹刘以和携酒至共酌林间四首、题幽篁古木兰二首、题兰二首、题墨兰四首、题墨竹五首、题四时花木四首、题墨竹二首赠陈子仁、题墨竹四首、题枯木竹石五首、北平十二咏	44	61
孙作	雪桃二首	2	62
释克新	为清上人题竹二首、题瞿惠夫兰二首	4	62
许恕	次惠子及谢寄梅花韵四绝	4	62
王祎	五禽言次韵王季里韵五首	5	62
凌云翰	画梅二首、画红梅二首、墨竹扇面二首、松雪翁兰蕙二首、梅二首、四时花鸟图四首、梅雪四律代张翚徐术陆平沈廉赋、拟赋桃灯杖五首、雪中八咏次瞿宗吉韵	31	62
林弼	四禽词奉答顾孟仁四首、题杂画九首	13	63
郑允端	墨梅二首	2	63
孙蕡	画梅四首、红菊二首、墨菊二首、红梅二首、墨竹九首	19	63

作　者	题　　　　目	数量	册数
谢肃	题马四首	4	63
李延兴	雪二首、咏雪效时体九首、雪和饶倅二首	13	64
韩奕	斋居五咏、青桐二首、次韵医家十六咏、青桐二首、题画竹四首、题画鱼二首、题竹二首、海云白牡丹盛开因寄镜上人四首、题竹二首	39	64
丁鹤年	题画梅二首、水仙花二首	4	64
张道洽	瓶梅二首、寻梅三首	4	66
张广员	咏竹诗集《青士集》	23	66
梅岩	咏宝相寺梅二首	2	66
总计	3 415 首		

资料来源：杨镰《全元诗》，中华书局 2013 年版。

附录五　元代组诗总、分标题汇总表

作者	总　题	分　　　题	册-页
杨奂	游嵩山十三首	轩辕坂、太室、少室、启母石、少姨庙、卢岩、龙潭、五渡水、测影台、箕山、颍水、卓锡泉、巢翁冢	1-97
耶律楚材	洞山五位颂五首	正中偏、偏中正、正中来、兼中至、兼中到	1-270
	太阳十六题	识自宗、死中活、活死中、不落死活、背舍、不背舍、活分、杀人剑、平常、利道拔生、言无过失、透脱、透脱不透脱、称扬、降句(二首)、方又圆	1-271
李俊民	平水八咏①	陶唐春色、广胜晴岚、平湖飞絮、锦滩落花、汾水孤帆、姑山晚照、晋桥梅月、西蓝夜雨	3-273
元好问	四哀诗	李钦叔、冀京父、李长源、王促泽	2-131
	跋紫微刘尊师所画山水横披四首	溪桥独步(二首)、江亭会饮、秋江待渡	2-200
	方城八景	松陂烟雨、大乘夕照、莲塘夜月、炼真春暮、仙翁雪霁、落川云望、罗汉清岚、堵阳钓矶	2-249
陈赓	蒲中八咏为师邑卿赋	蒲津晚渡、虞坂晓行、舜殿熏风、首阳晴雪、东林夜雨、西岩叠巘、妫汭夕阳、王官飞湍	2-262
陈庚	题师邑卿蒲中八咏	蒲津晚渡、虞坂晓行、舜殿熏风、首阳晴雪、东林夜雨、西岩叠巘、妫汭夕阳、王官飞湍	2-270
段克己	梅花十咏	忆、梦、寻、探、乞、折、嗅、浸、浴、惜	2-293
	花木八咏	海棠风、杨柳烟、荷叶露、葵花日、菊花霜、芭蕉雨、梅花月、山茶雪	2-294

① 薛瑞兆、郭志明编:《全金诗》卷九〇,第3册,南开大学出版社1995年版,第273页。

作　者	总　题	分　　题	册-页
段成己	龙门八景	禹门雪浪、云中暮雨、疏属晴岚、双峰竞秀、神谷藏春、仙掌擎月、姑山夕照、汾水秋风	2－348
	蒲州八景	蒲津晚渡、虞坂晓行、舜殿熏风、首阳晴雪、东林夜雨、栖岩叠巘、妫汭夕阳、王官飞湍	2－350
	梅花十咏	忆、梦、寻、探、乞、折、嗅、浸、浴、惜	2－345
	花木八咏	海棠风、杨柳烟、荷叶露、葵花日、菊花霜、芭蕉雨、梅花月、山茶雪	2－347
许衡	编年歌括二十九首	总数、唐虞、夏、商、周、秦、西汉、新室、东汉、蜀、魏、吴、西晋、东晋、宋、齐、梁、陈、后魏、东西魏、北齐、后周、隋、唐、五代、大辽、前宋、大金、号记	3－66
家铉翁	鲸川八景①	东城春早、西园秋暮、冰岸水灯、沙堤风柳、戍楼残照、市桥月色、客船晚烟、莲塘雨声	3/102
王义山	小圃梅柳之争二首	梅与柳争、柳与梅争	3－125
耶律铸	凯歌凯乐词九首	南征捷、拔武昌、战芜湖、下江东、定三吴、克临安、江南平、制胜乐辞、圣统乐辞	4－2
	后凯歌词九首	奇兵、沙幕、枭将、翁科、崰峊、降王、科尔结、露布、烛龙	4－4
	凯乐歌词曲九首	征不庭、取和林、下龙庭、金莲川、析木台、益屯戍、驻跸山、恤降附、著国华	4－6
	后凯歌词九首	战卢朐、区脱、克夷门、高阙、战焉支、涿邪山、金满城、金水道、京华	4－8
	骑吹曲辞九首	金奏、玉音、白霞、眩霜、塞门、受降山、凤林关、司约、军容	4－10
	后骑吹曲词九首	吉语、金山、天山、处月、独乐河、不周、沓绵丝、逻逤、柔服	4－12
	结袜子二首	前结袜子、后结袜子	4－14
	行帐八珍诗五首	醍醐、麆沆、驼蹄羹、驼鹿唇、软玉膏	4－120
郝经	甲子岁后园秋色四首	鸡冠、牵牛、葡萄、野蓼	4－194

---

① 北京大学古文献研究所编：《全宋诗》卷二三四四，第 64 册，北京大学出版社 1990 年版，第 39960 页。

作　者	总　题	分　　　题	册-页
郝经	和陶九首	停云、时运、荣木、赠长沙公族祖、酬丁柴桑、答庞参军、劝农、命子、归鸟	4-206
	形神影三首	形赠影、影答形、神释	4-210
	金源十节士歌十首	王子明、移剌都、郭虾蟆、合答平章、陈和尚马、乌古孙道原、仲德行院、绛山奉御、李丰亭、李伯渊	4-271
	孟少保后园四题	芙蓉、木犀、山茶、瑞香	4-298
	苏门八咏	百泉、涌金、梅溪、卓水、啸台、仙人迹、安乐窝、月台	4-321
释行海	次徐相公韵十首	老将、老马、少将、少马、出塞、入塞、刘琦、岳飞、李显忠、魏胜	4-360
王恽	秋栏四咏为仲略弟皆有和章诗丁亥秋季也	宜男、寒菊、秋蝶、蔷薇	5-290
	老境六适七首	饭饱即步、目倦忘书、言慎养气、瘖寐绝思、息艺休心、坐倦即眠	5-295
	东皋八咏为赵参谋题	匏瓜亭、李斋、东皋村、耘轩、退观台、清斯池、流憩园、归云台	5-410
	蒲中十咏为严卿师君赋	蒲津晚渡、舜殿熏风、虞坂晓发、首阳晴雪、鹳雀波声、东林夜雨、林亭夜月、王官飞湍、西岩叠巘、妫汭夕阳	5-421
	题竹林七贤诗十二首	嵇中散、阮步兵、王司徒、山吏部、刘参军、向散骑、阮始平	5-531
	劝农诗二十首	总劝、粪田、种桑、勤锄、水利、女工、讼田、结亲、读书、省讼、畏法、屠宰、斗殴、教唆、盗贼、饮博、安分、天报、终劝	5-580
方回	过芙蓉岭对镜岭羊斗岭新岭塔岭赋短歌五首	芙蓉岭、对镜岭、羊斗岭、塔岭顶分休宁婺源界、新岭	6-281
	上南行十二首	古航渡、分流岭、过南山、过双桥、过岑山渡、过杏村、过牛矢岭、登叶有岭、拜敬斋先生曹元会画像、宿曹清父宅夜话、饭刘子文宅	6-317

作　者	总　题	分　题	册－页
方回	花诗二十四首	樱桃花、海棠花、荠菜花、青菜花、早桃花、千叶桃花、二色桃花、碧桃花、李花、梨花、雪条花、紫荆花、山茶花、月月红花、杨花、桐花、兰花、蕙花、黄蔷薇花、红蔷薇花、酴醾花、木香花、滚绣球花、芍药花	6－349
	记正月二十五日西湖之游十五首	丰乐楼；旧西太乙宫，改寺；旧四圣观，改寺；孤山梅，多无枝；六一泉，存；林和靖墓，存；葛岭名，存；旧贾府，无；容堂，无；春雨观，存；百竹阁，仅存；寿星、多宝、玛瑙寺，皆候谒旧台客次；江湖伟观，久无；孤山渔户；湖里葑田	6－425
	寄题云屋赵资敬启蒙亭风雩亭二首	启蒙亭、风雩亭	6－431
杨公远	旅寓岑寂中园丁送花四品因赋五绝	山矾、绯桃、海棠、雪条	7－228
	潇湘八景	远浦归帆、烟寺晚钟、平沙起雁、江天暮雪、潇湘夜雨、洞庭秋月、山市晴岚、渔村夕照	7－233
	诗人十事	诗家、诗坛、诗将、诗匠、诗笔、诗筒、诗牌、诗壁、诗癖、诗狂	7－242
	梅花二十绝	探梅、访梅、寄梅、赋梅、观梅、折梅、写梅、红梅、千叶梅、雪梅、月梅、烟梅、霜梅、冰梅、照水梅、梅影、早梅、迟梅、残梅、梅实	7－253
徐钧	史咏集	分咏历朝人物，共一千三百五十首。诗名略。	7－316
金履祥	洞山十咏	高石岩、朝真洞、冰壶洞、双龙洞、椒庭、中涧、小龙门、五叠泉、老梅岩、中峰	7－343
张逢辰	菊花百咏	连同序诗、跋诗共一百二首。诗名略。	8－49
耶律希贤	百招长老有过居庸十咏嘉而和此	弹琴峡、屏风山、研石、玉峰寺、南口永明寺过街塔、屏风山、研台、玉峰寺、观音泉、官亭、孤岭、堠台、仙人枕、桃花溪	8－133
蒋民瞻	通鉴拟古	六百首。诗名略。	8－172

续 表

作 者	总 题	分 题	册-页
孟宗宝	洞天纪胜十六首	九锁山、龙洞、凤洞、大涤洞、栖真洞、归云洞、仙人迹、云根石、飞玉亭、丹泉、翠蛟、来贤岩、石壁、石室、无骨箸、捣药禽	8－196
胡侨	九锁山十咏	大涤洞、栖真洞、鸣凤洞、蜕龙洞、来贤岩宜霜亭、仙迹岩、云根石、翠蛟亭、石壁、丹泉	8－222
吕同老	九锁山十咏	大涤洞、栖真洞、鸣凤洞、蜕龙洞、来贤岩、仙迹岩、翠蛟亭、丹泉、石壁、云根石	8－250
方凤	华亭杂咏九首	昆山、横云山、机山、干山、细林山、佘山、薛山、凤凰山、陆宝山	8－428
侯克中	易学启蒙四首	本图书、原卦画、明蓍荚、考变占	9－4
	追和刘梦吉韵八首	访西山道院、乐道、老病、晚兴、即事、山居、甘闲、归思	9－99
蒲寿宬	七爱诗赠程乡令赵君	魏邺令西门豹、汉中牟令鲁恭、汉密令卓茂、汉堂邑令钟离意、汉雍丘令刘矩、齐山阴令傅琰、唐鲁山令元德秀	9－270
	咏史八首	陶侃母、黔娄妻、谢道韫、蔡文姬、鲍宣妻、乐羊子妻、朝鲜妇、孟光	9－272
方凤	八景胜概	华柱丹光、仙坛灵草、中峰啸月、深穴嘘风、剑峡迟鸾、卦尖望鼎、药壶闪影、龙门飞瀑	9－328
	怀古题雪十首	韩王堂雪、伊川门雪、苏武窖雪、长安落雪、李伋郊雪、韩愈关雪、陶毂茶雪、孙康书雪、李愬怀雪	9－337
董嗣杲	静传翁百花诗	松花、桂花、桐花等 92 首	10－372
林景熙	陶山十咏和邓牧心	若耶溪、任公子钓石、集仙桥、陶宴岭、石广、石船、舜田、葛仙翁石床、上下二镬、附子岗	10－418
	游九锁山十一首	入九锁山门、松间、凤洞、龙洞、翠蛟亭、洞霄宫、大涤洞天、栖真洞、天柱峰、神仙隐迹、过石壁丹泉二亭	10－440
刘敏中	杜左辖山居十咏	桦阳谷、养浩堂、向日斋、招隐亭、贮月溪、静芳池、代竹园、比德泉、斗槲轩、肆射平	11－265

作　者	总　题	分　题	册-页
刘敏中	野亭十咏	杏岩、柳岸、佳禽、游鱼、绿野、山屏、野亭、野翁、野酌、野歌	11-271
	赵祥卿水墨图二首	茂林烟寺、江山楼观	11-280
戴表元	四明山中十绝	枫树坑、茶焙、大小横山、北溪、韩采岩、莽广溪、木兰、仙山、羊额岭、白水	12-168
丘葵	义方堂瞻先贤遗像七首	濂溪先生、康节先生、横渠先生、韦斋先生、晦庵先生、忠简先生、怡园先生	12-290
仇远	小斋四花四首	梅、水仙、菊、腊梅	13-208
	题扇五首	程公明、卞平叔、翟益之、郎景韦、张德远	13-209
张经	潇湘八景	潇湘夜雨、洞庭秋月、远浦归帆、平沙落雁、烟寺晚钟、渔村夕照、山市晴岚、江天暮雪	13-434
尹廷高	西湖十咏	平湖秋月、苏堤春晓、断桥残雪、雷峰落照、柳浪闻莺、花港观鱼、曲院荷风、南屏晚钟、三潭印月、两峰插云	14-7
方夔	田家四事	耕、种、耘、获	14-66
	咏史五首	李陵、苏武、邵平、谢安、杨恽	14-68
	续评史二首	向子平、严颜	14-82
	药圃五咏	杞菊、甘菊、白术、川芎、茯苓	14-87
	世之咏物者采春花而落秋实余欲矫其失作冬果十咏	柑、橘、橙、梨、栗、椑、柿、楂、藕、榴	14-111
	夜坐评史五首	史记、西汉书、东汉书、顺宗实录、五代史	14-147
	秋花十咏	莲花、桂花、旋覆花、蓼花、苹花、兰花、菊花、牵牛花、芙蓉花、芦花	14-151
谢翱	宋铙歌鼓吹曲十二首	日离海第一、天马黄第二、征黎第三、上临壖第四、军澧南第五、邻之震第六、母思悲第七、象之奔第八、征督第九、版图归第十、附庸毕第十一、上之回第十二	14-332

续 表

作 者	总 题	分 题	册-页
谢翱	宋骑吹曲十首	亲征曲第一、回銮曲第二、遣将曲第三、归朝曲第四、谕归朝曲第五、李侍中妾歌第六、孟蜀李夫人词第七、南唐奉使曲第八、伎女洗蓝曲第九、邸吏谒故主曲第十	14-336
刘因	学东坡小圃五咏	枸杞、地黄、甘菊、薯蓣、黄精	15-26
	屏上草虫四首	螳螂、蜗牛、蝼蛄、螽斯	15-141
	饮山亭杂花卉八首	牡丹、芍药、蔷薇、萱草、夜合、酴醾、木槿、蜀葵	15-142
程钜夫	徐容斋参政王安野治书更倡迭和饮酒止酒各极其趣次韵二首	饮酒、止酒	15-203
	题仲经家江贯道潇湘八景图八首	平沙落雁、烟寺晚钟、洞庭秋月、潇湘夜雨、渔村夕照、山市晴岚、江天暮雪、远浦帆归	15-222
	题靖夫弟画屏折枝十二首	紫牡丹、梨花、鸡冠、月桂、碧桃、黄蜀葵、樱桃、来禽、梨子、石榴、木瓜、枇杷	15-232
	题画屏折枝十二首	牡丹、鸡冠、梨花、长春、碧桃、黄葵、樱桃、来禽、梨子、石榴、木瓜、枇杷	15-246
	桦阳谷十韵	桦阳谷、养浩堂、向日亭、招隐亭、贮月亭、静芳池、代竹园、比德泉、斗槲轩、肆射平	15-253
	利矗彦祥樗亭四咏	柏龙、松石、太湖石、春日菊	15-278
	白云山八咏	白云隐岫、绿野方春、古塔标峰、憨泉灌圃、楚山秋霁、石人晚照、棠店霜晴、菟村夜雪	15-290
胡炳文	山居五咏	右孝善桥、右濠观亭、右霜杰所、右深净轩、右内乐室	15-329
	星源八景	锦屏春色、绣水秋波、龙井晓云、仙岩夜月、北寺昏钟、西湖水树、廖坞鹤烟、朱塘鸥雨	15-330
陈栎	和方虚谷上南行十二首(存八)	右古航渡、右分流岭、右过南山、右过双桥、右岑山渡、右过杏村、右过牛矢岭、右过叶有岭	16-125
韩信同	石堂八景	翠屏霁雪、石屋朝云、狮子笑天、蛟潭浸月、蓬莱飞峰、文峰卓笔、棋盘仙迹、双柱擎天	16-162

续　表

作者	总　题	分　题	册-页
熊鉌	赫曦台四景	薄暮明霞、中宵皓月、中夜白云、鸡鸣出日	16-245
徐瑞	余自入山距出山五十五日竹屋青灯山阴杖履忘其痴不了事矣随所赋录之得二十首	入山、解包、看云、对雪、听雨、听泉、听箫、听笛、论诗、煮茶、兰、老梅、苦菜、芹、刘郎菜、黄精、鹰爪菜、蒲花、石洼、出山	16-333
	次韵月湾东湖十咏	两堤柳色、双塔铃音、孔庙松风、颜亭荷雨、湖中孤寺、洲上百花、荐福茶烟、新桥酒旆、江城暮角、芝峤晴云	16-349
马臻	二禽篇二首	杜鹃、鹧鸪	17-5
赵孟頫	题耕织图二十四首奉懿旨撰	耕正月、二月、三月、四月、五月、六月、七月、八月、九月、十月、十一月、十二月；织正月、二月、三月、四月、五月、六月、七月、八月、九月、十月、十一月、十二月	17-201
	天冠山题咏二十八	龙口岩、洗药池、炼丹井、长廊岩、金沙岭、升仙台、逍遥台、灵湫、寒月泉、玉帘泉、长征池、道人岩、雷公岩、学堂岩、石人峰、老人峰、月岩、凤山、仙足岩、鬼谷石、风洞、钓台、碙潭、一线天、馨香岭、三山石、五面石、小隐岩	17-260
	玄洲十咏寄张贞居	菌山、罗姑洞、霞架海、鹤台、桐华源、玄洲精舍、紫轩、火浣坛、隐居松、玉像龛	17-263
吴存	东湖十咏	两堤柳色、双塔铃音、孔庙松风、颜亭荷雨、湖中孤寺、洲上百花、荐福茶烟、新桥酒旆、江城暮角、芝峤晴云	18-137
陈仲仁	自题仿古画果十二首	松房、杜鹃花、山矾、牛心肺、金丝梅、映山红、无花果、蔷薇、女贞子、迎春、清风藤、海棠	18-173
冯子振	梅花百咏	古梅、老梅等109首	18-261
吴文寿	十二月乐章	正月、一月、二月、三月、四月、五月、六月、七月、八月、九月、十月、十一月、十二月	18-311
陈孚	咏神京八景	太液秋风、琼华春阴、居庸叠翠、卢沟晓月、西山晴雪、蓟门飞雨、玉泉垂虹、金台夕照	18-364
	潇湘八景	洞庭秋月、烟寺晚钟、江天暮雪、潇湘夜雨、平沙落雁、远浦归帆、山市晴岚、渔村返照	18-374

作　者	总　题	分　　题	册-页
陈孚	野庄公与孚论汉唐以来宰相有王佐气象得四人焉命孚为诗并呈商左山参政谢敬斋尚书四首	诸葛孔明、谢安石、裴中立、司马君实	18－400
艾性夫	追和晦庵先生十梅韵	江梅、赋梅、早梅、寒梅、野梅、枯梅、岭梅、小梅、疏梅、落梅	19－157
浦道源	题八景	古塔摽峰、憨泉灌园、棠店霜晴、石门晚照、白云隐岫、绿野方春、菟村夜雪、埜山秋霁	19－308
宋无	啽呓集	禹鼎、留梦炎等,共101首	19－406
汪炎昶	次韵补柳子厚八愚诗	咏愚溪、咏愚丘、咏愚泉、咏愚沟、咏愚池、咏愚岛、咏愚堂、咏愚亭	20－2
	奉和江冲陶隐居二十韵	绿云径、柳矶、伴坞、鹤碥、冲瀑潭、作雨泉、苍屏山、少峰、赐晰山、倚天石、琴台、荪壁、棋石、风自石、雪矼、乐此堂、冲陶草堂、攸山、芙蓉峰、石耳山	20－9
	山园戏书三物	咏蜗牛、咏蛤蟆、咏蚯蚓	20－30
释德净	咏物次韵宏叟五十二首(存五十一)	白牡丹、桃花、碧桃花、杏花、李花、梨花、海棠、玉蝴蝶、楼米花、锦带花、木兰花、菜花、素馨花、新篁、佛见笑、新荷、荷花、栀子花、槐花、剪春罗、金莲花、木香花、杜鹃花、樱桃花、棣棠花、紫薇花、真珠佩、桐花、荼蘼花、芍药花、金沙花、松花、凤仙、鸡冠、白鹤花、黄葵、芙蓉、豆花、芦花、芭蕉、桂花、百日红、败荷、衰柳、红梅、山茶、水仙花、寒菊、玉茶、月丹、腊梅	20－66
释明本	和冯子振梅花百咏	古梅、老梅等109首	20－165
王士熙	天冠山二十八首	龙口岩、洗药池、丹井、玉帘泉、长廊岩、金沙岭、升仙台、逍遥岩、灵湫、寒月泉、长生池、道人岩、雷公岩、老人峰、月岩、仙足岩、鬼谷岩、风洞、石人峰、学堂岩、凤山、馨香岩、钓台、磜潭、三山石、五面石、小隐岩、一线天	21－13

作者	总 题	分 题	册-页
袁桷	句曲山迎真送真词二章	迎真、送真	21 - 164
	信州招真观二十八咏	小隐岩、馨香岩、学堂岩、鬼谷岩、升仙台、钓台、一线天、五面石、寒月泉、金沙岭、长生池、老人峰、三山石、礁潭、玉帘泉、石人峰、仙足岩、月岩、雷公岩、道人岩、丹井、洗药池、凤山、风洞、逍遥岩、长廊岩、龙口岩、灵湫	21 - 279
	新安郡岭南十咏	清江钓月、空谷耕云、苍峰卓笔、碧巘舒屏、枫林巢鹤、雪涧浮龟、峻岭扶车、圆岗揭斗、古寺垂虹、双溪合璧	21 - 284
	题美人图八首	西施、昭君、冯妃、班姬、洛妃、绿珠、寿阳、张丽华	21 - 288
董寿民	题张月潭栖亭十二景	岁寒松柏、聚望云烟、西山暮雨、碧潭秋月、寒江钓雪、南亩耕云、山市楼台、天门泉石、远寺疏钟、斜阳归棹、竹外芹宫、葛坛丹灶	22 - 33
吾衍	十二月乐辞并闰月	一月、二月、三月、四月、五月、六月、七月、八月、九月、十月、十一月、十二月、闰月	22 - 182
刘诜	石洞杂赋五首	石洞、石人、石桥、石溪、石泉	22 - 222
	庚午岁七月自城中归吉文故乡南岭谷平庐陵印山凡故旧多招饮者饮后辄援笔赋诗五七言律外得歌行九篇聊书以遣怀云尔	望城冈、前醉歌、后醉歌、贵贱吟、冷热吟、饮南山故居、饮谷平李氏、饮印山田舍、中秋阻雨留山中陈氏庄邀饮	22 - 273
	庐陵十景同萧克有孚有诸公作	青原春嶂、神冈晚桥、螺峰残雪、鹭渚断烟、石耇飞瀑、西峰卧松、古城秋酿、小洲暮渔、平园衰柳、凤墅斜阳	22 - 286
	丙辰岁晏无营友人有赋十题者戏效其体	冰港叉渔、雪林猎虎、竹外梅梢、水边柳影、侯邸春盘、山村腊酒、雪鼎烹茶、地炉拨芋、城角春声、江帆雪影	22 - 299
黄公望	题李成所画十册	夏山烟雨、山人观瀑、江干帆影、蜀山旅思、秋山楼阁、翠岩流壑、山市霜枫、雪溪仙馆、仙客临流、秋溪清咏	23 - 44

作　者	总　题	分　题	册-页
刘麟瑞	昭忠逸咏	忠义总管田公燧风守李公空寔、西和知州陈公寅守将杨公锐等,计50首	23-79
唐元	咏程塾池亭景三十六首	登山、秀野堂、渐入佳境、半山吟所、倚山书堂、路通修竹、苍雪阑干、远开图画、极高、梅边竹外、蔬圃、桃李蹊、桃李园、春色茅檐、成趣亭、红翠亭、百花头上、整展、万玉、嘉庆庄、晚翠庄、樵径、桃源路上、锦绣乡中、向阳花木、修景、晚香、攀桂、耐久交、好景、平安道中、春草池塘、弄月池、益清池、千里池	23-234
安熙	封龙十咏	龙首峰、熊耳峰、白雪洞、修真道馆、中溪书院、西溪书院废址、蒙泉、李相读书龛、吟台、敬斋祠/五古	23-335
郭居敬	百香诗	琴、棋、书、笔、画、墨、砚、纸、洗砚等130首	24-56
	全相二十四孝诗选①	孝感动天、亲尝汤药、啮指心痛、单衣顺母、负米养亲、卖身葬父、鹿乳奉亲、行佣供母、怀橘遗亲、乳姑不怠、恣蚊饱血、卧冰求鲤、为母埋儿、扼虎救父、弃官寻母、尝粪忧心、戏彩娱亲、拾桑供母、扇枕温衾、涌泉跃鲤、闻雷泣墓、刻木事亲、哭竹生笋、涤亲溺器	24-71
马熙	圭塘补和二十四首	作乐导水、携妓落成、柳下闻莺、舟中对鹭、荷筋酌酒、蕉叶题诗、荷净纳凉、开窗看雨、松阴独钓、与客泛舟、日夕观山、西堤晚眺、雨中移竹、月下观梅、倚槛观鱼、绕堤种菊、竹间开径、水口听琴、独坐投壶、登台纵目、调白莲始花、调木芙蓉不花、调湖石、听筝	24-107
林傅	天冠山二十八咏	龙口岩、洗药池、炼丹井、长廊岩、金沙岭、飞仙台、雷公岩、石人峰、学堂岩、老人峰、月岩、凤山、逍遥岩、灵漱、寒月泉、玉帘洞、长生池、道人岩、仙足岩、鬼谷岩、风洞、钓台、礳潭、馨香岩、三山石、五面石、小隐岩、一线天	24-304
叶可权	遂昌八景	东阆晓云、西明夕照、清华秋月、妙高晴岚、洗马寒泉、钓鱼清风、后墅春耕、长安晚渡	24-341
	月山草堂四咏	松屋卧云、竹窗延月、荷亭酌酒、竹院烹茶	24-342

---

①　郭居敬《全相二十四孝诗选》所咏"二十四孝"与民间流传者先后及具体人物均有异同,且只有二十诗。因无别本较刊,故从之。《全元诗》以主人公为题,与民间流传者有异。

作 者	总 题	分 题	册-页
张养浩	惜鹤十首	购鹤、友鹤、病鹤、医鹤、挽鹤、招鹤、瘗鹤、忆鹤、梦鹤、图鹤	25-33
	咏史四十三首	齐威王、左师触龙、庞涓、茅焦、李斯赵高、吕后、彭越、周勃、武帝、霍光、汲黯、公孙贺、主父偃、苏武、韦贤、丙吉、萧望之、京房、杨恽、王章、谷永、息夫躬、彭宣、梅福、刘歆、龚胜、王莽、王皓王嘉、韩歆、马援、刘琨、桓荣、黄宪、杨震、李固杜乔、魏桓、范滂、朱震、陈容、祢衡、袁闳、庞德公、司马懿、蔡邕	25-74
柳贯	草堂琳藏主得往年黄晋卿吴正传张子长北山纪游八诗装演成卷要予继作因追叙旧游为次其韵增诸卷轴	灵源、草堂、三洞、鹿田、宝峰、潜岳、山桥、宝石	25-112
	赋黄氏新安岭南山居十咏	清江钓月、空谷耕云、苍峰卓笔、碧巘开屏、松林巢鹤、雪涧浮龟、峻岭扶车、圆岗揭斗、双溪合璧、古寺垂虹	25-164
	浦阳十咏	仙华岩雪、白石湫云、龙峰孤塔、宝掌冷泉、月泉春诵、潮溪夜渔、南江夕照、东岭秋阴、深裹江源、昭灵仙迹	25-187
杨载	东阳十题	焦桐、蠹简、破砚、残画、旧剑、尘镜、废簌、败裘、断碑、卧钟	25-233
虞集	题李溉之学士湖上诸亭十一首	烟萝境、金潭云日、漏舟、紫霞沧洲、秋水观、无倪舟、红云岛、萧闲堂、松关、大千豪发、观心	26-162
	题饶世英所藏钱舜举四季花木四首	海棠、黄蜀葵、芙蓉、家茶	26-166
	天冠山诗	龙口岩、洗药池、丹井、玉帘泉、长廊岩、金沙岭、飞升台、逍遥岩、灵湫、寒月泉、长生池、道人岩、老人峰、雷公岩、月岩、仙足岩、鬼谷岩、风洞、石人峰、学堂岩、凤山、馨香岩、钓台、磜潭、三山石、五面石、小隐岩、一线天	26-329

续 表

作 者	总 题	分 题	册-页
朱思本	元同丈室六咏	瑞香、绿萼梅、红梅、幽兰、黄木香、百结	27-68
揭傒斯	题王山仲所藏潇湘八景图卷走笔作	潇湘夜雨、远浦归帆、烟寺晚钟、洞庭秋月、平沙落雁、渔村晚照、山市晴岚、江天暮雪	27-177
	游麻姑山五首	云关、飞练亭、踢雪亭、三峡桥、麻姑坛	27-181
	题内府画四首应制	韩滉土星像、曹将军下槽马图、韩幹马、宋徽宗成平殿曲宴蔡京图御画御记	27-220
	南城怀古四首	石鼓、铜仪、悯忠寺、长春宫	27-272
	折枝十韵	梅、桃、来禽、栀子、茶、兰、葵、月丹、木香、月桂	27-339
	太平山杂咏十九首	极高明亭、北极山、龙井、龟山、鹤皋、枯槎溪、云旗峰、雷岩、三仙坡、杨梅、义栎、鹿泡泉、五雷峰、龙门、孟姥潭、狮子岩、梧桐岗、葫芦石、虎迹石	27-348
杜本	天冠山二十八首同诸学士为祝丹阳赋	龙口井、洗药池、炼丹井、长廊岩、金砂岭、升仙台、逍遥岩、灵湫、寒月泉、玉帘泉、长生池、道人岩、雷公岩、石人峰、学堂岩、老人峰、月岩、凤山、仙足岩、鬼谷岩、风洞、钓台、礁潭、一线天、馨香岩、三山石、五面石、小隐岩	28-158
黄溍	和吴赞府斋居十首	焦桐、蠹简、破砚、残画、旧剑、尘镜、废檠、败裘、断碑、卧钟	28-211
	金华北山纪游八首	灵源、草堂、三洞、鹿田、宝峰、潜岳、山桥、宝石	28-237
	上京道中杂诗十二首	发大都、刘蕡祠堂、居庸关、榆林、枪竿岭、李老谷、赤城、龙门、独石、檐子洼、李陵台、上都分院	28-242
胡助	和桂坡李宅仁甫山园八咏	草台春意、竹径秋声、冰壶避暑、雪峤寻春、石坛夜月、花嶂夕阳、翠屏薇露、土锉茶烟	29-7
	拔实彦卿盐宪四咏轩	红药香风、苍松皓月、怪石博云、绿筠擎雪	29-15
	和黄晋卿北山纪游八首	灵源、草堂、三洞、鹿田、宝峰、潜岳、山桥、宝石	29-20

续　表

作　者	总　题	分　题	册-页
胡助	黄秋江耕钓山房十咏	清江钓月、空谷耕云、苍峰卓笔、碧巘开屏、枫林巢鹤、雪涧浮龟、峻岭扶车、圆冈揭斗、双溪合璧、古寺垂虹	29-95
	芦雁四咏	飞、鸣、宿、食	29-97
	越上宝林寺八景	飞来峰、应天塔、灵鳗井、大布衲、罗汉泉、古铁钵、深竹堂、盘翠轩	29-99
	隐趣园八咏	君子池、待月坛、蜀锦屏、天香台、香雪壁、晚香径、竹涧亭、岁寒亭	29-102
	上京纪行七首	见玉泉山下荷花、榆林、枪竿岭二首、再赋李老谷、过桓州、题望都铺	29-108
	东湖十咏	东湖秋月、岩山苍翠、南浦春流、禅悦白云、陈庄水亭、葛圃花竹、秋堂湖石、秀野沙洲、西丘夕照、五度朝晖	29-121
王艮	追和唐询华亭十咏	顾亭林、寒穴泉、吴王猎场、柘湖、秦皇驰道、陆瑁养鱼池、华亭谷、陆机宅、昆山、三女岗	29-260
马祖常	上都翰院两壁图二首	寒江钓雪、秋谷耕云	29-368
	赵中丞折枝图四首	牡丹、石榴、芙蓉、山茶	29-376
	天冠山二十八咏	龙口岩、洗药池、丹井、玉帘泉、长廊岩、金沙岭、飞仙台、雷公岩、石人峰、学堂岩、老人岩、月岩、凤山、逍遥岩、灵湫、寒月泉、长生池、道人岩、仙足岩、鬼谷岩、风洞、钓台、磜潭、馨香岩、三山石、五面石、小隐岩、一线天	29-403
滕斌	题龛岩十咏	读书岩、试剑石、灵湖、石笋峰、石舫、笔架山、鎍泉、铜环鲤、瀑布泉、僧寺	29-416
释祖铭	径山五峰五首	堆珠峰、大人峰、鹏抟峰、宴坐峰、朝阳峰	30-319
欧阳玄	四爱题咏五首	濂翁爱莲、渊明爱菊、君复爱梅、鲁直爱兰、叶氏四爱堂	31-249
张雨	洞庭卧游八篇	太湖、天王寺、东小湖院、华山寺三泉、黄公泉、上方寺、毛公坛、龙洞	31-294

作者	总　题	分　　题	册—页
张雨	阳德馆幽居八咏仍用韵	得月轩、浴鹄湾、来鹤亭、拜石厅、蓬庐、药井、梓树坡、黄篾楼	31－296
	计筹山四咏袁安道请题用黄晋卿雪窦三韵	东隐、雪斋、观泉轩、环翠楼	31－300
	玄洲十咏	菌山、罗姑洞、霞架海、鹤台、桐华源、玄洲精舍、紫轩、火浣坛、隐居松、玉像龛	31－320
	东汉高士咏十四首	刘翊、封君达、梁鸿、严光、左慈、向长、费长房、范丹、庞公、蓟子训、王乔、韩康、矫慎、法真	31－321
	墨写四花	梅、蕙、水仙、瑞香	31－324
	墨花四首	杏、桃、菊、萱	31－324
	山居十咏用张率性韵	登善庵、烟霞衎、玉钩桥、小龙泓、紫芝馆、开阳室、碉阿亭、半月池、凝云石、来鹤亭	31－346
吴师道	追和黄晋卿北山纪游八首	灵源、草堂、三洞、鹿田、宝峰、潜岳、山桥、宝石	32－7
	十台怀古	姑苏、章华、朝阳、黄金、戏马、歌风、望思、铜雀、凤凰、凌歊	32－24
	江湖八境图	洞庭、武昌、庐山、海门、太湖、浙江、灵隐寺、西湖	32－104
释大欣	次韵王继学侍御金陵杂咏十首	新到建业、龙翔寺、君子堂、东窗看山、忠勤楼、重登忠勤楼、独坐君子堂、赏心亭、潜宫	32－174
范良佐	民谣十首	分司嘉兴、门无私谒、秋毫无取、盐仓便卖、掊出余盐、亲散工本、抑强扶弱、私盐讼简、平反冤枉、恢办课程	32－219
杨瑀	静安八咏	赤乌碑、陈桧、虾子禅、讲经台、沪渎垒、涌泉、芦子渡、绿云洞	32－234
李孝光	灵隐十咏①	灵隐寺、冷泉亭、莲花峰、飞来峰、炼丹井、呼猿洞、水台盘、翻经台、高峰塔、龙泓洞	32－277

---

① 后附十诗《草堂雅集》《五峰集》均作《灵隐十咏》,《全元诗》单列,从前。

作者	总　题	分　　题	册-页
李孝光	湖山八咏	沙头酒店、山顶樵居、秋江渔火、晓寺僧钟、竹池引泉、木檐蔽日、龟屿迎潮、石亭避暑	32-303
	宝林八咏	飞来峰、应天塔、罗汉泉、灵鳗井、大布衣、古铁钵、深竹堂、盘翠轩	32-357
	萧台八景	云门福地、盖竹洞天、双瀑飞泉、萧台明月、白鹤晨钟、紫芝晚磬、东塔云烟、西岑松雪	32-359
张起岩	潍县八景（存六）	东园早春、南溪垂钓、西山晴雪、孤峰夕照、麓台秋月、青杨晴眺	33-178
岑安卿	洞山十咏	松龙、蛙石、镜池、梅沼、将军石、乌石岭、豹关、透瓶泉、琴峡、桂轩	33-202
	次雷子枢知事延平八咏韵	龙津春浪、猿洞秋风、三寺云深、九峰月朗、梅山朝旭、演仙晴霞、中峰飞瀑、黯淡雄涛	33-207
	予观近时诗人往往有以前代台名为赋者辄用效颦以消余暇九首	章华台、姑苏台、朝阳台、黄金台、歌风台、戏马台、望思台、铜雀台、凤凰台	33-214
	予读近时人诗有咏潇湘八景者辄用效颦以消余暇	洞庭秋月、平沙落雁、潇湘夜雨、山市晴岚、渔村落照、江天暮雪、远浦归帆、烟寺晚钟	33-217
李齐贤（高丽人）	忆松都八咏	鹄岭春晴、龙山秋晚、紫洞寻僧、青郊送客、熊川禊饮、龙野寻春、南浦烟蓑、西江月艇	33-347
	和林石斋尹樗轩用银台集潇湘八景韵	平沙落雁、远浦归帆、潇湘夜雨、洞庭秋月、山市晴岚、渔村落照、江天暮雪、烟寺暮钟	33-351
	和季明叔云锦楼四咏	荷洲香月、松壑翠云、渔矶晚钓、山舍朝炊	33-352
	菊斋横坡十二咏	太公钓周、四皓归汉、谢傅东山、子猷剡溪、庐山三笑、竹林七贤、孟宗冬笋、黄真桃源、燕寻玉京、犬救杨生、潘阆三峰、范蠡五湖	33-353
	朱泽民秀才见示美人屏风四诗次韵	鼓琴、佩帨、观书、倦织	33-373

作者	总题	分题	册-页
杨敬德	摩诘尝与裴迪倡和廿绝纪辋川之胜至今读之如身游其间此本甚精致尚可想见其景与诗会之时也因追而和之	孟城坳、华子岗、文杏馆、斤竹岭、鹿柴、木兰柴、茱萸沜、官槐陌、临湖亭、南垞、敧湖、柳浪、栾家濑、金屑泉、白石滩、北垞、竹里馆、辛夷坞、漆园、椒园	33－378
张翥	衡山福岩寺二十三题为梓上人赋	般若寺、一生岩、二生塔、三生藏、天柱峰、掷钵峰、定心石、砖镜亭、隐身岩、三泉、岳心亭、目云亭、迎云亭、兜率桥、开虹桥、大慧塔、读书堂、煨芋岩、御书阁、退道坡、止南寮、藏雪寮、冰雪庵	34－8
	七忆七首	忆钱塘、忆姑苏、忆会稽、忆维扬、忆金陵、忆吴兴、忆闽中	34－127
许有壬	上京十咏	马酒、秋羊、黄羊、黄鼠、粆面、芦菔、白菜、沙菌、地椒、韭花	34－294
	中都八景和王受益教授韵	龙庭瑞霭、梵宇晨钟、天桥夜月、碑亭暮烟、闾山晚翠、兰水晴波、高岩异卉、莘川春色	34－414
	小园八咏	葵、枸杞、菊、石竹、牵牛、鸡冠、薯、水莕	34－417
陈旅	题陈氏潇湘八景图	洞庭秋月、烟寺晚钟、山寺晴岚、平沙落雁、渔村夕照、远浦帆归、潇湘夜雨、江天暮雪	35－15
黄镇成	三华吴宜甫桃溪十咏	本原楼、旦气轩、半月池、绿玉洲、濯缨泉、白云坞、钓鱼矶、纳稼亩、艺麻圃、怀济舟	35－70
	用鹫峰师韵送涧泉上人游方十首	天台、雁峰、普陀、衡岳、庐山、五台、钟山、灵隐、峨嵋、五山	35－86
	题梅花太极图十首	太极无眹、气化有形、性质合凝、风神全具、含春待放、得月齐开、疏影横烟、寒枝压雪、敛华就实、待用调元	35－93
	樵阳八咏用陈教和周东圃韵	五曲精庐、万峰梵刹、石鼓松风、丹台梅月、北桥春舫、西塔暮钟、樵岚秋稼、熙春朝阳	35－97
黄玠	吴兴杂咏十六首	石林精舍、佑圣宫白玉蟾壁上留题、何楷读书堂、污樽亭、碧澜堂、白蘋亭、浮玉山、颜鲁公祠、墨妙亭、东坡作记、清风楼、碧岩、蜚英塔、白鹤庙、黄龙洞、顾渚茶、栖贤里	35－163

作　者	总　题	分　题	册-页
祝尧	天冠山二十八咏	龙口岩、洗药池、丹井、玉帘泉、长廊岩、金沙岭、升仙台、逍遥岩、灵湫、寒月岩、长生池、道人岩、雷公岩、老人峰、月岩、仙足岩、鬼谷岩、凤洞、石人峰、学堂岩、凤山、馨香岩、钓台、礁潭、三山石、五面石、小隐岩、一线天	35-347
成廷珪	静安八咏	赤乌碑、陈桧、虾子禅、讲经台、沪渎垒、涌泉、芦子渡、绿云洞	35-467
何九思	题画二首	白头、黄鹂	36-46
许有孚	圭塘杂咏二十四首	作乐导水、携妓落成、柳下听莺、舟中对鹭、荷筋酌酒、蕉叶题诗、荷净纳凉、开窗看雨、松荫独酌、与客泛舟、日夕观山、西堤晚眺、雨中移竹、月下观梅、倚槛观鱼、绕堤种菊、竹间开径、水口听琴、独坐投壶、登台纵目、调白莲始花、调木芙蓉不花、调湖石、听筝	36-50
郑元祐	石湖十二景	石湖、新郭、拜郊台、行春桥、越来溪、观音岩、治平寺、茶磨峤、楞伽塔、越公井、御书亭、紫薇村	36-348
	静安八咏	赤乌碑、陈桧、虾子禅、讲经台、沪渎垒、涌泉、芦子渡、绿云洞	36-371
吴景奎	拟李长吉十二月乐辞	正月、一月、二月、三月、四月、五月、六月、七月、八月、九月、十月、十一月、十二月、闰月	36-384
	赤松杂咏六首	赤松山、小桃源、炼丹井、濯缨堂、卧羊山、松花涧	36-419
吕思诚	桂林八景①	尧山冬雪、舜洞秋风、西峰晚照、东渡春澜、訾洲烟雨、桂岭晴岚、青碧上方、栖霞真境	37-88
朱德润	赓龚子敬先生十清诗	无弦琴、魂石砚、藜藿盘、竹几书、菖瓮冰、磁瓶粥、鱼油灯、榾柮火、茅屋霜、柴门月	37-118
	大长公府群花屏诗十二首	芙蓉、月季、黄葵、蔷薇、山茶、白茶、八仙、蜀葵、栀子、牡丹、石榴、白菊	37-126
宋褧	登第诗五首	崇天门唱名、恩荣宴、同年会、赐章服、上表谢恩	37-250

① 按此八诗嘉靖《广西通志》卷六〇、《元诗选》三集《仲实集》，均总题为《桂林八景》，从之。

作　者	总　题	分　　题	册-页
俞远	澄江八景	蓉城晓烟、巫门夜雨、海门宾日、孤山钓月、石湾春霁、扬子秋涛、沙屿晚渡、淮甸晴眺	37-343
王奎	天冠山二十八咏	龙口岩、洗药池、丹井、玉帘泉、长廊岩、金沙岭、升仙台、逍遥岩、灵湫、寒月泉、长生池、道人岩、雷公岩、老人峰、月岩、仙足岩、鬼谷岩、风洞、石人峰、学堂岩、凤山、馨香岩、钓台、磜潭、三山石、五面石、小隐岩、一线天	37-347
张嗣德	滦京八首	凤阁朝阳、龙岗晴雪、敕勒西风、乌桓夕照、滦江晓月、松林夜雨、天山秋狝、陵台晚眺	37-369
段天祐	追和唐询华亭十咏	顾亭林、寒穴、吴王猎场、柘湖、秦皇驰道、陆瑁养鱼池、华亭谷、陆机宅、昆山、三女岗	37-381
曹文晦	新山别馆十景（天台十景）	桃源春晓、赤城栖霞、双涧观澜、华顶归云、螺溪钓艇、清溪落雁、南山秋色、琼台夜月、石桥雪瀑、寒岩夕照	37-413
	咏十器诗	龟壳冠、虾须杖、鹤骨笛、猪毫笔、雉尾帚、鹳子杯、鹅毛褥、虎头枕、雁羽扇、鱼鱿屏	37-417
谢应芳	宜山谣七首	苗僚地连交趾咸籍为民且为除凶号人悦之作椎结舞、沿边旧置七十五以瑶为长每群聚为诸州害今罢之民乃安作除虎窟、兵后荐饥发官廪活宜山数万口民德之作枯桑、覃国大韦仲海等世为土豪与溪蛮洞瑶相表里反侧不一公以计擒杀之民大快作霹雳斧、宜山莫天护虎踞一方公言诸方伯徙和州民乐之作坎井蛙、蛮僚负固税久不贡农病于重敛公均之视前赋减什五六恩不能忘作生子以尹名、革命之初公以安边事宜屡白相府民怀之作鞍马劳	38-108
	闻云门张先生以慈乌轩焦尾居名文集赋二诗以赠	慈乌曲九韵、焦桐曲九韵	38-111
	朱明道等九人和前韵见贻各答一首并自述一首	赠朱志道、赠朱明道、赠朱原道、赠赵善长、赠华子强父子、答盛彦英、答惠上人、答崔彦麟、自述	38-273

作　者	总　题	分　题	册-页
杨维桢	咏女史一十八首	李夫人、钩弋夫人、伏生女、班婕妤、赵昭仪、王氏后、贾南风、绿珠、冯小怜、独孤后、武后、杨太真、王凝妻李氏、盼盼、韩蕲王夫人、宋度宗女嫔、青峰庙王氏、女贞木杨氏	39-91
	香奁八咏	金盆沐发、月夜匀面、玉颊啼痕、黛眉颦色、芳尘春迹、云窗秋梦、绣床凝思、金钱卜欢	39-93
	续奁集二十咏	学琴、学书、演歌、习舞、上头、染甲、照画、理绣、出浴、甘睡、相见、相思、的信、私会、成配、洗儿、秋千、蹴踘、钓鱼、走马	39-95
	望云八景诗次韵	思亭泉涌、灵岩飞雪、云谷晴曦、庐峰霁月、葛陂春雨、猴岭晚霞、东溪渔笛、古涧樵歌	39-300
吴莱	浦阳十景	仙华岩雪、白石漱云、龙峰孤塔、宝掌冷泉、月泉春涌、潮溪夜渔、南江夕照、东岭秋阴、深裹江源、昭陵仙迹	40-41
	读诸子二十四首	鬻子、老子、文子、亢仓子、管子、慎子、公孙龙子、列子、庄子、孙子、尉缭子、吴子、尹文子、墨子、邓析子、荀子、商子、韩非子、孔丛子、淮南子、扬子、刘子、文中子、聱隅子	40-73
吴当	天台玉汉桥道院八咏	玉溪桥、积果堂、十二区、梅竹庄、缙云亭、招隐亭、渊泉亭、外墅	40-168
贡师泰	墨竹四首	风、雨、老、嫩	40-309
	龙虎山十咏	金鸡山、石龟渡、象山、龙井、藐姑山、双瀑涧、三石洪、白水礛	40-310
	静安八咏	赤乌碑、陈桧、虾子禅、讲经台、沪渎垒、涌泉、芦子渡、绿云洞	40-336
钱惟善	定山十咏	风水二洞、凤凰双髻、朱梁夜泊、定山早行、六和观月、五云赏雪、龙门晓雨、渔浦春潮、浮屿藏鱼	41-28
	奉和太常博士柳公浦阳十咏诗	仙华岩云、白石漱云、龙峰孤塔、宝掌冷泉、月泉春涌、南江夕照、潮溪夜渔、东岭秋阴、深裹江源、昭灵仙迹	41-37
	静安八咏	赤乌碑、陈朝桧、虾子禅、讲经台、沪渎垒、涌泉、芦子渡、绿云洞	41-96

作　者	总　题	分　题	册-页
唐桂芳	伏读高昌金宪公唐律十有二首爱其清新雄杰殆本天成非吟哦造次可得韩退之慕樊宗师文苏子瞻拟黄鲁直体惟其有之是以似之区区虽欲效颦第恐唐突西施耳	和游张公洞、和甘露寺、同前、和过九华山、和见九华山、和江行、和水西寺、和秋日分司、和水西寺风光轩、和夜宿灵山、和复登灵山、和题胡伯庸皆山楼	41－297
释大圭	南墅十二诗	晦中堂、菱风桂露之乡、一川平野、水木清华、燕寝凝香、池堂春草、草堂、处士桥、山阴溪曲、总相宜船、翠香馆、啸云台	41－381
张舜咨	题竹四首	风、雨、老、嫩	41－412
黄元实	潍阳八景	洋背春烟、河潭秋月、东川梵宇、铙山晴雪、湖障夕阳、南郭渡船、长吉晓钟、迎厘午磬	41－426
黄元实	春江十咏（存六）	午窗山色、晚桡鸣月、晚渡撑烟、沙晴睡鸭、夹堤杨柳、斜阳牧笛	41－428
叶颙	戊申岁闲中清赏十景	秋江明月艇、烟岫夕阳钟、丽浦横长笛、修林策短筇、篱边餐落菊、岭上抚孤松、开径延驯鹤、登楼数去鸿、朗吟黄叶寺、长啸白云峰	42－35
叶颙	延祐丁巳陈国宾出奇石数枚曰石羊石兔石鱼石雁石鸡石鸟石蟠桃时彦咸赋诗予亦为七绝	石羊、石鱼、石兔、石雁、石鸡、石鸟、石蟠桃	42－84
叶颙	冬景十绝	鹭立寒江、寒江独钓、霜天晓角、江路梅香、板桥霜晓、茅檐曝背、书舍寒灯、梅下清吟、纸帐梅花、烟蓑钓雪	42－128
叶颙	题三杰三首	萧何二首、韩信、张良	42－128
叶颙	丁酉仲冬即景十六首	雪水煎茶、地炉煨芋、云巢鹤睡、月岭猿啼、玉楼吹笛、梅屋弹琴、冲寒贳酒、踏雪寻梅、梅梢月落、松径云深、雪夜乘舟、霜晨觅句、枯木寒鸦、孤松老鹤、书窗梅影、石鼎茶声	42－130

作者	总　题	分　　题	册-页
张以宁	四景山水	春、夏、秋、冬	42-181
	次张仲举祭酒咏花五首	槐花、葵花、水红花、木槿花、玉簪花	42-253
	钱舜举画二首	紫茄、丝瓜	42-258
	题李文则画四首	陆羽烹茶、苏公赤壁、渊明送酒、逸少兰亭	42-259
姚琏	渔梁八景	渔梁钓隐、望仙怀古、紫阳烟雨、白水晴岚、龙井花香、乌聊翠拥、披云峰影、碎月滩声	42-283
金元素	仙风八咏为王德昌赋	佛洞晴岚、仙风雪洞、竹林避暑、梅垄寻春、溪桥听泉、石台望月、香岩秋桂、烟寺晚钟	42-362
	题叶仲刚都司钱吴兴四果四首	石榴、香橙、林檎、梅子	42-365
倪瓒	和赵魏公张外史咏玄洲十景	菌山、罗姑洞、霞驾海、鹤台、桐叶源、玄洲精舍、紫轩、隐居松、玉像龛	43-61
	东吴十咏	望洞庭、泛石湖、游灵岩寺、登姑胥山、泊横塘、怀甫里、过盘门、过独墅、过车坊漾、归阊阖浦	43-67
舒頔	惟扬十咏(存七)	明月楼、皆春楼、骑鹤楼、嘉会楼、平山堂、琼花观、太平桥	43-308
张昱	大涤栖真二洞题名石九首	洞天福地、九锁峰、唐碑、汉祈灵坛、驯虎岩、藏书石室、仙人影、丹泉、捣药禽	44-58
	四果画四首	石榴、桃实、枇杷、樱桃	44-67
	效唐僧无则咏物诗四首	百舌禽、鸬鹚鸟、木笔花、金钱花	44-68
	临安访古十首	石镜、婆留井、功臣塔、锦溪、化成寺、衣锦山、将军树、环翠阁、净土寺、九仙山	44-73
	邵庵虞先生为张伯雨赋四诗开元宫道士章心远求追次其韵	伯雨画像、怀旧、丹井、洞阿碑	44-75
	静安八咏	赤乌碑、陈桧、虾子禅、讲经台、沪渎垒、涌泉、芦子渡、绿云洞	44-187

续　表

作 者	总 题	分 题	册-页
危素	和吴尊师龙兴纪游二十一首录四	早饭榍陂、过清远驿、游铁柱观、泊宫步门	44-228
韦珪	梅花百咏①	庭梅、官梅、江梅、溪梅等共一百首	44-435
陈谟	西林八景	凤凰峰、琵琶洲、偃月岗、落星石、流虹岗、喷珠泉、藏蛟室、伏鸽冢	45-378
于立	次观镜中八咏韵八首	种山、三山、崇山、梅山、镜湖、古城、缥碧楼、分陀室	45-402
	与客游灵岩山中杂咏诗六首	涵空阁、响屧廊、八角井、洗砚池、琴台、西施洞	45-420
辛敬	嘉禾八景诗	空翠风烟、龙潭暮云、鸳湖春晓、春波烟雨、月波秋霁、杉闸奔湍、胥山松涛、武水幽澜	45-495
周闻孙	和北山宜阳归咏之什十首	秀水感兴、爱棠留题、北流移家、中秋抒怀、分宜纪事、宜阳叙别、皂口得鲙、虎头沽酒、渝川对景、临江忆昨	45-552
华幼武	养浩杂咏为彦弘赋五首	百合、五月菊、红葵、黄葵、红白凤仙、秋萱	46-138
许桢	和叔圭塘杂咏二十四首	作乐导水、携妓落成、柳下听莺、舟中对鹭、荷筋酌酒、蕉叶题诗、荷净纳凉、开窗看雨、松荫独钓、与客泛舟、日夕观山、西堤晚眺、雨中移竹、月下观梅、倚槛观鱼、绕堤种菊、竹间开径、水口听琴、独坐投壶、登台纵目、调白莲、调木芙蓉不花、调湖石、听筝	46-184
袁凯	邹园十咏	钓矶、柳堤、棋墅、瀑布、桃溪、鱼渊、濯清、蓼滩、松埜、杏坞	46-346
	因何彦明赋八新效其体八首	新烟、新水、新燕、新草、新莺、新柳、新蝶、新月	46-382
释妙声	杂题画十九首	钱舜举折枝、牧牛图、墨梅、荔枝、日东僧竹石、高房山山水、同上竹、五马图、李唐山水、庐山图、表上人梅、楚山图、海棠偷仓、挟弹图、子庭松柏	47-67

---

① 韦珪《梅花百咏》有八十四首已见释明本和冯子振《梅花百咏》,以上重出诗两存待考。

作　者	总　题	分　题	册－页
张天英	题温日观蒲萄四首	风、月、雨、霁	47－148
叶懋	十台怀古	姑苏台、章华台、黄金台、朝阳台、凤凰台、戏马台、歌风台、望思台、铜雀台、凌高台	47－179
	古乐府十四首	九疑山行、双剑行、古长城吟、天马歌、鸿门宴、滹沱河吟、清渭吟、吴江铁马行、金铜仙人辞汉歌、牧羝行、华亭曲、秦楼曲、鸡鸣度关曲、淮阴词	47－181
邵亨贞	戊申仲冬儿颖为馆人所连得罪系狱朋游咸谓必老夫叫阁乃可昭雪由是冲寒扶恚戒途凡越旬始抵石城道间记所见得诗如左十四首	淀湖、吴门、新安镇、沙湖、义兴、前马镇、溧阳、七里山、分界山、官塘、白府君庙、谢亭冈、青梗、金陵	47－382
廼贤	上京纪行三十一首	发大都、刘蕡祠、龙虎台、居庸关、榆林、枪竿岭、李老谷、赤城、龙门、独石、檐子洼、李陵台	48－31
	南城咏古十六首	黄金台、悯忠阁、寿安殿、圣安寺、大悲阁、铁牛庙、云仙台、长春宫、竹林寺、龙头观、妆台、双塔、西华潭、白马庙、万寿寺、玉虚宫	48－39
	宝林八咏为别峰同禅师赋	飞来峰、应天塔、大布衣、铁钵盂、罗汉泉、灵鳗井、深竹堂、盘翠轩	48－52
胡奎	海昌八咏	海门洪涛、五祠古桧、紫崤秋云、顾况书台、葛洪丹井、安国禅灯、张许双庙、虹桥夜月	48－191
	赠医士长律十首	上池、丹灶、杏林、菊潭、龙藏、兔臼、芝田、橘井、蛇珠、雀环	48－208
	雩阳十景	川江秋月、三峡暮云、龙门夜雨、溪嶂晓烟、青山瀑布、紫阳甘泉、乌石砂图、罗岩曲水、胡僧竹、梁山古桧	48－305
	次复東先生纪行之什十九首	淳化、陈坟、句容、土桥、白土、丁庄、徐村、练塘、散关、丹阳、奔牛、洛社、苏州、吴江、太湖、平望、王泾、秀州、常州	48－312

续 表

作 者	总 题	分 题	册-页
胡奎	宝林八咏	飞来峰、应天塔、罗汉泉、灵鳗井、大布衣、古铁钵、竹深处、盘翠轩	48-358
	泰和八景	澧陂春涨、香炉紫烟、云源仙笛、圣容钟声、龙际晓岚、田东暮雨、甘峰飞瀑、天宝悬崖	48-377
周巽	拟古乐府五十四首	圣人出、上之回、临高台、巫山高、远如期、元会曲、校猎曲、送远曲、郊祀曲等	48-390
	子夜四时歌	春歌、夏歌、秋歌、冬歌	48-393
	补古乐歌五首	网罟、律吕、陶冶、祷旱、卜洛	48-406
	咏薛道衡《昔昔盐》诗十三首①	水溢芙蓉沼、织锦窦家妻、关山别浪子、风月守空闺、恒敛千金笑、盘龙随镜隐、飞魂同夜鹊、倦寝听晨鸡、暗牖悬蛛网、空梁落燕泥、前年过代北、今岁往辽西、一去无消息	48-428
顾瑛	饶歌十章并小序送董参政	克淮西、入昌化、克复于潜、定安吉、攻昱岭、水军开、巡大洋、驱海獠、海之平、趣入朝	49-8
	游灵岩山中杂咏诗六首	涵空阁、响屧廊、八角井、洗砚池、琴台、西施洞	49-84
	游虎丘杂咏诗十首	千顷云、小吴轩、剑池、试剑石、五台山、生公台、塔影、致爽阁、真娘墓、陆羽井	49-85
吕浦	次王说斋咏菊韵五首	道衣黄、粉鹤翎、粉红桃、莲花菊	49-295
陈方	再题赵子固兰蕙卷二首	兰、蕙	50-79
胡布	刘绍山居十咏	柿林、蕉磵、仙台山、莲桥、石泉庵、慧月寺、瓦窑峰、兴云峤、桃花泉、凤仙坡	50-358
	胡永年兄弟石庄八咏八首	固陂九曲、响石曾标、永兴钟梵、古印云春、湖墟岚彩、流月虹桥、枣岭樵腔、双溪盘石	50-366
	会稽夏衍宜阳八咏	经畲堂、硕果轩、垂纶矶、大迁墩、丽泽池、鸣琴丘、容膝、林水	50-370

① 集中分咏薛道衡《昔昔盐》诗,仿唐人赵嘏体。惜缺佚其半,此仅录存者。

作者	总题	分题	册-页
胡布	上清道士方方壶为表叔冲虚天师作五图皆龙虎名胜庚戌过自山中表叔冲虚公命赋诗五首	南山秋色、鸣玉垂纶、高风振衣、临坡高兴、湘水斗坛	50-475
沈贞	乐神曲十三章	城隍祠、风伯、雨师、社神、湖神、境上神、五圣、野鬼、兵伤、乡厉、青苗神、迎神、送神	51-21
谢宗可	咏物诗	睡燕、睡蝶、纸帐、纸衾等，共105首	51-37
顾瑛	静安八咏	赤乌碑、陈桧、虾子禅、讲经台、沪渎垒、涌泉、芦子渡、绿云洞	51-228
唐奎	静安八咏	赤乌碑、陈桧、虾子禅、讲经台、沪渎垒、涌泉、芦子渡、绿云洞	51-477
吴益	静安八咏	赤乌碑、陈桧、虾子禅、讲经台、沪渎垒、涌泉、芦子渡、绿云洞	51-479
余寅	静安八咏	赤乌碑、陈桧、虾子禅、讲经台、沪渎垒、涌泉、芦子渡、绿云洞	51-481
马弓	静安八咏	赤乌碑、陈桧、虾子禅、讲经台、沪渎垒、涌泉、芦子渡、绿云洞	51-483
陆侗	静安八咏	赤乌碑、陈桧、虾子禅、讲经台、沪渎垒、涌泉、芦子渡、绿云洞	51-487
钱岳	静安八咏	赤乌碑、陈桧、虾子禅、讲经台、沪渎垒、涌泉、芦子渡、绿云洞	51-490
韩壁	静安八咏	赤乌碑、陈桧、虾子禅、讲经台、沪渎垒、涌泉、芦子渡、绿云洞	51-493
赵觐	静安八咏	赤乌碑、陈桧、虾子禅、讲经台、沪渎垒、涌泉、芦子渡、绿云洞	51-495
释如兰	静安八咏	赤乌碑、陈桧、虾子禅、讲经台、沪渎垒、涌泉、芦子渡、绿云洞	51-498
释守仁	静安八咏	赤乌碑、陈桧、虾子禅、讲经台、沪渎垒、涌泉、芦子渡、绿云洞	51-501

作 者	总 题	分 题	册-页
释寿宁	静安八咏	赤乌碑、陈桧、虾子禅、讲经台、沪渎垒、涌泉、芦子渡、绿云洞	51－509
陈镒	次韵叶文范训导杂咏八首	留此岩避暑、西涧暑夕怀友、山中晚步、再游留此岩、贺西涧主人祈雨有应、游东岩、西涧吟、午溪新堰	51－523
	游南岩三首	天池、抱膝亭、妙高台	51－589
	题湖山十景	翠屏晚对、绿野春耕、月浦泛舟、雪溪垂钓、竹楼清眺、松岭早行、古寺钟声、平川霁色、西山牧笛、东岸渔灯	51－592
张仲深	谢易之自京回遗余文物七品各赋律诗一首谢之如左	危太史撰张节妇传、赵子期参政篆光霁扁、李惟中谕德书贞节字额、宣文阁笔、九成宫法帖、至正新铜钱、上京纪行诗一卷	52－45
张端	和杨孟载对花五咏	种花、看花、折花、买花、惜花	52－104
陶琛	师子林十二咏	师子峰、含晖峰、吐月峰、小飞虹、禅窝、竹谷、立雪堂、卧云室、指柏轩、问梅阁、玉鉴池、冰壶井	52－158
周稷	师子林五言八咏	师子峰、栖凤亭、飞虹桥、指柏轩、问梅阁、立雪堂、卧云室、玉鉴池	52－257
黄鲁德	武塘十咏	景德泉、大胜塔、慈云寺、胥山、凤凰墩、陈贤良墓、吴氏义塾、爱山花圃、吴莹竹庄、吴仲圭墓	52－404
靳荣	新田八景	龙庙莲潭、神陂落雁、晋城春色、济溪梅月、景明飞瀑、乔岳晴岚、照殿冰岩、绛山晚照	52－490
金鼎实	东岳行宫二首	题梅、题松	52－516
陆颐纳	东吴十咏	发吴江、泛石湖、游灵岩寺、登姑胥山、泊横塘、过盘门、怀甫里、过独墅、过车坊漾、归阖闾浦	53－102
宋僖	桐湖八咏为王遯庵作	看云楼、兰谷、桃花坞、梧桐岗、菊径、芙蓉堤、乳泉、合涧桥	53－377
	秦川八咏为王景善作	桃源、柳桥、竹坡、菊径、药阑、橘圃、桐轩、芸窗	53－449

作　者	总　题	分　题	册-页
平显	寄题武当八景	天柱凌云、玉虚环翠、五龙披雾、九渡鸣泉、南岩削壁、紫霄层峦、雷洞发春、琼台霁晓	53-515
程明远	山斗八景	剑潭浸月、玉石生烟、清溪柳翠、黄浦荷香、燕谷樵歌、龙华钟韵、方塘活水、高嶂闲云	54-1
	南山八景	观云阁、听泉亭、弥陀石、仙人池、松径菊、柳塘莲、风林竹、雪谷梅	54-3
曹志	拱和八景	东溪钓月、西山扫松、竹亭午梦、花圃春酣、南桥晚眺、北陇躬耕、云林樵唱、义塾书声	54-37
	金华十咏	双溪明月、八咏清风、芙蓉晓色、积道晴岚、紫岩夕照、白沙春水、赤松羊石、智者神钟、丽泽书院、金钱佛塔	54-41
邓雅	玉笥十咏	玉笥晴云、紫盖春雨、何君驾虹、石人玩月、双林莲社、孤山梅隐、绵峰瀑布、茧溪澄练、南祠梦阁、东岳行宫	54-310
胡天游	和禽言四首	泥滑滑、提葫芦、婆饼焦、归去乐	54-334
李士瞻	十月十八日夜睡间纪事并怀尚书彻通理张自南侍郎吕伯益韩汝舟皆一时烟波羁旅之人也明年相会遂得抵掌一笑五首	纪事、怀彻通理、怀张自南、怀吕伯益、怀韩汝舟	54-366
沈梦麟	诚意伯刘公盘谷八景	鸡鸣山晓、龟山春意、西岗稼浪、北坞松涛、双涧秋潭、三湾夜月、松矶钓石、竹径书斋	55-74
	画竹四首	风、晴、雨、嫩	55-79
陈基	下塘道中五首	谢村、塘西、东阡、南浔、荷叶蒲	55-195
	中塘道中四首	凤口、东塘、大麻、包家堰	55-196
	上塘道中八首	尹山、吴江、垂虹桥、平望、嘉禾、石门、崇德、长安	55-197

作者	总　题	分　　　题	册-页
王礼	霍山十二景	回峦春早、介山秋色、绵岳雪晴、箭壑斜阳、龙洞白云、马迹晴岚、抱腹云梯、大岩冰柱、屏风叠嶂、玉峡飞泉、三清烟雨、禅房夜月	55-322
朱善	题辽东八景	古庙松风、手山擎月、西湖夜雨、龙湾晓雾、太河乘舟、莲池垂钓、香岩拱秀、千山积雪	55-347
李昱	秋宵七恨	风、雨、月、砧、笛、蛩、雁	56-16
	咏史十二首	始皇、陈涉、项伯、项羽、萧何、张良、陈平、郦食其、陆贾、叔孙通、季布、苏武	56-57
	橙川四咏	橙峰晓云、潘陇春耕、梅航读月、桃源小境	56-70
	十二月辞十三首	一月辞、二月辞、三月辞、四月辞、五月辞、六月辞、七月辞、八月辞、九月辞、十月辞、十一月辞、十二月辞、闰月辞	56-100
陈高	怀昆山诸乡友六首	陈公潜先生、郑季明先生、曹新民先生、庄蒙泉上人、林伯庸先生、林希颜先生	56-279
陶安	寓意四首	鸦、蝎、鳝、蟆	56-334
	阅兵奏凯八首	阅兵二首、得捷三首、奏凯三首	56-471
张宪	神弦十一曲	宿阿、道君、圣郎、娇女、白石郎、青溪小姑、湖龙姑、姑恩、采菱童、明下童、同生	57-44
	拂舞词五首	白凫、济济、独漉、碣石灵龟、淮南生	57-46
	睦州杂诗十四首	大将令、白牙、石榴花、黄沙行、孤城、怨禽、凤鸟、睦州女儿、旦施、西王孙、南国香、壮士行、壮士行、义鹘子	57-52
	三忠词三首	精卫、战铜城、蛇碛	57-55
	琴操十九首	闵周操、怀燕操、观光操、禹迹操、风雷操、西日操、高山操、涉秦操、望陵操、春江操、怀耕操、惜逝操、山鬼操、狐兮操、鸟失巢操、山君操、咋骨操、哧腐操、怀旧隐操	57-61
	古城八咏	黄公洞、黄巢寨、金鸡石、骊珠石、栖鹃岩、栖鹤峰、黄天荡、来青阁	57-95

作者	总　题	分　　题	册-页
吴会	唐氏中山八景为季雍赋	山中芸室、溪上苔桥、瑶岭朝岚、镜池夜月、崇山积雪、灵谷明霞、幕阜生云、笔峰过雨	57－171
	西原十景	槐坞秋风、杏林春雨、日出凤岗、云生鳌水、急涧泉春、平塘雪钓、清湖琴馆、乔木书楼、古城行客、毁寺残僧	57－176
	别驾马合末公归省亲豫章以临川八景赋初唐六韵律诗为赠	岘台春水、灵谷秋云、南湖夜月、瑶岭晴岚、金石寒泉、青云朝日、文昌丹桂、羊角蟠桃	57－195
	皋山八咏	三星岭、小云峰、茶园、桃坞、一泉、三谷、鹦鹉石、鹧鸪原	57－213
秦约	怀友诗四首	怀杨廉夫、怀陈敬初、怀玉山人、怀于彦成	57－253
袁华	匡山五咏	看松阁、烟云万顷亭、在上亭、清高亭、环中亭	57－299
	昆山五咏	娄侯庙、王御史墓、李侍御墓、刘龙洲祠、朱节妇墓	57－304
	顾玉山园池十有六咏	碧梧翠竹堂、玉山佳处、钓月轩、湖光山色楼、芝云堂、渔庄、种玉亭、百花潭、小蓬莱、可诗斋、浣花溪、柳塘春、小游仙、读书舍、鸣玉洞、金粟影	57－385
戴良	贡尚书新祠六咏	高凤台、鸣凤亭、西泠泉、思玩轩、乐善斋、白云窝	58－99
	题潇湘八景	洞庭秋月、潇湘夜雨、山市晴岚、渔村夕照、平沙落雁、远浦归帆、烟寺晚钟、江天暮雪	58－122
黄枢	题山口八咏	剑潭浸月、犀玉生烟、清溪柳色、黄浦荷香、燕谷樵歌、龙华钟韵、方塘活水、高嶂闲云	58－244
贡性之	题四景画为王金宪作	春山烟雨、长夏云林、湖山秋霁、江天暮雪	58－283
释宗泐	槎峰杂咏六首	芝砠、南涧、杏坞、白莲沼、对池亭、三老亭	58－424
	题庐生山居五事	耕田、牧牛、灌畦、采药、洗竹	58－450

作　者	总　题	分　　　题	册-页
王逢	静安招提八咏为宁无为上人作	赤乌碑、沪渎垒、陈朝桧、虾子禅、金经台、涌泉亭、芦子渡、绿云洞	59－125
	六歌六首	其一《礼云》曰、其二《怀霖》曰、其三《宾月》曰、其四《扫叶》曰、其五《采莽》曰、其六《叽和》曰	59－343
赵汸	月潭八景	月潭、石门、临清涧、观澜亭、钓雪舟、平林小隐、星洲寺、颜公山	59－447
释来复	槎峰诸咏六首	紫芝崖、青石洞、石屏、南涧、水西堰、三老亭、白莲沼	60－166
	衡山福岩寺二十咏承命赋上并似北山禅师一笑	般若寺、天柱峰、退道坡、开虹桥、兜率桥、八功德池、岳心亭、掷钵峰、目云亭、迎云亭、砖镜亭、定心石、隐身岩、煨芋岩、读书堂、御书阁、大慧塔、止南寮、藏雪寮、冰雪庵	60－201
乌斯道	徐梅涧先生授予琴予写曲调之意赋诗九章	修禊、忘机、碧桃、泽畔、潇湘水云、玉树临风、皎月、白雪、春江	60－230
金涓	和吴正传五台怀古韵五首	姑苏台、章华台、朝阳台、黄金台、戏马台	60－297
刘崧	题山水画四首	韩昌黎《送李愿序》、柳子厚《送薛存义序》、欧阳永叔《秋声赋》、苏子瞻《赤壁赋》	61－79
	遁迹山中日有幽事因即涧沐云卧草栖木食为四题与子中兄子彦弟同赋以自释四首	涧沐、云卧、草栖、木食	61－210
	题四时花木四首	杏花、榴花、芙蓉、山茶	61－215
	武山十四境	武姥冈、陶皮石室、云峰寺、佑仙观、龙王洞、虎鼻峰、礼斗石、望阳石、真珠泉、衣笼石、南岩石、西岩洞、丹井、石鼓	61－216
	北平十二咏	胡桃、榛子、马蔺子、香水梨、红瓤瓜、御黄子、盘松、偃槐、巴丹、韭黄、慈乌、黄鼬	61－403
王祎	拟唐凯旋歌四首	破阵乐、应圣期、贺圣欢、君臣同庆乐	62－224

作 者	总 题	分 题	册-页
凌云翰	潇湘八景图为镏养愚赋	潇湘夜曲、远浦归帆、烟寺晚钟、洞庭秋月、平沙落雁、渔村夕照、山市晴岚、江天暮雪	62－301
	剡西八景为开明空相寺僧华月江赋	乌石卧云、南轩进月、梅林逗阴、竹窗挹秀、眺白凭栏、临清涤砚、双桂秋芳、孤松晚翠	62－303
	高士谦墨竹四首	雨竹、晴竹、风竹、雪竹	62－305
	孙生二画	槐安国、竹叶舟	62－307
	四时花鸟图四首	梨花白颊、榴花绣眼、桂花佳雀、梅花鲍老	62－345
	鉴湖八景为周履常赋	柳庄、桂林、兰渚、瓜田、芙蓉港、篔筜坡、按鹤亭、放鱼池	62－346
	钱塘十咏	东海朝暾、西湖夜月、浙江秋涛、北关夜市、孤山雾雪、两峰白云、九里云松、六桥烟柳、灵石樵歌、冷泉猿啸	62－360
	香奁八咏	黛眉颦色、香颊啼痕、金盆沐发、月夜匀面、金钱卜欢、绣床凝思、花尘春迹、云窗秋梦	62－397
	雪中八咏次瞿宗吉韵	雪梅、雪竹、雪柳、雪雀、雪雁、雪狮、雪水、雪灯	62－398
	雪湖八景次瞿宗吉韵	鹫岭雪峰、冷泉雪涧、巢居雪阁、南屏雪钟、西陵雪樵、断桥雪棹、苏堤雪柳、孤山雪梅	62－400
	康上人画二首	雪窗玩梅、南坞耕云	62－410
麦澄	古藤八咏	东山夜月、石壁秋风、赤峡晴岚、剑江春涨、鸭滩霜濑、龙巷雾台、登崎从环、谷山列障	62－435
张丁	补牛尾八阕乐歌辞	一曰载民、二曰玄鸟、三曰遂草木、四曰奋五穀、五曰敬天帝、六曰达地功、七曰依地德、八曰总万物之极	62－448
王彝	神弦曲四首	织女庙、纪王庙、沪渎龙王庙、伏虎神君庙	62－462
	师子林十四咏	师子峰、含晖峰、吐月峰、立玉峰、禅窝、翻经台、小飞虹、竹谷、立雪堂、卧云室、指柏轩、问梅阁、玉鉴池、冰壶井	62－468

作者	总 题	分 题	册-页
林弼	四禽词奉答顾孟仁	孔雀、玄猿、野鹤、鸿雁	63－32
	汝江八景	蕉寺晨钟、吕桥夜月、黄村晚照、阮浦春潮、球浦烟帆、浪湾雪网、棠堤春雨、橘坞秋霜	63－77
	题杂画九首	猫、犬、马、鼠、龙、鸳鸯、鹦鹉、双雀、唤起	63－79
叶兰	东湖十景	孔庙松风、颜亭荷雨、双塔铃音、两堤柳色、洲上百花、湖中孤寺、荐福茶烟、新桥酒旆、松关暮雪、芝峤晴云	63－146
张适	师子林十二咏	师子峰、含晖峰、吐月峰、小飞虹、禅窝、竹谷、立雪堂、卧云室、指柏轩、问梅阁、玉鉴池、冰壶井	64－13
韩奕	斋居五咏	蒙、四时佳兴、吟白、雪蕉、一沤	64－257
	支硎山古迹十二咏	南池、石室、八隅泉池、寒泉、石门、马迹石、南峰、待月岭、碧琳泉、放鹤亭、牛头峰	64－258
	林居六咏为沈公齐赋	山斋、玩古轩、竹涧、白石坡、清阴谷、野亭	64－261
	次韵医家十六咏	处方、制药、剐苓、蒸术、培橘、种杏、采芝、煮石、艾箧、针筒、药笼、丹炉、著书、炼丹、济世、通仙	64－276
	东郭杂咏十首	东城、草堂、葑村、莎滩、柳汀、苔径、红渠港、绿萍湾、石庭、菊篱	64－327
黄伯旸	香奁八咏	翠袖啼痕、黛眉颦色、月奁匀面、冰盆沐发、绣床凝思、金钱卜欢、香尘春迹、霜杵秋声	65－270
钱枢	香奁八咏	冰盆沐发、月奁匀面、玉颊啼痕、黛眉颦翠、香尘春迹、云窗秋梦、绣床凝思、金钱卜欢、	65－273
江文显	和太守亢思忠括苍四景	古寺春阴、岩泉晓月、紫虚秋风、西山晴雪	65－315
张景范	题唐副使墨本水仙花四首	晴、雨、风、寒	65－330
潘士骥	黄岩八景	委羽寻仙、壕头吊古、铁筛古井、利涉浮梁、东浦暮帆、西桥秋月、九峰夕照、十里早春	65－435

作 者	总 题	分 题	册-页
张广员	《青士集》(咏竹诗集)二十七首	澹竹、苦竹、筋竹、水竹、四季竹、秋竹、慈竹、箭竹、燕竹、葧竹、簹竹、簾竹、桃竹、筱竹、桂竹、瑞竹、佛面竹、鬼面竹、龙须竹、鹤膝竹、鸡颈竹、猫头竹、筇竹、曲竹、雪竹	66-276
吕德昭	题吴伯冈园亭诗五首	安乐窝、蠡庭、泉声、略彴桥、狮子泉	66-345
张政	汝州八景	岘山叠翠、妙水春耕、春日桃园、汝水横舟、温泉晓霁、玉羊晚照、龙泉夜月、崆峒烟雨	66-347
张天锡	题岐山八景(存六)	凤鸣朝阳、磻溪风月、太白晴雪、实相晨钟、资福烟霞、五丈秋风	66-362
释续溥	碧云十景诗	环峰叠翠、碧云香霭、曲径通幽、危桥跨涧、池泉印月、洞府藏春、修竹欺霜、乔松傲雪、奇桧连阶、楼台萧洒	67-85
张金寅	咏清湘八景	柳山寸月、湘峡归云、盘石冰泉、华峰霁雾、龙洞清溪、砮岩飞瀑、合江晓涨、赤壁秋灯	67-163
李惠	自题石门六观图	甑山晴雪、双溪春水、石门夕照、溪亭秋月、狮巘晴岚、龙湫飞瀑	67-188
李谦亨	奉和从兄宅仁先生山园八景(存四)	草台春意、石坛夜月、花嶂夕阳、土锉茶烟	67-190
凌说	彰南八咏	天目晴雪、渚溪夕照、北庄梅花、樊坞梨园、梅溪春涨、独松冬秀、浮玉晚娇、石埭夜航	67-411
王逢吉	淮阳八景(存六)	太昊遗墟、卦台秋月、胡公铁墓、思陵暮霭、古宛晴烟、柳湖春晓	68-44
易昭	潇湘八景(录三)	潇湘夜雨、平沙落雁、江天暮雪	68-223

资料来源：杨镰《全元诗》，中华书局 2013 年版。

附录六 元代组诗序、注、引、跋汇总表

作 者	诗 题	序注引跋	性质与作用	册/页
丘处机	公山十四首	注	释名彰义	1/20
	闲吟二十首	注	释名彰义、交代背景	1/21
	神清观十六绝	序	交代背景	1/60
耶律楚材	除戎堂二首	序	交代背景、阐明动机	1/259
	次韵黄华和同年九日诗十首	序	揭示宗旨	1/280
	遗龙岗鹿尾二绝	引	交代背景	1/324
元好问	临汾李氏任运堂二首并序	序、注	交代背景、释名彰义	2/28
	赋瓶中杂花七首	注	揭示宗旨	2/198
	跋紫微刘尊师所画山水横披四首	注	交代时间	2/200
	乡郡杂诗五首	注	释名彰义、交代背景	2/210
	赠冯内翰二首并序	序	释名彰义、揭示宗旨	2/241
家铉翁	河间感旧三首	序	交代背景、揭示宗旨	3/98
	隐者图四首并序	序	揭示宗旨	3/101
	赠隐者忘机二首并引	引	揭示宗旨	3/102
姜彧	晋溪留题四首	注	交代背景	3/229
舒岳祥	停云诗四首并序	序	交代背景、揭示宗旨	3/232
	十虫吟十首并序	序	交代背景	3/233

作　者	诗　　题	序注引跋	性质与作用	册/页
舒岳祥	踏莎偶成三首并序	序	释名彰义、交代背景	3/283
	归故园二首并序	序	交代背景、揭示宗旨	3/361
	题萧照山水四首有序	序	释名彰义、交代背景	3/379
	代梅所戏答正仲用韵赠管城子二绝有序	序	交代背景、揭示宗旨	3/388
耶律铸	凯歌凯乐词九首并序	序	交代背景、揭示宗旨	4/2
	后凯歌词九首	注	交代背景	4/4
	凯乐歌词曲九首并序	序	交代背景、揭示宗旨	4/6
	骑吹曲词九首	注	交代地点	4/10
	后骑吹曲词九首	注	交代背景	4/12
	结袜子二首并序	序	交代背景、揭示宗旨	4/14
	婆罗门六首	注	释名彰义、交代地点	4/15
	玉华盐三首并序	序、注	释名彰义	4/18
	过无定河三首	前、后注	释名彰义	4/95
	大猎诗二首	后注	交代背景	4/120
	行帐八珍诗五首	序、注	释名彰义	4/120
	西园仙居亭对雪命酒作白雪嗹五首	注	释名彰义	4/132
	横笛引四首有序	序、注	释名彰义	4/133
陈祐	琴堂书事三首	后注	交代背景	4/149
郝经	和陶九首	前序、分注	揭示宗旨、释名彰义	4/206
	武昌词三首	序	交代背景、揭示宗旨	4/264
	金源十节士歌十首	序	交代背景、揭示宗旨	4/271
释行海	次徐相公韵十首	注	交代背景、揭示宗旨	4/360

作 者	诗 题	序注引跋	性质与作用	册/页
	哀尚书高公词三首	序、后注	交代背景	5/181
	辞长乐先垅二首	注	交代背景	5/186
	题柯山宝岩寺壁二首	注	交代背景	5/192
	大行皇帝挽歌词八首	序	交代背景	5/198
	观光三首	注	交代背景	5/269
	寿鹿安大学士三首	注	交待时间	5/269
	哭节斋陈公五诗	注	交代背景	5/276
	苦雨三首	注	交代背景	5/285
	桃花菊四首	注	释名彰义	5/285
	鹦鹉螺六首	后注	交代背景	5/288
	欹器诗三首并序	序	交代背景、释名彰义	5/292
王恽	老境六适七首并序	序	交代背景、揭示宗旨	5/295
	篘饮二首	注	交代背景、释名彰义	5/298
	游鼓山五首并序	序	交代背景	5/317
	即事三诗奉呈幹臣明府诗友	注	交代时间、背景	5/329
	和紫山见寄诗四首	注	交代时间	5/333
	立春日五诗	注	交代时间	5/334
	寄赠总帅便宜汪二首	注	交代背景	5/341
	朝谒柳林行宫二诗并叙	序	交代背景	5/346
	寿张左丞子友四首	注	交代时间	5/351
	秋日宴廉园清露堂二首	序	交代背景	5/353
	大贤诗三首并序	序	交代背景、揭示宗旨	5/359
	萧征君哀词六首	注	交代背景	5/384

作　者	诗　题	序注引跋	性质与作用	册/页
王恽	过绛州北哺饥坂三首	注	释名彰义	5/402
	解州厅壁题示三首	序	交代背景、揭示宗旨	5/418
	蒲中十咏为严卿师君赋并序	序	交代背景、揭示宗旨	5/421
	谢太傅东山图二首	注	释名彰义	5/426
	孟光捧按图二首	注	交代创作目的	5/430
	跋松风醉归图二首	注	交代背景	5/431
	滕王蝶蚁图三首	注	交代背景	5/439
	故开府仪同三司中书左丞相赠太尉谥忠武史公挽词十五首有序	序、注	交代背景、揭示宗旨	5/439
	己卯清明日杂诗六首	注	交代背景	5/452
	张元帅哀词十三首并序	序	交代背景、揭示宗旨	5/460
	嵇侍中祠二首	注	交代地点	5/464
	岳庙谢雪偶题二首	注	交代时间	5/467
	渊明漉酒图五首	序	交代背景、揭示宗旨	5/493
	雅歌一十五首并序	序	交代背景、揭示宗旨	5/496
	义门任氏诗二首并序	序	交代背景、揭示宗旨	5/511
	过朱家府四首并序	序	交代背景	5/514
	过稼轩先生墓五首	注	交代地点	5/515
	水仙萱草二咏并序	序	交代背景、揭示宗旨	5/518
	问雨三首	注	交代时间	5/523
	题竹林七贤诗十二首并序	序	交代背景、揭示宗旨	5/531
	宋太祖蹴鞠图三首	注	交代背景、释名彰义	5/536
	倦书图二首	注	揭示宗旨	5/537
	二美人图二首	前、后注	释名彰义	5/537

续　表

作　者	诗　题	序注引跋	性质与作用	册/页
王恽	野春亭六首	注	交代创作目的	5/543
	野庄图三首并序	序	交代背景、揭示宗旨	5/547
	送韩推官之任广固二首	注	交代创作对象	5/551
	重游玉泉三首并序	序	交代背景	5/553
	和东泉翁山中杂咏一十三首	后注	释名彰义	5/553
	李德裕见客六首	注	释名彰义	5/555
	题徐中丞子方爱兰轩诗卷三首	前、后注	揭示动机	5/558
	觅酒二首	前、后注	交代背景	5/566
	农里叹十首并序	序	交代背景、揭示宗旨	5/570
方回	独游塘头五首	序	交代背景、揭示宗旨	6/4
	寄题佛智忠禅师实庵二首并序	序	交代背景	6/9
	重阳吟五首并序	序	交代背景、揭示宗旨	6/19
	立春日马上遇黄国宝应犀二首并序	序	交代背景、揭示宗旨	6/48
	虽然吟五首并序	序	交代背景、揭示宗旨	6/50
	李寅之招饮同登九江城八首并序	序、后注	交代背景、揭示宗旨	6/66
	和陶渊明饮酒二十首并序	序	交代背景、揭示宗旨	6/95
	虚谷志归后赋十首	注	交代背景	6/105
	三吊吟四首并序	序	交代背景、揭示宗旨	6/134
	次韵汪以南闲居漫吟十首并序	序	交代背景、揭示宗旨	6/136
	红云亭即事五首并序	序	释名彰义、交代背景	6/145
	次韵赠道士汪庭芝二首并序	序	交代背景、揭示宗旨	6/148
	拟咏贫士七首并序	序	释名彰义、揭示宗旨	6/164

作　者	诗　　　题	序注引跋	性质与作用	册/页
方回	西斋不寐三首	注	交代时间	6/187
	题徐子愚道悦堂十首	注	交代对象、揭示宗旨	6/189
	西斋秋感二十首并序	序	揭示动机	6/193
	丁亥元日二首	序	释名彰义、交代背景	6/211
	哭周子弋二首	注	交代对象	6/212
	续苦雨行二首	序	交代背景、揭示宗旨	6/225
	旅闷十首并序	序	交代背景、揭示宗旨	6/228
	雪中忆昔五首	序	交代背景	6/252
	舟行青溪道中入歙十二首并序	序	交代背景	6/269
	次韵徐赞府蜚英八首并序	序	交代背景、创作方式	6/284
	题吴山长文英野舟五首梦炎并序	序	交代背景、创作目的	6/300
	上南行十二首并序	序	交代背景、释名彰义	6/317
	岁尽即事三首	序	交代背景、揭示宗旨	6/320
	花诗二十四首	注	释名彰义、交代背景	6/349
	赠程君以忠杨君泰之二首并序	序	交代对象、揭示宗旨	6/357
	赠方太初三首并序	序、后注	交代背景	6/371
	哭川无竭禅师二首并序	序	交代背景	6/373
	九月二十五日书事二首	后注	交代背景	6/374
	寄寿牟提刑献之巘二首并序	序	交代背景	6/380
	哭鲍景翔鲁斋二首并序	序	交代背景	6/428
	寄题云屋赵资敬启蒙亭风雪亭二首并序	序	交代背景、揭示宗旨	6/431
	怪梦十首	注	交代背景	6/480

作 者	诗　　　题	序注引跋	性质与作用	册/页
方回	春半久雨走笔五首	后注	交代方式、揭示宗旨	6/514
	学诗吟十首并序	序	揭示宗旨	6/536
	诗思十首	序	交待背景、揭示宗旨	6/540
胡祗遹	寄李参政十首并序	序	揭示宗旨	7/81
	庆李侍郎母七十寿九首并序	序	交代背景、揭示宗旨	7/82
	圣瑞八首并序	序	交代背景	7/106
	岱岳观柏八首	注	释名彰义	7/112
	答徐尚书五首并序	序	交代动机	7/114
	题遗山赠刘济川诗卷	注	交代对象	7/146
	题梁氏无尽藏诗卷十首	注	交代背景	7/146
	题雪谷横披图二首并序	序	释名彰义、交代背景	7/150
	题江山小景图七首并序	序	释名彰义、交代背景	7/154
汪梦斗	口占三首奉呈柯山赵公	序	交代背景、创作方式	7/197
金履祥	北山之高寿北山先生十二章	前、后注	释名彰义	7/324
	华之高寿鲁斋先生七十九章	前、后注	释名彰义	7/325
	郑北山之玄孙扁其楼王适庄为书北山之英四字求跋为作诗十四章	前、后注	释名彰义	7/327
	洞山十咏有序	序	释名彰义、交代背景	7/343
魏初	匏瓜诗十首并序	序	释名彰义、交代背景	7/363
	奉答廉公劝农三首	注	交代背景、创作方式	7/380
	赠高道凝四首	序	交代对象、揭示宗旨	7/380
曹泾	和休宁真率会诗三首	序	释名彰义、交代背景	7/409
郭豫亨	梅花字字香九十八首	后注	交代集诗对象	8/67

续　表

作者	诗　题	序注引跋	性质与作用	册/页
赵宜诚	钱塘怀古题仙源云仍家谱三首	序	交代背景、揭示宗旨	8/279
孙嵩	又书画船五首	注	释名彰义	9/204
赵文	太真入宫图二首	序	释名彰义、交代背景	9/257
	诗九首托南剑刘教寻亦周墓焚之	注	交代背景、揭示宗旨	9/259
方凤	寄柳道传黄晋卿两生四首	注	集诗对象	9/321
	八景胜概八首	注	集诗对象	9/336
	三吴漫游集唐十首	注	集诗对象	9/336
刘埙	送聂使君二首	序	释名彰义、交代背景	9/389
卢挚	游茅山五首并序	序	交代背景、揭示宗旨	10/33
元淮	赠星命徐竹亭二首并引	引	交代背景、揭示宗旨	10/159
郑思肖	锦钱余笑二十四首	注	释名彰义	10/183
林景熙	妾薄命六首	前、后注	释名彰义、交代对象	10/399
	答柴主簿二首	注	交代对象	10/406
	送果上人游五台二首	注	交代地点	10/407
	喜刘邦瑞迁居采芹坊二首	注	交代对象、背景	10/410
	哭德和伯氏六首	注	交代对象	10/411
	杂咏十首酬谢汪镇卿	注	交代对象	10/412
	陶山十咏和邓牧心	注	交代地点、对象	10/418
	舟次吴兴二首	注	交代地点	10/430
	游九锁山十一首	注	交代地点	10/440
	梦中作四首	序	交代背景、揭示宗旨	10/453
张之翰	中秋会饮二首	序	交代背景	11/127
	演翰林徐公奇寒诗意二首	序	交代背景、提示阅读	11/131

续　表

作　者	诗　题	序注引跋	性质与作用	册/页
张之翰	题赵樊川日本纪行诗卷三首	序	交代背景、揭示宗旨	11/171
	题东坡醉贴二绝	序	交代背景、提示阅读	11/187
刘敏	野亭十咏	注	释名彰义	11/271
	别魏鹏举二首	序	交代背景	11/286
	于节妇诗二首	序	释名彰义、交代背景	11/293
	和傅君实张公子园赏花二首并引	引	交代背景、提示阅读	11/299
	和智仲敬三首	序	交代背景	11/300
	次张周卿御史韵五首	后注	交代背景	11/374
	思兰吟二首	注、序	交代背景、揭示宗旨	11/386
	题惠毅夫乃祖遇仙诗卷二首并序	序	交代背景	11/388
	刘节妇诗二首	序	释名彰义、交代背景	11/393
	忠顺堂二首	序	释名彰义、阐述动机	11/395
	宋孝妇二绝	序	释名彰义、阐述动机	11/410
汪元量	醉歌十首	注	揭示宗旨	12/5
	杭州杂诗和林石田二十三首	注	揭示宗旨	12/6
戴表元	吴姬曲五首	注	交代时间	12/113
	移居山林和陶二首	后注	交代背景、揭示宗旨	12/178
赵必瓛	再用有韵集句十首	夹注	集诗对象	12/347
陈杰	春日三首	注	揭示宗旨、交代体式	12/356
	江永三首	注	揭示宗旨、交代体式	12/356
	明月四首	注	揭示宗旨、交代体式	12/357
王旭	明河歌三首	序	交代背景	13/32

作者	诗　题	序注引跋	性质与作用	册/页
鲜于枢	支离叟序并诗十首	序	释名彰义、揭示宗旨	13/129
于石	小山洞三首	前、后注	释名彰义	13/330
白珽	续演雅十诗	后注	释名彰义	14/160
王奕	青山二章章四句	序	释名彰义	14/209
吴澄	感兴诗二十五首	序	交代背景	14/219
	题忻州嘉禾图二首并序	序	释名彰义、揭示宗旨	14/239
	方壶图二首并序	序	释名彰义	14/241
	题赵氏先德碑六首并序	序	释名彰义、揭示宗旨	14/244
	和答枝江令何朝奉四首有序	序	释名彰义、揭示宗旨	14/290
	和韵双头白莲二首	注	交代人物	14/292
谢翱	宋铙歌鼓吹曲十二首	后注	交代标题、体式	14/332
	续琴操哀江南四首	序	释名彰义、揭示宗旨	14/392
刘因	赋孙仲诚席上四杯四首	前、后注	释名彰义、赋诗方式	15/132
	九日九饮九首	注	交代对象、体式	15/147
程钜夫	题何澄界画三首	跋	揭示宗旨	15/194
	跋段立夫诗卷二首并序	序	交代背景、揭示宗旨	15/234
胡炳文	送董深山二首有序	序	释名彰义	15/335
黎廷瑞	听山中谈虎赋二章	序	交代背景	15/385
	禽言四首	注	交代时间	15/389
陈栎	和方虚谷上南行十二首	序	交代背景、揭示宗旨	16/125
	次汪称隐府判退休言怀五首并序	序	交代背景、揭示宗旨	16/144
马臻	至节即事十首并序	序	交代体式、揭示宗旨	17/70
	西湖春日壮游即事三十首有序	序	交代背景、揭示宗旨	17/129

作　者	诗　　题	序注引跋	性质与作用	册/页
赵孟頫	咏逸民十一首	序	释名彰义	17/188
	渔父词二首	注	揭示宗旨	17/221
	题李息斋为任叔实墨竹二图卷	序	交代背景、赋诗方式	17/309
刘将孙	题南郑尹氏四序堂四咏并序	序	交代背景、揭示宗旨	18/189
	淮之水三首	序	交代对象、揭示宗旨	18/202
	金事崔公彦材临发索诗四首有序	序、后注	交代背景、解释事件	18/233
邓文原	顾恺之秋江晴嶂图二首并序	序	释名彰义	19/20
	哭李息斋大学士二首	跋	交代对象、揭示宗旨	19/24
艾性夫	人名诗戏效王半山二首	注	说明体式	19/147
	题止庵四首并序	序	释名彰义	19/159
赵世延	悟空赞三首	后注	交代对象、揭示宗旨	19/340
宋无	《啰呓集》66首	后注	交代对象、揭示宗旨	19/406
汪炎昶	次韵补柳子厚八愚诗	序	交代对象、揭示宗旨	20/2
	三洪遗墨石刻三首并序	序	释名彰义	20/18
管道升	渔父词四首	后注	揭示宗旨、交代时间	20/119
汪济	寄晓山二首并序	序	交代背景、揭示宗旨	20/142
释明本	船居十首	注	交代时间、地点	20/193
	山居十首	注	交代地点	20/194
	水居六首	注	交代地点	20/195
	鄽居十首	注	交代地点	20/195
何中	别谢提刑二首	序	交代背景、揭示宗旨	20/213
袁桷	次韵徐志友杂咏十首	注	交代人物、揭示宗旨	21/83
	送许世茂归武昌二首	注	交代人物	21/91

续　表

作　者	诗　　题	序注引跋	性质与作用	册/页
袁桷	别吴养浩十首	注	说明押韵方式	21/94
	节妇吟二首	注	交待人物	21/121
	次韵蒋静远二首	序	交代背景、揭示宗旨	21/161
	句曲山迎真送真词二章	序、后注	交代背景、揭示宗旨	21/164
	开平第一集	序	交代背景	21/306
	开平第二集	注	交代时间	21/312
	开平第三集	注、序	交代背景、揭示宗旨	21/319
	开平第四集	注、序	交代背景、揭示宗旨	21/328
王昭德	江西宪使郭文卿德政诗二首	序	交代人物、揭示宗旨	22/81
谭景星	与田推官十首	注、序	交代人物、揭示宗旨	22/171
刘诜	石洞杂赋五首	序、后注	交代背景、释名彰义	22/221
	挽文母欧阳夫人二首	前、后注	交代人物、揭示宗旨	22/321
	代挽文母欧阳夫人二首	注	揭示宗旨	22/322
	哭王鼎翁内舍三首	前、后注	交代人物、揭示宗旨	22/322
	谒萧定基墓二首	序	交代背景、揭示宗旨	22/380
	秧老歌五首	注	说明体式	22/387
	哭萧孚有七首	序	交代人物、揭示宗旨	22/388
吴全节	延祐元年五月重祀茅山瑞鹤诗二首并序	序	交代背景	23/26
黄公望	王维秋林晚岫图二首并序	序	释名彰义、交代背景	23/43
	题李成所画十册并序	序	释名彰义、揭示宗旨	23/44
刘麟瑞	昭忠逸咏五十首	前、后注	释名彰义、揭示宗旨	23/79
安熙	封龙十咏并序	序	交代对象、揭示宗旨	23/334
	寿李翁八十诗三首并序	序	交代人物、揭示宗旨	23/345

作者	诗　　　题	序注引跋	性质与作用	册/页
许谦	赠颍川赵琏十九首有序	序	交代背景、揭示宗旨	23/357
郭居敬	百香诗一百三首	序	交代对象、揭示宗旨	24/56
	全相二十四孝诗选	注	交代对象、揭示宗旨	24/71
马熙	圭塘补和二十四首并序	序	交代背景、揭示宗旨	24/107
张子经	寄郭天锡诗五首	注	交代对象、揭示宗旨	24/369
张养浩	寓兴和十首	序	交代对象、揭示宗旨	25/4
	惜鹤十首	序	交代对象、揭示宗旨	25/33
	咏史四十三首	序	交代对象、揭示宗旨	25/74
柳贯	浦阳十咏	分注	交代对象、地点	25/187
	游五泄山四首	后注	交代地点、释名彰义	25/198
虞集	次韵刘伯温送王止善员外诗四首	序	交代背景、创作方式	26/74
	游何月湖尚书山庄四首	序	交代对象、揭示宗旨	26/84
	次韵陈溪山红梅四首	后注	揭示宗旨	26/135
	题陈君璋烟雨横塘二首	序	释名彰义	26/146
	留别叔父南山翁三首	序	交代背景、揭示宗旨	26/170
	题蔡端明苏东坡墨迹后四首	序、跋	交代对象、揭示宗旨	26/181
	答吴景永三首	序	交代背景	26/193
	题楼功魄织图三首	序	交代背景、揭示宗旨	26/194
	范文正公书伯夷颂二首	序	交代对象、揭示宗旨	26/268
	题何玉泉钱塘诗卷后二首	后注	交代人物	26/303
	葛子熙欲往吴越售长安诸碑以危太朴书来求诗书尾余空尚多纸佳极宜于书不忍劚绝之因题此诗赠子熙兼寄众仲提学亦欲故人知吾得太朴也四首	后注	交代对象、揭示宗旨	26/318

作　者	诗　题	序注引跋	性质与作用	册/页
虞集	题梦良梅二首	序	交代对象、揭示宗旨	26/323
	天冠山诗二十四首	后注	交代背景	26/329
朱思本	游仙诗四章	注	揭示宗旨	27/34
	棹歌十首	序	交代背景	27/55
姚畴	昌江百咏诗交代并序	序、后注	交代对象、揭示宗旨	27/147
揭傒斯	游麻姑山五首并序	序	交代背景	27/181
	四友诗	序	交代对象、揭示宗旨	27/189
	过何得之先生故居五首	分注	揭示宗旨	27/210
	湖南宪使卢学士移病归颍舟次武昌辱问不肖姓名先奉寄三首	注	说明时间	27/234
	题四梅图四首	注	说明题意	27/246
	和张太乙秋兴十首	注	交待背景、人物	27/334
	析枝十韵	序	交代背景、揭示宗旨	27/339
王结	市庄六首	序	交代背景、说明对象	28/87
廉惇	题吉安佑圣观山水胜处二首并引	引	交代对象、揭示宗旨	28/134
陈樵	涵碧亭三首	注	说明对象	28/358
胡助	京华杂兴诗二十首有引	引	交代背景、揭示宗旨	29/2
	和桂坡李宅仁甫山园八咏并小引	引	交代背景、说明对象	29/7
	芦雁四咏	注	说明对象	29/97
	东湖十咏	分注	说明对象	29/121
	吴大宗师挽诗三首	序	交代背景、揭示宗旨	29/133

续　表

作　者	诗　　题	序注引跋	性质与作用	册/页
释善住	阳山道中二首	序	交代背景、揭示宗旨	29/245
	答白云见寄四首	序	交代背景	29/247
萨都剌	寄朱舜咨王伯循了即休五首	序	交代背景、揭示宗旨	30/134
	题淮安王氏小楼四绝	序	说明对象	30/158
李存	次子勉韵三首	注	说明对象、揭示宗旨	31/54
宋本	舶上谣十首	注	说明对象、交代背景	31/90
洪希文	朱陈村嫁娶图二首	注	说明对象	31/162
欧阳玄	喜门生中状元四首	序	交代背景	31/231
	四爱题咏	序	释名彰义、交代背景	31/249
张雨	寄虞侍讲五首有序	序	交代背景、揭示宗旨	31/263
	二君咏赠南康黄虞尚德二首	后注	说明人物	31/275
	洞庭卧游八篇有序	序、分注	交代背景、解释地名	31/294
	阳德馆幽居八咏仍用韵	注	说明对象	31/296
	玄洲十咏	序	交代背景、解释地名	31/320
	东汉高士咏十四首有序	序	交代背景、揭示宗旨	31/321
吴师道	十台怀古并序	序	交代背景、揭示宗旨	32/24
释大欣	和虞邵庵居士三首	后注	交代背景	32/190
李孝光	岐山三首	序	释名彰义、揭示宗旨	32/274
	原田八首	序	交代背景、揭示宗旨	32/274
	古诗七首	序	交代背景、揭示宗旨	32/293
王沂	复斋诗为李彦方作三首	注	交代背景	33/128
释惟则	赠弟仁远入京四章并引	引	交代背景、揭示宗旨	33/172
徐孜	闻八禽言八首	注	交代时间、地点	33/180
	五有吟有序	注、序	说明时地、揭示宗旨	33/183

作者	诗　题	序注引跋	性质与作用	册/页
岑安卿	次雷子枢知事延平八咏韵	注	说明地点	33/207
李齐贤	和林石斋尹樗轩用银台集潇湘八景韵	注	说明体式、地点	33/351
张翥	怀天目山处士张一无二首	注	说明人物	34/15
	上京睹陈渭叟寄友书声及鄙人赋以答之二首	注	说明对象	34/93
许有壬	游青山十首并序	序	交代背景	34/273
	上京十咏	序	交代背景、说明物产	34/294
黄镇成	题梅花太极图十首	序	释名彰义、揭示宗旨	35/93
祝尧	天冠山二十八咏	后注	交代背景	35/347
成廷珪	送尹敬思令尹归青州二首并序	序	交代背景、揭示宗旨	35/440
许有孚	圭塘杂咏二十四首并序	序	交代背景、说明对象	36/50
刘鹗	浮云道院诗二十二首并引	引	交代背景、揭示宗旨	36/74
郑元祐	赠制笔温生二首	序	交代背景	36/353
	月夜怀十五友十二首	序	交代背景、揭示宗旨	36/357
	游仙词十首	序	交代背景、揭示宗旨	36/375
张道中	别贞君四首	序	交代背景、揭示宗旨	36/449
周霆震	述怀二首	序	交代背景、揭示宗旨	37/45
	纪事五首	序	交代背景	37/49
	感古二首	注	说明对象、揭示宗旨	37/49
	城西放歌十五首	序	交代背景、揭示宗旨	37/51
	宿州歌五首	序	交代背景、说明对象	37/54
	杨柳枝词四首	序	交代背景	37/55

作者	诗　　题	序注引跋	性质与作用	册/页
袁泰	敬用高韵奉成四首写呈求斤正	注	说明人物	37/74
	至正乙巳三月望日再用韵赋诗四首并祈教览	注	说明人物	37/75
张复	呈运使复斋十绝并引	注、引	说明人物、交代背景	37/114
宋褧	竹枝歌三首	注	说明时间、地点	37/221
	又二首	注	说明时间、地点	37/221
	又三首	注	说明背景	37/221
	又四首	注	说明背景	37/222
	又六首	注	说明地点	37/222
	又六首	注	说明地点	37/223
	乞巧辞二章	序	交代背景	37/225
	太学生刘君定挽诗二首	序	说明人物、揭示宗旨	37/228
	遵化县感怀书事二首	注	说明背景	37/237
	送高句骊僧式上人东归二首	注	说明人物	37/245
	分宪后圃二咏	注	说明地点	37/245
	登第诗五首	注、分注	说明时间、地点	37/250
	朝元宫杂诗三首	注	说明时间、地点	37/282
	送牛农师北上三首	后注	说明地点、对象	37/282
	诚夫兄寄都下杂诗五首次韵奉答	注	说明地点	37/285
	三月一日杂诗四首	注	说明时间	37/286
	送存初宣慰湖南十首	序	交代背景、揭示宗旨	37/290
	送成都候严亮二首	注	交代背景	37/292
	江上棹歌五首	注	说明地点	37/293

作　者	诗　　题	序注引跋	性质与作用	册/页
宋褧	送刘克让归汴中三首	注	说明人物	37/298
	闰十二月二十七日喜雪四首	注	交代背景	37/307
	送翰林应奉寿同海涯挈家觐省十首	注	交代人物、背景	37/307
	王君冕尝于长安城东出南头第一门之北凿牖穴号归云洞二首	注	说明地点	37/310
	顺州会曹元宾尚书贶诗二绝因和其韵	注	交代地点、背景	37/310
	宿牛首市陆叟所居二首	注	交代地点、背景	37/314
	宜都朝京亭四首	注	交代地点、背景	37/315
	赠僧别传三首	序	交代背景、揭示宗旨	37/316
	白子芳瓶梅结实二首	序、注	交代背景、感事	37/316
	天香第一亭三首	注	交代地点、背景	37/319
	送校官萧性渊赴上丰城山市巡徼官二首	注	交代人物、背景	37/319
曹文晦	新山别馆十景(天台十景)并序	序	交代地点、背景	37/413
	九曲樵歌十首并序	序	交代背景、释名彰义	37/420
谢应芳	寄侄僧德无言二首	注	交代地点	38/95
	宜山谣七首并序	序	交代背景	38/108
	雪舟棹歌三首并序	序	交代背景、揭示宗旨	38/138
	还珠词三首寄顾仲瑛并序	序	交代背景、揭示宗旨	38/265
释梵琦	初入经筵呈诸友三首并序	序	交代背景、揭示宗旨	38/289
	戒京师蓄鹰者二首并序	序	交代背景、揭示宗旨	38/318
杨维桢	蹋踘篇二首	注	揭示宗旨	39/21
	五禽言五首并序	序	揭示宗旨	39/59

续　表

作　者	诗　　　题	序注引跋	性质与作用	册/页
杨维桢	义鹘三章并序	序	揭示宗旨	39/61
	白翎鹊辞二章	序	交代背景、揭示宗旨	39/63
	吴子夜四时歌	注	说明体式	39/76
	西湖竹枝歌九首	序	交代背景	39/79
	吴下竹枝歌七首	注	交代创作方式	39/80
	漫兴七首	序	揭示宗旨	39/81
	冶春口号七首	前、后注	交代人物	39/82
	宫词十二首	序	交代背景、揭示宗旨	39/89
	香奁集并序	序	交代背景、揭示宗旨	39/93
	续奁集并序	序	交代背景、揭示宗旨	39/95
	杵歌七首	序	揭示宗旨	39/137
吴当	明良诗十一章	前、后注	说明人物、体式	40/93
	致亭诗五章	前、后注	说明人物、体式	40/97
陆居仁	题鲜于枢自书诗卷二首	后注	说明人物、交代背景	40/211
贡师泰	钓台三首	序	说明对象、揭示宗旨	40/320
周伯琦	题李奉使诗卷二首并序	序	交代人物、背景	40/348
	会试纪事四首	序	交代人物、事件	40/388
	揭榜纪事三首	序	交代人物、事件	40/389
	赠鹤斋诗三首并序	序、后注	交代人物、事件	40/400
钱惟善	定山十咏	分注	说明对象、地点	41/28
	奉和太常博士柳公浦阳十咏诗	分注	说明对象	41/37
钱宰	读史拟苏李七首	序	揭示宗旨	41/174
	后读史七首	序	揭示宗旨	41/175
	拟古十九首	序	揭示宗旨	41/176

作者	诗　　题	序注引跋	性质与作用	册/页
释大圭	和再饮酒二首	序	交代人物、事件	41/342
叶颙	冬景十绝	注	交代人物、时间	42/128
张以宁	和拜明善韵四首并序	序	交代人物、揭示宗旨	42/254
	奉旨使安南漫成二绝	序	交代背景、揭示宗旨	42/267
	万安县观故宋贾相秋壑故址因赋二绝	序	交代背景、揭示宗旨	42/268
	赠观子毅四首	序	交代人物、背景	42/270
	赠费安朗二首	序	交代人物、背景	42/270
倪瓒	竹枝词八首	序	交代背景	43/148
	烟鹤轩二首	序	释名彰义	43/158
	题寂照蒋君遗像二首并引	序	交代背景、揭示宗旨	43/167
	追和苏文忠公墨迹卷中诗韵八首	跋	揭示宗旨	43/194
	题松坡平远图三首	跋	交代人物、事件	43/204
舒頔	祀事效古诗五章	注、序	交代体式、揭示宗旨	43/257
	双桧七章	注、序	交代体式、揭示宗旨	43/257
	七歌效工部体纪乱离时事	注	交代背景、体式	43/360
张昱	辇下曲一百二首有序	序	交代背景、揭示宗旨	44/48
	宫中词二十一首	序	交代背景、揭示宗旨	44/55
	大涤栖真二洞题名九首	序	交代人物、事件	44/58
梁寅	观兰亭图六章	序	释名彰义、交代体式	44/273
元凯	登潞州德风亭叙并诗十首	序	交代环境、历史背景	44/358
傅若金	松涧引二首并序	序	释名彰义、交代背景	45/2
	清明日游城西诗五首并叙	序	交代背景、揭示宗旨	45/9

作者	诗　　题	序注引跋	性质与作用	册/页
脱脱木儿	帅正堂漫成十首	序	交代人物、事件	45/305
于立	柳塘春口占四首	序	交代背景、揭示宗旨	45/415
	与客游灵岩山中杂咏诗六首并小序	序	交代人物、事件	45/420
郭翼	游仙词十首	跋	交代背景、揭示宗旨	45/439
	欸乃歌辞五首	序	交代背景	45/451
周闻孙	桑扈飞二章	注	说明对象	45/525
华幼武	拟比红儿赋解语花三首	注	交代人物	46/79
	题画二首	注	交代人物	46/85
杨翮	贞寿堂诗三首	序、后注	释名彰义、揭示宗旨	46/165
	金溪县孝女庙乐歌三章并序	序	交代背景、揭示宗旨	46/167
许桢	圭塘草木续咏六首并序	序	交代背景、揭示宗旨	46/196
赵偕	南山三章	注	释名彰义	47/6
	题梅花为罗彦威作二首	注	交代地点	47/17
	赠李可道二首	序	交代人物、揭示题旨	47/19
郯韶	于彦成归越唱和诗序二首	序	交代人物、事件	47/105
陆仁	渔庄欸歌二首	序	交代人物、揭示宗旨	47/125
叶懋	古乐府十四首并序	序	揭示宗旨	47/181
释良琦	送暄上人归槎川南翔寺二首	序	交代人物、事件	47/209
迺贤	天寿节送倪仲恺翰林代祀龙虎山二首	注	交代人物	48/20
	上京纪行三十一首	分注	交代地点	48/31
	南城咏古十六首有序	序、分注	交代人物、事件	48/39

作者	诗　　　题	序注引跋	性质与作用	册/页
迺贤	读汪水云诗集二首	序	交代人物、揭示宗旨	48/50
	读揭文安集二首	注	交代人物	48/54
	和芝轩中丞答蒲庵禅师四首	序	交代背景、揭示宗旨	48/59
周巽	拟古乐府五十四首	序	交代背景、揭示宗旨	48/390
	子夜四时歌	注	释名彰义	48/393
	补古乐歌序	序	交代背景、揭示宗旨	48/406
	螺川八景	分序	交代地点、释名彰义	48/420
郑潜	建南九曲棹歌十首并叙	序	交代背景、揭示宗旨	48/479
顾瑛	饶歌十章并小序送董参政	序、分注	交代地点、事件	49/8
	湖光山色楼口占四首	序	交代人物、事件	49/67
	虎丘纪游唱和诗二首	序	交代人物、事件	49/82
	游灵岩山中杂咏诗六首	序	交代人物、事件	49/84
	游虎丘杂咏诗十首并序	序	交代人物、事件	49/85
	泊垂虹桥三首并序	序	交代人物、事件	49/89
	游锡山纪行诗三首并序	序	交代人物、事件	49/89
	复游寒泉二首	序	交代人物、事件	49/96
	次韵刘季章治中邀夏仲信郎中游永安湖诗二首	跋	交代人物、事件	49/122
	写道经三首	序、跋	交代背景、揭示宗旨	49/126
	次蒲庵长老三首	序	交代人物、事件	49/131
	题伯盛朱隐君方寸铁五首	跋	交代人物、揭示宗旨	49/133
	登虎丘有感二首	跋	交代事件、揭示宗旨	49/138
	三体心经偈二首并引	引	交代人物、揭示宗旨	49/140
	口占二绝	注、跋	交代人物、揭示宗旨	49/142

作　者	诗　　题	序注引跋	性质与作用	册/页
刘仁本	五云三首	序	释名彰义	49/176
	俞节妇四首	前、后注	交代人物、体式	49/177
	赠僧铉二首	注	交代人物	49/225
	闽中女四首	注	交代人物	49/271
王冕	庆寿寺二首	注	交代地点、事件	49/387
余善	游仙词十首	跋	交代事件、揭示宗旨	50/126
叶森	次子行二诗有序	序	交代人物、事件	50/235
胡布	答刘绍四首	序	交代背景	50/364
沈贞	乐神曲十三章	序	释名彰义、揭示宗旨	51/21
陈镒	再用韵答松阳诸友二首	注	交代背景	51/567
黄鲁德	武塘十咏	分注	交代地点	52/404
陆颐纳	东吴十咏	序	交代背景、揭示宗旨	53/102
谢林	和答虞胜伯赋律诗四首	序	释名彰义	53/110
陆大本	游仙词十首	序	交代背景、揭示宗旨	53/122
释彝简	山居十首	序	交代人物、事件	53/245
顾德璋	题宋杨补之雪梅三首	跋	交代背景、揭示宗旨	53/257
观音实礼	题宋人蚕织图三首并序	序	交代背景、揭示宗旨	53/278
吴浚	和韵王彝斋诗二首	序	揭示宗旨	53/359
邓雅	上判簿二首	注	交代人物	54/274
	玉笥十咏	注	交代背景	54/310
孟昉	十二月乐词	序	释名彰义	54/387
朱善	饶州方贞妇诗十二首	序	揭示宗旨	55/327

作　者	诗　　题	序注引跋	性质与作用	册/页
李昱	秋宵七恨七首并序	序	释名彰义	56/16
	白云亲舍图四首并序	序	交代人物、事件	56/83
汪广洋	答吴左丞见寄滕王阁诗韵二首并序	序	交代背景、揭示宗旨	56/186
	江上十首	注	交代时间、事件	56/205
陈高	感兴二十四首	序	交代背景、揭示宗旨	56/230
陶安	咏凫山十首并引	序	阐释动机、宗旨	56/313
	咏当涂张县尹善政五首并序	序	阐释动机、宗旨	56/313
	寓意四首	分注	说明对象、揭示宗旨	56/334
	送江子宜赴京二首	注	交代人物	56/425
	咏史十五首并序	序	阐释动机、宗旨	56/470
	阅兵奏凯三首并序	序、后注	阐释动机、交待事件	56/471
张宪	琴操十九首	序	交代背景、揭示宗旨	57/61
	古城八咏	注	交代地点	57/95
	铁笛道人遗笭箵七绝	序	交代人物、事件	57/151
吴会	怡轩八章	注	释名彰义	57/156
	步虚词四首	序	阐释背景、宗旨	57/159
	角帽二首	引	释名彰义	57/179
	题启公归云山房二首	注	交代人物	57/185
	铁柱二首	序	交代背景	57/186
秦约	田家杂兴九首	序	阐释背景、宗旨	57/235
	怀友诗四首	序	交代人物、揭示宗旨	57/253
袁华	小柳词五首	注	交代动机	57/271
	紫荆曲三首有序	序	交代背景、揭示宗旨	57/277
	春草词六首	注	释名彰义	57/277

作　者	诗　　题	序注引跋	性质与作用	册/页
郭钰	寄王进士二首	注	交代人物、事迹	57/465
	题分宜县楼二首	注	交代背景	57/479
戴良	和陶渊明饮酒二十首并序	序	阐释背景、宗旨	58/132
	和陶渊明移居二首并序	序	阐释背景、宗旨	58/135
黄枢	送金如山往婺州三首	序	交代背景、体式	58/246
契逊	哀曾先生诗四首	序	交代时间、宗旨	59/13
	赠倪秀才文德三首	序	交代人物、事件	59/17
	赋樗巢风月二首	序	释名彰义	59/20
王逢	感宋遗事二首有引	引	交代背景、揭示宗旨	59/38
	杭城陈德全架阁录示至正十一年大小死节臣属其秃公以下凡十三人王侯以下凡九人征诗二首并后序	后序一后序二	交代时间、事件、揭示宗旨	59/66
	感宋遗事二首有引	引一、引二	交代事件、宗旨	59/89
	山行二首有序	序一、序二	交代时间、事件	59/116
	倡妇徐二首	注	交待人物	59/122
	和戍妇归陈闻雁有感四首有引	引	交代事件、宗旨	59/122
	菜亭四咏有引	引	交代物品、事件	59/126
	送兵部使贾彦彬北还二首有引	引	交代人物、事件	59/162
	哭信州总管靳公二首有引	引	交代人物、揭示宗旨	59/165
	哭成元章二首	注	交代人物、事迹	59/170
	马头曲六首有引	引	交代人物、事件	59/178
	题龚行可逃荒别后二首有序	序	交代背景、揭示宗旨	59/268
	经杨节妇故居二首有序	序	交代背景、揭示宗旨	59/270
	李哥二首有序	序	交代背景、揭示宗旨	59/271
	澄怀三叠有序	序	交代背景、揭示宗旨	59/277

续　表

作者	诗　　题	序注引跋	性质与作用	册/页
王逢	俭德堂怀寄凡二十二章各有小序	注、分序	交代体式、人物宗旨	59/329
	江边竹枝词十首有序	序	交代背景	59/338
	六歌六首有引	引	释名彰义	59/343
	石生赞二首有序	序	释名彰义	59/352
	即事五首寄桃浦诸故知	后序	交代背景、揭示宗旨	59/389
	遂归二首时岁癸亥上春有序	序	交代背景、揭示宗旨	59/396
	游仙词十首	跋	交代背景、揭示宗旨	59/403
刘永之	次刘子高诗韵二首	序	交代背景、揭示宗旨	60/53
危德华	上元诗九首并序	序	交代背景、赋诗纪事	60/71
释来复	槎峰病起感兴四首并序	序	交代人物、事件	60/87
	送高公礼还天台二首	序	交代人物、事件	60/156
	诗五章寄上蜕庵承旨先生首章奉答来诗之贶其四章少寓久别之怀并简太朴中书先生一笑	跋	交代背景、揭示宗旨	60/185
虞堪	看帆四首	序	释名彰义	60/388
杨允孚	滦京杂咏一百首	他序、注	交代背景、纪事	60/401
吕诚	双清诗二首	序	释名彰义、揭示宗旨	60/451
刘崧	子彦弟相寻至山左复同至潭上观岩溜二首	后注	释名彰义	61/210
	武山十四境有序	序、注	交代人物、游踪	61/216
	题熊自得山水四景	注	交代地点	60/221
	古诗九章赠别郑同夫有序	序	释名彰义、揭示宗旨	61/302
孙作	雪桃二首	序	揭示宗旨	62/18
	青潭山神祠乐歌三首	序	交代背景、揭示宗旨	62/222
	拟唐凯旋歌四首	序	释名彰义、揭示宗旨	62/224

作　者	诗　　　题	序注引跋	性质与作用	册/页
凌云翰	剡西八景为开明空相寺僧华月江赋	注	阐释动机	62/303
	墨竹三首	注	注明作者、背景	62/306
	方季长所作梅竹二首	注	注明作者	62/315
	画二首并序	序	释名彰义、睹物思人	62/322
	次韵范石湖田园杂兴诗六十首	序	交待背景、揭示宗旨	62/337
	钱塘十咏并序	序	交代背景、因题释意	62/360
张丁	寄桃源郑征士十四首有序	序	交代背景、揭示宗旨	62/442
	补牛尾八阕乐歌辞有序	序	释名彰义、拟古续作	62/448
王彝	师子林十四首	记、跋	描形状物、交代背景	62/468
林弼	旅感三章	序	交代时间、活动	63/5
	题危中书所藏和靖墨迹三首有引	引	交代背景、因题释意	63/83
孙蕡	秋风词三首	序	释名彰义、拟古续作	63/257
	画梅四首	注	释名彰义	63/356
谢肃	天风海涛亭三首	序	交代时间、揭示题旨	63/455
范公亮	梦梅华处诗四首	序、后注	因题释意、效古而作	64/3
唐肃	宋授之画扇二首	序	释名彰义	64/56
殷奎	和耕学雪樵七首	序	交代背景、揭示宗旨	64/96
李延兴	咏怀四首	注	交代时间	64/205
韩奕	斋居五咏	跋	释名彰义	64/257
	支硎山古迹十二咏	序、分注、跋	释名彰义、凭吊古迹	64/258
丁鹤年	题太守兄遗稿后二首	注	交代物件	64/362
	题昌国普陀寺二首	注	交代地点	64/372

续　表

作　者	诗　　题	序注引跋	性质与作用	册/页
丁鹤年	寄龙门禅师二首	注	交代人物	64/378
	挽四明乐仲本先生二首	注	交代缘由	64/386
张镃	咏清湘八景	序	因题释意、效古而作	67/163
赵景文	蛾眉亭四首并序	序	交代背景	68/70

资料来源：杨镰《全元诗》，中华书局 2013 年版。表中"分序""分引""分注"，指组诗分题下的序、引、注。"后注"指组诗的尾注，组诗的"前注"，仅在同时兼有"后注"情况下标明，其余均标"注"。"他序"指非作者本人所为，引用他人所作。

参 考 文 献

古籍文献

贝琼著,李鸣校点:《贝琼集》,吉林文史出版社 2010 年版。

蔡襄:《莆阳居士蔡公文集》,北京图书馆出版社 2000 年版。

陈栎:《定宇集》,《文渊阁四库全书》,第 1205 册,上海古籍出版社 1987
年版。

陈孚:《陈刚中诗集》,《景印文渊阁四库全书》,第 1202 册,台北商务印书馆
1986 年版。

陈田编:《明诗纪事》,上海古籍出版社 1993 年版。

邢址修、陈让纂:嘉靖《邵武府志》,《天一阁藏明代方志选刊》,上海古籍出
版社 1964 年版。

陈衍辑,李梦生校点:《元诗纪事》,上海古籍出版社 1987 年版。

程大昌:《考古编》,上海古籍出版社 1992 年版。

程敏政:《宋民遗录》,《四库全书存目丛书》,第 88 册,齐鲁书社 1997 年版。

仇兆鳌:《杜诗详注》,北京图书馆出版社 1999 年版。

楚石梵琦:《楚石北游诗》,浙江古籍出版社 2011 年版。

戴良著,李军、施贤明点校:《戴良集》,吉林文史出版社 2009 年版。

刘晶岳修、邓家祺纂:同治《新城县志》,台北成文出版社有限公司 1976
年版。

董伦、王景彰等:《明太祖实录》,台北“中央研究院”历史研究所 1962 年校
印本。

范成大等撰:《梅兰竹菊谱》,中华书局 2010 年版。

方凤著,方勇辑校:《方凤集》,浙江古籍出版社 1993 年版。

房玄龄等撰:《晋书》,中华书局 1974 年版。

冯梦龙:《情史类略》,岳麓书社 1983 年版。

傅若金:《傅与砺诗文集》,《景印文渊阁四库全书》,第 1213 册,台北商务印

书馆 1986 年版。

宫梦仁：《读书纪数略》，上海古籍出版社 1994 年版。

贡奎、贡师泰、贡性之著，邱居里、赵文友点校：《贡氏三家集：贡奎集、贡师泰集、贡性之集》，吉林文史出版社 2010 年版。

顾嗣立：《元诗选》，中华书局 1987 年版。

顾炎武著，黄汝成集释，栾保群、吕宗力校点：《日知录集释》，上海古籍出版社 2006 年版。

顾瑛辑，杨镰、祁学明、张颐青整理：《草堂雅集》，中华书局 2008 年版。

顾瑛辑，杨镰、叶爱欣整理：《玉山名胜集》，中华书局 2008 年版。

郭茂倩编撰，聂世美、仓阳卿校点：《乐府诗集》，上海古籍出版社 1998 年版。

郭绍虞编选，富寿荪校点：《清诗话续编》，上海古籍出版社 1983 年版。

郭豫亨：《梅花字字香》，《丛书集成初编》本，商务印书馆 1936 年版。

郝经撰，秦雪清点校：《郝文忠公陵川文集》，山西人民出版社 2006 年版。

何焯：《义门读书记》，中华书局 1987 年版。

何良俊：《曲论》，《中国古典戏曲论著集成》，第 4 册，中国戏剧出版社 1959 年版。

何文焕辑：《历代诗话》，中华书局 1981 年版。

洪遵：《翰苑群书》，傅璇琮、施纯德编：《翰学三书》，辽宁教育出版社 2003 年版。

胡应麟：《诗薮》，中华书局 1958 年版。

胡祗遹：《胡祗遹集》，《元朝别集珍本丛刊》，吉林文史出版社 2008 年版。

胡助：《纯白斋类稿》，《丛书集成初编》本，商务印书馆 1935 年版。

纪昀等撰：《四库全书》，上海古籍出版社 1987 年版。

江盈科著，黄仁生辑校：《江盈科集》，岳麓书社 2008 年版。

揭傒斯：《揭傒斯全集》，上海古籍出版社 1985 年版。

况周颐著，王幼安校订：《蕙风词话》，人民文学出版社 1982 年版。

郎瑛：《七修类稿》，上海书店出版社 2009 年版。

李觏著，王国轩点校：《李觏集》，中华书局 2011 年版。

李延寿：《北史》，中华书局 1974 年版。

李志常：《长春真人西游记》，《道藏》，第 34 册，北京文物、上海书店、天津古籍出版社 1988 年版。

刘克庄：《后村先生大全集》，《四部丛刊》本，上海书店 1989 年版。

刘歆撰，葛洪集，向新阳、刘克任校注：《西京杂记校注》，上海古籍出版社 1991 年版。

刘因:《静修先生文集》,《丛书集成初编》本,商务印书馆1936年版。

张宪:《玉笥集》,《丛书集成初编》本,商务印书馆1935年版。

刘知幾著,浦起龙通释,王煦华整理:《史通通释》,上海古籍出版社2009
　　年版。

柳贯:《待制集》,《景印文渊阁四库全书》,台北商务印书馆1986年版。

柳贯:《柳贯诗文集》,浙江古籍出版社2004年版。

龚嘉儁等修,陆懋勋等纂:光绪《杭州府志》,民国八至十一年铅印本。

陆容撰,佚之点校:《菽园杂记》,中华书局1985年版。

陆心源编,许静波点校:《皕宋楼藏书志》,浙江古籍出版社2016年版。

陆心源撰,吴伯雄点校:《宋史翼》,浙江古籍出版社2016年版。

吕天成撰,吴书荫校注:《曲品校注》,中华书局1990年版。

马祖常:《石田集》,《景印文渊阁四库全书》,第1206册,台北商务印书馆
　　1986年版。

毛凤韶:《浦江志略》,上海古籍书店1963年影印天一阁藏明嘉靖刻本。

潘正炜:《听帆楼续刻书画记》,《中国书画全书》,第17册,上海书画出版社
　　2009年版。

彭定求等:《全唐诗》,中华书局1980年版。

浦起龙:《读杜心解》,中华书局1981年版。

祁彪佳:《远山堂曲品》,《中国古典戏曲论著集成》(第2版),第6集,中国
　　戏剧出版社1979年版。

钱谦益:《列朝诗集小传》,上海古籍出版社1983年版。

阮元撰,傅以礼重编:《四库未收书目提要》,商务印书馆1955年版。

阮元校刻:《十三经注疏》,中华书局影印本1980年版。

萨都刺:《雁门集》,上海古籍出版社1982年版。

沈德潜等撰,霍松林等校注:《原诗·一瓢诗话·说诗晬语》,人民文学出版
　　社2005年版。

沈括撰,胡道静校证:《梦溪笔谈校证》,上海古籍出版社1987年版。

释惠洪:《石门文字禅》,《禅门逸书初编》,第4册,台北明文书局1981年版。

释普济:《五灯会元》,中华书局1984年版。

释寿宁辑,钱鼐撰:《静安八咏诗集一卷附事迹一卷》,齐鲁书社1997年版。

司马迁:《史记》,中华书局1963年版。

宋濂:《宋濂全集》,浙江古籍出版社2014年版。

宋濂等:《元史》,中华书局1976年版。

苏轼著,王文诰辑注,孔凡礼点校:《苏轼诗集》,中华书局1982年版。

苏天爵:《元文类》,上海古籍出版社 1993 年版。

苏天爵著,陈高华、孟繁清点校:《滋溪文稿》,中华书局 1997 年版。

孙应时:《烛湖集》,《文渊阁四库全书》,第 1664 册,上海古籍出版社 1987 年版。

陶成福纂修,《浦阳陶氏宗谱》,黄灵庚、陶诚华主编:《金华宗谱文献集成》,
　　上海古籍出版社 2013 年版。

陶渊明著,王瑶编注:《陶渊明集》,作家出版社 1956 年版。

陶宗仪:《南村辍耕录》,中华书局 1959 年版。

陶宗仪:《书史会要》,《景印文渊阁四库全书》,第 819 册,台北商务印书馆
　　1986 年版。

田汝成辑撰,刘雄点校:《西湖游览志余》,上海古籍出版社 1958 年版。

脱脱:《宋史》,中华书局 1985 年版。

汪梦斗:《北游集》,《景印文渊阁四库全书》,第 1187 册,台北商务印书馆
　　1986 年版。

汪元量撰,孔凡礼辑校:《增订湖山类稿》,中华书局 1984 年版。

王夫之等撰,丁福保辑:《清诗话》,上海古籍出版社 2015 年版。

王夫之著,周柳燕点校:《明诗选评》,上海古籍出版社 2011 年版。

王懋德等:万历《金华府志》,《中国地方志集成》,第一编 71,凤凰出版社
　　2014 年版。

王辟之撰,吕友仁点校:《渑水燕谈录》,中华书局 1981 年版。

王钦若等编纂,周勋初等校订:《册府元龟》,凤凰出版社 2006 年版。

王十朋著,梅溪集重刊委员会编,王十朋纪念馆修订:《王十朋全集》(修订
　　本),上海古籍出版社 2012 年版。

王士禛:《带经堂诗话》,人民文学出版社 1982 年版。

王袆:《王忠文公集》,《丛书集成初编》本,商务印书馆 1936 年版。

王奕:《玉斗山人集》,钞本,京都大学人文科学研究所藏。

王祯著,缪启愉、缪桂龙译注:《农书译注》,齐鲁书社 2009 年版。

魏庆之:《诗人玉屑》,上海古籍出版社 1959 年版。

吴澄:《临川吴文正公集》,乾隆二十一年万璜刊本。

吴处厚撰,李裕民点校:《青箱杂记》,中华书局 1985 年版。

吴复:《辑录铁崖先生古乐府序》,《景印文渊阁四库全书》,台北商务印书馆
　　1986 年版。

吴兢:《乐府古题要解》,《丛书集成初编》本,中华书局 1991 年版。

吴景旭:《历代诗话》,《景印文渊阁四库全书》,第 1483 册,台北商务印书馆
　　1986 年版。

吴莱:《渊颖吴先生集》,《四部丛刊初编》本,上海商务印书馆 1963 年版。

吴讷、徐师曾著,于北山、罗根泽校点:《文章辨体序说　文体明辨序说》,人民文学出版社 1962 年版。

吴师道:《礼部集》,《景印文渊阁四库全书》,第 1212 册,台北商务印书馆 1986 年版。

吴渭:《月泉吟社诗》,《丛书集成初编》本,第 1785 册,中华书局 1985 版。

夏庭芝撰,孙崇涛等笺注:《青楼集笺注》,中国戏剧出版社 1990 年版。

萧统编,李善注:《文选》,上海古籍出版社 1986 年版。

熊孟祥:《析津志辑佚》,北京古籍出版社 1983 年版。

徐钧:《史咏集》,《宛委别藏》本,江苏古籍出版社 1988 年版。

许慎撰,段玉裁注:《说文解字注》(第 2 版),上海古籍出版社 1988 年版。

严羽著,郭绍虞校释:《沧浪诗话校释》,人民文学出版社 1983 年版。

颜之推撰,王利器集解:《颜氏家训集解》,上海古籍出版社 1980 年版。

杨维桢:《东维子文集》,《四部丛刊初编》本,北京商务印书馆 1929 年影印版。

杨维桢:《铁崖古乐府》,《景印文渊阁四库全书》,第 1222 册,台北商务印书馆 1986 年版。

杨维桢著,邹志方点校:《杨维桢诗集》,浙江古籍出版社 1994 年版。

杨允孚:《滦京杂咏》,中华书局 1985 年版。

耶律楚材:《西游录》,中华书局 1981 年版。

耶律铸撰,李文田笺:《双溪醉隐集》,辽沈书社 1984 年版。

叶德辉著,李庆西标校:《书林清话》,复旦大学出版社 2008 年版。

叶子奇:《草木子》,中华书局 1959 年版。

永瑢等撰:《四库全书总目》,中华书局 1965 年版。

俞琰、长仁选编:《咏物诗选》,成都古籍书店 1987 年版。

虞集著,王颋点校:《虞集全集》,天津古籍出版社 2007 年版。

元好问:《元好问全集》,山西人民出版社 1990 年版。

张谦宜:《絸斋诗谈》,《家学堂遗书二种》,乾隆二十三年法辉祖刻本。

张廷玉等:《明史》,中华书局 1974 年版。

张养浩:《归田类稿》,《文渊阁四库全书》,第 1192 册,上海古籍出版社 1987 年版。

张养浩著,李鸣、马振奎校点:《张养浩集》,吉林文史出版社 2008 年版。

张雨:《句曲外史贞居先生诗集》,台北学生书局 1971 年版。

张雨撰,彭万隆点校:《张雨集》,浙江古籍出版社 2015 年版。

章懋:《枫山集》,上海古籍出版社 1987 年版。

章学诚著,仓修良编注:《文史通义新编新注》,浙江古籍出版社 2005 年版。

赵景良编:《忠义集》,上海古籍出版社 1993 年版。

赵升:《朝野类要》,中华书局 2007 年版。

赵翼:《陔余丛考》,商务印书馆 1957 年版。

赵翼撰,霍松林等校点:《瓯北诗话》,人民文学出版社 1963 年版。

赵翼撰,王树民校证:《廿二史札记校证订补本》,中华书局 2001 年版。

郑思肖著,陈福康校点:《郑思肖集》,上海古籍出版社 1991 年版。

芝庵撰,龙建国疏证:《唱论疏证》,江西教育出版社 2008 年版。

中峰禅师:《梅花百咏》,《丛书集成初编》本,商务印书馆 1936 年版。

周伯琦:《近光集》,《景印文渊阁四库全书》,台北商务印书馆 1986 年版。

周密撰,吴企明点校:《癸辛杂识》,中华书局 1988 年版。

周密撰,张茂鹏点校:《齐东野语》,中华书局 1983 年版。

朱熹:《楚辞集注》,中华书局 1979 年版。

朱彝尊:《静志居诗话》,人民文学出版社 2006 年版。

宗廷辅:《古今论诗绝句》,清刊本。

今人著作

［德］格罗塞著,蔡慕晖译:《艺术起源》,商务印书馆 2017 年版。

［德］黑格尔著,朱光潜译:《美学》,商务印书馆 1982 年版。

［越］黎崱著,武尚清点校;大汕著,余思黎点校:《安南志略　海外纪事》,中华书局 2000 年版。

包根弟:《元诗研究》,台北幼狮文化事业公司 1978 年版。

曾莹:《文人雅集与诗歌风尚研究初探》,广东高等教育出版社 2011 年版。

曾枣庄、刘琳主编:《全宋文》,上海辞书出版社、安徽教育出版社 2006 年版。

查洪德:《理学背景下的元代文论与诗文》,中华书局 2005 年版。

查洪德:《元代文学通论》,东方出版中心 2019 年版。

陈传席:《中国山水画史》(修订本),天津人民美术出版社 2001 年版。

陈高华、史卫民:《元上都》,吉林教育出版社 1988 年版。

陈高华辑校:《辽金元宫词》,北京古籍出版社 1988 年版。

陈平原:《中国小说的叙事模式》,北京大学出版社 2003 年版。

陈垣、陈智超:《元西域人华化考》,中华书局 2016 年版。

陈垣:《明季滇黔佛教考》,中华书局 1989 年版。

戴建国、肖志娅：《吴镇》，湖北美术出版社 2013 年版。

邓洪波：《中国书院史》（增订版），武汉大学出版社 2017 年版。

邓新华：《中国古代接受诗学史》，上海人民出版社 2012 年版。

丁福保辑：《历代诗话续编》，中华书局 1983 年版。

方勇：《南宋遗民诗人群体研究》，人民出版社 2000 年版。

傅璇琮等主编：《全宋诗》，北京大学出版社 1999 年版。

富县地方志办公室：《鄜州志校注》，三秦出版社 2009 年版。

巩本栋：《唱和诗词研究》，中华书局 2013 年版。

郭绍虞主编：《中国历代文论选》，上海古籍出版社 1979 年版。

洪荣华等编：《雕版印刷源流》，印刷工业出版社 1990 年版。

胡大雷：《中古文学集团》，广西师范大学出版社 1998 年版。

胡适：《白话文学史》，东方出版社 1996 年版。

黄仁生：《杨维桢与元末明初文学思潮》，东方出版中心 2005 年版。

贾奋然：《六朝文体批评研究》，北京大学出版社 2005 年版。

蓝吉富：《中峰明本和尚广录》，《禅宗全书》第 48 册，北京图书馆出版社
　　2004 年版。

李昌集：《中国古代散曲史》，华东师范大学出版社 1991 年版。

李舜臣、欧阳江琳：《"汉廷老吏"虞集》，江西高校出版社 2006 年版。

李修生主编：《古本戏曲剧目提要》，文化艺术出版社 1997 年版。

李修生主编：《全元文》，江苏古籍出版社 1999 年版。

李瑄：《明遗民群体文学思想研究》，巴蜀书社 2009 年版。

李瑛：《新诗创作艺术谈》，江苏人民出版社 1982 年版。

李泽厚：《美的历程》，天津社会科学院出版社 2013 年版。

李正春：《唐代组诗研究》，凤凰出版社 2011 年版。

李正春：《元代组诗文化论稿：以历史文化为视角的考察》，凤凰出版社
　　2019 年版。

刘崇德：《元杂剧乐谱研究与辑译》，河北教育出版社 2003 年版。

刘达科注评：《辽金元诗选评》，三秦出版社 2004 年版。

刘继才：《中国题画诗发展史》，辽宁人民出版社 2010 年版。

刘嘉伟：《元代多族士人圈的文学活动与元诗风貌》，人民出版社 2016
　　年版。

卢辅圣主编：《中国书画全书》，上海书画出版社 2000 年版。

逯钦立辑校：《先秦汉魏南北朝诗》，中华书局 1983 年版。

罗根泽：《中国文学批评史》，上海古籍出版社 1984 年版。

毛策:《孝义传家:浦江郑氏家族研究》,浙江大学出版社 2009 年版。

毛飞明:《方回年谱与诗选》,杭州大学出版社 1993 年版。

聂石樵:《先秦两汉文学史》,中华书局 2007 年版。

欧阳光:《宋元诗社研究丛稿》,广东高等教育出版社 2011 年版。

潘天寿:《中国绘画史》,商务印书馆 2019 年版。

彭东焕、王映珏:《碧鸡漫志笺证》,巴蜀书社 2019 年版。

钱锺书:《管锥编》,中华书局 1979 年版。

钱锺书:《宋诗选注》,人民文学出版社 1989 年版。

钱锺书:《谈艺录》,中华书局 1984 年版。

卿希泰:《中国道教史》,四川人民出版社 1996 年版。

邱江宁:《奎章阁文人群体与元代中期文学研究》,人民出版社 2013 年版。

任半塘:《敦煌歌辞总编》,上海古籍出版社 2006 年版。

任半塘:《唐声诗》,上海古籍出版社 2006 年版。

任二北:《敦煌曲初探》,上海文艺联合出版社 1954 年版。

任继愈:《中国道教史》,上海人民出版社 1990 年版。

尚永亮、高晖:《十年生死两茫茫:古代悼亡诗百首译析》,陕西人民教育出
版社 1989 年版。

沈松勤:《唐宋词社会文化学研究》,浙江大学出版社 2000 年版。

隋树森:《全元散曲》,中华书局 1964 年版。

孙楷第:《也是园古今杂剧考》,山西人民出版社 2018 年版。

唐圭璋主编:《全金元词》,中华书局 1979 年版。

陶秋英编选,虞行校订:《宋金元文论选》,人民文学出版社 1999 年版。

童庆炳:《文体与文体的创造》,云南人民出版社 1997 年版。

汪涌豪、俞灏敏:《中国游仙文化》,复旦大学出版社 2005 年版。

王国维:《宋元戏曲史》,上海人民出版社 2014 年版。

王辉斌:《宋金元诗通论》,黄山书社 2011 年版。

王及:《柯九思诗文集》,中国美术学院出版社 2004 年版。

王立:《永恒的眷恋——悼祭文学的主题史研究》,学林出版社 1999 年版。

王利器等编:《历代竹枝词》,陕西人民出版社 2003 年版。

王韶华:《元代题画诗研究》,中国传媒大学出版社 2010 年版。

王守泰:《昆曲格律》,江苏人民出版社 1982 年版。

王学奇主编:《元曲选校注》,河北教育出版社 1994 年版。

王瑶:《中古文学史论》,北京大学出版社 1986 年版。

王毅:《园林与中国文化》,上海人民出版社 1990 年版。

王毅：《中国园林文化史》，上海人民出版社 2014 年版。

王宇：《刘克庄与南宋后期文学研究》，中华书局 2007 年版。

王重民：《中国善本书提要》，上海古籍出版社 1983 年版。

王作新：《汉字结构系统与传统思维方式》，武汉出版社 1999 年版。

闻一多：《闻一多全集》，生活·读书·新知三联书店 1982 年版。

吴曾祺：《涵芬楼古今文钞》，吉林文史出版社 1988 年版。

吴企明：《历代名画诗画对读集》，苏州大学出版社 2005 年版。

吴文治主编：《明诗话全编》，江苏古籍出版社 1997 年版。

吴组缃、沈天佑：《宋元文学史稿》，北京大学出版社 1989 年版。

萧启庆：《九州四海风雅同——元代多族士人圈的形成与发展》，台北联经
　　出版事业股份有限公司 2012 年版。

萧启庆：《内北国而外中国：蒙元史研究》，中华书局 2007 年版。

徐子方：《明代杂剧史》，中华书局 2003 年版。

徐子方：《挑战与抉择——元代文人心态史》，河北教育出版社 2001 年版。

徐梓：《元代书院研究》，社会科学文献出版社 2000 年版。

薛瑞兆、郭志明编：《全金诗》，南开大学出版社 1995 年版。

阎凤梧、康金声：《全辽金诗》，山西古籍出版社 1999 年版。

杨矗：《对话诗学》，人民出版社 2009 年版。

杨光辉：《萨都剌生平及著作实证研究》，高等教育出版社 2005 年版。

杨海明：《唐宋词与人生》，河北人民出版社 2002 年版。

杨镰：《全元诗》，中华书局 2013 年版。

杨镰：《元诗史》，人民文学出版社 2003 年版。

杨镰：《元西域诗人群体研究》，新疆人民出版社 1998 年版。

杨亮：《宋末元初四明文士及其诗文研究》，中华书局 2009 年版。

叶新民：《元上都研究》，内蒙古大学出版社 1998 年版。

于北山：《范成大年谱》，上海古籍出版社 2006 年版。

袁行霈：《陶渊明集笺注》，中华书局 2003 年版。

云峰：《元代蒙汉文学关系研究》，民族出版社 2005 年版。

詹杭伦：《方回的唐宋律诗学》，中华书局 2002 年版。

张广智、张广勇：《史学，文化中的文化——文化视野中的西方史学》，浙江
　　人民出版社 1990 年版。

张宏生：《宋诗——融通与开拓》，上海古籍出版社 2001 年版。

张晶：《辽金元诗歌史论》，吉林教育出版社 1995 年版。

张静：《元好问诗歌接受史》，中国社会科学出版社 2010 年版。

张静主编：《中国戏曲史研究卷》，安徽文艺出版社 2015 年版。

张明华、李黎：《集句诗嬗变研究》，中国社会科学出版社 2011 年版。

张小丽：《宋代咏史诗研究》，光明日报出版社 2009 年版。

张永鑫：《汉乐府研究》，江苏古籍出版社 2000 年版。

赵望秦、张焕玲：《古代咏史诗通论》，中国社会科学出版社 2010 年版。

赵义山：《元散曲通论》（修订版），上海古籍出版社 2004 年版。

郑骞：《北曲套式汇录详解》，台北艺文印书馆 1973 年版。

郑振铎：《中国俗文学史》，商务印书馆 2017 年版。

周裕锴：《中国禅宗与诗歌》，上海人民出版社 1992 年版。

朱东润：《杜甫叙论》，人民文学出版社 1981 年版。

朱光潜：《诗论》，生活·读书·新知三联书店 1984 年版。

朱彝尊：《明诗综》，上海古籍出版社 1993 年版。

朱子南主编：《中国文体学辞典》，湖南教育出版社 1988 年版。

朱自清著，邬国平讲评：《诗言志辨》，凤凰出版社 2008 年版。

论文

曹辛华：《论中国诗歌的补亡精神——以〈文选〉补亡诗为例》，《文史哲》2004 年第 3 期。

曾祥波：《〈读本朝史有感十首〉考释》，《古籍整理研究学刊》2013 年第 1 期。

查洪德：《"华夷一体"：元代文坛特征》，《民族文学研究》2017 年第 4 期。

查洪德：《北方文化背景下的刘因》，《文学遗产》2002 年第 3 期。

查洪德：《元代诗坛的雅集之风》，《安徽师范大学学报（人文社会科学版）》2013 年第 6 期。

查洪德：《元代诗学"主唐""宗宋"论》，《晋阳学刊》2013 年第 5 期。

查洪德：《元代文人的赏曲之风》，《武汉大学学报（人文科学版）》2016 年第 3 期。

查洪德：《元代文学的价值需要重新认识》，《中华读书报》2020 年 7 月 15 日，第 9 版、第 10 版。

查洪德：《元诗发展述论》，《江淮论坛》2018 年第 1 期。

陈伯海：《"感事写意"说杜诗——论唐诗意象艺术转型之肇端》，《上海师范大学学报（哲学社会科学版）》2014 年第 2 期。

陈建森：《戏曲"代言体"论》，《文学评论》2002 年第 4 期。

陈蒲清：《八景何时属潇湘——"潇湘八景"考》，《长沙大学学报（哲学社会科学版)》2008 年第 1 期。

程杰：《论范成大以笔记为诗——兼及宋诗的一个艺术倾向》，《南京师大学报(社会科学版)》1989 年第 4 期。

程杰：《宋代咏梅文学的盛况及其原因与意义》上，《阴山学刊》2002 年第 1 期。

程思波：《民俗艺术学视角下的祝寿图像研究》，博士学位论文，东南大学 2016 年。

戴伟华：《独白：中国诗歌的一种表现形态》，《中国社会科学》2003 年第 3 期。

邓新华：《"论诗诗"：中国古代一种独特的诗性批评文体》，《武汉大学学报(人文科学版)》2007 年第 1 期。

方晓阳、吴丹彤：《论元代政府对印书业的促动》，《北京印刷学院学报》2012 年第 6 期。

冯天瑜：《中华元典重史传统论略》，《江汉论坛》1993 年第 8 期。

高利华：《论诗绝句及其文化反响》，《文学评论》2003 年第 1 期。

葛晓音：《秦汉魏晋游仙诗史研究的新创获——序张宏〈秦汉魏晋游仙诗的渊源流变论略〉》，《北京大学学报(哲学社会科学版)》2002 年第 5 期。

巩本栋：《关于唱和诗词研究的几个问题》，《江海学刊》2006 年第 3 期。

巩本栋：《宋代唱和诗词总集叙录》，《古典文献研究》第 16 辑，2013 年。

谷春侠：《玉山雅集研究》，博士学位论文，中国社会科学院研究生院 2008 年。

郭丽：《元代契丹族诗人耶律铸乐府诗考论》，《内蒙古大学学报(哲学社会科学版)》2020 年第 3 期。

郭武：《丘处机道教思想述评》，《宗教学研究》1994 年第 1 期。

郭英德：《元明的文学传播与文学接受》，《求是学刊》1999 年第 2 期。

韩格平：《元人诗序概说》，《中国文化研究》2012 年春之卷。

何跞：《方回〈诗思〉十首的诗评取向》，《北京社会科学》2016 年第 2 期。

何跞：《个性特出和文章气骨——从〈四库全书总目〉看元代庐陵文派》，《贵州文史丛刊》2016 年第 1 期。

何之：《关于金末元初的汉人地主武装问题》，《内蒙古大学学报(社会科学版)》1978 年第 1 期。

洪修平：《石头希迁与曹洞宗的禅法思想特点略论》，《佛学研究》2006 年刊。

黄二宁：《论元代安南纪行诗的书写特征与诗史意义》，《南开学报(哲学社会科学版)》2016 年第 5 期。

黄二宁：《论元代上京纪行诗在元代的传播》，《内蒙古大学学报（哲学社会
　　科学版）》2016 年第 3 期。

黄二宁：《宋元之际江南儒士的文化心态管窥——以驳正四库馆臣"王奕食
　　元禄"说为中心》，《扬州大学学报（人文社会科学版）》2016 年第 1 期。

黄仁生：《试论元末"古乐府运动"》，《文学评论》2002 年第 6 期。

黄仁生：《杨维桢咏史诗考述》，《中国文学研究》1994 年第 3 期。

黄小珠：《论诗歌长题和题序在唐宋间的变化——以杜甫、白居易、苏轼为
　　中心》，《江海学刊》2014 年第 6 期。

贾秀丽：《宋元书院刻书与藏书》，《图书馆论坛》1991 年第 2 期。

蒋寅：《中国古代文体互参中"以高行卑"的体位定势》，《中国社会科学》
　　2008 年第 5 期。

孔杰斌：《论明人对元刊本杂剧的改编》，《求索》2012 年第 11 期。

兰甲云：《简论唐代咏物诗发展轨迹》，《中国文学研究》1995 年第 2 期。

李保民：《试论柯九思墨竹的技法和意象》，《苏州文博论丛》2011 年第
　　2 期。

李定广：《论中国古代咏物诗的演进逻辑》，《中山大学学报（社会科学版）》
　　2015 年第 4 期。

李光生：《书院语境下的文学传播——以朱熹〈白鹿洞赋〉为考察对象》，
　　《山西师范大学（社会科学版）》2011 年第 3 期。

李桂奎：《中国传统诗论中的"情""事"互济观念》，《文艺理论研究》2018
　　年第 6 期。

李红霞：《论南宋寿词的分型及特征——兼论祝寿文学的历史演进》，《深圳
　　大学学报（人文社会科学版）》2005 年第 3 期。

李军：《"代言体"辨识》，《鄂州大学学报》2000 年第 1 期。

李军：《论耶律铸和他的〈双溪醉隐集〉》，《民族文学研究》2004 年第 2 期。

李军：《论元代的上京纪行诗》，《民族文学研究》2005 年第 2 期。

李军：《末世悲歌　堪比文山——论伯颜子中其人其诗》，《民族文学研究》
　　2017 年第 1 期。

李军：《谈传统思维对汉语修辞的影响》，《广州师院学报（社会科学版）》
　　1997 年第 1 期。

李开然、［英］央·瓦斯查：《组景序列所表现的现象学景观：中国传统景观
　　感知体验模式的现代性》，《中国园林》2009 年第 5 期。

李良：《论诗绝句研究》，博士学位论文，复旦大学 2011 年。

李良品:《试论元代书院的特征》,《黑龙江民族丛刊》2005 年第 1 期。

李舜臣:《楚石梵琦"上京纪行诗"初探》,《民族文学研究》2013 年第 6 期。

李文胜:《元初诗歌与同题集咏》,《暨南学报(哲学社会科学版)》2014 年第
　　10 期。

李文胜:《元代咏事诗同题集咏析论》,《新疆大学学报(哲学·人文社会科
　　学版)》2020 年第 2 期。

李文胜:《元诗同题集咏中的诗文图共存及其文学史意义》,《江西社会科
　　学》2017 年第 7 期。

李星建:《元代政治制度中的"汉法"和"国俗"》,《内蒙古民族大学学报》
　　2008 年第 3 期。

李旭婷:《宋遗民诗视野下的陶渊明》,《中国韵文学刊》2019 年第 4 期。

李宜蓬:《进退有道:吴澄的人生选择》,《河南社会科学》2005 年第 3 期。

李正春:《传统文化视阈下的元代扈从文人心态》,《内蒙古大学学报(哲学
　　社会科学版)》2016 年第 4 期。

李正春:《论明本禅师的组诗创作及影响》,《苏州科技大学学报(社会科学
　　版)》2017 年第 1 期。

李正春:《论唐代景观组诗对宋代八景诗定型化的影响》,《苏州大学学报
　　(哲学社会科学版)》2015 年第 6 期。

李正春:《论组诗文体特征与表达功能》,《学术交流》2007 年第 10 期。

李正春:《唐代组诗的语体类析》,《苏州科技大学学报(社会科学版)》2010
　　年第 5 期。

廖群:《"代言"、"自言"与"刺诗"、"淫诗"——有关〈国风〉的两种阐释》,
　　《文史哲》1996 年第 6 期。

刘季:《玉山雅集与元末诗坛》,博士学位论文,南开大学 2012 年。

刘嘉伟:《试析元代多族士人圈的文化认同》,《西北民族研究》2015 年第
　　5 期。

刘嘉伟:《元人"拂郎献天马"同题集咏刍议》,《晋阳学刊》2016 年第 2 期。

刘竞飞:《赵孟頫与元代中期诗坛》,博士学位论文,复旦大学 2010 年。

刘蔚:《论石湖田园杂兴体的艺术渊源》,《文学遗产》2013 年第 1 期。

罗时进:《迭合延展中的抒情与叙事——论唐代组诗的表达功能》,《文学评
　　论》2012 年第 3 期。

吕肖奂、张剑:《酬唱诗学的三重维度建构》,《北京大学学报(哲学社会科
　　学版)》2012 年第 2 期。

吕肖奂:《论宋代分题分韵——更有意味和意义的酬唱活动形式》,《社会科

学战线》2014 年第 3 期。

马明达：《元代出使安南考》，《专门史论集》，暨南大学出版社 2002 年版。

马晓林：《元代岳镇海渎祭祀考述》，《中国史研究》2011 年第 4 期。

马作武：《古代息讼之术探讨》，《武汉大学学报（哲学社会科学版）》1998 年
　　第 2 期。

苗民：《元代中后期诗坛的私人化创作心态与"逸"趣的追求》，《北京科技
　　大学学报（社会科学版）》2010 年第 4 期。

钮希强：《元代两都巡幸制度新探》，《西部蒙古论坛》2017 年第 2 期。

邱江宁：《元代文艺复古思潮论》，《文艺研究》2013 年第 6 期。

冉毅：《宋迪其人及"潇湘八景图"之诗画创意》，《文学评论》2011 年第
　　2 期。

阮竞泽：《中国古代"口号诗"的文体特征》，《厦门大学学报（哲学社会科学
　　版）》2013 年第 6 期。

桑东辉：《元代忠义精神探析——兼论民族融合中儒家伦理的渗润与影
　　响》，《内蒙古师范大学学报（哲学社会科学版）》2019 年第 4 期。

莎日娜：《元代图书出版事业述略》，《内蒙古大学学报（哲学社会科学版）》
　　1995 年第 2 期。

尚永亮：《传播与接受：文学史研究的另两个维度》，《江海学刊》1998 年第
　　3 期。

沈津：《元代别集》，《文献》1991 年第 2 期。

施新：《"触物兴怀言不尽，春来非是爱吟诗"——〈月泉吟社诗〉主旨及影
　　响》，《南京社会科学》2007 年第 8 期。

司全胜：《关于中国古典组诗的界定》，《语文学刊（教育版）》1998 年 1 期。

孙明君：《诗可以群——中国古代友情诗探论》，《社会科学辑刊》1999 年第
　　4 期。

唐朝晖：《简谈元代诗歌总集与诗歌流变》，《甘肃社会科学》2012 年第
　　4 期。

唐朝晖：《隐逸与尽忠——元遗诗人接受史中的陶渊明》，《甘肃社会科学》
　　2010 年第 1 期。

唐朝晖：《虞集出入奎章阁的诗史意义》，《华南师范大学学报（社会科学
　　版）》2010 年第 2 期。

唐朝晖：《元代唱和诗集与诗人群简论》，《求索》2009 年第 6 期。

唐朝晖：《元人选元诗总集基础上的诗歌嬗变》，《求索》2010 年第 8 期。

涂小丽：《元诗中的一朵奇葩——论元代的天宝宫词》，《民族文学研究》

2011 年第 3 期。

汪桂海：《元版元人别集》（上、下），《文献》季刊 2007 年第 2 期、第 3 期。

王凤雷：《元代书院考遗》，《内蒙古社会科学》1994 年第 4 期。

王辉斌：《论元代的诗派及其宗唐复古倾向》，《江淮论坛》2012 年第 4 期。

王辉斌：《宋徽宗与宋代宫词创作》，《南都学坛》2010 年第 2 期。

王进：《元代后期文人雅集的书画活动研究——以玉山雅集为中心展开》，博士学位论文，中国艺术研究院 2010 年。

王毅：《元代“代言体”散曲论略》，《中国文学研究》1992 年第 3 期。

王兆鹏：《中国古代文学传播方式研究的思考》，《文学遗产》2006 年第 2 期。

王忠阁：《元末〈竹枝词〉的繁荣及其文化意蕴》，《中州学刊》1999 年第 4 期。

魏明：《元杂剧上场诗的类型化倾向》，《中华戏曲》2002 年第 1 期。

吴承学、何志军：《诗可以群——从魏晋南北朝诗歌创作形态考察其文学观念》，《中国社会科学》2001 年第 5 期。

吴承学：《集句论》，《文学遗产》1993 年第 4 期。

吴承学：《论古诗制题制序史》，《文学遗产》1996 年第 5 期。

吴承学：《文体形态：有意味的形式》，《学术研究》2001 年第 4 期。

吴晟：《联章：中国古典诗歌的一种言说体式》，《文学前沿》2005 年第 1 期。

吴晟：《戏曲歌词承接与联章诗关系探讨》，《学术研究》2001 年第 4 期。

吴光正：《元代茅山宗高道张雨的诗词创作、生命体悟与文化参与》，《世界宗教研究》2021 年第 6 期。

吴林桦、郭线庐：《比德·畅神·见性——儒、道、禅山水审美思想比较》，《求索》2013 年第 7 期。

武君：《元代上京纪行诗评及其理论成果》，《文史》2017 年第 4 期。

熊海英：《题、序、注、诗四位一体——论集会背景下宋诗形制的变化》，《江汉大学学报（人文科学版）》2008 年第 4 期。

徐国荣：《元代咏物诗研究》，博士学位论文，上海大学 2014 年。

徐媛：《元人别集编撰考》，《出版科学》2014 年第 1 期。

徐子方：《人格自尊与文化尊道——刘因心态剖析》，《徐州师范大学学报（哲学社会科学版）》2003 年第 4 期。

徐子方：《元代诗歌的分期及其评价问题》，《淮阴师范学院学报》1999 年第 8 期。

徐子方：《元代文化转型与古典文学》，《文艺研究》2007 年第 2 期。

许总：《中国古代哲理诗的文化内涵与表现形态》，《学术月刊》1995 年第

12 期。

杨德忠：《奎章阁学士院与元文宗的政治意图》，《艺术探索》2018 年第
　　3 期。

杨镰：《元诗叙事纪实特征研究》，《文学评论》2012 年第 2 期。

杨镰：《元诗与元代历史文化》，《文史知识》2013 年第 6 期。

杨亮：《宋元易代之际南方文士心态蠡测——以舒岳祥、戴表元为例》，《元
　　史及民族与边疆研究集刊》第 25 辑，2013 年第 1 卷。

幺书仪：《略论杨维桢多变的生活道路》，《文学遗产》1993 年第 2 期。

叶建华：《论元代史学的两股思潮》，《内蒙古社会科学》1991 年第 2 期。

殷鉴：《论诗歌重复》，《湛江师范学院学报（哲学社会科学版）》1998 年第
　　2 期。

游宗蓉：《明代组剧初探——以组剧界定与内涵分析为讨论核心》，《东华大
　　学人文学报》2003 年第 5 期。

袁行霈：《论和陶诗及其文化意蕴》，《中国社会科学》2003 年第 6 期。

扎拉嘎：《游牧文化影响下中国文学在元代的历史变迁——兼论接受群体
　　之结构变化与文学发展的关系》，《文学遗产》2002 年第 5 期。

张静：《郝经与方回和陶〈饮酒〉诗之比较》，《山西大同大学学报（社会科学
　　版）》2008 年第 2 期。

张鹏宇：《宋诗中的长题对其诗歌接受的影响研究——以苏轼诗歌为中
　　心》，《江西社会科学》2018 年第 11 期。

张全恭：《明代的南杂剧》，《岭南学报》第 6 卷第 1 期，广州岭南大学出版社
　　1937 年。

张廷银：《传统家谱中“八景”的文化意义》，《广州大学学报（社会科学版）》
　　2004 年第 4 期。

张文澍：《论马祖常之诗文与虞集等人之唱答诗——兼论元代中期文风》，
　　《民族文学研究》2007 年第 4 期。

张雪：《对话体语篇分析》，博士学位论文，华东师范大学 2006 年。

赵夏：《我国的“八景”传统及其文化意义》，《规划师》2006 年第 12 期。

周海涛：《元明之际吴中文人雅集方式与文人心态的变迁——以〈听雨楼图
　　卷〉〈破窗风雨卷〉为例》，《山西师大学报（社会科学版）》2010 年第
　　1 期。

周剑之：《从“意象”到“事象”：叙事视野中的唐宋诗转型》，《复旦学报（社
　　会科学版）》2015 年第 3 期。

周剑之：《宋诗叙事性研究》，博士学位论文，北京大学 2011 年。

周裕锴：《典范与传统：惠洪与中日禅林的"潇湘八景"书写》，《四川大学学报（哲学社会科学版）》2014 年第 1 期。

周裕锴：《绕路说禅：从禅的诠释到诗的表达》，《文艺研究》2000 年第 3 期。

周裕锴：《诗可以群：略谈元体诗歌的交际性》，《社会科学研究》2001 年第 5 期。

周裕锴：《宋代〈演雅〉诗研究》，《文学遗产》2005 年第 3 期。

朱忠元：《从文体渗透交融看文人戏曲文学的诗性特征》，《中国古代小说戏剧研究》第 8 辑，甘肃人民出版社 2012 年版。

邹艳、陈嫒：《论虞集的江南情结及其反映的群体心理共性》，《南昌大学学报（人文社会科学版）》2015 年第 5 期。

左东岭：《玉山雅集与元明之际文人生命方式及其诗学意义》，《文学遗产》2009 年第 3 期。

左东岭：《元明之际的种族观念与文人心态及相关的文学问题》，《文学评论》2008 年第 5 期。

后　记

　　对组诗文体的关注,始于二十多年前。当时参加了由深圳大学主办的"广东省古代文论研究会",会上中山大学中文系教授吴承学先生作了"关于古代文体学研究的若干问题"的学术报告,深受启发。吴先生是国内文体学研究的资深专家,在文体学研究方面建树颇丰。离会后,取道广州,参观中山大学。在"学而优"书店邂逅了给研究生购书的吴先生,并获签名本《中国古代文体形态研究》一书。有幸再次向吴先生当面请益,收获满满。这次谈话对我后来涉足诗歌文体研究影响很大。

　　在苏州大学文学院读研期间,受业师罗时进教授悉心指导,我对《全唐诗》进行了认真阅读梳理,最后完成了《唐代组诗研究》的毕业论文,这是生平第一次从文体学视角考察唐诗。成果虽然青涩,但仍受到罗师的谬赞。后来,罗师在《合延展中的抒情与叙事——唐代组诗的表达功能》(《文学评论》2012 年第 3 期)一文还征引了本书的相关资料,令我倍感荣幸并深受鼓舞,进而坚定了研究诗歌文体的信念。

　　近些年来我的研究兴趣也多集中于此,先后有《先秦两汉组诗考论》《论组诗文体特征与表达功能》《唐代组诗的语体类析》《从顾嗣立〈元诗选〉看元代组诗的创作》《元代农耕文明的诗性阐释——论王祯的农具组诗》《论唐代景观组诗对宋代八景诗定型化的影响》《唐代组诗研究》(凤凰出版社 2011 年版)《元代组诗论稿:以历史文化为视角的考察》(凤凰出版社2019 年版)等数十种成果发表与出版,在学术界产生了一定的影响。

　　2013 年《历代组诗创作与传播研究》课题获江苏省哲社项目立项,想做一个"历代组诗研究系列"的设想就此产生。但真正介入后才发现,这是一项浩大工程,耗时费力,难度超乎想象,仅凭一己之力难以实现。《全宋诗》(北京大学出版社 1991 年版)就有 72 册,《全元诗》(中华书局 2013 年版)也达 68 册,卷帙浩瀚,体量巨大,爬梳剔抉任务十分艰巨,更遑论其他文献的梳理。加之《全明诗》《全清诗》尚未出版,这也给研究带来巨大的困难。三思之后,决定选择《全元诗》作为突破口,积累经验,为将来的研究作些铺垫。

元诗研究于我而言是一个陌生而充满诱惑的领域，为了尽快熟悉并上手，在教学之余一直泡在图书馆特藏室，查阅文献，搜集资料，认真地做着准备工作。历时两年半时间，完成了数十万字的《全元诗》文献数据整理、录入工作，为元代组诗研究奠定了坚实基础。随后的九年时间里，边学习，边思考，边请益，边写作。由于根基薄弱，视野有限，宏观驾驭能力不足，致使研究工作进展缓慢。有时为弄清一个文献，奔波于沪宁苏各大图书馆之间，异常艰辛。几欲放弃，终究不忍，好在最终完成了《元代组诗研究》的撰写。在这里要特别感谢夫人马晓燕女士的大力支持和默默付出，是她让我在繁忙的教学工作之余能心无旁骛地写作，攻坚克难。

《元代组诗研究》获得 2019 年度国家社科基金后期资助立项，对我而言，意义重大。既是对我多年来专注于诗歌文体研究的认可，也是对我未来学术研究的鞭策。感谢国家社科基金评审专家的肯定和宝贵的修改建议！

本课题在研究中曾得罗时进师、吴承学先生、查洪德先生、胡传志先生、周建忠先生、刘嘉伟教授、凌郁之教授、阮堂明教授不同形式的指导与帮助，使我受益匪浅，在此深表谢忱！本书参考并借鉴了学术前辈和同仁的相关成果，一并致谢。

拙作得以顺利问世，还要感谢上海古籍出版社责任编辑闵捷女士！她在本书出版过程中仔细审订，不厌其烦地提出修改意见，对提高本稿的质量作用巨大。其敬业精神，令人感佩。

限于见阅，尚有诸多问题未能深入研究，不足和错谬之处在所难免，真诚期待学术界方家不吝赐教。

李正春

2023 年 11 月 20 日于苏州

图书在版编目(CIP)数据

元代组诗研究 / 李正春著. —上海：上海古籍出
版社，2023.11
ISBN 978-7-5732-0989-4

Ⅰ.①元… Ⅱ.①李… Ⅲ.①古典诗歌—组诗—诗歌
研究—中国—元代 Ⅳ.①I207.227.47

中国国家版本馆 CIP 数据核字(2023)第 233262 号

元代组诗研究

李正春 著
上海古籍出版社出版发行
(上海市闵行区号景路 159 弄 1-5 号 A 座 5F 邮政编码 201101)
(1) 网址：www.guji.com.cn
(2) E-mail：guji1@guji.com.cn
(3) 易文网网址：www.ewen.co
上海商务联西印刷有限公司印刷
开本 787×1092 1/16 印张 36.5 插页 2 字数 650,000
2023 年 11 月第 1 版 2023 年 11 月第 1 次印刷
印数：1—1,300
ISBN 978-7-5732-0989-4
Ⅰ·3785 定价：158.00 元
如有质量问题，请与承印公司联系